Michael Bielli

# MARDAAS

## Le Culte Imortis
### Tome II

© Copyright Michael Bielli, 2020
Tous droits réservés.

Les histoires, les personnages et les évènements mentionnés dans cet ouvrage sont purement fictionnels et appartiennent à l'auteur.
Aucune partie de cet ouvrage ne peut être reproduite ou diffusée sous aucune forme ni par aucun moyen que ce soit sans l'autorisation écrite de l'auteur.

**Attention, ce roman contient des scènes de violence qui peuvent ne pas être adaptées à un très jeune public. Il contient également des scènes de dialogue au fort langage qui ne conviennent pas à un enfant.**
**Maintenant que vous savez ça, faites ce que vous voulez.**
**Je ne suis pas votre mère.**

Édité par Michael Bielli
399 Boulevard Marcel Pagnol, 83300, Draguignan, France
Imprimé par Amazon
ISBN : 978-2-900904-04-6
Dépôt Légal : Novembre 2020

www.mardaas.com
michaelbielli@mardaas.com

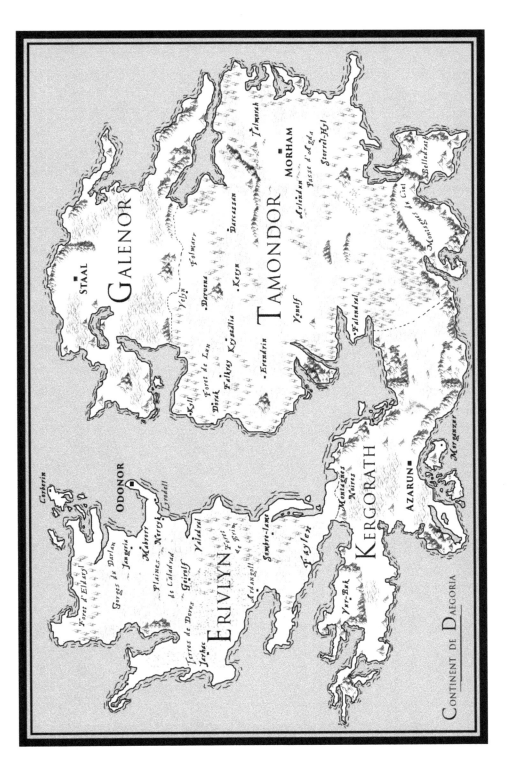

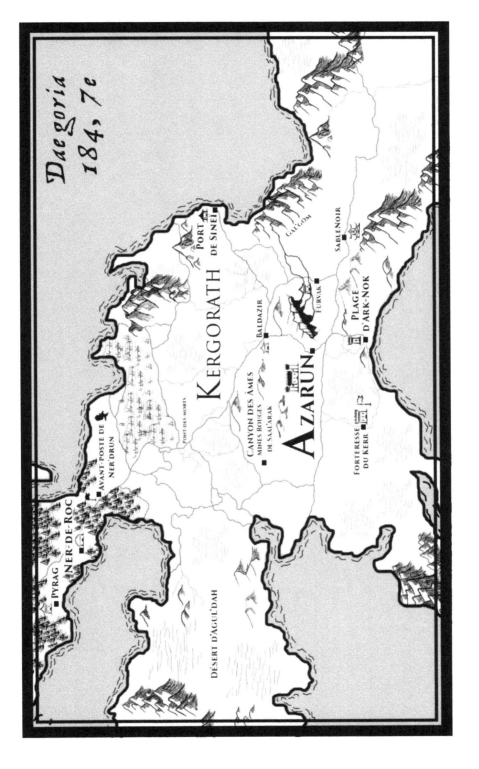

# CHAPITRE 1
## Le Maître et le Serviteur

La prière s'enchaîna avec un chant de mille voix qui étaient perceptibles au-delà du temple. Elles étaient si fortes qu'elles avaient remplacé le clocher pour annoncer l'aube. Face à cinq rangées de fidèles qui s'étendaient jusqu'à l'entrée, le prêtre Arban se tenait droit, les bras écartés, tendus vers le sol. Son visage rond était noyé par un halo lumineux provenant du grand vitrail. Derrière lui, cinq statues humaines dominaient toute la nef. Malgré les températures étouffantes dehors, à l'intérieur régnait une atmosphère glaciale. Si glaciale que chaque fois que le prêtre Arban ouvrait la bouche, un brouillard froid s'en échappait. Son écharpe argentée au-dessus des épaules le différenciait des autres et de leur bure indigo au couvre-chef en triangle.

La messe avait duré toute la nuit et cela pouvait se deviner aux cernes accentués du prêtre. Ses lèvres étaient devenues si sèches qu'il avait l'impression de lécher de la pierre lorsqu'il se les humectait. Il n'avait qu'une hâte : s'abreuver de tout ce qu'il pourrait trouver à la sortie du temple et s'écrouler sur son lit. Vers la fin, il commençait à sentir ses jambes se dérober. Il avait tenu la position face à un autel où reposait un grand livre ouvert, qu'il n'avait plus besoin de regarder tant chaque mot s'était tatoué dans son esprit au bout de soixante-six ans au service du culte. Ce livre, appelé le *Mortisem*, ne devait être touché par nul autre que ces gardiens du culte. En dehors des milliers de pages en peau de vélin qui le constituaient, sa couverture en fer rendait sa manipulation difficile. Les principaux textes retranscrits à l'intérieur narraient la genèse des Immortels, et notamment de ceux nommés les Cinq.

Arban acheva la messe sur ces derniers mots à la gloire de ces disciples « In'Glor Imortis » et les fidèles quittèrent le lieu d'une démarche traînante. Il devait attendre que la nef soit entièrement vide afin de partir à son tour, mais un des fidèles surgit d'une porte à sa droite et s'approcha de lui à pas feutrés. Il lui tendit, sans dire un mot, un morceau de parchemin roulé et scellé par un ruban en cuir, puis resta terré dans le silence. Arban s'en empara froidement et étudia le message à son attention. Durant sa lecture, le fidèle remarqua que le visage du prêtre semblait se décomposer à chaque phrase.

— Cela vient de la Porte Est, informa le fidèle, élevant à peine la voix.

Arban releva les yeux vers lui, des yeux remplis de doutes. Il sentit son cœur fragile palpiter d'une façon qu'il n'aurait su décrire lui-même. Malgré sa vision détériorée, il avait bien vu son nom apparaitre à plusieurs reprises. Sur les dizaines de prêtres en activité sur l'île de Morganzur, c'est lui qui avait finalement été choisi. Pour le vieil homme, c'était un honneur inestimable qui aurait certainement rendu fière toute la lignée de sa famille.

— Fais savoir la nouvelle, répondit-il en rangeant le message à l'intérieur de sa robe sacrée. Que tout le monde soit présent ce soir à la Porte Est pour une dernière répétition.

Le fidèle, qui ignorait le contenu de la lettre, faillit perdre son souffle lorsque le mot « dernière » fut prononcé. Il savait ce que cela signifiait. Ils avaient travaillé des mois pour préparer cet évènement, et certains l'attendaient depuis des décennies.

— Que dois-je leur annoncer ? demanda-t-il avec une bribe d'hésitation dans la voix.

Le prêtre se sentit soudainement étouffé par son étoffe, ses mains étaient devenues moites comme si une bouffée de chaleur venait subitement de l'enivrer. Il se tourna vers les cinq statues, puis vers le grand vitrail qui le dominait de ses couleurs éclatantes. Enfin, il avala sa salive pour répondre.

— Le retour du Seigneur de Feu.

L'île de Morganzur, bien que proche du Kergorath, était isolée du reste du monde, et les Morganiens veillaient à ce que cela reste ainsi depuis des siècles. Ils considéraient toute autre terre qui n'était pas la leur comme Terre d'Exil et se refusaient à y pénétrer par crainte d'un châtiment divin qu'ils redoutaient par-dessus tout. Bon nombre d'entre eux n'avaient jamais vu les montagnes vertes de Tamondor, les plaines brillantes d'Erivlyn, les villes de glace de Gaalenor ou même les déserts de cendre de leur voisin, le Kergorath. Pour eux, ils en avaient été préservés. Et même s'ils savaient se faire discrets au sein de ce vaste monde qui leur était inconnu, les Morganiens entretenaient une réputation d'illuminés au-delà de l'île. S'ils étaient résignés à ne jamais franchir une quelconque frontière les séparant des Exilés – surnom qu'ils donnaient à tous ceux étant étrangers à leur communauté – ces derniers n'en étaient pas moins ravies de les savoir cloîtrés chez eux. Il fallait dire que si les Morganiens étaient autant mal perçus, ce n'était pas tant à cause de leur excentricité, mais plutôt pour leur dévotion totale à un culte aboli en terre Daegorienne depuis maintenant deux cents ans.

Pour les fidèles du culte, appelés Imortis, rien n'avait été aboli. Il n'était question que d'une interruption.

Le prêtre Arban se dépêcha de rejoindre son logis lorsqu'il entendit dans une ruelle un grognement céleste. Le ciel rouge habituel invoquait des nuages massifs d'une couleur écarlate qui tournoyaient au-dessus de l'île. Le phénomène n'avait pas l'air de le surprendre, il y était habitué. Les pluies acides étaient courantes dans la région, et s'y exposer trop longtemps relevait de l'inconscience si l'on ne voulait pas avoir besoin d'une greffe de peau.

Il emprunta une allée dallée de pierres blanches qu'il traversa comme s'il marchait nu-pieds sur des braises. Les premières gouttes qui s'échouèrent sur le dos de ses mains commençaient déjà à le démanger. Il gagna la porte d'entrée de sa demeure qui s'ouvrit à lui sans qu'il eût besoin de toucher la poignée. Un serviteur au visage anguleux l'accueillit dans un hall décoré de mosaïques sur les murs, prêt à le débarrasser rapidement de son habit sacré pour l'aider à enfiler une chemise plus confortable.

Les prêtres avaient droit à une résidence de prestige pour leur haute fonction au sein du culte. Sur deux étages, la villa pouvait accueillir jusqu'à vingt personnes. À l'intérieur, les sols étaient dissimulés sous des tapis épais qui donnaient l'impression de marcher sur des matelas.

Arban ôta ses chausses et suivit l'odeur de viande cuite qui provenait de la salle à manger. En passant par un de ses nombreux salons, il s'arrêta un instant face à une sculpture humaine posée sur un socle sur lequel était gravé « L'Unique ». Il apposa ses doigts aux pieds de celle-ci, murmurant des paroles du bout des lèvres, avant de reprendre son chemin.

Enfin, il prit place au bout d'une table rectangulaire, faisant face à son assiette encore vide, laissant échapper un soupir. Ses vieux os lui rappelaient sans cesse qu'il n'avait plus l'endurance nécessaire pour les messes nocturnes. Il se frotta le visage avant de lever les yeux vers sa femme, Elyane, qui venait de faire irruption dans la pièce. Elle était plus petite et plus ronde que lui. Arban l'ignora. Il s'était perdu dans ses pensées et peinait à en ressortir.

— Qu'est-ce qui t'a retenu aussi longtemps ? interrogea Elyane, s'asseyant en face. Nous t'avons attendu à la sortie du temple.

Arban ne chercha pas à croiser son regard. Le contenu du message qu'il avait reçu ce matin ne cessait de le tourmenter. Il secoua la tête, puis répondit.

— Où est Lezar ?

— Dans notre chapelle, probablement en train de prier.

— Encore ? La nuit au temple ne lui a pas suffi ?

— Tu sais comment est ton fils. S'il pouvait y vivre, il le ferait. Tu veux que j'aille le chercher ?

— Non, j'y vais, dit Arban en se levant.

Il quitta la pièce, s'empara d'une chandelle posée sur un meuble et descendit lentement un escalier en colimaçon qui le mena sous la maison. Guidé par un corridor étroit et lugubre, il avança en respirant un air qui le glaçait de l'intérieur.

Agenouillé au milieu de cinq idoles en pierre qui atteignaient le plafond, Lezar semblait ne pas oser braver leur regard statique. Son capuchon recouvrant toute sa tête le protégeait de cette tentation. Il récitait sobrement d'une voix monotone les textes qu'il avait appris avant même de savoir compter. Lezar avait été élevé à coup de prières et de ferveur toute sa vie. Du haut de ses vingt et un ans, il aspirait à marcher sur les traces de son père et devenir, lui aussi, un prêtre du culte imortis. Rien ne lui importait plus que de servir sa communauté dignement et obéir aveuglément aux commandements sacrés au détriment de sa propre vie.

Arban avança sous une arche. Plongé dans l'ombre, il toisa son fils de dos qui chantait un cantique harmonieux résonnant dans la chapelle. Pendant un instant, il avait l'impression de se voir lui, durant sa jeunesse. Cette vision lui fit esquisser un sourire nostalgique qui s'effaça très rapidement. Lorsque Lezar prononça ces derniers mots : *In'Glor Imortis*, Arban annonça sa présence.

— À force de t'écouter, les dieux vont finir par se lasser de nous entendre.

Lezar releva son capuchon et souffla sur les bougies aux pieds des statues. Son visage était fin, pâle, tout comme son corps. Ses sourcils épais renforçaient ses cernes, et ses cheveux très courts étaient soigneusement coiffés.

— J'avais besoin de me confier à eux, répondit-il en se tournant enfin vers son père.

Arban hésita à renchérir.

— Viens manger, le repas va être servi.

Dehors, un tonnerre enragé persécutait le ciel. Mais à l'intérieur, l'ambiance était des plus moroses. Les serviteurs apportèrent le mets et se retirèrent. Tandis que Lezar dégustait sa cuisse de poulet comme s'il avait jeûné durant un mois, Arban, lui, regardait son ragoût avec un certain dégoût. Il n'avait pas faim, et cela ne manqua pas de préoccuper sa femme.

— J'ai quelque chose à vous dire.

Il sortit la lettre qu'il posa sur la table.

— On m'a informé ce matin de l'arrivée imminente à la Porte Est d'un navire en provenance de Tamondor. Il est écrit que le Seigneur de Feu s'apprête à débarquer sur l'île avec tous ceux que l'Unique a libérés du royaume d'Asgor.

— Le Seigneur de Feu ? releva subitement Lezar dans un éclat de voix, ignorant à présent sa pitance. Je savais qu'il réussirait ! (Ses yeux se mirent à pétiller.) Le Seigneur de Feu n'échoue jamais. Il a retrouvé les traîtres et les a punis, il a accompli la volonté de l'Unique, et maintenant le voilà de retour !

— Comment es-tu au courant de ça ? gronda sévèrement Arban.

Lezar déglutit.

— C'est le vieux Alf qui nous en a parlé pendant son cours sur la Rébellion de la 6e ère. Il nous a dit que le Seigneur de Feu avait été envoyé en terre impure par l'Unique afin de rechercher l'Ordre des Puissants, et rendre la justice.

— Un jour, celui-là on le retrouvera empalé sur la place par un Prétorien, il ne demandera pas d'où ça vient, commenta Elyane.

— Cette information était censée demeurer secrète, révéla Arban.

— Qu'est-ce que ça peut faire ? répondit Lezar en haussant les épaules. Le Seigneur de Feu revient victorieux ! Quand sera-t-il parmi nous ?

Arban resta muet face à l'admiration que portait son fils envers l'Immortel comme s'il s'agissait du plus grand héros de tous les temps.

— N'êtes-vous pas réjoui d'une telle nouvelle, père ?

Son air crispé avait répondu pour lui.

— Ils accosteront demain, à l'aube. Mais ce n'est pas tout. J'ai été chargé de l'accueillir, lui et tous les autres Immortels, et d'assurer l'escorte au château jusque devant l'Unique.

Un silence paralysa la pièce. Considéré dans l'Histoire comme un des plus grands ennemis de ces mille dernières années, le légendaire Mardaas avait su marquer le monde en imposant son règne noir à travers tout le continent. Pas une cité, pas un village, ni même une ferme n'avait été épargné par sa domination. Il avait signé un grand nombre de génocides de peuple, déclenché les batailles les plus sanglantes, rasé la plupart des forteresses ennemies ; le chaos du Seigneur de Feu ne reculait devant rien ni personne. Sa frénésie meurtrière et sans pitié avait laissé de profondes cicatrices dans certaines régions, quand elles n'avaient pas été totalement rayées de la carte. Si dans les pays Daegoriens Mardaas rimait avec mort, sur l'île de Morganzur, son nom rimait avec sauveur. Car pour les Imortis, Mardaas travaillait durement à purifier les terres pour les accueillir et étendre le culte sur tout le territoire. Seulement, lorsque l'âge des Immortels toucha à sa fin et que Mardaas fut envoyé dans une cellule des plus noires du royaume d'Asgor, les Imortis furent chassés et contraints de retourner sur leur île.

Cela faisait deux cents ans que le Seigneur de Feu n'avait pas remis les pieds à Morganzur. Son retour suscitait une telle excitation au sein du culte que les grands moyens avaient été mis en place pour recevoir l'Immortel, ainsi que les sept autres libérés d'Asgoroth.

Pour Arban, la perspective de se retrouver face à un tel personnage lui retournait complètement l'estomac. Il allait devoir choisir minutieusement ses mots, ses gestes, son regard, la façon de se tenir, le ton de sa voix, l'expression de son visage, rien que d'y penser cela le faisait déjà transpirer.

— Père, c'est un immense honneur que vous avez là ! s'exclama Lezar, tout jouasse.

— Ce soir, il y aura une dernière répétition à la Porte Est. Tout le monde sera là, tout devra être parfait, dit-il avec appréhension.

— Une autre répétition… répéta Lezar, dont la gaîté venait de s'évanouir.

Après le repas, Lezar s'isola dans sa chambre. Il n'y avait aucun mobilier en dehors d'un simple lit collé au mur. La seule décoration était un autel où reposait sur le sol un pendentif représentant le symbole du culte. Lezar s'assit en tailleur devant celui-ci et s'empara d'un petit miroir posé non loin. Il évita son propre regard pour le diriger vers sa bouche, rapprocha ses doigts au-dessus de sa lèvre supérieure et effleura cinq points alignés qui le firent soupirer gravement. Cela faisait partie du rituel, Lezar le savait, il ne pouvait en être exempté. Il se pencha en avant et saisit une ficelle de cuir qu'il attacha à une très fine aiguille. Sa main tremblait, et il se tourna vers une pensée agréable. S'il y avait bien une seule chose qui pouvait rebuter Lezar dans les pratiques imortis, c'était la Mortification, imposée pendant la plupart des cérémonies officielles.

Car il était inscrit dans le Mortisem de nombreuses conduites à adopter. L'une d'entre elles disait :

*« Ainsi le Divin intervient, ainsi la parole s'éteint. »*

Libre à l'interprétation, il était admis que lors d'une apparition d'Immortel, l'Imortis était réduit au silence. Et pour être sûr que le rite soit appliqué, le fidèle devait se coudre les lèvres. Adresser la parole à un Immortel sans y avoir été convié était passible d'une punition irrévocable bien pire que la mort. Aussi, tout contact visuel et physique était interdit. Seuls quelques privilégiés étaient assermentés à communiquer librement avec ces êtres, tels que les prêtres ou les Sbires.

Après de longues et pénibles minutes à faire passer l'aiguille dans les minuscules orifices qui encadraient sa bouche, Lezar enfila sa robe de cérémonie aux motifs dorés. Lui, ainsi que ses parents gagnèrent le port à l'est de l'île. La répétition allait commencer, et elle allait probablement durer jusqu'au lendemain.

Le navire était visible au large. La nuit avait été difficilement supportable pour les Imortis. De nature, ils ne dormaient que très peu. Pas plus de trois heures de sommeil. Ce matin-là, à seulement quelques minutes de l'arrivée du Seigneur de Feu, il fallait lutter contre soi-même pour ne pas piquer du nez. La route qui menait au port était bondée de monde, il n'y avait plus un seul carré de terre où l'on pouvait circuler. Le silence était absolu, tous portaient la marque de Mortification, tous s'étaient figés comme des mannequins de bois. On entendait seulement le tintement de la cloche du temple qui s'agitait à plusieurs mètres. Toute la côte était longée par des rangs interminables de fidèles qui donnaient l'impression au loin de voir une armée noire.

Arban se trouvait sur le quai, entouré de prêtres. Ses cheveux blancs étaient peignés en arrière et il avait maquillé sa figure de motifs symétriques. Il serrait entre ses doigts son amulette du culte, récitant dans un coin de son esprit une prière pour lui faire oublier la pression monumentale qui s'écrasait sur ses épaules.

Une brise chaude faisait soulever les pans de robes. Ces étoffes étaient si épaisses qu'Arban sentait des filets de sueur s'écouler dans son dos. Le navire était proche, il le contemplait avec une certaine fébrilité. Ses acolytes autour ne semblaient pas vaciller autant que lui. Plus le vaisseau approchait, plus Arban serrait sa relique jusqu'à y transpercer sa peau. Sa respiration devenait irrégulière, et il dut fermer les yeux un instant pour se concentrer.

L'ombre du bateau venait de s'abattre sur eux. Aussi dès que l'ancre fût jetée, un pont solide se mit en place. Tous les sons s'interrompirent, le bruissement des vagues sur la coque, les sifflements du vent, les chants de volatiles. Arban déglutit sec. Une première silhouette émergea. Elle était gigantesque, colossale, au point que son poids fit grincer le bois. Son armure proéminente l'identifia comme étant un Prétorien, un golem de fer conçu pour l'ordre et la protection des Immortels. Son heaume entièrement fermé ne divulguait aucun visage – à supposer qu'il y en avait bien un. Il tenait entre ses mains une immense hallebarde dont la lame renvoyait des rayons de lumières qui faisaient plisser les yeux des prêtres. Comme il s'avançait dans leur direction d'un pas lourd, les gardiens du culte s'écartèrent immédiatement. Un nouveau Prétorien le suivit. Ils étaient une dizaine les uns derrière les autres à atteindre la terre ferme et à sécuriser le périmètre.

Quand soudain, une nouvelle ombre se mit à franchir le pont. Une longue cape noire se laissait traîner à l'arrière de celle-ci. Sa carrure n'était pas si différente des Prétoriens, quant à sa figure elle était dissimulée sous un masque blanchâtre qui reprenait grossièrement les traits d'un visage humain, jonché de fissures et d'entailles, dévoilant des yeux aussi sombres que les abymes. Tous les regards se braquèrent sur lui. Ils n'auraient pas d'autres occasions de le toiser aussi longtemps. Ses cheveux obscurs s'entremêlant jusqu'aux épaules restaient statiques malgré les bourrasques marines. Mardaas mit un pied devant l'autre et gagna lentement le quai, observant avec agacement les milliers de paires d'yeux posés sur chacun de ses mouvements. Enfin, les autres Immortels le rejoignirent, dont Céron, au crâne chauve et aux iris reflétant la démence incarnée. Il s'arrêta sur le pont qui surplombait la vase et leva le menton vers le ciel pourpre.

— Enfin chez soi, dit-il en étirant ses bras. Rien n'a changé, c'est toujours aussi moche.

— Avance, Céron, grogna Baslohn derrière, aux cheveux en catogan, qui portait sur ses épaules un grand sac en toile taché de sang.

Ils n'avaient plus remis les pieds sur l'île depuis plus de deux cents ans. Pour les Morganiens, un évènement tel que celui-ci ne se produisait qu'une seule fois dans une vie. Voir autant d'Immortels regroupés au même endroit était une occasion rare. Ils apercevaient leurs dieux, ceux qu'ils avaient appris à glorifier et à vénérer depuis des centaines de générations.

Timidement, les prêtres approchèrent le Seigneur de Feu, dont les Prétoriens ne semblaient pas vouloir se séparer, telle une muraille de mastodontes infranchissable. Arban et les autres se mirent à genoux et embrassèrent le sol face à eux.

— Que la terre des dieux vous accueille dans la plus grande plénitude, déclarèrent en chœur les gardiens du culte en se redressant.

Mardaas baissa la tête pour les examiner rapidement, mais il n'avait pas l'air de se sentir concerné par tous ces éloges. Au contraire,

Arban crut même l'entendre soupirer derrière son masque. Le vieil homme menait un sévère combat contre son anxiété pour garder son calme et rester concentré sur sa tâche. Il invita le Seigneur de Feu ainsi que les autres Immortels à le suivre. Malgré certains accrochages maladroits dans sa phrase, il garda son assurance par sa posture.

Mardaas avançait dans un couloir humain oppressant. Les golems ne lui laissaient que peu d'espace. Derrière, les Immortels suivaient la cadence lente. Les Imortis s'alignaient sur les côtés, évitant à tout prix de croiser le regard de celui dont ils avaient tant entendu les sombres histoires.

Le cortège sillonnant les rues retenait toute l'attention, certains même, à la vue du géant masqué, se prirent d'une angoisse si intense qu'ils en perdirent connaissance et tombèrent comme des insectes. D'autres, en revanche, étaient enivrés d'une hystérie fanatique et n'hésitaient pas à se jeter sur la route pour barrer le passage et implorer à genoux la bénédiction du Seigneur de Feu. Mais à peine avaient-ils fait un pas hors des rangs que les Prétoriens se chargeaient de les immobiliser en usant de leur hallebarde démesurée, ce qui dissuadait les autres d'entreprendre la moindre initiative.

Pendant la marche, Mardaas ne daignait prêter aucune attention à la cérémonie en son honneur. Il y avait de gigantesques flambeaux qui jonchaient le chemin et qui crachaient des flammes plus hautes les unes que les autres. Des anciennes bannières avaient été dressées et flottaient au rythme du vent, et les offrandes pleuvaient aux pieds des fidèles. Pourtant, Mardaas préféra s'isoler dans son esprit, là où il se sentait encore libre. Il lui restait encore du temps avant d'atteindre le château qui dominait le sud de l'île, un temps durant lequel il allait, lui aussi, devoir choisir ses mots avec précaution. La mission que lui avait confiée l'Unique avait été couronnée de succès. Les membres de l'Ordre des Puissants avaient été retrouvés et exécutés. Les deux plus grosses armées du continent avaient été lourdement frappées par la perfidie de Mardaas et son double jeu au sein des mortels. Il avait réussi à les manipuler, il les avait amenés là où il voulait. Mardaas avait trompé tout le monde, jusqu'à se tromper lui-même.

Son retour de Tamondor exigeait maintenant des réponses auxquelles il se préparait depuis des jours. Car même si Mardaas avait su jouer de son talent de marionnettiste pendant son périple sur le continent, il restait quelques sujets à enfouir profondément, des sujets qu'il se devait d'éviter, d'esquiver, de nier. L'un d'entre eux se nommait Kerana Guelyn.

Mardaas n'était pas près d'oublier cette jeune mortelle qui avait su voir en lui ce que personne jusqu'à présent n'avait pu déceler. Mais plus que tout, Kerana Guelyn savait un secret. Un secret que Mardaas lui avait révélé une nuit, dans un état second, drogué aux antipoisons. Un secret qui avait renforcé le lien qui les unissait, et qui les avait, depuis ce soir-là, d'ores et déjà condamnés.

Le soleil forçait le passage des nuages en les transperçant de ses rayons. Le cortège finit par atteindre la sortie de la ville qui donnait sur des pâturages verdoyants. Là, les prêtres disposèrent, à l'exception d'Arban qui était tenu de mener l'escorte jusqu'au sommet de la falaise qui se dressait à l'horizon. Des chevaux les attendaient patiemment près d'une route de terre. Aussi sans attendre, ils les éperonnèrent et gagnèrent rapidement le sentier en direction du sud. Mardaas éprouvait une grande impatience à l'idée de se retrouver seul, loin de ses frères et sœurs Immortels, loin des Prétoriens qui ne le lâchaient pas des yeux, loin de tout ce qui pourrait lui rappeler ce qu'il était. Il entendait derrière lui le ricanement incontrôlable et fourbe de Céron qui s'extasiait de la situation, les lamentations de Baslohn sur le voyage qui était devenu trop long, les soupirs incessants des autres Immortels qui tombaient de fatigue et qui n'avaient qu'une hâte : retrouver leur demeure.

Arban chevauchait aux côtés de Mardaas, le souffle lourd, il ne pouvait s'empêcher de s'éponger constamment le front avec un chiffon. Pourtant, l'air était doux, mais Arban comprit rapidement que cette chaleur suffocante provenait du géant. Il n'osait pas lui parler, ni le regarder, il se sentait comme prisonnier d'une aura malfaisante qui refusait de le laisser agir par sa propre volonté.

Enfin, après avoir franchi une crevasse lugubre et une forêt dont les couleurs semblaient s'être évanouies, ils débouchèrent sur un paysage noyé de roches et de collines de pierre. Devant eux se tenait un château qui rappelait les vieilles églises du continent. Les tours carrées côtoyaient le ciel de près et étaient reliées entre elles par des ponts de pierre. Le domaine semblait si vaste qu'il était impossible d'en délimiter l'extrémité. Les murs se prolongeaient et s'enfonçaient dans la brume. Arban y était déjà venu plusieurs fois lors de rituels exceptionnels et de messes annuelles autorisées par l'Unique. Pour lui, franchir ces portes était comme une offrande que les dieux lui faisaient.

Il fallut tout de même passer une ligne de Prétoriens en garnison sous de grandes arches afin d'accéder à la cour principale. Là, ils abandonnèrent les chevaux et s'aventurèrent dans le domaine. Arban contempla furtivement le grand cloître où des dizaines de statues marbrées leur offraient un accueil distingué, puis replongea son regard vers le sol, n'osant imaginer ce qui pourrait lui arriver au moindre faux pas. À sa surprise, il frôla un groupe imortis dont les visages étaient enfouis sous des capuchons. Leur bure ne ressemblait pas à celle qu'il avait l'habitude de voir, pourtant elles étaient bien munies du symbole du culte. Ils longèrent une allée de colonnes qui les amena dans un majestueux hall lumineux. Arban jeta un œil aux nombreux tableaux qui habillaient les murs, puis au mobilier d'une qualité rare qui semblait le fasciner. Plusieurs portes ornées d'argent l'entouraient, et un large escalier aux rampes dorées lui faisait face. Du coin de l'œil, il observa Mardaas faire quelques pas en avant. À sa droite, Baslohn déposa lourdement le sac en toile tâché de sang. Arban ignorait son contenu, mais il avait sa petite idée.

Baslohn ne prononça aucun mot et s'engouffra derrière une

double porte, suivi par les autres Immortels – à l'exception de Céron.

— Bon, toi tu fais c'que tu veux, mais moi j'me tire, dit Céron avec des yeux exorbités. J'ai pas envie d'être dans les parages quand le vieux se ramènera pour nous faire son… (Il remarqua que le regard de Mardaas se portait au-dessus de sa tête.) Il est derrière moi, c'est ça ? ajouta-t-il d'une voix faible.

Arban regardait dans la même direction, son visage était devenu de la même couleur que le masque de Mardaas. Tous ses membres se mirent à trembler, sa respiration se bloqua soudainement comme si on lui avait interdit de respirer pour toujours. Pourtant, il l'avait déjà aperçu auparavant, de loin, très loin, terré derrière ses Prétoriens. Maintenant, il pouvait le voir de près, celui présenté comme l'un des pères fondateurs du culte, surnommé l'Unique dans les écritures imortis, le premier Immortel à avoir foulé la terre, Baahl.

Céron se pinça la lèvre et se retourna vivement face à cette présence qui ne semblait pas l'inquiéter plus que cela, affichant même un sourire exécrable. Dans sa longue et ample robe rouge satiné, Baahl restait immobile, ses longs cheveux blancs atteignant le bas du dos paraissaient jeunes et lisses, ce qui n'était pas le cas de sa figure osseuse et ridée dont la peau était si sèche qu'elle semblait momifiée. De ses iris livides, il toisa Céron avec un certain mépris.

— Je… commença Céron en cherchant ses mots. Je vous laisse, finit-il par dire en bousculant d'un coup d'épaule le prêtre.

Arban avait l'impression de faire partie des meubles, s'il y avait bien une leçon qu'il avait retenue de toute son expérience, c'était de ne jamais prendre d'initiative. Aussi, il préféra rester dans le silence.

— Si son pouvoir ne m'était pas aussi utile, déclara Baahl en suivant Céron des yeux, il y a longtemps que je l'aurais fait tuer.

Puis il tourna la tête vers Arban, qui avait l'air de se liquéfier sur place aux vues des énormes gouttes de sueur sur son front.

— Laisse-nous, prêtre, dit Baahl d'une voix crue. Mais ne t'éloigne pas, ta mission n'est pas encore terminée.

Arban se pencha et fit volte-face en direction de la cour. Il ne restait plus que Mardaas et Baahl, tous deux se soutenant mutuellement du regard avec froideur.

— Ce sac ne contient pas toutes les têtes de l'Ordre, déduisit le vieil Immortel sans même vérifier.

— Peu ont répondu à l'appel, répondit Mardaas. Mais avant de leur porter le coup de grâce, Céron s'est chargé de recueillir les informations qui nous manquaient. À l'heure où nous parlons, des Prétoriens sont déjà en route pour exécuter les derniers de l'Ordre.

Baahl acquiesça avec une satisfaction cachée avant de gravir le grand escalier. Mardaas le suivit.

— Quel est le bilan de la bataille ? enchaîna Baahl en grimpant une à une les marches comme si cela lui demandait un effort considérable.

— Les Aigles de Fer et l'Armée d'Écaille ont subi de lourdes pertes, ils ne s'en relèveront pas de sitôt.

— Bien. Ils n'en seront que plus vulnérables lorsque nous frapperons à nouveau.

Mardaas ne répondit pas.

— Je dois avouer que j'avais quelques doutes quant à ta capacité à réussir cette tâche, confessa Baahl en atteignant le haut de l'escalier.

Lorsque Mardaas arriva à sa hauteur, ils empruntèrent un couloir dont les fenêtres donnaient sur le cloître. En emboîtant le pas de son maître, le géant masqué reprenait ses bonnes vieilles habitudes de bras droit. Suivre Baahl dans toutes les pièces du château comme un simple domestique, voilà une routine qui ne lui avait pas manqué durant sa détention.

— Tu as dû faire preuve d'une grande ruse pour persuader les mortels de te faire confiance, dit-il en s'arrêtant pour observer ce qui se déroulait en contrebas. Je me demande bien ce qui a pu les pousser à entrer dans ton jeu.

— Ils sont stupides, commenta Mardaas. Je n'ai pas eu à faire beaucoup d'efforts.

— Vraiment ? dit-il en se retournant vers lui pour enfoncer son regard perçant dans le sien.

Mardaas savait que Baahl cherchait à fouiller son âme à la recherche d'une pensée qui le trahirait. Heureusement pour lui, Baahl dévia le regard vers un Prétorien en armure nacrée de noir qui s'avança jusqu'à eux. Il paraissait plus grand que les autres, et plus menaçant. Mardaas détestait ces créatures engendrées par un Immortel du passé pour leur protection. Mais celui-ci, Mardaas lui vouait une haine encore plus forte qu'à tous les autres.

— Kazul'dro a ramené l'enfant Immortelle dont tu m'avais parlé, dit Baahl en changeant de sujet.

Pendant une fraction de seconde, Mardaas songea à Kerana et à la rencontre qu'elle avait dû faire avec le chef Prétorien. Il se demanda si Kazul'dro les avait tous fait tuer ou si elle avait survécu. Cette pensée se fit rapidement chassée lorsque Kazul'dro se positionna derrière Baahl, tel un garde du corps prêt à agir au moindre ordre.

— Maintenant que nos ennemis sont terrassés, reprit Baahl, nous allons récupérer nos foyers et nous imposer à nouveau comme seule figure d'autorité. Mais une chose à la fois, souffla-t-il en pivotant vers la grande fenêtre ouverte.

Il examina les attroupements de fidèles pendant leur prière dans le cloître.

— Nous allons commencer par rétablir le culte imortis sur le continent. Et cela débutera par la cité d'Azarun, confirma Baahl d'une voix sèche. Nous devons remettre la main sur le Kergorath afin de rallier autant de fidèles que possible pour reformer nos rangs militaires. Après quoi, notre influence ne pourra être contestée.

Mardaas s'attendait à ce que cette corvée lui soit attribuée.

— Rassemble autant d'Imortis que tu le pourras sur l'île. Prends la mer jusqu'à la plage d'Ark-nok. Là, l'armée Kergorienne vous y attendra.

— Pour nous suivre ? questionna Mardaas.

Baahl lui répondit avec un rictus effrayant.

— Pour vous affronter. Une fois que vous aurez pris la plage, marchez jusqu'à Azarun. Quand tu seras au palais Tan-Voluor persuade le roi de te céder la capitale, sans le tuer.

— Qu'est-ce qui vous fait penser qu'il acceptera ?

— Angal Tan-Voluor n'est qu'un enfant. Et de quoi les enfants ont-ils le plus peur ?

Baahl scruta le visage masqué de Mardaas avec insistance.

— Des monstres. Oblige-le à réinstaurer le culte dans le pays. Les Kergoriens devront continuer de penser qu'ils sont toujours gouvernés par un des leurs. Les Prétoriens se joindront également à toi pour assurer le succès de cette campagne, Kazul'dro se chargera de t'escorter.

Mardaas poignarda alors Kazul'dro d'un regard aiguisé.

— Cette mission devrait être dans tes cordes. Ce n'est pas la première fois que je t'envoie forcer les portes de cette cité avec une armée, tu connais le chemin.

Après ces mots, Mardaas salua Baahl avec un hochement de tête et sortit du couloir sans montrer la moindre émotion.

— Il n'est plus le même, affirma Kazul'dro d'une voix si sombre qu'elle semblait provenir des abysses.

— Je sais, répondit Baahl d'une manière détachée.

— Doit-il mourir ?

— Amène-moi Céron. Nous le saurons bien assez tôt.

# CHAPITRE 2
## Un Village Pour Deux

De l'autre côté de l'île, quelque part en terre Daegorienne, perdues en fin fond d'une forêt tropicale Erivlaine, deux créatures progressaient entre les arbres et la flore sauvage, protégées des rayons chauffants du soleil par les voûtes de branches au-dessus de leur tête. L'une était quadrupède, d'une fourrure grise qui brillait à la lumière. Les humains les confondaient souvent avec les loups, pourtant les Mubans pouvaient atteindre la taille d'un buffle, et leurs mâchoires savaient broyer l'acier. L'autre créature, plus petite, avançait sur ses épaisses jambes qui soutenaient son dos courbé. Ses oreilles en pointe, ses cheveux tissés comme de la corde et son nez crochu rappelaient cette ancienne race disparue depuis des millénaires, appelée Gobelin. Les Uguls en étaient les descendants, et pour Grinwok cet héritage avait toujours été un lourd fardeau à porter.

Cela faisait maintenant plusieurs jours que les deux créatures sillonnaient la forêt en quête du prochain village. Grinwok passait son temps à gifler l'air avec ses mains pour faire fuir des moustiques gros comme le poing, quand il ne se faisait pas gifler lui-même par les plantes qui essayaient de le capturer pour s'en repaître. Une fois sur deux, il trébuchait sur des racines qui sortaient du sol pour l'entraîner dans un sable mouvant proche ou dans un trou à la profondeur inexacte. Heureusement, son nouveau compagnon de route venait régulièrement à son secours pour l'empêcher de finir en charogne. Un acte que le Muban n'aurait jamais imaginé entreprendre à l'égard d'un Ugul, car les deux races se menaient une guerre sans merci depuis des siècles. Seulement, comme Grinwok l'avait sauvé d'une bande de braconniers prêts à le dépecer pour sa fourrure, le Muban lui avait accordé un temps de vie supplémentaire en guise de dette.

Mais alors, une question se posait. Comment l'Ugul s'était retrouvé en compagnie de ce prédateur carnivore qui, en temps normal, n'aurait eu aucun scrupule à lui séparer la tête du corps ?

Cette question, Grinwok y répondit tout le long du trajet à travers la végétation dense. Il raconta au Muban sa rencontre avec Mardaas à Falkray, son terrier qui avait pris feu, son périple jusqu'en Erivlyn, cette armoire étrange qui l'avait fait voyager jusqu'à un repaire infesté de Mubans qui l'avait conduit jusqu'à une Mystique du nom de Kalessa. Il enchaîna sur ce qu'elle lui avait montré ce jour-là, ce destin dont il était le héros. Un destin où l'Ugul se faisait appeler l'Unificateur et où les guerres de races avaient définitivement cessé. Puis il poursuivit en rappelant avec hargne au Muban que son terrier avait été détruit, avant d'aborder ce qu'il s'était passé dans les cachots du château Guelyn, tandis que l'Immortel Serqa s'emparait du trône. Il poursuivit avec sa mise à mort orchestré par Serqa, son sauvetage, son terrier anéanti ; et pour terminer, son embarquement avec une troupe de mercenaires qui l'avait amené jusqu'ici, dans cette forêt du sud.

Grinwok acheva son récit tandis qu'il enjambait un buisson épineux. Le Muban, qui répondait au nom de Tashi, ne semblait pas particulièrement passionné par l'odyssée.

— Quoi, c'est tout ce que ça t'fait ? dit Grinwok, alors qu'ils atteignaient enfin un sentier dégagé.

— De quoi ? répondit Tashi en franchissant un arbuste.

— Comment ça de quoi, j'viens d'te raconter mon aventure héroïque et on dirait que j't'ai raconté comment j'me suis retiré une écharde du pied.

— Héroïque ? Tu as passé ton temps à dormir, à boire et à voler, sans jamais arrêter de te plaindre. Tu as même dénoncé ton ami pour ta propre survie, je n'appelle pas ça une aventure *héroïque*.

— Non, mais c'est sûr, résumé comme ça, c'est…

— C'est quoi ?

— C'est pas pareil, là ! Et puis c'était pas mon ami, c'est à cause de ce trou d'cul que j'ai…

— Perdu ton terrier, je sais, toute la forêt le sait.

Épuisé par le voyage tumultueux, Grinwok cracha une glaire qui se mélangea avec la boue, puis leva les yeux afin de contempler le ciel que les arbres lui avaient dissimulé ces derniers jours. Le sentier se prolongeait en ligne droite. L'humidité étouffante poussa Grinwok à retirer son gilet en cuir. Souhaitant se soulager les jambes, il se rapprocha du Muban et agrippa une touffe de son pelage pour se hisser sur son dos, mais Tashi se retourna brusquement en ouvrant la gueule dans sa direction, dévoilant des crocs acérés qui firent tomber Grinwok en arrière dans une flaque boueuse.

— Je t'interdis de me toucher, Ugul, est-ce bien clair ? grogna la bête en écrasant son museau contre le visage de la créature verte.

— M-message reçu, balbutia-t-il.

Il se releva et se débarbouilla la face, puis rattrapa le Muban qui avait repris la route sans lui.

— Il est encore loin, ton village ? interrogea Grinwok, débouchant ses oreilles avec son doigt.

— Non.

— Tu sais ce que j'vais faire une fois arrivé ?

— La boucler, j'espère.

— J'irai à la première taverne que j'verrai, j'commanderai tous les pichets de vin disponibles, même les plus ignobles. Ensuite, je louerai une chambre, puis une ou deux filles, peut-être même un gars et un vieux, et j'en ressortirai pas avant une bonne semaine.

— Pourquoi ne t'accouples-tu pas avec tes semblables ?

— Mes semblables ? Tu plaisantes ! De ce que j'sais, avec une Ugule, c'est qu'une seule fois, puis après SLASH.

— Slash ?

— SLASH ! Elle te tranche les roubignoles, la salope ! Pour s'en faire des boucles d'oreilles !

Tashi resta muet face à cette déclaration.

— Non, mais y a un des trucs qui est vrai, mais j'sais plus quoi.

— Tu es toujours comme ça ?

— Comme ça, quoi ?

— Rien, répondit-il, exaspéré, tout en reprenant son chemin.

Ce n'était que bien plus tard dans la journée, après avoir longé un cours d'eau et un terrain boisé, que les deux voyageurs finirent enfin par arriver à l'endroit tant convoité.

À l'entrée, un panneau branlant aux fissures prononcées indiquait le nom du village. *Ner-de-Roc.* L'air ravi, Grinwok retrouva un sourire qui envahit son visage. Mais ce sourire s'estompa à mesure qu'il passait devant les maisons et les fermes. Il n'y avait personne aux alentours. Pas un enfant en train de jouer ni un chien pour courir après une poule. Aucune présence ne semblait émaner de ce village dont toutes les portes des habitations étaient ouvertes, voire à terre. Une odeur pestilentielle englobait les environs, et Grinwok comprit d'où elle venait lorsqu'en levant son pied, il s'aperçut qu'il marchait sur des fragments d'os. On entendait seulement le bourdonnement des mouches qui avaient remplacé la population, de nombreux cadavres d'animaux jonchaient le sol.

La désillusion s'était peinte sur son visage, aussi il se tourna vers Tashi, qui ne paraissait pas le moins du monde inquiet par cette vision apocalyptique.

— Qu'est-ce que… commença Grinwok en faisant un pas vers un crâne humain brisé, à moitié enseveli sous des débris de pierre. Qu'est-ce qui s'est passé ici ? Où… où est-ce qu'on est ?

— Chez moi, répondit sereinement Tashi en passant devant lui.

— Quoi ? Comment ça « *chez toi* » ?

— Chez moi.

Grinwok le regardait avec un air dérouté.

— Attends un peu ! T'es en train de me dire que tout ça, dit-il en faisant un tour sur lui-même, c'est *chez toi* ?

— C'est ce que je viens de te dire, confirma-t-il, avançant nonchalamment au milieu des bâtiments, pour la plupart en ruine.

Grinwok avait maintenant une expression hagarde. Sa tête pivotait dans tous les sens, examinant le lieu macabre dans lequel il se trouvait. À sa droite, une échoppe de poterie dont les contours de fenêtres semblaient avoir été noircis par un incendie. À sa gauche, la taverne tant rêvée de Grinwok, étouffée par la toiture qui s'était effondrée.

— Rassure-moi, renchérit-il avec hésitation. C'est quand même pas toi qui es responsable de tout ça, hein ?

Tashi observa de loin un squelette humain dont la taille laissait penser qu'il devait s'agir d'un enfant.

— Des hommes sont venus une nuit, armés de fer. Lorsqu'ils sont repartis, il n'y avait plus rien de vivant, déplora l'animal.

— C'était il y a longtemps ?

— Suffisamment pour que je ne me souvienne plus de tout.

— C'est… c'est une jolie histoire, dit Grinwok, mal à l'aise devant ce cimetière rural. Mais depuis tout ce temps, personne n'est venu ici pour… j'en sais rien, moi.

— Parfois, il arrive que des groupes d'humains viennent pour fouiller le terrain ou faire certaines choses que je ne comprends pas. Ils sont toujours là.

Grinwok chercha des yeux les humains dont parlait le Muban.

— Ils sont là-bas, indiqua Tashi en désignant d'un coup de museau un tas de corps en putréfaction empilés les uns sur les autres près d'une ruine.

Il ne fallut qu'une fraction de seconde à Grinwok pour comprendre qu'il s'agissait d'un garde-manger réservé à son hôte. Il eut alors un rire nerveux.

— Ah ouais, carrément. Écoute, finalement, j'vais me débrouiller seul. C'était sympa cette… balade, merci de pas m'avoir mangé.

Tashi secoua la tête et se dirigea vers une des rares bâtisses encore intacte, située sur une hauteur.

— Alors adieu, Ugul.

— Eh, attends ! Où… où tu vas, là ? questionna-t-il tandis qu'il voyait le Muban s'éloigner.

— Dormir, répondit Tashi en haussant le ton, avant d'enfoncer d'un coup de tête la double porte du bâtiment.

Grinwok regarda avec des yeux ronds l'enseigne qui surplombait l'abri, et il reconnut aussitôt le symbole sur la devanture. Une tour de garde avec une apparence pour le moins assez phallique, au milieu d'un champ. Grinwok était un habitué des maisons closes bas de gamme qui toléraient bien sa présence, et celles de la *Tour Fleurie,* il les côtoyait depuis son plus jeune âge. Pris d'une attirance naturelle pour ces endroits, il se déplaça tel un zombie vers ce lieu, la bouche entrouverte. Mais dès lors qu'il gagna l'encadrement, le Muban lui barra le passage par sa carrure intimidante.

— Je peux savoir ce que tu fais ? dit la bête sur un ton dur.

— Tu t'rends compte que t'as un bordel rien que pour toi ?

— Un quoi ?

— Un bo… ici, là ! C'est un bordel ! Quoi, me dis pas que t'avais pas remarqué !

— Je ne sais pas ce que c'est. Je sais juste que les chambres sont confortables et bien chauffées en hiver. Mais je t'arrête tout de suite, il est hors de question que tu mettes un pied à l'intérieur, c'est compris ? Et puis, tu as bien dit que tu ne souhaitais pas rester ici. Alors, je ne te retiens pas plus longtemps.

La double porte se referma. Frustré, Grinwok tourna les talons en marmonnant entre ses lèvres ce qu'il pensait de la créature et de cet endroit.

— J'ai pas besoin d'lui, moi, rechigna-t-il en prenant pour ballon, un crâne qu'il frappa avec son pied pour l'envoyer dans une fenêtre.

Le soleil avait annoncé son départ pour laisser place aux ténèbres. Hors de question pour lui de rester une minute de plus dans ce décor de guerre. Lorsqu'il arriva à l'entrée de la ville, il fit mine de s'échauffer les bras et les jambes en s'étirant, puis d'un pas décidé et déterminé, il franchit la zone délimitée pour affronter l'hostilité de la forêt sauvage. Là, un cri de volatile retentit subitement dans les arbres. Pris d'un sursaut ridicule, il poussa un glapissement sonore, avant de faire demi-tour vers le village.

Pour la nuit, Grinwok avait trouvé refuge dans la première maison sur sa route qui possédait encore un toit. Une fois après avoir enjambé les débris au sol, il s'était écroulé sur un matelas en plume dont l'odeur infecte lui rappelait celle de son terrier. Il s'endormit, se laissant emporter par ses rêves.

Le lendemain, un rayon de soleil vint se heurter contre ses paupières fermées, et il se tourna sur le côté pour l'ignorer. Il serra contre lui ce qu'il pensait être une femme bien en chair comme celles qu'il avait l'habitude de payer pour ses débauches. En entrouvrant les yeux, il découvrit qu'il caressait un corps calciné dont la mâchoire s'était rompue. D'un geste vif et avec dégoût, il dégagea le cadavre avec ses pieds d'une telle force qu'il roula jusqu'à se démembrer complètement.

Il avait eu froid toute la nuit, et ses yeux lui piquaient à cause d'un manque de sommeil profond. Son regard encore assoupi vagabondait dans la pièce. On aurait pu croire qu'un ouragan s'était invité dans la maison à la vue du désordre engendré.

Sur le moment, il se demanda ce qui avait bien pu se passer pour qu'une telle violence s'acharne sur ce pauvre village qui ne devait pas compter plus d'un millier d'habitants. Ses pensées se tournaient maintenant vers ce qui l'attendait dehors. Non pas au cœur du village même, mais dans le reste du monde. Grinwok avait comme projet de revenir en Tamondor, loin des préoccupations humaines et loin des tourments que la vie lui infligeait depuis sa rencontre avec Mardaas. L'Ugul voulait tirer un trait sur toute cette histoire. Seulement, il n'avait aucun moyen de regagner son pays natal sans franchir la mer, et il ne faisait plus confiance aux Hommes pour le rapatrier chez lui depuis sa mésaventure avec les mercenaires. Il allait devoir se débrouiller seul, comme il avait toujours dû le faire.

Motivé par ses instincts de voleur, il décida de fouiller les recoins de la bicoque en ruine en quête d'un objet capable de lui redonner un semblant de moral. Malheureusement, à part des couverts en bois et des piles de vêtements usés et inutilisables, il ne trouva rien. Alors, il se mit en tête de faire un tour dans toutes les habitations voisines dans l'espoir de tomber sur quelque chose ayant suffisamment de valeur pour le revendre et espérer quitter ce pays rapidement.

Le second foyer possédait une cour et un étage supérieur, mais il n'en était rien sinon un tombeau lugubre. Pourtant, dans l'une de ces ruines, Grinwok ramassa, sous des décombres de bois, une dague à la lame courbée et aux dents affûtées. Elle lui rappelait son ancienne arme qu'il avait perdue chez les Guelyns. Protégée par un fourreau souple, il s'empressa de l'attacher à sa ceinture, et il se sentit déjà plus en sécurité.

Dans une chambre, il récupéra des bottes à revers qui lui allait parfaitement, ainsi qu'un nouveau gilet plus confortable que le sien. Ravi de ses trouvailles, il se donna à présent l'objectif de trouver de quoi déjeuner – une tâche plus ardue, il en avait conscience.

Tandis qu'il accélérait le pas vers la dernière maison qu'il n'avait pas encore explorée, une voix forte retentit dans son dos.

— Je constate que tu es toujours là.

Grinwok se retourna avec élan. C'était Tashi. Malgré sa silhouette énorme, il arrivait à se déplacer sans dévoiler sa présence, ce qui ne rassurait aucunement l'Ugul.

— Techniquement parlant, tu ne m'as pas interdit de rester ici.

— Techniquement parlant, je ne t'ai pas non plus invité à piller les tombes.

— Les tombes ! répéta-t-il avec un gloussement mauvais. Ça va, là où ils sont, ils n'en auront plus besoin, dit-il en se dirigeant vers la maison devant lui.

Il entendit un rugissement qui lui explosa les tympans. Une ombre massive lui passa au-dessus de la tête pour atterrir devant lui. Tashi montrait une agressivité qui poussa Grinwok à faire plusieurs pas en arrière.

— Si jamais tu entres ici, je te promets que le prochain lieu que tu visiteras, ce sera mon estomac.

— Quoi, tu m'laisses fouiner partout depuis tout à l'heure et là j'ai plus l'droit, c'est ça ? C'est quoi l'problème, au juste ? J'ai dépassé mon quota d'maisons, j'dois repasser demain ?

— Si je te vois ne serait-ce que rôder autour de ces murs…

— Elle a quoi de spécial cette baraque, bordel ! s'énerva Grinwok. Elle est cramée et elle sent le fion, comme toutes les autres !

Tashi avançait lentement dans sa direction, le dos bombé et la tête au ras du sol, le fixant d'un regard sanguinaire. Grinwok l'avait déjà vu comme ça pendant ses séances de chasse, aussi il capitula et se désintéressa instantanément de la bicoque, ce qui eut pour effet de calmer la bête.

— Bon, est-ce que t'as de quoi becter, au moins ?

— Tout est là, répondit le Muban en désignant les carcasses humaines des précédents visiteurs.

— Merveilleux, commenta-t-il avec répugnance. Et sinon, y a quoi d'autre au menu ?

— Le reste du menu se trouve dans la forêt.

Déçu de cette réponse, il lâcha un soupir avant de se tourner vers un massif d'arbres qui empêchait de voir au travers. La chasse n'avait jamais été la meilleure compétence de l'Ugul. Son odeur forte le trahissait à des kilomètres à la ronde et prévenait les animaux de sa présence. Grinwok était un piètre chasseur, il le savait. C'était même pour cette raison qu'il était passé maître dans l'art du vol. Hélas pour lui, il n'y avait aucun marché à dévaliser aujourd'hui.

Résolu à ne pas se laisser emporter par la faim, il s'enfonça dans la forêt, seul.

Les mouvements incessants dans les feuillages l'inquiétaient. Il devait mettre tous ses sens en éveil, non seulement pour traquer un éventuel gibier, mais surtout pour ne pas en devenir un. Chaque fois qu'il effleurait une plante, des dizaines d'insectes difformes et poilus se jetaient sur lui pour se faufiler sous ses vêtements. Il n'avait aucune idée de ce qu'il cherchait. Les quelques créatures que Grinwok aperçut au loin étaient beaucoup plus grosses et dangereuses que lui. L'air était si étouffant qu'il était obligé de faire régulièrement une pause. La faim le gagnant petit à petit, il s'imaginait déjà rentrer les mains vides et se servir le morceau de chair putréfiée qui l'attendait – à condition de pouvoir retrouver le chemin du village. L'Ugul avançait à tâtons dans les buissons, menacé par la déshydratation.

C'est alors qu'un parfum alléchant ensorcela ses narines. Il se redressa tel un piquet et balaya l'air avec son nez de droite à gauche pour détecter la provenance de cet effluve qu'il aimait tant, celui de la viande grillée.

Guidé par son flair affamé, il ne faisait presque plus attention aux dangers qui l'encerclaient. Après avoir dévalé une pente sur laquelle il s'était accroché aux branches pour ralentir sa course, et une fois qu'il eut contourné les mares d'acides sur sa route, il s'engouffra dans un buisson depuis lequel il avait une vue directe sur un campement en pleine activité. Entre les feuilles, il repéra plusieurs tonneaux, des caisses en bois, des sacs de lin, trois tentes, une grange, et un feu presque éteint au milieu d'un cercle de pierre. Juste à côté, une poêle dans laquelle reposait ce qui ressemblait à une cuisse de veau, baignant dans un jus fumant. L'eau à la bouche, c'est discrètement que l'Ugul se glissa comme une ombre jusqu'à sa cible.

Personne à l'horizon, aucune voix perceptible, Grinwok se rua sur la viande encore tiède et y enfonça toutes ses dents pour en arracher le cartilage. Il s'était étalé de la sauce tout autour de la bouche et dévorait sa cuisse goulûment jusqu'à ce que des bruits de chaîne l'interrompent sec. Rien à gauche ni à droite. Toujours personne. Il avala sa bouchée et se prépara à mordre encore quand de nouveaux tintements métalliques résonnèrent. Cela semblait provenir de la grange. Toujours la cuisse de veau dans la main, il marcha furtivement vers la bâtisse ouverte. Là, une grande cage remplissait presque tout l'espace. Grinwok comprit alors qu'il était observé depuis un moment par plusieurs paires d'yeux.

Des yeux sans paupières, ovales et grands, aux pupilles de chat et aux iris rouges, mais non menaçants. Il n'avait jamais vu ces créatures auparavant. Elles avaient presque l'air humaines, en dehors de leur peau écailleuse bordeaux et la ligne de crête qui partait du haut du crâne pour atteindre la nuque. Grinwok était réticent à l'idée de s'en approcher, mais il était soulagé qu'elles soient enfermées dans cette gigantesque cage. Et d'ailleurs, ces créatures avaient l'air d'avoir autant peur de l'Ugul que l'inverse, car elles s'étaient toutes regroupées dans un coin, émettant des sons buccaux incompréhensibles. Plus Grinwok s'approchait d'elles, plus les sons buccaux devenaient intenses.

L'Ugul les pria de se taire, mais il n'en fut rien. Les créatures tremblaient, elles semblaient terrifiées, et leurs regards ne se détachaient pas de la cuisse que Grinwok ne voulait plus lâcher.

— Quoi, vous en voulez ? proposa-t-il, pensant qu'elles devaient être affamées.

Mais cet élan de générosité se retourna contre lui, car les créatures prirent ce geste comme une menace et enfoncèrent leurs têtes dans leurs bras pour ne pas avoir à supporter cette vision. Circonspect, Grinwok haussa un sourcil et examina brièvement cette grange dans laquelle il se trouvait. Il remarqua beaucoup de pièges en fer alignés sous des tables, des armes de chasse, des outils d'une qualité médiocre, et à sa droite, sur un établi couvert de sang séché, se trouvait une de ces créatures allongée, inanimée, morte. Grinwok l'observa un long moment, tandis qu'il continuait machinalement de déguster sa viande. Il nota qu'il manquait une jambe à la créature. Lorsque cette information atteignit son cerveau, il regarda le morceau de cuisse qu'il grignotait, puis revint sur le corps démembré. Une fois le rapprochement fait, il se tourna ensuite vers les créatures enfermées et afficha un sourire maladroit. Alors, il posa ce qu'il restait de la cuisse sur l'établi et mima des gestes étranges pour signifier des excuses. Les créatures, troublées, vinrent timidement à sa rencontre, non sans hésitation. L'une d'entre elles passa son bras fin à travers les barreaux et indiqua avec son doigt le cadenas massif qui scellait leur liberté, puis les clés qui étaient suspendues à un crochet sur un panneau à l'entrée.

— Vous voulez qu'je vous libère ? comprit Grinwok qui se retournait constamment pour s'assurer que les propriétaires du camp ne revenaient pas.

Plusieurs de ces créatures se mirent à communiquer en même temps.

— Attendez, attendez ! J'pige pas un broc à c'que vous dites ! Mais... mais vous non plus, du coup.

Il y avait davantage de bras qui sortaient de la cage pour désigner les clés. Grinwok éprouvait presque de la pitié pour eux, leur visage criait la détresse, ils n'avaient rien de vindicatif.

Les chasseurs n'allaient certainement pas tarder à revenir et l'Ugul n'avait aucune envie de connaître le même sort, encore moins de finir dans une poêle. Ses idées se bousculaient les unes derrière les autres, il n'arrivait pas à se concentrer avec tous ces caquètements incessants.

— Bordel, mais fermez-là !

Il devait prendre une décision, il n'avait plus le temps d'y réfléchir. Des voix criardes firent irruption dans le camp, elles étaient nombreuses.

— Non, non, désolé, je… j'ai pas envie d'me mêler de ça. Non, la dernière fois que j'me suis embarqué dans un plan pareil, j'ai failli crever ! C'est fini, j'fourre plus mon nez dans les affaires des autres. Désolé les gars, m'en voulez pas.

À ces mots, il prit la fuite sous les regards accablés des prisonniers. Cependant, il ne s'était pas pour autant volatilisé du campement. Terré sous de grosses racines, Grinwok étudiait la scène. Un groupe d'hommes revenait visiblement d'une pêche au gibier. Certains d'entre eux portaient sur leurs épaules larges des bêtes aussi lourdes qu'eux. L'Ugul en compta une dizaine, dont deux de plus qu'il n'avait pas vu et qui étaient à deux mètres de lui.

Un des braconniers s'arrêta pile devant les racines, Grinwok voyait de près ses bottes recouvertes de boue.

— Tu sens ça ? dit le chasseur à son partenaire.

L'Ugul se mordait les lèvres, son odeur allait encore le trahir.

— On dirait qu'un Tazorus a chié pas loin.

— J'dirais même plusieurs. On ira les traquer plus tard, on va avoir besoin des flèches noires pour les immobiliser si on veut pas se faire aplatir.

Son collègue lui accorda ce détail.

— Allons plutôt voir si nos Kedjins se sont pas entretués dans leur cage.

— N'oublie pas le marché, j'ai droit à six de leurs crêtes. Avec ça, j'aurai de quoi faire agrandir mon palais, s'esclaffa-t-il.

— Ton palais, moi j'appelle ça un poulailler si tu veux mon avis, tu…

Ils étaient à présent trop loin pour que Grinwok puisse les écouter. Avant de déguerpir, il fixa une dernière fois les caisses de nourriture qu'il allait devoir abandonner, mais qu'il comptait bien revenir récupérer avec l'aide d'un ami.

À seulement quelques kilomètres de la forêt, positionné au sommet d'une colline, un avant-poste militaire contrôlait chaque allée et venue sur le territoire des Aigles. Situé à la frontière entre l'Erivlyn et le Kergorath, il s'agissait de la route principale pour entrer en terre voisine. Une unité d'Aigles de Fer était en faction et s'attelait depuis les tours de guet à surveiller les intrusions non autorisées sur le pays. La nuit s'était déjà invitée, et la plupart des soldats dînaient calmement autour d'un bon feu. Leurs rations n'étaient pas ce qu'il y avait de plus qualitatif, mais ils s'en contentaient moyennement. Ils n'étaient pas ici pour profiter du paysage, mais bel et bien pour garder un œil sur les frontières. Car depuis le retour des Immortels, le roi Draegan Guelyn leur avait explicitement ordonné de le prévenir du moindre mouvement suspect en terre Kergorienne, berceau des Immortels, il fut un temps.

Ce soir-là, il n'y avait rien à signaler. Les routes dormaient paisiblement, tout comme la jungle qui les emmitouflait. Rassemblé autour d'un repas modeste, un des soldats écoutait vaguement les conversations de ses camarades. Assis sur un tronc d'arbre, partiellement éclairé par la lueur du feu, il tenait un fin bâton dans sa main droite qui lui servait à tracer un nombre dans la terre. Il sentit la présence d'un de ses camardes dans son dos qui se pencha pour l'observer.

— Quarante-six ? releva-t-il, tandis qu'il s'asseyait à côté de lui pour souper. Qu'est-ce que c'est ?

Le soldat n'avait pas le cœur à converser et répondit sur un ton las.

— Rien.

— Et ça t'arrive souvent d'écrire des nombres dans la terre pour rien ?

Le soldat soupira.

— Si tu tiens vraiment à le savoir, c'est le nombre de jours qu'il me reste à attendre avant de retrouver ma famille. Dans quarante-six jours, je serai de retour chez moi pour l'anniversaire de mon p'tit garçon.

— Ça lui fera quel âge à ton môme ?

— Dix ans.

— Et c'était quand la dernière fois que tu l'as serré dans tes bras ?

— Il y a deux ans, avant qu'Oben Guelyn nous appelle pour partir en campagne contre les Galeniens.

— À ta place, j'me ferais pas trop d'illusions, ajouta un haut gradé en uniforme, dont la barbe était parsemée de miettes de pain. Depuis que le jeunot Guelyn est rentré de Tamondor, toute l'armée fout l'camp, les rangs sont désertés, il n'y a plus personne pour tenir son poste. C'est clairement pas le moment pour une relève.

— Il a raison, appuya celui à sa gauche. Tu peux faire une croix sur ta permission, mon pote. Moi, notre bon seigneur Draegan a sucré la mienne. J'devais partir depuis une semaine, et bah je suis toujours là.

— Si jamais ça arrive, reprit le soldat en lançant son bâton dans les flammes, j'peux vous dire que j'irai rejoindre les déserteurs. C'est pas un minot dans son genre qui va s'amuser à jouer les grands chefs avec moi.

— Et t'iras où, hein ? Tu crois qu'il y a de place pour tout le monde ailleurs ? Reste à ton poste si tu veux t'assurer que ta famille ait quelque chose dans leur assiette.

— J'ai un ami dans l'armée Kergorienne. Général, qu'il est.

— Me dis pas que t'irais chez ces…

— Eh, regardez ça, avertit un soldat en se levant, visant une silhouette encapuchonnée qui sortit d'entre les arbres.

Malgré l'obscurité, ils arrivaient à discerner sa robe aux motifs symétriques brodés d'or que le feu reflétait.

— La route est en bas de la colline, informa le haut gradé. Vous êtes ici dans une zone militaire, vous allez devoir faire demi-tour.

Mais la silhouette ne répondit pas. Elle resta immobile, à bonne distance des gardes, relevant à peine le menton. Ils comprirent qu'elle était masquée, car ils identifièrent des gravures dorées tout autour de la bouche.

— Eh, le carnaval d'Eklius c'est pas avant la semaine prochaine, mon gars. Écoute ce qu'on te dit et fais demi-tour, intima un autre soldat trapu.

Là, ils crurent entendre une voix grave derrière le masque. Seulement, elle était si faible qu'ils pensèrent que l'inconnu se parlait à lui-même.

— Les terres impures n'appartiennent à personne, seuls l'hostilité et le chaos les consument, et ainsi il ne peut y avoir un ordre.

— Qu'est-ce qu'il dit ? interrogea celui à la longue barbe, fronçant les sourcils.

— Car selon la volonté des Cinq, il ne peut y avoir qu'une seule terre sacrée, celle où nos enfants sont nés, et celle où ils périront pour embrasser le repos éternel que leur offrira l'Unique.

Une nouvelle silhouette encapuchonnée et masquée émergea de l'ombre et prit la parole à son tour.

— Une terre débarrassée du Mal engendré par un passé tourmenté.

Puis une troisième s'invita, et l'une après l'autre, elles récitèrent.

— Une terre reconnue et bénie par l'illustre Imortar.

— Une terre accomplie et délivrée.

— Une terre de paix où nos ennemis seront tombés et où la guerre ne sera qu'un lointain souvenir dans un murmure.

Les soldats se regroupèrent rapidement en position défensive et se virent bientôt encerclés par une dizaine de ces étrangers aux masques effrayants. Il en sortait derrière chaque arbre, et chacun prononçait des phrases dont le sens leur échappait. Puis celui au masque doré tendit une main gantée vers le haut gradé.

— Renonce à la corruption de ton âme et accepte la délivrance de l'Unique en devenant son ami et non son ennemi.

— Prends la main tendue de l'Imortis, car lui seul a le pouvoir de sauver ton âme et la guider vers la Vallée d'Imortar.

— Et ainsi, répands la justice avec tes frères et sœurs, car eux seuls se mettront en travers de l'ennemi pour te sauver.

— Bon, ça suffit, annonça le soldat en dégainant son épée. C'était drôle les dix premières secondes, maintenant si vous ne déguerpissez pas d'ici, je vous ferai tous arrêter. Ceci est votre dernier avertissement.

À ces mots, les Imortis avancèrent tous d'un pas, et leurs voix s'entremêlèrent dans un écho frissonnant.

— Nous ne craignons ni le fer, ni l'acier, ni le feu, ni la glace, ni la souffrance, ni la mort. Car nous sommes ici selon la volonté du Seigneur de Feu et nous avons été choisis pour le recevoir, lui et ses Frères.

Ils étaient maintenant proches des soldats. Ces derniers avaient tous la main sur le pommeau de leur épée, et ils étaient prêts à s'en servir.

— Refuse la main tendue du Sauveur et l'Imortis se devra de faire taire ton âme par le sang.

Un silence brisa les voix. Celui au masque doré croisa le regard troublé du haut gradé, qui n'était qu'à quelques centimètres de son visage. Comme il n'avait pas l'air d'être sensible au discours fanatique, le fidèle acheva sur ces derniers mots, tel un murmure.

— *In'glor Imortis.*

Immédiatement, les autres le suivirent tous en chœur. Et dans la foulée, la main du religieux jaillit avec élan vers le cou du soldat, y enfonçant une dague qui ressortit par l'extrémité, lui faisant remonter son sang jusque dans la bouche au point d'en recracher sur le masque face à lui. Les Aigles n'eurent pas le temps de riposter, car ils subirent le même sort avant même de sortir leur lame du fourreau. En l'espace de quelques secondes, un massacre sanglant s'abattit sur l'avant-poste. Un massacre qui ne laissa aucune chance de survie, car les Imortis s'assuraient de trancher la gorge de leurs victimes jusqu'à rompre l'os. Leurs bures maculées de rouge, ils commencèrent un chant mélodieux aux notes aiguës qui semblait célébrer leur acte funeste. Une mare de sang se forma bientôt autour des corps, jusqu'à noyer la terre. Après avoir mis le feu aux dépouilles, les fidèles étaient déjà en route vers leur prochaine destination.

# CHAPITRE 3
## Une Histoire de Famille

Maleius Guelyn martelait le sol du château avec ses bottes, faisant résonner ses pas dans les couloirs voisins. Les sujets qui le croisaient le sentaient pressé. Son épée fine à la ceinture tapait contre sa cuisse, et des courants d'air faisaient voler quelques-unes de ses mèches de cheveux. Il passa devant une statue blanche offrant la vision gracieuse d'une femme qu'il salua avec un hochement de tête, celle-ci lui rendit son geste avec un sourire charmeur. Il en croisa une autre à un angle de mur, un homme assis sur un trône en pleine lecture. La sculpture leva brièvement les yeux vers lui et, à la vue de son expression sévère, préféra se replonger dans son livre marbré.

Plus il avançait, plus Maleius entendait des échos étouffés à travers la pièce qu'il fixait, des échos de cris et de métal. Il passa une entrée en forme d'arche et s'arrêta sur le palier pour examiner ce qui se déroulait face à lui. Il se trouvait dans la Salle d'Armes, réservée à ses séances d'entraînement avec les jeunes recrues. Une salle circulaire où de nombreux râteliers étaient scellés aux murs et où la seule source de lumière provenait d'une ouverture ronde au plafond qui déversait un large puits de clarté.

Préférant ne pas dévoiler sa présence, il resta dans l'ombre et s'adossa à un rebord, les bras croisés, étudiant avec attention le jeune homme au cache-œil durant sa séance quotidienne.

Cerné par trois adversaires qui tournaient autour de lui, Draegan faisait jouer tous ses sens pour prévenir un danger imminent et contrecarrer les attaques les plus fourbes. Il était en sueur, le visage écarlate et la lèvre ouverte, mais le jeune roi ne donna pas raison à ses faiblesses et tenait fermement tête à ses opposants. Il croisa le fer pour bloquer une attaque de front, le métal frappé détonna dans ses oreilles et il dévia la lame pour parer un coup venant du flanc avec une justesse remarquable. Maleius eut un petit sourire narquois à cette action. Il se souvint qu'il y avait encore deux mois de cela, Draegan peinait à garder son épée en main sans avoir mal au bras. Il était fier du progrès considérable que son demi-frère avait réalisé en si peu de temps.

Déjouant avec talent les charges offensives, Draegan esquiva un coup en biais qui faillit être porté à la gorge et désarma son adversaire en l'utilisant comme bouclier humain contre les deux autres. Puis inopinément, des clappements de mains retentirent dans la salle. Draegan vit alors Maleius apparaitre dans la lumière, le visage bienveillant à son égard.

— Ça suffira pour aujourd'hui, déclara le roi en relâchant sa prise, s'adressant aux trois hommes.

Les guerriers se penchèrent en avant par respect et quittèrent la Salle d'Armes en silence, laissant les deux Guelyns face à face dans un duel de regards qui les firent sourire l'un l'autre.

— Ton jeu de jambes s'est amélioré, commenta sérieusement Maleius. Mais tu as toujours une faille sur ta droite.

Draegan souffla du nez et lui tourna le dos pour aller récupérer une serviette.

— Ton épaule te fait encore souffrir ? questionna le maître d'armes, se remémorant la blessure douloureuse que le roi avait reçue lors de sa bataille à Morham.

— Les remèdes d'Adryr me font tenir la journée, mais j'ai encore du mal à dormir la nuit.

Il s'épongea le visage et rangea l'épée d'entraînement sur le râtelier avant de revenir vers Maleius, qui avait maintenant une mine plus grave. Il le connaissait suffisamment pour comprendre que quelque chose le tracassait.

— Tu n'es pas venu ici pour juger mon jeu de jambes. Qu'est-ce qui se passe ?

— Je suis inquiet.

— Je te promets de travailler cette faille, donne-moi juste encore quelque temps.

— Il ne s'agit pas de ça, Draegan.

Le roi essuya ses mains moites avec un chiffon et attendit que Maleius reprenne la parole.

— Des bruits courent en ce moment.

— Je croyais que tu n'étais pas du genre à écouter les ragots de tavernes.

— Ce ne sont pas seulement des ragots de tavernes. Ces bruits se multiplient dans tout le pays et préoccupent nos citoyens. On dit qu'au Kergorath des groupes de personnes masquées sillonnent les villages et massacrent des familles entières au nom des Immortels.

Draegan soupira amèrement et se détourna une nouvelle fois de Maleius.

— C'est le problème des Tan-Voluors, pas le nôtre.

— Nous savons que le Kergorath sera la première cible des Immortels, le passé est en train de resurgir, et cela…

— Qu'est-ce que tu essayes de me dire ?

— Nous devons nous préparer. Quand le pays leur tombera entre les mains, ils n'auront qu'une frontière à franchir pour se retrouver en Erivlyn.

— Je suis au courant de ça ! dit-il avec entrain.

— Nous n'avons plus de nouvelles de l'avant-poste chargé de surveiller les frontières sur la route de Ner'drun. Je suis en train de rassembler une patrouille pour les envoyer là-bas.

— Nous ne pouvons nous permettre d'envoyer ce qu'il reste de nos hommes aux quatre coins du territoire juste pour une simple mission de reconnaissance. Au cas où tu l'aurais oublié, notre armée s'écroule, nos soldats nous abandonnent, les rangs sont déserts, nous avons besoin de garder nos…

— Tu ne m'apprends rien, Draegan. C'est pour cela que je suis venu te voir. Je voulais t'informer que j'ai ouvert le recrutement militaire à… un plus large public.

— Je n'aime pas la façon dont tu viens de finir cette phrase.

— Nous allons devoir lever le pied sur l'exigence que requiert notre armée. Si nous subissons une attaque des Immortels, nous ne pourrons plus nous en relever. Nous avons besoin d'aide.

— Tu comptes mettre une épée entre les mains de ceux qui ne sont pas taillés pour la guerre ?

— Dois-je te rappeler que tu n'étais pas si différent d'eux.

Draegan secoua la tête et évita le regard de Maleius. Il marcha lentement, observant les armoiries sur les murs le temps de trouver une réponse à donner.

— Qu'allons-nous faire des déserteurs ? Que dit la loi à ce sujet ?

— La loi… se remémora Maleius. En cas de désertion au sein de son armée, le soldat est passible de la peine de mort. Mais dans notre cas, cela reviendrait à en condamner des milliers, ce serait beaucoup de moyens mis en place pour une sanction. Et entre nous, compte tenu du climat actuel, nous avons autre chose à faire que de cavaler dans tout le pays à leur recherche.

Pensif devant un râtelier d'armes, Draegan caressa le manche d'une double hache.

— Peut-être que c'est ce que nous devrions faire, souffla-t-il du bout des lèvres.

Il se retourna vers Maleius qui le regardait comme si la démence s'était emparée de lui.

— Ça va, je ne le pensais pas.

Et pourtant, ces mots sonnaient faux.

— Au point où on en est, accorda-t-il, acceptant à contrecœur l'idée du maître d'armes.

Il dépassa Maleius et s'apprêta à quitter la Salle d'Armes.

— Draegan…

Il pivota vers lui.

— Nous devrions songer sérieusement à nommer un nouveau général. Aralion n'étant plus, je…

Il n'osait pas finir sa phrase. Maleius avait été contraint d'accepter à contrecœur le poste de général le temps de la campagne pour Morham, après la trahison et la mort de son prédécesseur. Seulement, il n'avait jamais voulu de cette promotion. Maleius Guelyn avait toujours encouragé ses recrues à utiliser la force de leur esprit avant celle du corps. Selon lui, savoir se battre ne devait pas être un prétexte pour brandir les poings. Le maître d'armes entraînait ses futurs Aigles de Fer à désamorcer toutes sortes de conflits, allant de l'émeute jusqu'à la plus insignifiante querelle de voisinage, sans avoir à élever la voix. Bien entendu, toujours selon lui, une telle sagesse ne pouvait être mise en pratique sans maîtriser toutes les subtilités du combat au corps à corps. Les champs de bataille n'étant pas propices au stratège de l'esprit, il affirmait qu'il n'avait rien à y faire, estimant que cela allait à l'encontre de tout son enseignement.

— Je sais, Maleius, dit Draegan sur un ton plus rassurant.

Le jeune roi regagna rapidement son appartement afin de revêtir un habit qui n'était pas imprégné de son propre sang, et ainsi se préparer au dîner. En chemin, il délia les sangles de son jaque et passa la main à l'intérieur pour y effleurer son épaule. Sa blessure lui fit esquisser une grimace qui le força à baisser la tête vers elle. La plaie avait été recousue, et malgré les soins que le médecin Adryr lui prescrivait pour accélérer la cicatrisation, elle le faisait encore souffrir autant physiquement que dans son âme. La lame l'avait transpercé jusqu'à toucher l'os, le poussant à se replier alors que ses Aigles tombaient les uns après les autres sous le fer acéré de l'ennemi.

Cherchant à fuir ses pensées, il entra dans son appartement privé et se précipita dans sa salle de bain personnelle. Sa première action fut de retirer son cache-œil, révélant un tissu de chair froissé qu'il humecta avec linge humide. Face à un miroir pas plus large qu'une assiette, il esquiva son reflet. Quand tout à coup, un voile sombre et chaud s'abattit sur le seul œil qui lui restait, le plongeant dans le noir total. C'est lorsqu'il voulut le retirer qu'il comprit qu''il s'agissait d'une main qui l'empêchait de voir.

— Vous avez pêché de la dorade, ce matin ? dit Draegan sur le ton de la plaisanterie, sentant l'air marin embaumer ses narines.

Le jeune homme fit volte-face et se retrouva nez à nez devant la seule personne capable de lui faire oublier ce qui lui pesait sur les épaules. Rien qu'à voir sa longue chevelure rouge bouclée et ses yeux bleus pétillants, il n'éprouvait plus aucune douleur nulle part. Par sa seule présence, Madel avait le pouvoir de le calmer même dans les situations les plus critiques. Après la bataille de Morham, elle avait récupéré un Draegan anéanti, dévasté et rongé par une colère sans nom qu'il se vouait à lui-même, mais pas seulement. Durant le voyage du retour, seule Madel arrivait à le contenir dans sa rage et à le faire dormir. Quelques jours après, ils s'étaient officiellement unis tels que Draegan lui avait promis avant les épisodes sombres. Elle était son meilleur remède à la vie, et pour cela il était décidé à ne jamais s'en séparer.

Madel Guelyn afficha un sourire qui ne tarda pas à s'envoler à la vue de la lèvre enflée de son époux.

— Je t'ai déjà dit de ralentir sur les entraînements, sermonna-t-elle, examinant de plus près l'entaille.

— Avoue-le, tu trouves mes balafres irrésistibles, se vanta-t-il d'un sourire grossier.

Il s'éloigna vers une grande armoire pour y ramasser une veste bien taillée.

— Si c'est pour te retrouver avec des dents en moins et ressembler à la moitié de mon équipage, ça ne vaut pas le coup.

La réplique le fit rire, mais lorsqu'il revint vers elle et qu'il baissa les yeux vers ses mains, son expression se raidit.

— Tu parles de moi, mais t'as vu ta main droite ?

En effet, les jointures étaient couvertes d'ecchymoses et de sang séché.

— Tu t'es encore battue ? interrogea-t-il durement en attrapant son poignet. Et avec qui, cette fois ?

— J'en sais rien, dit-elle en se dégageant de son emprise, un péquenaud du marché.

— Madel…

— Ils étaient tous là à vociférer des horreurs sur toi, j'en ai attrapé un au hasard et je lui ai refait le portrait.

Décontenancé, Draegan se dirigea sans un mot vers une petite commode de bois où il en ressortit un pantalon de laine qu'il déplia et étala sur le lit.

— Tu ne peux pas les forcer à penser différemment.

— Je ne supporte pas que l'on dise du mal de toi. Quand tu n'étais qu'un prince, j'arrivais à faire l'impasse, mais depuis que tu es devenu roi, je ne peux plus faire un pas dans la rue sans entendre ton nom se faire traîner dans la boue.

— Le peuple est en colère et il a ses raisons.

— Le peuple est stupide et pour ça il n'a jamais eu besoin de raisons.

— Écoute, moi je les comprends. Ils ne se sentent plus en sécurité.

— Moi aussi je ne me sens plus en sécurité, je suis obligée de sortir à visage caché pour que l'on ne me reconnaisse pas. Et je ne me sens pas non plus en sécurité pour toi. Ce n'est pas parce que tu as décidé de te protéger en ne quittant plus le château qu'il ne peut rien t'arriver.

— Maintenant tu comprends pourquoi je passe autant de temps à l'entraînement.

Pour mettre fin à la querelle, Draegan l'enlaça tendrement.

— Je t'ai perdu une première fois, dit-elle par-dessus son épaule, le serrant encore plus fort. Je ne le tolérerai plus.

Il enfouit son regard dans le sien pour la rassurer.

— Je te promets de faire attention.

Ces mots ne semblaient pas l'apaiser, mais elle lui répondit avec un faible sourire au coin des lèvres.

Lors du dîner, l'invité le plus bruyant était le silence. Isolés dans une petite salle où était dressée une table aux angles arrondis, ils étaient éclairés par les chandelles fixées sur les murs de pierre. Autrefois, les repas étaient beaucoup plus animés, mais depuis leur retour de Tamondor, l'ambiance n'était définitivement plus la même. Ce soir-là, il n'y avait que Maleius, Draegan et Madel, rassemblés autour de plusieurs rôtis copieux. Les seuls éclats de voix provenaient des serviteurs qui annonçaient les plats en les déposant sur la table. Tous semblaient s'être réfugiés avec leur propre conscience.

Soudain, dans un sursaut de lucidité, Draegan coupa la parole au silence.

— Quelqu'un a des nouvelles de Sigolf ?

Maleius reposa sa fourchette et avala sa bouchée pour lui répondre.

— Il est toujours entre les mains d'Adryr. Ce gosse est plus robuste que ce que je pensais. Il s'est accroché à la vie, et pourtant la mort était à deux doigts de l'emporter.

C'était vrai. L'officiel Sigolf, bien que peu expérimenté, avait su se montrer courageux en se mettant en travers d'un Prétorien pour protéger Kerana. Malheureusement, le Prétorien l'avait écarté en lui assénant un coup de hallebarde qui lui avait ouvert le torse et l'avait envoyé au sol, ce qui l'avait rendu inconscient pendant plusieurs jours.

— Avec ta permission, poursuivit Maleius, j'aimerais le décorer pour son acte héroïque.

Draegan acquiesça.

— Et puisqu'on en parle, renchérit le maître d'armes avec une hésitation prononcée, est-ce que tu sais comment va Kera ?

Le jeune homme repoussa son assiette et se mordit la lèvre.

— Comment le saurais-je ? Ça fait deux semaines. Deux semaines qu'elle refuse de sortir de sa chambre, deux semaines qu'elle refuse d'ouvrir la porte.

— J'ai essayé de lui parler, mais ça n'a rien donné.

— Nous avons tous essayé, Maleius. Je ne sais plus quoi faire. J'ai été là pour elle, je l'ai écoutée, j'ai entendu tout ce qu'elle avait à me dire, et du jour au lendemain elle s'est renfermée. Je n'y comprends plus rien.

— Elle traverse un moment difficile, ajouta Madel. Elle a besoin d'être seule.

— En même temps, après tout ce temps passé en compagnie de Mardaas, elle…

Avec violence, Draegan frappa la table avec son poing, ce qui eut pour effet d'interrompre Maleius, ainsi que les serviteurs qui venaient de sursauter.

— Je t'ai déjà dit de ne plus jamais prononcer ce nom dans ce château, réprimanda Draegan d'une voix dure.

Maleius s'excusa et n'ouvrit la bouche à présent que pour terminer sa soupe.

Tout le monde s'accordait à le penser, beaucoup de choses avaient changé depuis la bataille de Morham, et Draegan n'avait pas été épargné. Quelque chose s'était brisé en lui ce jour-là, quelque chose qui ne pourrait jamais être réparé. Et s'il n'arrivait plus à affronter le regard de ses Aigles, celui qu'il cherchait plus que tout à éviter était le sien. Car le jeune roi se maudissait pour avoir, malgré ses soupçons fondés, accordé sa confiance au Seigneur de Feu pour les aider. Il avait sur la conscience des milliers de morts causés par cette simple erreur de jugement, et cela ne manquait pas de le consumer jour après jour.

Hanté par ses remords, il se leva de sa chaise, les membres tremblants.

— Excusez-moi.

Il quitta la pièce sans adresser un regard à sa compagne, qui chercha des réponses dans celui de Maleius.

Draegan s'isola dans le couloir, essayant de retrouver une paix intérieure qu'il s'évertuait à rechercher depuis des semaines. Les images de Mardaas révélant son véritable visage ne l'avaient plus quitté, pas même dans son sommeil. Ce demi-sourire qu'il avait entraperçu derrière son masque et ses yeux remplis de ténèbres qui l'avaient foudroyé, Draegan n'arrivait pas à chasser ces visions qui le rattrapaient sans cesse. Cependant, une seule question continuait de le tarauder depuis ce jour-là.

Pourquoi Mardaas l'avait-il épargné ? Il lui aurait suffi de tendre la main pour le réduire en cendre, pourtant il n'en fut rien. L'Immortel s'était contenté de faire demi-tour sur sa monture. Après avoir retourné la question dans tous les sens, il s'était dit qu'il aurait préféré être tué plutôt que d'avoir à vivre avec ce qui l'attendait.

Pour se changer les idées, il décida de s'enfermer dans son bureau et se replongea dans les mémoires que son père avait laissés. Dans ces textes, Draegan espérait y dénicher des conseils qu'il aurait aimé recevoir de vive voix. Il y passait presque toutes ses soirées, quand il n'y passait pas des nuits entières. Ses insomnies lui refusaient le moindre répit, ce qui ne manquait pas d'inquiéter les seuls proches qui lui restaient.

La seule préoccupation du jeune roi était de redorer le blason de sa Maison. Hélas, il en avait pleinement conscience, cela ne serait pas de tout repos. Il comptait sur les nombreux documents rédigés par son père, qu'il prenait pour modèle, espérant trouver ce qui pourrait le sortir de ce gouffre dont il n'arrivait pas à en réchapper. Mais rien ne semblait à la hauteur de son désarroi. Oben Guelyn n'avait jamais eu de difficultés pour s'attirer la sympathie de son peuple, il avait l'image d'un père à leurs yeux. Un père qui mettait tout en œuvre pour les protéger comme s'ils faisaient partie de sa famille. Et si les Erivlains n'arrivaient pas à accorder leur confiance en Draegan, c'était parce qu'à l'inverse de son père, lui, était toujours un enfant.

Après plusieurs heures de lecture fastidieuse, l'œil rouge de fatigue, le jeune homme finit par décider d'aller rejoindre son lit. Le château était endormi et, hormis quelques gardes, il ne croisa personne dans les couloirs. Arrivé à l'étage des appartements, il passa devant celui de sa sœur sans même y prêter attention. Puis, deux mètres plus loin, il s'arrêta, songeur. Il se retourna vers la porte qu'il n'avait plus vue ouverte depuis des semaines, fixant la poignée et essayant de discerner des bruits de l'autre côté. Finalement, il s'en approcha à pas feutrés et y colla son oreille. Il n'entendit rien. Enfin, sans la moindre espérance, il frappa.

— Kera, c'est ton frère, ouvre-moi.

Sans surprise, aucune réponse ne fut donnée. Mais ce soir-là, Draegan éprouvait le besoin de se confier. Alors, il ne bougea pas de l'entrée et se mit à parler dans le vide du couloir, imaginant que sa sœur puisse l'entendre.

— Je suis désolé pour tout ce qui est arrivé. Il ne se passe pas un jour sans que je regrette de ne pas t'avoir plus protégée. Je ne pensais qu'à moi et à ce que les autres pensaient de moi, sans m'apercevoir qu'autour les gens souffraient, que *tu* souffrais. Tu as toutes les raisons de m'en vouloir, mais je t'en prie, parle-moi, crie-moi dessus, n'importe quoi, mais j'ai… j'ai besoin de toi, aujourd'hui plus que jamais.

Pris par l'émotion, il abattit sa main sur la poignée et découvrit avec étonnement que la porte n'était plus verrouillée. Sans réfléchir, il décida d'entrer pour constater que la chambre était vide de présence. Comme Kerana ne s'y trouvait pas, cela encouragea Draegan à s'y aventurer. Un désordre inhabituel régnait en ces lieux. Des piles de vêtements éparpillés sur les tapis, des livres ouverts dans tous les coins et plusieurs sacs alignés sur le grand lit double. Une forte odeur piquante provenant de l'établi d'alchimie laissait suggérer que l'appartement n'avait pas été aéré depuis des jours, les volets étaient fermés, tout comme la double porte menant au balcon. Draegan fit un tour rapide et son attention se porta vers un cadre en bois renversé sous une table. Il s'abaissa pour le récupérer et le retourna vers lui, affichant une totale animosité pour la peinture entre ses mains. Sa sœur y était représentée lors d'un banquet aux côtés du Seigneur de Feu, Mardaas. Il était prêt à jeter cette toile maudite par la fenêtre quand une voix surgit dans son dos. Une voix glaciale, pleine de rancœur, mais qui au fond le soulageait.

— Qu'est-ce que tu fais là ? dit Kerana, devant l'entrée.

Draegan pivota spontanément vers elle et lâcha le tableau qui se fit amortir par le tapis. Elle avait un regard meurtri, ses longs cheveux bruns étaient attachés en queue de cheval et ses joues étaient un peu plus creuses. Il n'avait jamais vu un visage incarner autant la colère qu'en cet instant, et d'ailleurs il ne reconnut pas sa sœur sur le moment. L'insouciance et l'innocence qui se dégageaient d'elle semblaient s'être envolées à jamais, tout comme son sourire enfantin qui la caractérisait si bien.

— Où étais-tu ? interrogea Draegan.

Elle ne répondit pas et l'ignora avec dédain tout en portant une cagette pleine d'herbes qu'elle avait vraisemblablement ramenée de la cuisine.

— Il faut qu'on parle, rajouta-t-il sur un ton sec.

Mais elle continuait de contester son existence en fouillant dans ses affaires comme si elle était à la recherche d'un objet précis.

— Je m'inquiète pour toi. Tout le monde s'inquiète.

Penchée au-dessus de son établi, elle comptait une faible quantité de graines qu'elle enfouit dans une sacoche avant de l'envoyer sur son lit. Ses allers-retours ininterrompus firent perdre le peu de patience qui restait en Draegan.

— Regarde-moi ! cria-t-il dans un accès de rage, ce qui eut pour effet de la stopper net.

Il vit ensuite l'épée de Kerana, celle qu'elle avait ramenée du marché avec Mardaas, à l'intérieur de son fourreau, parmi les nombreux sacs qui paraissaient bien remplis.

— Tu vas quelque part ? interrogea-t-il, l'air grave.

Kerana se tenait maintenant face à lui, et il lut dans ses yeux humides ses intentions.

— Non, réfuta-t-il en secouant la tête. Non, Kera, il en est hors de question, tu m'entends ? Je ne te laisserai p…

— J'ai pris ma décision, répliqua-t-elle sombrement.

— Écoute-moi, je ne crois pas que tu sois en état de prendre la moindre décision en ce moment.

— Au contraire, j'ai eu tout le temps qu'il fallait pour y réfléchir.

— Kera, je t'ai dit d'oublier, de tirer un trait sur tout ça.

— C'est facile pour toi de dire ça, ce n'est pas toi qui as été… Laisse tomber, je n'ai pas envie de poursuivre cette conversation avec toi.

— Tu crois que c'est simple pour moi aussi ? Tu crois que j'essaye de faire comme si rien ne s'était passé ? Eh bien, tu te trompes. Je ne suis pas près d'oublier.

— Moi non plus, tu vois. Je n'oublierai *pas* ma fille.

— Kera, nous avons eu cette discussion des centaines de fois. Ce n'est *pas* ta fille ! C'est une Immortelle, une espèce de monstre aux pouvoirs qui nous dépassent. Elle n'appartient pas à notre monde !

Ces paroles l'avaient blessée.

— Je n'arrive pas à croire que ces mots sortent de ta bouche. Elle a besoin de moi. Je n'ai pas l'intention de la laisser sans défense entre des mains corrompues qui n'en voudront qu'à son pouvoir. Je dois la vie à cette enfant, elle m'a sauvée, elle sait que je suis sa mère.

— Écoute, je sais ce que tu ressens…

— Non, Draegan, non, tu l'ignores, crois-moi.

— Il nous a tous trahis !

— NON ! hurla-t-elle dans un sanglot. Il *m'a* trahie.

Draegan n'osa bafouer cette vérité, la détresse de sa sœur lui nouait la gorge.

— Je pars la chercher, reprit-elle, et tu ne m'en empêcheras pas.

Elle revint vers son établi pour récupérer des échantillons de potions conservés dans des fioles qu'elle rangea à l'intérieur de son sac à bandoulière.

— Tu ne sais même pas où elle est !

— Mardaas m'a parlé à plusieurs reprises de l'île de Morganzur. C'est là-bas qu'elle doit être.

— Morganzur ? releva-t-il avec inquiétude. L'île des fêlés ? C'est à des milliers de lieues d'ici ! Il faut traverser tout le Kergorath pour s'y rendre, et ce n'est pas le bon moment pour y mettre les pieds.

— Tu n'as pas la moindre idée de ce qu'ils vont lui faire subir si on ne la sort pas de là. Je sais que je peux lui offrir une vie meilleure, j'ai l'intime conviction que c'est mon devoir, que c'est pour ça qu'elle m'a offert une seconde chance. Tu peux comprendre ça ? Je préfère retourner le continent entier pour la retrouver plutôt que de rester ici les bras croisés.

— Et toi tu ne te rends pas compte des risques que ça implique.

On ne parle pas d'une simple mission de sauvetage ! Morganzur… ça grouille d'Immortels là-bas ! J'ai vu ce qu'ils sont capables de faire, d'invoquer, de pulvériser, ils ont massacré plus d'Aigles de Fer que l'Armée d'Écaille en quelques minutes ! Je regrette, Kera, sincèrement, je regrette tout ce qui est arrivé, mais il faut oublier l'enfant. C'est une Immortelle, elle aussi, ne l'oublie pas.

— Qu'aurais-tu fait si ça avait été ta fille ? Est-ce que tu l'aurais abandonnée ?

Draegan s'avança vers sa sœur d'une manière fraternelle. Sa peur de la perdre une nouvelle fois le freinait dans ses sentiments. Elle n'était plus la jeune fille naïve et douce qu'il avait toujours connue. En revanche, son inconscience était bien toujours présente, elle semblait même s'être décuplée.

— Je n'ai pas un seul souvenir de toi où tu n'as jamais essayé de te mettre en danger, dit Draegan, retrouvant son calme.

— Et moi, je n'en ai pas un seul de toi où tu n'essayes pas de m'en empêcher, répondit-elle avec un sourire si furtif qu'il s'éclipsa en une fraction de seconde.

— Rien de ce que je dirai ne te fera changer d'avis, conclut-il.

— Cite-moi une seule fois où ça a marché.

Désemparé, Draegan s'assit sur le bord du lit et se frotta le visage. La perspective d'être une nouvelle fois éloigné de sa sœur le torturait pleinement, il avait besoin d'elle auprès de lui, il avait besoin de la savoir en sécurité après tout ce qu'elle avait enduré. L'imaginer perdue en région reculée, à la merci des plus grands dangers, cela lui était inconcevable. La dernière fois qu'une telle chose s'était produite, elle avait fait la rencontre du Seigneur de Feu.

— J'aimerais pouvoir me réveiller de ce cauchemar, souffla-t-il en s'écorchant dans ses mots.

Elle le regarda longuement.

— Nous sommes déjà réveillés.

Après un long soupir de résignation, Draegan finit par se redresser pour affronter la réalité.

— Je ne veux plus entrer en conflit avec toi. Je ne veux pas entrer dans ta chambre un matin et m'apercevoir que tu n'es plus là. Alors, je n'imposerai qu'une seule condition.

Kerana ne l'interrompit pas, ce qui laissait entendre pour Draegan qu'elle n'était pas fermée à l'idée.

— Tu n'iras pas seule.

— Tu ne peux pas abandonner tes responsabilités pour me suivre. Tu as déjà bien assez de problèmes avec ton statut, je n'ai pas envie de t'imposer les miens.

— En effet, tu as raison, le moment est plutôt mal choisi pour que je mette les voiles. Mais je ne pensais pas à moi…

# CHAPITRE 4
## Le Sbire

Le feu de la cheminée crépitait et projetait dans la pièce des ombres dansantes. Des portraits habillaient les murs jusqu'à remplacer la tapisserie brodée, ce qui donnait l'impression à Angal Tan-Voluor de se faire observer en permanence. Il se prélassait dans un siège de bois, contemplant l'âtre qui fumait et dégageait une odeur de braise qu'il aimait humer. Sa couronne en argent, qui n'arrêtait pas de pencher sur le côté, lui ébouriffait les cheveux ; et il passait son temps à la remettre en place. Son regard juvénile se faisait happer par ce spectacle enflammé qui éclairait sa peau brune, tandis que derrière son siège, un serviteur aux yeux globuleux s'abaissa à son niveau pour lui tendre un morceau de papier sur lequel était écrite une seule phrase à l'encre noire. Il ne s'agissait pas d'un message venant d'une région lointaine ni d'une information capitale lui étant adressée, mais simplement une demande du serviteur lui-même, questionnant le jeune roi sur ses préférences pour le repas du soir. Angal précisa d'une voix nasillarde son choix avant de renvoyer son sujet d'un signe de main. Ces interactions se répétèrent inlassablement toute la journée qui suivit. Les messages concernaient sa toilette, ses rendez-vous, ses vêtements du jour, et malgré tout ce défilé de sujets dans le salon du jeune garçon, le silence était maître. Non pas que les serviteurs n'aient pas le droit de parler, encore fallait-il qu'ils le puissent. Car sous son apparence niaise d'adolescent de douze ans se cachait un tyran sans vertu, Angal Tan-Voluor avait fait arracher la langue de tous les membres de sa cour afin de les priver de potentielles conspirations à son encontre. Depuis l'assassinat de son père, mais aussi de son frère aîné et de sa sœur dont il était à l'origine, Angal allait jusqu'à se méfier de sa propre ombre. Il avait même fait installer des miroirs dans toutes les pièces de son domaine afin d'assurer ses arrières. Ce jour-là, comme tous les autres, Angal était bougon. Son ennui se dessinait sur son visage. Les livres ne l'intéressaient guère. Pour se distraire, il organisait une fois par semaine des combats d'esclaves dans ses arènes privées. Le dernier duel remontant au jour d'avant, il se languissait déjà du prochain.

Au rez-de-chaussée, assis sur un banc de pierre chauffé au milieu d'une cour ensoleillée, le général Hazran patientait calmement. Pour tuer le temps, il faisait pivoter son glaive comme une toupie en le tenant par le pommeau au milieu des galets. Par moment, il voyait son reflet dans la lame, un reflet qui lui renvoyait un visage au teint basané et aux cheveux noirs comme la terre. Il avait refusé de retirer son armure de bronze, pensant qu'il n'en aurait pas pour longtemps. Mais les heures passaient, et malgré une patience à toute épreuve, Hazran commençait à montrer des signes de nervosité. Il savait pourtant que le roi Angal ne connaissait rien à la ponctualité, et il était admis de tous que la ponctualité était loin d'être la seule chose que le roi ignorait. Mais ce n'était pas la raison de l'agitation du général. Ses soldats l'attendaient sur la plage d'Ark-nok. Ils attendaient les ordres. Une menace s'apprêtait à s'abattre sur eux, ils devaient être prêts.

Enfin, un groupe de serviteurs vint le cueillir pour l'escorter jusqu'à son souverain. Mais avant, il devait remettre son glaive entre leurs mains par consigne de sécurité.

Lorsqu'il pénétra dans la pièce, les centaines de portraits sur les murs lui glacèrent le sang. Devant lui, face à la cheminée, un siège lui tournait le dos. Un sujet s'attelait à remplir deux verres à pied d'un vin rouge profond. Il tendit un verre au général, puis le second au roi. Ce dernier rendit la boisson en fixant avec froideur son domestique, l'obligeant à boire une gorgée avant lui.

— Laissez-nous, déclara mauvaisement le garçon.

Les serviteurs obéirent en refermant la porte.

— Assieds-toi, Général, lança Angal qui dévoila un bras fin pour désigner le siège à sa droite.

Hazran obéit, malgré son bouillonnement intérieur. La coutume voulait que le roi prenne la parole en premier avant de poursuivre la moindre discussion, mais le jeune garçon paraissait plus concentré sur les braises volantes que sur sa réunion.

Les lèvres de Hazran étaient aussi brûlantes que le feu qui s'animait dans l'éclat de ses yeux.

— Mon seigneur, commença-t-il, trouvant le silence insupportable.

Angal leva le doigt pour l'interrompre, lui faisant se mordre ses lèvres pour contenir ses mots. Les secondes qui s'ensuivirent étaient, pour le général, plus lentes que toutes les années de son existence.

— Voilà plusieurs jours que je fais appel à toi, et tu ne te présentes que maintenant.

— Mon seigneur, je…

— On m'a même rapporté que tu ignorais volontairement mes convocations.

Il détourna rapidement le regard pour ne pas croiser celui du roi.

— Et qu'est-ce que j'apprends ce matin ? Que mon général souhaite me demander une audience. À moi. Alors que les miennes sont restées sans réponses.

— J'étais à Ark-nok, Seigneur, pour…

— Je ne me souviens pas t'avoir envoyé là-bas.

— Non, en effet, mon seigneur. Mais nos espions nous ont rapporté que quelque chose se préparait sur l'île de Morganzur. Quelque chose que nous devrions prendre au sérieux. J'ai donc déployé plusieurs unités sur le terrain afin de sécuriser la zone et prévenir la moindre intrusion suspecte. J'ai agi pour la protection du pays.

— Et qu'en est-il de *ma* protection ?

Hazran ne trouvait pas de réponse logique à donner.

— Tu m'as demandé audience. Que veux-tu ?

— La plage d'Ark-nok est vaste, nous ne sommes pas assez nombreux pour couvrir toute la surface. Je viens demander des renforts afin de…

— Non, coupa spontanément le roi.

Son intervention le désarçonna.

— Mais, mon seigneur…

— Pour quoi faire ? Surveiller les vagues ? Depuis quand nous soucions-nous des Morganiens ? Ce sont des illuminés. Quel genre de menace pourraient-ils être pour un pays comme le nôtre ?

— Nos espions sont formels. Les Morganiens ont pour projet de revenir au Kergorath. Et nous savons ce qu'il s'est passé la dernière fois qu'ils ont mis les pieds ici. L'Histoire ne l'oubliera jamais.

— Je ne sais pas de quoi tu parles, répliqua Angal, qui, manifestement, n'avait jamais étudié le passé. Mais ça ne m'intéresse pas. J'ai besoin que tu sois ici, les rues ne sont plus sûres depuis quelque temps.

— Mais…

— Votre place est ici, à Azarun, pour veiller à *ma* sécurité.

— Si on ne renforce pas nos frontières, c'est la porte ouverte à l'ennemi ! s'indigna le général. Et l'ennemi dont on parle est le même qui a mis en déroute les Aigles de Fer et l'Armée d'Écaille à Morham.

— L'ennemi se terre derrière chaque porte de ce château ! s'exclama Angal en décollant son dos du siège. D'ailleurs, j'ai remarqué que depuis un moment tu avais un comportement étrangement dissident, Hazran.

L'homme ne réagit pas, il était habitué aux crises de paranoïa de son roi. Et pour cause, Angal l'accusait de trahison une fois par mois.

— Rappelle tes hommes, grogna le roi. C'est moi qui décide quelle zone surveiller. Et je décide que ce château est la priorité.

Constatant avec une certaine amertume que la conversation n'allait que dans un sens, le général se leva froidement. Mais avant de quitter la pièce, le garçon se pencha pour attraper son poignet et le retenir dans son élan.

— Je te conseille de m'obéir, Hazran, siffla-t-il avec un regard brillant. Si tu ne veux pas qu'un serpent se glisse dans le lit de ton fils pendant son sommeil.

Ces mots étaient aussi acérés que des poignards. Pour autant, Hazran ne divulgua aucune émotion. Les caprices du jeune Angal n'étonnaient plus personne, tout comme ses menaces incessantes.

Hazran salua respectueusement son roi puis se précipita vers la sortie pour passer ses nerfs sur le premier mur qu'il rencontrerait. Il supportait de moins en moins le caractère corrosif de l'enfant, jusqu'à regretter son prédécesseur, Vezeral, beaucoup moins impulsif et imprévisible que lui.

En sortant d'un couloir, il tomba enfin sur un visage qu'il n'avait pas envie de remodeler avec son poing. La capitaine Namyra Virmac attendait le dos contre un mur, Hazran reconnut de loin sa longue tresse en queue de poisson. Elle l'avait accompagné depuis le campement d'Ark-nok, sous prétexte d'assurer sa sécurité durant le court trajet, même si c'était surtout une occasion pour les deux amis d'échapper quelques instants à leurs fonctions.

Namyra regarda Hazran s'avancer avec morosité.

— Alors ? s'enquit la capitaine.

Le général haussa les épaules et poursuivit sa route en passant devant elle.

— Qu'est-ce qu'il a dit ? insista-t-elle.

— Comme d'habitude, répondit Hazran avec une voix grave. Rien de pertinent.

— On peut faire une croix sur les renforts, c'est ça ?

— S'il n'y avait que les renforts, dit-il en traversant un pont menant à la sortie du domaine. Il veut nous faire démanteler notre position.

— Quoi ? Tu lui as parlé des rapports des espions ?

— Oui, et comme je m'y attendais, il n'a rien compris. Et quand Angal ne comprend pas…

— Il menace de mort, termina Namyra en accélérant le pas pour le rattraper. Et donc ? On doit remballer aujourd'hui ?

— On ne remballe pas.

— Mais Angal a dit…

— J'emmerde Angal. Il n'a pas conscience de ce qui se passe hors de son château.

— Tu n'as pas peur de sa réaction s'il apprend que tu lui as encore désobéi ?

— Crois-moi, affirma Hazran en s'arrêtant, ce n'est pas de lui dont il faut avoir peur.

Le son de la plume griffonnant sur le parchemin se mélangeait à celui des vingtaines d'autres dans la pièce. Dehors, la pluie persécutait la terre et fouettait les vitraux du temple. Concentré à rédiger un devoir sur le règne de l'Unique durant la 6e ère, Lezar se sentait noyé par les piles de livres ouverts les uns sur les autres, sur lesquels des illustrations de l'Immortel se chevauchaient. Il avait déjà rempli trois parchemins vierges et s'apprêtait à terminer le quatrième. De temps en temps, il relevait la tête pour reprendre une bouffée d'air et observer ses camarades, eux aussi, plongés dans leur exposé. Parfois, le silence était rompu par des éternuements ou des toux qui résonnaient jusqu'au plafond, mais en dehors de ça, il était interdit de communiquer.

Tous les quarts d'heure, un prêtre faisait une ronde entre les tables pour s'assurer que les jeunes fidèles ne vaquaient pas à d'autres occupations que le travail qui leur avait été imposé. Le plus souvent, c'était le prêtre Pecras qui venait à eux. Lezar l'aimait bien, il lui arrivait régulièrement de faire appel à lui pour des conseils ou lorsque des questions le tourmentaient. C'était un vieil homme au dos bossu qui avait toujours une lanterne accrochée à sa ceinture de foi. Sa bienveillance apaisait les esprits, et les fidèles se sentaient en bonne compagnie. Ce qui était loin d'être le cas lorsque la ronde était confiée au prêtre Saramon. Son nez aquilin et son menton en pointe lui donnait un air crispé dont il n'arrivait jamais à se débarrasser. Lezar le craignait, comme tout le monde. Il possédait à ses deux poignets des bracelets d'épines qui lui écorchaient la peau en signe de mortification. La posture droite, il marchait toujours les bras derrière le dos en fredonnant un cantique imortis aux notes lentes et graves.

Saramon n'était pas connu pour son écoute et son ouverture d'esprit, il n'hésitait pas à user de son autorité pour rendre sa propre justice et faire condamner au supplice tous ceux qui, selon ses règles, ne respectaient pas le code imortis et ses pratiques.

Alors que le prêtre déambulait dans la salle avec un œil aiguisé braqué sur les fidèles, giflant au passage ceux qui avaient le malheur d'émettre le moindre bruit, Lezar entendit soudainement au travers des vitraux un chant de voix puissantes qui interrompirent toutes les plumes. Chacun s'interrogeait dans le regard de l'autre, d'autant que le prêtre Saramon semblait, lui aussi, troublé par la mélodie qui passait les murs. Il eut même un petit sourire effrayant, comme s'il savait ce que cela signifiait.

Exceptionnellement, il autorisa les élèves à faire une pause et à se rendre hors du temple – ce qui n'était encore jamais arrivé auparavant – laissant penser aux fidèles que Saramon était malade. Mais quand Lezar sortit et sentit la pluie s'échouer sur ses vêtements sacrés, il comprit pourquoi le prêtre tenait à ce qu'ils voient ça. Un fleuve humain serpentait dans la rue, brandissant la bannière du culte aussi haut qu'il le pouvait. Les religieux chanteurs étaient vêtus de la bure imortis traditionnelle, renforcée par des pièces d'armure en cuir qui protégeait le torse, les bras et les jambes, leurs visages se cachaient sous les capuchons, et une longue dague pendait à leur ceinture. Lezar les toisait de loin, il se trouvait à côté du prêtre Saramon, qui jubilait d'un tel spectacle.

— Observez, mes enfants, observez l'avènement rédempteur de nos frères qui mourront pour la gloire d'Imortar et de l'Unique, proclama-t-il d'une voix monocorde.

Lezar n'arrivait pas à distinguer la fin de la file qui passait devant lui. Ils devaient être un millier, peut-être plus. Un millier d'Imortis qui avançait en chantant leur foi tel un cri de guerre divin.

— Où vont-ils ? interrogea-t-il faiblement à qui voulait bien l'entendre.

— En Terre d'Exil, répondit un acolyte derrière lui. Ils ont été choisis par le Seigneur de Feu pour le suivre et ramener les Exilés dans le droit chemin.

Ils restèrent un long moment à les regarder défiler.

— Ça commence, souffla Saramon, les yeux luisants.

Isolé dans la plus haute tour du château, Mardaas contemplait également depuis le balcon les lignes que formaient les Imortis et qui se rendaient au port pour embarquer. Des frappes de vent faisaient soulever sa lourde cape et des gouttes de pluie parvenaient à s'échouer dans les orifices de son masque. Statique face au déchaînement du ciel, Mardaas avait un goût amer de déjà-vu. Il se revoyait au même endroit, plusieurs siècles en arrière, se préparant pour une énième invasion de territoires, affrontant les mêmes ennemis et honorant les mêmes alliés. C'était ce qu'il avait toujours su faire. La guerre. Sauf que cette fois-ci, Mardaas ne savait plus reconnaître ses ennemis de ses alliés, comme il ne savait plus quelle guerre donner.

Il tourna la tête vers le coin du mur où reposait sa fidèle épée, Sevelnor, dont l'œil au niveau de la garde semblait endormi. Ce cadeau démoniaque semi-organique lui avait été remis par Baahl en personne lors de ses cent premières années. Seul Mardaas était en mesure de la brandir, car Sevelnor ne répondait qu'à son porteur et à nul autre. Il s'enferma dans son désarroi quand tout à coup, l'œil de l'épée s'ouvrit subitement en affolant son iris nimbé de ténèbres pour se figer sur l'individu qui venait de faire irruption. Le prêtre Arban se présenta avec un grand respect, jusqu'à ployer le genou, attendant dans le silence que le Seigneur de Feu lui donne la parole.

— Que veux-tu, prêtre ? demanda Mardaas sur un ton dur.

— Maître, je viens vous annoncer que votre vaisseau privé est amarré à la Porte-Nord. Il n'attend plus que vous pour prendre la mer.

— Bien, tu peux disposer.

— Mais avant cela, comme le veut la tradition, je vous invite à vous rendre au temple. Nous avons sélectionné les meilleurs, vous n'aurez qu'à faire votre choix.

— De quel choix parles-tu ?

— Eh bien, de votre Sbire, Maître.

Mardaas avait oublié ce détail qui lui fit lever les yeux au ciel, dissimulant un soupir qui exprimait son aversion envers cette coutume. Dans la hiérarchie imortis, les Sbires étaient considérés comme les ombres des Immortels, des bras droits de piètre qualité, mais serviables et loyaux. Lorsqu'un Sbire était choisi, il n'obéissait dès lors qu'à son maître et à personne d'autre. Seule la mort de l'un des deux pouvait rompre le lien. Leur rang leur offrait une place de prestige dans le culte des Immortels, car leur autorité pouvait dépasser celle d'un simple prêtre. Mardaas en avait connu des milliers durant sa longue vie de règne, et il n'avait jamais pu supporter l'idée de les savoir dans son dos en permanence. Voilà une pratique dont il se serait bien passé, surtout en ce moment. Malgré tout, il n'écarta pas la tradition et accepta d'aller au temple plus tard dans la soirée.

Sur ces bonnes paroles, Arban se hâta de rejoindre le lieu sacré pour préparer dignement l'évènement. Il avait demandé à son fils Lezar et quelques autres fidèles de l'aider à nettoyer toute la nef pour le passage du Seigneur de Feu. Les sols avaient été lavés, les vitraux dépoussiérés, les statues brossées et tous les cierges allumés. Lezar passait entre les colonnes marbrées, muni d'un encensoir qu'il faisait vaciller de gauche à droite pour embaumer l'air nauséabond qui y stagnait, tandis qu'Arban s'occupait de placer les prétendants Sbires les uns en face des autres afin d'ouvrir un couloir dans lequel l'Immortel pourrait circuler tout en réalisant son choix.

Discrètement, une des fidèles se rapprocha de Lezar, qui était en train de faire briller l'autel principal. Ils avaient le même âge, et il leur arrivait souvent de se retrouver ensemble pour des corvées ménagères.

— Regardez-les… chuchota avec un ton moqueur la religieuse aux yeux verts, indiquant par son regard les Sbires au milieu de la nef, agenouillés dans leur robe de cérémonie.

Lezar rangea l'encensoir sous l'autel et analysa le tableau à son tour.

— Je leur donne pas une semaine avant de se faire réduire en cendre par le Seigneur de Feu, poursuivit la fidèle à voix basse.

— Pourquoi tu dis ça ? interrogea Lezar, craignant que son père ne les entende.

— Mardaas a toujours détesté ses Sbires. Tu connais le record de celui qui est resté le plus longtemps à son service ?

Il secoua la tête.

— Six mois.

— Que lui est-il arrivé ?

— La même chose qu'à tous les autres.

Elle imita avec sa bouche un bruit de flammes jaillissant. Lezar déglutit pour eux.

— Oui, mais au moins leur âme est protégée, rationna-t-il. Ils en seront récompensés lors du Dernier Voyage.

— Ah, ça, le Dernier Voyage, ils vont très vite en faire partie, tu peux me croire.

— Silence, vous deux, réprimanda Arban. Allez attendre dans la salle à côté, ne vous faites pas remarquer.

— Oui, père, répondit précipitamment Lezar en finissant de polir un calice doré.

Ils se retirèrent en silence vers l'aile droite, mais au moment de passer la porte, la religieuse attrapa le bras de Lezar pour l'arrêter.

— Attends, murmura-t-elle, on a l'occasion de voir le Seigneur de Feu de près, on va pas laisser passer cette chance ! J'ai même pas pu l'apercevoir pendant la cérémonie d'accueil, on pourrait…

— Si jamais on se fait prendre, tu sais ce qui va nous arriver ?

— On se fera pas prendre, fais-moi confiance, on a qu'à observer la scène d'ici, les piliers nous cacheront. J'ai envie de voir la tête du condamné à m… j'veux dire, du Sbire.

Lezar n'eut pas le temps de réfléchir à ce plan risqué, car les grandes portes du temple venaient de s'ouvrir. Dans la foulée, les deux fidèles s'abaissèrent par réflexe, le dos collé à une large colonne. À ce moment-là, une symphonie métallique fit écho dans toute la nef. Lezar se décala légèrement pour découvrir qu'il s'agissait d'une troupe de Prétoriens qui encerclaient les prétendants, bloquant la moindre issue. Là, il le vit apparaître dans la lumière des cierges, le masque ruisselant. Tandis que ses bottes de fer s'abattaient sur le carrelage, sa cape gonflée d'eau se laissait traîner derrière. Mardaas progressait dans l'allée créée par les Imortis, les jaugeant furtivement du coin de l'œil. Au bout, Arban l'accueillit avec une révérence religieuse. Il écarta les bras, désignant ainsi les deux rangées de Sbires. Mardaas fit un tour sur lui-même pour les examiner. Il prenait son temps pour faire plusieurs allers-retours, s'arrêtant sur chacun d'eux. Mais après plusieurs minutes, le Seigneur de Feu semblait indécis, ce qui inquiéta Arban.

— C'est tout ce que tu as à me proposer, prêtre ?

Arban sentit son cœur fragile s'accélérer.

— Quelque chose ne va pas, Maître ?

Mardaas nota qu'ils étaient tous centenaires, ou du moins ils en avaient l'air par leurs rides allongées et leur corps chétif.

— Ces fidèles ont dévoué leur vie pour servir la vôtre.

— Ils n'ont plus grand-chose à dévouer, maintenant. Ils sont faibles, lents, certains portent la marque de la mort sur leur visage. Que veux-tu que je fasse de ça ?

— Ils ont tous reçu l'éducation des Sbires, Maître, justifia Arban. Ces prétendants ont passé leur existence à se préparer pour ce moment si unique. Ils sauront répondre à vos attentes, je vous l'assure.

— Je ne peux rien en faire.

Soudainement, un tintement attira leur attention vers une colonne de marbre près de l'autel. La jeune fidèle, voulant mieux voir la scène, venait de bousculer un chandelier qu'elle rattrapa avant son impact au sol, déviant toutes les têtes dans sa direction. Paniquée, elle s'enfuit vers la première porte qu'elle rencontra, poussant au passage Lezar qui trébucha et s'étala sur le carrelage, sous les yeux affolés de son père. Le jeune garçon se redressa rapidement, fébrilement, et adopta aussitôt une posture de soumission, prêt à recevoir son châtiment. Arban ferma les yeux un instant pour chasser cette vision. Un Prétorien commença à s'avancer dans sa direction, quand…

— Toi, dit Mardaas d'une façon si sombre qu'Arban imaginait le pire arriver. Approche.

Lezar n'osait pas relever la tête, sa peur était si forte que sa respiration était paralysée. Il maudit sa consœur et sa lâcheté pour l'avoir entrainé dans un mauvais coup qui allait lui coûter la vie.

— Quel est ton nom ? interrogea Mardaas.

— Il s'appelle Lezar, Maître, il s'agit de mon fils.

— Silence, prêtre, répliqua Mardaas d'une voix ferme. Quel est ton nom ?

— L-Lezar, Maître, balbutia-t-il.

Alors que Mardaas s'approchait de lui, Lezar se sentit subitement étouffé par une chaleur terrible.

— Regarde-moi, ordonna-t-il.

Il dut lever la tête vers le plafond pour croiser son regard orageux. Dès lors, plusieurs frissons lui parcoururent tout le corps, ses jambes étaient sur le point de se dérober, il était au bord du malaise. Durant de longues secondes, il se demandait quel allait être son sort. Allait-il être battu par les Prétoriens ? Mis à mort par l'Immortel ? Ou tout simplement être rappelé à l'ordre pour avoir assisté à une cérémonie privée ? Ce silence qui lui laissait envisager toutes les sentences le torturait. Pourquoi Mardaas restait-il là, à le fixer de manière étrange, alors que les Prétoriens étaient prêts à l'embrocher ?

— Celui-là fera l'affaire, affirma l'Immortel en lui tournant le dos.

Ces mots retentirent comme le tonnerre dans les oreilles de Lezar. Il avait cru mal entendre, mais lorsqu'il vit l'expression décomposée de son père, il comprit.

— Maître, rattrapa Arban dans l'espoir de sauver son fils, Lezar n'a rien d'un Sbire, il est bien trop jeune pour ça. Sa place est dans un temple, il n'a ni l'expérience ni les compétences nécessaires pour assurer une telle responsabilité.

Mardaas interrompit son chemin pour user de son aura malfaisante.

— Tu insinues que mon choix est mauvais, prêtre ?

— Non, Maître, ce n'est pas ce que j'ai…

— Alors c'est décidé. Qu'il soit à la Porte-Nord à l'aube.

Et il quitta le monument, suivi de sa cohorte de Prétoriens. Le temple replongé dans l'austérité, Lezar cherchait à être rassuré dans les yeux de son père, mais Arban semblait tétanisé, son esprit ne répondait plus présent.

Qu'avait-il pris à Mardaas de choisir son fils ? Était-ce pour le punir de ne pas avoir été à la hauteur ? Tout cela n'avait aucun sens. Mais l'Immortel avait fait son choix, et il ne pouvait être contesté. En l'espace de quelques secondes, Lezar était passé de fidèle apprenti à Sbire pour le Seigneur de Feu.

Le lendemain, avant les premiers éclats de l'aube, Lezar se trouvait dans sa chambre, éclairée seulement par la lucarne qui lui servait de fenêtre. Il n'avait pas réussi à fermer l'œil de la nuit, la conversation qu'il avait eue avec son acolyte la veille ne cessait de le hanter. Lezar savait peu de choses sur les Sbires, il ignorait les comportements à suivre et ceux à fuir. Il n'avait aucun moyen d'être certain de revenir, ni de revoir ses parents. Ses sentiments étaient mitigés, d'un côté il était rassuré que sa foi serait récompensée pour sa loyauté, de l'autre il espérait ne pas connaître la même fin que tous ses prédécesseurs.

Malheureusement – ou heureusement, il n'avait pas le temps pour ruminer davantage. Le soleil allait bientôt s'éveiller, et il devait se préparer. Se préparer à quoi ? Lui-même se le demandait. La bonne nouvelle dans tout ça, c'était qu'il n'avait plus à subir la Mortification, même si ce jour-là il n'avait pas le cœur à s'en réjouir.

Dehors, la brise matinale lui gelait les joues, et la nausée l'empêchait de marcher droit. Ses parents l'escortèrent jusqu'à la Porte-Nord, là où des centaines de barques stationnaient le long de la côte. Les Prétoriens étaient là, comme les soldats imortis qui essayaient tant bien que mal de s'entasser sur les barques chancelantes. Au milieu de celles-ci, un gigantesque navire leur faisait de l'ombre. Lezar l'épiait avec appréhension. Mardaas n'était pas dans les parages, ce qui rendait l'attente encore plus insupportable pour le jeune homme.

Pourtant, le Seigneur de Feu n'était pas si loin. Affublé de sa plus fidèle alliée, Sevelnor, il était en chemin pour le port. Les rues étaient désertes, tout le monde souhaitait assister à cet évènement historique. Encadré par ses golems de fer, dont le chef Prétorien, Kazul'dro, qui semblait montrer une certaine distance avec l'Immortel, Mardaas traversait une avenue pavée bordée par des habitations de plusieurs étages où les étendards imortis s'agitaient au gré du vent. Quand spontanément une voix criarde fit stopper toute la troupe. Mardaas n'eut pas besoin de se retourner pour savoir à qui elle appartenait. Il maugréa une injure que Kazul'dro entendit avant de voir Céron débarquer à grandes enjambées vers lui.

— Eh ! Seigneur de Feu ! T'as oublié un bagage. Moi ! s'écria Céron en sautillant sur place.

— Pitié, ne me dis pas que tu viens.

— Ben (Il soupira.) j'aurais voulu rester, tu m'connais, les voyages c'est pas mon truc. Mais c'est la décision du vieux, et tu sais comment il est. Il est… vieux, donc sénile.

— Et comme d'habitude, je ne comprends jamais rien à ce que tu racontes.

Sa voix prenait un ton théâtral, tout comme ses gestes.

— Il a dit que je manquais d'expérience et que je ferais mieux de t'accompagner pour… apprendre. Comme si tu étais un modèle à suivre, tacla l'Immortel, alors que nous savons tous que c'est faux.

Mardaas secoua la tête et feignit d'ignorer sa présence en poursuivant sa route. Avoir Céron dans ses pattes ne lui facilitait pas la tâche, c'était comme devoir surveiller un enfant hyperactif en permanence. Mardaas n'avait pas le temps pour ça. Certains Immortels pensaient que sa démence était due aux sévices subis durant son enfance qui lui avait fait perdre la mémoire, d'autres étaient persuadés que cela venait de son pouvoir qui consistait à absorber les âmes de ses victimes, absorbant également leur personnalité, leurs compétences, leurs souvenirs et leur savoir. Un don que Céron ne s'était pas privé d'utiliser sur les membres de l'Ordre des Puissants pour localiser ceux éparpillés dans le reste du monde. L'Immortel jouissait d'une immunité auprès de Baahl pour ce talent, et il savait en profiter. Mais Mardaas comptait bien s'en débarrasser d'une quelconque façon le plus rapidement possible, une fois arrivé à Azarun.

Les barques imortis étaient toutes remplies, elles commençaient déjà à prendre le large en direction du nord. Le vaisseau principal accueillit en premier lieu le chef Prétorien Kazul'dro, suivi de Céron qui s'enroula dans une cape courte, puis d'un invité qui rendit Lezar encore plus blême qu'il ne l'était déjà, le prêtre Saramon. Lorsque Mardaas emprunta le ponton, Lezar savait qu'il devait le suivre. Il avait du mal à franchir le pas. Sa mère lui tenait le bras, tandis qu'Arban enchaînait les prières pour le protéger.

— Père… souffla-t-il, au bord du vacillement.

Arban le prit par les épaules et se força à sourire pour le rassurer.

— Vous reverrai-je bientôt ? dit-il avec une petite voix.

Mais même Arban n'avait de réponse à cette question. Brusquement, une voix s'égosilla au loin pour intimer le nouveau Sbire de monter à bord.

— Avez-vous un conseil à me donner, père ? poursuivit-il avant de le quitter.

Contrairement à son fils, le prêtre avait une grande connaissance de l'histoire des Sbires. Et malgré les milliers d'histoires les concernant, il n'en retira qu'une seule leçon. Une leçon qui pourrait bien sauver la vie de son jeune garçon. Il se pencha au niveau de son oreille pour le lui murmurer.

— Ne prends *aucune* initiative. Tu as compris, Lezar ? Aucune initiative.

Lezar hocha la tête et serra une dernière fois ses parents dans ses bras. Elyane, sa mère, était plus que fière de son fils. Elle ne pouvait s'empêcher de le montrer avec un sourire rayonnant. Un sourire que Lezar ne partageait pas. Aussi, il rejoignit le vaisseau du Seigneur Noir. L'ancre levée, les voiles déployées, les ordres aboyés, le navire s'écarta enfin de la côte, glissant lentement sur l'écume.

Pétrifié, Lezar ne savait où se poser. Devait-il rester auprès de l'Immortel ou intervenir seulement sur sa demande ? Dans le doute, il s'assit sur un banc près du bastingage, affichant une posture fermée. Il n'avait pas encore pris conscience de son nouveau statut, et il se sentit plus vulnérable que jamais. Au niveau de la barre, il reconnut en plissant les yeux le chef Prétorien à son armure noire et ses pans de robes rouges déchirées qui se faisaient malmener par les bourrasques. Son heaume scellé ne laissait aucune place à l'imagination pour deviner un visage humain. Quant à Mardaas, il était près de la proue, seul, admirant l'étendue des mers. Ils arriveraient à la plage d'Ark-nok au coucher du soleil selon les informations qu'il avait entendues avant d'embarquer.

— Lezar, tonna Mardaas.

Instinctivement, le jeune homme se leva en défroissant les plis de sa bure et se dirigea à la hâte vers l'Immortel.

— Maître ? bredouilla-t-il, peu sûr de lui.

— Ne t'éloigne pas. Est-ce clair ?

Il opina plusieurs fois.

— Pardonnez-moi, Maître.

— Nos ennemis sont partout, y compris sur ce navire.

Cette réplique l'avait désorienté.

— Ne te retourne pas. Ils nous observent… *Il* m'observe.

Lezar ne comprenait pas ce que l'Immortel voulait dire, il se contenta de rester muet.

— Me fais-tu confiance ? continua-t-il.

— Oui, bien sûr, Maître, mentit le jeune Sbire.

Leur attention se porta par-dessus bord pour observer l'océan de barques qui progressaient à la même vitesse. Ce spectacle impressionna Lezar.

— Sais-tu pourquoi je t'ai choisi ?

— Non, Maître, je… je l'ignore.

Mardaas attendit que le bruissement sonore de vague s'estompât pour baisser son ton.

— J'ai vu dans tes yeux quelque chose. Quelque chose qui saura m'être utile en temps voulu. Crois-tu que je puisse te faire confiance ?

Sans réfléchir, Lezar répondit spontanément.

— Je vous suis dévoué, Maître.

Et il le pensait, car c'était tout dans son intérêt de rester en vie.

— Même si… je ne sais comment l'être.

Mardaas ne répondit pas.

Le général Hazran s'était retiré sous sa tente. Celle-ci n'était pas aussi confortable qu'elle aurait dû l'être pour sa fonction, pas de tapis ni de mobiliers extravagants, mais le général s'en moquait. Seul un flambeau l'illuminait partiellement. Assis sur un tabouret, il s'était égaré dans ses pensées, caressant avec son doigt une amulette faite en argile, représentant une simple épée mal sculptée. Un présent que son jeune fils de cinq ans lui avait offert pour un de ses anniversaires, et qui lui rappelait quotidiennement la fierté que le garçon éprouvait pour son père.

Il le replaça autour de son cou lorsque la capitaine Namyra s'annonça en passant seulement la moitié de son corps dans l'abri.

— Hazran, les espions avaient raison, informa-t-elle avec une voix alarmante. Nous avons un visuel sur l'ennemi.

— Combien ? dit-il en attrapant son casque.

La capitaine hésita, et à son expression Hazran comprit qu'elle n'allait pas lui annoncer une bonne nouvelle.

— Tu devrais venir voir par toi-même.

Il récupéra son glaive qu'il enfouit dans son fourreau et sortit de la tente. Le dernier rayon de soleil l'éblouit, l'avènement des ténèbres était sur le point de se montrer. Il franchit la tranchée creusée dans le sable rouge et, pendant son passage, s'adressa aux soldats qu'il rencontra.

— Les archers sont-ils en place ?

— Affirmatif, Général, confirma un premier qui accrocha son carquois dans le dos.

— Qu'en est-il des Scorpions ?

— Chargés et prêts à l'emploi, mon Général, répondit un deuxième en essuyant du suif sur ses mains.

— Et l'infanterie ?

— Elle attend vos ordres, Général, certifia un troisième en s'équipant d'un cor de guerre.

Il grimpa sur une échelle en bois pour regagner la surface. La plage était ceinturée de dunes bordeaux et de falaises à la pierre friable. L'agitation grouillait de toute part, les soldats Kergoriens se croisaient et recroisaient pour se préparer et rejoindre leur poste. De là où il était, Hazran discernait plusieurs points minuscules du côté de la mer. Namyra lui fournit une longue vue qu'il ajusta avec un prisme, et ce qu'il vit le fit jurer entre ses dents. Il dut balayer le champ de gauche à droite pour identifier la menace.

— Ils sont nombreux, commenta Namyra à côté. Mais ils ne sont pas lourdement armés.

— La foi peut-être plus aiguisée qu'une lame, mon amie.

Il empoigna un bouclier qu'un officier venait de lui tendre. Un petit chef-d'œuvre militaire. Une tête de serpent en acier dont la bouche ouverte était un véritable piège pour l'ennemi, car lorsqu'une épée s'y engouffrait, les crocs du serpent se refermaient et empêchaient le guerrier de retirer son arme, ce qui l'immobilisait et le condamnait aussitôt à une mort certaine.

Puis le général se dirigea vers sa monture. Elle n'avait rien d'un cheval, plutôt d'un iguane géant à la vitesse et à la force incroyables, appelé Ra'ghun. Il se hissa sur son dos écailleux et lui fit escalader une dune, puis brandit son glaive vers le ciel pour attirer l'attention sur lui.

— Kergoriens ! hurla-t-il jusqu'à porter sa voix au sommet des falaises.

Les soldats l'acclamèrent en chœur en levant leurs boucliers.

— Contemplez ce majestueux coucher de soleil à l'horizon !

Tous se tournèrent vers la mer, où les minuscules points étaient à présent clairement identifiables comme une flotte menaçante.

— Car c'est probablement le dernier que vous verrez si l'envahisseur parvient à fouler cette terre. Et si ça ne suffit pas à vous convaincre, sachez que ce sera également le dernier pour vos familles. Kergoriens ! Quoi qu'il advienne, ce jour restera gravé dans la pierre de l'Histoire. Il ne tient qu'à vous d'être ceux qui écriront cette journée. Peu importe ce qui franchira cette plage, nous ne la leur céderons pas !

Tous poussèrent un cri de guerre tonitruant, approuvant le message de leur général.

De l'autre côté, Mardaas voyait pleinement la plage depuis son vaisseau. Lezar entendait les frottements de métal des lames imortis qui sortaient de leurs fourreaux depuis les barques, et cela lui glaçait le sang. Les seules batailles auxquelles il avait assisté s'étaient déroulées dans les pages de ses livres. Sa nausée de plus en plus intense le força à vomir par-dessus le bastingage. Il se demanda comment Mardaas pouvait rester aussi calme face à l'orage de mort qui s'apprêtait à éclater.

Chez les Kergoriens, la tension était aussi à son comble. Hazran gagna le poste de commandement surélevé sur une dune qui surplombait le littoral. De là, il pouvait superviser les manœuvres.

Toujours la longue vue en main, il décida que c'était le moment d'attaquer.

— Archers, bandez vos arcs ! aboya-t-il.

L'ordre fut répété par plusieurs voix jusqu'à ce qu'il atteigne les concernés. Les lignes d'archers sur les falaises enflammèrent la pointe de leur flèche et visèrent le ciel.

— Faites-moi couler ces dégénérés.

— Tirez ! s'époumona Namyra à sa droite en agitant son bras.

Une nuée de braises s'envola dans les cieux et un nuage meurtrier se forma parmi ceux déjà présents. Mardaas dressa le menton pour le dévisager. Il entendit tout autour de lui l'avertissement du danger, aussi les Imortis s'emparèrent de planches de bois à disposition dans les barques et les hissèrent au-dessus de leurs têtes pour se protéger. Lezar s'apprêtait à courir pour se réfugier dans les cabines, mais Mardaas l'en empêcha.

— Ne bouge pas, ordonna-t-il sereinement.

La pluie enflammée allait s'abattre sur eux, Lezar retint son souffle, ferma les yeux et pria pour son âme. Mardaas fixa le torrent de flèches et leva son bras vers elles et, avant même qu'elles ne puissent toucher leur cible, elles s'enflammèrent entièrement jusqu'à se consumer en un déluge de cendre qui recouvrit les vêtements de Lezar. Malheureusement, certaines avaient continué leur trajectoire pour se heurter aux boucliers de bois tendus par les Imortis, dont la plupart furent mortellement touchés et basculèrent dans les eaux noires.

Ils étaient à quelques mètres du débarquement quand une deuxième volée déchira le ciel. Sous le tir ennemi, le vaisseau principal jeta l'ancre, tandis que les barques atteignaient enfin la rive.

Les Prétoriens ouvrirent le passage et les Imortis déferlèrent par dizaines en criant leur foi. Mais c'était mal connaître les défenses kergoriennes et ses pièges, car dès l'instant où les fidèles posèrent le pied sur le territoire ennemi, plusieurs mécanismes dissimulés dans le sable s'enclenchèrent, faisant jaillir du sol des rangées de dents de métal qui se logèrent douloureusement dans leurs talons, immobilisant la première ligne définitivement. La seconde se vit rapidement passer au travers de multiples trappes qu'ils avaient actionnées sans le savoir, les faisant disparaître de la plage en quelques secondes. La troisième vague se fit aussitôt réceptionner par les fantassins kergoriens qui les chargèrent impétueusement. Les Imortis tombèrent sous leurs lames, mais les coups mortels des Prétoriens balayèrent par demi-douzaine les soldats.

Pendant ce temps, Mardaas restait concentré sur le spectacle qui s'offrait à lui. Toujours au niveau de la proue, il ne daignait pas rejoindre le combat pour le moment, tout comme le général Hazran, qui semblait plus préoccupé par les golems de fer que les flèches n'arrivaient pas à arrêter.

— Ordonne aux balistaires de braquer leurs Scorpions sur ces colosses, s'écria-t-il envers la capitaine.

Ces machines de guerre dotées d'un carreau démesuré pouvaient arrêter n'importe quel adversaire protégé par une armure solide. Leur puissance à longue portée était redoutée sur le terrain, et l'infanterie ennemie les craignait.

Une fois en ligne de mire, les balistaires propulsèrent leur projectile qui mit à terre tous les Prétoriens. Le carreau avait su transpercer leur armure et les avait renversés jusqu'à les noyer dans le sable. Le soulagement prit forme sur le visage de Hazran, mais pas pour longtemps.

— Général... avertit un officier, les yeux rivés sur les corps des Prétoriens en train de se relever. Qu'est-ce que c'est que ça ?

Hazran était devenu blanc. Il voyait bien un de ces mastodontes sur ses deux jambes, embroché par une lance d'une tonne, qui continuait d'avancer et de massacrer ses hommes.

— Des Prétoriens... répondit-il sans y croire.

— Quoi ? s'exclama l'officier. Je croyais qu'ils avaient tous été crevés depuis l'ancienne ère !

— Non, répondit Hazran, le visage perdu. Ces créatures ne connaissent pas la mort. Il faut sortir nos soldats de là ! Sonne la retraite !

Mais non loin d'une tranchée, un petit groupe de combattants se fit encercler par deux de ces golems du passé. Pris au piège, ils n'avaient aucune chance de survie face à ces titans.

— J'y vais, lança héroïquement Hazran en éperonnant sa monture qui émit un croassement aigu avant de foncer vers la mêlée.

Faisant tournoyer son glaive pour faire tomber les assaillants sur ses flancs, il devait aussi éviter les carreaux d'arbalète qui le chassaient. Il devait faire vite pour espérer sauver la vie de ses soldats.

Le groupe tâchait de gagner du temps en essayant de distancer les Prétoriens, mais les Imortis n'étaient qu'à quelques mètres et ils allaient bientôt devoir choisir l'ennemi à affronter.

Avec une impulsion édifiante, la monture de Hazran expulsa un premier Prétorien jusqu'à le renvoyer dans la mer. Sa queue balaya le second, puis les rescapés s'agrippèrent aux écailles pour échapper à la mort. Dans l'action, le Ra'ghun reçut une lance dans la tête qui le fit s'écraser sur un tas de corps. Hazran fit plusieurs roulades avant de se redresser. Au cœur de la bataille, il esquiva un coup de poignard et ouvrit la carotide de son agresseur. Là, un autre fidèle se rua sur lui avec une rage éloquente.

— IN'GLOR IMORTIS, brailla l'individu en assenant un coup vertical qui fut instantanément paré par le bouclier à tête de serpent.

La lame s'enfonça dans la gueule en acier et les crocs s'abaissèrent, retenant prisonnier le poignard du fidèle. Hazran en profita pour trancher le bras de l'Imortis et en faire de même avec sa gorge.

Les forces kergoriennes s'amenuisaient, leur nombre se réduisait considérablement. Hazran chercha du regard s'il restait des hommes à secourir quand, soudain, il vit une silhouette noire s'avancer à moitié immergée par les eaux. La mer se mettait à bouillir et à dégager une intense fumée. Mardaas s'était finalement décidé à mettre un terme à la bataille. Lorsqu'il sortit son corps de l'eau, il empoigna Sevelnor dans son dos qui s'enflamma spontanément et bourdonna aussi fort que plusieurs essaims d'abeilles.

À cette vision, Hazran clama à ses soldats de battre en retraite, mais ceux qui n'avaient pas entendu se ruèrent vers l'Immortel sans se rendre compte une seconde de ce qui les attendait. Alors qu'un guerrier levait son épée pour fendre le Seigneur de Feu, Mardaas leva en même temps Sevelnor et décrivit un mouvement semi-circulaire qui scinda la lame du soldat en deux, avant de le décapiter lors du retour de coup. Mardaas lança avec sa main gauche une douche de flammes ravageuses qui se propagèrent entre les Kergoriens, tandis qu'avec la droite il pourfendait tout adversaire sur son chemin. Les bourrasques inflammées qu'il invoqua terrassèrent toute vie sur leur passage.

Alors qu'une flèche venait de ricocher contre son masque, Mardaas dirigea son regard vers la falaise qui le dominait, là où une unité d'archers tentait vainement de repousser les attaques. Il fit quelques pas dans le sable qui s'embrasa, le nez vers le haut.

— Ils sont à toi, dit-il en s'adressant à son épée.

Avec une force surprenante, il envoya Sevelnor qui brava les airs à une vitesse fulgurante pour terminer sa course dans la poitrine de l'archer en question. Là, les pattes acérées autour de la garde se mirent à vibrer et s'expulsèrent violemment dans le crâne des autres archers, qui chutèrent tous de la falaise. Dans un même temps, Mardaas arrêta un coup d'épée avec son gant de fer et attrapa le guerrier par le cou pour l'immoler dans une agonie totale.

L'armée kergorienne en déroute, Hazran et le reste de ses hommes reculèrent jusqu'au canyon qui permettait l'accès à la plage. Une grande muraille barrait le passage, à l'exception d'une large entrée au centre. Au moment de franchir la défense, Hazran jeta un dernier coup d'œil vers la plage qu'ils avaient perdue, puis reprit sa route.

— Abaissez la herse ! commanda-t-il pour condamner l'entrée.

— Général, répondit un soldat, ça ne les arrêtera pas.

— Oh, bah dans ce cas, très bien. Laissons-la ouverte ! Et pendant qu'on y est, on n'a qu'à les inviter à la taverne ! Abaissez-moi cette putain de herse ! invectiva-t-il en explosant sa voix dans les oreilles du soldat.

Plus loin, les Imortis et les Prétoriens s'étaient rassemblés. Mardaas était en train de rejoindre la tête de file. En passant, il récupéra Sevelnor plantée dans le torse de l'archer et la rengaina dans son dos.

Hazran s'était posté au sommet de l'enceinte pour surveiller le mouvement de l'ennemi. Il vit le Seigneur de Feu emporter son armée de fidèles, prêts à franchir d'une manière ou d'une autre la porte de fer qui se dressait devant eux.

— Levez cette herse, dit Mardaas suffisamment fort pour que le général l'entende.

— Vous ne passerez pas ! répliqua-t-il du haut du mur.

— Ce n'est pas à vous que je m'adressais.

L'Immortel s'écarta pour faire place à son armada de Prétoriens qui formèrent une ligne devant la grille. Ils refermèrent leurs gigantesques mains autour des barres de fer et commencèrent à exercer une pression en tirant vers eux. Les murs se mirent à trembler. Une secousse retentit et fit chanceler le général qui dut se tenir à un rempart. Les Prétoriens arrachèrent la herse, faisant effondrer au passage la muraille dans un nuage de gravats, ensevelissant tous les Kergoriens restants sous les décombres. La voie libre, Mardaas et ses Imortis poursuivirent le trajet jusqu'à la capitale.

Ce ne fut qu'après plusieurs heures d'inconscience que Hazran revint à lui, la jambe retenue par un bloc de pierre. Il ne restait qu'une poignée de guerriers qui avaient survécu, dont Namyra qui se trouvait bloquée sous des poutres de bois. Ils avaient échoué à retenir l'invasion des Morganiens. Maintenant, ils devaient gagner Azarun le plus rapidement possible pour mettre à l'abri leur famille avant qu'il ne soit trop tard.

Au palais des Tan-Voluors, le crépuscule avait plongé tout le domaine dans un sommeil paisible. Les deux lunes n'étaient cachées par aucun nuage. Quelques gardes patrouillaient dans les jardins, certains domestiques en profitaient même pour se retrouver et passer un peu de temps ensemble. Quant au roi Angal, il dormait profondément dans son lit double à baldaquin, soigneusement réchauffé par des couvertures en fourrure. Le calme le berçait dans ses rêves, et la fraîcheur du soir rendait l'air agréable. Tout semblait être une nuit comme les autres, jusqu'à ce que la porte de la chambre vole en éclat, provoquant un raffut assourdissant et réveillant le roi dans un sursaut furieux. Plusieurs géants en armure pénétrèrent dans la pièce et encadrèrent le lit. Angal se mit à user de toutes ses cordes vocales pour appeler sa garde personnelle, lorsqu'une ombre terrifiante passa l'encadrement et dévoila des yeux qui flamboyaient comme des torches agitées.

— Seigneur Angal Tan-Voluor, salua Mardaas d'une voix sombre. Veuillez me suivre.

# CHAPITRE 5
## Un Souvenir Conservé

Perdu dans la jungle, Grinwok avait mis un jour et demi pour retrouver le chemin du village abandonné. En essayant de revenir sur ses traces, il s'était trompé de direction et s'était embourbé dans un marécage infesté de créatures aux dards aussi épais que sa tête. Puis en traversant un buisson, il avait dégringolé le long d'un terrain jusqu'à être ralenti par une toile d'araignée qui atteignait le sommet des arbres. Une grotte lui servit d'abri pour la nuit, abri qu'il avait partagé – sans le savoir – avec un python à deux têtes. Et par un heureux hasard, il avait enfin fini par regagner l'entrée du village de Ner-de-Roc. Grinwok haïssait cette forêt et tout ce qui s'y trouvait.

Exténué par son périple, il s'accorda un répit avant de prévenir le Muban de sa trouvaille. Le campement d'humains sur lequel il était tombé foisonnait de caisses de nourritures et, pour l'Ugul, cette marchandise valait tout l'or du monde.

*Si seulement j'avais encore ma Pierre de Vaq,* avait-il songé durant tout le retour. Cet objet était de loin son bien le plus précieux. Et pour cause, la Pierre de Vaq renfermait un enchantement rare qui permettait à quiconque la possédant de devenir invisible aussi longtemps qu'il le souhaitait, tant que l'artefact ne quittait pas la paume de la main. Cette ruse avait longtemps permis à Grinwok de sévir dans les endroits les plus surveillés afin de subtiliser tout ce qui brillait. Malheureusement, il la perdit au château Guelyn lorsque Kerana l'avait entraîné avec elle pour sauver sa famille des griffes de l'Immortel Serqa. Si la pierre avait été en sa possession, il aurait pu sans effort s'introduire incognito dans le campement et rafler toute la nourriture qu'il convoitait. Hélas pour lui, il allait devoir faire appel au seul ami qui lui restait en ce monde, ou du moins la seule créature qui n'avait pas essayé d'en faire son repas.

Plus tard dans l'après-midi, il se rendit devant la maison close qu'habitait la bête. L'humidité extrême le faisait nager dans sa sueur et le bruit incessant de la faune lui donnait la migraine.

— Eh oh ! interpella-t-il.

Aucune réponse ne se manifesta. Il attendit une minute supplémentaire, mais dépourvu de patience, l'Ugul reprit avec acharnement.

— EH LÀ-HAUT, C'EST À TOI QUE JE CAUSE !

Sa voix partie dans un écho lointain au-delà du village. Agacé d'être ignoré, il ramassa un crâne humain qu'il projeta en direction d'une fenêtre à l'étage. Mais au moment de le lancer, Tashi se dévoila à cet instant et reçu en pleine tête le projectile qui rebondit sur son museau. Grinwok afficha un air désolé qui s'effaça aussitôt.

— Mais qu'est-ce que tu foutais, bordel ! fulmina l'Ugul.

— Je DORMAIS ! aboya le Muban encore plus fort.

— Bon, bah maintenant que t'es réveillé, descends ! Faut que j'te parle.

Grinwok entendit un grognement maussade émaner de la fenêtre et il vit Tashi disparaître pour réapparaître quelques minutes ensuite devant l'entrée.

— J'espère que c'est pertinent, dit Tashi en s'avançant vers lui.

— Tu m'connais, quand même !

— Oui, justement, déplora l'animal.

— Fais pas cette tronche. Quand je t'aurai mis au parfum, tu voudras m'sauter dans les bras !

Et il lui raconta tout. Les prisonniers enfermés dans la cage, les caisses et les sacs remplis de vivres, la grange débordante d'outils et de pièges, les groupes de braconniers. Il vendit ça comme une caverne aux trésors, insistant sur le fait qu'ils n'auraient plus besoin de chasser pendant des mois s'ils venaient à réquisitionner tout leur stock, et que tout le matériel pourrait être aisément revendu, ce qui permettrait à l'Ugul de retourner en Tamondor plus rapidement que prévu.

Tashi l'écoutait avec attention, il ne l'avait pas interrompu.

— Alors, alors ? termina Grinwok avec des yeux grands ouverts.

Le Muban le fixa longuement.

— Non.

Et il fit demi-tour en direction de sa bâtisse. L'enthousiasme de l'Ugul venait de s'évaporer comme une fumée dans le ciel. Il avait maintenant un regard révolté.

— Quoi ? Comment ça « non » ?

Mais l'animal pénétra dans son domaine et referma la porte avec sa patte arrière. Furieux, Grinwok alla s'isoler dans la maison qui l'avait accueilli la première nuit pour réfléchir à un plan.

Au final, il avait passé le reste de la journée à maugréer et à râler à haute voix tout le mépris qu'il avait pour cet endroit, sous l'oreille attentive du cadavre calciné qu'il avait redressé contre un mur, ayant essayé vainement de recoller certaines parties démembrées sous forme d'un puzzle macabre.

— Non, mais tu l'crois, ça ? grommela-t-il dans sa direction. Mon ventre fait plus de bruit qu'mon cul, c'était jamais arrivé avant ! Tiens, cette nuit, j'ai rêvé que je baisais un poulet grillé ! Un putain de POULET ! s'indigna la créature en se rapprochant du corps avec un air de déséquilibré. Toi, tu m'comprends, pas vrai ?

La dépouille le regardait avec des orbites desséchées.

— Pourquoi tu m'regardes de cette façon ? souffla-t-il lentement en caressant la joue osseuse. Toi aussi tu sens cette alchimie entre nous ? Que nous arrive-t-il ?

Soudainement, le ciel se mit à hurler et abattit un voile sombre au-dessus du village. Un déchaînement de vent entra en trombe dans la maison, suivi d'une pluie battante qui s'infiltra dans toutes les ouvertures et inonda en un temps record le lieu, poussant Grinwok à abandonner son ami muet et à sortir par une fenêtre.

Pataugeant dans la boue jusqu'aux mollets, l'Ugul mit ses mains au-dessus de sa tête quand un éclair lacéra les nuages. Aveuglé par les rafales d'eau qu'il se prenait en pleine face, il tentait de guider ses jambes jusqu'au seul bâtiment qui semblait avoir gardé tous ses murs. Il se jeta sur la porte et lâcha un cri de soulagement lorsque celle-ci s'ouvrit sous son poids. Les grondements célestes s'étouffèrent quand il la referma derrière lui. Malgré l'obscurité ambiante, Grinwok arrivait à se repérer dans le noir grâce à l'héritage de ses ancêtres, les Gobelins, qui, à force de vivre sous terre pendant des milliers d'années, avaient su développer une vision nocturne précise. Parfois l'orage envoyait de grands flashs lumineux par les fenêtres qui illuminaient la pièce une fraction de seconde, avant de la replonger dans les ténèbres. En faisant quelques pas, il sentit un sol moelleux sous ses bottes et il reconnut les motifs sur le tapis qu'il écrasait. Des motifs qui lui évoquèrent des souvenirs charnels désormais lointains. Au bout d'un couloir, il rencontra un salon spacieux où des banquettes étaient renversées. Cette fois-ci, il piétina des draps de soie usés et souillés par le temps, recouverts par des couches épaisses de poussière. Mais ce qui attira la curiosité de l'Ugul c'était les innombrables poupées et jouets pour enfants qui traînaient un peu partout. Des objets pour le moins improbables dans un tel lieu. Aussi, il continua son exploration. D'ailleurs, il avait l'air de parfaitement savoir où il allait. Les maisons closes de la Tour Fleurie étaient toutes construites selon une même architecture, et Grinwok les connaissait comme sa poche. Du coup, il se rendit immédiatement à la cave, où les alcools forts y étaient normalement conservés. Après avoir soulevé la trappe, il descendit doucement les étroites marches chancelantes qui menaçaient de s'effondrer à tout instant. Mais ce qu'il y découvrit ne ressemblait en rien à ce qu'il avait imaginé. Outre quelques bouteilles brisées, il y avait davantage de jouets en bois, et sur une couverture moisie reposait un squelette humain. Affichant une moue déçue, l'Ugul retourna dans le salon, où il se posa sur un fauteuil miteux. Il ferma une première fois ses yeux brûlant pour s'assoupir, jusqu'à ce qu'un souffle chaud et nauséabond le réveille. Il vit alors de près des crocs proéminents et dégoulinants de bave. Tashi le menaçait du regard, et Grinwok se glissa sous sa gueule pour s'en éloigner.

— Qu'est-ce que tu fais ici, Ugul ? interrogea gravement le Muban, prêt à le chasser.

— Reste calme, mon vieux, rassura Grinwok sur un ton plat, la tête encore dans le brouillard. J'suis juste venu me réchauffer les arpions, le temps que la tempête se calme. J'me barre dès qu'il n'y aura plus de risque que je me noie en sortant.

Tashi ne renchérit pas, il se contenta de l'observer se frotter les bras en évacuant de la buée avec ses lèvres.

— On se gèle les burnes, ici. Pourquoi t'allumes pas de feu dans la grande cheminée ?

— Oui, bien sûr que je sais faire ça. Regarde autour de toi, tout est allumé.

— Ça va, j'ai compris.

Il se pencha et ramassa une figurine en bois pour la déposer dans l'âtre.

— Repose là, intervint subitement l'animal avec un élan agressif.

— Quoi, ça ? montra Grinwok, perplexe. Mais c'est un jouet pour gosse, me dit pas que tu fais joujou avec ? (Il gloussa très fort.)

— C'est à moi, répondit très sérieusement Tashi.

— À toi ? Tu t'fous d'moi ? Et ceux dans la cave ils sont aussi à toi ?

L'expression de Tashi chavira dans une colère qui le poussa à bondir soudainement sur l'Ugul avec une telle violence qu'ils heurtèrent tous deux une commode qui s'effondra sous leurs poids.

— Qu'est-ce que tu faisais en bas ? aboya l'animal.

Il utilisa son poids imposant pour compresser la poitrine de sa prise et l'étouffer.

— La même chose que ce que j'essaye de faire depuis que j'suis arrivé dans ce trou à merde, cracha-t-il en reprenant difficilement son souffle. Me bourrer la gueule ! Lâche-moi le fion, un peu !

Tashi s'écarta pour le laisser respirer. Son agressivité venait de se changer en attitude taciturne, ce que ne manqua pas de relever Grinwok. Ils restèrent plongés dans le silence de longues minutes. Le comportement étrange de la bête le déroutait de plus en plus, il examina les poupées étalées sur le sol et en prit une entre ses doigts.

— Ces jouets, là, dit Grinwok. Ils n'étaient pas qu'à toi, avant, hein ?

Il croisa le regard torturé de la bête et son mutisme valait tous les mots.

— J'ai vu un corps à la cave, ajouta Grinwok avec appréhension. Et vu sa taille, j'doute qu'il ou elle se trouvait dans ce genre d'endroit au moment de…

— C'est moi qui l'ai amenée ici, confirma le Muban. Je n'ai trouvé que là pour la mettre à l'abri.

Après un nouveau silence, Grinwok secoua la tête.

— Dis-moi ce qui s'est vraiment passé dans ce village.

Tashi lui tourna le dos et poussa avec son museau une des poupées pour la retourner. On pouvait clairement y lire où un nom cousu à l'arrière.

*Rosalia*

— J'appartenais à un ancien militaire qui vivait deux maisons plus loin. Il m'avait acheté pour une bouchée de pain à ma naissance. Merenys, qu'il s'appelait… se souvint l'animal avec désinvolture. J'ai passé la moitié de mon existence à lui servir de monture pour ses voyages interminables, et l'autre moitié je l'ai passée dans la cage devant chez lui, car les villageois avaient peur de moi et refusaient que je sois en liberté, même en présence de Merenys. J'étais enfermé et attaché à plusieurs chaînes trop serrées qui m'emprisonnaient le cou et les pattes. Merenys savait que ces précautions étaient inutiles, mais il le faisait pour la communauté.

Grinwok gagna la fenêtre et vit en effet une maison où une grande cage se trouvait sur le côté, les barreaux explosés et des morceaux de chaînes éparpillés.

— Lorsque les gens passaient devant moi, ils me dévisageaient et n'hésitaient pas à me lancer des pierres à travers la cage pour une raison qui m'échappait. Mais pas elle, dit-il en baissant la tête vers la poupée. Je me souviens de la première fois qu'elle s'est approchée de moi. Merenys et moi rentrions de trois jours de voyages depuis le nord. Quand nous sommes arrivés, il m'a fait attendre à l'entrée du village le temps d'aller chercher les bracelets. J'ai ensuite reçu un projectile à la tête, une sorte d'objet rond assez mou.

— Une balle ?

— Peu importe, l'objet a rebondi sur moi et a atterri par terre. C'est là que je l'ai vue derrière un arbre, probablement effrayée de ma réaction. Je me souviens qu'elle avait dépassé sa tête du tronc pour me regarder. Je me suis donc penché vers cette chose.

— Une balle.

Tashi s'interrompit et Grinwok mima une bouche cousue.

— Je me suis penché et j'ai renvoyé l'objet en le faisant rouler jusqu'à ses pieds. Je revois ses minuscules doigts s'en emparer. Elle n'osait pas s'approcher plus, mais elle a senti que je n'étais pas dangereux. Quand Merenys est revenu me chercher, elle a agité sa petite main. Je n'ai compris que plus tard que ce geste chez les humains voulait signifier un au revoir. Quant à son nom, je ne l'ai su que plusieurs jours après.

Cet instant était aussi clair que le présent dans son esprit. Il se laissa agripper par ses souvenirs et se sentit de nouveau étranglé par ses chaînes. La voix ivre de Merenys venait de retentir dans ses oreilles et l'odeur pourrie de sa gamelle lui remonta dans les narines.

Couché à même la terre, il observait entre deux barreaux le village s'éveiller à l'aube. Comme à son habitude, il assistait au même défilé de monde. Le fermier au ventre débordant qui crachait devant la cage à chaque passage, le couple de bergers qui lançait la même réplique irritante.

— Quand il veut, il se débarrasse de cette abomination, le Merenys !

Également la boulangère, qui essayait régulièrement de l'empoisonner avec des morceaux de viandes, ce que le Muban détectait naturellement. Puis un jour, une nouvelle compagnie s'ajouta à la liste.

— Papa dit que si les enfants sont pas sages, c'est toi qui viens les manger, déclara une voix fluette qui fit lever la tête lourde de l'animal.

Ses yeux turquoise se posèrent sur une petite fille aux cheveux châtains bouclés et aux joues roses. Il reconnut l'enfant au ballon.

— Peut-être, répondit sombrement la bête.

— Tu peux manger mon frère ? Il arrête pas de me tirer les cheveux !

— Pourquoi fait-il ça ? dit le Muban en penchant la tête sur le côté.

— Parce qu'il est débile, répliqua la fillette en haussant les épaules. Comment tu t'appelles ?

— Merenys II.

— Oh non, tu t'appelles comme le monsieur qui pue, déplora l'enfant en faisant allusion à la forte odeur de vin que dégageait le militaire par habitude. Je vais t'appeler... Tashi ! déclara-t-elle avec un grand sourire.

— Pourquoi Tashi ?

— C'est le nom de ma poupée, indiqua-t-elle toute jouasse en montrant une peluche d'animal censé représenter une chienne. C'est maman qui me l'a faite, mais elle est pas très jolie, regretta-t-elle avec une mine renfrognée.

— Est-elle obéissante ?

— Quoi ? Mais non, c'que t'es bête, c'est pas une vraie chienne ! s'esclaffa-t-elle sur un ton moqueur.

— Rosalia ! s'écria une voix dure au loin.

— C'est maman, dit-elle avec un air triste. Elle t'aime pas.

Le Muban opina sans répondre.

L'enfant agita sa main et partit en courant, abandonnant l'animal dans sa solitude. Mais elle revint le lendemain, à la même heure, puis le surlendemain, et les jours qui suivirent. Ces moments ne duraient que quelques minutes, et Tashi finit par les attendre autant que son repas du soir. Pour la première fois, un humain essayait enfin de communiquer avec lui sans ajouter un ordre ou une provocation. Leurs conversations n'étaient pas très riches ni très matures, mais elles avaient le mérite de rendre les journées du Muban moins longues, et cela le changeait des réflexions sans queue ni tête de son maître qu'il ne comprenait qu'à moitié.

À chaque visite de la fillette, Tashi avait droit à des restes de dîner qu'elle gardait en secret à son intention. Elle avait même osé demander à l'animal si elle pouvait récupérer quelques poils de son pelage gris afin de les ajouter à sa poupée et ainsi avoir l'impression de s'endormir à ses côtés et se sentir protégée des mauvais rêves.

Un an s'était écoulé durant lequel leur amitié n'avait cessé de grandir. À tel point que Merenys avait fini par accepter que la jeune fille les accompagne lors de promenades diverses et variées dans la région – contre l'avis de ses parents.

Pourtant, un soir, un fléau frappa le paisible village de Ner-de-Roc. Une cavalerie sauvage avait pénétré le village et avait mis le feu aux maisons à l'aide de grandes torches. Ils avaient massacré les villageois sans la moindre pitié, jusqu'à détruire les récoltes et le bétail. Ils n'étaient pas venus ici pour piller, mais bel et bien pour rayer l'endroit de la carte. Sous ce décor de feu et de sang, Tashi ne comprenait pas la situation. Il ne comprenait pas pourquoi les Hommes s'entretuaient. Tout cela le dépassait.

Il vit Merenys transpercé d'une flèche en plein cœur s'écrouler devant sa cage. Il pensa alors à Rosalia, qui fut alors sa seule priorité. Tashi se libéra de ses liens de fer en les broyant avec sa gueule, puis défonça les barreaux en y mettant tout son poids. Libre, il se mit à cavaler avec une hargne féroce au milieu des corps, propulsant les chevaliers avec leur monture sur plusieurs mètres. Le Muban grognait avec une telle fureur que les chevaux prenaient peur et devenaient incontrôlables. Quand soudainement, des cris aigus se discernèrent parmi les nombreux autres. Tashi reconnut la voix de Rosalia et fonça à toute allure jusqu'à sa maison, rentrant en collision avec les cavaliers et les faisant s'envoler dans les airs. C'est là qu'il l'aperçut, pleurant le cadavre de sa mère dont la gorge avait été brutalement ouverte. Les incendies se propageaient à une vitesse folle et les fumées devenaient plus meurtrières que les épées. Et au moment d'accourir vers Rosalia, une flèche siffla et toucha la jeune fille en plein estomac. Tashi émit un hurlement bestial et bondit sur l'assassin en lui arrachant la tête d'un coup de gueule, avant de se précipiter vers Rosalia pour l'emmener en lieu sûr. Ils repérèrent la grande bâtisse de la Tour Fleurie et se barricadèrent à l'intérieur.

Le lendemain, les cavaliers avaient quitté les lieux, laissant derrière eux un champ dévasté par la mort. Rosalia continuait de perdre son sang et agonisait, étendue sur des draps de satin. Impuissant, Tashi resta auprès d'elle. Il continuait de lui parler, sans cesse, tandis que l'enfant serrait aussi fort que possible la fourrure de son ami. Mais quand sa petite main se desserra, l'animal agonisa à son tour par une plainte déchirante et s'effondra à ses côtés. Il lui fallut le reste de la journée pour enfin affronter le regard vide de son amie et la déplacer quelque part où il pourrait continuer de veiller sur son souvenir à jamais.

Grinwok n'osait plus intervenir. Le récit du Muban l'avait refroidi sur place. Il s'en voulait presque de s'être moqué des jouets qui traînaient au sol, maintenant qu'il avait pris conscience de ce qu'ils représentaient.

— Écoute, mon vieux, commença-t-il, embarrassé. J'suis désolé, j'me moquerai plus de tes jouets, c'est promis.

Mais Tashi l'ignora et monta à l'étage pour s'isoler le reste de la nuit. Lorsque le soleil se leva, le Muban fut surpris de ne pas trouver Grinwok dans les parages. Il l'avait pourtant appelé plusieurs fois. La créature n'était ni dans le salon, ni au bar, ni même dans le village. C'est alors qu'il comprit.

— Quel idiot.

Camouflé par des fougères géantes qu'il avait ramassées un peu avant, Grinwok avançait à tâtons dans la jungle jusqu'à se confondre avec la végétation. Il se laissait guider par l'effluve de viande grillée qui se répandait dans la forêt, ce même effluve qui l'avait conduit jusqu'au camp quelques jours plutôt. Animé par une faim démente, il était déterminé à dévaliser les stocks de vivres qu'il avait aperçus depuis son buisson. Ceci-dit, il n'avait aucun plan. L'organisation n'avait jamais été son plus grand atout, mais qu'importe. Par le passé, Grinwok s'était déjà introduit mille et une fois dans des zones surveillées et hautement sécurisées afin de commettre ses larcins. Son sens de l'observation aiguisé lui permettait d'envisager toutes les opportunités, même si sans sa Pierre de Vaq pour le couvrir, il se sentait un peu rouillé.

Lorsqu'il arriva à destination, il se mit à ramper dans la terre humide pour ne pas dévoiler sa présence. Le bivouac se trouvait sur un terrain dégagé, ceinturé par des arbres massifs. Plusieurs tentes formaient un demi-cercle autour d'un grand feu de camp qui servait également de cuisine. La grange était située à l'écart, et une écurie improvisée avait été installée à côté. Derrière l'amas de tentes, la cible de Grinwok. Une pyramide de caisses en bois s'y dressait, dont des gros sacs de lin remplis à ras bord de provisions qui donnèrent à l'Ugul l'eau à la bouche. Des voix émanaient de toute part, principalement d'hommes. Grinwok en repéra sept, mais il pensait qu'il pouvait y en avoir plus. La plupart s'occupaient de dépecer de gros gibiers pour en extraire ce qui pourrait leur rapporter un bon salaire.

Il resta plusieurs heures en observation sous une racine couverte de mousse, attendant que le soleil le laisse agir dans l'ombre. Au moment de se retirer, son cœur s'arrêta de battre lorsque la racine se mit à bouger et à glisser le long de son dos. Ce n'était pas une racine, et Grinwok finit par le deviner au corps voluptueux et poilu qui y était rattaché. Il n'était pas un spécialiste des araignées, mais il jurait n'avoir jamais rencontré cette espèce auparavant. Un frisson glacé le traversa, puis il se ressaisit.

Accoutré des énormes fougères, il se faufila discrètement entre les tentes, s'aidant des ombres projetées par le grand feu crépitant. Il écoutait vaguement les conversations qui fusaient sans y prêter un grand intérêt. Et tandis qu'un braconnier passait devant lui, il distingua entre les feuilles de son camouflage, la grange éclairée par des flambeaux, et les créatures à crête qu'il avait rencontrées la dernière fois. Il secoua la tête et continua son trajet. Arrivé à son objectif, il entendit brusquement des pas venir dans sa direction. Aussi, il se cacha derrière une des caisses, rabattant la feuille de fougère sur son visage.

— Plus qu'un jour à tenir avant de rentrer au bercail, se réconforta un barbu en piochant des noix dans un sac.

— T'en fais pas, on en aura pour notre argent, rassura celui qui l'accompagnait.

— Bah, y a plutôt intérêt. J'ai accepté ce job uniquement pour nourrir mes gosses. Si tu crois que ça me plaît de courir après des bestioles toute la journée pour le confort de la comtesse. Tiens, regarde, une de ces saloperies dans la grange m'a mordu le bras, ça vire au bleu.

Son acolyte grimaça.

— Tu devrais aller voir un médecin, en rentrant.

— J'devrais surtout ne plus t'écouter la prochaine fois que tu me parles d'un bon plan pour gagner rapidement du pognon.

— Arrête de geindre. Quand on sera de retour à Pyrag, on sera les rois.

Il s'arrêta pour renifler une odeur dérangeante, faisant jurer intérieurement Grinwok.

— Merde, j'crois que la viande commence à pourrir.

Et ils s'éloignèrent.

Grinwok se hissa pour voir par-dessus la caisse et attendit que la voie soit libre. Il se plaça face aux nombreux sacs et fouilla ceux qui pouvaient l'intéresser, en y allant de ses petits commentaires.

— Ça, c'est ignoble. Ça, ça m'fout la chiasse. Ça, connais pas. Ça, on dirait des couilles séchées, mais j'prends quand même. Oh, ça, j'aime bien. Ça, j'prends. Ça, ça devrait plaire au gros toutou.

Il avait tout rassemblé dans un seul sac qui devait peser l'équivalent de son propre poids. Maintenant, il ne lui restait plus qu'à le traîner laborieusement jusqu'au village. Seulement, pendant qu'il s'essoufflait déjà après avoir passé les cinq premiers mètres,

Grinwok se rendit compte que le campement était devenu complètement silencieux. Il n'entendait plus les voix étouffées derrière les tentes ni les échos de rires qui venaient de l'autre côté. Inquiet, il se tut, lui aussi, nourrissant ainsi le silence. Puis...

— ALLEZ-Y ! tonna une voix forte.

Deux hommes se jetèrent sur l'Ugul et le plaquèrent face contre sol, lame sous gorge.

— Qu'avons-nous là ? intervint un grand maigre aux cheveux longs, lanterne en main pour mieux voir la créature.

Les deux braconniers le relevèrent, et celui avec la torche afficha une grimace répugnante.

— Moi qui pensais avoir vu toutes les horreurs de ce monde, déclara-t-il avec un ton hautain.

Mais Grinwok n'était pas du genre à tenir sa langue.

— J'suis sûr que c'est ce qu'a dit ta mère en t'mettant au monde.

Ils furent tous surpris que leur proie se mette à parler leur langue.

— Et en plus il a du répondant, répondit le grand avec un fin sourire. Un Ugul, c'est bien la première fois que j'en vois un. Je vous imaginais moins... repoussants, je suis déçu.

— Et moi, j'vous imaginais tous cons, jusqu'à présent j'ai pas été déçu.

L'homme rit.

— Messieurs, nous tenons là notre plus grande marchandise. La peau d'Ugul est très rare sur le marché, et les clients sont prêts à payer le prix fort.

— Merveilleux, mes couilles vont servir à faire des bottes.

— Attachez-le.

Grinwok se vit aussitôt saucissonné par une corde épaisse qui l'empêchait de respirer. Aussi, les braconniers avaient été également contraints de le bâillonner, car la créature fulminait toutes les insultes qu'elle connaissait, allant jusqu'à perturber le repos des chevaux. Ils étaient sur le point de lui administrer un poison létal afin de préserver le moindre centimètre de peau intact. Gigotant comme un ver, Grinwok n'avait pas envie de se retrouver sur les étals d'une échoppe. Le grand homme s'avança vers lui, une fiole violette à la main, tandis que les braconniers retiraient son bâillon pour lui maintenir la bouche ouverte.

À ce moment-là, un rugissement soudain éclata dans le campement et une bête massive vola au-dessus de leur tête. Elle atterrit avec une violence inouïe sur le grand homme, lui séparant le buste des jambes d'un coup de mâchoire. Grinwok n'avait jamais été aussi heureux de voir le Muban. Les braconniers se ruèrent sur leurs armes pour tenter de se défendre, mais l'animal retourna leur campement en emportant les tentes dans sa chasse avant de bondir sur eux avec une brutalité sans nom.

— Eh, mon vieux ! cria Grinwok en se tortillant sur le sol. File-moi un coup d'croc, tu veux !

Tashi se précipita pour le libérer de ses liens. Dès lors, ils se retrouvèrent tous les deux encerclés par la bande de chasseurs. L'un d'entre eux, un trapu, abaissa sa hache et s'adressa au Muban sur un ton calme.

— Doucement, on ne te veut aucun mal, nous ne sommes pas là pour toi.

Tashi bomba son dos et lui répondit avec une voix grave.

— Moi, si.

Et il sauta à la gorge de l'homme pour n'en faire qu'une bouchée. Grinwok attrapa son poignard et le lança de justesse dans le crâne d'un autre qui s'apprêtait à l'attaquer. Pris de panique, les chasseurs restants grimpèrent sur leur monture et franchirent tous ensemble la ceinture d'arbre pour se perdre dans la pénombre de la nuit, abandonnant leur butin inestimable.

Le calme retomba d'une manière assourdissante. Grinwok croisa le regard de Tashi, tous deux haletants. Ils ne prononcèrent aucun mot. Grinwok voulait lui demander s'il était revenu pour lui ou pour les vivres, mais il préféra imaginer sa propre réponse.

— Alors, c'est ça, le campement dont tu me parlais, dit Tashi en balayant les lieux du regard.

Son attention se porta vers la grange, notamment sur l'immense cage renfermant les créatures à crêtes.

— Qui sont-ils ? s'enquit le Muban.

La tête dans un tonneau, Grinwok répondit.

— Hein, quoi ? J'en sais rien, des connards. Aide-moi à transporter ce sac, plutôt.

— On ne peut pas les laisser là.

Grinwok soupira bruyamment et accorda le souhait de la bête, traînant des pieds jusqu'à la grange. Il se retrouva à nouveau face à cette race qu'il ne connaissait pas, aux yeux ovales et à la peau écailleuse. Il avait entendu les braconniers les appeler Kedjins, mais cela ne lui évoqua aucune blague à faire sur le nom. Lorsqu'ils repérèrent l'Ugul, ils se hâtèrent vers les barreaux pour passer leurs bras à travers et désigner les clés sur le panneau de bois, le tout en produisant des sons buccaux agaçants.

— Calmez-vous, bordel ! Ça va, j'arrive.

Alors qu'il ouvrit la porte de la cage, les Kedjins hésitèrent quelques minutes à en sortir. Puis l'un d'entre eux osa franchir le pas, méfiant et chancelant. Grinwok découvrit qu'ils étaient plus grands et fins que lui. Haussant les épaules, il fit demi-tour pour revenir vers ses convoitises. Mais à peine avait-il fait deux mètres qu'il se sentit suivi. Tous les Kedjins étaient maintenant dans son dos, immobiles, le toisant avec leurs pupilles de chat. Ils étaient une dizaine à le fixer de manière étrange, et cela le gênait. Grinwok fit un pas en avant, les Kedjins en firent de même. Il en fit trois de plus, et ils l'imitèrent.

— Mais lâchez-moi ! s'écria-t-il en écartant les bras pour leur faire peur. Allez mourir dans la forêt et foutez-moi la paix !

Malheureusement, l'effet escompté ne semblait pas fonctionner. Les Kedjins penchèrent tous la tête, essayant de le comprendre.

— On dirait qu'ils te considèrent comme un héros, déduisit Tashi.

— Eh merde, ils vont tellement être déçus.

— Ils pourraient nous aider à transporter les charges jusqu'au village.

— De la main-d'œuvre gratuite ? dit-il en prenant une pose pensive.

Tandis que les Kedjins s'attelaient à porter sur les épaules les grands sacs de lin, Grinwok et Tashi firent un dernier tour de lieu.

— À ton avis, tu sais où ils sont allés ? interrogea Tashi en parlant des hommes.

Grinwok secoua la tête.

— Non, mais ils sont tous partis dans le même sens, donc ils savaient où aller.

Ils visitèrent une des seules tentes encore debout. À l'intérieur, un lit en peau de bêtes, un coffre fermé et une petite table ronde où reposait un carnet en cuir. Grinwok s'en empara et commença à éplucher les pages minutieusement.

— Quelque chose d'intéressant ? demanda Tashi, derrière lui.

Grinwok prit un air sérieux et se mordit la lèvre.

— Mmh… je vois. Ça confirme ce que je savais déjà, affirma-t-il en refermant le carnet. Je sais pas lire.

Déconcerté, Tashi dépassa Grinwok pour s'y aventurer à son tour. Immédiatement, son attention se fit accaparer par des armoiries peintes sur un bouclier en bois. L'animal semblait concentré sur le symbole représentant un grand œil noir sur un fond blanc, ouvrant par la même occasion une cicatrice encore fraîche dans son âme. Il se souvint du même dessin sur les bannières des cavaliers qui avaient massacré son village, il y avait de ça plusieurs années. Sur le moment, la bête ignorait ce que cela signifiait, ni même à qui il appartenait. Tout ce qu'il savait, c'était qu'une vieille sensation venait de réapparaître en lui. Un goût amer qui s'était perdu dans le temps, un goût qui n'avait jamais été totalement savouré. Un goût de vengeance.

# CHAPITRE 6
## In'Glor Imortis

Les insomnies traquaient Kerana. Les remèdes qu'elle avait l'habitude de prendre pour le sommeil avaient perdu leur efficacité. Chaque fois qu'elle essayait de s'endormir, elle revoyait l'image des Prétoriens s'emparer de son enfant. Elle prenait ces cauchemars incessants comme un appel. Ses affaires étaient prêtes, elle aussi l'était. Si Draegan ne l'avait pas convaincue d'attendre quelques jours supplémentaires, à l'heure actuelle elle aurait déjà atteint la forêt de Brim. Si elle savait rester calme en apparence, son esprit bouillonnait de rage et d'anxiété.

Régulièrement, avant le lever du soleil, profitant du calme régnant au château, elle s'installait sur une chaise dans l'infirmerie, près d'un lit éclairé à la lanterne, pour veiller sur un ami. Le lieu ressemblait à un immense dortoir où des rangs de lits se suivaient et se faisaient face jusqu'à l'extrémité de la salle. L'homme qui y était alité avait risqué sa vie pour la jeune femme en se confrontant aux Prétoriens. Le coup de hallebarde qu'il avait reçu à la poitrine avait bien failli lui être fatal si le médecin Adryr et Kerana elle-même n'avaient pas joint leurs forces pour sauver sa vie, comme ils l'avaient fait pour Mardaas pendant le court règne de Serqa.

Cela faisait maintenant plusieurs jours que Sigolf était inconscient, maintenu en vie par l'acharnement des deux guérisseurs. Kerana restait le plus souvent à son chevet la nuit, tandis qu'Adryr en profitait pour se reposer. Elle essayait de lui parler, en sachant pertinemment qu'elle ne recevrait aucune réponse. Elle n'avait jamais eu l'occasion de remercier l'officier pour son acte de bravoure et de courage.

Occupée à étudier une carte du pays tout en songeant aux étapes du voyage à parcourir, elle entendit un râle qui lui fit lever les yeux vers le jeune homme en plein réveil. Immédiatement, son réflexe fut de réveiller Adryr, qui somnolait sur le lit voisin. Le vieux médecin, l'esprit embrumé, se précipita vers le patient. Il agitait ses doigts devant ses yeux et les fit claquer plusieurs fois.

— Jeune homme, vous m'entendez ?

Sigolf voyait flou, mais il discernait deux visages au-dessus de lui.

— Vous revenez de loin, affirma le médecin avec un rire sec. Tenez, Guelyn, faites-lui boire ça.

Elle récupéra un bol dans lequel stagnait une eau verte fumante et le porta jusqu'aux lèvres de l'officier. Mais à peine le breuvage toucha sa langue, que Sigolf recracha la mixture avec une répulsion significative.

— On fait son difficile, commenta Adryr qui appuya son bras sur son épaule pour l'empêcher de bouger. Si vous refusez de boire ça, je m'arrangerai pour vous le faire passer par un autre endroit. Vos petits camarades en ont déjà fait les frais.

Sigolf capitula rapidement et ingurgita avec dégout la potion du médecin. Il se sentait désorienté, perdu, son estomac le brûlait, sa poitrine lui donnait l'impression de s'ouvrir et se refermer continuellement. Sur le coup, il ignorait où il se trouvait. Mais seul un visage réussit à le calmer et à lui faire retrouver la raison. Kerana lui adressa un sourire chaleureux qui lui fit oublier toute douleur.

— Altesse… souffla le jeune homme, encore assommé. Par les

Namtars vous êtes saine et sauve. Que... que s'est-il passé ?

— Vous avez voulu faire le malin, répondit Adryr de manière cinglante, voilà ce qu'il s'est passé. La prochaine fois, réfléchissez avant de jouer aux héros. Encore un peu et vous ne vous seriez jamais réveillé.

— Je me souviens des géants en armure. Ils nous pourchassaient dans le château.

— Reposez-vous, officier, dit Adryr. Vous vous souviendrez demain.

— Non. Que s'est-il passé ? s'enquit-il vers Kerana, les yeux inquiets. Comment va l'enfant ?

Kerana retrouva la fermeté de son expression et saisit la main de l'officier.

— Ils l'ont enlevée, déclara-t-elle froidement.

— Enlevée... répéta faiblement Sigolf, le regard abasourdi. C'est ma faute. J'ai échoué dans mon devoir. Je n'ai pas su vous protéger, j'ai...

— Officier, coupa Kerana en se rapprochant de son visage. Vous avez fait bien plus que nécessaire. Vous avez mis votre vie en danger pour tenter de sauver la nôtre. Peu auraient eu votre courage.

À cet instant, Maleius entra à son tour dans l'infirmerie, alerté par les braillements du vieux médecin. Lorsqu'il vit son ancien élève réveillé, le maître d'armes eut une attitude bienveillante à son égard.

— Maleius... dit faiblement Sigolf, la voix hésitante.

Le maître d'armes savait quelle question l'officier allait lui poser, il l'avait anticipée depuis longtemps.

— Où est Bolgrad ? murmura-t-il.

Les couvertures lui réchauffaient agréablement le corps, celui de Madel à ses côtés en était d'autant plus bouillant. Draegan se fit arracher de son sommeil par un reflet lumineux qui avait percuté son armure contre le mur. Il entendait la ville d'Odonor s'éveiller en même temps que lui. Les clochers sonnaient l'heure du travail, et les rues en bas commençaient à s'agiter. Il prit une grande inspiration et étira ses muscles, avant d'attraper son cache-œil posé sur le chevet. Pour autant, il ne sortit pas tout de suite du lit. Madel était toujours endormie, recroquevillée, offrant au jeune roi son dos nu. Il fit glisser ses doigts sur sa peau blanche, ce qui la fit frissonner et se retourner vers lui. Ils s'étaient tous deux endormis dans le regard de l'autre. Madel esquissa un sourire et traîna son corps sur les draps pour se blottir dans les bras de son homme. Le nez plongé dans la chevelure frisée, Draegan savourait ces instants matinaux qu'il considérait comme les plus précieux. Cela lui donnait la force d'affronter les responsabilités oppressantes qui l'attendaient au moment même de franchir la porte de son appartement.

— J'ai essayé de t'attendre hier soir, murmura Madel, je ne t'ai pas entendu entrer.

— Désolé, j'avais encore beaucoup de travail à terminer.

Elle savait qu'il mentait au ton de sa voix.

— Tu t'inquiètes pour Kera, devina-t-elle.

— Ça m'empêche de dormir, avoua-t-il. Il y a tout un tas de scénarios qui se bousculent dans ma tête, et aucun ne se termine bien.

— Kera n'est plus une enfant, Draegan, c'est une jeune femme. Elle est beaucoup plus forte que tu ne le penses. Et puis elle a accepté ta condition de ne pas partir seule.

— Si jamais il lui arrivait quoi que ce soit, je ne m'en relèverais pas. Ça sera ma faute. Tous les jours, je me répèterais que j'aurais dû l'en empêcher.

— Quoi que tu fasses, tu ne pourras pas l'empêcher de partir. Si on avait enlevé mon bébé, je ferais aussi n'importe quoi pour le retrouver, et personne n'aurait le pouvoir de m'en dissuader.

— Même si ce bébé était le fruit d'un démon ?

— Tu ne comprends pas.

— Il n'y a rien à comprendre. Le père de cet enfant n'était rien d'autre qu'un meurtrier. Il l'a violée dans le seul but de répandre une de ces horreurs en plus sur le monde.

— Et il a payé pour ce qu'il a fait. L'enfant n'est pas en cause, si Kera est encore parmi nous, c'est grâce à elle. Ses pouvoirs d'Immortels l'ont maintenue en vie pendant qu'elle en accouchait, alors qu'elle n'aurait jamais dû s'en sortir.

— Les Immortels ne sauvent pas, ils ne font que condamner. Crois-moi.

— Qu'est-ce qui se passe, Draegan ?

— J'ai le pressentiment qu'elle ne part pas seulement pour retrouver sa fille. Elle me cache quelque chose. Elle a passé sa vie à tout me cacher, je n'en serais pas surpris.

Un tambourinement à la porte interrompit la conversation.

— Si c'est Maleius, je le fais passer par le balcon, dit précipitamment Madel, qui ne supportait plus les sollicitations incessantes du maître d'armes au lever du lit.

Draegan enfila un pantalon en laine et une chemise de coton et alla ouvrir. En voyant la personne aux cheveux plaqués en arrière et aux iris verts, il ne put retenir ses émotions.

— Sigolf ! s'exclama Draegan en le prenant dans ses bras comme un frère.

Sigolf était plus jeune que Draegan, de quelques années seulement. Il avait fait ses preuves aux côtés de l'ancien prince en l'accompagnant dans toutes ses campagnes, à tel point que les deux hommes avaient fini par s'être liés d'amitié. Mais malgré ces retrouvailles, Sigolf n'était pas vraiment d'humeur à sourire ce matin-là. Maleius avait eu la lourde tâche de lui annoncer la mort de son frère d'armes, l'officier Bolgrad, tué par les Immortels sur le champ de bataille de Morham.

— Je suis heureux que tu sois remis sur pied, mon ami, déclara Draegan. Nous avons tous été inquiets pour toi.

— Je suppose que je dois remercier Adryr pour ça, répondit Sigolf. Mais à l'avenir, confiez-moi à un autre chirurgien, quitte à y rester. Adryr est...

— Insupportable, coupa Draegan, oui, c'est un vieux fou, mais s'il n'avait pas été là...

Draegan se tourna vers la deuxième personne qui accompagnait l'officier.

— Maleius, souffla-t-il pour le saluer, espérant que Madel ne l'entende pas.

Maleius le jugea du regard et haussa un sourcil.

— Tu n'es toujours pas habillé ?

— Je... non.

Le maître d'armes soupira froidement en secouant la tête.

— Ma nuit a été très courte, tenta de se justifier le roi.

— Oui, la mienne aussi, et pourtant je cours partout dans le château depuis l'aube en faisant *ton* boulot. J'ai suggéré à Sigolf de rester avec moi pour la journée afin de lui expliquer tous les changements brutaux auxquels nous avons été – et sommes encore – confrontés. Mets quelque chose de plus officiel et descends me rejoindre à la Salle d'Armes.

Draegan grimaça.

— Je ne me sens pas d'attaque pour une séance d'entraînement, Maleius, dit Draegan en mimant une migraine.

— Il ne s'agit pas de ça. Tu te souviens quand je t'ai annoncé que j'ouvrais le recrutement militaire à un plus large public ? Et bien j'ai réussi à monter une petite équipe pour l'envoyer en repérage à l'avant-poste de Ner'drun, étant donné que nous n'avons toujours pas de nouvelles des hommes en garnison là-bas.

— C'est une bonne nouvelle, mais en quoi est-ce que ça me concerne ?

— Habille-toi et rejoins-moi en bas. La tradition veut qu'avant chaque première mission pour les recrues, le roi en personne vienne les saluer et leur souhaiter bonne chance. Par contre je te préviens, ils sont un peu...

— Un peu quoi ?

Maleius semblait réfléchir à ses mots.

— Tu verras.

Tel un enfant, Draegan grimaça une nouvelle fois et referma la porte afin de vêtir une tenue plus officielle. Après s'être appliqué une huile parfumée dans le cou, il embrassa son aimée et quitta la chambre. À peine les pieds dans le couloir, Draegan sentit déjà sa gorge se nouer, et il n'avait plus qu'une hâte : retourner se coucher. Il remit sa cape blanche sur les épaules et traversa le corridor pour rejoindre les escaliers. En chemin, il croisa des sujets qui le saluèrent respectueusement. Draegan ne pouvait s'empêcher de penser que leurs mots étaient faux.

À la Salle d'Armes, au centre de la pièce, trois hommes étaient alignés, arborant un jaque bleu ciel. L'un était grand et maigre, les cheveux gras tombant sur son front. Le deuxième était plus large d'épaules, la mâchoire en avant. Le troisième était le plus petit avec un monosourcil proéminent. Le dos droit, la tête haute, ils attendaient les ordres de leur maître d'armes. Maleius les surveillaient avec attention, comme s'il avait peur du moindre dérapage. Quant à l'officier Sigolf, encore sonné de la sombre nouvelle de ce matin, il s'était assis sur un tabouret contre un mur, observant la scène sans grande attention.

Lorsque Draegan pénétra dans la pièce, les trois recrues ne réagirent pas, ce qui irrita Maleius.

— Quand le roi entre, vous devez le saluer, rappela-t-il.

— Le roi est ici ? demanda le grand maigre en haussant les épaules.

— Devant vous, crétin, jura Maleius.

— C'est vous le roi ? enchaîna le petit en s'adressant à Maleius.

— Non, grogna-t-il, c'est *lui*, le roi.

— Vous êtes sûr que c'est lui, reprit le grand en plissant les yeux avec une expression sérieuse. Il n'a pas de couronne, pourtant.

— C'est vrai ça, confirma le petit en acquiesçant plusieurs fois.

Maleius s'apprêta à répliquer violemment, quand Draegan intervint.

— Non, il a raison.

En effet, Draegan avait refusé de porter la couronne tant qu'il ne s'en jugerait pas digne. Lors de la mort de son père, il avait pris la décision de la placer dans son tombeau. Une grande marque de respect que le peuple ne lui avait jamais reconnue.

— Il ne pouvait pas savoir, justifia Draegan en prenant la défense de la recrue. Quoi qu'il en soit, bienvenue dans l'armée des Aigles de Fer.

— Merci, c'est gentil, commenta le grand.

— Taisez-vous, siffla Maleius.

Draegan s'approcha du premier, il dut lever la tête pour croiser son regard.

— Quel est votre nom, recrue ?

— Dan, sire.

— Que faisiez-vous avant, recrue Dan ?

— J'étais aux latrines, sire.

— Non, votre métier, quel était votre métier avant de vous…

— Ah ! comprit-il. Je coupais la tête des poules avec mon frère, sire. Avec mon père on tient une ferme à Lürtal. Une fois, un poney a essayé de me tuer parce que j'ai essayé de le traire, c'est pour ça que je n'ai plus de dents. Une autre fois…

— Ça ira, Dan, merci.

Draegan se déplaça latéralement vers celui aux larges épaules qui n'avait pas prononcé un mot depuis le début.

— Et vous, quel est votre nom, recrue ?

Maleius répondit à sa place.

— Il s'appelle Burt. Il ne parle pas.

— Et pourquoi ça ?

— Sa mère m'a expliqué qu'il s'est sectionné par accident la langue quand il avait huit ans. Alors du coup, il ne s'exprime qu'avec les mains.

La recrue décrivit de grands gestes maladroits avant d'applaudir sans aucune raison.

— En revanche, ça n'a aucun sens.

Draegan eut un sourire nerveux. Son poing tapa contre sa cuisse et il s'adressa enfin au plus petit.

— Votre nom ?

— J'en ai pas, ma mère m'a toujours dit qu'elle finirait par m'en donner un, un jour. Mais elle est morte la semaine dernière, écrasée par un cheval.

— Et vous n'avez jamais eu l'idée vous nommer vous-même ?

— « Voumem » ? Pas terrible comme nom, vous en pensez quoi ? demanda-t-il à ses deux autres camarades.

— Je suis pour, dit Dan.

— Non, contredit Draegan, dont la patience commençait à l'abandonner. Je voulais dire vous octroyez vous-même votre nom.

— Je peux m'appeler comme vous ?

— Non, je préfère pas. Maleius ?

Ils s'éloignèrent du côté de Sigolf, qui essayait de tendre l'oreille.

— Qu'est-ce que c'est que ça ?

— Je t'avais prévenu.

— Tu n'as vraiment pas pu trouver mieux ?

— Ils ont passé les tests de physique avec succès. Et le règlement est clair. Si une recrue réussit l'ensemble des tests, nous n'avons pas le droit de la refuser.

— Rappelle-moi de changer ça.

— Je te l'accorde, c'est pas des lumières, mais on n'a pas vraiment le choix. Et puis c'est seulement pour une mission de reconnaissance, on ne les envoie pas au front, en quoi est-ce un problème ?

— Le problème ? Le problème c'est que je comptais sur eux pour assurer la sécurité de Kera jusqu'à la frontière du pays.

— Pourquoi tu ne me l'as pas dit avant ? s'énerva Maleius.

— Parce que j'étais loin de me douter que tu ramènerais… *ça*.

— Draegan ! J'ai pas l'impression que tu réalises à quel point le peuple ne nous fait plus confiance.

— C'est pas toi qui vas me l'apprendre. Mais si j'ai accepté de laisser partir Kera au Kergorath, c'est uniquement parce que j'avais l'intention de la mettre sous bonne garde. (Il se retourna vers les recrues, qui avaient le regard vide, avant de revenir sur Maleius.)

— Je le ferai, s'exclama brusquement Sigolf en se levant.

— Quoi ? rétorquèrent ensemble les deux.

— Je ferai ce truc, là, dont vous parlez. J'ai une dette envers Dame Kerana, alors quoi que ça puisse être, je le ferai.

— Sigolf, raisonna Maleius, tu es loin d'être en état d'entreprendre un tel voyage. Adryr a été clair, tu dois encore…

— Draegan, s'il te plaît, supplia-t-il. C'est important pour moi. Je ne supporterai pas de rester une minute de plus sans être utile.

Draegan resta silencieux. Quelque part, il dut admettre qu'il se sentirait plus en confiance en sachant sa sœur en compagnie de l'officier plutôt qu'entre les mains de novices inexpérimentés et probablement trouillards. Et même si Sigolf était toujours faible, il resterait une meilleure protection que les trois recrues réunies.

— Entendu, accorda Draegan.

La cité d'Azarun brillait par ses bâtiments en pierre blanche sous l'éclat de lune. Un souffle frais balayait le sable dans les rues qui étaient encore en activité. La ville ne s'endormait jamais, il était rare de tomber sur une avenue vide et silencieuse. Azarun attirait les touristes, notamment pour ses architectures colossales qui encadraient la métropole et ses statues gigantesques représentant les anciennes divinités. Ses nombreuses villas étaient très convoitées par les barons, mais c'était son marché d'esclaves qui les intéressaient le plus. Au sommet d'une colline rocheuse qui surplombait le centre-ville se tenait le Palais des Tan-Voluors. Un majestueux domaine qui étincelait sous le soleil, encerclé par des jardins artificiels. Et malgré toute la beauté de l'édifice, à l'intérieur se dissimulait un Mal prêt à surgir pour y déverser sa noirceur.

Mardaas et ses fidèles avaient réquisitionné le palais royal et retenaient captif l'ensemble des occupants. Ils les avaient rassemblés dans une grande salle qui servait pour les banquets. Quant à Angal Tan-Voluor, Mardaas avait pris soin de l'isoler dans une pièce encore plus sombre et étroite afin de le rendre plus docile. Il comptait bien l'utiliser pour arriver à ses fins comme Baahl le lui avait suggéré.

Quand la porte du placard s'ouvrit, Angal n'avait plus la force de crier. Il se laissa agripper par un Imortis au visage masqué et il ne sentit même pas son corps lorsqu'il heurta le sol. Pétrifié, il était incapable de parler. Ses lèvres tremblaient, tout comme le reste. Il reconnaissait le salon dans lequel il était, celui aux centaines de portraits sur les murs. La grande cheminée était allumée et les flammes éclairaient à elles seules le lieu, laissant distinguer des ombres démesurées qui le fixaient. Près de la fenêtre, Angal voyait une silhouette géante qui lui faisait dos. Puis brusquement, un homme le saisit par une poignée de cheveux et l'obligea à prendre place sur un des fauteuils.

— J'espère que vous nous excuserez pour cette invitation forcée, seigneur Angal, dit la grande silhouette, d'où une fumée légère semblait s'élever à chaque expiration.

Quand Mardaas se retourna vers lui, Angal faillit tressaillir à la vue du masque qui ne laissait transparaître aucune émotion humaine.

— N'ayez crainte, dit-il en s'avançant lentement vers lui, faisant résonner ses pas avec ses bottes de fer. Vous ne mourrez pas ce soir, si telle est la question que vous vous posez. Votre statut vous sauve la vie, pour le moment.

— Mon statut ?

— Vous êtes bien le roi, à moins qu'il ne s'agisse d'une erreur, et dans ce cas, je ne vois pas ce qui pourrait m'obliger à vous garder en vie.

— Je suis le roi ! C'est moi, oui !

— Bien. Nous allons donc pouvoir discuter.

C'est alors qu'une autre personne fit irruption dans la pièce, fredonnant gravement un cantique sinistre qui fit froid dans le dos au garçon. Angal remarqua les bracelets d'épines que portait l'individu, et se força à ne pas les regarder davantage. Le prêtre Saramon prit place sur le fauteuil d'en face et croisa ses mains, offrant un sourire des plus glaçants. Angal essayait de ne pas affronter son regard hypnotisant, il se contentait de fixer l'amulette cuivrée du culte que le prêtre portait autour du cou.

— Es-tu à ton aise, mon garçon ? Tu sembles apeuré. Apportez-lui un plateau, ordonna-t-il à un des fidèles devant l'entrée.

Mardaas laissa le prêtre prendre le relais et recula vers la fenêtre, observant les points lumineux de la ville. Lezar, lui, était caché dans l'ombre d'un buste de marbre, il collait son dos contre la bibliothèque, comme s'il voulait lui aussi faire partie des meubles et oublier sa propre existence. Il avait la sensation d'étouffer.

Un Imortis apparut dans la lumière avec un plateau composé d'un bol de soupe et d'un morceau de pain qu'il déposa sur le guéridon devant la cheminée. Le prêtre désigna le bol et fit comprendre au roi que cette attention lui était destinée.

— Crois-tu en une vie après la mort, jeune homme ? reprit Saramon, qui venait de rapprocher son fauteuil du sien.

Le garçon hocha la tête avec appréhension.

— Penses-tu la mériter ?

Angal ne savait quoi répondre.

— Laisse-moi alors te révéler le plus grand secret de notre existence, déclara Saramon en se rapprochant encore plus de son visage.

Il prit une voix plus grave, lente, la même qu'il utilisait pendant ses prières.

— Il est dit dans le Mortisem que tout Homme naissant connaîtra une fin inéluctable. Une fin qui s'achèvera dans un néant où toutes formes de conscience s'éteindront à jamais. Cette fin, que vous appelez la Mort, a tourmenté les esprits des plus sages au fil des ères. Ils essayaient de maîtriser un concept abstrait qui échappait à leur logique. L'ignorance de leur destin après la mort les terrifiait. Il était impossible pour notre commun des mortels d'apporter la lumière sur ce néant. Alors, comme ils ne pouvaient déceler une idée qu'ils étaient incapables de comprendre, ils ont cherché à se rassurer. Car l'ignorance est souvent sujette à la terreur. Depuis, on vous promet que votre âme subsistera et connaîtra un repos éternel dans lequel un nouveau monde s'ouvrira à elle. Voilà ce que l'on vous enseigne dès la naissance, mais la vérité qui se cache derrière cette illusion est bien plus sombre qu'elle n'y paraît. Car il n'existe aucune autre vie que celle que nous vivons en ce moment même. L'âme naît avec son corps, et elle meurt avec lui. Il n'y a pas de voyage, pas de monde lumineux, pas de proches retrouvés, sinon la fin d'une existence futile. En d'autres termes, conclut-t-il en écarquillant les yeux, la vie après la mort ne vous concerne pas.

Angal déglutit sec, son visage crispé et apeuré fit sourire le prêtre.

— Mais il existe un moyen de l'obtenir, poursuivit-il. Et ce moyen est à la portée de n'importe qui. Car vois-tu, seuls Imortar et ses fils détiennent tous les secrets de la Vie. Eux seuls ont le pouvoir de la prolonger, de la modifier, de la créer comme bon leur semble. Les Immortels ont été envoyés pour nous guider vers cette Vallée qui est propre à chacun d'entre nous. La Vallée d'Imortar. Un monde unique, construit à l'image de celui qui y a droit. Un monde où la puissance et la connaissance sont infinies, un monde où son détenteur en est le seul dieu. Il est aussi dit que le grand Imortar ouvrira les portes de cette Vallée à celles et ceux qui choisiront de dévouer leur âme à ses fils. Car il n'existe aucune salvation pour les Exilés qui se refusent à entrer dans la grâce d'Imortar. Mais Imortar est miséricordieux, aussi il accorde la rédemption aux âmes qui s'abandonnent à lui et à ses fils. Et ainsi, l'âme repêchée pourra jouir de l'existence éternelle dans un monde qui lui appartient. Pour cela, il lui suffit de prononcer quelques mots. De simples mots. Veux-tu les prononcer avec moi, mon garçon ? invita-t-il en tendant la main vers lui.

L'esprit brouillé, Angal ne savait plus quelle décision prendre. Il se croyait, à cet instant, incapable de réfléchir par lui-même. Il acquiesça alors sans grande conviction. Puis Saramon posa délicatement sa main sur le crâne de l'enfant.

— Répète après moi.

Mardaas observait sans grand intérêt la scène, attendant impatiemment que le prêtre en finisse.

— Moi, Angal Tan-Voluor.

Et il répéta avec fébrilité.

— Par ma vie, je serai dévoué. Par ma mort, je serai récompensé. En faisant le serment de servir les fils d'Imortar pour mon salut. En dévouant ma vie à l'Unique et à sa foi.

Angal avait du mal à retenir les mots, au point qu'il dû s'y reprendre à plusieurs reprises.

— In'Glor Imortis.

Et lorsqu'il termina sur ses paroles, Saramon retira sa main.

— Ce n'est pas encore fini. Il reste une dernière chose que le grand Imortar souhaite que tu fasses pour lui.

Et comme il venait de parler, les fidèles Imortis présents dans la pièce se mirent à l'entourer.

— Que dois-je faire ? murmura-t-il, au bord des larmes, ne sachant à qui s'adresser.

Le lendemain, dès les premiers signes de l'aube, le clocher de la place principale se mit à sonner si fort que l'on pouvait l'entendre à l'autre bout de la ville. Son tintement inhabituel poussa les Azariens à s'y bousculer. En règle générale, cela voulait annoncer une prise de parole importante. Exceptionnellement, les rues se vidèrent pour se remplir sur la place, où un bâtiment rouge se dressait devant, muni d'un large balcon en demi-cercle où se tenaient les discours adressés au peuple. De là, les citadins pouvaient apercevoir leur roi Angal Tan-Voluor, qui s'éleva sur un marchepied pour dépasser la rambarde en pierre. Mais cette fois-ci, le garçon n'était pas seul. Trois autres personnes le suivirent. Mardaas, qui se plaça à droite du roi, le prêtre Saramon à sa gauche et le chef Prétorien Kazul'dro en retrait. Ils attendaient que la place soit noire de monde jusqu'à combler les rues adjacentes. Les questions commençaient à se former dans la tête des Azariens. Quelle annonce le roi allait-il faire ? Qui étaient ces personnes accoutrées étrangement et pourquoi accompagnaient-elles le roi ?

Les crieurs publics étaient à leur poste, prêts à porter leur message du roi jusqu'aux oreilles de ceux qui étaient beaucoup trop loin pour entendre.

Après un quart d'heure d'attente, Angal leva finalement les deux mains vers le ciel pour faire taire le brouhaha du public. De sa voix juvénile, il répéta mot pour mot ce que Saramon lui sifflait. Des paroles venimeuses dont le venin visait à endormir l'esprit et à l'asservir sans la moindre conscience. Les Azariens présents ne comprirent pas tout, mais lorsqu'Angal évoqua jusqu'à nouvel ordre la fermeture de la Grande Bibliothèque de la ville pour y apporter certaines « transformations », la foule devint anxieuse. Et elle devint très vite inquiète quand elle remarqua un attroupement se former autour d'elle. Les gens ignoraient qui étaient ces golems de fer. Et alors qu'un Azarien et sa femme voulurent s'éclipser, l'un d'eux pointa dangereusement sa hallebarde vers eux. Il était unanime que personne ne souhaitait s'en approcher. L'agitation grossissait au sein de la place, les citadins se sentaient retenus en otage, pris au piège, forcés d'écouter un discours qui leur paraissait plus alarmant qu'autre chose. Leurs craintes se confirmèrent quand les bannières du serpent à deux têtes furent retirées pour laisser place à celles arborant un étrange symbole.

Depuis la défaite à la bataille d'Ark-nok, Hazran et son unité avaient trouvé refuge dans une caserne à plusieurs dizaines de kilomètres de la capitale, dans la ville de Furvak. Bordée par un fleuve de lave qui remontait jusqu'à la montagne de Gal'gom, la ville était autrefois un bastion pour repousser les Tamondiens.

Cloîtré dans une salle à peine éclairée par une lampe à huile, le général avait pleuré la mort des siens, avant de pleurer le sort de sa femme et son fils restés à Azarun. La cité était perdue, il n'y avait plus rien à faire pour la délivrer. En revanche, il était déterminé à faire sortir sa famille et celles de ses soldats kergoriens hors de la région. Mais pour cela, il devait infiltrer la métropole, et il avait besoin d'un plan pour y parvenir. Ils n'avaient aucun moyen de savoir ce qui se tramait derrière les murs d'Azarun. La seule chose qui était certaine, c'était qu'un ennemi maléfique aux pouvoirs ravageurs était en train de prendre le contrôle de leur terre pour des desseins inconnus. Hazran ne connaissait pas grand-chose aux Imortis, il avait – comme beaucoup – appris l'histoire de leur règne à l'école militaire. Tout comme pour le Seigneur de Feu, il en avait seulement étudié les grandes lignes. Et même si son armée pouvait anéantir les ennemis de chair, ils n'avaient aucune chance face aux envoyés des dieux.

Son bras droit, Namyra, lui tenait compagnie, allongée sur une table de bois. Hazran, lui, était assis sur une chaise, sa jambe tremblait d'anxiété et il n'arrêtait pas de soupirer. Il avait envoyé des éclaireurs à la cité afin d'en savoir davantage sur l'ombre qui s'était abattue sur eux.

— Depuis combien de temps sont-ils partis ? répéta-t-il pour la énième fois.

— Depuis trop longtemps, si tu veux mon avis, répondit Namyra.

Hazran se leva et marcha nerveusement dans la pièce, ne sachant où guider ses pas.

— Ils auraient déjà dû être là depuis des heures.

— Il faut se rendre à l'évidence, Hazran. Ils ne reviendront pas. Je t'avais dit que c'était risqué.

Agité, le général grogna plusieurs jurons dans sa barbe. Il sentait que les troupes dehors s'impatientaient, ils attendaient qu'une décision soit prise.

Penché au-dessus d'une carte de la cité, Hazran examinait minutieusement chaque tracé, chaque symbole, chaque marquage, dans l'espoir d'entrevoir une faille.

— Nous ne sommes pas assez nombreux pour forcer les portes d'Azarun, fit Namyra en le rejoignant. Tu as bien vu la même chose que moi à Ark-nok. Ces… géants increvables, et puis l'Immortel au masque.

— Nous avons vu la même chose, répondit Hazran en ne détachant pas ses yeux de la carte.

— Tu connais les défenses de la cité mieux que personne. Alors tu sais aussi bien que moi que tous les points d'entrée et de sortie seront certainement gardés par ces démons. Nous n'avons aucun autre moyen d'y accéder sans affrontement. Et nous savons aussi que si nous faisons ça, nous n'en reviendrons pas.

Hazran ne pouvait la contredire. Il suffisait d'une seule rencontre avec un Prétorien pour les mener à leur perte. Il ne pouvait prendre un tel risque.

— Les Mines Rouges de Saal'arak, souffla le général.

— Quoi ?

— Les Mines Rouges, Namyra, dit-il en pivotant vers elle comme s'il avait trouvé l'idée du siècle. Ces mines servaient en cas de siège autrefois pour faire évacuer les civils ! Elles partent du nord, près de la statue de Melandris, elles passent sous la muraille ouest pour rejoindre le Canyon des Âmes. Nous pouvons emprunter le chemin inverse pour nous retrouver de l'autre côté.

— Ces mines sont abandonnées depuis plus de cent ans. On dit que…

— Que des créatures de l'ombre y vivent, oui. Mais c'est le seul passage qui ne sera pas gardé. C'est notre seule chance de sauver nos familles.

Namyra se frotta le visage et passa sa main dans ses cheveux crépus.

— Qu'en dis-tu ? ajouta Hazran.

— J'en dis que tu es fou. Mais tu ne le seras jamais plus que moi.

— Alors, va prévenir ton unité, nous partons pour le canyon ce soir.

# CHAPITRE 7
## Destin

---

Quelque part hors du village de Ner-de-Roc, avachi sur un rocher couvert de mousse, Grinwok ronflait si fort que la plupart des animaux dans le coin le prenaient pour un dangereux prédateur. Il serrait contre lui une bouteille d'hydromel qu'il avait trouvée précédemment parmi les nombreux autres butins. Une dizaine d'autres se trouvait au pied du rocher, formant une pyramide de verre. Des insectes velus et venimeux lui parcouraient librement le corps sans que cela n'ait l'air de troubler son repos, et il marmonnait des mots – ou plutôt des sons – qui mettaient en évidence son ébriété.

Alors qu'il ouvrit à moitié un œil, il tomba nez à nez avec plusieurs visages qui le scrutaient avec de grands yeux curieux. Surpris et effrayé, Grinwok poussa un cri aigu et glissa maladroitement le long du rocher pour atterrir sur la pile de bouteilles, qui s'écroula sous son poids.

En reprenant ses esprits, il identifia rapidement les Kedjins. Ces bêtes humanoïdes grandes et fines aux pupilles de chat, qui semblaient s'être étrangement attachées à lui.

— Par mes couilles, qu'est-ce que vous foutez encore ici ? J'vous avais dit d'vous barrer ! tempêta-t-il en se massant le haut du crâne.

Mais Grinwok se heurta une fois de plus à barrière de la langue.

— Foutez l'camp ! hurla-t-il en ouvrant grand les bras pour les chasser.

Mais il n'en fut rien. Les Kedjins s'amassèrent autour de lui, essayant de comprendre ses paroles en penchant leur tête de tous les côtés. Grinwok poussa un soupir qui laissait entendre tout le regret qu'il éprouvait de les avoir libérés. Il grommela une injure et força le passage en les bousculant pour rejoindre le village. Comme il progressait gauchement entre les arbres, derrière lui une ligne droite le suivait à la trace. Les Kedjins marchaient les uns derrière les autres avec une rigueur étonnante, ce qui énerva Grinwok au plus haut point. Il ne supportait pas d'être aussi collé, une pensée qui lui rappelait qu'il avait pourtant agi de la sorte avec Mardaas.

Il gagna la maison close du village avec l'illusion de cuver dans un endroit plus calme. En passant le couloir, il trouva Tashi dans le salon, éclairé par les halos du soleil matinal. Grinwok haussa un sourcil, car le Muban était entouré d'un amas de livres ouverts, penché au-dessus du carnet qu'ils avaient récupéré sous la tente d'un des braconniers.

— J'peux savoir c'que tu fous ? s'enquit-il, tandis que les Kedjins le rejoignait.

— J'essaye d'apprendre à lire l'humain, répondit Tashi calmement en restant concentré sur les pages.

— Me dis pas que t'es encore sur ce foutu carnet ?

— Je dois savoir ce qu'il contient. Ces humains étaient liés de près ou de loin avec ce qui s'est passé ici. J'ai besoin d'en savoir plus.

— Et ça donne quoi ?

Tashi écarta le carnet d'un coup de patte.

— Rien. Je ne comprends rien à tous ces symboles.

— C'est pour ça que je lis pas, moi. C'est un coup à s'choper une infection des yeux. Et ça laisse des séquelles dans le ciboulot !

— Tu crois ?

— J'en ai connu une qui faisait que ça, et bah à force de savoir trop d'trucs, ça lui a grillé le cerveau ! C'est pour ça qu'je touche pas aux bouquins, moi. C'est d'la saloperie.

— Peut-être… répondit sans conviction le Muban. Il faudrait trouver un humain qui sache le déchiffrer, à moins que tes nouveaux amis détiennent une solution ?

— Mes quoi ? Ah, eux. On va vérifier ça.

Grinwok saisit un livre relié sur le sol et l'envoya brusquement sur un des Kedjins qui le réceptionna d'une main. Après l'avoir étudié visuellement sous tous les angles, le Kedjin l'approcha de ses narines et ouvrit grand la gueule pour en arracher la moitié.

— Ça répond à ta question ? dit Grinwok.

— Tu attends quoi pour t'en débarrasser ?

— Tu crois que j'ai pas essayé ? Ils sont aussi collants que des clebs !

— On dirait qu'ils attendent quelque chose de toi.

— La seule chose qu'ils vont recevoir de moi, c'est mon pied au cul si jamais ils continuent de me suivre jusqu'au trou que j'ai creusé pour chier.

— Tu as essayé de les écouter ?

— Écouter quoi ? J'pige que dalle à leur charabia, à quoi ça servirait ?

Tashi inspecta rapidement le salon en quête d'une idée. S'il devait compter sur la lucidité de Grinwok pour mettre un terme à cette histoire, elle ne connaîtrait jamais de fin. Son attention se porta sur des morceaux de charbon près du grand âtre. Il les balaya vers les créatures, puis arracha quelques feuilles vierges d'un livre qu'il déposa à leurs pieds. Il demanda à Grinwok de leur montrer qu'ils pouvaient effectuer des tracés dessus. Enfin, il leur adressa un regard insistant et acquiesça d'un signe tête. Les Kedjins adoptèrent une posture hésitante. Leurs sons buccaux envahirent toute la pièce et l'un d'entre eux se mit à genoux, près des feuilles. Il attrapa un morceau de charbon et traça d'un geste imprécis et vif une ligne verticale. L'action fit réagir ses semblables, qui se mirent aussitôt à l'imiter. Grinwok et Tashi les observèrent d'un œil attentif. Les Kedjins montraient une intelligence insoupçonnée en alignant les feuilles vierges à la suite des autres telle une fresque en construction, tandis que les gribouillages s'enchaînaient à une vitesse improbable. Quand ils eurent fini leur œuvre, Grinwok et Tashi l'examinèrent en découvrant avec surprise qu'ils y étaient représentés – assez grossièrement – en début de fresque, à l'intérieur de ce qui devait être Ner-de-Roc. Les Kedjins y étaient aussi désignés, enfermés dans plusieurs cages, dans un autre village qui semblait – selon les indications inscrites – se trouver vers le nord. D'autres personnages y étaient dessinés, mais ils ne ressemblaient en rien aux humains du campement précédent.

— Je comprends toujours pas c'que ces glands essayent de me dire.

— Je crois qu'ils attendent que tu libères leurs autres frères et sœurs.

— Quoi, c'est ça qu'ça veut dire ? Eh bah ils vont s'mettre un gros doigt dans l'cul.

— Je reconnais ce village, au nord, après la grosse statue en ruine. J'y suis déjà passé quelques fois. Mais il y a un problème...

— Ah, ça, j'te l'fais pas dire ! Et c'est le tien ! C'était ton idée de les libérer, alors ça devient ton problème. Moi, j'me casse.

— Où est-ce que tu vas ?

— Roupiller quelque part où ces têtes de prépuces me suivront pas !

Grinwok s'évada de la maison à la recherche d'un endroit au calme où il pourrait décuver avec sa meilleure amie qui, jusque-là, ne l'avait jamais abandonné, la solitude. Il rampa à l'intérieur d'une brèche creusée dans le mur d'une maison condamnée. Là, il se sentit soudainement chavirer, au point de prendre appui sur une commode.

Sur le moment, il maudit sa cuite de la veille. Sa vision lui donna l'impression de se déformer et s'étirer, aussi il se laissa tomber en avant sur une pile de vêtements poussiéreux. Et alors que ses paupières se refermaient, Grinwok tomba dans un monde qui n'appartenait qu'à lui. Il n'y avait aucune obscurité, sinon un décor étrangement familier. En dehors des bibelots anciens et d'un grand feu crépitant au centre, Grinwok remarqua qu'il se trouvait sous une tente au tissu usé par un temps plus ancien que lui. Il crut à un rêve et se leva du tabouret sur lequel il était assis. Une odeur infecte se dégageant d'un bol de soupe posé non loin lui rappela un mauvais souvenir. Il s'en approcha pour examiner la mixture, avant d'afficher sa pire grimace.

— Je l'ai préparée pour toi, dit une voix douce derrière lui.

Grinwok se retourna vivement et se retrouva face à une femme dont la beauté n'avait jamais quitté son esprit. Ses cheveux incroyablement lisses balayaient la terre à ses pieds nus. Et en dehors d'une multitude de bracelets en or jonchant ses bras, elle ne portait rien d'autre.

— Vous ? commença Grinwok, les yeux écarquillés braqués sur la poitrine généreuse de la femme. Attendez, j'suis en train de rêver ou c'est réel ? Faites que ce soit un rêve érotique, dit-il en croisant ses doigts.

— Peux-tu seulement savoir ce qui réel et ce qui ne l'est pas ?

— Ah, non, recommencez pas avec vos phrases où j'pige pas un broc, hein. Vous vous êtes bien foutu d'ma gueule, la dernière fois !

— Assieds-toi, Grinwok, dit-elle en désignant le tabouret.

— Pour quoi faire ? Vous allez encore m'hypnotiser avec vos nibards en me racontant des conneries ! Je me souviens parfaitement de ce que vous avez dit ! (Il prit une voix aigüe.) Oui, Grinwok, tu seras une légende, tu deviendras un putain de héros, tu auras toutes les putes à tes pieds et tu vivras d'orgies et de bières.

— Je n'ai jamais dit ça, contesta Kalessa d'une voix plus sèche.

— Peu importe, c'est ce que j'avais compris ! Et venez pas vous la jouer, hein. Mystique, Mystique mon cul ! On m'a dit que vous preniez la forme de trucs qu'on aime pour nous appâter. Alors, montrez-moi votre vraie gueule, et là on pourra discuter !

— Bien.

Le corps de la femme explosa en lambeaux pour laisser place à une entité noire terrifiante qui atteignit le plafond, affichant de grands yeux rouge sang et une bouche si béante qu'elle aurait pu contenir tout le mobilier de la tente. Cette vision d'effroi fit trébucher Grinwok en arrière.

— Remettez les nichons ! Remettez les nichons ! cria Grinwok en masquant son visage avec ses mains.

La Mystique reprit son apparence humaine et l'aida à se relever.

— Ce que je t'ai dit lors de notre dernière rencontre est toujours inscrit dans la toile du temps.

Elle le fit s'asseoir sur le tabouret et lui apporta le bol de soupe. Grinwok garda ses lèvres fermées et posa le bol à ses pieds, prétextant qu'il la boirait plus tard.

— J'ai rien accompli de tout ce que m'aviez montré ! Faut croire que l'Unificateur pour Grinwok, c'est pas dans cette vie-là.

— Je t'avais fait trois prédictions ce jour-là. La première était une mort certaine. Mort à laquelle tu as échappé lorsque le navire Erivlain est venu te sortir des eaux profondes.

— Attendez, comment vous savez que...

— La seconde faisait mention d'une fuite. Fuite qui a été interrompue quand les mercenaires avec lesquels tu as embarqué ont décidé de faire de toi un appât à Muban. Muban avec lequel tu as noué un lien, n'est-ce pas ? Une race qui, dans un contexte différent, n'aurait pas hésité une seule seconde à mettre fin à tes jours.

— C'est vrai, mais... attendez, vous m'espionnez depuis le début ? Vous me suivez à la trace, c'est ça ? Vous vous planquez dans les arbres, ou quoi ? Le Muban c'est différent, ça compte pas !

— Et les Kedjins ?

— Quoi, les Kedjins ? Vous les voulez ? J'vous les donne ! Qu'est-ce que vous voulez que j'en fasse ? C'est avec ça que vous comptez bâtir la légende de l'Unificateur ? Ha ! Elle est bien bonne !

— Et pourtant, ça a déjà commencé. Tu as maintenant des alliés. Des alliés qui sont prêts à te suivre. Des alliés qui ont besoin de toi, à présent.

Grinwok hésita à proférer une nouvelle injure à l'encontre de ces êtres pour qui il n'avait aucune estime, avant de se raviser.

— Qu'est-ce que j'dois faire ? reprit-il sur le ton le plus sérieux qu'il n'ait jamais eu à employer.

Kalessa saisit sa main.

— Tu le sais déjà.

Puis sa voix parut lointaine, tout comme le feu crépitant. Un éclat de lumière apparut, aveuglant momentanément Grinwok, qui se réveilla en sursaut dans la maison abandonnée. Encore une fois, il se demanda si tout cela n'avait été qu'un simple rêve. Il resta tout l'après-midi isolé dans la maison, seul avec lui-même. Quand enfin, il se décida à rejoindre Tashi, qui traînait dehors près de la taverne en ruine, accompagné des Kedjins qui l'aidaient à nettoyer les quelques débris au sol.

— C'est bon, fit Grinwok avec un air grave. Allons-y.

— Où ça ?

— Libérer ces débiles. C'est pas quatre ou cinq humains qui vont nous en empêcher, après tout, dit-il en tournant les talons.

— Justement, c'est ce que j'ai essayé de te dire tout à l'heure…

Interloqué, Grinwok se retourna.

— Ce n'est pas un village d'humains.

Le soleil illuminait la route pavée. Les plaines verdoyantes sur les flancs s'étendaient à perte de vue, et le ciel bleu azur rendait le trajet agréable. Cinq montures avançaient au pas. Sur l'une d'entre elles se trouvait Kerana Guelyn, la tête dissimulée sous une capuche de laine pour se protéger des rayons chauffants du zénith. Sur le cheval devant elle se trouvait l'officier Sigolf, qui ouvrait la voie. Les trois recrues des Aigles de Fer l'encadraient. Elle aurait préféré qu'ils ne fassent pas partie du voyage, mais son frère Draegan avait lourdement insisté. Il les avait placés sous le commandement du jeune officier. Sigolf n'avait jamais commandé qui que ce soit dans sa vie, il avait toujours été doué pour obéir aux ordres, non pour en donner.

Ils avaient quitté Odonor plus tard que prévu. Une des recrues s'était perdue dans le château au moment de prendre la route. Et quand Sigolf avait ordonné aux deux autres de la retrouver, ces derniers s'étaient également égarés dans le domaine. Cette perte de temps précieux aux yeux de Kerana l'avait rendue plus nerveuse et crispée qu'elle ne l'était déjà. Elle se souvint des derniers mots de son frère, lorsque celui-ci l'avait enlacée une dernière fois. Il lui avait demandé de lui écrire régulièrement pour être tenu au courant des étapes du voyage et pour s'assurer que tout se passait pour le mieux.

— Fais attention à toi, avait-il dit en la serrant contre lui. Ne prends aucune décision stupide. Reste auprès de Sigolf, fais ce qu'il te dit. Et surtout…

— Draegan, avait-elle rassuré, je sais ce que je fais. Je reviendrai avec mon enfant, je te le promets.

Cette conversation résonnait encore dans sa tête. Elle ignorait si elle pourrait tenir cette promesse, mais elle était déterminée à faire tout son possible pour y parvenir.

Ils avaient passé la journée à traverser les plaines de Calapor escortés par un soleil des plus brûlants. Sigolf gardait un chiffon en main pour s'éponger le front, tandis que les recrues baignaient dans leur propre sueur à l'intérieur de leur uniforme militaire. Aucun d'eux ne prononçait un mot. Seuls Kerana et Sigolf échangèrent quelques avis houleux concernant le chemin à emprunter. Sigolf pensait à la route la plus sûre, alors que Kerana privilégiait la plus rapide. Arrivés à un embranchement, ils se montrèrent hésitants.

— Passez-moi la carte, dit-il à l'attention des recrues derrière.

Constatant que personne ne lui répondit, il se retourna.

— Je vous ai demandé la carte, recrues. Je l'avais donnée à l'un d'entre vous.

La recrue Dan leva le bras.

— Moi, officier ! s'exclama-t-il spontanément. Mais je l'ai oubliée au château. C'est pas grave ou il faut faire demi-tour ?

— Vous plaisantez ? rétorqua sévèrement Sigolf, qui entendit Kerana soupirer.

— J'ai une idée, dit le plus petit. On a qu'à se fier aux températures pour savoir dans quelle direction on va. S'il fait froid, c'est qu'on approche du nord et s'il fait chaud, c'est qu'on va vers le sud.

— Et on fait quoi de l'est et l'ouest ? questionna Dan.

— Bah, s'il fait doux, je suppose.

La troisième recrue muette agita ses bras méthodiquement pour s'exprimer.

— Qu'est-ce qu'il dit ? demanda le petit.

— Il demande si les chiens ont eu à manger, répondit Dan d'un air concentré.

— Quels chiens ?

— Fermez-la, ordonna Sigolf. Altesse, je propose une halte pour la nuit.

— Nous ferons une halte quand nous aurons parcouru la moitié du pays, officier.

— Altesse, voyager de nuit est dangereux et nous n'avons aucune connaissance du chemin à emprunter. Nous nous procurerons une carte à la prochaine ville dès demain. En attendant, nous devrions établir un campement quelque part à l'abri des routes.

— Nous avons déjà suffisamment perdu de temps, officier. Je ne suis pas ici pour faire de la randonnée. Avez-vous une idée du temps qu'il faut pour atteindre le Kergorath ?

— J'en ai vaguement idée, oui. C'est pour ça que nous devrions être prudents et ne pas dépenser inutilement nos forces.

Kerana finit par se résigner malgré sa hargne de traverser le pays à la hâte. Ils trouvèrent un terrain plat sous un grand chêne. La terre était recouverte de mousse, des lucioles dorées virevoltaient dans les airs et une longue crevasse sans fond se trouvait non loin, qui se poursuivait en ligne droite des kilomètres plus loin.

Sigolf ordonna aux recrues de monter le camp et d'allumer un feu. Cet ordre lui était plaisant. Il avait toujours voulu dire ça. Mais il aurait aussi préféré commander de véritables soldats entraînés. Pendant ce temps, il fit une première ronde dans un périmètre bien défini afin de s'assurer qu'ils étaient bien les seuls aux alentours. Quand il revint vers les chevaux, il voyait Kerana qui essayait de détacher son sac de la selle. Il entrevit l'épée de cette dernière, à la lame légèrement courbée et au pommeau argenté. Kerana l'entendit s'avancer dans son dos grâce aux craquements de brindilles.

— Vous savez vous en servir ? questionna Sigolf.

Kerana empoigna le manche et sortit l'épée avec délicatesse, comme si elle en avait peur.

— Je n'ai eu qu'un seul cours, mais il était suffisant pour me permettre de frapper sans hésiter celui qui se mettra en travers de mon chemin, expliqua-t-elle en plaçant la lame sous la gorge de l'officier. Ça répond à votre question ?

Sigolf repoussa délicatement la lame avec un doigt et hocha la tête. Il pouvait sentir toute la colère qui résidait en elle et qui ne demandait qu'à exploser. Son rire lui paraissait lointain. Pourtant, la dernière fois qu'il l'avait entendu remontait à seulement quelques mois, dans un des salons du château, alors qu'ils jouaient tous les deux à un jeu de cartes qui passionnait l'officier. Ce moment de complicité les avait rapprochés. Mais ce soir-là, Sigolf avait l'impression de voir une autre personne. Il ne reconnaissait plus la jeune Kerana Guelyn qu'il avait l'habitude de voir sourire dans les couloirs.

Les recrues annoncèrent le repas, et ils se rassemblèrent autour du feu. Au menu, des saucisses grillées et des pommes de terre. Les recrues n'étaient peut-être pas des lumières, mais ils avaient le mérite de savoir cuisiner, ce qui redonna un brin de moral à l'officier.

Pendant le repas – qui était des plus silencieux – des grondements inquiétants émanaient de la crevasse, comme si la terre s'était mise à ronfler, jusqu'à faire vibrer le sol. Seule Kerana n'avait pas l'air de s'en soucier. Sigolf s'interrompit de mâcher et se leva spontanément, la main sur son arme.

— Rasseyez-vous, officier, rassura Kerana, en train de découper une pomme de terre.

— Vous n'avez pas entendu ?

— J'ai entendu. Rasseyez-vous.

Sigolf reprit place devant son assiette, non rassuré des bourdonnements graves qui sortaient de l'abysse.

— Qu'est-ce que c'est ? s'inquiéta la recrue Dan, la voix tremblante.

— Otuld'um, répondit Kerana après avoir avalé sa bouchée.

— Otu-quoi ? fit Sigolf.

— Vous ne connaissez pas Otuld'um ? s'enquit-elle en s'adressant à tout le monde.

Ils secouèrent tous la tête.

— Cela remonte à la fin de la troisième ère.

— Oh, chouette, j'adore les histoires autour du feu, coupa la plus petite recrue.

Il se fit frapper par le regard foudroyant de Kerana.

— À cette époque, les Gobelins ignoraient encore la lumière et se terraient dans les profondeurs du monde, dans un royaume de galeries nommé Merregont. Pendant dix mille ans, ils vécurent à l'abri du ciel. Leur économie se basait principalement sur les trésors enfouis dans les cavités qu'ils découvraient tous les jours. Mais ce jeu de fouille entraîna de nombreux conflits au sein des multitudes de clans gobelins. Ces conflits ont été à l'origine de ce que les historiens appellent aujourd'hui la Guerre de l'Or. Cette guerre des profondeurs a duré pas moins de trois cents ans avant que cela ne se termine brutalement. Les combats incessants avaient fini par réveiller un esprit qui dormait depuis l'aube de la première ère. Un esprit enfermé au centre de la Terre par les Namtars eux-mêmes et qui ne devait jamais atteindre la surface, sous peine d'un cataclysme irréversible. Quand Otuld'um fut réveillé par les Gobelins, il se matérialisa en une bête du chaos qui ravagea entièrement Merregont, emportant avec lui dans les abysses la majorité des Gobelins et provoquant l'extinction d'une race tout entière. Le choc terrestre fut si intense qu'il remonta jusqu'à la surface et causa une des pires catastrophes naturelles que notre monde ait connu. La terre toute entière se fractura, des forêts furent englouties, des océans se vidèrent et des montagnes s'écroulèrent. Aujourd'hui encore, on peut voir les cicatrices de cet évènement tragique. (Elle dirigea son regard vers la crevasse sans fond.) Parmi les nombreux Gobelins à avoir péri, seule une poignée d'entre eux eurent le courage d'affronter la lumière pour échapper à leur mort. Ils gagnèrent ainsi l'extérieur et durent s'adapter à un environnement qui n'était pas le leur. Une centaine d'années plus tard, ils s'éteignirent. Mais leur descendance, elle, qui n'était pas née dans les abîmes, put survivre en développant de nouveaux sens, et ça a donné...

— Grinwok... souffla Sigolf avec un ton déconcerté, se souvenant de l'Ugul et de sa forte personnalité.

— Grinwok, conclut Kerana qui n'avait pas besoin d'en rajouter.

— C'est quoi un Grinwok ? demanda le petit.

— Quelque chose qui me doit deux cents tyrias depuis notre dernière partie de cartes, répondit amèrement Sigolf.

La réplique avait fait échapper un petit rire à Kerana, rire qui fut rendu par l'officier.

Après le repas, Sigolf avait chargé les recrues de dormir à tour de rôle afin d'assurer une ronde toutes les deux heures. Malheureusement, après la première heure de garde, tout le monde s'était lamentablement endormi, tout comme Kerana qui, plongée dans son sac de couchage en fourrure épaisse, dormait à poings fermés. Ces temps-ci, elle ne rêvait que très peu. Mais cette nuit-là, son sommeil fut agité.

Elle revoyait Mardaas, mais aussi certains moments qu'ils avaient partagés ensemble, comme leur première rencontre dans la forêt de Lun et toutes les fois où son regard s'était perdu dans le sien à la recherche d'un espoir maintenant envolé. Seulement, ces bribes de scènes ne ressemblaient pas aux réels souvenirs de la jeune Guelyn. Car dans ce rêve se trouvait une troisième personne qui apparaissait continuellement. Elle avait l'air d'une femme aux cheveux noirs longs et gras, dissimulant son visage, portant une robe grise et déchirée, dévoilant une peau blanche qui ressemblait à de la porcelaine. Ses sanglots étaient sinistres, tout comme l'aura qui s'en dégageait. Cette présence oppressante réveilla Kerana au beau milieu d'une nuit noire. Mais alors qu'elle pensait être sortie d'un mauvais rêve, elle perçut ces mêmes sanglots sinistres. Devant elle, éclairée par le feu, cette créature de la mort appelée Pleureuse la fixait. Prise d'une angoisse folle, Kerana voulut interpeller l'officier, mais il n'y avait personne autour d'elle. La Pleureuse leva son bras squelettique dans sa direction, puis poussa un hurlement si strident et effrayant qu'il sortit définitivement Kerana de son cauchemar. Le souffle court, elle regarda nerveusement autour d'elle. Les recrues dormaient paisiblement, il n'y avait aucune Pleureuse aux alentours. Sigolf ne se trouvait pas dans son sac de couchage, mais elle vit sa silhouette plus loin, statique, face aux lunes qui les bordaient. Ne pouvant faire confiance aux recrues, il avait anticipé de devoir assumer lui-même la garde pour la nuit.

Kerana décida de le rejoindre. Son cœur battait encore à toute vitesse. Elle se plaça à ses côtés, sans dire le moindre mot, observant avec lui la majestueuse beauté de la nuit qui leur était offerte.

— Pensez-vous que ceux qui nous quittent continuent de veiller sur nous, quelque part ? questionna Sigolf en admirant le ciel étoilé.

— J'aime à croire que c'est le cas, fit Kerana.

Sigolf ne répondit pas, il était perdu dans ses pensées.

— Je suis désolée pour votre frère d'armes, enchaîna-t-elle.

— J'aurais dû le suivre. J'aurais dû être avec lui sur le champ de bataille, j'aurais peut-être pu faire quelque chose.

— Vous auriez été tués tous les deux, officier.

— Si j'avais l'Immortel responsable de sa mort en face de moi, je lui aurais fait regretter son geste, vous pouvez me croire.

— Je comprends ce que vous ressentez, avoua-t-elle.

Il ne pouvait la contredire à ce sujet-là.

— Êtes-vous sûre de ce que vous faites ? osa demander Sigolf. Partir à l'aveugle jusqu'au Kergorath, sans savoir exactement où aller, avec tous les dangers qui y rôdent, aucune personne de censée n'accomplirait un tel périple.

— Vous êtes libre de rentrer à Odonor, officier.

— J'ai promis à votre frère que je veillerai sur vous, alors c'est ce que je ferai. Mais je ne peux m'empêcher de songer à ce qui nous attend. Ne craignez-vous pas de…

— De quoi ?

— De vous retrouver à nouveau face à lui.

Kerana hésita dans sa réponse.

— Je ne le crains pas, si c'est ce que vous insinuez.

— Vous devez bien être la seule.

— Croyez-moi, officier, Mardaas a autant peur que vous et moi en ce moment même.

— De quoi pourrait-il avoir peur ?

Elle voulut détailler, mais elle se contenta de résumer sa pensée en quelques mots.

— De lui-même.

Depuis son arrivée au Kergorath, Lezar n'avait plus ouvert la bouche. Non pas qu'elle était cousue comme le plus souvent, mais il craignait tout simplement de prononcer un mot maladroit qui pourrait lui coûter la vie. Il était devenu à présent l'ombre du Seigneur Noir, et cette tâche impliquait le risque de mourir à chaque instant. Pour autant, Mardaas ne lui prêtait guère attention. Il ne lui confiait que peu de missions. En vérité, ses seules interactions avec le jeune Sbire se résumaient à lui ordonner de rester près de lui, ce qui convenait parfaitement à Lezar. Car au-delà des murs du Palais, la terreur régnait dans les rues d'Azarun. Elle pouvait se faire entendre par les cris d'horreur des citadins qui cherchaient à fuir la capitale, mais qui se faisaient rattraper par les Imortis.

À chaque déplacement dans la ville, Lezar essayait de ne pas détacher son regard du sol. Il n'avait jamais assisté à autant de violence de sa vie. Il avait vu ses confrères pourchasser des femmes et des enfants, la dague religieuse en main, avant que celle-ci ne s'abatte sur eux. Des confrères avec qui il avait déjà partagé un repas sur l'île.

Mais celui qu'il cherchait le plus à éviter était l'Immortel Céron, qu'il arrivait à identifier de loin à son rire discordant. Chaque fois qu'il croisait ses yeux déments, Lezar s'attendait à ce qu'il lui saute dessus. Le plus souvent, Céron vaquait à ses propres occupations. Il s'était, selon ses vantardises, trouvé une passion pour le moins macabre. En effet, l'Immortel s'était lancé dans une ambitieuse collection de cadavres qu'il choisissait lui-même. Si une pauvre âme au physique atypique avait le malheur de passer sous son regard, celle-ci finissait empaillée dans sa chambre, aux côtés de nombreuses autres toutes aussi différentes. Au-delà du côté maniaque et morbide de la chose, Céron savait précisément quoi faire de ces dépouilles, ou plutôt du trésor inestimable qu'elles renfermaient pour lui. De fait, il s'arrangeait souvent pour ne pas rester dans les pattes de Mardaas, ce qui arrangeait tout autant Lezar. Son comportement imprévisible et fourbe lui glaçait le sang. Il n'avait rien de l'homme sage et réfléchi dont faisaient part les livres.

Heureusement pour Lezar, la majeure partie de son temps, il la passait en compagnie du Seigneur de Feu, dans les étages du palais royal qui surplombait la ville, à l'abri de l'horreur qui la recouvrait. Son visage était plus creux que d'habitude, il peinait à se nourrir convenablement, cela était marquant. Il n'arrêtait pas de se demander si sa place était bel et bien ici, si la cruauté de ses frères et soeurs était nécessaire. Depuis sa naissance, les Imortis lui avaient inculqué des valeurs prônant l'amour et l'empathie. Quant à la violence, elle devait être méritée. Est-ce que les citadins d'Azarun avaient mérité d'avoir la gorge tranchée ou le coeur perforé ?

*Peut-être*, songea-t-il. *Si telle était la volonté de l'Unique.*

Les mains tremblantes, Lezar apporta sur un plateau d'argent un maigre menu destiné à son maître. Le plateau vibrait sous ses pas fragiles et les couverts manquèrent à plusieurs reprises de tomber. Il poussa la porte avec son dos et pénétra dans un appartement somptueux aux multiples colonnes dorées. Face au balcon, Mardaas se faisait noyer par le voile lumineux de l'aube. Il scrutait, en contrebas, les activités de ses fidèles. En avançant dans la pièce, Lezar sentit l'œil de Sevelnor s'ouvrir et analyser ses moindres gestes. Cela le perturba davantage. Là, ses jambes se mirent à flancher, et le plateau lui échappa des mains. Au bord du malaise, Lezar s'empressa de s'agenouiller pour remettre de l'ordre sur le plateau, quand il vit sous ses yeux des bottes de fer. Lorsqu'il releva le menton, Mardaas le dévisagea un moment. Il était certain qu'il allait payer sa maladresse. Bon nombre de Sbires avaient été tués pour moins que ça.

— Depuis combien de temps n'as-tu pas dormi ? interrogea Mardaas d'une voix grave.

Lezar resta à genoux. Il n'osait plus bouger un muscle. Craignant de prendre la parole, il secoua la tête et haussa les épaules. Mardaas perdit son attention envers lui quand la porte s'ouvrit, laissant entrer le Prétorien Kazul'dro et un Imortis au masque d'argent. Pendant ce temps, Lezar récupéra la carafe de vin qui s'était vidée sur le sol en pierre et remit en place les couverts. L'Imortis se prosterna face au Seigneur de Feu.

— Qu'y a-t-il ? demanda l'Immortel.

— Nous avons arrêté deux hommes qui tentaient de s'infiltrer dans la cité. Aux vues de leurs uniformes, il semblerait qu'ils appartiennent à l'armée Kergorienne. Mais ils ne portent pas d'armure.

— Des éclaireurs, devina Mardaas par habitude. Ils ont été envoyés.

— Nous avons aussi arrêté leurs épouses qui les ont, à priori, aidés à entrer. Nous essayons de les interroger depuis des heures, mais aucun d'eux ne parle, même sous la torture.

— Où sont-ils ?

— Dans les geôles, Maître.

Mardaas dévia le regard vers Lezar, qui s'était enfoncé dans un angle de mur pour se faire oublier.

— Ils vont parler, affirma sombrement Mardaas.

À ces mots, Lezar le vit franchir les portes, suivi par l'Imortis et le Prétorien. Le plateau entre ses mains, le jeune Sbire le posa sur une petite table avant de rejoindre son maître.

L'air y était suffocant, presque irrespirable. Les murs étaient tapissés de moisissures, il manquait des dalles sur le sol ce qui laissait place à des flaques d'eau croupie. Lezar marchait à la droite de Mardaas, un peu en retrait. Derrière lui, il entendait l'armure du chef Prétorien, et cela l'oppressait. Ils longèrent plusieurs couloirs lugubres et délabrés, quand ils débouchèrent dans un large hall au plafond arqué. Les deux éclaireurs avaient été sortis de leur cellule et enchaînés par les poignets à un pilier chacun. Les flambeaux suspendus révélaient partiellement leurs yeux tuméfiés et leur nez cassé. Leurs épouses avaient été attachées aux piliers qui leur faisaient face. L'une d'entre elles avait le visage enfoui dans sa longue chevelure frisée, elle avait l'air inconsciente.

Une ombre gigantesque se dessina sur les murs. Les deux éclaireurs retinrent leur souffle lorsqu'ils virent Mardaas émerger d'un couloir, suivi par toute une cohorte encapuchonnée. Au milieu des piliers, Mardaas balaya le hall de son regard froid, puis s'arrêta sur la femme inconsciente, qui revint doucement à elle.

— Détachez-les, ordonna-t-il.

Un Imortis obéit et libéra les deux prisonnières. Elles s'écroulèrent sur le sol, avant d'être traînées jusqu'à l'Immortel. Les éclaireurs assistaient à la scène, impuissants. L'image de leur femme entre les mains du Seigneur Noir les terrassa. Mardaas se plaça derrière celle aux cheveux frisés, les deux mains sur ses épaules, face aux éclaireurs.

— D'où venez-vous ? demanda-t-il une première fois, les yeux plongés dans ceux de l'homme à la lèvre ouverte.

Le silence de l'éclaireur déclencha la fureur de l'Immortel. La femme qu'il tenait entre ses mains entra soudainement en combustion, des flammes meurtrières jaillirent par tous ses orifices, et tandis que le feu grandissait en elle, son âme s'éteignit dans un râle déchirant. L'époux cria toute sa douleur à cette vision cauchemardesque, alors que Mardaas abandonnait le corps carbonisé pour s'intéresser à celui de la deuxième femme. Lezar préféra se focaliser sur les murs pour ne pas avoir à supporter la suite.

Mardaas répéta ainsi l'action. Il regarda droit dans les yeux l'autre éclaireur et reposa sa question.

— D'où venez-vous ?

Ne souhaitant pas vivre l'horreur de son camarade, il décida de parler pour sauver son épouse.

— De Furvak ! C'est le général Hazran qui nous a envoyés ici pour récolter des informations ! Pitié, laissez ma femme vivre !

Lezar voulut presque remercier l'éclaireur de lui avoir épargné une autre scène insoutenable. Il pouvait de nouveau prendre une respiration normale.

D'une clémence discutable, Mardaas épargna la femme de son fléau. Il pivota vers le rang d'Imortis et fit un signe de tête, avant de quitter le lieu. Alors que Lezar accéléra le pas pour le rattraper, le métal se mélangeant à la chair retentit dans son dos, l'obligeant à se boucher les oreilles.

— Rassemble les Prétoriens, exigea Mardaas de Kazul'dro pendant qu'ils arpentaient les couloirs. Nous partirons pour Furvak au coucher du soleil. Je veux qu'on m'amène ce général Hazran. Tuez les autres.

Une fois à l'extérieur, Mardaas se sépara de Kazul'dro et reprit la route jusqu'au Palais, accompagné seulement de Lezar. Ils passèrent par une grande avenue où des lignes de citadins avançaient les mains liées dans le dos, escortés par des Imortis armés. Lezar savait comment ils allaient finir. En esclavage. Et ceux qui ne pouvaient servir étaient destinés à la mort.

Arrivés au bout de l'avenue, des cris de détresse attirèrent l'attention de l'Immortel. Il s'arrêta, essayant d'en localiser la provenance. Il devait s'agir d'une femme. Lezar ne comprit pas pourquoi ces cris plus que les autres retenaient son intérêt. Ils avaient la même sonorité, la même souffrance que tous ceux qu'il avait l'habitude d'entendre toute la journée. Circonspect, il suivit Mardaas qui s'engouffra dans une ruelle étroite. Il semblait être guidé par le seul mot qui s'élevait au-dessus des toits. Mais pour Mardaas, ça n'avait rien d'un simple mot. C'était un nom. Un nom hurlé avec chagrin.

Au milieu d'une petite place, une mère se faisait maintenir par des Imortis, tandis que d'autres essayaient de lui arracher sa petite fille au visage noyé de larmes. Certains passants avaient tenté de lui venir en aide, mais en vain. Les Imortis étaient déterminés à prendre l'enfant. Au fond du gouffre, la mère les suppliait à gorge déployée de lui rendre sa petite Lyra.

Quand Mardaas sortit de l'ombre, tout le monde s'agenouilla instantanément et se figea comme des statues.

— Que se passe-t-il ? interrogea Mardaas en s'adressant à ses fidèles.

— Répondez au Seigneur de Feu, ajouta Lezar, voyant que nul n'osait relever la tête.

— Cette femme refuse de se plier au commandement, Maître, fit un des fidèles en la désignant du doigt.

— Lâchez cette enfant.

Cet ordre fit froncer les sourcils de Lezar. Les Imortis s'exécutèrent, laissant la mère réceptionner sa fille entre ses bras.

— Lyra, ma chérie, viens vite, dit-elle en sanglots, serrant fortement son enfant contre elle.

— Je m'en occupe, finit par dire Mardaas. Disparaissez.

Les fidèles obéirent sans poser la moindre question. L'Immortel attendit que la place soit vide pour prendre une décision qu'il regretterait à coup sûr. Lezar sentait que quelque chose ne se passait pas comme d'habitude. Pourquoi avait-il épargné cet enfant-là et non les centaines d'autres ? Par un jeu de regards, la mère défia le Seigneur de Feu de lui prendre son trésor. Elle était prête à mourir pour l'en empêcher, et elle se sentait déjà partir quand elle le vit s'approcher de plus près. Lezar n'avait pas bougé. Il observait son maître se pencher à l'oreille de la femme et lui murmurer des phrases qu'il était incapable de discerner.

— Lezar, interpella faiblement Mardaas. Reconduis-les jusqu'à leur domicile.

Il hocha la tête, sans savoir pourquoi.

— Assure-toi de ne pas être suivi, conclut-il à voix basse.

— Bien, Maître, acquiesça Lezar.

Comme il surveillait d'un œil son Sbire en train de disparaître à l'angle d'une rue, Mardaas se laissa submerger par un sentiment de remords. Il avait une fois de plus cédé à lui-même. Les souvenirs qu'il s'acharnait à enfouir ne cessaient de resurgir en permanence. Il jura derrière son masque. Il devait se ressaisir, il devait garder le contrôle. Car même si ce geste n'était qu'un point de suture supplémentaire pour refermer la plaie qui le consumait depuis six siècles, même si cet acte lui donnait la satisfaction d'avoir fait ce qu'il aurait dû faire pour la protéger, il savait au fond de lui que cela ne la ramènerait jamais à la vie.

# CHAPITRE 8
## Bon Professeur

Ils entendaient des bruits tout autour d'eux, mais les ténèbres ne laissaient passer aucune lumière dans ces galeries noires pour les identifier. Hazran et son unité progressaient prudemment le long d'un sentier escarpé, à moitié éclairé par la torche d'un soldat. Le sable s'infiltrait dans leurs bottes et alourdissait leurs pas. Ils avaient la sensation d'être observés. Le vacillement du feu reflétait de minuscules billes lumineuses au plafond et à l'intérieur des murs. Des billes qui se déplaçaient à une vitesse folle et qui ne rassuraient guère la dizaine de Kergoriens.

Cela ne faisait qu'une heure qu'ils s'étaient enfoncés dans les Mines Rouges de Saal'arak, pourtant ils avaient l'impression d'arpenter l'obscurité depuis une éternité. On pouvait deviner à la complexité de l'architecture que ces mines étaient le vestige d'une ancienne civilisation disparue. Malgré les toiles épaisses d'araignées qui recouvraient les murs, on arrivait encore à distinguer les gravures qui narraient leur histoire. Personne n'avait connaissance du peuple qui abritait ces tunnels jadis, certains racontaient qu'ils s'étaient éteints de la même façon qu'ils étaient apparus, dans l'ombre. D'autres affirmaient qu'ils vivaient encore en ces lieux.

Les Kergoriens devaient forcer le passage au milieu de dizaines de squelettes poussiéreux et démembrés qui jonchaient le sol. Et au vu de leurs armures anciennes, Hazran comprit qu'ils n'étaient nullement les occupants, mais bel et bien des visiteurs qui avaient fait sans l'ombre d'un doute une mauvaise rencontre. Pourtant, seulement un siècle en arrière, les Mines Rouges servaient de salut en cas d'assiègement de la cité d'Azarun. Malgré un danger bien présent, un chemin unique avait été sécurisé, désigné par des étendards qui avaient été plantés dans le sable tout le long de la route jusqu'au point de sortie afin d'éviter un égarement fatal. Une centaine d'années après, les étendards salvateurs étaient toujours là pour guider les pas, mais encore fallait-il les reconnaître après l'épreuve du temps.

— Nous sommes déjà passés par ici, releva la capitaine Namyra, examinant une bannière déchirée enfouie derrière un rocher.

Elle redressa l'étendard et s'aperçut que l'extrémité faisait aussi office de flambeau. Elle l'alluma grâce à leur torche, pensant que cela devait servir de repère dans ce labyrinthe de ténèbres. Hazran se passa la main dans les cheveux et sentit quelque chose de froid et gluant lui tomber sur le dos de la main. Son regard se perdit dans les hauteurs, mais le brouillard de la nuit l'aveugla.

— Restez groupé, exigea-t-il, remarquant qu'un de ses hommes s'éloignait de la file. Sinon nous n'…

Un couinement l'interrompit et il pivota la tête vers la source du bruit. Mais là encore, rien ne leur apparut.

Ils débouchèrent dans ce qui ressemblait à un hall. Le sable y était moins présent et l'air était plus frais. Ils n'arrivaient toujours pas à déterminer la hauteur exacte du plafond, mais ils avaient leur petite idée. Là, Hazran repéra une nouvelle bannière postée à l'entrée d'un autre passage encore plus étroit. Les soldats devaient avancer le dos au mur pour pouvoir se frayer un chemin. Enfin, une fois extirpés du couloir exigu, ils découvrirent un pont de plusieurs dizaines de mètres de longueur, constitué de vieilles planches de bois et soutenu par des cordes effritées. L'unité de Hazran dut faire une halte. Namyra ramassa une pierre de la taille de son poing et se pencha au-dessus du vide pour la laisser tomber. Elle espérait entendre l'écho du choc, mais la pierre se perdit dans le gouffre et ils n'entendirent jamais l'impact.

— Le pont cédera à la seconde même où nous poserons le pied dessus, Hazran, déclara Namyra. Il faut faire demi-tour.

Hazran s'empara de la torche et l'approcha d'une nouvelle bannière plantée dans la roche d'un mur.

— Nous sommes sur la bonne route. Il faut traverser.

— Et comment ? En volant ? Je suggère de trouver un autre passage.

Le général vit l'inquiétude dans ses yeux, aussi il s'agenouilla pour inspecter rapidement l'état des premières planches de bois. Son rapport le fit grimacer, aussi il accorda la requête de la capitaine. Ils rebroussèrent chemin jusqu'au hall qui donnait sur de nombreuses autres pièces inexplorées. Hazran s'arrêtait devant chacune d'entre elles, réfléchissant à laquelle emprunter, quand il entendit la voix de Namyra résonner à quelques mètres de lui.

— Où est l'officier Ryr ? s'enquit-elle après avoir posé les yeux sur son unité.

Les soldats s'échangèrent des regards incertains. Ils n'avaient pas remarqué la disparition de l'un d'entre eux. Hazran, de son côté, examinait un squelette avalé par une pyramide de sable, dont le crâne et certains ossements étaient marqués par de profondes morsures.

— Je répète, où est l'off…

Un appel à l'aide retentit soudainement des tréfonds. Les derniers mots furent inaudibles, comme s'ils avaient été étouffés. Hazran sentit du mouvement derrière lui, mais il ne vit rien, sinon des formes étranges ramper le long des murs. Les couinements reprirent et s'éparpillèrent dans tout le hall. Les billes lumineuses devinrent plus nombreuses et c'est lorsqu'elles se mirent à cligner qu'ils comprirent qu'il s'agissait de paires d'yeux qui les épiaient.

— Ne restons pas là, dit précipitamment Namyra en dégainant son glaive. Hazran ! interpella-t-elle.

Le général l'imita, mais au moment de sortir la lame du fourreau quelque chose tomba du plafond et se jeta sur ses épaules pour le mettre à terre. Namyra empoigna une dague et celle-ci fendit les airs pour se loger dans la nuque de la bestiole. Hazran poussa un hurlement quand il sentit la mâchoire de la créature se crisper et se refermer sur son cou. Il se dégagea de son emprise et découvrit une bête d'une maigreur squelettique qui devait faire la moitié de sa taille, aux yeux jaunes et globuleux, affublée de cheveux raides et sales qui recouvraient la totalité de son corps. Il n'avait pas la moindre idée de ce que pouvait être cette chose, et à vrai dire il n'avait pas vraiment le temps d'y penser, car d'autres surgirent de toutes parts et se mirent à cavaler sur les murs comme des insectes pour les encercler.

Alors qu'il gagna son unité, Hazran se fit à nouveau surprendre par un de ces monstres qui l'avait agrippé au niveau des jambes. Les crocs de la créature se plantèrent dans la jambière et traversèrent le métal pour se loger dans la chair. Hazran se traîna jusqu'à ses hommes quand, une fois entrée dans le halo lumineux que créait la torche, la créature libéra le général et s'enfuit à toute allure rejoindre les ombres. Une première information leur était alors révélée : ils craignaient la lumière – ou le feu. Dans tous les cas, la torche remplissait parfaitement son rôle. Mais plus pour longtemps. La torche faiblissait, et ils n'en avaient qu'une. Tant que celle-ci brillait, ils étaient protégés.

Les billes jaunes qui les fixaient dans le noir les laissaient croire à un ciel étoilé. Mais contrairement à une beauté céleste qui se laissait admirer, ici il n'en était rien. Namyra ordonna aux hommes de se regrouper jusqu'à former une masse humaine indéfectible. Impossible d'évaluer le nombre exact des créatures, il en sortait par les crevasses, les failles et les brèches dans la roche humide. Des glapissements assourdissants vrillaient leurs oreilles, ils devaient prendre rapidement une décision avant que leur seul bouclier de lumière ne s'éteigne. Hazran récupéra la torche et prit les devants. Namyra cracha un ordre et toute l'unité se mit à avancer en formation, les uns serrés contre les autres, sécurisant tous les flancs. Ils gagnèrent une ouverture sur la droite, les enfonçant dans un tunnel sans fin. C'est là qu'ils virent les créatures se mettre sur leurs deux jambes pour les suivre de loin. Un des soldats, un jeune d'une vingtaine d'années au visage carré, devait avancer à reculons pour les surveiller. La sueur lui tombait dans les yeux et il tenait fermement son glaive, prêt à s'en servir.

Après avoir parcouru une longue distance, des grondements émanèrent au-dessus de leurs têtes, et ce qu'ils redoutaient le plus arriva. Les créatures avaient creusé un trou dans le plafond pour se disperser. Un amas important de sable s'effondra sur eux et recouvrit leurs armures, jusqu'à étouffer leur seul moyen de visibilité et de survie. Plongé dans un noir oppressant, le sang de Namyra et de tous les hommes ne fit qu'un tour.

Le ciel étoilé venait de leur tomber sur la tête.

Kerana ouvrit les yeux. Une voix l'avait arrachée à son sommeil. C'était celle de l'officier Sigolf, qui s'était penché pour la réveiller en douceur. Les prémices de l'aube s'annonçaient, colorant le ciel d'une teinte plus claire. Kerana avait froid. Ses joues étaient gelées, son corps se contractait, elle n'avait pas l'habitude de dormir hors d'un lit. Les recrues s'attelaient à remballer le campement et à charger les montures, tandis que la jeune femme luttait pour ne pas se rendormir.

Tout était d'un calme apaisant dans la plaine.

La brise fraîche qui la giflait et l'odeur d'herbe mouillée lui rappelaient son réveil dans la forêt de Lun en Tamondor, lorsque cette dernière avait rencontré pour la première fois le Seigneur de Feu. La veille, elle s'était querellée avec un paysan trapu qui, sous la colère, lui avait asséné un coup de couteau. Pour en réchapper, elle avait tenté de prendre la fuite. Sa plaie lui avait fait perdre connaissance dans le bois et, au matin, elle s'était retrouvée au milieu d'un petit campement, en compagnie d'un étrange personnage. En ressassant tout ce qui s'était passé avec du recul, Kerana se rendit compte qu'elle aurait mieux fait de rester avec le paysan fou.

— Si nous prenons la route maintenant, dit Sigolf en tendant un fruit à la jeune femme, nous devrions arriver à Ysaren pour midi. Là-bas nous achèterons une nouvelle carte et nous pourrons reprendre notre voyage.

Le plan énoncé la fit acquiescer.

— Tout va bien, Altesse ? s'enquit-il, l'air soucieux.

Son esprit semblait ailleurs, son regard paraissait vide.

— Mettons-nous en route, officier, répondit-elle d'une petite voix en frottant ses vêtements pour se réchauffer.

Sigolf n'insista pas, mais il garda un œil protecteur sur elle durant tout le reste du trajet. Au-delà de sa mission de veiller sur elle, il appréciait la jeune Guelyn. Il voyait en elle une amie.

Ils étaient en train de franchir le col d'une petite montagne à la roche parsemée de cristaux qui la faisait scintiller. Les recrues discutaient entre eux de sujets futiles et peu intéressants, quant à Sigolf il restait concentré sur le chemin couvert de poussières lumineuses. Il entendit le cheval de Kerana se rapprocher. Elle était maintenant à son niveau, et tous deux écoutaient avec consternation les échanges dans leur dos.

— J'espère qu'on ne se fera pas attaquer par des oiseaux, dit Dan. Une fois, ma grand-mère a été poursuivie de Mabrorr jusqu'à la

Colline du Clocher par des pies. Elles ont failli lui crever un œil ! Depuis, je ne passe plus par là.

— Vous avez peur des oiseaux ? demanda le plus petit.

— Non, uniquement de ceux qui volent.

L'intérêt de Kerana se porta sur l'officier. Elle l'observait du coin de l'œil. Puis quand ils eurent atteint la sortie du col pour regagner les plaines ensoleillées, elle se décida à couvrir les voix agaçantes des recrues avec la sienne.

— Qu'est-ce que c'est ? questionna-t-elle.

Sigolf tourna la tête vers elle et ne comprit pas la question. Il remarqua que ses yeux étaient braqués sur le pendentif qu'il arborait autour du cou. Un vulgaire bout de ficelle par laquelle était suspendue une petite carte à jouer. Un jeu de cartes que la jeune femme connaissait bien, puisqu'il s'agissait de celui dont elle avait appris les règles avec Sigolf dans un des salons du château avant l'attaque des Prétoriens.

« L'Armée de Täest » tel était le nom de ce jeu de stratégie qui passionnait tant l'officier depuis des années, et avec qui il avait l'habitude de jouer avec son frère d'armes disparu, Bolgrad. Kerana trouvait curieux qu'une de ces cartes se retrouve en parure. Elle était passionnée elle-même par l'alchimie et l'art de la guérison, ce n'était pas pour autant qu'elle s'affublait d'un ingrédient pour ses remèdes en guise de pendentif.

— C'est la première carte que j'ai acquise, il y a de ça plus de vingt ans. J'étais un môme. Je l'ai trouvée bêtement par terre, sous une pierre.

— Ça n'explique pas pourquoi elle se retrouve autour de votre cou.

Il eut un petit rire.

— *Force de l'Esprit*, c'est son nom. Son effet permet au joueur de ne pas faillir devant les attaques de l'adversaire.

Kerana haussa un sourcil.

— J'aime à penser que cette carte a un effet permanent sur moi. Elle m'aide à rester concentré sur ce qui m'entoure et à ne pas faiblir lorsqu'une situation s'envenime.

— Est-ce le cas ?

— Ce n'est qu'une carte, Altesse. Si sa magie opère en jeu, dans la vie elle ne reste qu'un morceau de papier sans valeur. Mais pour moi, elle est symbolique. Quand je l'ai sur moi, je pourrais endurer les pires tourments sans sourciller, je me sens invincible, je me sentirais d'affronter tous les dangers s'ils se présentaient à moi.

— Comme de vous mesurer à trois Prétoriens pour me protéger, rappela-t-elle avec un sourire au coin des lèvres.

Sigolf hocha la tête en lui rendant son sourire.

— J'aurais pu les avoir, ajouta-t-il sur le ton de la plaisanterie.

— J'en suis sûre, répondit Kerana en mimant une expression sérieuse pour se moquer.

Ils se regardèrent sans rien dire, puis s'esclaffèrent en même temps. Sigolf retrouvait petit à petit la complicité qu'il avait perdue avec elle. Et même s'ils n'échangèrent plus jusqu'à leur destination, l'officier était heureux de pouvoir lui redonner une bribe de gaité.

Alors qu'ils approchaient de leur destination, des ombres les survolèrent, provoquant un souffle qui les décoiffa. Des montures ailées chevauchées par des marchands leur passèrent au-dessus de la tête pour rejoindre une plateforme dégagée près de la cité en vue.

La ville d'Ysaren-La-Grande se dévoilait. Le paysage semblait provenir d'un tableau peint par un artiste au grain de folie. La métropole pétillait de couleurs vives et de monuments atteignant les cieux. Ysaren était le carrefour incontournable du commerce, considéré comme *le* plus grand marché du pays. Les plaines étaient ensevelies sous d'innombrables tentes blanches louées par les marchands venus faire fortune le temps d'un séjour. Il était devenu difficile de se déplacer à cheval jusqu'aux portes de la ville tant le monde affluait en masse. Sous le conseil avisé de Sigolf, Kerana rabattit son capuchon et utilisa son écharpe pour dissimuler le bas de son visage.

La file d'attente se prolongeait jusqu'à une centaine de tentes en arrière. Ils n'étaient pas près de passer la muraille principale avant le coucher du soleil, et cette perspective était loin de convenir à la jeune femme.

— Passez devant, exigea-t-elle à l'attention de son escorte.

— Je ne suis pas sûr que provoquer la colère des marchands soit une bonne idée, répliqua Sigolf.

— Dois-je vous rappeler, *officier*, que vous êtes un Aigle de Fer, en d'autres termes, une figure d'autorité. Et que par conséquent, vous détenez la priorité au passage partout dans le pays.

— Même nous ? osa demander la recrue Dan.

— Oui, même *vous*, dit-elle en grinçant des dents.

— Mince, dit Sigolf, l'air pensif. Si j'avais su, jamais je n'aurais attendu trois jours pour voir Malion Jarod en concert au Théâtre du Lion.

Ce souvenir, qui lui était sorti de la tête, le fit glousser avant de reprendre une expression sérieuse. Il haussa les épaules, puis sa voix.

— Aigles de Fer en mission, laissez passer ! tonna-t-il à l'attention de la foule.

Malgré une pluie de protestation à leur encontre, aucun d'eux n'avait réellement envie de faire face aux forces de l'ordre. Kerana était encerclée et protégée par les recrues, tandis que Sigolf ouvrait la voie comme il le pouvait avec son cheval. Une fois passés la ligne de gardes à l'entrée, ils trouvèrent une écurie non loin pour garder leurs montures. Une fanfare de voix criardes jouait dans tout le quartier, il était presque impossible de s'entendre, tout comme il était presque impossible de circuler sans frôler de près les passants qui n'hésitaient pas à se bousculer pour se frayer un chemin.

Sur le trottoir à sa droite, Kerana repéra le service coursier. Elle se souvint de la condition de son frère. Lui écrire le plus souvent possible pour le tenir informer de sa position. Sur le trottoir d'en face, les portes ouvertes d'une grande auberge montée sur quatre étages encouragèrent Kerana à s'y aventurer.

— Où allez-vous ? interrogea Sigolf qui avait essayé de l'attraper par le bras.

— Boire un lait de chèvre, rétorqua-t-elle sans se retourner.

L'officier secoua la tête et pivota vers les recrues.

— Vous deux, allez avec elle.

Il avait désigné Dan et celui sans nom. Quant à l'armoire qui répondait au nom de Burt, il l'invita à le suivre. Mais avant de reprendre sa route, il interpella une dernière fois les deux recrues.

— Jusqu'à mon retour, vous êtes responsable de sa sécurité.

Ces mots sonnaient peu convaincants dans son esprit.

*Mais qui sera responsable de la leur ?* songea-t-il avant de soupirer.

Kerana pénétra dans l'auberge, ôta son capuchon et abaissa son écharpe pour libérer son visage. Action qu'elle regretta lorsque ses narines se firent agresser par la forte odeur d'hydromel qui émanait du lieu. Cela lui rappelait le taudis à Falkray dans lequel Mardaas l'avait envoyée patienter avant l'attaque du serpent géant, Ysgir.

Alors que les recrues s'étaient accoudées au comptoir pour commander une boisson, la jeune femme s'éloigna discrètement vers le fond de la pièce, près d'une table libre où une fenêtre avait été laissée entrouverte. Elle en profita pour sortir de son sac du parchemin et un encrier. Le peu d'air frais qui s'infiltrait lui fit oublier le parfum nauséabond de la débauche.

La plume en main, elle s'empressa de la faire danser sur le papier.

*Mon cher frère,*

*Je vais bien. Je commence par ces mots, car je sais que c'est la première chose que tu veux savoir. Je me trouve à Ysaren-La-Grande au moment où je t'écris. La statue de papa est toujours au bout de la première avenue, il y a des bouquets de fleurs autour, et il y a toujours autant de monde dans les rues que la première fois où nous y sommes allés avec oncle Podrel. Je n'aime pas cette ville. Nous nous y sommes arrêtés pour acheter une nouvelle carte du pays, à jour, je l'espère. Tes recrues l'ont laissée au château. Merci encore de les faire voyager avec nous. J'espère que de ton côté tout va bien.*

*Tu me manques, tête de nœud.*

*Ta sœur inconsciente,*

Elle était sur le point de signer lorsqu'une main proéminente et poilue s'abattit sur la table, surprenant Kerana jusqu'à faire déraper son poignet hors de la feuille. Elle grogna une injure et releva la tête vers un homme éméché, au petit cou et aux épaules larges. Sa chemise tachée de graisse dégageait une odeur encore pire que celle qu'elle se refusait à inhaler. Il titubait et peinait à rester droit. Kerana entendit des rires bruyants qui lui étaient destinés. L'homme saoul afficha sa dentition incomplète en premier signe de séduction, ce qui n'avait pas l'air de fonctionner sur la jeune femme. Il tenta une seconde approche, plus maladroite.

— C'est m-marraant, ç-ça ! T-tu ressemble exa... exactement à quelque... quelque... un, q-que j'ai déjà vu, bredouilla-t-il les yeux à peine ouverts, décrivant des gestes étranges avec ses bras.

Kerana se mordit la lèvre. Elle jeta un œil vers le comptoir, où les deux recrues vidaient leur pinte de bon cœur.

— T-tu voyages ?

— On peut dire ça, dit-elle en rangeant la lettre dans son sac.

— Moi aussi je... j'voyage ! Du comptoir à ta table. Ça nous fait un p-point en commun, non ?

Il gloussa comme une poule, entraînant tout le poulailler avec lui.

Oppressée par la situation, Kerana décida de se lever, mais l'homme la retint par l'épaule et la força à se rasseoir.

— T'es p-pressée ? T'as un dragon à prendre ? pouffa-t-il bêtement avant de faire volte-face vers l'aubergiste. Patron ! Une tournée pour moi et ma nouvelle a-amie !

— Enlevez votre main de mon épaule, sévit Kerana.

— Tu préférais que j'te la mette autre part ?

— T'as entendu la dame ? fit une voix qui la rassura instinctivement.

Le visage protecteur de Sigolf près du poivrot fit repartir le cœur de Kerana qui était prêt à exploser. L'homme redressa son dos et fit face à l'officier comme pour le défier, et même si ce dernier faisant une tête de plus que lui, cela ne semblait pas perturber l'ivrogne qui était dans l'incapacité d'agir consciemment. C'est là qu'un de ses camarades intervint pour prendre sa défense. Celui-ci, en revanche, avait des poutres en guise de bras, et il n'aurait eu aucun mal à soulever l'officier pour s'en servir comme d'un gourdin. Malgré tout, Sigolf resta stoïque. Il ravala sa salive et soutint le regard du lourdaud qui essayait de l'intimider.

— Gardez votre calme, avisa calmement Sigolf.

— Sinon tu vas faire quoi, stupide Aigle ? cracha la brute, projetant son haleine alcoolisée en pleine face du jeune homme.

— Allons-nous en, officier, s'interposa Kerana en récupérant ses affaires.

À ce moment, les deux recrues au comptoir remarquèrent l'absence du brouhaha ambiant. Ils virent que toutes les têtes s'étaient tournées vers la scène de conflit.

— On devrait aller l'aider, vous croyez pas ? suggéra Dan en essuyant sa bouche d'un revers de main.

— Vous savez vous battre, vous ?

— Une fois, j'ai mis un coup de poing si fort que je me suis fracturé tous les os de la main.

— Je plains le misérable qui l'a reçu.

— Oh, non. Lui, ça va. C'était un arbre, j'étais saoul, je pensais que je me faisais agresser par ses branches.

— J'ai toujours dit que les arbres étaient dangereux.

De l'autre côté de la pièce, les voix commençaient à s'élever.

— Vous, les Aigles, vous êtes la honte de ce pays ! brailla un vieillard depuis sa chaise, tandis que les autres approuvèrent.

Sigolf voyait grandir une hostilité qui allait devenir dangereuse pour lui et Kerana s'ils ne déguerpissaient pas de là.

— Vous êtes incapable de nous protéger, vous avez été incapable de vous protéger vous-même à Morham !

— On a plus confiance en vous !

— Vous méritez d'être tous pendus au bout d'une corde !

Et alors que Kerana prit le bras de l'officier pour l'entraîner avec elle vers la sortie, le gros paysan poursuivit la phrase de son camarade de beuverie.

— La corde c'est trop noble pour eux. C'est une mort de lâche qu'il leur faudrait, à l'image de leur chef, cette mauviette de Draegan Gue…

Un poing entre les deux yeux le fit taire avant d'achever son dernier mot. Tout le monde avait maintenant le regard porté sur la jeune femme au-dessus de l'homme qui avait basculé en arrière sur une table. Sigolf n'en revenait pas. Il n'avait jamais vu Kerana réagir avec une telle violence. Les recrues bondirent de leur tabouret et rejoignirent avec précipitation l'officier pour protéger la jeune Guelyn. La carrure de la recrue Burt dissuada quiconque de riposter. La main crispée, Kerana lança un air méprisant à tous ceux qui la toisaient, puis tourna les talons.

— Vous lui avez brisé le nez ! s'exclama Sigolf, impressionné.

— J'ai eu un bon professeur.

Les lames rebondissaient sur les parois. Des bruits de chair déchirée envahissaient leurs oreilles sans savoir s'ils provenaient de leurs adversaires ou des leurs. Hazran essayait de frapper les billes luminescentes qui le menaçaient, mais son glaive avait plus tendance à fendre l'obscurité. Les glapissements les rendaient presque sourds. Namyra et ses hommes repoussaient les offensives à l'aide de leur bouclier à tête de serpent, ils entendaient l'acier se faire griffer et marteler de coups sans fin.

— On doit rejoindre les bannières ! clama Namyra, actionnant le mécanisme de son bouclier pour refermer les crocs du serpent sur la tête d'une créature.

— On ne peut pas avancer ! tonna Hazran, qui trancha sans le savoir le buste d'une de ces bestioles.

Les murs étroits les empêchaient de bouger, ils étaient sur le point de se faire noyer par l'ennemi, les soldats périssaient les uns après les autres. Puis, alors que tout espoir de revoir la lumière semblait perdu, Namyra décrocha une de ses bourses en cuir de la ceinture et plongea sa main à l'intérieur. Elle en sortit une poignée de poudre bleue qu'elle jeta avec élan au sol. Une explosion lumineuse les aveugla tous. Hazran avait l'impression que le soleil était entré dans la caverne, ce qui eut comme effet de disperser les créatures. L'éclat ne dura que quelques secondes et aussitôt l'obscurité revint. Il ne fallait pas traîner.

Ils se mirent à cavaler dans le dédale à la recherche des étendards qu'ils avaient allumés pour se repérer. Ils comprirent maintenant pour quelle raison il était nécessaire de les enflammer. Pendant qu'ils sillonnaient à bout de souffle les couloirs brumeux, les monstres revinrent à la charge. Sans s'arrêter de courir, Namyra reprit une poignée de cette poudre étrange et la projeta violemment contre les murs, créant une nouvelle explosion de clarté qui leur assura une survie éphémère. Derrière eux, un torrent enragé de ces abominations s'était lancé à leur poursuite.

— Je les vois ! avertit Namyra en parlant des étendards de feu devant elle.

— Il faut retrouver le pont ! lança Hazran à l'arrière. On doit le traverser !

Namyra n'était toujours pas séduite à cette idée, mais ils n'avaient maintenant plus le choix. Protégés par le chemin de bannières, ils revinrent dans la salle qui les avait fait reculer. Le pont ne leur inspirait aucune confiance. Ils allaient devoir passer les uns après les autres, autrement les créatures seraient le dernier de leurs soucis. Hazran s'y aventura le premier. Il dut abandonner une partie de son armure pour ne pas céder sous les planches. Les jambes tremblantes, il avança lentement, la torche à la main. La première planche résista à son poids, mais la seconde se brisa et tomba dans les abysses, tout comme le cœur de Hazran qui, pour la première fois, se mit à prier les Namtars. À mi-chemin de la terre ferme, les planches bougeaient sous ses pieds, mais par chance aucune ne céda . Une fois passée l'épreuve du vide, Hazran s'empressa d'embraser l'extrémité de l'étendard. Lorsque Namyra vit le point lumineux de l'autre côté, elle fut immédiatement rassurée. Ils laissèrent une partie de leur équipement et entamèrent la traversée à tour de rôle.

Quant à Hazran, il avait déjà pris de l'avance en mettant en place les derniers étendards sur la route. La sortie n'était plus très loin. Au bout d'un tunnel, une longue échelle se dressait jusqu'à une plateforme à peine visible. Hazran devina qu'ils devaient être sous la statue de Melandris.

— Rappelez-moi de ne plus jamais emprunter le moindre souterrain à l'avenir, dit Namyra en dépoussiérant ses épaules.

Hazran accorda un moment de répit à ses soldats avant d'escalader le dernier obstacle qui les séparait de l'extérieur. Le menton en l'air, il sentit la présence de Namyra à ses côtés qui faisait de même.

— Tu nous as sauvé la vie tout à l'heure, dit Hazran, bien joué le coup des… de… qu'est-ce que c'était ?

— Un cadeau de mon père, répondit-elle en tendant le sachet en cuir. Cadeau qu'il a lui-même reçu de la part des Jaakerys. De la poudre solaire.

— J'ignorais que le grand Lezidius Virmac traitait avec eux pour ses inventions.

— Il a dû s'y résoudre pour certaines d'entre elles. Il n'y a que les Jaakerys qui comprennent la magie et savent l'utiliser.

— Depuis quand ton père a les moyens de s'offrir les services d'un Jaakery ? Cela fait un bout de temps que le roi n'a pas eu besoin de sa science.

— Si mon père devait se contenter du roi comme seul client, il n'aurait jamais pu mettre au point les derniers boucliers que nous avons reçus, affirma-t-elle avec un clin d'œil.

Hazran lui répondit par un sourire. Il avait toujours eu une grande admiration envers le vieux Lezidius. Lorsque le roi avait besoin de ses talents, c'était Hazran qui était chargé de lui rendre visite pour transmettre la commande. Le général adorait passer les portes du laboratoire de l'inventeur. Pour lui, c'était comme poser le regard sur un nouvel univers, avec une technologie à la foi curieuse et fascinante, brillante et stupéfiante, provenant d'un esprit fou pour certains, ingénieux pour d'autres. Heureusement pour Namyra, Lezidius ne vivait pas à Azarun. Le vieil homme demeurait à l'ouest du pays, près du désert noir, isolé de toute civilisation. Quand Hazran lui avait posé la question un jour, Lezidius avait répondu qu'il préférait travailler dans un calme absolu et avec à disposition un espace suffisamment large et dégagé pour tester ses dernières œuvres, et le désert noir d'Agul'dah remplissait à merveille cette tâche.

Pendant que le soleil à l'extérieur s'éteignait, les lanternes urbaines de la cité se réveillaient. La statue de Melandris dissimulait l'entrée des Mines de Saal'arak sous son bloc de granit, encerclée par une rangée d'arbustes qui empêchait de voir le trou creusé dans la pierre. Des planches de bois avaient été clouées pour boucher l'accès, mais Hazran n'eut aucun mal à s'en débarrasser. Namyra avait ordonné à quelques hommes de rester dans le souterrain pour accueillir les réfugiés qu'ils allaient faire descendre. Accroupis dans les buissons, ils essayaient de tendre l'oreille pour mesurer le danger.

— Tu entends ? murmura Hazran après un long silence.

Namyra secoua la tête et se concentra une nouvelle fois.

— Il n'y a rien.

— Exactement, confirma-t-il. Rien. Pas même l'écho d'un marché de nuit.

— S'il n'y a personne dans les rues, ça devrait faciliter notre mission.

— Ou au contraire, nous faire remarquer plus facilement. Venez, par ici, indiqua-t-il en sortant du buisson.

Ils plaquèrent leur dos contre un bâtiment plongé dans la nuit. Hazran se pencha à l'angle pour être sûr que la voie était libre. Au loin, ils aperçurent une patrouille militaire qui était en pleine ronde. Namyra les fixa longuement. Ils portaient les armures de la Maison Tan-Voluor.

— Tu penses qu'ils sont toujours de notre côté ? s'enquit-elle, inquiète.

Hazran ne répondit pas tout de suite. Il vit un des patrouilleurs s'avancer dans leur direction, seul.

— On va très vite le savoir, finit-il par dire.

Le militaire venait de s'engouffrer dans une ruelle pour un soulagement de vessie. Malheureusement pour lui, à peine eut-il le temps de commencer son affaire que des bras forts l'écrasèrent contre le sol. Hazran le retourna et lui plaça une dague sous le cou. Le patrouilleur, âgé d'une vingtaine d'années, écarquilla les yeux face à son agresseur.

— Qui sers-tu ? interrogea Hazran d'une voix grave.

— G... Général ? bredouilla-t-il, encore sous le choc. Général, c'est vous ?

Hazran relâcha faiblement son emprise, le fait d'être reconnu l'avait quelque peu déstabilisé.

— Vous êtes vivant ! Je vous croyais mort, j'veux dire, tout le monde vous croyait...

— Quel est ton nom, soldat ? coupa-t-il.

— Sal'em, général. Sal'em Terrkig.

— Dis-moi ce qu'il se passe ici, Sal'em.

Il avait pris une attitude de grand frère à son égard.

— Eh bien...

Subitement, tout le monde entendit un chant de chœurs harmonieux traverser les rues et s'élever au-dessus des toits. Le chant était accompagné par le tintement sinistre d'une cloche, ce qui avait comme paralysé le patrouilleur. Il empoigna le bras du général en serrant fortement et enfonça son regard terrifié dans le sien.

— Ce n'est plus nous qui faisons régner l'ordre ici.

Cette phrase le paralysa à son tour.

— Écoute-moi attentivement, Sal'em. Nous allons faire évacuer le plus de monde possible cette nuit.

— Hazran, arrêta sèchement Namyra.

— Vous ne sortirez jamais de la ville, interrompit subitement Sal'em, les Prétoriens encerclent la cité et pourchassent ceux qui essayent de...

— Nous les ferons passer par les Mines de Saal'arak, sous la statue de Melandris. Nous avons sécurisé le chemin, des hommes nous attendent en bas. J'ai besoin que tu rassembles tous ceux qui seraient prêts à se battre pour nous. On va avoir besoin de renforts si jamais ça dégénère. Crois-tu pouvoir faire ça, Sal'em ?

Le jeune homme hocha difficilement la tête.

— Je compte sur toi, mon garçon. Nous avons peu de temps devant nous. Maintenant, va !

Hazran le laissa repartir, sous le regard accusateur de Namyra.

— Maintenant, à vous de m'écouter. Nous allons devoir nous séparer pour couvrir le plus de terrain. Je pars vers le nord avec deux d'entre vous. Nous ne pourrons pas faire sortir tout le monde, ce sera peut-être la seule fois où nous pourrons agir. Alors, si vous avez des familles, c'est le moment d'aller les chercher. On se retrouve à la statue dans une heure. Agissez dans l'ombre, ne vous faites pas repérer, et surtout ne traînez pas. Bonne chance à vous.

Les soldats se dispersèrent dans les ruelles désertes, camouflés par le crépuscule.

— Namyra, interpella Hazran avant de la quitter. Si je tarde trop à arriver, ne m'attendez pas. Rentrez à Furvak et mettez les réfugiés à l'abri.

Cette perspective avait échappé à la capitaine, qui ne sut quoi répondre. Elle se força à acquiescer, même si elle désapprouva l'idée. Namyra disparut derrière une maison, laissant le général et ses deux hommes.

— Rappelez-moi vos noms, lança Hazran en jetant un œil du côté de l'allée qu'ils allaient devoir gagner.

— Jastey, général, dit celui au visage allongé et aux oreilles décollées.

— Kemyr, général, termina le jeune homme au nez épaté et aux joues rebondies.

— C'est votre première mission ?

— Oui, général, affirma Kemyr, peu sûr de lui, tandis que l'autre confirma.

— Vous avez de la famille, ici ?

Les deux soldats firent non de la tête. Hazran ressentait leur peur. Il avait connaissance des conséquences qu'une telle émotion pouvait engendrer si elle n'était pas contrôlée. Il devait impérativement pouvoir compter sur eux en cas de problème. Leur parler était la seule clé qu'il avait à disposition pour les rassurer. Il apposa ses mains sur une de leurs épaules et se montra protecteur.

— Tout ira bien, faites-moi confiance.

Jastey prit une grande bouffée d'oxygène et l'expulsa. Kemyr cherchait le réconfort dans les yeux de son général.

— À mon signal, nous irons droit vers la fontaine à trois étages que vous voyez à l'autre bout de l'allée. Suivez-moi de près, ne vous égarez pas. Si jamais vous apercevez du mouvement ou que vous entendez des voix, ne paniquez pas. Au moindre problème, vous ferez exactement ce que je vous dis, c'est compris ?

Après cette mise au point, ils s'engagèrent dans les entrailles profondes d'Azarun. Les chants religieux continuaient de bercer les habitants dans leur sommeil. Pendant qu'ils sillonnaient clandestinement les artères non éclairées par les lanternes, Hazran s'arrêta à plusieurs reprises dans sa course silencieuse, interloqué face à des drapeaux déployés sur façades de monuments. Drapeaux qu'il avait déjà vus voler lors de la bataille sur la plage d'Ark-nok, mais aussi illustrés dans les livres d'histoire lors de sa jeunesse. Ses craintes se confirmaient. Cependant, il était bien loin d'imaginer l'horreur qui s'était répandue.

Comme il rasait de près une muraille pour atteindre le quartier suivant, une scène inhabituelle aspira son attention. À proximité, sur l'agora principale pavée de vieilles pierres, un décor troublant poussa Hazran à observer et à lever les yeux pour contempler l'emblème du culte imortis sculpté et taillé avec précision dans un bois lisse. L'œuvre devait atteindre les vingt mètres de haut. Mais ce qui le fit frissonner, c'était les personnes attachées et suspendues à chaque branche de l'édifice. Hazran en compta cinq, dont deux femmes et un enfant, encore en vie.

Bâti sur une large estrade, le symbole dominait toute l'agora. Au pied de celui-ci, un attroupement de fidèles masqués et encapuchonnés se tenaient les mains, chantant gravement un hymne de foi dont les paroles échappèrent à Hazran. Au milieu d'eux, le prêtre Saramon tenait entre ses mains un gros livre à la couverture de fer, récitant du bout des lèvres une prière à peine audible. Puis de l'huile fut projetée sur la sculpture de bois, éclaboussant les personnes attachées les plus proches. Les pleurs déchirants de l'enfant ne semblaient pas attendrir le prêtre, qui fit signe aux fidèles d'enflammer les torches. L'esprit serein, Saramon ne montra aucune hostilité. Son détachement de la situation montrait à quel point le prêtre avait l'habitude d'assister à ce type d'évènement. À ses côtés, un homme trentenaire, à genoux, ligoté, forcé de regarder le spectacle. Telle était sa punition pour avoir tenté d'organiser une rébellion avec d'autres citadins. Le prêtre l'avait condamné à regarder sa famille brûler vive sur le signe imortis.

Derrière son muret, Hazran ne pouvait supporter une telle vision. Il songea à sa femme et son fils et les imagina à leur place s'il venait à repartir sans eux.

— Libérez-les, annonça le prêtre Saramon.

Mais sa définition de la liberté différait de celle admise par tous. Les fidèles obéirent et incendièrent le monument qui se fit instantanément avaler par un feu agressif. Un nuage de fumée noire se propagea et asphyxia les suppliciés qui se faisaient lécher par des flammes dévorantes.

Sans perdre une minute de plus, Hazran reprit la route jusqu'à son domicile, perturbé par le tableau infâme dont il avait été témoin. Éloignée des bas quartiers, la villa du général avait une vue plongeante sur la métropole et ses remparts. Inquiet de ne voir aucune lueur derrière les fenêtres, il franchit le grand portail et se rua vers la porte principale, qu'il trouva verrouillée.

— Talya, chuchota-t-il en frappant trois fois. Talya, c'est moi, Hazran, ouvre.

L'absence de réaction noua l'estomac du général. Par chance la porte s'entrouvrit, dévoilant une moitié de visage effrayé, la joue creuse, une longue mèche de cheveux chevauchant un nez pointu.

— Talya, souffla Hazran, le cœur plus léger.

Immédiatement, l'homme se fit emmitoufler par une paire de bras et s'égara dans la chevelure épaisse de sa femme. Il l'entendit sangloter sur son épaule, accompagné de ses mots écorchés.

— Ils disaient que tu avais été tué sur la plage d'Ark-nok, s'exprima-t-elle dans un désespoir accablant, ne souhaitant désormais plus relâcher son époux.

Aussitôt, Hazran l'entraîna à l'intérieur. Mais avant, il ordonna aux deux soldats de rester dehors pour garder l'entrée.

La porte refermée, il constata avec stupeur qu'elle n'était pas seule. Il ne connaissait pas ces visages, et il y avait fort à parier que sa femme non plus.

— Je les ai aidés à se cacher, informa-t-elle.

Il y avait en majorité des vieillards et des nourrissons. Tous fixaient le général avec une affliction sans équivoque. Le salon avait été transformé une immense chambre commune où la plupart étaient enroulés dans des couvertures. Hazran se tourna vers sa femme, il la trouvait exténuée, cela ne lui avait pas échappé.

— Où est Brenn ? s'enquit-il, la voix tremblante. Où est notre fils ?

La question déclencha une série de sanglots ininterrompus qui fit naître une boule dans la gorge de Hazran.

— Ils... ils l'ont pris, larmoya Talya, ils me l'ont arraché sans explications. Ils les enlèvent tous.

— Quand est-ce arrivé ?

— Il y a une semaine, juste après le discours public d'Angal.

— Ce n'est pas le genre d'Angal de servir lui-même des discours à son peuple. Où l'ont-ils emmené ?

— À l'ancienne Grande Bibliothèque, s'invita une vieille femme couverte d'ecchymoses. C'est là qu'ils les gardent.

— *Ancienne* ?

— Ils sont en train de la transformer en une sorte de… Temple à la gloire d'un de ces Immortels. Ceux qui rejettent les dogmes du culte sont réduits en esclavage et sont envoyés au chantier, ajouta un quinquagénaire aux longs cheveux grisonnants.

— Ils rassemblent les vieillards et les infirmes pour les exécuter sur le bûcher, renchérit Talya, j'ai pu recueillir la plupart d'entre eux. Les Imortis ne sont pas encore venus jusqu'ici, mais ça ne saurait tarder.

— C'est pour ça que je suis là, conclut Hazran. Je vais tous vous faire sortir de la ville, ce soir. Mon unité est déjà en train d'évacuer des civils. Nous passerons par les Mines de Saal'arak, tout est…

— Je ne partirai pas sans Brenn, désapprouva Talya.

— Talya, je te promets de ramener notre fils sain et sauf, fais-moi confiance. En attendant, il faut vous mettre en sécurité. Vous n'aurez peut-être pas d'autres chances de vous évader. Ils ne rouvriront les portes de la cité que lorsqu'il n'y aura plus personne pour s'opposer à leurs idées, quitte à massacrer la majorité d'entre vous pour ça. Il *faut* partir.

— Je suis avec vous, s'exprima la vieille dame.

— Moi aussi, rejoint le quinquagénaire.

— Je vous suis, dit une autre voix.

— Pareil, renchérirent les autres.

— Talya ? interrogea une dernière fois Hazran.

La perspective de se sauver sans son seul enfant la cloua sur place. Pour elle, c'était comme un abandon signé. Mais Hazran la rassura une énième fois en lui promettant qu'elle reverrait Brenn.

Ensuite, le général confia les réfugiés entre les mains de ses soldats et ensemble ils reprirent la route inverse jusqu'à la statue. Pendant le trajet, il réfléchissait déjà à un plan pour retrouver son fils et le sortir de ce temple.

Quand ils atteignirent le lieu de rendez-vous, Hazran fut rassuré de voir Namyra et ses hommes en train de faire descendre discrètement des civils sous le monument, malgré l'absence des renforts demandés auprès du jeune patrouilleur. Toutefois, cela n'avait plus d'importance, leur mission se soldait par une réussite. Namyra lui précisa qu'ils avaient réussi à rassembler une trentaine de citadins. Ce nombre était plus faible que ce que Hazran avait envisagé, mais cela annonçait le début d'une victoire qu'ils comptaient bien exploiter.

Il ne restait que quelques réfugiés à faire descendre dans le tunnel, dont une vieille femme entièrement voilée qui était la dernière à arriver. Elle titubait, son dos vouté la ralentissait et rendait sa démarche difficile. Dévouée, la femme de Hazran lui porta assistance pour l'escorter. Elle l'entendit gémir derrière le foulard qui protégeait son visage. Puis, alors que la vieille dame se sentit vaciller, la femme de Hazran l'attrapa par le bras pour la relever. C'est à cet instant que le foulard tomba à ses pieds, révélant un visage masculin aux traits creux et aux yeux asservis par la démence. Avant que Talya ne puisse réagir, sa mâchoire se fit emprisonner par une main forte. Ses yeux se révulsèrent, entraînant des convulsions ininterrompues qui alertèrent Hazran resté près de l'antre.

L'Immortel Céron se régalait alors de son fléau. Il sentit la vie de la mère de famille pénétrer son esprit et s'y lier, et cela lui procurait une euphorie extraordinaire qui accéléra son rythme cardiaque, le rendant encore plus hystérique qu'il ne l'était déjà.

Horrifié par la scène, Hazran avait tenté de venir au secours de son épouse avant d'être immobilisé par le corps de Talya projeté avec violence sur lui. Tout s'était déroulé à une vitesse inexpliquée. Hazran n'avait pas eu le temps de réagir. Entre ses bras, le corps chaud de sa femme s'abandonnait lentement à la mort, sous l'incompréhension de son mari. Mais la situation ne lui laissait aucun répit pour crier cette perte soudaine qui faisait saigner son cœur abondamment. Il savait une chose, l'homme face à eux n'avait rien d'humain. Son intuition était bonne, il s'agissait bien d'un Immortel.

Au même moment, une armada de soldats sortit des ruelles et se regroupa derrière Céron. Sur le coup, Hazran se réjouit de l'arrivée des renforts. Mais ces derniers se contentèrent de s'aligner de façon à bloquer la moindre issue. Ils n'étaient pas ici pour les soutenir, mais bien pour les empêcher de partir. Le patrouilleur Sal'em se trouvait parmi eux. Hazran comprit qu'il avait fait confiance à la mauvaise personne. Il le dévisagea, le regard rempli de désolation.

— J'espère que je n'arrive pas trop tard pour la fête ? déclara spontanément Céron, les pupilles gonflées.

Namyra avait sorti son glaive qu'elle brandit face à l'Immortel.

— C'est lui, Mardaas ? siffla-t-elle à l'attention de Hazran, encore meurtri.

— Non, je ne le connais pas celui-là.

L'armée fit un pas en avant, et Céron les stoppa.

— Reculez ! Ils sont à moi. Tous, grogna-t-il en s'avançant. Oui, tous. À moi.

Son sourire s'élargit effroyablement avant de s'effacer subitement. L'esprit détraqué de l'Immortel était un concentré de pulsions que lui-même ne contrôlait pas. Ses spasmes récurrents accentuaient l'image de sa folie, tout comme ses veines noires apparentes qui viraient au rouge vif quand l'homme entrait dans une transe incontrôlable.

— Descends dans la mine, ordonna Hazran à Namyra.

— Quoi ?

— Pars avec eux, je vais les ralentir.

— Et toi ?

— C'est un ordre !

Les hommes restants de Hazran formèrent un barrage devant la statue. Namyra hésita longuement, mais finit par obéir.

— Ils n'iront pas bien loin, dit Céron. Le Seigneur de Feu les attend à leur destination en ce moment même. Il leur réserve un accueil *spectaculaire.*

Hazran ne bougea pas de sa position. Le glaive tendu, le cerveau en alerte, le général réfléchissait à une stratégie qui pourrait lui servir à accorder du temps supplémentaire à Namyra et aux autres pour franchir les souterrains. Mais tandis qu'il ruminait, Céron s'approchait dangereusement comme une bête affamée. Le général s'interrogeait sur le fait qu'il n'ait pas d'arme.

Était-il si fou au point d'être inconscient ou n'en avait-il aucune utilité ? La réponse vint à lui quand un de ses hommes, pris de panique, se rua sur l'Immortel en espérant l'embrocher. Céron esquiva le coup de taille, puis saisit le guerrier par la gorge pour user de son pouvoir. Le soldat convulsa frénétiquement, tandis que Céron se délectait de l'âme qu'il extrayait pour la lier à la sienne. Dans la seconde, les hommes de Hazran n'attendirent pas les ordres de leur général et coururent aider leur camarade. Céron se débarrassa du corps qui venait de rejoindre sa collection et ramassa l'épée qu'il fit tournoyer dans les airs. Il était maintenant capable de se battre comme un véritable reptile.

Le combat était lancé. Céron balaya la zone du regard et para une attaque horizontale venant de son flanc. Il écrasa sa main sur la face du soldat, absorbant également son essence de vie. En même temps, il secoua la tête comme pour chasser une migraine et renifla un grand coup. Il avait l'air d'un déséquilibré en manque de son addiction, ce qui le rendait d'autant plus dangereux. Après avoir jeté le deuxième corps, il récupéra la deuxième épée. Ses facultés venaient d'être développées. Il exécutait des figures qui ressemblaient à sa précédente victime, déstabilisant ses opposants. Puis il répéta son acte sur le suivant et encore le suivant, jusqu'à perdre l'équilibre une fraction seconde pour reprendre son souffle. Plus l'Immortel tuait, plus il devenait fort. Hazran, en retrait, analysait le comportement de son adversaire. S'il voulait avoir une chance de sauver la vie de son unité, il devait prendre la bonne décision.

C'est là qu'une idée lui vint.

— Posez vos armes ! cria-t-il aux siens. C'est un ordre !

Sous la stupéfaction des Kergoriens, Hazran posa la sienne à terre et s'agenouilla, les mains au-dessus de la tête. Il ignorait s'il s'agissait de la bonne décision, mais il devait tenter le tout pour le tout. Le combat était perdu d'avance, il fallait le reconnaître. Avec résignation, les soldats imitèrent leur général et se constituèrent dès lors prisonniers. Avec un sentiment amer de trahison, ils se firent arrêter par leur propre armée.

Hazran n'avait pas agi de façon anodine, il se souvenait de ce que le quinquagénaire lui avait révélé une heure plus tôt. Si cet ultime retranchement les avait épargnés cette soirée, il savait aussi où cela le mènerait. À présent, le général n'avait plus qu'un objectif en tête, il le devait à sa femme.

Celui de sauver son fils.

# CHAPITRE 9
## Regards Insoupçonnés

Depuis sa vision avec la Mystique, Grinwok était quelque peu déboussolé. Il pensait en avoir fini avec cette histoire d'Unificateur, il remettait même en cause la véracité de ces visions, au point de les attribuer au fruit de son ébriété constante.

*Pourquoi moi ?* C'était la question qui l'obsédait jour et nuit depuis cette seconde apparition. Selon lui, parmi toutes les races qui peuplaient le continent, n'importe laquelle aurait été un meilleur choix.

*Tout ça, ça s'rait jamais arrivé si j'avais pas rendu service à l'autre tête blanche.* Encore une pensée qui le pourchassait. Il ne se passait pas un jour sans qu'il ne maudisse Mardaas. C'était même la première chose qui lui passait par la tête chaque matin, dès qu'il ouvrait les yeux, tel un petit rituel. S'il avait su ce qui l'attendait en entreprenant ce voyage jusqu'en Erivlyn, jamais il n'aurait posé le pied sur ce navire au port de Kyll. Son avarice l'avait poussé à suivre l'Immortel en pensant que la richesse l'attendait de l'autre côté de l'océan. En réalité, Grinwok avait tout perdu.

Las de se lamenter sur son sort, et sur les conseils de la Mystique, il s'apprêtait à quitter Ner-de-Roc pour aller délivrer les autres

Kedjins prisonniers d'un village voisin. Heureusement, il pouvait compter sur l'aide du Muban pour cette quête qui le passionnait autant que de regarder un caillou dans l'herbe.

À l'ombre de la maison close, les deux comparses s'étaient retrouvés pour mettre au point les derniers détails de l'opération.

— Bon, voilà l'plan, commença Grinwok. On rentre, on récupère ces connards et on s'tire.

— C'est un plan, ça ? lança Tashi.

— C'est tout c'que j'ai, dit-il en haussant les épaules.

Grinwok discerna les caquètements des Kedjins qui les rejoignirent. Ils avaient l'air de toujours se déplacer en groupe.

— T'en a un de plan, toi ? reprit-il.

— On ne rentrera pas aussi facilement sur ce territoire. Il appartient aux Muqilis.

— Mu-quoi ? C'est quoi encore, ces horreurs ?

— Les seules informations qu'il me reste en tête me viennent des sorties nocturnes avec Merenys. Je sais qu'ils vivent près des marais et qu'ils font du commerce avec les humains. C'est sans doute à eux que les braconniers ont dû acheter nos Kedjins. Je me souviens aussi que chaque fois que Merenys y allait faire un tour, il revenait avec une sorte de mauvaise herbe à l'odeur âcre qu'il fumait le soir.

— De l'herbe noire ? releva spontanément Grinwok, la langue pendante.

— Ils la font pousser dans des champs à l'extérieur du village.

— Pourquoi tu n'as pas commencé par ça ? s'indigna la créature.

— Je ne savais pas que c'était important.

— Important ? IMPORTANT ? hurla-t-il en écartant les bras. Pardon, pardon, j'ai crié, j'aurai pas dû. Mais qu'est-ce qu'on attend pour y aller !

— Je te conseille de te maîtriser, Merenys m'a déjà raconté ce que les Muqilis faisaient aux voleurs qui tentaient de s'introduire dans leurs champs.

— Aucun problème pour ça, j'ai ma pierre de v..., dit-il en fouillant dans ses poches, avant de se rappeler qu'il ne la détenait plus. Eh merde, c'est vrai... putain d'Immortels. Bon, j'veux juste savoir une chose. Est-ce qu'ils sont plus gros qu'moi ?

— Grinwok, regarde autour de toi. Tout dans cette jungle est plus gros que toi.

Il évacua un soupir qui lui donna raison.

— Et je suppose qu'ils viennent avec nous, grommela l'Ugul en pivotant vers les Kedjins qui l'observaient avec attention.

— Ils pourront toujours être utiles.

— Ouais, si jamais ça tourne mal et qu'on se fait attaquer je pourrais toujours les jeter sur l'ennemi pour m'enfuir.

Tashi le dévisagea.

— Ah, ça va ! Si on peut plus rigoler...

Et ils s'enfoncèrent dans la forêt, à la merci de l'hostilité de la faune. Tashi menait la marche en écrasant des plantes qui se redressaient comme des piquets au passage de Grinwok, tandis que les dix Kedjins suivaient docilement à l'arrière. Ils longèrent un marécage qui, selon Grinwok, devait être habité par des immondices plus hideuses que lui. Le village muqili n'était qu'à une centaine de pas, et cela pouvait se déduire au terrain moins boisé et plat qui se découvrait. Grinwok se sentait en confiance. Pour lui, cette affaire allait se régler plus aisément que celle avec les mercenaires, car il ne s'agissait pas d'humains, cette fois-ci. Il n'aurait donc pas à être confronté à leur mépris et leur dédain habituels.

Tashi se mit à progresser plus lentement lorsque le ciel pourpre s'élargissait au-dessus de leur tête. En vue, des habitations primaires taillées dans des rochers peuplaient la zone. Des troncs d'arbres fraîchement découpés menaient jusqu'au village principal, ceinturé de défenses en bois et d'un ravin profond. Et à proximité, les nombreuses cultures muqilies qui s'étendaient en long jusqu'à la lisière tropicale.

— On ne passera pas inaperçu, murmura Tashi.

C'est en attendant une réponse de son acolyte vert qu'il remarqua sa disparition. Il se tourna vers les Kedjins, qui lui répondirent par un couac aigu. La bête n'avait nullement besoin de comprendre leur langage pour savoir ce qui lui était passé par l'esprit. Tashi jura entre ses crocs et essayait d'apercevoir Grinwok dans le périmètre. Il crut l'identifier près d'un amas de bois ficelé, mais ce n'était qu'une charogne empalée, servant à dissuader les visiteurs.

À quatre pattes dans la terre sèche, Grinwok approchait de son but. Guidé par cette odeur résineuse qui n'avait jamais quitté ses narines, il en avait oublié son objectif premier. Il estimait l'avoir mérité, il estimait avoir droit à sa douceur, à sa friandise – comme il l'appelait – friandise qu'il n'avait plus eu l'occasion de goûter depuis le funeste mariage Guelyn. Se trouvant dans un couloir végétal, il rampait tel un serpent le long de l'allée et, de ses doigts crochus, extirpa sans finesse les herbes aux pieds des plantes voûtées, qu'il enfouit dans ses poches et ses bottes, mais aussi dans sa bouche.

De cette manière, il dévalisa une rangée complète. Les effets de la substance ne se firent pas désirer et agirent immédiatement. À présent désorienté, presque sonné, Grinwok ne pouvait plus compter sur ses sens pour retrouver le Muban. Une nausée instantanée le prit, ce qui lui déclencha une toux grasse. Comme il en avait ingurgité une trop grosse quantité, l'Ugul vomit une bile qui se répandit sur deux gros pieds aux écailles rouges et aux griffes transperçant la terre. Grinwok releva la tête, la vision altérée, face à un gabarit monstrueux, aux yeux luisants, tenant entre ses mains un gourdin barbelé d'épines, qui aurait pu exploser sa boite crânienne en un seul coup.

— Ouah, s'émerveilla-t-il, t'es mon portrait craché. En plus gros, plus grand et plus…

La créature l'invectiva d'une voix tonitruante dans une langue à la fois sifflante et grave. Grinwok se fit soulever d'une main pour être au même niveau que le visage reptilien du Muqili. Pour autant,

Grinwok ne semblait pas affolé.

— Je suppose que ça doit vouloir dire « Bienvenue étranger, nous sommes ravis de t'accueillir ! »

L'homme python ouvrit grand la gueule, montrant des crocs aussi terrifiants que ceux du Muban. Sur le point de recevoir un châtiment imminent, des rugissements assourdissants retentirent en masse derrière le Muqili, interrompant son action. Quand il se retourna, trois Kedjins se trouvaient sur son passage. Mais ces êtres hybrides ne ressemblaient plus à ceux que Grinwok avait l'habitude de se coltiner. Cette fois-ci, leurs yeux renvoyaient une agressivité redoutable. Des filets de bave s'écoulaient de leurs rangées de dents longues comme des poignards. Leurs grognements bestiaux et leur crête hérissée avaient pour but de lancer un avertissement au reptilien.

Le Muqili, enragé, lâcha sa petite proie. Le gourdin levé, prêt à l'affrontement, il se fit renverser par d'autres Kedjins qui se propulsèrent sur ses épaules. Tels des fauves déchaînés, ils s'acharnèrent sur lui jusqu'à ce que leur Sauveur soit hors de danger. En l'espace de quelques secondes, le python avait été réduit en charpie. Certains Kedjins s'en étaient même repu, des morceaux de chairs encore au coin des lèvres.

Toujours hagard, Grinwok resta contemplatif du massacre de ses nouveaux gardes du corps.

— Vous dansez tous très bien, félicita-t-il en approuvant d'un signe de tête.

Mais ce carnage n'allait pas tarder à se savoir. Un cor perçant alerta l'intrusion et, dans la foulée, d'autres Muqilis jaillirent des murs de plantes pour se jeter sur les Kedjins, qui furent neutralisés et capturés. Quant au Muban, malgré une forte résistance, il avait été empoisonné par le venin de ces monstres et immobilisé. Grinwok, l'esprit enfumé, subit le même sort.

Il se réveilla bien plus tard, la bouche pâteuse et la langue sèche, le corps endolori.

— Allez, insista Tashi en le poussant avec son museau, réveille-toi, crétin.

Les mouches virevoltaient au-dessus de lui. L'air frais de la nuit le détendit comme dans un lit douillet. Grinwok renifla bruyamment une première fois, le regard perdu sur les barreaux de la cage éclairée par des flambeaux. Il inspira encore, comme s'il essayait de faire rentrer tout l'oxygène du monde dans ses poumons. Enfin, il afficha un sourire bête qui lui déforma la figure.

— J'aime bien ta nouvelle couleur, susurra-t-il, encore sous l'emprise de l'herbe noire. Orange, tu ressembles à un renard géant comme ça.

Il reçut un coup de patte sur la joue.

— Voilà où on en est à cause de ta stupidité, reprocha la bête.

Tashi examina la prison dans laquelle ils avaient été enfermés. Il n'avait jamais vu des chaînes aussi grosses, le cadenas devait peser le poids d'une enclume. En supposant qu'il puisse en venir à bout, il n'aurait aucune chance de s'échapper sans se confronter aux Muqilis, qui étaient en surnombre. Il garda l'idée d'une évasion dans un coin de sa tête.

Ils n'étaient que deux à se partager la cellule, l'Ugul et lui-même. Quant aux Kedjins, Tashi les repéra dans la cage d'en face, à quelques mètres seulement, en compagnie de ceux qu'ils étaient venus libérer. Mais il découvrit, avec stupeur, qu'il n'était pas seulement question de Kedjins. La partie du village dans laquelle ils se trouvaient était un vrai enclos à prisonniers. Pas une, ni deux, mais bien une dizaine de cages montées sur mesure pour leurs hôtes. Il y en avait de toutes tailles, de toutes formes. Tashi ne connaissait pas la moitié des races qui y étaient retenues captives.

— À quoi cela peut-il bien leur servir ? se demanda l'animal, espérant une réaction de son comparse.

Mais Grinwok s'était une fois de plus évanoui dans un sommeil profond, à l'en faire ronfler comme un ogre. Il reçut une nouvelle frappe derrière la tête.

— Ressaisis toi, abruti ! C'est ta faute si nous sommes coincés ici.

Dans le brouillard, Grinwok avait des petits yeux de fouine qu'il peinait à garder ouverts.

— J'ai fait un rêve atroce, dit-il, retrouvant doucement sa lucidité. Y avait une espèce de monstre qui s'en prenait à moi, mi-serpent mi-crocodile, mais avec des muscles et des vêtements, tu vois. Le truc vraiment flippant, le genre d'expérience foireuse de la nature que tu imagines pour délirer, et il… (En regardant au travers des barreaux, il sentit son dos se raidir.) Par mes couilles, c'est… c'est lui ! paniqua Grinwok en désignant du doigt un Muqili qui passait par là. Et il y en un autre, là-bas ! Regarde ! Et là-bas, aussi ! Et…

— Ferme-là ! s'énerva Tashi. Je réfléchis.

— Qu'est-ce qu'on fout dans une cage ? C'est qui, tous les autres ?

— C'est ce que j'essaye de comprendre.

— Pourquoi ça finit toujours comme ça avec moi… se lamenta Grinwok en s'asseyant sur le tas de paille moisie.

Cet échec lui apparaissait comme une preuve supplémentaire de son incapacité à endosser l'armure d'un meneur. Le moral au plus bas, il osait à peine regarder Tashi dans les yeux par peur de ce qu'il pourrait y déceler.

Égaré dans ses lourdes pensées, il en fut extirpé quand un projectile heurta sa tempe. Grinwok poussa un gémissement désagréable et vit qu'il s'agissait d'un petit caillou. Un autre le frappa sous l'œil, et une injure lui échappa. Cela venait de la grande cage à sa droite.

— Eh ! Relance un d'ces trucs et c'est mon pied au cul que tu vas recevoir ! fulmina l'Ugul, la tête entre les barreaux.

Il ignorait s'ils parlaient sa langue. Leurs oreilles en pointes vers le bas et leurs tentacules à l'arrière du crâne lui firent hausser un sourcil. Certains avaient des tatouages en spirale qui recouvraient leurs bras et leur torse.

— Vous savez parler humain ? marmonna l'auteur du jet de caillou avec un drôle d'accent.

— Ouais, et alors ?

Tashi y voyait là une occasion d'en apprendre un peu plus sur ce qui se tramait. Il écarta Grinwok et prit sa place pour répondre.

— Vous savez ce qu'ils vont nous faire ?

— Non, répondit le prisonnier.

— Comment vous êtes-vous retrouvés là ?

— Longue histoire, terrible histoire.

— Chiante histoire, commenta Grinwok qui n'avait pas envie de l'entendre.

— Je pense que ce n'est pas le temps qui nous manquera, dit Tashi.

— Mon nom est R'haviq, chef de tribu Iaj'ag.

— Tashi, et lui c'est Grinwok.

— Mon peuple et moi vivions au nord, dans village forestier. Puis humains sont venus pour nous chasser, avec Fils du Soleil, le démon solaire. Beaucoup de morts… déplora-t-il. Alors, avec survivants, nous partir vers le sud, ici, pour reconstruire vie. Mais grosse erreur.

— Pour quelle raison ?

— Guerre de clans. Les races s'entretuer pour plus de terres. Région petite, beaucoup habitants, peu de places. À cause des Hommes qui peuplent trop, autres races délogées, obligées de trouver nouveau foyer. Beaucoup sont ici, nulle part où aller. Énormes tensions entre tous.

— Pourquoi avez-vous été enfermés ?

Le Iaj'ag balaya les cages du regard.

— Tous les chefs de tribu, capturés par Muqilis, au nom de la comtesse, informa R'haviq, montrant une bannière flottante à l'entrée de l'enclos, orné d'un œil noir sur un fond blanc cassé.

Tashi plissa les yeux et reconnut immédiatement l'emblème, le même que sur le bouclier dans la tente du mercenaire, le même que celui des cavaliers lors de l'assaut de Ner-de-Roc.

— Qu'est-ce que c'est « une comtesse » ?

— Une poulette qui a les moyens de s'offrir une veste avec ta fourrure, répondit Grinwok.

— Une humaine riche et puissante, reprit R'haviq. Au-delà des marais, grande ville à l'ouest. C'est là qu'elle vit.

— Qu'est-ce que les Muqilis ont à voir avec elle ?

— Menacés d'être chassés par force, si eux ne pas écouter.

— Eh ! Attends, ça m'revient ! interpella soudainement Grinwok. Les braconniers, quand j'suis allé seul à leur campement, je les ai entendus parler d'un « travail » pour cette comtesse. Sur le coup, j'avais pas relevé, mais maintenant que vous en parlez…

— Et ?

— Et c'est tout. Non, mais j'croyais avoir une information capitale, mais en fait j'me rends compte que c'est pourri.

— Peut-être pas, rebondit Tashi, songeur.

— Et vous ? renchérit R'haviq. Comment vous arriver là ?

Tashi se tourna alors vers Grinwok, le regard accablant.

— Quoi ? s'offusqua-t-il. Me regarde pas comme ça ! On voulait trouver un moyen d'entrer, non ? Eh bah voilà !

Un Muqili cria un mot dans sa langue, interrompant net les conversations. Toutes les têtes s'étaient tournées vers un groupe d'humains proprement habillés qui entrèrent dans l'enclos. Ils essayaient d'enjamber les flaques de boue pour éviter de salir leurs bottes de cuir et leurs longs manteaux de laine.

Tashi les toisa attentivement. Autour du cou de l'un d'entre eux, l'emblème de l'œil noir apparaissait sous forme de pendentif qui se balançait au grès de ses mouvements. Il recoiffa ses cheveux roux taillés en bol et enfouit son nez aquilin dans un mouchoir de soie parfumé pour se préserver des odeurs gênantes. Il s'avança au milieu des cages et tourna sur lui-même pour toutes les étudier. Enfin, il exprima son admiration en acquiesçant plusieurs fois.

— Beau travail, constata-t-il d'une petite voix nasillarde.

D'un geste, il envoya une bourse bien remplie sur l'un des Muqilis.

— De la part de la comtesse. Continuez comme ça et vous pourrez peut-être rester dans votre… (Il hésita à comment qualifier l'endroit.) Appelez ça comme vous voudrez. Bien ! dit-il en clappant dans ses mains et en s'adressant maintenant aux prisonniers. Est-ce que l'un d'entre vous parle ma langue ?

Personne ne lui répondit, pas même le chef Iaj'ag. Il était admis de tous qu'aucun ne souhaitait converser avec un Humain.

— Moi, siffla Tashi, le regard empli de noirceur.

L'aristocrate eut un sourire mesquin et fit un pas vers le Muban. Lorsqu'il arriva près de lui, il prit conscience que la bête le dépassait d'une tête et perdit ses mots l'espace d'une seconde.

— Et as-tu un nom, Muban ?

— Donne-moi le tien et je te donnerai le mien, Humain.

Cette réponse laissait planer un mépris qui amusait le gentilhomme. Il hésita, puis remarqua l'Ugul dans l'ombre de l'animal. Une grimace lui échappa, Grinwok avait vu la même des milliers de fois.

— Vous l'avez déniché dans une bouse de Tazorus, celui-là ? Il a une tête à cauchemar.

Agacé d'entendre toujours ces répliques, il rétorqua impulsivement.

— Toi par contre, t'as la tête du gars qui est sorti par le cul de sa mère à la naissance.

Surpris par la répartie, il se demandait à quelle espèce il pouvait appartenir. Il n'en n'avait jamais rencontré auparavant et son apparence ne lui signifiait rien.

— De quelle tribu es-tu le chef, chose verte ?
— Chef ? Moi ?

Il gloussa.

— C'est un secret, reprit-t-il sérieusement, approche, j'veux pas que les autres l'apprennent.

Naïvement, le noble se pencha à son niveau. Et il le regretta sur-le-champ, car une glaire visqueuse et épaisse s'écrasa sur sa figure – un cadeau de l'Ugul, qui jubilait de son acte.

Avec un dégout évident, l'aristocrate se frotta le visage à l'aide de son mouchoir, avant de jeter celui-ci par-dessus son épaule, le jugeant fichu.

— Sortez-le de là, ordonna-t-il, prêt à faire payer la créature pour son geste irrémissible.

Comme un de ses exécutants posait la main sur le cadenas, Tashi chargea contre les barreaux jusqu'à faire glisser la cage d'un mètre et fit chuter l'homme en arrière dans une mare boueuse.

— Vas-y, ouvre, pour voir, menaça Tashi sur un ton grave, prenant au passage la défense de son acolyte.

L'exécutant regarda le noble avec des yeux terrifiés, exprimant très clairement qu'il n'était pas favorable à cette idée.

— Ça ne fait rien, se résigna-t-il. Il apprendra à être obéissant.

Ne supportant plus l'odeur infecte qu'exhalait lieu, il fit demi-tour.

— Chargez-les sur les chariots, exigea-t-il. La comtesse est impatiente de s'entretenir avec vous.

Il fit un signe de main aux Muqilis, pendant que ses hommes faisaient avancer plusieurs grands chariots renforcés par du métal près de l'enclos. Grâce à leur force surhumaine, les pythons sur pattes déplacèrent les cages, sous les protestations des détenus qui braillèrent dans leur langage.

Quand vint au tour de Grinwok et Tashi d'être entreposés comme une vulgaire marchandise, l'Ugul paniqua.

— Oh non, pas encore ! Mais qu'est-ce que tu attends, bordel ! Bousille le cadenas ! Fais exploser les grilles ! Fais quelque chose !

Mais le Muban resta passif. Le chariot se mit à bouger, faisant perdre l'équilibre à Grinwok. Tashi avait longtemps imaginé ce qui se serait passé s'il avait pu tenir le responsable de la mort de Rosalia entre ses crocs. Et pour cette raison, il ne pouvait se résoudre à agir en cet instant. Il regarda Grinwok avec regret, avant d'ajouter…

— Désolé.

La pièce était froide et sans âme. Dehors, une pluie drue s'acharnait sur le toit de la chambre que Sigolf avait louée pour la nuit. La pauvreté du lieu se reflétait dans l'état du mobilier, qui se résumait à une commode et une table sans chaise. Le mur qui supportait son lit était le seul rempart qui le séparait de la chambre de Kerana. De temps en temps, il lui arrivait de coller l'oreille pour s'assurer qu'aucun grabuge ne se déroulait de l'autre côté. Même si l'officier avait chargé les recrues de monter la garde devant l'entrée, il ne pouvait s'empêcher de retarder son sommeil pour veiller sur celui de la jeune femme.

Après leur départ d'Ysaren, ils avaient longé les collines en direction du sud pendant une semaine à la merci du climat sauvage de la région. Exténués, ils s'accordaient parfois le répit d'un bon logis lorsqu'ils avaient l'occasion d'en rencontrer un en chemin. Parfois, ces auberges ne proposaient pas de chambres, alors ils se contentaient d'un repas chaud avant de reprendre leur route – ce qui avait le don de remonter le moral des recrues, qui ne cessaient de demander à l'officier s'ils approchaient bientôt de l'avant-poste, ce à quoi Sigolf répondait toujours : « Vous le saurez quand vous y serez. »

Cette nuit-là, ils avaient eu la chance de tomber sur un hôtel au bord d'une route déserte en pleine campagne. Il n'inspirait sûrement pas le plus grand des conforts, mais il ferait certainement l'affaire pour contrer l'orage qui était prêt à s'abattre sur eux. Par chance, il restait suffisamment de chambres pour que chacun puisse bénéficier de la sienne, à l'exception des recrues qui durent se la partager.

Assis en tailleur sur le sol, enroulé dans une couverture chaude, Sigolf n'arrêtait pas de se frotter les yeux. Il étudiait soigneusement la nouvelle carte à l'aide d'une lanterne posée à ses côtés. Il réfléchissait au meilleur moyen d'atteindre la frontière sud-erivlaine sans passer par les routes principales. Son doigt faisait des allers retour constants sur les lignes tracées, aucune route ne garantissait la sécurité qu'il recherchait tant. Ses pensées se tournèrent alors vers ce qui les attendait une fois sur l'île de Morganzur.

Par quel moyen repartiraient-ils ? Seraient-ils pourchassés, devraient-ils se battre, devraient-ils faire face une fois de plus aux Prétoriens, à Mardaas ou un autre Immortel ?

Autant de questions qui obnubilaient son cerveau jour après jour, et auxquelles il n'avait guère de réponses à apporter. Sigolf partageait l'avis de Draegan à ce sujet, le plan était beaucoup trop dangereux – presque impossible à accomplir. Qui, de sensé, oserait s'introduire sur le territoire des Immortels et espérer en réchapper vivant ?

Il comprenait cependant les motivations de Kerana – et il ne se jugeait pas en mesure de les discuter. Dans sa tête, seule la sécurité de la jeune femme lui importait, jusqu'au péril de sa propre vie.

De son côté, Kerana se laissait hypnotiser par l'horizon chaotique que lui offrait sa fenêtre. Installée sur un rebord aussi dur qu'un banc de pierre, elle aussi, réfléchissait. Elle scrutait les silhouettes des montagnes persécutées par la foudre, sans se soucier des rafales de vent qui balayait la pluie sur ses vêtements. Sa fille était quelque part, derrière ces courbes rocheuses qui pointaient vers le ciel comme pour le défier. Les gouttes d'eau projetées sur sa peau se mélangeaient aux larmes qu'elle essayait de retenir. Des larmes d'incertitudes. Car au-delà de ces montagnes, Kerana ignorait le sort de son enfant.

Ce soir-là, le doute s'était installé dans son esprit, jusqu'à la ronger. Au fond d'elle-même, elle avait la lucidité de croire qu'il n'y avait aucun moyen de la sauver. Qu'à elle seule, elle ne pouvait avoir la force d'affronter les Immortels. Peut-être aurait-elle pu l'avoir face à Mardaas, si seulement elle savait où le Seigneur de Feu se trouvait. Elle l'imaginait quelque part dans une forteresse, trônant sur son fauteuil de braises tel qu'illustré dans les vieux livres, se délectant de sa fourberie. Cette image lui fit monter une colère soudaine, tout comme sa dernière conversation avec lui.

— Vous ne comptiez tout de même pas vous en aller sans me dire au revoir ? avait-elle dit, un sourire en coin.

— Je n'ai jamais été doué pour les adieux.

— Allons, vous reviendrez me voir, n'est-ce pas ?

— Entre nous, Guelyn, j'espère que nous n'aurons plus à nous revoir.

Elle n'avait jamais pris conscience de la signification de cette phrase, jusqu'à ce jour. Derrière cette réplique froide ne se cachait aucunement une volonté d'enfouir des sentiments, mais bel et bien un lâche.

À la suite de quoi, elle se revoyait le remercier d'avoir été un ami. *Un ami...*

C'est pourtant ce qu'il avait été. Mais Kerana n'avait jamais su choisir ses amis. La trahison de Mardaas lui avait laissé une plus large cicatrice que celle causée par Serqa lorsque celui-ci s'était acharné sur sa famille. Elle avait vu en lui une lueur d'espoir. Un espoir de lumière dans un néant embrumé. Elle s'était laissée croire qu'elle aurait pu faire grandir cette lueur, jusqu'à la faire briller autant que la lune. Mais même la lune arrivait à se faire étouffer par les nuages noirs.

Toutefois, Kerana ne pouvait s'empêcher de fantasmer quant à une dernière confrontation. Son cœur lourd de rancœur, elle aurait souhaité plonger une énième fois son regard dans celui de l'Immortel pour déverser toute la haine qui débordait de son être.

Après plusieurs heures de réflexions, l'orage finit par se dissiper et libéra un éclat de lune qui se posa sur la terre. Kerana continuait de fixer la ligne de montagnes au loin, comme si elle pouvait voir au travers, sans soupçonner que de l'autre côté, à plusieurs régions de là, Mardaas contemplait l'étendue désertique qui se trouvait dans la même direction. Leurs regards se croisèrent alors, sans le savoir.

Des pensées divagantes tournoyaient dans sa tête. Mardaas rentrait de campagne. Il avait trouvé le village de Furvak. À son départ, il n'en restait que des ruines et des cendres. Cloîtré dans l'appartement du roi Angal qu'il avait réquisitionné, les bougies éteintes, il s'abandonna à lui-même. Les mains gantées de fer posées sur le rebord de la fenêtre, le Seigneur de Feu était sans cesse sollicité par une conscience qu'il s'efforçait de faire taire. Pourtant, le sort des habitants de Furvak lui était indifférent. Durant toute son existence, il avait pourchassé et exterminé des peuples entiers dans le seul but de faire régner l'ordre établi par le culte imortis et ses fondateurs. Donner la mort était son travail, une générosité qu'il avait fait perdurer pendant six siècles. Si une conscience existait chez Mardaas, elle n'était pas du côté des vaincus.

Le regard perdu derrière sa fenêtre, admirant un paysage noyé par l'obscurité, l'Immortel délia les lanières de son masque pour le poser sur une petite table à côté, révélant ainsi une partie de lui que nul, ici, ne connaissait – et ne devait connaître.

Trahi par ses émotions, il s'assit au bord du grand lit à baldaquin, et ne put résister à l'envie de dissimuler une fois de plus son visage entre ses mains. Depuis peu, le souvenir de Lyra le hantait à chaque moment de solitude, tel un spectre vengeur qui n'avait su trouver le repos. Mardaas évitait de dormir pour ne pas avoir à se heurter à ses cauchemars – et ses choix. Son soupir provoqua une légère fumée qui s'échappa de ses lèvres écorchées. Et dans son désarroi profond, il entendait la voix fluette de Kerana qui le ramenait à son séjour parmi les mortels. Il revoyait le château Guelyn et ses immenses bannières ornées de l'Aigle de Fer s'agitant au point culminant de la falaise. Sa mémoire avait oublié la quasi-totalité des noms, mais il se souvenait parfaitement de celui de Draegan, ce jeune prince que Mardaas aimait comparer aux faux héros tombés au combat pour leur manque d'humilité. Pourtant, après une course poursuite déchaînée à la Passe d'Agda, alors qu'ils étaient l'un face à l'autre, Draegan avait été épargné par le Seigneur de Feu. Une leçon que l'Immortel avait décidé de lui donner, et qui avait brisé le jeune homme.

Le silence dans la pièce se fit rompre quand quelqu'un frappa à la porte. Le tambourinement avait expulsé Mardaas hors de son introspection. Il se redressa et attrapa son masque en priorité. Lorsqu'il ouvrit, Lezar apparut, la mine hésitante. Mardaas avait l'impression d'être devant un enfant ayant fait une bêtise. Le jeune Sbire lui raconta l'opération qui s'était déroulée dans l'enceinte de la ville dirigée par l'armée Kergorienne pendant son absence, visant à faire évacuer un groupe de civils.

Cette annonce ne semblait pas surprendre l'Immortel. Lezar ajouta enfin que le meneur avait été capturé, lui et ses hommes, lors d'un affrontement. Mais que, hélas, les citadins avaient réussi à s'enfuir par un tunnel secret.

Calmement, Mardaas renvoya Lezar et traversa le long couloir, ajustant dans la foulée sa lourde cape noire sur les épaules.

— Où est-ce que tu vas comme ça ? lança une voix discordante.

Sur le point de descendre les marches d'un escalier en colimaçon, Mardaas s'arrêta sur le palier. Sans se retourner, il savait à qui il avait affaire. Céron se dévoila en sortant d'une alcôve plongée dans l'ombre, le sourire grossier.

— Qu'est-ce que ça peut te faire ? rétorqua Mardaas.

— Du calme, torche humaine, je suis là pour apprendre, se justifia l'Immortel sur un ton lent et monocorde.

— Tu es aussi collant que ta mère, grommela-t-il entre ses dents. Mon Sbire m'a informé de ce qui s'est passé durant mon absence, je comptais m'entretenir en tête à tête avec ce général à ce sujet.

Il lui tourna le dos, mais Céron l'interpella à nouveau.

— Pas question ! s'indigna-t-il. C'est moi qui l'ai capturé, il est à moi, c'est *mon* prisonnier !

— Tu lui as déjà parlé ?

— Pas encore, mais…

— Dans ce cas, je vais m'en occuper avant que tu ne le tues sur un coup de folie.

— Il est à *moi*, insista sombrement Céron. Va t'en chercher un autre !

Mardaas secoua la tête. Il avait l'impression d'être entouré d'enfants. Il revint vers lui, adoptant une posture intimidante, comme un parent en colère, et se pencha pour lui répondre.

— Tu n'es pas en mesure de me donner des ordres. Ce prisonnier m'appartient, comme tout dans cette ville, y compris ta vie.

Mais cela n'impressionna pas Céron, qui soutenait fermement son regard.

— Fais attention, *Mardaas,* à ta place je ne jouerais pas à ce petit jeu avec moi.

— Trouve-toi un autre prisonnier pour te défouler. Celui-ci me revient.

Mardaas coupa court à la discussion et reprit son chemin. Céron l'observa amèrement disparaître dans l'escalier, immobile, serein, puis souffla une phrase qui ne fut entendue que par lui.

— Tu regretteras ce choix.

Hazran n'avait plus de repères. La cellule dans laquelle il avait été jeté était dépourvue de lumière. Seule son ouïe était stimulée par un écoulement d'eau derrière les murs, les rendant humides et froids. Une blessure à la tempe le sonnait encore, et une autre au niveau de l'abdomen l'empêchait de se tenir droit. Le général avait été lourdement battu par ses propres gardes. Il n'avait pas besoin d'un miroir pour savoir que sa figure avait été déformée. Le bracelet de fer resserré autour de son cou était relié à une courte chaîne qui le privait de ses jambes. Malgré tout, Hazran tenait bon. Il n'avait pas l'intention de se laisser mourir, pas tant que son fils serait toujours dans cette ville tombée entre les mains de l'ennemi.

Désorienté, il finit par entendre le grincement métallique d'une porte derrière la sienne. Il comprit qu'une visite lui était destinée. Et quand celle de sa cellule s'ouvrit, un jet de clarté l'aveugla. Devant lui, une silhouette géante se dessina. Les torches murales s'enflammèrent comme par magie, donnant aux murs une teinte dorée. Hazran leva les yeux pour rencontrer ceux du Seigneur de Feu. Les ombres dansantes le rendaient d'autant plus terrifiant et menaçant. Mardaas s'écarta pour laisser passer un fidèle imortis qui apportait au général un bol de soupe et un morceau de pain, puis disparût, laissant l'Immortel et l'homme.

Affamé et assoiffé, Hazran était prêt à se ruer sur son maigre repas, mais il se contenta de l'ignorer.

— Je pense que nous pouvons nous épargner des présentations, déclara calmement Mardaas. Vous savez faire parler de vous, c'est le moins que l'on puisse dire, général Hazran.

— Vous n'êtes pas venu dans ce trou simplement pour

m'apporter de quoi survivre une journée de plus, répondit-il en repoussant le bol.

— Ne soyez pas médisant, général, vos hommes n'ont pas eu la même chance que vous.

— Où sont-ils ?

— Eh bien, un peu partout, je suppose. À vrai dire, ce n'est pas moi qui me suis débarrassé de leurs cendres.

Hazran sentit une boule dans sa poitrine qui l'irrita. Il avait cru prendre la bonne décision en déposant les armes face à l'Immortel fou. Au final, il n'avait fait que retarder l'inévitable. La culpabilité était devenue son nouveau bourreau.

— Ils ne faisaient que suivre mes ordres, souffla désespérément l'homme.

— Croyez bien que je partage votre regret. Surtout lorsque l'on constate l'échec cuisant de votre opération qui n'aura mené finalement à rien.

— Nous avons fait sortir des innocents.

— Pour les conduire à une mort certaine. Vos éclaireurs ont la langue bien trop pendue lorsque celle-ci est menacée d'être coupée. Vous pensiez les mettre à l'abri dans cette bourgade à peine gardée ? Je suis au regret de vous annoncer que Furvak n'est plus qu'un lointain souvenir, tout comme sa population, à présent. Il n'en est plus rien, si ce n'est un cimetière. Un cimetière qui devrait porter votre nom, général Hazran, car vous êtes à l'origine de cette hécatombe.

Hazran eut en tête le visage de Namyra et de tous les autres qu'ils avaient secourus. Il ne pouvait croire à leur mort. Cette nouvelle l'accabla au point de s'enfermer dans le silence.

— Ne soyez pas trop dur avec vous-même. Vous n'êtes pas le premier qui essaye de s'opposer à notre ordre, et vous ne serez certainement pas le dernier.

— Si vous êtes venu me voir, c'est que vous avez une idée derrière la tête, n'est-ce pas ? Qu'est-ce que vous me voulez ?

— Je suis venu vous libérer.

Hazran fronça les sourcils.

— En échange de quoi ?

Un rire sec échappa à Mardaas.

— Vous êtes un homme intelligent, qui plus est un général de renommée à ce que l'on m'a dit. Vous donnez un ordre et aussitôt il est exécuté. Vous savez diriger une armée, et il se trouve que nous manquons de hauts gradés militaires pour former nos rangs.

— Je préfère être traité en esclave plutôt que de rejoindre votre culte de dégénérés.

Hazran avait bien choisi ses mots. La main tendue du Seigneur de Feu n'était en réalité qu'un cadeau empoisonné. Il savait pertinemment qu'en acceptant un tel marché, son esprit ne serait dès lors plus le même.

— Dans ce cas, il se pourrait bien que votre souhait soit exaucé.

Sans la moindre hostilité, Mardaas tourna les talons. Mais avant de quitter la pièce, il se retourna une dernière fois vers le général.

— Je serais vous, je profiterai du confort que peut m'offrir cette cellule pendant que je le peux encore. Vous n'aurez pas autant d'espace dans la prochaine.

# CHAPITRE 10
## Le Chant De La Terre

Un ciel terne recouvrait le carnage de Furvak. La nature s'était comme enfermée dans un silence macabre qui laissait s'exprimer un orchestre de crépitements et de charognards virevoltants. Namyra et les réfugiés marchaient au milieu des gravats et des corps calcinés, alors que des barrières de fumées noires les préservaient du chaos régnant. Certaines maisons étaient encore en proie à un feu sauvage, la plupart avaient été consumées jusqu'au dernier morceau de bois. Une violence extrême s'était abattue sur le petit village, une violence qui se traduisait par les impacts et les traînées de flammes provoquées par des explosions dévastatrices. Sur les routes, des centaines de cadavres se chevauchaient et noyaient la terre de sang. Aucun n'avait pu fuir.

Namyra découvrit avec horreur le sort qui aurait pu leur être destiné s'ils étaient arrivés quelques heures plus tôt. Elle retenait son souffle, ne comprenant un tel acharnement. Ses yeux se posaient sur chaque malheureux enseveli sous les décombres, piégés par une prison enflammée, ou encore enfoncés dans des amas de cendres. Ces gens étaient pacifiques, ils n'avaient pu se défendre face à une telle vague de cruauté.

Elle dégagea des mèches de cheveux qui s'étaient écrasées sur sa figure, puis se retourna vers les réfugiés qui semblaient tétanisés par la peur et le choc.

— On ne devrait pas rester ici, dit-elle, la voix faible. Ils pourraient revenir.

Elle s'arrêta devant un charnier enfumé. Le visage de Hazran apparaissait sur les nombreux corps à ses pieds. Quand elle s'était rendu compte qu'il n'avait pu les rejoindre dans les mines, elle avait alors espéré le voir en ressortir une fois à l'extérieur. Le temps défilait, et Hazran n'était jamais réapparu. Si Namyra et les réfugiés n'avaient pas attendu son retour en vain, ils auraient sans nul doute fait la rencontre du Seigneur de Feu et de ses Prétoriens.

— Hazran savait ce qu'il faisait, dit-elle en se tournant vers les réfugiés. Sans lui nous n'aurions jamais pu en réchapper sains et saufs. Son dernier ordre a été de vous mettre à l'abri, et c'est bien ce que je compte faire.

— Où allons-nous vivre, maintenant ? s'enquit le quarantenaire aux cheveux grisonnants, la voix chevrotante.

La capitaine examina le nombre d'hommes qui lui restaient. Trois. Ils étaient ceux que Hazran avait chargés de rester dans les mines pour accueillir les civils. Ils n'étaient pas assez pour mener une quelconque offensive, à peine pour s'en protéger. Elle essayait de s'imaginer ce qu'aurait décidé Hazran à sa place. Il les aurait probablement fait quitter le pays. En tout cas, une chose était sûre. Ils allaient devoir se faire oublier un long moment.

Une secousse réveilla Grinwok. Le chariot qui les transportait venait de sortir d'un sentier pour emprunter une route de pierre. Il avait fallu une journée et une nuit pour arriver à destination. Quant à Tashi, Grinwok l'avait trouvé dans la même position que lorsqu'il s'était endormi – prêt à bondir dès que la cage serait ouverte, le regard sanguin et concentré.

Le décor avait changé. La jungle donnait l'impression de se réduire à mesure que les chariots roulaient. Grinwok se croyait en pleine nécropole sauvage. Les arbres et les plantes ne dominaient plus les hauteurs. Une terre désolée peuplée de racines et de bois morts, telles des sépultures naturelles pour leurs hôtes. Un peu plus loin, des constructions humaines s'élevaient, des maisons en pierre jaune et aux toits bombés, dont certaines étaient encore en chantier. Grinwok écouta les prisonniers sur le chariot voisin qui juraient face à ce spectacle, jusqu'à frapper les barreaux avec leur tête en forme d'enclume. Grinwok n'avait pas besoin de les déchiffrer pour comprendre qu'il s'agissait de leur ancien territoire.

Le convoi continua sa trajectoire le long de la route. Les humains présents aux alentours lorgnaient les cages avec curiosité. L'hostilité dont faisaient preuve les prisonniers suffisait à les dissuader de s'approcher.

Enfin, droit devant, une ville se dessina à l'horizon. Grinwok et Tashi ne pouvaient l'apercevoir depuis leur prison, mais ils pouvaient entendre l'agitation de celle-ci grandir dans leurs oreilles. Les bâtiments devinrent plus nombreux sur le chemin, tout comme le monde qui affluait et se faisait invectiver par le cocher pour libérer le passage. Grinwok remarqua que les habitants ici avaient tous les cheveux crépus et noirs.

— Où est-ce que j'suis encore tombé, souffla-t-il avant de se tourner vers Tashi. J'espère que tu sais c'que tu fais, j'ai pas envie d'me retrouver sur le marché avec un prix à deux chiffres collé au cul. J'vaux plus que ça, t'entends !

— Ferme-là, répondit le Muban avec entrain. Je ne pense pas que nous soyons destinés à être de la marchandise, dit-il en observant les chariots qui les suivaient de près.

Des percussions musicales se mélangeaient au flot de voix des rues. Des rires grossiers fluaient de toute part, et devant une taverne quelques mètres plus loin, une bagarre d'ivrogne éclata sous les yeux de l'Ugul. Le chariot continuait de traverser la ville et se faisait malmener par la route irrégulière. Il contourna un bâtiment circulaire si immense qu'il faisait de l'ombre à tout un quartier. Tashi crut apercevoir des humains sur le toit, mais il s'agissait en réalité de statues en contre-jour qui offraient des poses de vainqueurs, brandissant toutes sortes d'armes, des épées comme des lances. Le Muban ne laissa échapper aucune émotion, contrairement à la majorité de prisonniers qui devenaient aussi bruyants que la foule qui s'animait.

Ils gagnèrent un chemin dont l'accès était visiblement interdit au public, plus exigu, moins généreux en lumière, une sorte de couloir à ciel ouvert, ou presque. La surcouche de barreaux au-dessus de leurs têtes était là pour leur faire perdre espoir en une potentielle liberté. Grinwok n'avait aucune idée de ce qui l'attendait. Il ne pouvait que compter sur Tashi pour espérer déguerpir de là le plus vite possible. Pourtant, il avait déjà fait face à des situations tout aussi délicates, mais cette fois-ci, pour une raison qu'il ignorait, il avait un mauvais pressentiment.

Le convoi s'engouffra dans un tunnel assailli de courants d'air, aménagé spécialement pour leur passage.

— Où est-ce qu'ils nous emmènent, marmotta Grinwok, anxieux.

Il se voyait déjà torturé jusqu'à la mort pour des desseins obscurs.

— Dis-moi qu'on sera dehors avant la fin de la journée, dit-il en se tournant vers Tashi.

Mais celui-ci resta muet. Son esprit était accaparé par ses pensées.

Le tunnel paraissait sans fin. Puis, après avoir passé une grande double porte en fer, les chariots s'arrêtèrent.

— C'est le moment, mon vieux, allez, fais-nous sortir !

Il perdit l'équilibre quand deux Muqilis agrippèrent la cage et la tirèrent vers eux. Avec une force déconcertante, ils la firent heurter un mur à l'autre bout. Les cages s'alignèrent les unes à côté des autres. Les Iaj'ags étaient redevenus leurs voisins à leur droite, et à leur gauche venait d'apparaître une autre race qu'ils ne connaissaient pas.

Les chariots repartirent plus légers qu'à l'arrivée, et la double porte se scella dans un écho de métal.

Un cercle de lumière se traçait au centre de la salle. Quand Grinwok leva les yeux, il vit que la hauteur du plafond était celle d'un phare, avec une vue partielle sur le soleil. Des silhouettes semblaient se pencher au-dessus pour les guetter comme s'ils étaient des animaux. Il n'y avait rien d'autre à part un demi-cercle de cages entreposées tels des objets sans grande valeur, toutes orientées vers un petit escalier au fond de la pièce.

Après un instant d'incertitude quant à la suite des évènements, la tension reprit de plus belle et une véhémence s'empara des prisonniers, qui se rejetaient la faute les uns sur les autres dans différents langages. Des aboiements, des cris stridents et des rugissements graves transperçaient les oreilles de Grinwok. Il y avait fort à parier qu'aucun d'eux ne se comprenait, ce qui ne les empêchait pas de partager la même haine. Le tapage dura sans interruption, à croire qu'ils n'avaient pas besoin de reprendre leur respiration – ce qui agaçait profondément Grinwok, au point de faire exploser sa voix dans toute la pièce pour leur intimer de se taire.

Et avec surprise, ils se turent. Grinwok se découvrit une autorité cachée qui le fit jubiler intérieurement. Cependant, ce n'était pas son ton injurieux et tonitruant qui avait fait cesser les querelles, mais le grincement prononcé de la porte du haut de l'escalier qui venait de s'ouvrir. Différents bruits de pas résonnaient de l'autre côté. En premier lieu, Grinwok reconnut le rouquin à la coupe au bol qu'il avait pris un malin plaisir à humilier. Ce dernier était suivi de deux gardes accoutrés d'étoffes brillantes et colorées, portant chacun un ridicule chapeau à plume – rien à voir avec les gardes royaux qu'il avait déjà vu à Odonor. Il pouvait aisément les imaginer donner un spectacle sur la place publique. Quant aux autres bruits de pas, ceux-là étaient plus fins, plus lents, comme si la personne prenait un temps considérable pour bouger ses jambes. Son visage à double menton laissait deviner un troisième qui était en train de naître. Les joues aussi gonflées que des coussins, Grinwok la confondit avec un troll avant que celle-ci n'apparaisse dans la lumière des torches. Les gardes durent soulever les pans de sa robe ample pour ne pas qu'elle se prenne les pieds dedans. Les cheveux tirés en arrière, ses petits yeux ronds lui donnaient un air sournois. La grosse femme descendit les marches une à une avec une lenteur exaspérante, prenant soin de couvrir son nez en forme de potiron à l'aide d'un tissu parfumé.

— Mais quelle odeur infecte, s'exprima-t-elle avec une voix haut perchée et insupportable. D'où est-ce que ça vient ?

— De tout le monde, Madame, répondit le rouquin avec hésitation, je le crains.

— Quand ils ne seront plus nos invités, vous prendrez soin de nettoyer cette salle de fond en comble. Par le feu, s'il le faut.

— Bien, Madame.

Lorsqu'elle arriva en bas, elle se plaça dans la douche lumineuse que déversait le soleil au centre, ce qui avait comme effet de faire ressortir ses traits grossiers. Un sourire forcé révéla ses dents de cheval, et elle fit un rapide tour d'horizon pour examiner les cages devant elle.

— En manque-t-il ? questionna-t-elle en élevant la voix, la faisant ricocher sur les parois

— Tous ceux que vous avez réclamés sont ici, Madame.

Son regard se posa sur Tashi. Ce dernier se vit assaillir d'images floues parvenant de sa mémoire. Des images d'une journée grise et calme, où la voix saoule de Merenys portait jusqu'au centre du village. Le Muban en était sûr, il l'avait déjà vue auparavant.

— Je ne me souviens pas vous avoir demandé de capturer un chien sauvage et un… Qu'est-ce que c'est ?

— Aucune idée, Madame. Une aberration de la nature, je dirais.

Tashi sentit arriver la réplique cinglante de Grinwok.

— Si tu fais une blague sur son physique, je te la ferai ravaler, murmura-t-il mauvaisement à l'oreille de l'Ugul.

— Ils nous ont été livrés avec les autres. On pense qu'il y en a d'autres comme eux dans les environs, ajouta le noble.

La grosse femme fit avancer ses petits pieds en prenant soin de ne pas sortir du halo.

— Merci à tous d'avoir répondu à l'invitation, déclara-t-elle ironiquement. Nous nous connaissons déjà, pour la plupart. Ravie de vous revoir, seigneur Omuuka, malgré les circonstances, salua-t-elle en désignant la cage voisine de Grinwok.

Grinwok, curieux, se tourna vers ces êtres dont l'existence lui avait échappée. Ils étaient recouverts d'un pelage orangé à rayures claires et se tenaient sur leurs deux pattes arrière à moitié courbées. Il les trouvait étonnamment magnifiques. Pour lui, c'était des Uguls en plus beaux.

Le chef visé discerna son nom dans la bouche de la femme, mais ne réagit pas.

— Seigneur R'haviq, poursuivit-elle avec politesse, comment se porte votre tribu ?

Le Iaj'ag expulsa une glaire qui s'écrasa sur la robe, entraînant une réaction vive de la part des gardes qui brandirent leurs lances en direction de son cou.

— Laissez-le, ordonna la femme avec un rire faux, presque conquise par la réaction. Je ne vous ai pas non plus oublié, finit-elle en s'adressant à un colosse à tête de crapaud. Seigneur Gu... Kunvak, c'est ça ? Désolée, vos noms à dormir debout peinent à rester en mémoire.

— Le vôtre, en revanche, est bien gravé dans la mienne, comtesse Amestria.

— Et vous parlez toujours aussi bien notre langue, si seulement les autres pouvaient en faire autant.

Elle détacha son attention de lui pour revenir sur les autres.

— J'imagine que vous connaissez tous la raison de votre présence, ici.

Grinwok entendit un chuchotement chez ses voisins orange, probablement la traduction de ce qui venait d'être dit. Le chef répondit à la comtesse avec ses mots. C'est alors qu'une voix plus fluette s'immisça.

— Il dit qu'après toutes ces années, nous ne nous posons plus vraiment la question.

Grinwok repéra la voix à côté du chef. Il avait du mal à l'apercevoir complètement, car ses congénères faisaient barrage, mais il fut charmé par la vision qu'il avait entraperçue. Elle avait l'air de faire la même taille que lui. Son petit museau d'ébène et ses prunelles violettes en amande offraient un visage à la fois doux et gracieux, même élégant, autant que les parures artisanales qui décoraient son corps. Son accent humain était d'une perfection remarquable, ce qui était plaisant à écouter.

La comtesse ne releva pas.

— On m'a rapporté encore plusieurs heurts au cours des derniers mois. Des heurts que je ne peux plus tolérer sur mes terres.

— *Vos* terres ? intervint le crapaud géant. Nous étions là avant.

— Hélas, seigneur Kunvak, j'ai un document qui prouve le contraire, mais là n'est pas le débat. Mon peuple n'ose plus traverser la jungle par peur de se retrouver sur un champ de bataille. Vos guerres de clans n'en finissent plus, elles se répètent, s'étendent et se renouvellent sans cesse. Je me fiche de savoir qui a volé qui, quel territoire s'est vu réduire, ou encore lequel d'entre vous a commencé à provoquer l'autre.

— Plus de place pour vivre, voilà raison, avança R'haviq. Chaque fois que Iaj'ags occuper territoire, Iaj'ags chassés.

— Vous étiez chez nous, rétorqua l'homme crapaud, et la prochaine fois que vous approchez de mes marais je vous chasserai de cette vie définitivement, ça vaut pour vous aussi, Kedjins !

L'agressivité montante encouragea la plupart des prisonniers à faire de même. Ils s'injurièrent à travers les cages et n'hésitaient pas à s'en prendre aux barreaux pour démontrer leur soif rancunière. Dès que quelqu'un s'exprimait plus fort qu'un autre, il était aussitôt recouvert par une cacophonie encore plus grande.

— Assez ! cria furieusement la comtesse avant de retrouver un calme serein. Vous devriez prendre exemple sur vos amis les Muqilis, ils ont vite compris dans quel camp il fallait être.

— Vous les avez menacés, lança acerbement la voisine orange de Grinwok.

— Et maintenant, ils n'ont plus à se soucier de leur foyer. Si vous souhaitez régler vos comptes, vous le ferez dorénavant selon *mes* règles. Je vous conseille vivement de garder votre colère et d'économiser vos forces pour demain. Faites-moi confiance, vous en aurez besoin.

La comtesse claqua ses doigts et ses gardes récupèrent les pans de robe pour l'aider à gravir l'escalier. La porte se referma, et Grinwok soupira de consternation.

— Même gratuite dans un bordel, j'en voudrais pas. Elle a dit demain, c'est ça ? Qu'est-ce qui va s'passer demain ? Tashi !

— Arrête de me gueuler dans les oreilles, comment veux-tu que je le sache ?

— L'arène, réagit l'homme crapaud à l'autre bout, c'est là où nous serons tous demain.

Le plafond céleste ensorcelait la ville d'Azarun par ses couleurs chaudes. Une tranquillité pour le moins inédite planait dans les rues. Les patrouilles de Prétoriens dissuadaient quiconque de se promener dans la moindre allée. Les habitants étaient habitués à assister à des défilés de fidèles dans leurs plus belles étoffes brodées, pourtant ce jour-là, une atmosphère légère régnait. Il n'y avait plus eu d'exécutions publiques depuis deux jours, ce qui était un record. Les bûchers et autres pendaisons avaient grandement *motivé* un bon nombre de citadins à se présenter au futur temple pour reconnaître le culte imortis comme étant la seule autorité, quand ils n'envisageaient pas de passer la tunique religieuse au passage.

Malgré son chantier, la grande bibliothèque commençait déjà à ressembler à un sanctuaire. Depuis que la plage d'Ark-nok avait été prise, les navires morganiens effectuaient des allers-retours permanents entre l'île et la plage pour acheminer du matériel tel que des statues divines, des caisses remplies d'artefacts, des reliques sacrées et des quantités astronomiques de parchemins et de livres reliés destinés à l'endoctrinement.

Les premiers rites avaient déjà débuté dans une chapelle provisoire, où le prêtre Saramon distribuait sa foi aux dizaines de nouveaux fidèles. Il leur enseignait la genèse des cinq fondateurs du culte, les mythes et légendes qui entouraient les Immortels, pour terminer sur la récompense salvatrice qui les attendait en échange d'un dévouement absolu. Secondé par ses Doyens, les seuls à être pourvu d'un masque orné de gravures, Saramon prodiguait sagement les dogmes dictés par le Mortisem tel un professeur dans une salle de classe, et n'hésitait pas à garder ses élèves auprès de lui des dizaines d'heures d'affilée si nécessaire, dans le seul but de créer une faille mentale.

Au-dessus de la ville, le domaine Tan-Voluor était lui aussi silencieux. Comme à son habitude, Lezar s'isolait dès qu'il le pouvait dans une petite salle du palais improvisée en chambre de prière. Embaumé par l'encens camphré qu'il avait allumé, il s'agenouillait face aux cinq statuettes en bois et y restait aussi longtemps que permis. Cela lui permettait d'oublier le monde qui l'abritait. Il priait pour ses parents, mais surtout pour son âme. Il implorait les Cinq de faire preuve de clémence à son égard, de ne pas le juger trop hâtivement sur sa foi. Du bout des lèvres, il remercia les Namtars de lui avoir insufflé le souffle de la Vie. Mais un frisson dans son dos lui fit perdre le fil de ses pensées, il sentit une présence froide se pencher par-dessus son épaule pour observer l'autel que le jeune homme avait confectionné. Le visage de Céron s'éclaira à moitié par une faible bougie, et Lezar se redressa spontanément. Maintenant nez à nez avec l'Immortel, le fidèle déglutit intérieurement.

— Je t'ai fait peur ? dit Céron. Désolé, fais comme si j'étais pas là. Tu peux reprendre tes… incantations, ou peu importe.

— J'avais fini, souffla Lezar, incapable de faire entendre sa voix distinctement.

— C'est toi, le toutou de Mardaas, pas vrai ?

— Je suis son Sbire, corrigea-t-il mollement.

Il fit glisser son dos le long du mur pour fuir l'Immortel qui bloquait le passage. Céron avança d'un pas et se mit à étudier les sculptures représentant ses aînés.

— Assag, lança-t-il en touchant la tête de l'une d'entre elles. Vaq, Baahl, Demora, Yselis. Ce sont tes idoles, hein ? se moqua-t-il. Tu dois te branler la nuit en pensant à eux, j'imagine.

Ce blasphème médusa le jeune homme, il se demandait s'il avait bien entendu ce qu'il avait cru entendre. Comment un Immortel pouvait avoir l'audace de parler de la sorte de ses propres ancêtres ? Il n'arrivait pas à répondre, comme si sa bouche venait d'être cousue.

— Et quand tu… enfin, quand tu parles dans ta tête… des prières, c'est ça ! Je cherchais le mot. Oui, des prières. Quand tu pries, ils entendent ce que tu dis ?

La question était dépourvue de sens. Évidemment que c'était le cas, selon Lezar. N'avait-il jamais ouvert le Mortisem ? pensa-t-il.

— Je le crois.

Céron gloussa vers la statuette de Baahl.

— Eh bah ! Si tout le monde fait comme toi, je comprends pourquoi le vieux tire toujours la tronche. À entendre vos conneries à longueur de temps, pas étonnant qu'il ne sourît jamais. Et tu leur dis quoi, à tes idoles ?

Cette question beaucoup trop personnelle embarrassa Lezar. Le mépris affligeant de l'Immortel le rebutait à se confier davantage. Céron se rapprocha de son visage, les pupilles dilatées et névrosées. Collé au mur, le jeune homme ravala encore une fois sa salive quand…

— Lezar.

Une voix grave brisa le malaise. Céron tira une grimace et fit volte-face vers Mardaas. La simple apparition du Seigneur de Feu fit repartir le cœur de Lezar.

— Viens.

Il ne fallut pas attendre pour que cet ordre soit exécuté. Lezar n'avait jamais été aussi heureux de répondre à son maître. Céron fixa Mardaas avec une certaine malice dans le regard, avant que ce dernier ne disparaisse en embarquant son Sbire.

— Un conseil, dit Mardaas tandis qu'ils marchaient dans la même direction. Si tu ne souhaites pas finir dans sa collection, arrange-toi pour ne jamais te retrouver dans la même pièce que lui.

— Bon conseil, nota Lezar à voix basse.

Mardaas continuait de lui parler, mais le garçon avait l'impression d'avoir un bouchon dans les oreilles. Il sentit ses jambes trembler et sa respiration s'accélérer.

— Je dois m'entretenir avec Baahl pour lui rendre compte de la situation, j'aimerais que tu…

Pâle comme un squelette, Lezar se précipita dans le premier vase qu'il rencontra pour y vomir. La pression accumulée au fil des jours avait eu raison de lui. Il dégobilla jusqu'à enflammer sa gorge et prit soin de garder la tête au fond du vase, par peur d'affronter le regard courroucé de son maître. Après avoir régurgité son estomac, Lezar s'essuya honteusement avec le revers de sa manche.

— Pardonnez-moi, Maître, je…

Mardaas leva la main pour le faire taire.

— Suis-moi.

Lezar s'attendait à recevoir une remontrance, un châtiment pour son incompétence. Il traversait couloir après couloir dans le domaine sans savoir où le Seigneur de Feu l'emmenait.

Était-ce au supplice ? Allait-il l'abandonner ou le renvoyer chez lui ? Sa réponse se trouvait derrière une porte. Mardaas entra le premier. Une odeur de viande fraîche venait de s'échapper de la pièce. Pourquoi l'avait-il amené dans les cuisines ?

Dès que l'Immortel s'annonça, les employés se raidirent comme des piquets.

— Dehors, dit-il à l'attention de tout le monde.

Sans se faire prier, les cuisiniers quittèrent immédiatement le lieu dans la précipitation, laissant en plan les repas qu'ils étaient occupés à préparer. Une fois la pièce vide de présence, le jeune Sbire suivit son Maître à l'intérieur.

— Ferme la porte, ordonna-t-il à Lezar. Et assieds-toi.

Il avait désigné un tabouret près d'une longue table en désordre. Lezar, perplexe, fronça les sourcils. Il voyait Mardaas ramasser un plateau de différentes sortes de jambons et de fromages qu'il posa sur la table, à côté d'une montagne de morceaux de pain encore chauds. L'Immortel attrapa une chaise dans le fond de la pièce et se plaça en face de son Sbire.

— Maître ? s'enquit Lezar.

— Quoi ?

— Ne deviez-vous pas vous entretenir avec l'Unique ?

— L'Unique, dit-il avec dédain. Sers-toi.

Mardaas s'empara de plusieurs tranches de jambon qu'il cuit entre ses doigts et les dégusta en une bouchée, sous la stupéfaction de Lezar, qui trouvait la scène surréaliste. Entre Céron qui n'avait aucun scrupule à bafouer sa foi et le Seigneur de Feu qui taillait le bout de gras avec lui, Lezar s'était persuadé qu'il était en train de faire un drôle de rêve. Toutefois, il saisit modestement un quignon de pain.

— Si c'est tout ce que tu avales, c'est normal que tu tombes dans les vapes à longueur de temps.

Il observait Mardaas vider à lui tout seul un plateau entier de charcuterie. Cependant, même si l'ambiance était radicalement moins lourde que précédemment, le jeune homme n'avait pas le cœur à manger.

— Maître, m'autorisez-vous à m'exprimer avec sincérité ?

— La sincérité est un luxe auquel tu n'as pas droit, ici. Mais il n'y a que nous deux dans cette pièce, ajouta-t-il en hochant la tête pour l'encourager.

— Je ne me sens pas à ma place dans cet endroit.

— Personne ne l'est.

— N'y voyez pas là un quelconque reproche, c'est même le plus grand honneur auquel je n'ai jamais eu accès, et que je n'aurai jamais imaginé avoir. Mais je… je me sens inutile de jour en jour. Je n'ai pas le sentiment de servir notre cause de façon juste.

— Probablement parce qu'il n'y a aucune façon de le faire de cette manière.

Lezar essayait de contrôler ses émotions. Chaque mot employé était comme esquiver une flèche sur un champ de bataille.

— Dans le Mortisem, il est dit que nous devons enseigner et partager notre foi avec les Exilés pour les sauver. Or, je regarde autour de moi, et je ne vois aucun partage. Je suis pour combattre l'ennemi qui cherche à nous nuire, mais pourquoi le sang coule-t-il autant, Maître ?

— Tu réfléchis trop, garçon. Et ici, ce n'est pas ce qu'on te demande. Au contraire, c'est même plutôt mal vu.

— Je comprends… pardonnez-moi, Maître. C'est que… j'ai l'impression d'être un imposteur. D'avoir volé la place de quelqu'un qui le méritait plus que moi. Comprenez bien, je suis comblé d'avoir pu gagner ma place dans la Vallée d'Imortar en dévouant ma vie terrestre à la vôtre, mais…

— Mais ?

— Ce jour-là, au Temple, il y avait une dizaine de Sbires autour de vous. Tous avaient reçu l'éducation appropriée pour servir un Immortel de votre envergure. N'importe lequel d'entre eux aurait pu accomplir un meilleur travail que je n'aurais pu le faire dans toute une vie.

— C'est juste.

— Alors, pourquoi avoir choisi le garçon qui était là pour passer le balai ?

Mardaas esquissa un petit sourire derrière son masque. Il repoussa son assiette et aplatit ses avant-bras sur la table.

— En qui as-tu le plus confiance, ici ?

— Vous, Maître.

— Est-ce vraiment ce que tu penses ou est-ce ce que tu t'obliges à penser ?

Il vit l'expression de Lezar changer.

— Serais-tu prêt à mourir pour le culte ?

— Si tel est mon destin, je m'y plierai.

— Et pour moi ?

— Ma vie vous appartient, Maître, répondit-il comme une évidence.

— Donc, si je te demandais de te retourner contre tout ce en quoi tu as cru jusqu'à présent, pour servir ma cause, le ferais-tu ?

— Mais Maître, votre cause n'est-elle pas la grandeur imortis ?

— Ma cause… cracha-t-il, elle est bien loin de tout cela.

— Maître, j'ai peur de mal comprendre.

— Réponds à ma question.

— Mon existence a été dédiée au culte, mais c'est à vous que j'ai juré loyauté et fidélité. Comme le veulent nos préceptes, ma vie, bien que futile, est désormais liée à la vôtre. Je ne réponds plus qu'à vous, et seulement à vous, car vous êtes mon guide sur le chemin de la Vallée d'Imortar, celui qui m'accordera la Vie Éternelle au sein d'un royaume de lumière béni et offert par les Cinq.

— In'glor Imortis, lança-t-il amèrement en buvant au goulot d'une bouteille de vin. Tu as bien appris tes leçons, gamin. Tu as mérité ton royaume.

Il y avait une pointe de sarcasme dans sa voix.

— J'ai su ce que je voulais savoir, termina l'Immortel en se levant.

— Maître ? interpella-t-il, alors que Mardaas était proche de la sortie.

Il se retourna.

— Était-ce une habitude d'un ancien temps de prendre un déjeuner avec votre Sbire ?

La remarque lui donna un rire sec.

— Tu es le premier, répondit-il en ouvrant la porte. Et sûrement le dernier.

Kerana prit la dernière gorgée de sa gourde. Une gorgée si petite qu'elle l'avait savourée comme un verre plein. Elle secouait la gourde dans l'espoir naïf qu'elle se remplisse, avant de se résigner à supporter la soif. Victime du climat tropical, la sueur lui tombait dans les yeux et son dos était trempé. Elle remercia sa monture de supporter son poids, car elle n'aurait jamais eu la force de poursuivre à pied. Elle n'était jamais venue dans cette partie du pays. Pourtant la jeune femme avait beaucoup voyagé avec son père quand celui-ci se déplaçait pour des dîners politiques.

Mais personne n'aurait eu envie de dîner dans un tel endroit, songea-t-elle en giflant un gros moustique velu qui tournait autour d'elle – manquant de gifler au passage le bras de Sigolf qui venait de lui tendre sa gourde.

— Elle est un peu tiède, mais c'est certainement la plus potable de la région, plaisanta-t-il.

Kerana laissa échapper un sourire du coin des lèvres. La bienveillance de l'officier à son égard arrivait à la détendre. Elle le remercia chaudement avant de saisir la gourde.

Des arbres majestueux et courbés bouchaient le paysage, obstruant quelques rayons brûlant du soleil.

L'avant-poste de Ner'drun se trouvait quelque part dans les environs. Kerana et Sigolf avaient prévu de passer la nuit là-bas avec les recrues avant de les abandonner pour poursuivre la route au

Kergorath. Elle en profiterait également pour écrire une nouvelle lettre à son frère pour le tenir informé de sa position. Elle ne pouvait plus reculer. Chaque jour qui passait la rapprochait un peu plus de l'île de Morganzur, de son enfant, de son destin. Sigolf avait bien compris qu'elle ne rentrerait jamais à Odonor les mains vides. Il était de son devoir de faire en sorte que cela n'arrive pas.

L'approche du crépuscule survenait. Ne sachant à quelle distance ils se trouvaient de l'avant-poste, Sigolf suggéra une dernière halte pour la nuit. Kerana le regarda avec de grands yeux, cela voulait tout dire.

*Il se fout de moi ?* pensa-t-elle.

Cette pensée était si lisible sur son visage que cela amusa l'officier.

— Ne vous en faites pas, Altesse, nous nous remettrons en route dès que nous y verrons plus clair.

Ils installèrent le campement à quelques pas de la route. Kerana fit un tour sur elle-même et dévisagea la nature qui n'avait rien de la douceur et de la beauté des coins de chez elle. Il ne lui viendrait pas à l'idée d'aller tremper ses pieds dans un cours d'eau, comme elle aimait tant le faire au bord du lac qui bordait sa ville.

Les étoiles dorées étaient timides ce soir-là, et cela manqua à la jeune femme qui n'aurait pas dit non à une pincée de magnificence dans ce décor étouffé. Elle s'assit sur un des seuls rochers qui n'étaient pas infestés d'insectes rampants et essaya de faire abstraction des araignées géantes dans les arbres. Pendant ce temps, les recrues allumèrent un feu et s'attelèrent à chasser un gibier potentiellement non venimeux. Kerana guettait l'officier en train de s'assurer qu'il n'y avait ni serpents ni scorpions ni autres créatures considérées comme démoniaques. Elle le regardait moqueusement soulever les pierres avec un bâton, suffisamment long pour ne pas avoir à détaler comme un lapin à la moindre feuille en mouvement. Après avoir nettoyé le périmètre, il la rejoignit sur son rocher et s'y hissa en tailleur à ses côtés, esquivant avec justesse une nuée de papillons sauvages qui l'avaient pris pour cible.

Sigolf commençait à regretter ce dernier arrêt. Il passait son temps à recracher les moucherons qui s'engouffraient dans son gosier, quand il ne grattait pas à sang les piqures d'insectes sur ses bras. Pris en pitié, Kerana fouilla son sac de guérisseuse et lui proposa un onguent nauséabond pour écarter ces êtres nuisibles.

Des lucioles de toutes les couleurs dansaient autour d'eux et s'évaporaient comme des étoiles filantes dans les hauteurs pour revenir encore et encore, offrant un spectacle magnifique.

Le bruissement de la forêt donnait l'impression que les arbres chuchotaient entre eux, et chaque branche qui craquait était comme une note de musique. Se mêlèrent ensuite les coassements, les bourdonnements, puis les hululements. Ce concert inspira un fredonnement mélodieux à la jeune femme. Enfermée dans sa bulle, du bout des lèvres, elle sifflait les paroles d'une ballade reposante et douce, posant sa voix sur la composition de la faune.

— Je connais cette chanson, releva Sigolf, c'est de Malion Jarod ?

Kerana acquiesça.

— Le Chant De La Terre, précisa-t-elle avant de reprendre son couplet.

Sigolf ferma les yeux et se laissa bercer par la ballade. Les notes aiguës caressaient ses oreilles, il en frissonnait. Aussi, il alla jusqu'à confondre sa voix avec la sienne pour l'accompagner. La forêt jouait pour eux, et ils chantaient pour elle. Quand le refrain surgit, Kerana devint l'esclave de sa propre voix et poussa la note encore plus haut, si haut qu'elle atteignit la canopée. Sigolf était impressionné par sa justesse, il ressentait chaque vibration, chaque sentiment qu'elle déversait sur les mots tel un puissant torrent d'émotion, une colère qu'elle criait au monde entier et qu'elle forçait à écouter. À travers cette ballade qui parlait d'une terre autrefois belle, pure et fragile, manipulée, souillée et détruite par ceux qui l'avaient découverte,

Kerana évacuait tout ce qu'elle avait été incapable de sortir jusque-là.

La terre, c'était elle. Par cet hymne, elle accusait tous ceux qui lui avaient retiré son innocence trop tôt. Les yeux humides, elle acheva la chanson en brisant sa voix, comme elle l'avait été tout au long de sa vie.

Sigolf n'était plus aussi transporté par la beauté des notes. Une mine triste se dessina sur son visage, il ne comprenait pas pourquoi. Tout ce qu'il savait, c'était qu'ils avaient eu besoin de ce moment.

La recrue Burt, qui était restée avec eux, applaudit pour féliciter la jeune femme. Kerana essuya sa joue et retrouva un semblant de sourire. Quant à Sigolf, il le retrouva aussi quand il vit le reste des recrues sortir des arbres avec la pitance.

— Enfin, vous voilà ! s'impatienta l'officier en se levant du rocher.

— Oui, désolé, officier, répondit Dan, mais nous sommes tombés sur un groupe de voyageurs, non loin. Eux aussi étaient en train de chasser, d'après leurs dires.

— Un groupe de voyageurs ? s'interrogea Sigolf, circonspect.

— Oui, officier ! Nous avons quelque peu échangé et nous les avons invités à se joindre à nous pour le repas !

— Vous avez fait quoi ?

Kerana se redressa lorsqu'elle aperçut, dans le dos de la recrue, une dizaine d'ombres encapuchonnées dans des bures qui émergèrent silencieusement. Tout de suite, l'ambiance intime et chaleureuse bascula.

— Messieurs… salua poliment Sigolf.

— Ce sont des amis du sud ! renchérit Dan, heureux de cette rencontre. Ils viennent d'une petite île sympa appelée Mordandur, non, Marganzur, ou c'était Morganur ? demanda-t-il en se retournant vers l'un des encapuchonnés.

— Dan, lança l'officier, occupez-vous de préparer le dîner.

— Bien, officier ! Je leur ai promis de leur faire goûter ma sauce spéciale épices !

Alors que la recrue vaquait à ses occupations, Sigolf ne quitta pas le groupe des yeux.

— Alors comme ça, vous voyagez ? commença-t-il pour entamer une conversation. Vous allez où ?

— Tous les chemins mènent à la Vallée d'Imortar, répondit l'un d'entre eux, ôtant son capuchon. C'est un voyage qui dure une vie.

Kerana nota les cicatrices qui encadraient ses lèvres décharnées. Elle pivota lentement en direction de son épée suspendue à une branche près des montures, et elle vit Sigolf refermer discrètement sa main sur le pommeau de la sienne. L'officier se tourna vers elle, il la rassura par un regard confiant.

— Eh bien, je suppose qu'un tel voyage doit vous ouvrir l'appétit.

— Vous n'avez pas idée.

Sigolf les invita à prendre place autour du feu. Leur surnombre le détourna d'un quelconque excès de confiance. Quant à lui, il s'assit à côté de Kerana sur un tas de mousse, presque collé à elle, tel un bouclier humain prêt à surgir à la moindre attaque. Leur accoutrement étrange attisait sa curiosité, mais celle de Kerana était déjà nourrie. Elle avait connaissance des rites imortis et de leurs convictions. De plus, compte tenu de leur provenance, les personnes en face d'elle détenaient peut-être des informations sur sa fille, mais les interroger serait risqué.

Le repas se déroula dans un calme peu commun. Même les recrues sentaient qu'une tension venait de s'installer. Sigolf remarqua que le groupe se jetait des coups d'œil suspects, accompagné de sourires dissimulés.

— Que faites-vous dans les environs ? questionna un des fidèles, son bol de soupe dans les mains.

— Nous nous rendons à…

Sigolf était sur le point de révéler leur destination, avant de se raviser.

— Azarun, reprit Kerana. Nous allons à Azarun, dit-elle sans réfléchir.

— Azarun ? répéta un autre.

Les fidèles s'échangèrent à nouveau des regards.

— Il y a un problème ? dit Sigolf, agacé de ces manières.

Le fidèle le fixa, il était concentré sur les écussons d'Aigle de Fer brodés sur son uniforme.

— Non, tout va bien.

Quand tout le monde eut terminé, les recrues s'attelèrent à débarrasser les couverts. Quand un des encapuchonnés rendit son assiette, Kerana aperçut dans sa longue manche un bout de métal se refléter à la lueur du feu.

Pourquoi possédait-il une lame à cet endroit-là ? La jeune femme donna un léger coup d'épaule à Sigolf pour lui faire comprendre que quelque chose n'allait pas.

— Avez-vous apprécié ma sauce ? s'enquit Dan, fier de lui. J'y ai mis un ingrédient secret que seule ma famille connait !

— C'était bon, dit gentiment un fidèle.

— Dan nous a dit que vous chassiez ? reprit Sigolf. C'est bien ça ? Quel genre d'animal exactement ?

— Les Exilés.

Kerana s'arrêta de respirer.

— Ah ? s'étonna la plus petite recrue. Je crois que j'en ai jamais mangé, et vous ?

— Qu'est-ce que c'est, les Exilés ? demanda Sigolf.

— C'est nous, répondit précipitamment Kerana, le souffle court.

Tout le monde se tut.

Le crépitement du feu devint assourdissant. Sigolf voyait à travers les flammes les visages mutilés qui se révélaient les uns après les autres. Ses pensées affluaient et il ne savait laquelle écouter. Spontanément, il se leva et dégaina son arme. Son geste fut imité par les recrues qui se regroupèrent derrière lui. Seul le feu de camp les séparait des fidèles. Kerana récupéra son épée sur la branche et la sortit du fourreau sans effort. La lame était si légère qu'elle avait la sensation de soulever une plume, une plume redoutable capable de trancher en seul coup la plus solide des matières. Les Imortis, eux, restèrent passifs, presque insensibles face à l'indignation de leurs hôtes.

— Maintenant, vous allez faire demi-tour et repartir d'où vous venez, déclara gravement Sigolf.

— Allons, raisonna un fidèle, nous ne sommes pas obligés d'en venir au sang. (Il tendit sa main tatouée vers l'officier.) Laissez-nous vous aider.

Sa voix gardait un ton apaisant.

— Nous aider ?

— Ne les écoutez pas, avertit Kerana.

— Notre rencontre n'est pas un hasard, les dieux nous ont mis sur votre chemin. Nous sommes les soldats d'Imortar, envoyés par ses fils pour guérir les plaies de ce monde. Notre mission est de recueillir les pauvres âmes égarées afin de leur montrer la seule et unique voie de rédemption. Baissez vos armes, chers amis. Nous sommes de votre côté.

— J'ai bien du mal à le croire, répliqua Kerana en défiant celui qui gardait la lame dans sa manche.

— Vous traversez des épreuves difficiles.

— Vous n'avez aucune idée de ce que je peux traverser.

— Mais votre cœur souffre, il saigne, il hurle, et nous pouvons l'entendre, nous pouvons le soigner.

— Alors, peut-être que vous pourrez le soigner en commençant par me dire ce que vous savez de l'enfant Immortelle qui a été amenée sur Morganzur.

— Nous ignorons les desseins des dieux, mais suivez-nous jusqu'au temple, là vous trouverez les réponses à toutes vos questions.

— Peut-être une autre fois, rétorqua Sigolf. En ce qui me concerne, les dieux n'ont jamais fait partie de mes préoccupations.

Cette phrase désola le fidèle, et cela se lut dans ses yeux.

— Croyez bien que nous regrettons d'entendre cela, dit-il en rabattant son capuchon.

— Vous m'en voyez navré.

— Ne jugez pas nos actes, déplora-t-il en sortant la dague de sa manche. Nous ne faisons que répondre aux commandements des Cinq. Si votre âme ne peut être sauvée par la main de l'Imortis, alors celle-ci doit être annihilée pour renaître.

Comme le fidèle avança d'un pas, ses confrères firent de même.

— Le sacrifice de l'Exilé n'est pas vain, car il sera la clé d'un monde meilleur.

— *In'glor Imortis*, chantèrent en chœur les religieux.

Ils étaient trop nombreux. Sigolf savait qu'un affrontement les conduirait à la mort, et il ne pouvait accepter un tel scénario pour Kerana. D'un autre côté, s'ils n'étaient pas tués par eux et qu'ils devaient fuir, alors la jungle s'en chargerait à leur place. Il fallait prendre une décision.

Kerana le devança. Sans réfléchir, elle utilisa sa lame pour balayer les braises dans le feu sur les fidèles, puis saisit Sigolf par le bras et l'entraîna avec elle entre les arbres. Les recrues, prises de panique, se séparèrent et s'engouffrèrent à leur tour dans l'obscurité de la faune sauvage.

— Mes frères, annonça le fidèle, les bras écartés. La chasse est ouverte.

La lune n'était pas assez généreuse ce soir-là. Kerana et Sigolf se faisaient prendre au piège par les racines sortant du sol. Ils avançaient à l'aveugle dans un labyrinthe mortel qui ne leur laissait que peu de choix quant au chemin à emprunter. Et derrière eux, ils entendaient les fidèles se rapprocher dangereusement. Ils ne semblaient pas être ralentis par l'environnement. À plusieurs reprises, Sigolf trébuchait sur les pierres et manquait de se briser la nuque sur un rocher aiguisé. Kerana évita de justesse un trou dans la terre qui l'aurait certainement condamnée. Ils n'avaient aucun avantage sur la situation. Les bêtes nocturnes étaient, elles aussi, de sortie pour traquer leurs proies.

Alors qu'ils progressaient en franchissant des barrières de lianes couvertes d'épines qui écorchaient leurs bras, une ombre se jeta sur Sigolf et le fit chuter le long d'une pente glissante, brisant son dos lorsque celui-ci se heurta contre le tronc d'un arbre. Sonné, il ne prit pas encore conscience de son état. L'agresseur se releva à ses côtés et bondit sur lui en serrant ses mains autour de son cou, jusqu'à étouffer la voix du jeune homme.

Kerana n'avait pas remarqué immédiatement la disparition de l'officier, elle poursuivait sa fuite sans savoir où aller, se laissant guider par son toucher et son ouïe, ses seuls alliés. Elle reprit son souffle un instant en évitant de tourner sur elle-même pour ne pas perdre son orientation, quand soudain plusieurs chuchotements d'une provenance incertaine se répartirent dans la zone.

— Offrez-vous à Imortar.

— Laissez-nous absorber le poison qui vous consume.

Kerana s'accroupit sous une voûte de racines, écrasant la paume de sa main sur sa bouche pour s'empêcher d'haleter.

— Vous ne sentirez rien.

— Libérez-vous du Mal que vous portez sur les épaules.

Les voix se tenaient au-dessus d'elle et résonnaient d'une manière carillonnante. Kerana se boucha les oreilles pour ne plus les écouter.

— Abandonnez-vous à une mort salvatrice.

— Venez avec nous.

Les bruits de pas grandissaient. Ils l'avaient trouvée, Kerana en était sûre. Elle se préparait à s'extirper de sa cache pour reprendre la fuite, quand un rugissement terrifiant couvrit les voix. Une créature de la nuit fit trembler la terre lorsque celle-ci atterrit sur un Imortis pour le déchiqueter. Kerana n'arrivait pas à la voir à travers les racines, il faisait beaucoup trop sombre, mais à en juger par les cris de détresse des fidèles qui se faisaient à présent chasser, le monstre avait suffisamment de force pour avoir le dessus.

Elle attendit que la créature soit loin pour sortir de la voûte. Perdue, seule, effrayée, Kerana continua d'avancer dans la jungle, ne sachant si elle en ressortirait vivante.

Enfin, droit devant elle, au milieu d'une clôture végétale, elle aperçut un point de lumière qui scintillait. Cela pouvait signifier deux choses. Soit elle était retournée sur le chemin de leur campement, soit il s'agissait d'un autre. Peu importe. Ce point lumineux était devenu son seul repère. Elle accéléra le pas, malgré les plantes imposantes qui lui barraient le passage. Elle ignorait ce qu'elle allait trouver, mais avant qu'elle ne puisse le découvrir, du mouvement s'intensifia derrière elle. Une respiration saccadée se déplaçait rapidement. Kerana ralentit la sienne et s'immobilisa au milieu des plantes. Elle pria pour que ce cauchemar se termine.

Soudainement, les plantes se rabattirent et un spectre entra en collision avec elle, tous deux se retrouvèrent au sol. Kerana se débattit en envoyant un crochet du droit, faisant reculer l'agresseur instantanément en couinant comme un enfant, presque en s'excusant.

— Pitié, monsieur le moine, je n'ai femme ni enfant, mais j'aspire à en avoir un jour !

— Dan ? C'est vous ?

— Altesse ? Vous n'êtes pas un moine ?

— Où sont les autres ?

— Je l'ignore, Burt me suivait de près, mais je ne sais pas où est passé le petit. Et l'officier Sigolf ?

— Nous avons été séparés.

— NOUS ALLONS TOUS MOURIR ! hurla-t-il en sanglot.

— Silence ! Taisez-vous !

Elle lui montra du doigt le point lumineux et lui indiqua d'être discret. Les feuilles craquèrent sous leurs pieds. Dan tremblait à n'en plus finir, ses jambes ne cessaient de flancher. Kerana serrait son épée contre elle. Même si elle ne savait que très peu la manier, elle savait où frapper pour éteindre une vie.

La jeune femme s'arrêta quand elle froissa sous sa botte un tissu épais. Étonnée de trouver un tel élément dans un tel lieu, elle le ramassa. Le tissu faisait la taille d'une nappe et était couvert de terre et de brindilles, il avait été visiblement jeté ici. L'absence de lumière ne permettait pas d'identifier pleinement le symbole cousu, mais Kerana le devina aisément.

— C'est une bannière de l'Aigle de Fer, flaira-t-elle.

— Ça veut dire qu'on est arrivé à l'avant-poste ! répondit avec engouement la recrue.

Dan se précipita de sortir des feuillages.

— Youhou ! On est là ! On a besoin d'aide ! glapit-il en agitant les bras.

— Dan ! Revenez !

Kerana jura entre ses dents et suivit le jeune homme. Ils pénétrèrent dans une ceinture de baraquement militaire avec au centre un grand feu de camp en activité. Des tours de guet étaient positionnées aux points cardinaux et des caisses de ravitaillement étaient empilées dans tous les coins. Cependant, l'avant-poste était vide de présence. Dan se tourna vers Kerana et haussa les épaules.

— Il n'y a personne, affirma-t-il.

Kerana jeta un œil autour d'elle. Elle trouvait en effet étrange qu'un feu soit allumé alors que l'endroit était désert.

Déambulant entre les tentes, elle chercha le moindre indice.

— Altesse ! appela Dan.

Elle le rejoignit à l'entrée de l'avant-poste, le menton en l'air. Il pointa du doigt un drapeau suspendu à la tour de guet.

— Je n'ai jamais vu d'aigle sous cette forme, déclara-t-il en parlant de l'emblème.

Kerana écarquilla les yeux. Le signe blanc Imortis trônait sur un fond de nuit bleuté, et il en dominait chaque tour.

— Cet avant-poste n'est plus le nôtre, révéla-t-elle avec un frisson dans la voix.

— Altesse… prévint Dan, lui conseillant de se retourner.

Son ventre se rétracta quand elle vit les fidèles sortir des arbres, bien moins nombreux qu'à leur campement. Kerana en compta cinq. Cinq Imortis avançant lentement, la main gauche tendue en signe de bienveillance, tandis que dans la droite, la dague du châtiment pointait le sol.

— Restez près de moi, ordonna-t-elle à la recrue, levant son épée.

Dan brandissait la sienne de façon maladroite, avec une telle posture il ne pourrait tenir une défense efficace.

— Arrière, les moines ! beugla-t-il dans l'espoir de protéger la jeune femme.

Encerclés, prêts à être pourfendus pour leur impureté, c'est à ce moment-là que des hennissements surgirent des ténèbres. Dans un dernier acte héroïque, une maigre cavalerie entra au galop dans l'avant-poste et balaya les Imortis sur son passage. Kerana reconnut sa monture, mais surtout l'homme qui la chevauchait. Sigolf les avait retrouvés avec l'aide des deux autres recrues. Dan hurla sa joie de les revoir sains et saufs, mais il avait crié trop vite.

Les Imortis se relevèrent plus vindicatifs que jamais. Sigolf les contourna et chargea une seconde fois, le glaive à la main. Il frappa à la gorge un premier qui s'écroula, mais il manqua le deuxième qui lui envoya sa dague dans l'épaule, le faisant chuter brutalement. De son côté, Burt avait décidé de mener le combat sur la terre ferme. Face à un fidèle enragé, il en oublia de sortir son arme du fourreau. Dans la panique, tandis que l'Imortis fonçait sur lui, Burt lui assena une gifle si puissante qu'elle lui décala la mâchoire et l'assomma sur le coup. Le plus petit, toujours sur son cheval, avait bien du mal à le contrôler. Affolé par la scène, le destrier ne répondait plus à son cavalier.

— Comment ça s'arrête, ce machin ! s'égosilla-t-il.

À l'approche d'un assaillant, la monture se cabra et projeta le religieux violemment dans le feu de camp, le transformant en une torche humaine tournoyante sur elle-même qui disparut derrière les tentes.

Les appels à l'aide de Dan faisaient le tour de l'avant-poste. Pris en chasse par un Imortis large d'épaules, la recrue lui balançait à la figure tout ce qui lui tombait sous la main. Des chopes, des cuillères en bois, des navets, des pommes.

— Prends ça, le moine ! tempêta-t-il en lui envoyant du linge propre.

L'Imortis finit par le bloquer dans un angle. Dan attrapa le dernier objet à sa portée, une casserole remplie d'eau qu'il lui jeta au visage. Immédiatement, l'Imortis expulsa un cri atroce qui l'obligea à mettre un genou à terre. L'eau bouillante était en train de ronger sa peau. Dan en profita pour saisir le manche de la casserole et le frapper à l'arrière de la tête.

Quant à Kerana, elle faisait de son mieux pour esquiver les attaques du dernier. Il avait une meilleure agilité qu'elle. Comme il levait son poignard pour l'abattre sur elle, celle-ci bloqua le coup avec son épée, le dévia, et enfonça la lame dans l'abdomen. L'homme cracha un jet de sang sur ses vêtements et se laissa tomber. Aussitôt, Kerana courut vers Sigolf. L'officier avait été sévèrement touché, une fois de plus.

— Je ne sens plus mon bras… lâcha-t-il, le teint pâle.

— Les lames imortis sont empoisonnées, l'informa-t-elle en plongeant les mains dans son sac à bandoulière. Regardez-moi, restez avec moi.

Kerana s'empara d'un cadavre d'insecte velu qu'elle écrasa avec le pommeau de son épée. Elle utilisa un linge pour l'imbiber du liquide blanc qui s'écoulait de la bestiole et l'apposa sur la plaie ouverte, ce qui fit grimacer l'officier.

— Appuyez avec votre autre main, gardez-le serré contre votre blessure.

Pendant qu'il ressentait une douleur proche de l'écartèlement, Kerana sortit un petit bol en bois qu'elle utilisa comme récipient pour son remède. Une Feuille de Lune, les deux pointes opposées, comme indiqué dans le manuel.

Les recrues s'attroupèrent autour, inquiètes pour la vie de l'officier.

— Allez me chercher de l'eau, dépêchez-vous ! ordonna-t-elle.
— De l'eau, oui, j'en ai vu ! s'écria Dan. J'y vais !
— Vite !

Sigolf sentait sa température chuter, il avait froid, des tâches commençaient à apparaître dans ses yeux.

Dan arriva en courant avec une outre pleine que Kerana renversa méticuleusement dans un bol, avant de le mettre à chauffer au-dessus du feu. Après quelques minutes insoutenables pour le jeune homme, Kerana lui fit boire sa mixture.

— Le poignard n'a rien touché de vital, vous allez vous en remettre.

— J'avais oublié à quel point vous étiez une brillante guérisseuse, murmura Sigolf, les paupières lourdes.

Kerana sourit.

— Il faut vous reposer, je vais vous préparer un lit.
— Laissez, altesse, répondit-il en lui agrippant le poignet. Je préfère rester ici.
— Comme vous voudrez. Je vais aller voir si je peux trouver des choses qui nous seront utiles pour la nuit.

Les recrues reçurent l'ordre de déplacer les corps des assaillants hors de leur vue. Pendant ce temps-là, Kerana fouilla attentivement l'avant-poste, notamment les tentes occupées par les précédents fidèles. Elle y découvrit des bures de rechanges, des reliques sans grand intérêt, rien qui n'aurait pu lui apprendre quoi que ce soit sur sa fille. Elle s'apprêta à renoncer, quand elle tomba sur une lettre posée sur une table de chevet, éclairée par une bougie. Le sceau imortis à la fin l'encouragea à la lire.

À première vue, il s'agissait d'une missive provenant de la cité d'Azarun. La lettre ordonnait aux fidèles de garder la position à l'avant-poste de Ner'drun et de surveiller la moindre intrusion suspecte sur le territoire Kergorien, surtout s'il était question d'Aigles de Fer, auquel cas, ces informations devaient être rapportées au Palais Tan-Voluor où le Seigneur de Feu résidait provisoirement.

Kerana relut ce passage plusieurs fois pour être sûre de l'avoir compris. Cette information eut l'effet d'un choc dans sa poitrine. Son cœur s'emballa et ses mains devinrent moites. À présent, une seule pensée dominait toutes les autres.

*Mardaas est à Azarun…*

Secouée par ce qu'elle venait d'apprendre, elle dut s'asseoir sur le lit quelques instants pour réaliser que l'homme en qui elle avait placé toute sa confiance était plus prêt que ce qu'elle avait imaginé, derrière la ligne de montagnes qui formait une silhouette humaine allongée. Un éboulement de questions l'ensevelit sous des décombres d'incertitudes, la première étant…

*Que se passera-t-il lorsque je me retrouverai face à lui ?*

Se sentant incapable pour le moment de songer à une quelconque décision, elle rangea la missive dans une de ses poches et sortit de la tente. Elle passa devant les recrues qui jouaient avec une paire de dés près du feu. Sigolf leur tenait également compagnie, le torse à moitié nu, enroulé dans des bandages humides. Leurs rires adoucissaient l'ambiance et détendirent Kerana, qui n'en n'avait plus entendu depuis des semaines. Elle les remercia intérieurement pour leur moral qui semblait indéfectible, peu importe la situation. Si, au départ, elle trouvait les niaiseries des recrues consternantes, cette nuit-là elle se laissa sourire à une remarque absurde dont ils détenaient le secret. Elle avait oublié qu'il n'y avait pas si longtemps encore, elle riait aussi fort qu'eux au sujet de blagues douteuses et puériles.

— Tout va bien ? s'enquit-elle au groupe avec bienveillance.

Dan lui sourit chaleureusement.

— Affirmatif, Altesse ! Nous avons même une bonne nouvelle ! s'exprima-t-il, tout jouasse.

— Vraiment ?

— Ah, ça, commenta Sigolf sur un ton las, accrochez-vous.

— Notre ami que voici a enfin trouvé un nom !

— Fini de m'appeler le bouseux, le pécore ou l'attardé ! s'exclama le plus petit. J'ai décidé d'opter pour un nom dont je n'aurai jamais à rougir !

— Et quel est-il ? questionna Kerana, curieuse.

— Aigle !

Ils attendirent tous sa réaction.

— Ah, je vous avais dit de vous accrocher.

— Parce qu'avant de mourir sous un cheval, ma maman m'a dit que ma place était chez les Aigles de Fer, que c'est là-bas que je trouverai un but à ma vie. Et vous escorter a été la meilleure chose qui me soit arrivée, Dame Guelyn. Je suis fier d'arborer l'emblème de votre famille. Vous êtes des gens bien, j'aimerais être comme votre frère.

Kerana fut touchée par la déclaration de la recrue. Elle était sûre que cela aurait été aussi le cas pour Draegan – s'il avait été là, et elle savait qu'il en avait bien plus besoin qu'elle. Elle le regarda avec une certaine considération, et finit par opiner en guise d'approbation.

— Souhaitez-vous vous joindre à nous, Altesse ? proposa Dan. Il nous manque un joueur !

— À quoi jouez-vous ?

— Ils lancent des dés, répondit Sigolf avec un amusement ironique.

— Oui, je vois ça. Et quelles sont les règles ?

— Les règles ? reprit Dan, dubitatif, haussant ses deux sourcils.

— Oui, pour jouer, en général il y a des règles.

— Ah mais, nous on a trouvé les dés dans cette sacoche, et il n'y avait pas de règles à l'intérieur. À moins que vous en ayez sur vous ?

— Laissez tomber, dit Sigolf avec un air désespéré, j'ai déjà essayé de leur expliquer, j'ai abandonné.

— Je vois, fit-elle avec une moue pensive, avant de prendre place à ses côtés. Donnez-moi ça, je vais vous apprendre un jeu de chez moi.

Elle capta leur attention en frottant les dés entre ses mains.

— Avec mon frère, on passait notre temps à jouer à ça quand on s'ennuyait. Le premier qui arrive à trente points a gagné. Si vous tombez sur un nombre pair, vous comptabilisez, si c'est impair vous déduisez la valeur de votre score en fonction du résultat.

— La valeur, ça a un rapport avec le prix des objets ? demanda Dan.

— On devrait faire un tour pour rien, suggéra son acolyte. J'ai pas bien assimilé le concept de jouer avec des pères.

— Non, non, c'est… Bon, je commence, enchaîna Kerana. Vous verrez, c'est assez simple.

Elle fit rouler les dés sur une petite planche en bois devant elle.

— Deux et quatre, ça me fait six points. À vous, officier.

Sigolf récupéra les dés et regarda Kerana avec des yeux séduits. Il ouvrit sa main et les cubes grossièrement fabriqués rebondirent près de ses pieds.

— Deux. Je pars mal.

— Non, au contraire, il faut tomber sur les valeurs paires pour avancer. C'est bien !

L'officier tendit les dés à la recrue Dan. Pendant que ce dernier jouait son tour, Sigolf ne pouvait détacher son regard de la jeune femme.

— Ces hommes, là, qui nous ont attaqués, dit-il en s'emparant d'une poignée de fruits secs. Vous saviez qui ils étaient ?

— Des Morganiens. Des serviteurs du culte imortis, informa-t-elle en levant les yeux vers la bannière sur la tour.

— Et qu'est-ce qu'ils veulent ?

— Ce que tout homme de foi désire le plus, être récompensé pour ses actes. Je me souviens avoir lu un bouquin sur le culte imortis à la bibliothèque, il était au fin fond d'une étagère poussiéreuse, derrière une rangée de livres sur les cultures hivernales datant de trois ères. Je crois que personne ne souhaitait tomber dessus.

— Vous l'avez lu ?

— Un manuscrit interdit et délibérément dissimulé ? Un peu mon n'veu ! Je l'ai emporté avec moi dans ma chambre, et il y est toujours.

— Et c'est quoi, leur délire ? Merde, j'ai fait trois.

— Vous perdez trois points, ça vous fait retomber à zéro. Eh bien, Les Imortis vénèrent les Immortels, ce sont leurs dieux et leurs Guides. Ils pensent qu'une fois morts dans cette vie, ils se verront offrir l'immortalité dans la prochaine, ainsi qu'un royaume rien que pour eux dans la Vallée d'Imortar.

— C'est mieux payé qu'Aigle de Fer, plaisanta Sigolf, faisant rire Kerana. Donc Mardaas est un dieu pour ces gens-là, c'est ça ?

— Il fait partie des plus vénérés avec les cinq fondateurs et quelques autres dont le nom m'échappe.

— Mais les Immortels ne sont pas censés être des *demi-dieux* ?

— C'est comme ça que nos livres d'Histoire les présentent, en se basant sur le culte des Namtars.

— Ça me semble être un bon gros bordel absolument pas intéressant.

— C'est rien d'le dire. Trente, j'ai gagné, lança-t-elle en volant le fruit sec que l'officier allait enfouir dans sa bouche. Dites-moi vos points, maintenant.

— J'ai réussi à aller jusqu'à six, déplora Sigolf.

— Et vous, recrue Aigle ?

— J'ai lancé les dés cinq fois.

— Non, il fallait compter les points sur les…

— Ah, j'avais pas compris ça comme ça.

— Et vous, Dan ?

— En fait, je sais pas compter. J'ai pas voulu le dire au début, car j'avais pas envie de casser l'ambiance. Vous m'en voulez pas ?

Kerana étouffa un esclaffement et échangea un regard complice avec Sigolf.

— Non, Dan, ça ne fait rien, dit-elle chaudement.

— Vous devriez aller vous reposer, maintenant, déclara Sigolf. La nuit a été suffisamment agitée. Recrue Aigle, vous prendrez votre tour de garde après le mien.

— Affirmatif, officier, répondit la recrue sur un ton exagéré.

À présent, dans le tumulte dans la jungle qui les entourait, il ne restait plus que Kerana et Sigolf, assis l'un à côté de l'autre, tous deux plongés dans un silence qui ne demandait qu'à être rompu.

— Comment vous sentez-vous ? finit-elle par s'enquérir avec une affection particulière dans la voix.

— Mon épaule me lance, et j'ai un peu la tête qui tourne, mais je survivrai, une fois de plus… grâce à vous.

Elle esquissa un humble sourire tout en passant une mèche de cheveux derrière son oreille.

— Et vous ? reprit-il.

— Moi ?

— Comment vous sentez-vous ?

Kerana soupira. Elle ne pouvait pas garder cela pour elle. Elle devait en parler à l'officier. Sa main se glissa dans sa poche et saisit entre ses doigts la missive, qu'elle lui fit lire.

— D'où est-ce que ça vient, ça ?

— D'ici. Je l'ai trouvée en fouillant l'avant-poste.

Sigolf lut sur son visage qu'elle ne lui avait pas fait seulement lire dans un but informatif. Il la vit lorgner sur le feu de camp avec une intense réflexion, et il devina sa pensée.

— Vous voulez le retrouver.

L'expression de Kerana redevint plus sérieuse que jamais, comme si ce moment de détente n'avait jamais eu lieu.

— Il sait où est ma fille.

— Il le sait, car c'est lui qui est l'origine de son enlèvement. Écoutez, Altesse, mon devoir est de vous protéger, pas de vous envoyer à la mort. Si Mardaas se trouve à Azarun, alors la ville doit être infestée de ces tarés à qui on a eu affaire ce soir. Sans parler des Prétoriens, je ne sais pas vous, mais je garde un souvenir assez amer de ma rencontre avec eux, rappela-t-il en effleurant la longue balafre sur sa poitrine.

— Vous avez raison, reconnut-elle, il n'est pas envisageable de vous remettre en danger pour moi.

— Je sais qu'il était votre ami. Il m'a aussi sauvé la vie cette nuit-là à l'orphelinat. Mais comprenez que je ne peux courir le risque de compromettre votre sécurité inutilement. Gardons le cap jusqu'au sud, si vous le voulez-bien, Altesse.

Ils se turent quelques secondes, se laissant absorber par le crépitement du bois mélangé aux ronflements de Burt dans la tente derrière eux.

— Merci, officier, dit-elle.

— Pourquoi donc ?

— De veiller sur moi comme vous le faites.

Sigolf se mit à rougir.

— Vous savez, Altesse…

— S'il vous plaît, ne m'appelez plus comme ça, pria-t-elle. Nous avons traversé assez d'épreuves ensemble pour que nous puissions nous appeler par nos noms, qu'en pensez-vous ?

— Je ne fais que remplir mon devoir auprès de votre frère, Alte… veuillez m'excuser, Dame Kerana.

— Rien que votre devoir ? interrogea-t-elle avec un sourire en coin.

— Eh bien, je... euh...

Il trébucha sur les mots qui essayaient de sortir, et préféra les étouffer pour éviter de passer pour un idiot. À la place, il se perdit dans son regard qui lui paraissait enivrant. Il ignorait si cela était dû au remède qu'elle lui avait fait boire ou à un coup reçu précédemment à la tête, mais il ne l'avait jamais trouvée aussi belle qu'en cette soirée ; malgré la crasse sur ses joues, sa peau luisante près du feu, l'épuisement marquant les traits de sa figure et les cernes sous ses yeux.

Kerana s'était abandonnée au silence, elle aussi, afin de ne pas gâcher le moment de complicité qu'ils étaient en train de vivre. Elle se sentait bien, protégée, en confiance, comme elle ne l'avait jamais été avant Mardaas. Chaque parole de l'officier était bienveillante à son égard, comme toutes ses intentions qui n'avaient jamais été déplacées d'une quelconque façon. Elle posa délicatement sa main sur la sienne, qui était brûlante, pour le remercier d'être aussi bon. Et avant qu'elle ne puisse briser le silence, les lèvres de l'officier se posèrent sur les siennes.

Kerana se raidit instantanément, ses mains crispées atterrirent sur les épaules du jeune homme dans un réflexe défensif, mais elle ne le repoussa pas. Une sensation étrange se fit ressentir au niveau de sa poitrine, comme un feu enragé plus intense que celui qui déclinait à leurs côtés. Une tempête d'émotions l'emporta, lui faisant oublier pendant un instant tous les maux qui la consumaient. Elle savoura ce premier baiser qu'on lui offrait comme le plus beau remède qu'elle n'ait jamais trouvé.

— Officier Sigolf ! fit une voix irritante aux oreilles du concerné.

Leurs lèvres entremêlées se séparèrent par un mordillement léger.

— Quoi ? répondit-il mauvaisement.

— J'ai avalé un gros insecte pendant que je dormais ! paniqua

Dan en essayant de cracher dans les herbes.

— Et alors ?

— Bah, je sais pas, c'est grave ?

Ils se tournèrent tous les deux vers Kerana, prise au dépourvu, qui venait à peine de prendre conscience de ce qu'il s'était passé.

— Il était comment ?

— Il avait des cheveux et il parlait comme mon père en me disant que je devais manger plus de fruits, et il s'est jeté dans ma bouche !

— Vous êtes sûr que vous n'étiez pas en train de rêver ?

Dan eut un moment d'absence.

— Ah, oui, maintenant que vous le dites, c'est vrai que…

— Retournez vous coucher, siffla sévèrement Sigolf.

Dan fit demi-tour, sous la consternation de son supérieur. Après quoi, Kerana se leva en débarrassant d'un coup de main la terre sur son pantalon.

— Je vais aller dormir, moi aussi, dit-elle comme si rien n'avait eu lieu.

— Veuillez m'excuser. Je n'aurais pas dû, je n'aurais pas…

— Tout va bien, officier. Ce n'est rien, lui assura-t-elle.

Il la regarda s'éloigner jusqu'à une tente isolée, s'injuriant lui-même pour ce dérapage qu'il n'avait pas su maîtriser. Il espérait qu'à l'aube, cet incident serait oublié – du moins, seulement une partie de lui le souhaitait.

À présent seule, Kerana retira ses bottes et s'effondra de fatigue sur le petit lit aussi dur que le sol. Des pensées déferlantes l'empêchaient de fermer l'œil. Elle restait allongée sur le dos, le regard perdu dans le vide, essayant de trouver des réponses à ses questions. Sigolf avait raison, passer par Azarun serait trop risqué. D'un autre côté, s'aventurer sur Morganzur sans le moindre indice pour retrouver l'enfant relevait aussi de la folie. Dans les deux cas, le danger était réel. Et le baiser que l'officier lui avait donné n'arrangeait en rien les choses, au contraire, cela ne l'avait pas laissée indifférente. Kerana ne savait plus où elle en était. Pourtant, une décision devait être prise.

Elle attendit quelques heures supplémentaires pour s'assurer que Sigolf était bel et bien endormi dans sa tente, puis elle attrapa une feuille de parchemin dans son sac et se mit à écrire sa dernière lettre. Lettre qu'elle déposa au chevet de l'officier. Elle regarda une dernière fois son visage et attendit que le camp soit endormi pour charger ses affaires sur sa monture. Là, elle devança l'aube en prenant la route vers le sud.

Kerana n'en avait pas terminé avec le Seigneur de Feu.

# CHAPITRE 11
## Quand tu seras grande et forte

Une douleur à la poitrine arracha Sigolf à son sommeil. Sa première pensée fut « où suis-je ? » avant de se rappeler les sombres évènements de la nuit dernière, ou du moins, une partie. Il ne se souvenait pas avoir été transporté jusqu'à cette tente. Le lit de camp qui le soutenait grinçait autant que ses dents à chaque mouvement.

Il avala sa salive, celle-ci était si pâteuse qu'il eut l'impression d'avaler du sable. Quand il se redressa, il eut la dérangeante sensation qu'une cloche sonnait dans ses oreilles. Il ignorait si cela était dû au remède de Kerana ou au poison qui n'avait pas quitté son sang. Cette nouvelle médaille de guerre s'ajoutait à celle octroyée par le chef Prétorien et sa hallebarde. Il espérait que son état ne le forcerait pas à rentrer à la capitale pour obtenir des soins appropriés. Il en était hors de question. Il comptait bien aller au bout de sa mission, quitte à revenir à Odonor en rampant. Il serra entre ses doigts sa carte pendentif, croyant fermement que celle-ci lui enverrait la force nécessaire pour continuer.

En voulant sortir du lit, il découvrit un morceau de parchemin qui glissa le long de sa poitrine pour atterrir dans les plis de la couverture. Sans réellement y prêter attention, il le saisit.

*Lorsque vous lirez ces lignes, officier, je serai déjà loin. Ne m'en voulez pas, j'ai volontairement fait en sorte que votre réveil ne se fasse pas avant le zénith.*

Sigolf dévia le regard vers un bol où stagnait un fond de mixture bleuté.

*Je ne pouvais faire autrement, il fallait que je prenne une décision, vous avez suffisamment pris de risques pour moi, et vous en serez récompensé, j'y veillerai personnellement.*

*Je me rends à Azarun pour retrouver Mardaas, seule, et je vous demanderai de ne pas essayer de me rejoindre. C'est une affaire que je dois régler avec lui et personne d'autre. Ne soyez pas soucieux à mon égard, car j'ai l'intime conviction qu'il ne me fera aucun mal. J'ignore comment, mais je sens que je peux le convaincre de m'aider à sauver ma fille. Après tout, je lui ai plusieurs fois sauvé la vie, il me le doit bien.*

*Vous avez été bon avec moi, officier, plus que n'importe quel homme dans ma vie. J'aime à penser que vous ne l'étiez pas seulement au nom de votre mission.*

*Nous nous reverrons à Odonor, je l'espère.*

*Prenez soin de vous.*

*Kerana*

Encore faible, Sigolf se mit sur ses jambes et partit en furie à la recherche des recrues dans l'avant-poste. Il aboyait leur nom jusqu'à faire résonner sa voix dans la jungle. Dan sortit la tête de sa tente, il voyait l'officier tituber près de la tour nord. Pensant qu'il était mal en point, il se précipita vers lui pour lui porter assistance. Très vite, les deux autres recrues accoururent.

— Est-ce que l'un d'entre vous a aperçu Dame Kerana tôt dans la matinée ? interrogea-t-il entre deux reprises de souffle.

— Négatif, officier, répondit Aigle.

— Tout va bien, officier ? demanda Dan.

Sigolf regarda autour de lui, il donnait l'illusion de réfléchir à toute allure. Devait-il rentrer au château et en informer Draegan ? Il ne pouvait se résoudre à une telle idée.

— La carte, où est la carte ? exigea-t-il avec vigueur.

Burt montra un sac près des montures. Sigolf s'y rua avec difficulté et fouilla le sac. Il étala la carte sur le parterre de feuilles mortes et identifia leur position, puis avec son index, il traça une ligne jusqu'à Azarun pour en estimer la distance.

Il poussa un soupir affligé.

Si elle avait pris la route avant le lever du soleil, elle pouvait être n'importe où. Il n'avait aucun moyen de la rattraper. Un juron furieux lui échappa. Et alors que son angoisse prit le pas, son attention se focalisa sur le corps d'un Imortis.

Il n'avait plus qu'une solution.

Le jeune homme se tourna vers Dan, qui le regardait avec des yeux inquiets, et lui tendit la lettre de Kerana.

— Faites parvenir ce message jusqu'à Odonor, adressez-le au roi. Il doit être impérativement mis au courant du contenu de cette lettre, et ce le plus vite possible, est-ce que vous avez bien compris ?

— Quel est le problème, officier ?

— Ne discutez pas, obéissez !

Sans perdre une seconde de plus, Sigolf grimpa sur son cheval et agrippa les rênes.

— Officier, attendez ! Où allez-vo…

Mais le destrier partit au galop avant même que la recrue ne pût finir sa phrase.

Grinwok n'avait pas vu la nuit passer. Habitué à perturber le sommeil des autres avec ses ronflements prononcés, il avait trouvé plus bruyant que lui dans les cellules voisines. Le tas de paille moisi n'avait pas été des plus confortables pour dormir. Chaque fois qu'il avait essayé de s'y allonger, des démangeaisons soudaines le prenaient. Des poches s'étaient dessinées sous ses yeux, c'était probablement une des pires nuits de sa vie.

Quant à Tashi, son comportement n'était plus le même. Il avait en permanence le regard égaré vers l'escalier en haut, comme s'il attendait une nouvelle apparition de la comtesse. Il pouvait enfin mettre un visage sur sa vengeance longtemps souhaitée. Pour lui, les humains se ressemblaient tous, mais ce visage gras et sournois, Tashi n'était pas près de le confondre avec un autre. Il ne pouvait s'empêcher de penser à Rosalia et à ce qu'elle aurait pu devenir si le massacre de Ner-de-Roc n'avait pas été ordonné. La mélancolie se mêlant à ses plaies intérieures, il se souvint du dernier soir avant le carnage.

Depuis plusieurs mois, la petite fille avait pris l'habitude de s'introduire dans la maison du vieux Merenys pour récupérer les clés de la cage et libérer le Muban pour la nuit. Ils s'évadaient le temps d'une lune, jusqu'au sommet des falaises qui dominaient la grande cascade. De là, ils pouvaient voir le monde autrement et contempler le spectacle du ciel.

— Tu es déjà allé derrière les montagnes, là-bas ? avait-elle demandé un soir à l'animal.

— Oui, c'est de là que je viens. Mais je n'ai gardé que de vagues souvenirs.

— Papa y est déjà allé, une fois. C'était il y a longtemps. Il a vu la capitale et les plaines, il avait trouvé ça très beau. Il m'a dit que là-bas, on peut parler avec les statues pour quelles nous indique notre chemin. Et même qu'il y a des maisons qui peuvent atteindre les nuages. Papa était content de nous raconter ça. Il nous avait ramené plein de souvenirs, beaucoup de nourriture. Les gens qui vivent derrière les montagnes doivent être heureux.

Tashi avait vu son visage s'illuminer lorsqu'elle en parlait.

— Je t'y emmènerai.

— C'est vrai ? s'était-elle exclamée avec joie. Mais mes parents ne voudront jamais que je parte avec toi ! Et ton maître n'aime pas quand je m'approche de la cage.

— Tu sais, Merenys se fait vieux. Un jour viendra où je ne lui appartiendrai plus. Et quand ce jour arrivera, toi, tu seras grande et forte.

— Je le suis déjà ! l'avait-elle contredit.

— Je n'en doute pas une seconde.

Pendant des heures, ils avaient scruté les étoiles colorées scintiller et se déplacer dans le ciel comme des feux follets. Tashi n'avait pas voulu parler de la guerre qu'il avait connue dans les différentes régions du pays. Il n'avait pas voulu parler des hommes qu'il avait tués avec Merenys lors des batailles, ni des corps flottants dans les lacs ou empalés dans les forêts, car tels étaient les seuls souvenirs qu'il lui restait.

— Tu me promets que tu m'emmèneras derrière les montagnes quand je serai grande et forte ?

— Bien sûr.

— Tu dois promettre !

— Je te le promets.

Elle s'était réfugiée dans la fourrure de son ami pour se protéger du froid et avait fini par s'endormir.

Ce lointain souvenir précéda le dernier que le Muban avait de la jeune fille, alors que celle-ci était sur le point de rendre son dernier souffle après des jours d'agonie. Tashi n'avait cessé de rester auprès d'elle, à lui parler de ce voyage derrière les montagnes, des statues qui indiquaient la route et des maisons dans les nuages. Il lui avait promis de l'y emmener dès qu'elle se sentirait mieux. Ses yeux s'étaient plongés dans les siens, et comme ils perdaient leur lueur de vie, le dernier sanglot de l'enfant avait eu l'effet d'une déchirure de l'âme pour le Muban.

— C'est pour elle que tu restes, dit Grinwok, témoin de sa morosité.

Tashi continuait de fixer l'escalier pour ne pas lui dévoiler sa peine.

— En fait, t'as jamais eu l'intention d'nous sortir de là. Qu'est-ce que tu comptes faire ? Tu vas tuer ce boudin ? Et ensuite, quoi ? Tu retourneras dans ton trou paumé et tu reprendras ta vie comme si de rien n'était ?

— C'est elle qui a envoyé ces hommes cette nuit-là.

— Tu l'as bien regardée ? Elle a l'air de sortir tout droit d'une tombe, elle doit même plus s'en souvenir, la vioque !

— Tu ne comprends pas.

— Non, évidemment, c'est moi, Grinwok, celui qui pige jamais rien à rien, bien trop con pour comprendre que c'est un plan qui sent le cul ! Ressaisis-toi, mon vieux.

Ils s'interrompirent quand des bruits de chaînes se firent entendre derrière la porte du haut de l'escalier. Celle-ci s'ouvrit en grand, et un groupe de Muqilis en sortit, suivi par le noble rouquin à la coupe grotesque. Les Muqilis avaient les bras chargés de bracelets de fer et de chaînes solides qui s'entrechoquaient. Le rouquin semblait pressé.

— Lui, dit-il froidement en montrant du doigt Kunvak, l'homme crapaud. Et les deux, derrière lui, ajouta-t-il.

Les Muqilis firent sortir par la force les trois prisonniers en serrant les chaînes autour de leur cou pour les empêcher de bouger. Le noble s'arrêta sur la deuxième cage qui renfermait ce qui ressemblait à des taureaux sur pieds, pourvus de quatre bras aussi épais que des troncs d'arbres.

— Je veux ces trois, là.

Puis vint le tour des Kedjins.

— Mettez-en cinq.

Il désigna également le chef Iaj'ag, R'haviq, et quatre des siens. Enfin, il termina par la race qui fascinait Grinwok.

— J'en veux cinq aussi. Et la petite, là.

L'Ugul comprit qu'il s'agissait de celle qui avait pris la parole face à la comtesse. Lorsque les Muqilis s'en approchèrent, le chef de clan s'y opposa fermement en se jetant sur l'un d'entre eux. L'agitation était si violente que plusieurs Muqilis durent intervenir pour le maîtriser. Il grondait comme un orage déchaîné qu'on relâche sa fille, mais ni les Muqilis ni le noble ne comprenaient sa langue.

Au moment de repartir, l'homme jeta un dernier coup d'œil à la cage de l'Ugul et du Muban. C'était le moment de prendre sa revanche. Un sourire rancunier remplaça son expression hautaine et dédaigneuse.

— Et pourquoi pas celui-là ?

— T'as pas intérêt à poser tes sales pattes sur moi, menaça Grinwok.

— Ne t'en fais pas, petite immondice verte. Je ne tiens pas à salir mes mains pour si peu.

Il hocha la tête en direction d'un Muqili et ce dernier obéit. Tashi fit immédiatement barrage.

— Si vous l'emmenez, vous m'emmenez aussi, grogna-t-il.

L'homme se pinça la lèvre pour réfléchir, puis finit par glousser. Il regarda le Muqili et montra deux doigts.

Les yeux bandés, les poings liés, les prisonniers se retrouvèrent dans un tunnel où une eau nauséabonde leur arrivait jusqu'aux chevilles. Ils discernaient au-dessus de leurs têtes des flots de voix qui devenaient de plus en plus fortes, comme si tout un peuple s'exprimait en chœur. Grinwok sentait ses jambes devenir lourdes, il n'avait plus été aussi inquiet pour sa vie depuis sa rencontre avec l'Immortel Serqa. Son cœur battait d'une manière si effrénée qu'il aurait pu l'imaginer traverser sa poitrine. Il ignorait où était Tashi, il ignorait qui avançait aveuglément à ses côtés. Allaient-ils être exécutés sur une place publique comme de simples condamnés ? Grinwok voyait la scène arriver gros comme un château, ça n'aurait pas été la première fois pour lui.

Durant ce qu'il pensait être sa dernière marche, il songea à son glorieux destin qui était en train de prendre fin. Il essayait de se remémorer les évènements antérieurs pour comprendre où il avait pu échouer. Avait-il manqué un détail lors de ses rencontres avec la Mystique ? Aurait-il dû lui accorder plus de crédit ? Grinwok se maudit pour n'avoir rien pris au sérieux depuis le début.

*Tout ça, c'est la faute de Mardaas !* hurla-t-il dans son esprit. *Si je ne l'avais pas fait venir dans mon terrier, rien d'tout ça serait arrivé ! J'serais encore chez moi en train d'me branler dans une bouteille de Skorva pour la faire boire au vieux Gorken. À chaque fois, il tombe dans l'panneau, ce con. Bordel, ça remonte à quand la dernière fois que j'ai ri autant ? Qu'est-ce qui m'a pris de suivre cette tête blanche à l'autre bout du continent ! Grinwok, t'as vraiment merdé sur c'coup-là !*

Une voix rauque charcuta leurs oreilles lorsqu'elle leur intima de ne plus bouger. Grinwok tentait d'identifier son environnement avec son ouïe développée, mais il n'entendait qu'une respiration bestiale dans son dos, cela pouvait provenir de n'importe quel prisonnier.

— Tashi ? murmura-t-il entre ses dents. Tashi, t'es là, mon vieux ?

Leur bandeau fut alors retiré. Grinwok repéra son comparse à quelques mètres devant lui, et cette vision à elle seule suffit à le rassurer. Du moins, c'était avant qu'il ne jette un œil à la salle dans laquelle ils se trouvaient.

Une dizaine de râteliers d'armes se présentaient à eux. Il y en avait fixés sur les murs, au centre de la pièce, même couchés sur le sol. Des épées de guerre, des haches de combat, des lances acérées, des poignards courbés, des marteaux démesurés, de quoi armer toute une cargaison de soldats pour une bataille sanglante.

— Quand la cloche sonnera, annonça un obèse barbu, vous vous mettrez en rang devant la grande porte au fond de la salle.

L'homme crapaud bouscula Grinwok pour le dépasser. Comme il se dirigea vers le râtelier des haches à double lame, tous les autres l'imitèrent et commencèrent à s'éparpiller dans l'armurerie.

Incertain de la tournure que la situation prenait, Grinwok restait figé sur place. Il observait les Iaj'ags s'équiper de heaumes et de lances, tandis que les Kedjins étudiaient avec curiosité chaque objet autour d'eux.

— Ils veulent qu'on s'affronte, dit Tashi qui s'était replié à l'écart.

— Qu'on s'aff... attends, quoi ? Tu t'fous d'moi ? s'agita-t-il, les yeux rivés vers les taureaux sur pieds qui étaient du côté des masses géantes. J'ai pas envie d'me faire fister par ces gars, hors de question !

Il fit volte-face et se rua sur une petite porte dissimulée dans un renfoncement.

— Eh ! Oh ! beugla-t-il en frappant dessus frénétiquement. J'ai pas signé pour ça ! J'me tiendrai à carreau, promis ! J'ferai c'que vous voudrez, j'serai même l'esclave sexuel de votre comtesse, s'il le faut !

— Grinwok ! gronda sévèrement Tashi.

Tout le monde s'était retourné vers lui. Grinwok lâcha un soupir désespéré et fit glisser son dos le long de la porte pour s'asseoir. L'ombre du Muban vint le recouvrir.

— Qu'est-ce que tu fais ? dit-il à voix basse.

— J'fais l'point sur ma vie, fous-moi la paix.

— Je serais toi, j'éviterais de montrer des signes de faiblesse ici, conseilla l'animal en balayant du regard tous les prisonniers.

— Tu peux parler, toi ! T'es t'vu ? T'as juste à grogner un coup pour tous les faire trembler. Regarde-moi, le seul truc que j'sais faire c'est schlinguer du cul, mais cette fois ça m'sauvera pas la vie. J'vais crever, à quoi bon. Rends-moi service et fais-le maintenant, se résigna-t-il en lui offrant son cou.

Tashi lui donna un violent coup de patte sur le haut du crâne pour le raisonner.

— Eh ! interpella l'obèse, vous vous mettrez sur la gueule tout à l'heure. Séparez-vous !

— Regarde-moi, dit Tashi.

Grinwok se frotta le front pour chasser la douleur et leva ses petits yeux.

— La première fois que je t'ai vu, j'ai tout de suite pensé que tu ne serais pas du genre à survivre longtemps. Tu es petit, bruyant, grossier, quand tu ouvres la bouche c'est pour exaspérer le monde, et tu fais faner les fleurs sur ton passage. Et pour rien te cacher, j'étais même prêt à mettre un terme à ta vie pour que tu la fermes une bonne fois pour toutes. Mais quand tu m'as raconté tout ce qu'il t'était arrivé en compagnie de ce... Mardaas – si c'est bel et bien vrai...

— Tout est vrai. Sauf le moment où le roi Guelyn à fait ériger une statue à mon effigie pour me remercier d'avoir sauvé son royaume, ça je l'ai inventé pour t'impressionner.

— Écoute-moi. Si tu as survécu à tout ça, tu survivras encore aujourd'hui.

— Tu le crois ?

— En tout cas, je m'en assurerai, rassura la bête.

Grinwok se releva. Les paroles de son ami l'avaient calmé, pour le moment. Il lui adressa un regard reconnaissant, avant de se rendre vers le râtelier d'épées. Il en chercha une fine, légère, pas plus grande que son bras, de préférence avec des dents. Son choix s'arrêta sur une lame de bronze au manche recouvert de cuir. Voulant tester sa portée en fendant l'air, il manqua de toucher la femelle au pelage orangé qui était concentrée sur une rangée d'arcs en bois. Soulagé qu'elle ne l'ait pas vu, il reposa délicatement l'épée à sa place pour s'intéresser à elle.

Sa silhouette à la fois svelte et féline l'attirait comme un papillon vers la lumière, elle lui faisait penser à un chat, ou un renard, peut-être un croisement des deux, imagina-t-il. En tout cas, il la trouvait remarquablement séduisante. La femelle s'empara d'un arc bon marché et d'un carquois de flèches mal taillées qu'elle ajusta autour de sa taille. Pour une des rares fois de sa vie, Grinwok eut une sensation de foudroiement qui le paralysa.

— Sympa ta... ton... collier, dit-il, ne trouvant aucun autre commentaire pertinent à faire. J'en ai déjà volé plein des comme ça. Enfin, j'veux dire, pas à ton peuple, non, j'voulais dire que j'en avais déjà volé à des... des... j'suis pas un voleur, tu sais. Enfin, avant, oui, mais plus maintenant ! Parce que je...

Il bafouillait et mâchait ses mots, terminant chaque phrase par un rire nerveux.

— Moi, c'est Grinwok ! Et... et toi ?

Attendant impatiemment une réponse, il ne s'était jamais autant senti invisible lorsqu'elle lui passa devant, ignorant totalement son existence pour se rendre près de la grande porte avec les siens. Il s'injuria lui-même et voulut se jeter dans la gueule de Tashi pour s'y cacher.

— Tu devrais prendre un bouclier, dit le Muban qui l'avait justement rejoint.

— Hein, quoi ? répondit Grinwok, qui avait oublié un instant la situation.

— Un bouclier, répéta Tashi. Ça pourrait te sauver la vie.

L'Ugul haussa les épaules.

— Bah, j'en ai pas besoin ! dit-il fièrement.

— Comme tu veux, conclut-il en allant rejoindre la file.

Grinwok guetta encore les espèces de taureaux qui avaient en leur possession des masses et des marteaux plus grands que lui. Il déglutit sec.

— Ouais, finalement j'vais peut-être en prendre un ou deux.

La tension était palpable près de la grande porte. Aucun clan ne se mélangeait. Tous se poignardaient du regard, tous débordaient de rancœurs. Ils étaient prêts à régler leurs comptes une énième fois par le sang, comme ils avaient l'habitude de le faire à l'extérieur. Grinwok restait proche de Tashi, il évitait de croiser un quelconque visage. Il essayait de réguler sa respiration qui s'accélérait. L'attente durait. Le silence pesait.

Des rouages de fer s'enclenchèrent, et la grande porte commença à se hisser vers le plafond, faisant tomber des nuages de poussière sur les prisonniers. Un torrent de lumière s'échappa de l'autre côté et les aveugla. Un déchaînement de voix s'ensuivit, plus sonores les unes que les autres. Une fois habitués à la clarté du jour, les clans décidèrent de franchir la ligne au sol et passèrent des dalles de pierre au sable granuleux chauffé par le soleil. Grinwok sentit une caresse de vent passer sur sa peau. Il fixa un moment le ciel rouge au-dessus de lui et fit un tour sur lui-même.

— Est-ce que t'as déjà vu ça, avant ? dit-il à Tashi.

— Non, jamais.

Ce qu'ils pensaient être une grande cour au premier abord se révéla être une gigantesque arène. De nombreux gradins les encerclaient, remplis par une foule endiablée qui réclamait du sang. Des rangées de piquets mortels étaient disposées de telle sorte à ce que les prisonniers n'approchent pas les murs de trop près, qui eux-mêmes étaient si hauts et lisses qu'il leur serait impossible de les escalader pour prendre la fuite. Le terrain couvrait suffisamment d'espace pour des courses poursuites interminables et ainsi faire durer le spectacle.

Sur le plus haut gradin, une terrasse accueillait la comtesse, assise sur un trône beaucoup trop grand pour elle, et ses invités de marque, protégés du soleil par une toile épaisse. Une odeur alléchante de viande et de fruits embaumait toute l'arène. Les spectateurs avaient apporté leur propre repas pour assister au divertissement. Le vin coulait en abondance, le pain était distribué et jeté à la foule qui s'amusait à narguer les prisonniers en leur projetant des boules de mie sur la tête. Pour Kunvak, cette provocation était de trop.

— Reste près de moi, siffla Tashi à Grinwok, qui le voyait s'écarter davantage.

Lorsque la comtesse se leva, les voix s'éteignirent lentement. Un homme en tunique argentée et à la coiffe extravagante s'avança vers le balcon et tendit les mains vers le public.

— Chers amis ! tonna-t-il. Je suis heureux de vous retrouver en ce jour somptueux ! La semaine dernière, nous nous sommes quittés avec un revirement incroyable lors du lâcher d'esclaves au milieu des fauves. Personne n'aurait pu imaginer qu'un seul d'entre eux aurait pu venir à bout des dix lions ! Dommage qu'il y en avait un onzième, ironisa-t-il en adoucissant sa voix, ce qui fit éclater de rire la foule. Espérons que nous aurons de bonnes surprises aujourd'hui, car pour vous, nous avons fait revenir pour la quatrième fois depuis l'ouverture des jeux, les tribus indigènes du sud, avec de nouveaux arrivants !

Une acclamation explosa.

— La tribu Iaj'ag ! Peuple hybride venant du nord, ils ont décidé de venir tenter leur chance dans l'arène, avec l'espoir de repartir avec la délicieuse récompense du mois ! Souhaitons leur bonne chance !

R'haviq secoua la tête.

— Nous accueillons également la race des Uguls qui sera parmi nous, ainsi que celle des Mubans ! Vous savez à quel point ces deux clans se haïssent depuis la plus vieille des ères ! Cela promet d'être un affrontement des plus palpitants, c'est moi qui vous le dis !

— C'est ça, compte là-dessus, commenta amèrement Grinwok.

— Nous retrouvons bien sûr nos fantastiques Kedjins qui, souvenez-vous, s'étaient remarquablement bien défendus contre l'assaut des guerriers du désert. Nous ne pouvons qu'espérer qu'ils feront mieux cette fois-ci !

Grinwok était en train de se dire que rester proche des Kedjins n'était peut-être pas une si mauvaise idée, au final.

— Et revoici la tribu Ishig ! Ne vous faites pas avoir par leur belle fourrure de coucher de soleil, leur talent aux armes de jets n'est plus à prouver – malgré la fin tragique de leur dernier combat. Prions pour qu'ils restent en un seul morceau aujourd'hui. N'oublions pas non plus les grands Ghols et leurs défenses incassables ! Je ne souhaite à personne de se faire piétiner par ces bêtes enragées, croyez-moi. Et pour terminer, les grands vainqueurs du dernier affrontement, j'ai nommé la tribu Koa't et leur chef Kunvak ! Tout ce beau monde rien que pour vous, mes amis ! Et ils ne repartiront pas les mains vides – enfin, pour certains, seulement. Car notre généreuse comtesse a décidé d'offrir au dernier clan encore debout de quoi nourrir toute leur tribu pendant un an, cent chariots de vivres ! Oui, les amis, vous avez bien entendu, cent chariots !

Tashi restait sur ses gardes, il voyait bien que cette annonce avait pour but de motiver les prisonniers à se battre. Et à son avis, l'odeur de nourriture qui stagnait sur le terrain avait été volontairement diffusée pour les exciter.

— Lorsque le gong sonnera, le combat commencera !

Chaque clan était désormais isolé des autres, laissant un grand vide au centre du terrain. Le calme retomba quelques instants, lorsqu'un écho assourdissant fit vibrer l'arène.

Le signal était donné.

Pris d'une rage folle, les Koa'ts attaquèrent les premiers en s'élançant dans les airs, prenant la forme d'une vague assassine qui se referma sur leurs cibles. Le chef Kunvak atterrit sur les épaules d'un Iaj'ag qui s'effondra sous son poids. Sa longue hache en main, il l'abattait sans le moindre remords sur tous ceux qui l'approchaient. Les Kedjins détalaient comme des lapins affolés, quand ils ne se faisaient pas balayer brutalement par les marteaux des Ghols qui chargeaient à toute allure dans la mêlée. De leur côté, les Ishigs profitèrent du chaos pour gagner en distance et entourèrent la masse violente qui s'était formée pour la cribler de flèches.

Dans sa loge, la comtesse se délectait de la scène.

Grinwok faisait son possible pour éviter le conflit et passait son temps à ramper pour ne pas rencontrer un projectile. Il vit voler un Kedjin qui avait été expulsé d'un coup de corne et qui avait percuté un gradin. La clameur du public était remplacée par les cris de guerre et les impacts de fers traversant les chairs. Pour Tashi, ce massacre orchestré devait s'interrompre. Malgré quelques tentatives offensives à son encontre, le Muban savait faire preuve de dissuasion contre ses agresseurs. Entre deux corps qui tombaient sous ses yeux, il aperçut celui de l'Ugul gisant dans le sable.

— Grinwok ! appela-t-il en se précipitant vers lui.

La langue hors de la bouche, les yeux fermés, Grinwok était inanimé. Les taches de sang sur ses vêtements affolèrent le Muban qui s'empressa de l'agripper par le col pour le traîner hors de danger quand, avec surprise, Grinwok se réveilla en agitant les bras.

— Mais qu'est-ce que tu fous, bordel !

— Je te croyais blessé !

— Mais j'faisais semblant d'être mort, crétin !

— Pour quoi faire ?

— Bah ! Laisse tomber, c'est foutu.

Pendant un bref moment, ils devinrent les spectateurs de la bataille.

— Il faut arrêter ce massacre.

— J'propose de rester là et d'attendre que tout le monde soit crevé.

Tashi ne prit pas la peine de répondre.

— Bon, j'ai peut-être une idée. Mais elle est tordue, risquée et stupide, suggéra Grinwok.

— Ça me va.

— Merci d't'inquiéter.

Peu convaincu par son idée, Grinwok partit devant et se jeta au cœur de la mêlée, esquivant des jets de lances qui frôlèrent ses oreilles.

Il tonna à gorge déployée d'arrêter le combat, n'hésitant pas à s'interposer entre deux épées pour se faire entendre. Mais encore une fois, Grinwok était invisible. Sa voix se faisait couvrir par les cris de rage qui explosaient ses tympans. Malgré tout, Grinwok persévérait. Il arpentait le terrain, désarmé, les mains levées, dans l'espoir de calmer les esprits.

— Stop ! Arrêtez ! gueulait-il à tout va.

Il s'adressa à un Koa't qui était sur son chemin. Grinwok montrait tous les signes de pacifisme, mais l'amphibien le chargea sans pitié. Comme le Koa't levait sa hache, un groupe de Kedjins le heurta sauvagement. L'impact fut si fort qu'un mur de poussière s'éleva avant de retomber. Grinwok remercia ses gardes du corps avec un hochement de tête, et ils le lui rendirent – sans savoir ce que cela signifiait. C'est à ce moment-là qu'un rugissement animal des plus fulminants sévit dans l'arène, au point d'interrompre complètement les violences. Toutes les têtes étaient braquées vers le Muban, comme celle de Grinwok, qui avait cru qu'un dragon s'était invité.

— Tu sais faire ça et tu m'laisses galérer depuis l'début ?

Puis son attention se porta vers les tribus autour de lui qui le dévisageaient comme jamais. Les dizaines de paires d'yeux qui le fixaient lui étaient beaucoup plus oppressantes que les milliers dans le public. Une boule se forma dans son estomac, c'était le moment de parler. Il n'aurait peut-être jamais d'autres occasions de le faire. Au moindre faux mot, sa vie pouvait basculer d'un instant à l'autre.

— É-écoutez… je…

*Merde,* se dit-il à lui-même, sentant toute sa confiance s'évaporer en même temps que les nuages dans le ciel.

— Vous n'avez pas à vous battre, rien ne vous oblige à le faire.

Le chef Koa't, Kunvak, s'avança au milieu des siens, la posture intimidante, la double hache serrée entre ses gros doigts.

— Peut-être que la récompense ne t'intéresse pas, Ugul, mais mon peuple compte sur moi pour manger. Et je vous tuerai tous pour ça.

— Tu te trompes de combat. Si vous voulez voir le vrai visage de l'ennemi, vous n'avez qu'à lever les yeux.

Ils suivirent son regard qui se dirigea vers la loge. La comtesse les épiait depuis son balcon, la main dans un bol de fruits.

— Vous n'voyez rien ? Elle attise votre colère en vous montant les uns contre les autres, en vous laissant vous entretuer, sans qu'elle ait besoin de se salir les mains. Vous arrêtez pas de le gueuler depuis le début, vos peuples se réduisent, certains ne sont même plus des nôtres. Elle vous fera combattre, encore et encore, jusqu'à ce qu'il n'y ait plus une seule tribu pour s'opposer à son pouvoir ; et tout ça, sans lever son gros cul du fauteuil. C'est comme ça qu'ils font, c'est comme ça qu'ils ont toujours fait.

Leur inactivité commença à offenser la foule, qui s'insurgea du manque d'action.

— Qu'est-ce qu'il se passe ? interrogea la comtesse, soupirante.

— Aucune idée, Madame, répondit le noble rouquin, mal à l'aise. Il semblerait que la créature verte ait monopolisé leur attention.

Le chef Iaj'ag avait abaissé sa garde, ce qui n'était pas le cas de Kunvak et des autres clans. Malgré tout, il semblait que le discours de Grinwok les avait rendus confus.

— Rien n'vous oblige à m'faire confiance, poursuivit-il, mais si vous marchez avec moi, j'vous promets qu'on touchera tous la récompense, vous avez ma parole, j'ai… j'ai un plan !

Des messes basses eurent alors lieu. Le Iaj'ag R'haviq traduisait à ses frères ce qui avait été dit, mais du côté des Koa'ts, Kunvak n'avait pas l'air de coopérer.

— T'as vraiment un plan pour ça ? chuchota Tashi.

— Bah, mon plan c'était de leur dire que j'avais un plan. Après…

— Après, tu seras mis en pièce quand ils s'apercevront que c'était du flan.

Dans les gradins, le grabuge et les huées se répandaient rapidement.

— Ça devient ennuyant, commenta la comtesse.
— Oui, Madame, accorda le noble.
— Lâchez les daemodrahs.

Le noble crut mal entendre.

— Madame ?
— Vous avez compris.
— Nous n'avons pas encore équipé l'arène pour les lâcher sur la piste, il en va de la sécurité des spectateurs.
— Il est hors de question que cela se termine ainsi. Obéissez, Patritus, à moins que vous souhaitiez les rejoindre ?
— Ce sera fait, Madame.

Sur le terrain, Grinwok croisait les doigts pour faire durer la trêve. Il avait réussi à gagner du temps, ce qui s'apparentait pour lui à une espérance de vie plus longue. Il devait impérativement trouver un moyen de tenir sa promesse, mais comment ? Ce n'était plus le moment pour y réfléchir, car tandis que les frictions refaisaient surface, plusieurs vibrations sortant du sol vinrent les troubler. Des trappes dissimulées dans le sable se révélèrent les unes après les autres, s'ouvrant sur des tunnels sans fond.

— Qu'est-ce qui s'passe ? Qu'est-ce que c'est ? s'inquiéta Grinwok en tournant sur lui-même pour les repérer.

Un silence laissa planer le doute, même la foule s'était soudainement tue. Kunvak et quelques-uns de sa tribu s'avancèrent vers l'antre face à eux, les armes à la main. Des grognements distincts s'échappaient des profondeurs. Kunvak tendit l'oreille, quand ses yeux de crapaud s'écarquillèrent subitement. Il alerta les siens dans sa langue, et lorsque le mot « *domodra* » fut aboyé, les autres clans n'eurent pas besoin de traduction pour comprendre la menace. Ils se regroupèrent tous au centre de l'arène. Grinwok ignorait ce qu'il se passait, mais cela ne le rassurait guère.

— Ça va être encore d'ma faute, j'le sens.

Un puissant cri bestial sortit d'un gouffre. Tous portèrent alors leur attention sur celui-ci, mais l'attaque surgit du gouffre opposé, et un troupeau de créatures répugnantes déferla des entrailles souterraines pour se ruer vers eux. Détalant sur leurs quatre pattes, ils étaient plus rapides que des guépards affamés. Les daemodrahs, bien qu'aveugles, avaient un odorat surdéveloppé qui pouvait les guider dans n'importe quelle situation. Pouvant atteindre les deux mètres de longueur, leur apparence cauchemardesque donnait l'impression que leur peau avait été arrachée, ne laissant que des muscles suintants et des nerfs à vif. Leur bouche proéminente contenait des rangées de dents recourbées aussi longues et fines que des aiguilles. Une seule de leur morsure était suffisante pour tuer un homme.

À cette vision, Grinwok n'envisagea pas un seul instant un quelconque affrontement. Il débita toutes les injures qu'il connaissait et se mit à cavaler dans l'arène pour leur échapper.

Les daemodrahs s'éjectaient du sol comme des sauterelles géantes pour écraser leurs proies. Les premières victimes furent un Kedjin et deux Ishigs, et le chiffre ne tarda pas à s'alourdir. Ces monstres étaient dotés d'une force surprenante, rivalisant même avec les Ghols qui, malgré leur carrure imposante, se faisaient rapidement renverser. Seuls les Koa'ts semblaient résister mieux que leurs rivaux. Plus organisés, ils les attaquaient par deux, jamais moins, ce qui prouvait une certaine expérience acquise par le passé avec ces abominations.

Les blessures sanguinolentes assombrissaient le pelage brillant du Muban. Sa gueule bavait des filets rouges, mais contrairement à celui de ses plaies, ce sang ne lui appartenait pas. L'animal sautait au cou des créatures pour le transpercer de ses crocs, avant de leur arracher la tête. Tashi n'était pas inquiet pour sa survie, il l'était pour celle de son ami. En quête de le rejoindre, il se faisait ralentir tous les deux mètres.

Coursé par son prédateur, Grinwok finit par se retrouver dos au mur. Le daemodrah l'avait bloqué, il ne pouvait plus s'enfuir.

— Alors toi, t'as une sale gueule, critiqua-t-il. Et crois-moi, je m'y connais en sale gueule !

L'Ugul perdit son souffle lorsqu'il vit les griffes du monstre s'allonger de manière effrayante, comme plusieurs épées au bout d'une main. Cherchant désespérément une solution pour se sortir de là, Grinwok bomba le torse, écarta grand les bras et hurla de tout son être dans l'espoir d'intimider la bête, terminant sur une toux grasse qui lui enflamma la gorge. Le daemodrah fit un pas en arrière, brouillé par ce cri discordant qu'il n'avait jamais entendu, puis rugit encore plus fort, si fort qu'une collerette noire se déploya autour de sa tête, le rendant d'autant plus menaçant. Grinwok sentit son haleine s'abattre sur lui comme une bourrasque.

— Ouais, t'as gagné cette manche, reconnut-il.

Pétrifié, il vit la créature bondir dans sa direction, mais au même moment, il roula sur sa gauche, laissant le daemodrah s'empaler sur les piquets de bois près des murs. Un des piques avait traversé son crâne, le tuant sur le coup.

— Ha ! Et j'ai gagné celle-ci !

Mais il avait parlé trop vite. Trois autres s'étaient regroupés derrière lui. Cette fois, l'Ugul n'avait aucune chance d'en réchapper par lui-même.

— Entre nous, vous avez rien à y gagner en m'mangeant. J'vous assure ! Vous voulez pas plutôt bouffer les gros là-bas ? dit-il en montrant les Ghols.

Il savait que cette tentative était inutile, alors il se sauva. Les daemodrahs n'avaient que peu d'efforts à fournir pour le rattraper. Grinwok était essoufflé, il n'arrivait plus à courir. Sentant sa fin arriver, il les entendait progresser derrière lui à une vitesse folle. Il se retourna pour affronter la mort, quand un mastodonte quadrupède entra en collision avec les trois daemodrahs pour les propulser dans les airs. Tashi chargea maintenant Grinwok, mais au lieu de l'envoyer dans le ciel à son tour, il le fit atterrir sur son dos.

— Accroche-toi ! lui conseilla-t-il.

Grinwok agrippa une touffe de poils et tous deux repartirent à l'assaut. Intérieurement, il le remercia de l'avoir secouru, puis, alors qu'ils prenaient de la vitesse, il se rendit compte d'un détail. C'était la première fois que le Muban l'autorisait à lui servir de monture, et cela ne manqua pas d'interpeller les spectateurs dans les gradins.

— Est-ce l'Ugul que je vois chevaucher un Muban au loin ? releva la comtesse.

— Ça m'en a tout l'air, Madame, confirma le noble, gêné.

— Ne sont-ils pas censés s'entretuer ?

— En effet, Madame, ils devraient.

Grinwok utilisait son épée pour pourfendre les daemodrahs sur leur passage, tandis que Tashi se contentait de leur rentrer dedans. Ils prêtèrent main-forte aux Iaj'ags, sous le regard désabusé du chef Kunvak. Les Koa'ts voyaient leur nombre se réduire, il n'en restait plus que deux. Et lorsqu'une nouvelle attaque surgit, Kunvak eut la vision de la fin de son peuple.

— Grinwok ! appela Tashi en sautant par-dessus un cadavre de Ghol. Envoie les Kedjins !

— Quoi ?

— Tu peux les commander !

— J'peux faire ça, moi ?

— Fais-le ! encouragea l'animal en effectuant un dérapage dans le sable.

Grinwok enfonça ses doigts entre ses lèvres et siffla à leur intention. Aussitôt, les Kedjins réagirent comme s'il s'agissait d'un appel des leurs. Ils n'étaient qu'une poignée, mais ensemble ils constituaient une arme redoutable. Grinwok leur indiqua une direction en jetant son bras, il montrait les derniers Koa'ts pris en tenaille. Sans réfléchir, les Kedjins obéirent à leur Sauveur et se ruèrent férocement sur les daemodrahs qui avaient pris en otage Kunvak et son semblable.

Du côté des Ishigs, il ne restait plus que la jeune femelle à se battre. Quelques éraflures s'étaient dessinées sur son museau et ses oreilles, mais elle tenait bon. Ses réflexes lui sauvaient la vie, elle sentait la présence d'un ennemi dans son dos à plusieurs mètres de distance, ce qui lui laissait le temps de décocher une flèche meurtrière. Mais les flèches se faisaient rares – et il fallait les utiliser de façon stratégique. Elle l'avait bien compris, si elle voulait avoir le luxe de récupérer ses projectiles tirés. De fait, les cibles à longue portée étaient exclues. L'Ishig se concentrait sur la menace la plus proche. Avec une agilité étonnante, elle se déplaçait sans bruit, réduisant ainsi les risques d'être repérée. Sa priorité était sa survie, non celle de ses adversaires.

Mais alors que la victoire semblait être du côté du Muban et l'Ugul, Grinwok finit par découvrir l'arc de l'Ishig à moitié couvert par le sable. Son regard parcourut toute l'arène, il ne voyait que des nuées de ces créatures. Heureusement, il finit par l'apercevoir, pourchassée par quatre bestioles, sans arme et sans défense. L'Ishig essayait de grimper sur les piquets pour atteindre les hauteurs des murs. Grinwok jura entre ses dents. Il se dépêcha de ramasser l'arc puis revint sur le dos de Tashi. En pleine élan, il attrapa une lance plantée dans le sol et prit pour cible le daemodrah le plus proche de l'Ishig en danger. Quant à Tashi, il chargea les trois autres avec une force phénoménale jusqu'à en envoyer un dans les gradins, semant la terreur dans la foule.

Effrayée par le Muban, l'Ishig se recroquevilla en signe d'abandon, avant de voir une main se tendre vers elle.

— Vas-y, monte ! invita Grinwok.

Le doute et la peur l'avait paralysée. Il ne lui inspirait pas vraiment confiance. Pourtant, elle n'avait plus le choix. Résolue à s'en sortir, elle saisit le bras de Grinwok.

— J'crois que t'as fait tomber ça, dit-il en lui rendant son arc.

Elle ne lui décrocha aucun mot, mais son expression semblait reconnaissante.

Non habituée à se retrouver sur le dos d'un Muban, elle perdit son équilibre lorsque celui-ci accéléra d'un coup. Son carquois plein, l'arc entre ses mains, il était temps d'en finir.

Sévèrement blessé à l'épaule, le chef Kunvak se vidait de son sang. Il n'était plus en état de se protéger ni de protéger les autres. Son semblable venait d'être déchiqueté, il ne restait que lui. Dans ses derniers instants, il imaginait que l'Ugul avait raison à propos de la comtesse, et cela le mit dans une colère profonde. Un daemodrah s'avança lentement vers sa gauche, tel un chasseur à l'affût. Kunvak lui lança un regard vaincu. La bête n'avait qu'un pas à faire pour se régaler de sa chair, quand subitement, une flèche effleura sa joue pour terminer sa trajectoire dans celle du prédateur. Kunvak fit volte-face, croyant avoir été manqué par le tireur. C'est là qu'il aperçut le Muban prendre en chasse les derniers daemodrahs, ainsi que l'Ishig à l'arrière qui le visait avec son arc comme pour lui signifier que la flèche aurait pu lui être destinée.

Le trio sillonna l'arène avec la ferme intention d'éradiquer ces immondices appartenant au Kergorath. Avec son épée, Grinwok frappait où il pouvait dès que l'occasion se présentait, quant à la femelle, elle faisait mouche sur chaque cible qu'elle avait choisie. Sa précision était mortelle, les daemodrahs tombaient comme des insectes.

Étonnamment, le public semblait avoir maintenant changé de camp. Ils avaient l'air décidés à soutenir les prisonniers, cela pouvait se deviner aux cris de joie et aux applaudissements destinés aux actes héroïques du Muban et de l'Ugul. Le spectacle avait fonctionné, la foule était conquise. Même la comtesse en vint à apprécier la scène.

Le chef Iaj'ag, en revanche, était mal en point. Il avait été cruellement mordu sur plusieurs parties du corps. À moitié conscient, rampant dans le sable brûlant, une ombre s'abattit sur lui. C'était celle de Kunvak, la double hache en main. Statique, le menton baissé vers son rival, il toisait le Iaj'ag avec une certaine pitié. R'haviq s'attendait à ce qu'il lui porte le coup de grâce pour abréger ses souffrances, mais Kunvak décida de lâcher la hache. À la place, il souleva le Iaj'ag par les épaules et le remit sur ses jambes endolories. Un duel de regards prit place.

— Pour cette fois, siffla Kunvak en tournant les talons, épargnant la vie de celui qu'il jugeait faire partie de ses ennemis.

Le terrain ressemblait désormais à un charnier. Le nombre impressionnant de cadavres témoignait de la violence des combats. Les daemodrahs avaient été exterminés, les vainqueurs en furent acclamés. Tout le monde, dans les gradins, se pressait pour voir de plus près les héros de cette journée. Un cercle de louanges et d'éloges auquel les tribus n'étaient pas habituées, et auquel Grinwok goûta pour la première fois. Toujours sur le Muban, en signe de triomphe, il leva les bras vers ses nouveaux admirateurs, brandissant son épée de bronze ensanglantée, savourant une gloire éphémère qui l'exaltait.

— Sheena, dit la femelle à son oreille.

— Tu m'as traité d'quoi, là ?

— C'est mon nom, reprit-elle avec son doux accent.

C'était sa façon de le remercier pour son aide. Un sourire incontrôlable le prit, et il grava à tout jamais cet instant dans sa mémoire.

Tashi, lui, n'avait aucune gloire à tirer de ce carnage. Car son ennemi vivait encore et respirait le même air que lui. La comtesse se tenait au bord du balcon, sa robe large d'une blancheur éclatante lui donnait l'air d'une déesse – mais de loin, seulement. En cet instant, alors qu'elle applaudissait sincèrement la performance, elle était loin de se douter qu'une légende était en train de naître.

# CHAPITRE 12
## Un Écho du Passé

La ville d'Azarun n'avait désormais plus rien d'une cité commune, les Imortis s'en étaient assurés. Ils avaient employé les grands moyens. Outre les bannières religieuses qui décoraient chaque carrefour, les statues Immortelles avaient remplacé celles des anciens rois. Si autrefois les Azariens pouvaient espérer rencontrer les figures emblématiques de leur pays, ils étaient maintenant condamnés à passer tous les jours devant l'idole de granit représentant le Seigneur de Feu et sa fidèle alliée, Sevelnor. Quant à la sécurité de la population, elle ne relevait plus de l'armée, mais des Doyens, les fanatiques masqués, ainsi que des Prétoriens. Pour beaucoup, il ne s'agissait aucunement de sécurité, mais bel et bien d'une oppression déguisée.

Les discours quotidiens du prêtre Saramon sur la grande place avaient fini par payer. Les idées qu'il répandait gagnaient les esprits des plus faibles. Tous les matins, jusqu'à l'heure du dîner, il prônait avec un charisme marquant les sacrements du Mortisem, insistant notamment sur les privilèges et les récompenses des dévoués à chaque prise de parole.

« *Nous sommes ici pour vous sauver. Vous ne serez jamais autant aimés que par nous. Nous sommes votre véritable famille, jamais nous ne vous trahirons.* » Tels étaient les mots qu'il leur injectait comme du poison. Il arrivait à persuader les Azariens qu'ils avaient été victimes de manipulation, qu'ils vivaient aux crochets de l'Ennemi sans le savoir. Et que grâce à leur intervention, ils seraient en mesure de les délivrer, de leur rendre leur liberté.

Les nouveaux fidèles, après s'être assurés de leur allégeance, étaient envoyés sur l'île de Morganzur afin de poursuivre leur chemin spirituel. Isolés du monde, ils finissaient par perdre toute lucidité, jusqu'à devenir les esclaves de la foi pour ensuite revenir en terre impure et appliquer les codes sacrés.

Du côté des transformations, la grande bibliothèque d'Azarun n'était plus qu'un vague souvenir. Le savoir qu'elle contenait avait été perdu dans les flammes. Des pièces avaient été rajoutées, dont une galerie souterraine accueillant les cérémonies privées. C'était dans ces tréfonds que Hazran travaillait nuit et jour avec les autres esclaves. Il était chargé de porter à bout de bras les pierres destinées à la construction de colonnes. Son dos n'avait jamais été aussi malmené, et son sommeil n'en était que plus troublé. Cela faisait des jours que le général déchu n'avait toujours pas vu la moindre trace de son fils. Il se demandait où ils pouvaient retenir les enfants. Probablement dans les étages du temple, mais rien n'était sûr.

Épuisé, affaibli, les bras en sang, Hazran comptait bien rester encore en vie tant que toute cette histoire ne serait pas terminée. Surveillé de près par un Prétorien qui traquait ses moindres faits et gestes, ses seuls moments de répit, il les trouvait lors de sa pause. Les esclaves n'avaient plus accès à leur maison – qui étaient réquisitionnés par le culte. Ils étaient jetés dans des enclos bâtis par eux-mêmes en plein centre-ville, comme de simples bêtes de ferme. Nourris aux pommes de terre crues qui leur étaient lancées comme des cailloux, ils se soudaient les uns les autres pour s'accrocher à un filet d'espoir.

Les enclos empestaient, l'hygiène y était inexistante, et pour couronner le tout le manque d'espace les obligeait à se serrer pour dormir sur un sol encore plus dur et sec que le pain qu'ils mangeaient. C'était dans ces heures difficiles que Hazran pouvait agir librement, même si tout était relatif. Sa barbe hirsute et ses cheveux ébouriffés lui donnaient l'air d'un fou, pourtant il n'avait jamais été aussi concentré et déterminé.

Pendant qu'il patientait pour s'abreuver au tonneau d'eau mis à leur disposition, il vit derrière les grilles de son enclos quelque chose qui le poussa à quitter la file précipitamment. Peut-être était-ce une hallucination due au manque de sommeil – et au fond de lui il le souhaitait. Une rangée d'enfants en tunique bleutée émergea d'une avenue, escortée par deux Doyens. Hazran reconnut immédiatement son garçon au milieu des autres. Une petite tête aux cheveux noirs frisottants et aux sourcils épais comme les siens. Sa tunique arborait l'insigne imortis sur le devant, ainsi que sur les épaules – une image dont il essayait de faire abstraction.

Les enfants semblaient profiter de cette journée. Les Doyens les laissaient jouer autour de la fontaine, tout en gardant un œil sur eux. Hazran attendit que son fils soit assez proche pour l'interpeller discrètement. Le garçon s'amusait avec un autre enfant de son âge avec une balle rembourrée qu'ils se lançaient à tour de rôle. Hazran connaissait la maladresse de son petit pour tenir des objets entre ses mains, et alors qu'il les observait, il sifflait du bout des lèvres :

« *Allez Brenn, manque-la, laisse-la rebondir jusqu'ici...* »

Et son souhait s'exauça.

La balle roula jusqu'à la grille et le garçon s'empressa d'aller la récupérer. Et comme il se baissait pour la prendre en main, il entendit une voix faiblarde l'appeler.

— Brenn... souffla Hazran, Brenn, ici, regarde-moi.

L'enfant leva la tête et chercha la voix avec ses yeux.

— Brenn, continua l'homme, c'est ton père, tu vois, c'est moi !

Hazran lui offrit un sourire qui emplit son visage de bonheur. Il s'accroupit à son niveau et passa ses doigts dans la grille pour espérer un contact.

— Comment tu vas, mon grand garçon ? s'empressa-t-il de demander.

Mais l'enfant n'avait pas l'air de reconnaître son père. Pire que tout, il resta muet, l'expression figée, sans âme.

— Brenn… dit-il avec un sanglot.

Il enfouit sa main à l'intérieur de sa chemise sale pour en ressortir son amulette en argile.

— Regarde, tu te souviens ? C'est toi qui l'as fait, pour moi, pour que je puisse me défendre.

Hazran était face à un mur. L'indifférence flagrante de son propre fils lui noua la gorge. Il agitait son index à travers un trou dans la grille pour que le garçon puisse le saisir, mais le geste ne fut pas rendu. Brenn eut un mouvement de recul.

— Qu'est-ce qu'ils t'ont fait ?

Le regard de l'enfant était vide, dénué de sentiments, comme devant un parfait inconnu. Le moment ne dura pas. Un Doyen arriva rapidement pour attraper l'enfant par la main et l'éloigner de l'enclos.

— Brenn ! gémit Hazran, la tête contre le grillage.

Il les observait traverser la place pour se rendre au temple. Affecté par ces retrouvailles, le général éprouva une haine qui prenait vie dans tout son corps.

— Ne lui en veux pas, dit un esclave aux cheveux courts qui avaient assisté à toute la scène. Ce n'est pas sa faute.

— Il ne m'a pas reconnu.

— Tu n'es plus son père. Maintenant, sa seule famille, c'est eux.

L'esclave s'assit à ses côtés pour partager sa douleur.

— Je sais ce que tu ressens. Ils ont fait la même chose avec ma fille, tu sais. En à peine quelques jours, elle ne se souvenait déjà plus de sa mère ni de moi. Nous étions des étrangers à ses yeux. Je ne sais pas comment ils s'y prennent, mais c'est efficace.

— Pourquoi est-ce qu'ils font ça ?

— Ce sont les plus faciles à influencer, et ce sont les moins dangereux.

— Il faut que je le sorte de là.

— J'ai déjà abandonné cette idée. Regarde où on est. Dès qu'on mettra un pied hors de l'enclos, ces Prétoriens là-bas seront collés à notre cul. On peut rien faire.

— Il doit quand même y avoir un moyen. J'ai promis à sa mère de le ramener sain et sauf, je ne peux pas le laisser là.

— Je comprends, l'ami.

L'esclave tapota l'épaule du général avant de le laisser. Son geste se voulait réconfortant, mais cela eut l'effet inverse. Hazran scruta la haute tour du temple qui dépassait des maisons, il lui serait impossible d'y accéder sans être arrêté, mais peu importe, le général était peut-être mort, mais le père, lui, continuerait de se battre.

« *J'arrive, Brenn.* »

Le chariot roulait sur une route dégagée et plate. Le marchand qui tenait les rênes fredonnait un air qu'il composait au gré de son ennui. Quant à son associé, assommé par le voyage, il s'amusait à compter les bêtes sauvages qui leur coupaient le passage pour traverser vers la forêt. La nuit approchait à grands pas, mais cela n'avait pas l'air de déranger les deux commerçants qui avaient l'habitude de parcourir le pays pour livrer leurs commandes à temps, en particulier quand celles-ci étaient destinées aux clients riches. Les marchandises étaient conservées à l'abri des intempéries sous une grande bâche montée comme une tente.

— J'espère que le pain n'a pas changé de couleur derrière, dit l'associé en ajustant sa lanterne, une inquiétude dans la voix. Si on n'avait pas été bloqué au port à cause de ces illuminés, on serait déjà arrivé depuis cinq jours.

— C'est pas pour le pain que tu devrais t'inquiéter.

— Qu'ils se plaignent pas de manger des briques après ça. Ça fait quinze ans qu'on livre pour les Tan-Voluors et c'est la première fois qu'on livrera en retard. Tout ça à cause de ces guignols en capuches. Quand je pense qu'on a dû attendre presque une semaine pour reprendre la route.

— Tu devrais te taire, maintenant. Autrement on ne livrera plus rien du tout.

— Excuse-moi, j'suis un peu à cran. J'ai l'impression que nous ne sommes plus les bienvenus dans ce pays.

— On fait comme d'habitude, on dépose la marchandise et on rentre chez nous.

— Et s'ils nous demandent de revenir demain ? J'te préviens, Nagus, j'ai pas envie de…

— Essaye de te calmer, d'accord ? On est presque arrivés à la cité.

— Si on daigne nous laisser entrer, bougonna l'homme sur son siège.

Ils atteignirent la cité aux abords du crépuscule. Le bourg qu'ils venaient de dépasser les avait refroidis. La taverne du coin était fermée, ce qui était plutôt anormal en cette saison. Il n'y avait aucune activité nocturne, pas même un ivrogne sur le bas-côté de la route attendant d'être reconduit chez lui. D'habitude, même de nuit, il y avait toujours de la vie ici, mais pas ce soir.

— On dirait bien un couvre-feu, supposa le conducteur.

— Quelque chose me dit qu'on va se retrouver comme des cons à l'entrée et qu'il va falloir attendre qu'un de ces peignes-culs nous ouvre.

— Bon sang, Emryk, tu veux pas être positif, pour une fois ?

— J'me demande comment tu fais pour l'être, toi.

Les murs d'Azarun grandissaient à leur approche. Et à l'horizon, ils distinguèrent dans la pénombre des flambeaux allumés près des portes.

— Tu vois, il y a quelqu'un, pas de quoi s'inquiéter.

Le véhicule emprunta l'allée principale et se fit malmener par quelques bosses.

— Ça doit bien faire cinq ans qu'ils ont dit qu'ils allaient retaper cette route. C'est dangereux, on pourrait perdre une roue comme ça !

Son ami leva les yeux au ciel. Les portes en vue, il tira sur les rênes pour faire ralentir les chevaux. Le commerçant pensait qu'ils avaient disposé des statues massives pour créer un barrage. En réalité, il s'agissait de Prétoriens. Même les portes ouvertes, ces golems pouvaient empêcher le plus rapide des chars de pénétrer dans l'enceinte. Un religieux brandit la torche devant eux et les interpella, ils étaient plusieurs à garder l'entrée.

— La cité est fermée au public, vous allez devoir faire demi-tour.

— Qu'est-ce que je t'avais dit ? rappela le vieil homme à son associé.

Le conducteur secoua la tête.

— Nous avons une marchandise à livrer, au nom du roi Angal Tan-Voluor.

— On ne m'a rien dit, suspecta le fidèle.

— C'est peut-être parce qu'on a une semaine de retard, dénonça avec sarcasme le passager.

— Nous travaillons avec la Maison depuis des décennies, il s'agit d'une commande sur mesure pour le roi que nous venons livrer tous les mois.

— Il y a quoi à l'arrière ?

— Cinq containers de pains bleus de Tamondor, six cagettes de de pommes brûlées à la vanille, quatre sacs de saucisses au miel, quatre autres de galettes acides et huit barriques de jus de cannelle.

— On va devoir fouiller le char, informa le fidèle.

— Et allez, c'est reparti ! s'insurgea le vieillard. C'est la quatrième fois qu'on se fait contrôler depuis notre arrivée ! Vous savez que ces aliments ne peuvent rester conservés indéfiniment ? Ils ont besoin d'être au frais, à l'abri de l'humidité ! Si votre roi meurt d'une dysenterie, faudra pas chercher d'où ça vient ! Faites venir quelqu'un du palais, qu'on en finisse !

L'Imortis se retira vers ses confrères. Une concertation eut alors lieu dans le plus grand silence. Puis le fidèle revint vers eux, un objet sombre à la main.

— Si vous n'êtes pas de retour lorsque le sablier est écoulé, vous serez arrêtés et conduits aux geôles pour le reste de la nuit.

— Pensez bien que la dernière chose dont nous ayons envie c'est de nous éterniser ici. Nous ferons au plus vite, messieurs.

Les Prétoriens s'écartèrent pour laisser passer le chariot, mais ne le quittèrent pas des yeux jusqu'à ce qu'il disparaisse au tournant d'une rue.

— J'saurais pas dire, mais cet endroit me fout les boules, grommela le vieux.

— C'est parce qu'on vient jamais ici de nuit.

— J'ai l'impression qu'on est suivi, j'te dis ! J'entends une respiration qui rôde dans mon dos.

— C'est ton imagination, ce ne serait pas étonnant. Non, mais t'as vu la taille de ces gardes ?

— Ouais, c'est pas contre eux que j'ferai un bras de fer c'est certain. Tiens, attends, arrête-toi devant cette maison-là, ils m'ont commandé une bouteille de vin le mois passé et je leur ai promis de leur en ramener une au plus vite. J'ai dû la mettre quelque part près des cagettes, dit-il en attrapant la lanterne.

— J'te rappelle qu'on n'a pas toute la nuit devant nous. Fais vite.

— Ouais, ouais, grinça l'homme en contournant le chariot.

D'un geste du bras, il écarta la toile pour monter sous la tenter, mais avant même qu'il eut pu mettre un pied à l'intérieur, son souffle se coupa lorsqu'il rentra en contact avec une présence qui se cachait derrière les barriques.

— Magne-toi, Emryk ! J'ai pas envie d'aller visiter les geôles, grogna le conducteur.

Surpris, l'homme était sur le point d'alerter son comparse de sa trouvaille quand un choc à la tête le fit perdre connaissance.

— Emryk ? appela l'autre. Par les couilles d'Eklius, tu t'fous d'moi, s'impatienta le jeune marchand, descendant du véhicule.

Dès qu'il trouva terre ferme sous ses bottes, une lame froide se logea immédiatement sous son cou, l'immobilisant aussitôt. Par instinct de survie, le marchand mit ses mains en l'air en signe de capitulation.

— Doucement, nous n'avons rien de grande valeur, prenez ce que vous voulez, mais laissez-nous repartir, pitié.

— Taisez-vous, siffla l'agresseur avec une voix douce.

Le marchand fronça les sourcils, la honte venait de se peindre sur son visage. Être détroussé par une femme, voilà qui ne lui apporterait guère bonne réputation au pays.

— Où est Emryk ?

— Il fait un somme à l'arrière. Remontez, dépêchez-vous avant que l'on nous voie, pressa-t-elle en prenant place côté passager.

— Vous n'êtes pas là pour nous voler ?

— Contentez-vous de poursuivre votre route.

Circonspect par l'attitude de son agresseur, l'homme essayait de croiser son regard enseveli sous un capuchon. Son attention était surtout focalisée sur l'épée fine et légèrement courbée que tenait la femme. Il n'avait aucunement envie de risquer sa vie pour quelques friandises. Les chevaux reprirent leur route, et pendant le court trajet qui les séparait du Palais, Kerana songeait à un plan pour atteindre la deuxième partie de son objectif.

Elle ôta son capuchon et son écharpe qui camouflait le bas de son visage. Il valait mieux passer le plus inaperçu possible. Sa jambe tremblait, son cœur se serrait, elle n'avait que peu de temps pour se rétracter, il était encore possible de faire demi-tour. Le conducteur la guettait du coin de l'œil, Kerana remarqua que lui aussi était devenu anxieux.

— Essayez de vous calmer, rassura-t-elle dans un murmure, sinon ils se douteront de quelque chose.

— Facile à dire quand c'est pas vous qui êtes menacé par une arme.

— Je ne vous ferai aucun mal, vous avez ma parole.

— Qu'est-ce qui me fait croire que vous dites la vérité ?

— Je ne suis pas ici pour ça.

— Ça fait combien de temps que vous vous cachiez à l'arrière ?

— Depuis que vous vous êtes fait contrôler au Pont-des-Morts.

— Quoi ? Depuis tout ce temps ?

Elle haussa les épaules.

— Alors, qu'est-ce que vous voulez ?

Kerana se tut lorsqu'elle vit un groupe d'Imortis passer à côté d'eux.

— Écoutez, moins vous en saurez sur moi, mieux ça vaudra pour vous.

Sa respiration s'emballa quand elle aperçut les colonnes du palais. Elle sentait les multitudes de parfums provenant des jardins à proximité. L'architecture resplendissait même de nuit. Une légende voulait que l'édifice fût taillé dans un fragment de lune tombé du ciel, il y avait de ça plusieurs millénaires, ce qui pouvait expliquer pourquoi les murs scintillaient comme des diamants.

Mardaas était quelque part là-dedans, elle en était certaine.

Le véhicule prit un virage pour contourner l'entrée du palais, le marchand avait l'habitude de décharger son chariot à l'arrière du domaine. Il y avait une porte qui menait directement aux cuisines, ce qui facilitait la manœuvre. Toutefois, l'homme avait peur de ce qu'il se passerait une fois le chariot stationné.

— Et maintenant ?

— Je ne pense pas que votre partenaire soit en état de vous aider.

Il voyait son idée briller dans ses yeux, même s'il ne comprenait toujours pas ses intentions.

— Attendez ici, dit-il en sautant du chariot, je vais prévenir les employés de mon arrivée.

— Ça n'a rien de personnel, lança Kerana, mais si vous les alertez de ma présence, je serai contrainte de tuer votre ami, et vous avec.

Elle ne l'aurait jamais fait, et d'ailleurs ces mots sonnaient faux dans sa bouche. Le marchand hocha la tête par crainte et la laissa seule. Kerana rangea l'épée dans son fourreau dissimulé dans le dos, caché sous sa cape de voyage. Pourchassée par sa conscience qui lui hurlait de revenir à la raison, elle essayait d'y échapper en se perdant dans la beauté des étoiles, comme si c'était la dernière fois qu'elle les voyait.

*Tu le fais pour ta fille,* se répétait-elle.

Un poids la gêna quand elle mit un pied à terre. Si elle devait crapahuter discrètement dans les chambres du palais, elle allait devoir se séparer de son sac à bandoulière, dont les fioles de verre s'entrechoquaient continuellement. Pressée par le temps, elle l'enterra à la hâte sous l'arbuste le plus proche, dans l'idée de le récupérer au retour – si retour il y avait.

Le marchand réapparut. Il était seul, ce qui la rassura.

— Vous venez ? appela-t-il, tandis qu'il commençait à dégager la bâche.

L'homme tendit une première cagette à la jeune femme. L'odeur sucrée qui s'en dégageait la réconforta, cela lui rappelait ses promenades matinales en ville à Odonor, un souvenir pas si lointain auquel elle s'accrochait pour garder la tête froide. Le marchand entra le premier, et elle lui emboîta le pas. Le passage était exigu, les murs leur procuraient une chaleur douce. Ils débouchèrent dans une pièce spacieuse, occupée par une poignée de personnes attelées au travail. Des ordres étaient lancés à tout va, les employés couraient partout dans la cuisine, les fours crachaient leur fumée, les plats sur la grande table étaient réalisés à une vitesse incroyable. Comme personne ne leur accordait une quelconque attention, le marchand déposa un des barriques et repartit à l'extérieur chercher le reste, Kerana gardait sa cagette entre les mains, les yeux rivés vers la porte au fond qui devait mener dans les couloirs. Elle allait devoir traverser la cuisine pour l'atteindre, et elle en serait certainement empêchée. Cependant, la concentration des employés était telle qu'il était tout aussi probable qu'ils ne s'aperçoivent pas de sa présence. Ils portaient tous une chemise jaune aux manches amples, à l'exception d'un. Et celui-là, Kerana l'avait immédiatement remarqué. Il arborait la même bure que les fidèles qui les avaient attaqués, à l'exception d'un ou deux détails différents.

— Non, non ! s'indigna Lezar à l'encontre du chef. Je vous avais déjà signalé de ne pas mettre votre sauce au fromage sur la viande, le Seigneur de Feu la déteste. Il est hors de question que je lui apporte ce plat, vous allez devoir le refaire, je le crains.

*Le Seigneur de Feu,* releva immédiatement Kerana. *Il est donc bel et bien ici.*

Elle fit mine de savoir où poser la cagette et continua d'aider le marchand, toujours en gardant un œil sur l'Imortis.

Soucieux de la qualité du plat de son maître, Lezar bouillonnait devant les cuisiniers. Il avait déjà entendu une histoire à propos d'un Sbire défenestré pour avoir servi un repas infect à l'Immortel, et il ne souhaitait en aucun cas suivre le funeste sort de tous ces prédécesseurs.

— Et le pain ? ajouta-t-il, sur le point d'exploser. Où est le pain bleu ? Quand le Seigneur de Feu réclame un plateau, rien ne doit manquer, vous avez compris ?

Le chef au ventre débordant du pantalon gardait un sang-froid à toute épreuve, les exigences – ou du moins les caprices – du roi Angal l'avaient déjà bien forgé.

— Tenez, dit Kerana en tendant un morceau de pain qu'elle avait pioché dans le container.

Leurs regards se croisèrent rapidement, Lezar la remercia avec une voix chevrotante, presque sourde, et s'empressa de quitter la cuisine avec le plat. Kerana se fit bousculer par un employé qui lui heurta l'épaule, puis un autre qui manqua de la faire trébucher. Ils avaient l'air de ne pas la voir – ou de lui faire comprendre qu'elle gênait le passage. Le marchand signala au chef qu'il avait terminé et qu'il était sur le point de repartir, et tandis qu'il signait la livraison, Kerana en profita pour se fondre dans la masse et réussit à atteindre la porte du fond.

Le plateau vibrait sous les pas de Lezar. Sa bure de Sbire lui collait à la peau, il suffoquait, pourtant l'Immortel n'était pas dans les parages. Il haïssait cet endroit, il haïssait son devoir, mais il se refusait à l'admettre par peur de fâcher les dieux. Ses parents lui manquaient, l'île lui manquait, les cours du prêtre Pecras, les nuits de prière au temple, les rituels de l'aube, il aurait donné n'importe quoi pour remonter le temps et ne pas écouter son crétin de camarade lors de la cérémonie des Sbires. Ironiquement, c'était auprès de Mardaas qu'il se sentait le plus protégé. Sans réellement savoir pourquoi, il commençait à ressentir une certaine sympathie envers le Seigneur de Feu. Probablement parce qu'il était le seul à se soucier de son état. Le fidèle maigrissait à vue d'œil, alors qu'il n'était déjà pas bien rond, son apparence devenait squelettique.

Il se dépêchait d'amener le repas de son maître. Les couloirs étaient courts, mais nombreux, il s'était déjà perdu plusieurs fois.

Pour se souvenir du chemin à prendre, il avait fini par mémoriser les directions. Lezar avait une capacité d'apprentissage exceptionnelle, il pouvait lire un texte et le réciter les yeux fermés en ne l'ayant lu qu'une seule fois. De fait, il n'avait pas besoin d'écrire quelque part ces indications.

Sans faire chavirer le plateau entre ses mains, Lezar passait d'une salle à une autre. Il se pensait seul, mais en réalité, une ombre le traquait. Arrivé devant la chambre de Mardaas, il dut faire face à deux Prétoriens qui gardaient l'entrée. Les colosses laissèrent entrer le Sbire, il était un des rares à avoir ce privilège – même si pour lui, ce n'en n'était pas un. La porte se referma, et Kerana marmonna un juron depuis l'alcôve qui la dissimulait. De là, elle voyait les Prétoriens qui, même de loin, paraissaient atteindre les voûtes. Figés comme des statues de guerriers, il était clair qu'elle ne pourrait jamais passer devant eux sans attirer leur attention. Il fallait trouver un autre moyen d'entrer, et vite. Lezar ressortit, les mains vides cette fois. Il traversa le long couloir en foulant le sol de ses pas légers. Kerana retint sa respiration, l'alcôve était plongée dans une pénombre partielle, il suffisait que Lezar tourne la tête vers elle pour qu'il la repère et déclenche l'alerte. Heureusement, il traça jusqu'à l'escalier et disparut à l'étage inférieur. Soulagée, Kerana se mit aussitôt à réfléchir à une solution.

Cela lui rappela fortement un souvenir encore frais dans son esprit et dans le temps, lorsqu'elle et Grinwok s'étaient lancés à la rescousse des survivants de sa famille détenus dans leurs propres cachots. Sur ce coup-là, Grinwok avait été d'une aide indéniable. Et de ce souvenir jaillit un conseil que la créature lui avait donné ce jour-là.

« *Le chemin le plus évident n'est pas forcément le plus sûr. Pense comme une voleuse.* »

*Merci, Grinwok.*

Elle rebroussa chemin et se mit en tête de pénétrer dans une des chambres voisines, loin des yeux des Prétoriens. Beaucoup étaient verrouillées, beaucoup abritaient des fidèles de marque tels que les prêtres et les Doyens. Kerana avait l'angoisse de tomber face à l'un d'entre eux. Finalement, une des chambres se trouvait être vide. Dans le noir absolu, elle se dirigea vers sa seule source de lumière, le balcon, dont la pierre blanche étincelait sous la lune comme un milliard de petites étoiles. En contre-bas, un cloître ceinturé de torches murales.

Kerana jaugea la distance qui la séparait du balcon adjacent. Tout le long, elle se demandait ce qu'elle était en train de faire.

*Une connerie, voilà ce que tu fais, ma fille*, se répondit-elle. Une chute lui serait assurément fatale, tout était fait pour l'en dissuader.

Déterminée à ne pas repartir sans avoir eu les réponses à ses questions, elle enjamba la balustrade. La pointe de ses pieds dépassait du rebord, de la poussière tomba comme une pluie fine au moment de glisser le long de la façade. Elle se forçait à ne pas regarder les galets qui la réceptionneraient en cas de faux pas. Ses doigts s'agrippaient à tout ce qui pouvait lui servir de prise, le minuscule renfoncement lui donnait un chemin escarpé qui l'obligeait à racler le mur avec son dos pour atteindre l'autre côté. Plus qu'un mètre. Kerana commença à regretter son idée. La chambre de Mardaas était à environ six balcons de là.

Au même moment, plus bas, un rassemblement de silhouettes se forma. Des fidèles, mais aussi des Prétoriens, dont un que la jeune femme n'était pas près d'oublier.

— Elle doit être encore dans le palais, lança un fidèle.

— Le livreur a dit qu'elle était passée par les cuisines, dit un autre.

*L'enfoiré,* pensa-t-elle.

— J'en viens, il n'y a personne, assura un troisième.

— Vous avez fouillé les étages ? interrogea Kazul'dro de sa voix profondément grave et inhumaine.

— C'est en cours.

— Trouvez-là, exigea le Prétorien avant de faire volte-face.

Les fidèles partirent dans la direction opposée. À présent chassée, Kerana sentait son cœur s'affoler dans sa poitrine. Elle atteignit le deuxième balcon et s'abaissa sous la rambarde pour se recentrer sur son objectif. Plus que cinq. Elle ne pensait pas y arriver, elle se voyait déjà entre les mains des Imortis en train de subir un châtiment qu'elle n'aurait jamais imaginé même dans ses pires cauchemars. Mais l'heure n'était plus au doute. Kerana se releva et enjamba à nouveau la balustrade, malgré les échos menaçants qui s'étaient lancés à sa recherche. Encore quatre. Les fidèles commençaient à entrer dans les chambres pour inspecter. Le troisième balcon était à sa portée, elle n'avait plus le temps, Kerana s'élança dans le vide et atterrit de justesse sur la terrasse. Plus que deux. Elle entendait les Imortis à l'intérieur qui retournaient la pièce. Telle une course contre ses adversaires, la jeune femme ne s'arrêta pas et devint de plus en plus habile dans ses gestes. Sans interruption, elle se hissa et se jeta sur le dernier balcon, le plus grand de tous, en demi-cercle. Ils n'iraient pas jusqu'à entrer dans l'appartement de Mardaas sans autorisation, c'était sa seule issue. Elle escalada la pierre avec empressement et manqua de chuter. Après avoir puisé la force de ses bras, elle réussit à grimper et à être hors d'atteinte.

Elle y était.

Derrière une fenêtre, elle essayait d'entrevoir l'intérieur. La chambre était éclairée par plusieurs chandeliers qui dessinaient des ombres douces. Un grand lit à baldaquin orné d'or faisait face à la tapisserie de la nuit. Près d'une table en ivoire, le plateau que le Sbire avait apporté fumait encore. Il n'y avait personne. Kerana décida alors d'entrer. Dès qu'elle mit un pied sur le tapis de fourrure, l'œil de Sevelnor qui dormait dans un coin s'ouvrit subitement, braquant sa pupille démoniaque sur elle. Kerana l'avait aussi tout de suite repérée, elle se sentit clouée sur place, comme si au moindre de ses gestes, le monstre d'acier lui enverrait un de ses crochets acérés en pleine tête. L'épée la toisa, sa pupille s'élargissait et s'amincissait tel un battement de cœur, elle avait l'air de reconnaître la mortelle qui avait accompagné et sauvé son porteur. Kerana écarta lentement ses mains pour montrer qu'elle n'était pas armée. Ne décelant aucune menace potentielle, la paupière se referma délicatement et l'épée replongea dans son sommeil artificiel.

Kerana y avait une fois de plus échappé belle. Sevelnor n'était pas connue pour son indulgence quant à la sécurité de son maître. Le danger écarté, elle se mit à fouiller l'appartement en quête d'informations qui pourraient lui permettre de remonter jusqu'à sa fille. Les coffres, les tiroirs, les armoires, les bibliothèques, tout y passait, mais elle n'y découvrit rien.

Un bruit sourd retentit derrière la grande porte. Des bottes de fer martelaient le sol lourdement, accompagnées d'une voix étouffée qui n'était pas celle de Mardaas. Kerana glissa sous le lit.

— Quand, alors ? demanda Céron.
— Quand je l'aurai décidé, répondit Mardaas en entrant dans la chambre.

Kerana vit sa longue cape noire traîner et balayer la poussière, suivi par celle de Céron.

— On va les retenir encore combien de temps confinés en bas ?
— Le temps qu'il faudra.
— Laisse-moi au moins le garçon !
— Si tu t'approches d'Angal, Baahl…
— Baahl, Baahl, Baahl, imita-t-il avec une voix simplette. T'as que ce nom-là à la bouche. Il fera rien, le vieux ! Oh, allez, juste pour une nuit, j'te promets qu'il n'aura pas une seule égratignure. Il ne nous sert plus à rien !
— Ça se voit que tu n'as aucune idée de comment garder la main sur un pays. Je t'interdis de toucher au roi, jusqu'à nouvel ordre. Maintenant, dehors.

Céron entendit les Prétoriens se retourner à l'entrée. Il haussa les épaules, grogna quelque chose et quitta la pièce en trombe comme un enfant furieux. Mardaas referma la porte pour ne plus entendre la voix cinglante de son confrère.

*Qui m'a collé un idiot pareil*, se dit-il en allant vers le bureau près de la fenêtre. Lorsque ses yeux noirs se posèrent sur les parchemins étalés en désordre les uns sur les autres, Mardaas fronça les sourcils derrière son masque. Il en ramassa quelques-uns qu'il feuilleta rapidement et comprit que quelqu'un s'était introduit ici. Il pivota vers le plateau de nourriture. Lezar n'aurait jamais pris le risque de mettre le nez dans ses affaires. Il constata que beaucoup de choses avaient été bougées, comme des petits coffres et des malles, dont les lanières de cuir étaient défaites.

*Qui a pu passer devant Sevelnor sans la réveiller ?*

Il essayait de comprendre ce que le voleur cherchait sans réellement trouver d'explications, d'autant que rien n'avait été emporté. Là, une respiration dans son dos l'interpella. Le voleur était encore dans l'appartement, juste derrière lui. Peut-être pensait-il passer inaperçu ? Prêt à le faire rôtir, le bras déjà en fusion, il se retourna avec vigueur vers le lit à baldaquin. Mais au lieu de cracher son feu impétueux, Mardaas se rétracta au dernier moment.

Elle était face à lui, le visage inexpressif, la posture fragile, comme dans ses rêves tourmentés. Il croyait à une tromperie. Ça ne pouvait pas être elle, pas ici. Elle le dévisageait, non comme un monstre ni un ennemi, mais comme il ne l'avait jamais été durant toute sa vie.

Mardaas s'avança pour être sûr qu'il ne s'agissait pas d'un tour joué par son esprit. Ni elle ni lui ne prononcèrent un mot, leurs regards en disaient déjà bien assez. Kerana leva ses yeux pour croiser les siens. L'odeur de soufre qu'elle connaissait si bien éveillait en elle une colère aussi brûlante que les flammes de l'Immortel. Mardaas avait la tête baissée vers la sienne, les bras tendus le long du corps. Elle ne montrait aucune peur, pas une once de crainte. Elle s'attendait à ce qu'il parle le premier, elle espérait une simple parole qui aurait pu tout expliquer, mais à la place, elle se fit brutalement saisir par le cou et emporter dans une action violente qui l'écrasa contre un mur.

— Qu'est-ce que tu fais là ? rugit Mardaas avec hargne, pensant qu'elle n'était pas réelle.

Il n'avait pas voulu lui faire mal, mais il n'avait jamais su maîtriser sa force. Kerana avait senti son dos se tordre, le choc avait été intense, aussi bien physiquement que mentalement. Immédiatement après, il l'avait relâchée pour se détourner d'elle, regrettant assurément son geste. La présence de la mortelle l'avait considérablement agité, il n'avait plus rien du Seigneur Noir imperturbable. Ce qu'il redoutait le plus était en train d'arriver. Il lui en voulait de l'avoir retrouvé, mais pas pour les raisons que la jeune femme s'imaginait. Kerana se redressa fébrilement, elle voyait qu'il évitait son contact, que quelque chose retenait plus son attention que sa présence.

— Ne cherche pas à me fuir, Mardaas. Pas une seconde fois.

— Tu n'aurais jamais dû venir ici, dit-il en s'empressant de fermer les portes menant au balcon et de tirer les rideaux. C'est toi qu'ils sont en train de chercher. Qu'est-ce qui t'a pris de me retrouver ? Je t'avais pourtant dit que…

— Que quoi ? Qu'il valait mieux que nous nous ne revoyions jamais ? Ça, je m'en souviens. Je me souviens de chaque mot qui est sorti de ta bouche. Je t'ai pris pour beaucoup de choses, Mardaas, mais je n'aurais jamais pensé que tu puisses être un lâche accompli.

— Ce n'est pas ce que tu crois.

Mardaas écoutait d'une oreille les fidèles dehors, marmonnant continuellement derrière son masque blanc « *Tu n'aurais jamais dû venir ici* » sans vraiment s'adresser à elle.

— Je n'ai pas traversé le pays pour écouter tes mensonges.

— Qu'est-ce que tu attends de moi, alors ?

— Je ne suis pas venu pour toi, si c'est ce que tu crois. Je suis venu pour ce que tu m'as enlevé. Je suis venu pour mon enfant.

Elle resta muette un instant, au bord du sanglot, avant de reprendre.

— Pourquoi les as-tu conduits jusqu'à elle ce jour-là ? Pourquoi a-t-il fallu que tu m'arraches la seule chose qui pouvait m'offrir une vie meilleure ? Si je comptais un minimum à tes yeux, comme tu avais l'air de le sous-entendre, tu aurais fait en sorte de garder le secret.

— Baahl l'aurait su tôt ou tard, et s'il avait envoyé lui-même les Prétoriens, personne n'aurait survécu. J'ai préféré prendre les devants.

— Si tu essayes de me dire que tu as fait ça pour me protéger, sache qu'il y a peu de chances pour que je te croie.

— Aucune importance, j'ai fait ce que je devais faire. À présent, tu ferais mieux de l'oublier, elle ne t'appartient plus.

— Ce n'est pas à toi d'en décider. Je ne quitterai pas cette pièce tant que tu ne m'auras pas dit où elle est. Je sais qu'elle se trouve quelque part sur l'île de Morganzur, j'ai besoin de savoir où exactement.

— Qu'est-ce que ça changerait ? Même si je te le disais, seule, tu n'aurais aucune chance de la récupérer. Cette enfant est là où elle doit être, avec les siens.

— Sa place est avec *moi*, assura-t-elle avec un regard noir. C'est *ma* fille. Peu importe ce qu'elle est, elle reste l'enfant que j'ai mise au monde.

— Si tu espères entrer dans le château de Baahl sans être vue, alors tu es folle. Nul ne peut approcher des tours sans qu'il ne soit mis au courant. Tu finiras en pâture pour ses monstres gardiens.

À l'expression de Kerana, Mardaas prit conscience qu'il venait de révéler une information qu'il aurait mieux fait de garder pour lui.

— Renonce, Kera, il n'y a aucune autre solution.

— Dans ce cas, conduis-moi jusqu'à elle.

— N'as-tu pas écouté ce que j'ai dit ?

— Après tout ce que j'ai fait pour toi, j'estime que c'est un service que tu peux bien me rendre.

— Un service. Tu appelles ça un *service*. Tu ne te rends pas compte de ce que tu me demandes. C'est trop risqué. Kazul'dro n'attend qu'une chose, c'est de me coincer à nouveau. Je ne peux rien pour toi.

Mardaas la dépassa pour lui faire comprendre que la conversation était close, mais Kerana n'était pas de cet avis. Elle n'était pourtant pas venue pour déverser sa haine sur lui, elle considérait que ce n'était ni le lieu ni le moment pour ça. Cependant, le refus de Mardaas lui fit remonter toutes ses pulsions violentes à son encontre. Comme il venait de lui tourner le dos, elle empoigna le manche de son épée. Mardaas entendit le bruissement métallique, Sevelnor aussi l'avait entendu. Il la vit ouvrir spontanément son œil infernal comme un signal d'alerte. Kerana s'apprêtait à frapper l'Immortel pour se délivrer du poids de la rancœur, quand Sevelnor vola subitement à travers la pièce pour désarmer la jeune femme. Lorsque les deux épées s'entrechoquèrent, un éclair aveuglant jaillit et une onde de choc puissante propulsa Mardaas et Kerana à plusieurs mètres. Le souffle avait fait effondrer le lit à baldaquin, renverser les meubles et retourner les tapis. Mardaas était passé à travers une large table qui s'était complètement brisée, Kerana s'était pris le mur en pleine face.

Mardaas se releva sans effort, il n'arrivait pas à croire ce qui venait de se passer. Il semblait y avoir eu une connexion entre les deux armes. Là où Sevelnor aurait dû trancher la lame adverse, cette fois-ci il n'en fut rien. L'épée avait résisté.

— Où as-tu trouvé cette épée ? s'enquit Mardaas, la voix troublée.

Sonnée par l'impact, Kerana ne comprenait pas la question.

— C'est la même épée, celle du marché, dit-elle, haletante.

*Impossible,* pensa Mardaas qui paraissait plus absorbé par cette épée que par tout le reste. *Elle était ici depuis tout ce temps,* se dit-il dans un coin de son esprit. Il la ramassa et la garda en main. Kerana se remit sur ses jambes, l'incident l'avait calmée.

— Rends-là moi, exigea-t-elle.

Mardaas ne semblait pas décidé à répondre à sa demande.

— T'as gagné, je m'en vais.

Comme elle se dirigeait vers le balcon, Mardaas avança à grands pas pour lui barrer le passage. Elle se retrouva bloquée par une armoire humaine de deux mètres.

— Écarte-toi, Mardaas.

— Je regrette, Kera, souffla-t-il.

— Laisse-moi passer.

— Ils savent que tu es ici.

— Ça, c'est mon problème.

— Si je te laisse repartir et que Kazul'dro l'apprend, nous serons morts tous les deux avant la fin de la nuit. Je n'ai pas d'autre choix.

— Qu'est-ce que ça veut dire ? dit-elle avec un élan de recul.

— Tu n'aurais jamais dû venir ici.

— Mardaas…

— Prétoriens ! appela-t-il soudainement.

— Mardaas, qu'est-ce que tu fais…

Les deux colosses postés à l'entrée de la chambre firent irruption.

— Arrêtez-là.

Sans qu'elle s'y attende, des bras de fer l'agrippèrent et l'immobilisèrent. Elle ne pouvait se débattre, les Prétoriens avaient la force de mille hommes.

— Mardaas ! Non ! cria-t-elle avec détresse.

Impassible, le Seigneur de Feu retrouva sa posture dominante, il releva le menton vers les deux mastodontes.

— Mettez là avec les autres, ordonna-t-il d'une voix froide.

Suite à cet ordre, ils l'entraînèrent hors de la chambre. Cette seconde trahison perça le cœur de Kerana aussi violemment qu'une dague affûtée. Même si elle avait envisagé le fait de ne jamais ressortir d'Azarun, elle était loin de penser que cela serait dû à l'Immortel. Sa naïveté avait une fois de plus pris le pas sur sa raison. Elle savait

Mardaas mauvais, mais elle avait eu l'espoir inespéré d'y retrouver un vieil ami, et non un ennemi.

Lezar avait entendu le vacarme depuis sa chambre. Il fut témoin de l'arrestation et observa les Prétoriens emmener la prisonnière avec eux. Il reconnut la femme qui accompagnait le livreur et qui lui avait tendu le morceau de pain. Sa culpabilité se mit à le ronger. Si seulement il avait pu l'empêcher d'approcher le Seigneur de Feu. Sur le pas de la porte de son maître, le Sbire osa à peine s'annoncer.

— Tout va bien, Maître ?

Mardaas l'ignora en lui refermant la porte au nez. Lezar ne comprit pas sa réaction. Il pensait avoir fait quelque chose de mal. En faisant demi-tour pour retourner dans son appartement, une détonation sourde retentit derrière lui. Cela venait de la chambre de l'Immortel. Mardaas venait d'échapper à son propre contrôle. Les bras enflammés, il balayait le mobilier sur son passage avec une rage fulgurante. Le bureau explosa en morceaux lorsque ses poings s'y abattirent comme des masses, les fauteuils et les commodes furent emportées dans un torrent de flammes qui noircit les murs. Si n'importe qui avait pénétré à cet instant, le feu rougeoyant n'en aurait laissé que des cendres. Lezar aurait bien collé son oreille à la porte, mais celle-ci était en pleine combustion. Au milieu d'un décor de braises et de fumée, Mardaas évacuait ses sentiments par le chaos.

Affaibli par son excès de fureur, il s'assit à même le sol, retirant son masque charclé d'entailles qu'il jeta pour s'en séparer. Les flammes continuaient de lécher les murs tout autour, sans que cela n'eut l'air de le perturber. Cette scène avait été beaucoup trop familière pour lui. En gardant Kerana à Azarun, Mardaas lui avait octroyé quelques jours de plus à vivre. Il préférait la savoir ici que sur l'île. Cependant, il fallait maintenant s'assurer que nul ne vienne à découvrir le lien qui les unissait. L'Immortel jouait à un jeu dangereux, il en avait pleinement conscience. Cette fois, il allait devoir assurer ses arrières plus que nécessaire. La peur le saisit à la gorge. Et cette peur, il ne l'avait jamais oubliée, car tel un vieil écho du passé, l'histoire était sur le point de se répéter.

# CHAPITRE 13
## La Révélation de Grinwok

Mardaas était incapable de se remémorer toutes les guerres qu'il avait menées au cours de sa longue vie. Paradoxalement, il n'avait que très peu de souvenirs où il ne se trouvait pas sur un champ de bataille. L'odeur des rivières de sang se répandant dans la boue était caractéristique de son quotidien d'antan. La sixième ère avait été marquée par les lourdes campagnes que lui et les Immortels avaient dirigées contre les peuples qui refusaient leur suprématie. Chaque passage du Seigneur de Feu sur une terre ennemie se finissait en fosse commune. Mardaas n'était pas habitué au goût de la défaite, et à peu près tous les livres d'Histoire s'accordaient à dire qu'il n'existait pas – ou peu – de grands conflits qui n'étaient pas liées de près ou de loin avec Mardaas et ses armées. Si beaucoup essayaient de se soulever contre son oppression, beaucoup tombaient aussi sous le fléau du géant. Malgré les résistances, Mardaas n'avait jamais rencontré d'adversaires à sa taille, dans tous les sens du terme. Des généraux, des guerriers, des combattants, des milliers d'entre eux avaient défié l'Immortel pendant quatre siècles sans interruption, dans l'idée saugrenue de le renverser. Mais aucun ne survécut suffisamment longtemps pour se mesurer aux pouvoirs de l'ancien chef de guerre et de son épée Sevelnor. Leur espérance de vie face à un tel affrontement était ridiculement faible. Sevelnor savait parfaitement trancher la chair, mais aussi bien la pierre que le fer ou l'acier. Nulle lame ne parvenait à parer une de ses attaques, aucune, sauf une. Et celle-ci, Mardaas ne la connaissait que trop bien.

Si les livres appuyaient le fait qu'aucun grand guerrier n'était parvenu à vaincre l'Immortel, ils avaient pris l'habitude de raconter une tout autre histoire au sujet d'un jeune esclave de Tamondor. Un esclave au service du Seigneur de Feu lui-même, bien avant que les Sbires ne reprennent ce rôle. Son nom, Mardaas l'avait ignoré pendant des années. Et à cette époque, il était loin d'imaginer que ce gringalet de seulement treize ans deviendrait un jour le symbole de l'espoir de toute une nation, et que ce symbole le pourchasserait des siècles après, telle une malédiction éternelle.

Dans les chapitres consacrés aux héros de la sixième ère, on pouvait y lire un nom, suivi d'une phrase qui serait à tout jamais reprise par les conteurs et les bardes.

*Larkan Dorr,* l'Homme qui défia les dieux. Il était appelé aussi l'Envoyé par ceux qui l'avaient côtoyé, car ils pensaient que le jeune homme avait été envoyé par les Namtars pour les sauver du joug Immortel.

Il ouvrit pour la première fois ses yeux verts dans une cage insalubre et étroite, privée de la lumière. Sa première bouffée d'oxygène précéda la dernière de sa mère qui s'éteignit après lui avoir donné vie. Dès lors, Larkan était destiné à une vie d'esclavage.

Très tôt, à l'âge de douze ans, le garçon était déjà très grand. Ses cheveux roux frisés le différenciaient des autres qui avaient pour la plupart des têtes brunes. Il avait la réputation de travailler vite et bien, ce qui plaisait énormément à ses maîtres imortis.

Sa rencontre avec Mardaas fut la plus marquante de sa vie. Dans un écrit retrouvé après sa disparition, il avait raconté ceci :

*Je ne sais plus quel âge j'avais, peut-être treize ou quatorze ans. Les*

*Doyens cherchaient des serviteurs en bonne santé. On m'a alors amené jusqu'à lui. J'étais à la fois impressionné et craintif. Se retrouver face à Mardaas, c'est comme se retrouver face à la Mort. Vos poils se hérissent, votre cœur bat aussi fort qu'il le peut. Il vous domine par sa taille, mais aussi par son regard, clairement visible à travers son masque. Je me souviens avoir eu extrêmement chaud dans la même pièce que lui. Mes vêtements étaient trempés, mon visage suintait, pourtant dehors il neigeait. Quand il s'est avancé vers moi, la chaleur s'est intensifiée, comme lorsqu'on s'approche d'un four en plein travail. Il m'a regardé de bas en haut et a hoché la tête en direction du Doyen qui m'accompagnait. Je crois me souvenir qu'en sortant de la pièce, le Doyen m'a offert un verre d'eau avant de me faire changer de cage pour me mettre dans celles du château de Helgardyll. À partir de ce jour, et pendant les vingt années qui ont suivi, je ne suis plus jamais ressorti de l'enceinte. [...]*

Il poursuivait en écrivant plus loin :

*À force de l'observer pendant mon labeur, je commençais à comprendre comment il fonctionnait, comment il pensait, comment il réagissait à certaines situations. Au bout d'une dizaine d'années, je le connaissais comme mon meilleur ami, même s'il ignorait ma propre existence. Je le voyais comme personne ne le voyait, et j'ai fini par ne plus en avoir peur. C'est à ce moment-là que j'ai décidé de m'enfuir. Mais on n'échappe pas au Seigneur de Feu aussi facilement, et ça je le savais. J'ai consacré les deux années suivantes à élaborer mon plan. Il était question aussi de faire évader tous les autres esclaves, Narissa, Eldan, Beremen, tout le monde.*

Une nuit d'automne de 854 6$^e$, alors que le jeune Larkan abreuvait la monture de son maître, il mit son plan à exécution. Tout était prêt. Larkan fit évader les cinquante-cinq esclaves d'Helgardyll et les emmena avec lui aussi loin qu'il le put en direction du nord.

Lorsque l'histoire se répandit dans le pays, Larkan fut considéré comme un héros. Ne souhaitant pas en rester là, il décida de mener une vaste opération sur toute la Tamondor visant à sauver et libérer les esclaves des Imortis.

Ce qu'il ne savait pas encore, c'était qu'il était sur le point de déclencher une des plus grandes guerres de la sixième ère. La bataille des Monts-du-vent était d'ailleurs la référence principale lorsque les livres évoquaient cette période. Car c'était lors de ce massacre que l'esclave affranchi se retrouva face à son ancien maître pour la première fois depuis son évasion. Mardaas avait reçu l'information selon laquelle les réfugiés du pays se cachaient dans cette forteresse au flanc d'une montagne. Il s'y était alors rendu avec une partie de son armée, avec la ferme intention de tout raser.

Sur le champ de bataille, les corps recouvraient la terre. Le brouillard rendait les déplacements difficiles, d'autant que les réfugiés s'étaient préparés à l'arrivée de l'ennemi et avaient l'avantage du terrain. Mardaas balayait les lignes adverses avec la puissance de Sevelnor, tandis que ses guerriers de la foi périssaient les uns après les autres. À quelques pas devant lui, il vit un soldat aux cheveux roux frisés qui frappait, à l'aide d'une épée étincelante, les ombres qui tentaient de se jeter sur lui. À ses pieds, trois corps de Prétoriens inertes. La brume empêchait Mardaas de distinguer complètement son visage, mais cela lui était égal. Il le prit pour cible. Ses bottes s'enfonçaient dans la terre mouillée, la pluie s'infiltrait dans son armure et dans son masque. Il leva Sevelnor au-dessus de sa tête au moment où l'orage se déchaîna, Larkan vit immédiatement la menace et se protégea avec sa propre épée. Quand le monstre de flamme s'abattit, un éclair encore plus aveuglant que celui dans le ciel jaillit entre les deux lames et sépara les deux combattants en les propulsant en arrière. Larkan fit plusieurs roulades dans la boue, avant de récupérer ce qu'il croyait être les restes de son arme. Mais à sa surprise, sa lame n'était pas brisée. Mardaas revint à la charge en traversant un mur de brouillard. Larkan dévia une nouvelle fois Sevelnor, sous le regard dérouté de Mardaas. Ce dernier avait tout de même une force bien supérieure, et ses coups portés faisaient reculer l'homme de plusieurs pas. Souhaitant mettre un terme définitif au combat,

Mardaas enflamma naturellement son bras et expulsa un nuage de feu dans les airs prêt à tout engloutir sur son passage. Larkan brandit son épée face au souffle mortel, et celui-ci se vit aussitôt absorber par la lame, la rendant elle-même aussi brûlante que Sevelnor. Mille questions vinrent à l'Immortel à cet instant. Qui était cet homme ? Comment était-il venu à bout des Prétoriens ? D'où venait cette épée, et surtout, *pourquoi était-il toujours en vie* ?

Ce jour-là, Mardaas connut sa première défaite. Malgré le fait que de nombreux réfugiés furent tués. Après cela, les deux hommes vinrent à croiser régulièrement le fer au cours des batailles suivantes. Larkan prenait un malin plaisir à humilier son ancien maître devant ses propres troupes. Les Prétoriens n'étaient plus une menace majeure lors des combats, et certains Immortels avaient même trouvé la mort. L'influence de Larkan grandissait de plus en plus, jusqu'à égaler celle de Mardaas dans le pays. Pour ce dernier, il était devenu primordial de faire tomber ce mortel. Il était devenu obsédé par cette épée qui lui avait résisté et qui pouvait faire tomber les golems de fer. Il devait s'en emparer, non pour la détruire, mais bien pour s'en servir à des fins personnelles. Car s'il y avait bien une créature que Mardaas souhaitait voir morte, c'était bel et bien le chef Prétorien Kazul'dro. L'Immortel n'avait jamais oublié que le colosse avait livré sa demi-sœur mortelle à Baahl. Malgré de nombreuses recherches qu'il avait dû effectuées dans le secret, il n'existait aucun autre moyen de se débarrasser d'un Prétorien. Ces monstres ne connaissaient pas la mort, ils en étaient épargnés. Même la furie de Sevelnor ne pouvait en venir à bout.

Il ignorait pourquoi l'épée de Larkan Dorr renfermait un tel pouvoir, mais une chose était sûre ; il devait s'en emparer. Malheureusement, il n'arriva jamais à mettre la main dessus, et ce, même après la disparition de Larkan.

Jusqu'à aujourd'hui.

Comment Kerana avait-elle pu l'avoir en sa possession sans qu'il ne se doute de rien ?

L'épée de Larkan était devant lui, posée sur une noble table. Mardaas était assis face à elle, il pouvait enfin la scruter de plus près. Après avoir carbonisé la plus grande et belle chambre du palais, il avait viré un Doyen de la sienne pour l'occuper le temps de nettoyer et remplacer tous les meubles. Il avait passé le reste de la nuit à contempler cette relique qu'il avait tant recherchée. Il essayait de se souvenir du jour où la jeune femme l'avait acquise. C'était au marché, chez le forgeron. Ça lui revenait. Elle était sur un socle doré. Le forgeron avait affirmé à Kerana qu'il l'avait trouvée au cours d'une fouille et qu'il l'avait entièrement restaurée. *Une fouille…*

Mardaas aurait aimé avoir l'homme entre ses mains pour lui demander où est-ce qu'il était allé les faire ses fouilles. Il avait ratissé tout le continent pour la trouver, sans jamais avoir le moindre indice sur sa localisation ou celle du corps de Larkan.

Qu'allait-il maintenant en faire ? C'était la question qu'il se posait. Il fallait la mettre à l'abri, quelque part en sûreté, pour que personne d'autre ne tombe dessus, le temps de décider de son sort et de celui de Kazul'dro. Mais pour l'heure, sa priorité se trouvait quelque part dans les souterrains d'Azarun.

Un coup à la tête l'avait sonnée. Kerana se faisait traîner comme un corps sans vie dans un lugubre couloir où les hurlements du vent bouchaient ses oreilles. Par moment, elle sentait ses talons heurter des marches de pierres qui lui éraflaient les chevilles. Ses bras étaient tirés par deux Prétoriens qui avançaient sans se soucier des douleurs qu'ils lui causaient. Kerana commençait petit à petit à revenir à elle, mais les images qui défilaient étaient aussi confuses que dans un rêve. Des voix retentissaient à sa gauche, à sa droite, derrière elle, sans qu'elle ne puisse en comprendre le moindre mot. La dernière chose dont elle se souvenait était sa vision horrifiée lorsque Mardaas avait fait entrer les golems dans la chambre pour l'arrêter. Ensuite, plus rien.

Les Prétoriens franchissaient avec une cadence effrénée plusieurs salles qui n'avaient plus rien à voir avec la magnificence du palais. Cela ressemblait aux galeries souterraines d'Odonor. Les murs semblaient morts, desséchés, oubliés, et le sol était parsemé de trous.

— Ah ! Nous avons une nouvelle arrivante, fit une voix pressée de femme.

Kerana ne pouvait relever la tête pour voir ce qui l'attendait, sa force l'avait abandonnée.

— Laissez-la ici.

Les Prétoriens la lâchèrent comme un vulgaire sac. Ses bras étaient si rouges qu'elle n'arrivait plus à s'en servir pour se redresser. Puis deux pieds nus couverts de crasse se présentèrent sous ses yeux.

— Debout, vermine impure.

Comme Kerana se montrait peu coopérative, une main de géant la saisit brusquement par le col et la força à se tenir debout. Le Prétorien se retira dans l'ombre après son action.

— Quel joli minois que voici, déclara mauvaisement la vieille femme en dégageant quelques mèches de cheveux.

Kerana sentait ses doigts froids et humides se promener sur ses joues. Elle la trouvait hideuse, à tel point qu'il lui était impossible de lui donner un âge raisonnable. Ses dents noires et tordues, ses yeux exorbités et sa taille imposante qui lui donnait l'air d'une mante religieuse lui rappelaient amèrement sa nourrice. Elle était emmitouflée dans plusieurs couches de vêtements qui empêchaient de voir son cou. La vieille femme avait une sorte de foulard effilé sur la tête qui devait lui servir de couvre-chef. Plus Kerana la fixait, plus son apparence lui faisait penser à une sorcière des contes pour enfants.

— Ne reste pas planter là comme une putain devant une taverne. Va rejoindre les rangs dans le fond, s'exclama-t-elle en montrant une file de personnes qui patientaient silencieusement les uns derrière les autres.

Kerana ne se fit pas prier pour échapper à cette momie vivante. Ses pas fragiles frottèrent le sol irrégulier jusqu'à l'extrémité de la file. Elle se demandait ce qu'ils attendaient comme ça. Il y avait des hommes, des femmes, des enfants, tous habillés comme s'ils revenaient du marché.

— Suivant ! cria un homme à l'autre bout.

La file s'avança d'un pas. Un par un, ils disparaissaient derrière une pièce dissimulée par une grande toile qui remplaçait une ancienne porte. Personne ne se parlait, et s'ils avaient le malheur de le faire, les Imortis présents s'assuraient de faire régner le silence. Kerana savait qu'elle devait s'inquiéter de son sort, mais rien n'y faisait. Ses retrouvailles agitées avec Mardaas avaient semé un grand trouble dans son esprit. Avant son arrivée, elle était persuadée qu'il lui fournirait une explication quant à sa trahison, qu'elle aurait pu l'entendre et l'accepter. Kerana avait conscience de qui était Mardaas, elle le savait avant même de l'avoir rencontré dans la Forêt de Lun la première fois. Pourtant, alors qu'elle n'avait aucun doute sur la personnalité froide et antipathique du géant, elle avait été témoin d'un deuxième Mardaas, quand celui-ci était entre la vie et la mort dans le laboratoire du médecin Adryr. Un Mardaas sans son masque rigide, un Mardaas faible, isolé de sa puissance. La façon dont il avait raconté son enfance avec Lyra, comment il l'avait retrouvée des années plus tard, puis comment il avait été forcé de la tuer. Cette histoire lui avait noué la gorge. Pour elle, voilà qui était le vrai Mardaas ; un homme consumé par un souvenir qu'il n'arrivait pas à oublier après six siècles. Un homme prit en otage par un sentiment de vengeance qu'il n'avait jamais osé assouvir. C'était le Mardaas qu'elle espérait retrouver, celui qui l'avait regardé droit dans les yeux, avec son vrai visage, et non le Seigneur Noir masqué des livres qu'elle avait fini par exécrer.

Elle pensa enfin à son enfant, qui depuis ses quelques mois connaissait déjà une vie tourmentée. Plus que tout, son souhait était de l'écarter de cette existence inéluctable que suivaient les Immortels depuis l'aube de leur apparition. Elle aimait à croire qu'elle avait la possibilité de lui offrir une autre vie, de lui offrir le choix qu'aucun autre Immortel n'avait eu. Même si cette perspective commençait à s'effacer lentement, Kerana gardait espoir. Elle avait l'intime conviction qu'elle finirait par revoir sa fille, tôt ou tard, d'une manière ou d'une autre.

— Suivant !

C'était son tour. Elle écarta la grosse toile avec sa main pour entrer, sans savoir ce qui l'attendait de l'autre côté. Là, elle tomba nez à nez avec un homme à la tête carrée qui l'empêchait d'avancer. Elle nota des tatouages sur ses phalanges, des lettres noires soigneusement tracées. Il lui lança un regard furieux, puis la laissa passer, avant de barrer à nouveau le passage.

Sur les grandes étagères, des montagnes de bougies dont la cire bavait permettaient d'y voir plus clair. Il y avait une pauvre table improvisée en bureau, et derrière celle-ci, une femme tout aussi laide que la momie qui l'avait reçue. Peut-être était-ce sa sœur ? pensa Kerana sur le coup. Elle déglutit intérieurement quand elle vit qu'elle n'avait plus un seul ongle au bout des doigts. Doigts qui ne semblaient pas au complet, car ses majeurs étaient absents. Les mêmes tatouages que le garde à l'entrée étaient aussi bien présents.

Un B, un Y, un D et un V. Il lui manquait le A, que l'autre homme avait sur les majeurs. Qu'est-ce que ces lettres pouvaient représenter ? Kerana avait une petite idée, mais elle ne s'y attarda pas davantage.

La femme derrière le bureau écrivait quelque chose avec une plume d'oie ; elle n'avait toujours pas relevé la présence de l'Erivlaine jusqu'à ce que sa plume s'arrête de griffonner.

— Déshabille-toi, grogna-t-elle sur un ton ferme.

Kerana avait cru mal entendre.

— Ne me fais pas perdre mon temps. Allez, et enfile ça ! aboya-t-elle en lui lançant au visage une tunique froissée et sale.

Mais elle ne bougea pas. Alors, la vieille se tourna vers les deux religieux qui l'encadraient. Kerana comprit que ce geste était mauvais signe. Aussitôt, les deux hommes se mirent à l'agripper. L'un était passé derrière elle pour lui retenir les bras et l'empêcher de se débattre, tandis que le deuxième s'occupait de lui arracher sa chemise à l'aide d'une dague fine. Au contact de la lame, Kerana utilisa ses jambes pour repousser l'Imortis en lui assenant un coup de pied bien placé à l'entrejambe qui le fit vaciller. Celui dans son dos se prit un coup de tête qui lui brisa le nez, la libérant de son emprise.

— Assez ! hurla la vieille en se levant de son siège. Doyens ! Doyens ! appela-t-elle, faisant ressortir tous les plis de son visage.

Trois autres fidèles masqués déboulèrent dans la pièce, ils s'empressèrent de maîtriser la jeune femme à coup de barre de fer dans l'abdomen, ce qui la fit s'écrouler. Ses vêtements furent ôtés avec hargne. Sa chemise n'était plus qu'un tas de tissu, comme son pantalon. Kerana se retrouva nue sur le sol, essayant de retrouver son souffle.

— Tu sais ce qu'on fait aux chiennes dans ton genre pour leur apprendre l'obéissance ? dit la femme depuis sa place.

Kerana entendit du métal frotter contre un mur, accompagné d'un sifflement aigu. Elle ne supporterait pas un autre de ces coups. Des gémissements faibles s'échappaient de sa bouche. Quand soudain, elle se mit à hurler lorsque l'extrémité de la barre de fer s'écrasa contre sa nuque. Une sensation de brûlure intense s'empara d'elle et crispa tous ses muscles. Le fidèle continuait d'enfoncer le fer rouge jusqu'à ce que la marque se grave dans la chair. Kerana essayait de rester maître d'elle-même, malgré la souffrance insoutenable. Une légère odeur de chair brulée se faisait sentir. Kerana était à terre, gisante, agonisante. Les Imortis l'habillèrent de force en lui passant la tunique crasseuse, suivi d'un lourd bracelet de ferraille rouillée à son poignet, avant de la relever. La jeune femme tenait à peine debout.

— Mettez là dans l'enclos numéro cinq, déclara la vieille en reprenant sa plume.

Après leur spectacle mémorable à Pyrag, les tribus n'eurent pas à retourner dans les cachots de l'arène. Une cour avait été construite spécialement pour les recevoir. Une cour au sable jaune qui, malgré son air pur et son espace, n'en ressemblait pas moins à une prison. Grinwok fut surpris de voir les clans y déambuler comme s'ils connaissaient l'endroit depuis des années. Chacun semblait posséder une zone du terrain assez éloigné des autres, aménagée selon leur culture, telles des cellules à ciel ouvert.

Ici, ils pouvaient se déplacer librement, sans chaînes. Après une lutte animale contre les daemodrahs qui avait passionné le public, la comtesse avait estimé qu'ils avaient bien mérité un court instant de répit.

Kunvak, ayant perdu les siens, refusait de se mêler aux autres. Il s'attelait à soigner ses plaies infectées comme il le pouvait, mais l'amphibien n'avait aucune compétence en médecine. Il en était de même pour la majorité d'entre eux, peut-être à l'exception de l'Ishig qui possédait quelques notions. Le chef Iaj'ag R'haviq avait réussi à panser ses blessures les plus graves, tandis que le Ghol, que la plupart voyaient comme un buffle géant sur pieds, ne laissait personne l'approcher. Les Kedjins, eux, avaient décidé de ne plus quitter Grinwok. Ils formaient un barrage autour de lui, tels des gardiens disciplinés – ce qui avait l'air d'exaspérer le concerné. Pourtant, sans lui, la situation aurait pu tourner autrement. Et ça, Kunvak avait bien du mal à l'avaler. Si Grinwok et Tashi n'avaient pas combiné leurs forces pour leur venir en aide, les daemodrahs leur seraient passés dessus sans la moindre pitié. Et sans les Kedjins pour les soutenir, tout aurait pu mal finir. Être sauvé par un Ugul, voilà une idée que le Koa't ne supportait pas. Une espèce plus faible que la sienne, plus idiote, plus insignifiante, il se refusait à accepter la réalité.

Quant à Grinwok, il ressentait l'animosité que l'homme-crapaud continuait de lui porter malgré ses exploits, et cela lui était complètement égal. Il avait réussi à se sauver lui, c'était tout ce qui comptait. Il restait près de Tashi, qui ne pouvait plus tenir sur ses grosses pattes. La bête avait perdu beaucoup de sang, sa peau dure comme le cuir n'avait pas suffi à arrêter les griffes des daemodrahs. Le Muban avait été touché à de multiples endroits, mais surtout au visage. Grinwok s'en était mieux sorti que lui ; une entaille à l'épaule qui s'étendait jusqu'au cou et une autre à la cuisse beaucoup plus profonde. Il se sentait impuissant face à l'état de son ami.

— Tu vas pas m'lâcher maintenant, mon vieux, hein ?
— J'ai connu pire, répondit Tashi, les yeux fermés.
— C'est vrai ?
— Ouais, te supporter.

Grinwok rit, même si cette vision ne lui inspira aucune blague pour répliquer.

Le Muban se sentait déjà partir. Sa respiration devenait plus lente, irrégulière, moins forte.

— Eh, EH ! Réveille-toi, crétin ! s'exclama Grinwok en essayant de le secouer en enfouissant ses mains dans la fourrure ensanglantée. T'as pas intérêt à t'faire la malle comme ça, pas sans moi !

La peur de perdre le seul ami qu'il n'ait jamais eu lui remua les entrailles. Il continuait de hausser la voix pour capter l'attention du Muban, jusqu'à qu'on n'entende plus que lui dans le quartier fermé.

— Laisse-moi voir, intervint la femelle ishig qui dégagea Grinwok sur le côté pour s'agenouiller près de l'animal.

Elle l'examina longuement, sous les yeux inquiets de l'Ugul.

— Il faut refermer ses plaies, finit-elle par dire.

— Tu saurais l'faire ? demanda Grinwok d'une petite voix.

En réponse, Sheena plongea ses doigts dans sa chevelure tressée et en arracha un cheveu épais qu'elle tendit et qu'elle scinda en deux avec un de ses ongles acérés. Elle attacha le bout à une longue écharde de bois qu'elle avait confectionnée un instant avant pour ses propres soins. Grinwok regardait la scène avec intérêt. L'Ishig s'attela à recoudre les plaies de la bête, une par une, avec une facilité déconcertante. Tashi grognait par moment sous l'influence de la douleur, mais il laissa la femelle le toucher, et même le nettoyer.

— Merci, dit Grinwok, ne sachant quoi dire d'autre.

— Je lui dois bien ça. Vous m'avez sauvée.

— Bah, t'aurais fait la même chose pour nous, lança-t-il avant de prendre conscience que non, elle ne l'aurait pas fait.

Il y eut un silence après ça. Pendant qu'elle finissait de recoudre la dernière entaille, elle vit du coin de l'œil qu'il manquait un doigt à l'Ugul.

— C'est un daemodrah qui t'a fait ça ?

— De quoi ?

— Ton doigt, là.

Grinwok baissa la tête vers sa main et se prit d'un petit rire jaune. Non, il ne s'agissait pas d'un daemodrah, mais cela lui remémora des souvenirs amers, et celui avec Molzur et les goules en faisait partie.

— Ah, ça, dit-il. J'le dois à un Immortel nécro-truc-machin.

— Qu'est-ce que c'est « nécro-truc-machin » ?

— Un mec qui fait relever les morts. Enfin, vu ce qu'il s'est pris dans la tronche, il est pas près de se relever lui-même.

Elle pencha la tête sur le côté, comme si elle allait mieux comprendre.

— Tu t'es battu avec un Immortel ? dit-elle en se redressant spontanément, les iris étincelants.

— Tu connais ces tarés ?

— Dans ma langue on les appelle « *Oumori* » ça veut dire les fils des dieux. Tu as affronté l'un d'entre eux, quel grand courage tu as eu !

— J'en ai même affronté deux ! se vanta-t-il en faisant allusion à sa confrontation avec Serqa. Et j'en ai harcelé un troisième pour qu'il me règle une dette.

— Trois ! Et tu es toujours là !

— Ouais, enfin sauf mon doigt.

— Tu combats des Immortels nécro-truc-machin, des hordes de daemodrahs, tu nous as tous sauvés alors que nous avions l'intention de te tuer, tu es un véritable héros, Ugul.

Il voyait son admiration grandir dans son regard, et cela lui plaisait fortement. On ne l'avait jamais regardé de la sorte. Pour la première fois de sa vie, Grinwok se sentait intéressant aux yeux d'un autre être vivant, et pas n'importe lequel, selon lui. Il essayait constamment de garder la bouche fermée pour ne pas baver devant la beauté de la femelle.

Dans sa somnolence, Tashi sourit intérieurement en les écoutant d'une oreille.

— Il faut que je te présente à mon père ! lança-t-elle.

— C'est pas un peu tôt pour ça ? Enfin, crois pas que ça me dérange, hein, pas du tout.

— Ses ancêtres ont combattu les *Oumoris*, il voudra entendre ton histoire !

— Mon his… ah, d'accord ! J'ai cru que tu…

— Que je quoi ?

— Rien, c'est moi qui... On parlait d'quoi à la base ?

— Tu as déjà oublié ?

— Non, non, c'est juste que je... je... bredouilla-t-il en cherchant désespérément les premiers mots qui lui venaient à l'esprit.

— Je ne comprends pas tout ce que tu dis, Ugul, répondit-elle avec un air désolé.

Agacé d'entendre la conversation, Kunvak se leva à son tour. Les Kedjins devinèrent son intention et se levèrent aussi, comme pour faire comprendre à l'homme-crapaud qu'au moindre geste suspect ils en feraient leur repas du soir.

— Je me fiche de ce que tu as affronté comme ennemi, petite crevette verte. Si tu espères que je vais t'acclamer comme les autres, tu te trompes. Tu as eu de la chance dans l'arène, tu n'en auras pas autant la prochaine fois.

— La prochaine fois ?

— Il ne peut y avoir qu'une seule tribu en vie pour remporter les chariots de nourriture et la liberté. C'est la règle.

— Crapaud dit vrai, appuya R'haviq assis en tailleur sur une table. Comtesse nous refaire combattre bientôt. Elle adore notre sang.

— Alors, nous referons exactement la même chose, dit Grinwok. Nous refuserons de nous entretuer !

— Doucement, Ugul, avisa R'haviq. Crapaud a raison, nous avons eu chance de sortir vivants. Je pas croire survivre deux fois à daemodrah. Et puis comtesse tenir à ses jeux, elle nous forcera, d'une manière ou autre.

Kunvak détestait être appelé comme ça, mais pour une fois que le Iaj'ag allait dans son sens, il ne le reprit pas.

— Regarde ton ami, dit le Koa't. Il ne tiendra pas à un deuxième assaut de ces monstres. Et crois-moi, la comtesse n'a pas que des daemodrahs dans ses sous-sols, mes enfants en ont déjà fait les frais.

— Tu as dit que tu avais un plan, rappela Sheena. Pas vrai ?

— J'ai dit ça, moi ?

— Oui ! Tu as dit que nous repartirons tous avec la récompense.

*Ah, merde, c'est vrai...* se souvint Grinwok.

— La comtesse ne le permettra pas, appuya Kunvak. Comme l'a dit le Iaj'ag, elle tient beaucoup trop à ses jeux. La foule la détestera si jamais elle décide de tous nous gracier. Ils veulent du sang, et elle leur en donne. C'est tout ce que nous sommes pour elle. Un spectacle.

— Alors pourquoi tu entres dans son jeu ? reprocha Grinwok.

— Parce que les récompenses me permettent de nourrir ma famille. Si les autres tribus ne passaient pas leur temps à voler nos ressources, je n'aurais pas besoin de faire ça. Mais un cerveau comme le tiens ne peut pas le comprendre.

Ils entendirent une grosse porte s'ouvrir plus loin. Les échos métalliques des chaînes sur la poignée les avaient alertés, et Grinwok avait béni cette interruption ; il n'avait pas la moindre idée du plan à mettre à exécution.

Plusieurs bottes frappèrent le sol en cadence. Un groupe armé entra dans la grande pièce, ils portaient tous leur ridicule casque à plume qui leur ôtait toute crédibilité pour faire régner l'ordre. Protégé par les murailles de gardes, le rouquin Patritus passa sa petite tête par-dessus leurs épaules.

— La comtesse souhaite s'entretenir avec le Gobelin, annonça-t-il d'une voix frêle.

— C'est quoi un Gobelin ? demanda Kunvak.

— Le machin vert, là ! s'impatienta le noble en passant son bras entre les gardes pour désigner Grinwok.

— C'est ta mère, le Gobelin, contesta le concerné.

— Peu importe ! répliqua précipitamment Patritus en se contenant. La comtesse te réclame, alors suis-nous sans opposer de résistance.

Tashi voulu se relever, mais son état l'en empêcha.

— T'en fais pas, mon vieux, rassura Grinwok. Elle veut sûrement que je lui mette un coup dans l'derrière après mes exploits, c'que j'peux comprendre. Ça s'ra pas long.

— Je m'occupe de lui, ajouta Sheena en restant près de Tashi.

Grinwok opina et rejoignit la garde. Il se vit aussitôt passer deux bracelets de fer aux poignets et aux chevilles, ce qui l'amusa beaucoup. Il s'imaginait être une menace redoutable et s'amusa à aboyer comme un chien en levant la tête vers les gardes.

En réalité, il n'avait aucune idée de pourquoi la comtesse souhaitait le voir. Il ne se souvenait pas avoir été désobligeant avec elle, ni même l'avoir traité de truie – ça, il l'avait fait dans ses pensées.

Grinwok fut escorté à travers des galeries soigneusement décorées de mobilier aux ornements d'or, se demandant si tout cela appartenait à la comtesse. Il gravit des escaliers en colimaçon qui l'épuisa et fatigua ses jambes encore endolories de la veille. Là, ils gagnèrent un hall tapissé de tableaux représentant des scènes de cruautés qui semblait provenir de l'arène. Les pièces s'enchaînèrent, et Grinwok jura intérieurement quant à la perspective du chemin du retour.

Enfin, après avoir escaladé un énième escalier étroit, ils arrivèrent devant une double porte aux poignées en forme de lion. À ce moment-là, le rouquin entra le premier et referma la porte au nez de l'Ugul – cette scène lui avait été familière.

Il perçut la voix étouffée du noble à travers le bois, puis ce dernier rouvrit la porte. Grinwok vit ses yeux de crétin se baisser vers lui, il se retenait constamment de lui envoyer une nouvelle glaire au visage.

— Entre, Gobelin.

*Toi, dès que j'en aurai l'occasion, je te bourrerai le cul avec du verre pilé,* pensa Grinwok.

Il obéit non sans rechigner et s'aventura dans ce qui lui paraissait être un salon beaucoup trop meublé. Des commodes bien sculptées s'alignaient tout le long des murs, des petites tables circulaires supportaient des plateaux de garnitures en tout genre, une cheminée couverte de feuilles d'or, et probablement les fauteuils les plus confortables que Grinwok n'ait jamais vus. Il y avait aussi une sorte de bestiole à plumes multicolores pas plus haute qu'un chien qui se pavanait sur ses quatre pattes poilues.

— Laissez-nous, Patritus, fit une voix près de la cheminée.

Grinwok crut qu'il grimaçait à cet ordre, mais il se rendit compte que c'était son expression naturelle. L'homme réajusta sa cape sur ses épaules et quitta le salon. L'Ugul gardait son regard braqué sur la comtesse. Ses joues gonflées et son nez de cochon lui donnaient envie de la comparer à des animaux de la ferme. Sa robe à froufrous l'élargissait plus que ce qu'elle ne l'était déjà.

— Assieds-toi, encouragea-t-elle en montrant un fauteuil.

Il fit avancer ses pieds ; le bruit des chaines qui se frottaient les unes contre les autres envahit toute la pièce.

— Un verre de vin ? proposa-t-elle avec une douceur dans la voix.

— Vous avez rien d'plus fort ?

La comtesse eut un rictus.

— Pas ici.

Elle s'assit en face de lui. Grinwok était persuadé que le fauteuil allait s'effondrer à tout moment sous son poids.

— Tu dois te demander pourquoi je t'ai fait venir.

Il ne répondit pas.

— Comment se porte ton ami muban ? On m'a dit qu'il était sévèrement blessé.

— Il survivra.

— Tant mieux. Et toi ?

— Quoi, moi ?

— Rien de cassé, j'espère ? Pas de fractures ni de plaies infectées ?

— Qu'est-ce ça peut vous faire ? Vous étiez venue nous voir mourir.

— Allons, oublions le passé, veux-tu ?

— Quel passé ? C'était hier !

— Hier fait partie du passé. Et moi, je me soucie de mes champions.

— Ben voyons. J'ai réfléchi, donnez-moi ce verre de vin.

Il attrapa le gobelet comme il put malgré ses liens de fer.

— Tu as fait grande impression dans l'arène auprès du public. On peut dire que c'était contre toute attente.

*J'voulais surtout sauver mon propre cul,* se retint-il de dire.

— Tout le monde dehors ne parle plus que de toi et du Muban, tu sais ?

Pourquoi était-elle si gentille ? pensa Grinwok. Où était passée la femme aigre et frigide qui ne pouvait faire une phrase sans ajouter un ordre derrière ? Tout cela lui semblait louche, il se méfia.

— Il va sans dire qu'ils ont hâte de te revoir.

— Me revoir ? Qui ?

— Eh bien, la foule, répondit-elle comme si c'était évident. Et ceux qui n'étaient pas présents, qui ont entendu parler de toi, ce qui signifie à peu près toute la ville. Les bruits courent vite ici à Pyrag.

— Couillasserie, jura-t-il dans un soupir.

— Plutôt grandiose, en effet, dit-elle en haussant un sourcil.

— Ils ont surtout rien d'autre à foutre de leur journée.

— Mais leurs pièces d'argent contribuent à rendre la mienne meilleure, et par conséquent la tienne en sera impactée. Je peux changer ta vie, tu sais, en un claquement de doigts, si je le désire. Je peux t'offrir une gloire éternelle, une richesse démesurée et une célébrité à laquelle tu n'aurais jamais eu droit dans cette vie-là.

*Richesse ? Gloire ?* Elle avait su trouver les mots pour capter son attention.

— Qu'est-ce que vous voulez d'moi ?

— Ici, nous avons peu de distractions, et les jeux de l'arène sont les seuls à rassembler notre communauté. S'ils aiment mes spectacles, ils reviennent la fois suivante. Et moi, je peux m'offrir ce vin de Volh. Ceux qui se battent pour moi se voient régulièrement récompensés.

Grinwok scrutait les bijoux en or qui décoraient le cou et les mains de la comtesse. Il avait toujours été attiré par ce qui brillait et ce qui pouvait se revendre cher. Sa cupidité avait eu plusieurs fois raison de lui, elle n'était plus sa meilleure alliée.

— Maintenant, la question est : qu'est-ce que tu veux, toi ?

On ne lui avait jamais posé une telle question. Grinwok se vit frappé par un mutisme qui le surprit lui-même. Il ignorait ce qu'il voulait, il n'avait jamais pris le temps d'y réfléchir.

— Qu'est-ce que je peux demander ?

— Ce que tu veux.

— Rentrer chez moi.

— Pas aujourd'hui, rétorqua-t-elle, toujours de bonne humeur.

— Quand, alors ?

— Le public est capricieux. Lorsqu'il se détache d'un champion, celui-ci voit immédiatement sa carrière prendre fin. Dès lors, il ne m'est plus utile. Ce sont les règles du spectacle, mon cher ami.

Il réfléchit.

— J'veux boire et bouffer à volonté.

— Accordé.

— Et une piaule, pour moi et mon gros.

— Par sécurité, je préfère vous savoir dans la cour.

Grinwok voulait tester jusqu'où il pouvait aller dans ses conditions.

— Deux filles et deux gars pour une nuit dans votre meilleur bordel.

— Nous les ferons venir ici.

Que pouvait-il bien exiger d'autre ? Ses pensées se remuèrent entre elles pour chercher une dernière idée.

— Si j'dois me retrouver à affronter vos saloperies, j'veux une meilleure protection. Une armure sur mesure, avec une épée à ma taille.

Ce fut au tour de la comtesse de réfléchir un instant.

— Bien. À présent, il reste un dernier détail. Le peuple te connait sous le nom de *l'Ugul*, mais ce n'est pas très vendeur. Comment t'appelles-tu, champion ?

— Grinwok.

Sa figure grasse était très peu convaincue par la perspective d'utiliser un tel nom. Songeuse, la comtesse se leva, et son fauteuil retrouva une apparence normale. Elle se mit à marcher dans le salon, caressant sur son passage sa créature à plumes.

— Il faut quelque chose de plus évocateur.

Elle se dirigea près de l'immense fenêtre qui donnait sur toute la ville et plissa les yeux devant les rayons de soleil. Elle se remémora les exploits de Grinwok dans l'arène, se repassant en boucle chaque moment où la foule s'était embrasée ; notamment lorsqu'il était venu en aide aux tribus adverses pour les rallier face aux daemodrahs. C'était de cette manière qu'ils avaient survécu. Elle eut un sourire, puis se retourna vers lui.

— J'ai trouvé. Que penses-tu de l'*Unificateur* ?

Grinwok écarquilla les yeux, il crut s'étouffer avec sa gorgée de vin et recracha tout ce qu'il avait dans la bouche. Avait-il bien entendu ? Il n'avait jamais prononcé ce nom devant elle, elle ne pouvait pas le connaître. Son cœur palpitait d'une façon effrénée, il avait presque envie de lui demander de répéter pour être sûr. Il pensa immédiatement à la Mystique. Elle ne lui avait pas menti, elle avait bien vu cette réalité se produire dans ses visions, malgré le fait qu'elle l'ait empêché d'en entrevoir la moindre image. Il ne s'imaginait pas recevoir ce surnom dans ces conditions, pas dans cet endroit, pas venant de cette personne. Tout était confus dans son esprit. Il savait que la comtesse attendait une réaction de sa part. Il la regarda alors avec insistance, et d'une petite voix lente et monocorde, il répondit.

— Ouais, j'aime bien ce nom.

# CHAPITRE 14
## L'Imposteur de la Foi

Les portes d'Azarun ne s'ouvraient qu'à ceux qui en avaient le mérite. Les allées et venues étaient minutieusement contrôlées par les serviteurs du culte. Ils avaient comme consigne d'accorder une exception aux convois de vivres pour alimenter la cité et ses fidèles, mais l'encadrement était tel que les livreurs n'avaient aucun moyen de savoir en détail ce qu'il se passait derrière les murs. À moins de posséder sur soi une autorisation écrite de la hiérarchie élevée, pas une seule âme n'avait le droit de quitter la capitale. Les ordres étaient clairs, et ils venaient directement de l'Unique. La ville devait être brisée de l'intérieur afin de la reconstruire, et il en était de même pour ses habitants. Après la chute des Immortels au début de la septième ère, les Imortis avaient perdu un nombre important de partisans. Ils n'étaient plus qu'une poignée. Une poignée qui s'était vue chassée et bannie du continent. Il fallait recruter, enrôler, manipuler, dans le but de reconstituer l'armée imortis telle qu'elle était jadis, afin de la répandre comme une traînée de braises sur le reste du monde pour le faire brûler.

Les portes d'Azarun resteraient donc closes tant que les forces du culte ne seraient pas régénérées, et les Imortis prenaient très à cœur cette directive. D'ailleurs, c'était le sujet de conversation principal lors des rassemblements. Les plus anciens n'attendaient qu'une chose, parcourir le pays à la recherche de nouveaux frères, de nouvelles sœurs, de nouvelles terres à bénir aux noms de leurs dieux. Telle était leur mission, telle était leur destinée.

Regroupés aux portes de la cité, les fidèles s'ennuyaient à guetter le moindre passage. La chaleur était plus étouffante que sur leur île, ils n'étaient pas habitués au climat désertique de la région. Ils évitaient le plus possible de rester debout au même endroit, car le sol leur brûlait les pieds. Le sable fin que balayait le vent s'infiltrait sans cesse dans leurs étoffes religieuses, ce qui les démangeait constamment.

— Passe-moi la gourde, fit l'un d'entre eux qui cherchait un coin à l'ombre.

Le fidèle baignait dans sa sueur au moindre geste. Il porta le goulot à ses lèvres desséchées, qui ne reçurent que quelques gouttes tièdes. L'homme soupira, il était prêt à uriner dans la gourde pour avoir la sensation de boire quelque chose. Il se tourna vers ses confrères, entassés bien à l'abri sous des tentes – ou des fours, comme il les appelait. L'agressivité du soleil lui faisait plisser les yeux. Il se demandait comment ils arrivaient à tenir là-dedans sans tourner de l'œil.

Il porta son regard à l'horizon et surveilla les dunes massives qui surplombaient les routes. La vue était dégagée, parfaitement claire. Il n'y avait rien à signaler.

La matinée passa lentement, sans que rien ne survienne, comme d'habitude. Puis, tandis que le temps leur semblait s'être figé, un minuscule point noir se dessina au milieu des étendues désertes. Les fidèles mirent un moment avant de le repérer. Plus le point approchait, plus il se transformait en une silhouette humaine qui s'apparentait à un des leurs, aux vues de son accoutrement reconnaissable et distingué. Un Doyen, seul. Voilà qui les rendit perplexes. Les religieux attendirent patiemment aux pieds des portes, quand ils finirent par voir que la bure du fidèle ainsi que son masque en argent étaient complètement maculés de sang. Inquiets, ils accoururent vers lui, pensant qu'il devait avoir besoin d'aide. En effet, le Doyen donnait l'impression que ses jambes allaient se dérober à tout moment, il semblait avoir parcouru une longue distance.

— Par les Cinq ! s'écria l'un d'entre eux. Que vous est-il arrivé ?

Le Doyen fuyait leurs regards, le masque qui le recouvrait jusqu'au cou ne permettait de voir que ses iris, avalés par le visage argenté. Il répondit avec une voix étouffée.

— J'ai… On a été attaqué, déclara le Doyen, haletant.

— Qui a osé une telle infamie ? s'exprima un autre de petite taille.

— Êtes-vous blessé ? s'enquit un troisième.

— Non, non… Je m'en suis… j'ai pu m'enfuir avant qu'ils ne…

— Et nos frères ?

— Ils n'ont pas eu ma chance.

— Ces chiens impurs ! Dès que notre Seigneur de Feu nous enverra au nord, je ferai un bûcher dans chaque village que je franchirai en leur mémoire !

— Je t'y aiderai, encouragea son confrère à sa droite.

— Moi aussi, s'invita celui de gauche.

— Il faut que je rejoigne le palais, déclara le Doyen, interrompant les échanges.

— Que se passe-t-il ?

— Je… j'ai un message à transmettre au Seigneur du Feu. Le plus vite possible.

— Je vous escorte, proposa le fidèle qui rendit la gourde vide à son propriétaire.

Le Doyen hocha la tête.

Ensemble, ils passèrent entre les deux Prétoriens postés sous le grand porche et gagnèrent la ville et sa symphonie urbaine. Le Doyen marchait lentement, il n'avait pas l'air aussi pressé qu'il le prétendait. Le fidèle qui l'accompagnait le trouvait égaré, désorienté.

— Tout va bien, frère Doyen ?

Le Doyen, qui n'entendit pas la question, tournait sur lui-même pour observer la place. Il fixait assez longuement chaque activité qui se présentait sous ses yeux. Les nombreux passants aux bras chargés de courses, les marchands ambulants avec leurs charrettes pleines, les saltimbanques qui cherchaient à égayer le cœur des gens ; une partie de cartes se déroulant près d'une fontaine retint brièvement son attention quand le fidèle l'interpella à nouveau.

— Frère Doyen ?

Il revint à lui.

— Oui ?

— Êtes-vous sûr de ne pas vous vouloir consulter un médecin avant ? Vous avez fait un long voyage, vous devez être exténué par un tel périple.

— Non, non, je dois aller au palais, insista-t-il.

Il croisa le regard suspicieux du religieux sous sa capuche et s'en défit rapidement.

— Maudit gruyère, cette ville ! cracha le Doyen sur un ton faux. Je ne reconnais plus le chemin.

— C'est par-là, fit le serviteur du culte en le précédant dans une avenue bondée.

Tandis qu'ils arpentaient les rues, le fidèle ne cessait de ralentir ses pas à cause de son supérieur religieux qui flânait devant les statues Immortelles sur leur chemin, notamment sur celle de Mardaas, où il s'était arrêté quelques secondes pour la dévisager derrière son masque du culte.

Les constructions, comme les symboles imortis à l'échelle d'une tour de guet, faisaient lever le menton du Doyen jusque vers le ciel doré, tout comme les bannières du culte que la brise faisait danser au sommet des toits.

— Nous y sommes presque, informa le religieux en apercevant le domaine lunaire émerger des habitations symétriques.

Il s'interrogeait sur le comportement du Doyen qui n'avait pas la démarche droite et disciplinée de ses condisciples. Ses mouvements hésitants lui donnaient l'air d'un novice qui venait tout juste d'entrer dans les ordres. Il s'était dit que l'attaque dont le Doyen avait été victime l'avait sûrement chamboulé.

Ils atteignirent enfin le palais, sous la surveillance des Prétoriens postés le long des colonnes, dont les têtes pivotèrent pour les suivre jusqu'à l'intérieur.

Adossée à la grille de l'enclos, Kerana avait ramené ses jambes contre elle pour ne pas gêner ceux qui déambulaient devant elle et qui cherchaient, eux aussi, une place où s'asseoir. Quelques curieux s'arrêtaient derrière les grilles pour les observer comme des animaux en cage. Kerana écoutait le cœur de la ville battre en étant perdue dans ses pensées. Le bracelet de fer qu'on lui avait scellé au poignet était trop serré, en plus du fait que cela l'empêchait de bouger sa main convenablement. Son dos la faisait encore souffrir, et elle aurait aimé soigner sa nuque pour atténuer la douleur provoquée par le fer rouge. Elle effleura la couche de chair brûlée qui s'était formée. Tout de suite, elle identifia au toucher qu'il s'agissait d'un symbole complexe. Elle y fit glisser doucement ses doigts pour essayer de comprendre sa structure, et elle comprit qu'il s'agissait de l'emblème Imortis lorsqu'elle vit la même plaie dans la nuque des autres autour d'elle. Ses lèvres gercées étaient figées, comme tous les traits de son visage. Les larmes n'arrivaient pas à couler. Elle essayait de fuir toute pensée moralisatrice en se concentrant sur le marché qui se trouvait à proximité.

Si elle en était là, c'était sa faute. Draegan l'avait prévenue, Sigolf l'avait prévenue, elle-même s'était prévenue.

Une femme enrobée ronflait à sa droite, elle pouvait sentir son souffle chaud s'abattre sur son bras, elle dormait à même le sol, et elle l'enviait. Elle aussi aurait préféré tomber dans un sommeil profond et ne plus jamais se réveiller. Malheureusement, elle se sentait incapable de fermer l'œil, ne serait-ce qu'une minute.

Elle analysait furtivement les personnes qui l'entouraient. Beaucoup d'hommes, très peu de son âge au vu de leurs cheveux gris. La plupart la dévisageaient sans réelles raisons, et elle ne leur en voulait pas. Kerana essayait de comprendre qui étaient ces gens, comment est-ce qu'ils avaient fini ici. Et tandis que son regard se posait sur chacun d'entre eux, elle croisa celui d'un homme qui ne l'avait pas lâchée des yeux depuis le lever du soleil. Elle soutint son regard longuement, avant de rompre le contact ; mais elle vit du coin de l'œil que l'homme venait de se mettre sur ses jambes et qu'il était en train d'enjamber celles des autres pour la rejoindre. Elle fit mine de ne pas le voir.

— La place est libre ? dit Hazran, désignant un carré de terre en face de la jeune femme.

Kerana leva à peine les yeux vers lui. Face à sa morosité, Hazran s'assit et s'adossa aussi à la grille.

— Je crois que j'ai oublié ton nom, reprit-il en essayant de trouver une meilleure position.

— Vous oubliez un nom que vous n'avez jamais entendu, marmonna-t-elle sans le regarder directement.

— C'est Kara, c'est ça ? Kara, Karana ? Quelque chose comme ça.

— Continuez, vous y êtes presque.

Son ton sarcastique et sa mauvaise humeur n'avaient pas l'air de l'affecter. Hazran n'avait plus vu un seul sourire depuis qu'il était ici, il y était habitué.

— Ça me reviendra, conclut-il en se grattant l'oreille.

— Qu'est-ce que ça peut vous faire ? grommela-t-elle en ouvrant à peine la bouche.

— Notre nom, c'est la dernière chose qui fait de nous des humains, ici. Ceux qui sont derrière ces grilles nous parlent avec un fouet.

Elle resta muette.

— Qu'est-ce que tu fais ici ? Ton frère n'est pas avec toi ? s'enquit-il, levant le menton vers les autres comme s'il le cherchait.

— Excusez-moi, mais qui êtes-vous ? répondit Kerana sur un ton agacé.

Hazran éclata de rire.

— Quel con je suis, s'esclaffa-t-il. T'as dû me prendre pour un de ces poivrots qui n'ont jamais personne à qui parler. Mon nom ne te dira sûrement rien, tu l'as sans doute oublié depuis le temps.

— Le nom, peut-être, mais je n'oublie jamais un visage. Et le vôtre m'est inconnu.

— C'est probablement parce qu'à l'époque j'étais un peu mieux rasé qu'aujourd'hui, et mieux coiffé.

Elle fronça les sourcils.

— Quand ton père venait rendre visite à Vezeral au palais, c'est moi qui gardais un œil sur vous dans la cour. Toi, ton frère et Angal. Vous passiez l'après-midi à jouer avec les poneys. C'est moi qui t'ai appris à les monter, tu te souviens ?

— Effectivement, vous étiez beaucoup mieux rasé à l'époque. Mais je ne me souviens pas avoir monté un poney.

Il souffla du nez.

— C'est parce que tu n'y es jamais arrivée, tu étais une très mauvaise élève.

— Ou alors vous étiez un très mauvais professeur.

Il rit encore.

— Je me souviens de ce sens de l'humour. Tu es restée la même, c'est bien.

— Je ne suis plus la même, contesta-t-elle. Beaucoup de choses ont changé.

— Pas pour tout le monde. Angal continue de jouer. La différence, c'est que maintenant il joue avec un royaume tout entier.

Il avait réussi à lui arracher un demi-sourire.

— Comment tu t'es retrouvée ici ? Ton père est au courant ?

Elle hésita dans sa réponse.

— Il n'est plus…

Hazran se pinça la lèvre.

— C'est vrai, j'avais oublié. C'est qu'il est toujours difficile d'imaginer Oben Guelyn ailleurs qu'en ce monde. Je suis navré. Ton père était un homme bon, en plus d'être un grand guerrier.

— Oui, il l'était.

— Et donc, ton frère…

— Roi.

— Désolé pour lui.

Hazran avait gardé en mémoire l'image d'un Draegan peu adroit dans sa gestuelle et ses mots, un garçon mentalement faible avec peu d'estime de sa propre personne. Même le jeune Angal, qui n'avait que six ans à l'époque, avait plus de caractère que lui. Il pouvait imaginer assez facilement sa détresse face à un tel statut.

— Tu n'as toujours pas répondu à ma question. Comment est-ce que t'as atterri dans cette merde ?

Kerana n'avait aucune envie de retracer tout ce qui s'était passé. Elle ne l'avait que trop fait jusque-là. Elle se contenta de soupirer, avant d'ajouter…

— Mardaas.

Cette réponse suffit à Hazran.

— Alors, on a une chose en commun, affirma-t-il en s'étirant un muscle.

— Je ne devrais pas être ici, dit Kerana sur un ton abattu.

— Regarde où on est, aucun de nous ne devrait se trouver là.

— Je ne parle pas de ça. Je n'aurais pas dû changer de route. J'aurais dû… je pensais qu'en venant, qu'en me voyant, Mardaas aurait… J'ai été stupide, depuis le début.

Hazran avait une mine désolée.

— Au moins tu es en vie, tenta-t-il de rassurer. Pense à ceux qu'il n'a pas épargnés.

Sa voix s'était aggravée, il y avait de l'amertume à l'intérieur. Il pensa forcément à sa femme ainsi qu'à ses hommes qu'il avait entraînés avec lui dans la ville pour libérer leur famille, et qui avaient fini en poussière après le passage de l'Immortel. Hazran se sentait responsable d'eux et de leur mort.

— Il faut que je trouve un moyen de m'évader, dit-elle à voix basse en examinant les hauteurs de l'enclos. Je ne peux pas rester ici.

— Franchir les murs de l'enclos ne sera pas un problème, signifia Hazran qui avait déjà longuement réfléchi à la question. Ça deviendra compliqué pour franchir les murs de la ville, mais rien n'est impossible. Où comptes-tu aller ?

— Chercher ma fille, répondit-elle naturellement et sans hésitation.

— Ta fille ? releva le général avec surprise. Vous auriez pu envoyer un peu plus d'aigles pour nous donner des nouvelles du nord. J'ignorais que tu avais un enfant, dans mon esprit tu en étais toujours une.

— C'est une histoire compliquée.

— Plus compliqué que celle que nous vivons actuellement ?

— Toute aussi folle, en tout cas.

— Eh bien, ça fait deux.

— Deux quoi ?

— Deux points en commun.

Elle resta à le regarder, attendant qu'il développe. Hazran lui fit un signe de tête vers une tour carrée dont seul le point culminant était visible derrière les nombreuses habitations.

— Mon fils est là-dedans.

Ce fut au tour de Kerana d'afficher un air désolé.

— Mon unité et moi nous nous étions infiltrés dans la ville dans le but de faire sortir des civils. La mission s'est soldée par un échec. Tous mes hommes sont morts, ma femme, mon bras droit, tous ont péri de la main de Mardaas. Et de l'autre.

— L'autre ?

— Un Immortel. Je ne connais pas son nom. Il nous a pris par surprise au dernier moment.

Kerana ignorait la présence d'un deuxième Immortel à Azarun, elle remercia les Namtars de ne pas l'avoir croisé lors de son escapade dans le palais.

— Comme je n'avais pas réussi à mettre la main sur mon fils, je me suis laissé capturer pour être au plus près de lui. J'ai promis à sa mère, avant qu'elle ne meure, de le sortir de là. Mais je n'y arriverai pas seul. Le problème, c'est qu'ici personne ne souhaite bouger. Pour eux, tout est fini. J'étais leur dernier espoir à Ark-nok, et le fait de me voir parmi eux, avec le même bracelet… je les comprends.

Ils échangèrent un regard qui se passait de mots.

— Ce qui est sûr, c'est que tant que je vivrai, je ferai tout ce qui est en mon pouvoir pour sauver mon fils. Je n'abandonnerai pas.

— Maintenant, ça fait trois.

Hazran voyait la détermination sur son visage. En effet, elle n'avait plus rien de la petite fille qu'il avait connue. Il avait en face de lui une femme forte, il savait les reconnaître. Et celle-ci, Hazran la sentait prête à déplacer des montagnes. Il comprit dans ses yeux qu'elle ne craignait pas la mort, et qu'elle était même prête à l'affronter.

Le Doyen congédia le fidèle à leur arrivée dans le palais. À présent seul, il avançait avec appréhension dans les couloirs blancs à l'architecture sophistiquée, illuminés par les grandes ouvertures qui donnaient sur le cloître. De temps en temps, il se penchait par-dessus pour observer les allées et venues des Imortis et des employés du domaine, mais surtout, il abattait sa main gantée de soie sur chaque poignée de porte qu'il rencontrait. Le plus souvent, elles étaient verrouillées. Mais celles qui ne l'étaient pas, il n'hésitait pas à les franchir. Lorsqu'il y trouvait des occupants, il s'empressait de s'excuser en tournant les talons.

Sur son chemin, il croisait régulièrement des disciples du culte qui, quand ces derniers passaient à côté de lui, apposaient leur main sur le symbole imortis brodé d'argent sur leur poitrine. Il leur répondait en faisant de même.

Toutefois, l'homme s'assurait de ne pas être suivi. Le moindre son qui traversait l'épaisseur de son masque le mettait sur ses gardes. Le cœur serré, il se mettait en quête de trouver la chambre de Mardaas, mais le palais était si vaste qu'il n'avait pas la moindre idée de son emplacement. Demander son chemin soulèverait des questions auxquelles il n'aurait su répondre.

Pendant qu'il déambulait dans l'aile ouest, sans vraiment savoir où aller, il rencontra un jeune et maigre fidèle qui observait sa bure tachée de sang séché avec un air interrogateur. Lezar le pourchassait du regard, se demandant à quel innocent pouvait appartenir ce sang.

Le Doyen poursuivait sa route à travers un hall décoré de statues massives, quand des pas retentirent derrière lui.

— Doyen ! fit une voix autoritaire et forte qui résonna contre les murs.

L'homme avala sa salive et pivota avec appréhension.

— Que faites-vous ici ? questionna le prêtre Saramon. Vous devriez être sur le parvis, avec tous les autres !

Il vit les poignets du prêtre prisonnier par des bracelets d'épines et il se concentra aussitôt vers son visage creux et allongé.

Saramon, qui portait à bout de bras une pile de feuilles dorées, se tut un instant un apercevant l'étoffe ensanglantée.

— Qu'est-il arrivé à votre habit sacré ?

— Des Exilés, répliqua-t-il sans réfléchir.

— Ah, le sacrifice du sang. Vous les avez libérés, les Cinq vous récompenseront pour cette offrande, mon enfant. Mais vous irez vous changer plus tard, car j'ai besoin de vous pour mon discours sur la Place des Insurgés.

— De moi ?

Le prêtre tendit la pile de feuilles au doyen.

— Ce sont des versets du Mortisem, précisa Saramon. Je veux que vous les distribuiez pendant mon sermon sur la Vallée d'Imortar. Donnez-en aussi aux jeunes fidèles pour qu'ils fassent de même.

Le Doyen récupéra les textes, désarçonné par la requête du prêtre. Saramon fit volte-face, prit la direction de l'arche, avant de se retourner. Il voyait le Doyen immobile, se mêlant aux autres statues.

— Eh bien ! Vous venez ?

Il finit par lui emboiter le pas, tout en continuant à jeter des coups d'œil furtif dans les salles qu'ils traversaient pour atteindre la sortie. Il n'était pas venu pour cela. Tandis qu'il avançait, il pouvait lire la feuille qui dominait toutes les autres. Il n'en comprenait pas un mot.

Après avoir suivi le prêtre hors du palais, ils prirent la route vers le cœur de la ville. Une scène avait été érigée au centre d'une place circulaire rythmée par la vie du quartier. D'autres Doyens s'y trouvaient, mais aussi beaucoup de novices venus s'abreuver de paroles réconfortantes. La Place des Insurgés était la plus grande de la capitale, et la plus fréquentée. Saramon l'avait choisie pour son emplacement stratégique, à quelques mètres du nouveau temple imortis.

Les commerces avoisinants étaient tenus de fermer leurs portes pour ne pas perturber la performance du prêtre. Les étals devaient être débarrassés, les animations interrompues, et s'ils avaient pu faire taire la fontaine en forme de serpent qui crachait ses jets d'eau vers le ciel, ils l'auraient fait. Le silence devait être absolu pour recevoir le messager d'Imortar. Certains habitants, le voyant arriver, marchaient à reculons hors de la place dans l'idée se réfugier chez eux. Malheureusement, lorsqu'une intervention du prêtre avait lieu, les rues adjacentes étaient rapidement condamnées par des barrages d'encapuchonnés.

Saramon monta sur l'estrade, sous les chants graves des fidèles qui lui offrirent un accueil divin. Le Doyen à la bure de sang commença à s'engouffrer dans la foule pour se défaire de sa tâche. Il se faufilait entre les badauds, la pile de feuilles sur les bras, sans savoir vraiment quoi en faire. Tandis que le prêtre prenait la parole, le Doyen continuait de s'enfoncer dans le public. Il se sentait dévisagé par ceux qui le regardaient, et n'osait donc pas les aborder. De toute manière, il n'était pas là pour ça. Le discours se poursuivait normalement, les Azariens se laissaient captiver par le charisme de Saramon qui parlait avec de grands gestes et une voix tonitruante. Son aisance déconcertante montrait sa longue expérience de l'endoctrinement. Sa voix portait si loin qu'elle attirait même ceux des quartiers voisins. La place se remplissait à une vitesse impressionnante. Plusieurs groupes de personnes s'invitèrent à la messe ; des hommes et des femmes de tous âges et de tous métiers.

Le sentiment d'oppression envahit le Doyen qui gagna une ouverture sur un flanc pour se sortir de la masse. Au passage, quelques mains le dévalisèrent de ses feuilles dorées. Il s'écarta de la mer humaine qui s'était formée pour avoir une vue d'ensemble. C'est là qu'une vision le foudroya sur place. À sa droite, un enclos à esclave. La première question qui lui vint à l'esprit était pourquoi les retenir ici, à la vue de tous ? Pourquoi les mettre en scène comme des animaux de basse-cour ? Au final, la réponse lui était évidente ; pour en faire des exemples.

Seulement, ce n'était pas l'enclos qui lui avait fait perdre son souffle, mais bien une personne qui y était retenue derrière les grilles. Il s'en approcha, pensant être victime d'une hallucination due à la chaleur intense. Il ne s'attendait pas à la trouver ici. Il avait cherché au mauvais endroit depuis le début.

Comment avait-elle fini là ? pensa le Doyen qui s'était débarrassé des feuilles restantes sur un rebord de mur.

Kerana sentit une ombre s'abattre sur elle. Elle leva la tête vers une silhouette qui lui cachait la lumière du soleil. Elle reconnut l'uniforme de ceux qui l'avaient jetée ici et s'empressa de l'ignorer.

Le Doyen lui fit un signe de main pour attirer son attention et plongea celle-ci à l'intérieur de sa robe pour en ressortir un objet. Kerana changea radicalement d'expression lorsqu'elle vit le pendentif avec la carte de jeu pendre au bout de ses doigts. Elle se redressa subitement. Sur le coup, elle imagina une blague de mauvais gout de la part du Doyen pour lui annoncer une mauvaise nouvelle, mais elle n'arrivait pas à y croire.

— Sigolf ? chuchota-t-elle, les yeux brillants.

Sigolf lui indiqua en silence de le retrouver de l'autre côté de l'enclos, loin des yeux du prêtre et de ses serviteurs. Kerana traversa en hâte le champ d'esclaves allongés sur la paille, sous le regard soucieux de Hazran qui gardait un œil sur elle. Elle atteignit l'extrémité en quelques pas et ne perdit pas une seule seconde.

— Qu'est-ce que tu fais ici ? dit-elle précipitamment. Tu…

Elle remarqua le sang maculé sur l'étoffe.

— Ce n'est pas le mien, rassura Sigolf à voix basse.

Kerana secoua la tête, cette situation était invraisemblable.

— Je t'ai cherchée partout, enchaina-t-il, à voix basse.

— Je t'ai dit de ne pas me suivre. Je t'ai dit de ne plus prendre de risques pour moi !

— Et tu as cru sincèrement que j'allais t'écouter ? J'ai promis à ton frère que je veillerais sur toi, quoi qu'il arrive. Et je n'ai pas l'intention de te laisser ici. Je vais te sortir de là, fais-moi confiance.

— Sauve-toi, idiot ! Si jamais ils apprennent qui tu es, ils te tueront.

— Ils ne se doutent de rien, pour l'instant. Et quand ils s'en rendront compte, toi et moi nous serons déjà loin.

— Sigolf… dit-elle dans un soupir, essayant de le raisonner.

— Est-ce que tu es blessée ?

— Rien de grave, répondit-elle en omettant de parler de la marque dans sa nuque.

Alors qu'elle était sur le point de lui raconter ses regrettées retrouvailles avec l'Immortel, une agitation grondait du côté de la scène. Le discours du prêtre ne semblait pas avoir eu l'effet escompté sur la foule. Des huées s'élevèrent, suivies d'insultes virulentes à l'encontre de Saramon. Très vite, les tensions devinrent plus intenses et le contrôle de la masse commença à échapper aux fidèles.

Kerana et Sigolf s'interrompirent pour observer de loin ce qu'il se passait. Les Azariens provoquaient les Imortis et n'hésitaient pas à aller à leur rencontre pour une confrontation osée.

— Retournez sur votre île ! hurlèrent-ils avec colère. Vous n'êtes pas les bienvenues ici, barrez-vous !

Il avait suffi qu'un des leurs élève la voix pour entraîner les autres dans un climat d'affrontement. Les Doyens empoignèrent leur dague sacrée et étaient prêts à faire régner l'ordre. Ils descendirent de l'estrade pour repousser les opposants, quitte à faire couler le sang pour mettre un terme aux protestations. Mais ce ne fut pas eux qui portèrent le premier coup de poignard.

Un homme trapu au visage tendu sortit un couteau de boucher de sa manche et s'en prit à un fidèle qu'il frappa violemment dans le dos. Dès cet instant, le chaos fut maître. Les habitants se ruèrent sur les religieux. C'en était trop pour eux. Ils ne pouvaient supporter de les voir envahir la cité dans laquelle ils avaient grandi. Ils se devaient de le faire pour sauver leur ville, mais surtout pour protéger leurs enfants.

Du côté de l'enclos, les esclaves acclamaient la révolte qui se déroulait sous leurs yeux. Ils braillaient et encourageaient les heurts avec entrain.

— Ne reste pas là ! s'exclama Kerana vers Sigolf. Mets-toi à l'abri !

Sigolf vit des dizaines de paires d'yeux enragés se braquer sur lui.

— Je reviendrai te voir. Je te le promets.

Les coups de pinceau étaient lents, précis et parfaits. Le noir prédominait les autres couleurs sur la toile de l'artiste, suivi par les nuances de gris et de blanc. Une main était en train de prendre forme, une main fermée sur une longue épée à l'allure effrayante. Le peintre s'évertuait à reproduire exactement le modèle qu'il avait sous les yeux, sans la moindre liberté et surtout sans la moindre interprétation artistique, sinon le portrait finirait d'être peint avec son propre sang.

Cela faisait une matinée complète que Mardaas posait dignement, la posture rigide et dominante, à l'image de celle des dieux. Sevelnor l'accompagnait, la pointe vers le bas, telle une canne de fer. Il s'était souvenu, au château Guelyn, des représentations grossières et fantaisistes qui étaient censées l'identifier dans les livres, et s'était dit qu'il était peut-être temps de corriger ce problème. Les cornes, les crocs, les ailes de feu, tout cela était ridicule pour lui. Il n'avait rien d'un monstre mythologique. Alors, l'Immortel avait fait venir le meilleur peintre de la région. Alonzel Makarys, connu pour ses œuvres réalistes mettant en scène les plus grandes personnalités de ces cent dernières années.

Cependant, Mardaas s'était aussi souvenu pourquoi il avait toujours refusé de poser pour des artistes. C'était beaucoup trop long. Et comme le célèbre peintre tenait à ressortir du palais en seul morceau, il s'appliquait d'autant plus, jusqu'à reconstituer la plus fine des entailles sur le masque du Seigneur de Feu. Un travail de grande envergure qui, même si plaisant à l'idée, n'en était pas moins fastidieux.

La séance fut troublée par l'apparition inopinée de Lezar, qui déconcerta le peintre en lui faisant glisser son pinceau hors des doigts. Le jeune Sbire hésita avant de prendre la parole, mais Mardaas voyait là l'occasion de faire une pause.

— Parle, dit-il sans bouger un seul muscle.
— Il y a…

Lezar se tut, regarda le peintre, puis s'avança jusqu'à son maître pour lui parler dans l'oreille. Quand il eut fini, Mardaas se tourna vers Lezar, sans dire un mot. Ses yeux en disaient plus que tout le reste. Le message qu'il venait de lui faire passer venait de tressaillir son âme. Il chercha toutefois à ne pas le montrer davantage.

— Peintre, lança Mardaas. Nous reprendrons plus tard.

Il descendit les quelques marches qui le mettaient en valeur et quitta prestement la pièce. Lezar, seul avec l'artiste, examina brièvement la toile, avant de faire une moue.

— Vous devriez retirer les yeux jaunes.

Mardaas était attendu dans la salle du trône. La voix tremblante de Lezar ne quittait pas sa tête. Il ignorait le motif de son audience, tout ce qu'il savait c'était que cela ne présageait rien de bon. Le géant essayait de dissimuler ses émotions, de les contenir au plus profond de lui-même, avant qu'elles ne le trahissent. Il remarqua les fidèles qui couraient tout autour de lui dans le palais, mais n'y accorda aucune attention.

Une fois passé les portes royales, il apercevait tout au bout le trône à tête de serpent qui lui rappelait son ancien allié, Ysgir. Le sol était carrelé d'un jaune vif qui renvoyait la lumière au plafond tapissé d'une mosaïque de guerre. Il distinguait parfaitement la personne assise sur le trône, nageant dans une longue robe d'un rouge profond, brodé de motifs en argent. Sa chevelure lisse et blanche tombant jusqu'à ses avant-bras était reconnaissable entre mille. Les lourds pas de Mardaas résonnèrent dans toute la salle. Quand enfin il arriva face au trône, l'Immortel ploya le genou. Il vit son reflet dans le carrelage et n'avait pas envie de s'en détacher.

— Relève-toi, fit Baahl.

Mardaas obéit. Il affronta un visage décharné et cadavérique, ne pouvant s'empêcher de se demander ce qu'il lui voulait. Il fixa quelques secondes Kazul'dro, qui se tenait sur la gauche du trône. Tous deux se jetèrent un bref regard rempli d'animosité, même si celui du Prétorien était enfoui sous son heaume.

— Quelles sont les nouvelles ? interrogea Baahl après un long silence.

Mardaas avait déjà préparé ses réponses.

— Ce n'est plus qu'une question de temps avant que la cité ne tombe entièrement entre nos mains. Nous avons déjà rallié une grosse partie de la population à notre cause, quant à l'autre partie, ça ne saurait tarder. Nous serons bientôt en mesure de…

— Je sais déjà tout ça, coupa Baahl d'une voix monocorde. Ce ne sont pas ces nouvelles-là que je te demande.

Il y eut un silence oppressant.

— Où étais-tu ?

La question lui semblait dénuée de sens.

— Ici, Maître, répondit-il aussi froidement que possible.

— Ici ? reprit-il sur un ton aigre.

Le regard perçant de Baahl était plus brûlant que la température du corps de l'Immortel. Il éprouvait pour la première fois une sensation de chaleur étouffante qui le mettait au bord du malaise, comprenant au passage enfin ce que les autres ressentaient en sa présence.

— Quels sont vos ordres ? dit-il en espérant dévier la conversation.

— Tu te soucies de mes ordres, maintenant. Peux-tu le lui rappeler, Kazul'dro ?

D'une voix ténébreuse, le chef Prétorien répondit.

— Tout mortels refusant de se soumettre aux ordres doivent périr.

Le cœur de Mardaas palpitait frénétiquement. Pourquoi Baahl parlait des sanctions à l'encontre des mortels ? Avait-il en sa possession une quelconque information à propos de Kerana ? Était-il au courant de son intrusion dans le palais ? Le géant se posait trop de questions, et cela commençait à se remarquer à sa façon de se tenir.

— Montre-lui, ajouta Baahl.

Kazul'dro sortit ses bras de derrière le dos et lâcha une tête humaine fraîchement coupée. Celle-ci dégringola des marches, laissant une traînée rouge derrière elle, pour finir sa course contre la botte de Mardaas. Les longs cheveux bruns de la victime le firent tressaillir, il n'osait pas la basculer sur le côté pour l'identifier, il ne voulait pas voir le visage mutilé de la jeune femme.

Puis Kazul'dro fit tomber une deuxième tête, plus petite, qui heurta la première, la faisant retourner face à Mardaas. Ce dernier récupéra son souffle lorsqu'il vit que ce n'était pas Kerana. Mais il sentit tout de même une boule se former dans sa gorge, car il reconnut aussitôt les deux visages couverts de sang, inexpressifs, la bouche entrouverte.

Il s'agissait de la petite fille et de la mère qu'il avait épargnée quelques semaines auparavant. Cette même petite fille qui avait bénéficié de la clémence du Seigneur de Feu pour une raison qu'il avait trouvée absurde après coup. Elle s'appelait Lyra.

Mardaas savait depuis le début que c'était une erreur, il n'aurait jamais dû s'en mêler. Et maintenant, à cause de lui, la fillette était morte, comme tous celles et ceux qu'il avait essayé de protéger au cours de sa vie.

Il fixait les yeux livides de l'enfant avec un certain regret qu'il s'efforçait de ne pas montrer, avant de revenir sur ceux qu'il craignait.

— Ton Sbire a été surpris une nuit en train de ramener ses deux mortelles à leur domicile, déclara Baahl. Je me demande ce qui a pu le motiver à agir ainsi. Une idée, peut-être ?

— C'est moi qui le lui ai demandé, défendit Mardaas, ne souhaitant pas causer d'ennuis à Lezar. Des fidèles de notre culte ont tenté d'abuser de ces deux mortelles, mentit-il. Ils ont délibérément violé le serment leur interdisant de profaner une couveuse. J'ai voulu rétablir l'ordre, Maître.

Il souhaitait plus que tout que cet entretien se termine. Le ton que prenait son maître n'était pas celui qu'il avait l'habitude d'entendre quand il s'adressait à lui.

— Regarde-moi, continua Baahl.

Cet ordre lui fut difficile à exécuter.

— Quelque chose a changé, ajouta-t-il en scrutant au plus profond de ses yeux noirs. Tu essayes de brouiller tes pensées, mais je peux les lire aussi clairement que dans un livre.

Mardaas choisit de rester silencieux, luttant intérieurement et vainement pour ne rien laisser transparaître.

— À moins que je ne me trompe…

Il vit l'expression de Baahl s'assombrir. Ses yeux rouges farfouillaient son âme et la mettait au supplice.

— Non, rien n'a changé, dit-il sombrement. Tu es exactement le même. Je peux le voir. Je vois tout ce qui traverse ton esprit enfumé.

Ses iris emplirent entièrement ses globes, ce qui le rendait encore plus effrayant.

— Tu penses encore à *elle*, siffla-t-il tel un serpent.

— Non, c'est faux, je…

Baahl plia un doigt et Mardaas se fit abruptement frapper par une force obscure qui l'écrasa sur le sol, le paralysant entièrement.

— Ne me mens pas ! hurla-t-il en se levant aussitôt du trône.

Mardaas avait l'impression que dix Prétoriens s'étaient jetés sur lui. Il lui était impossible de se relever.

Baahl le rejoignit en descendant une à une les fines marches marbrées. Pourtant, ses pas ne faisaient aucun bruit, et sa robe n'avait pas l'air de répondre à la gravité de la pièce. Il avançait tel un spectre vengeur, et c'est alors que Mardaas prit conscience qu'il ne s'agissait en réalité que d'une projection de l'Immortel, probablement réalisée à l'aide d'une Pierre de Vaq. Baahl ne quittant que rarement son domaine à Morganzur, cela ne l'étonna pas plus que cela.

Mardaas sentit ses membres se faire cruellement étirer, presque disloquer. La douleur lui fit échapper un grincement de dents. Baahl se tenait maintenant au-dessus de lui, plus menaçant que jamais. Son visage exprimait le dégoût. Sa main squelettique balaya l'air et le corps de Mardaas, emporté dans le geste, entra en collision avec un pilier dont la moitié explosa lors de l'impact. Tel un marionnettiste déçu de la performance de son pantin, Baahl guidait le corps de son serviteur à sa guise et n'hésitait pas à le châtier douloureusement, sous la jubilation cachée de Kazul'dro.

— Pourquoi es-tu si faible ? lança-t-il avec énervement, tandis qu'il fit voler l'Immortel à travers la pièce pour le ramener jusqu'à lui. Pourquoi ressembles-tu *tant* à ton père ?

Face contre sol, Mardaas retrouva lentement la liberté de ses mouvements, comme si un poids monumental venant de s'évaporer. Le souffle court, il essaya de se remettre sur ses jambes, non sans chanceler.

— Les mortels ne peuvent vivre parmi nous, ils ne peuvent nous comprendre, ni nous aider, moralisa Baahl. Tu le sais depuis toujours.

Mardaas opina difficilement.

— Ils ont été créés pour nous servir. Ils ne sont ni nos amis ni notre famille. Et s'abaisser à leur existence…

— C'est déshonorer ce que nous sommes, termina Mardaas, qui n'avait que trop entendu ce discours.

— Tu ne peux rien pour eux, conclut Baahl avec dédain, dévisageant la tête coupée de la mère qui regardait dans le vide. Et ils ne peuvent rien pour toi.

Il lui tourna le dos pour reprendre place sur le trône.

— À présent, as-tu d'autres *nouvelles* à me communiquer ?

— Non, Maître, répondit immédiatement Mardaas pour s'empêcher de réfléchir.

Il acquiesça.

— Dans ce cas, nous en avons fini. Retourne à ton poste.

Mardaas mit un genou à terre pour le saluer, observant par la même occasion l'image de son maître disparaître en une fumée écarlate tournoyante, avant que celle-ci ne fût absorbée à l'intérieur d'une petite pierre pourpre scintillante qui rebondit sur le trône. Dans la seconde, Kazul'dro récupéra l'artefact. Mardaas lui lança un regard noir, rempli de rancœur. Pour la fillette et sa mère, mais pas seulement. Maintenant que l'épée de Larkan Dorr était en sa possession, il attendait impatiemment le moment libérateur où il pourrait l'embrocher au bout de celle-ci.

Toutefois, le géant finit par l'ignorer et se dirigea hors de la salle. À l'extérieur, sur un banc, Lezar l'attendait, la mine inquiète, comme à son habitude. Dès qu'il aperçut son maître, le Sbire le rejoignit en se pressant.

— Maître ?

— Pas maintenant, Lezar, répondit mauvaisement Mardaas en traversant le couloir.

Lezar le rattrapa.

— Maître, s'il vous plait.

Mardaas s'arrêta net pour se pencher au-dessus de lui. Lezar sentait qu'il n'était pas d'humeur à écouter la moindre nouvelle, il le devina aux yeux de l'Immortel qui commençaient à s'embraser.

— Une émeute a éclaté au centre-ville, Maître. Les Azariens ont pris les armes contre nous. Le prêtre Saramon et ses Doyens sont pris au piège sur la Place des Insurgés. Le seigneur Céron est déjà là-bas. Nous aurions besoin de…

Mardaas ne prit pas la peine d'écouter la fin de la phrase et tourna les talons. L'information lui était parvenue, il savait ce qu'il avait à faire, et justement cela ne pouvait pas mieux tomber.

Il y avait bien longtemps de ça que les rues d'Azarun n'avaient pas été repeintes de rouge. La fureur inouïe des affrontements était digne d'une guerre civile. Les Azariens étaient déterminés à chasser une nouvelle fois les Morganiens de leur cité. Des groupes s'étaient organisés dans l'ombre et avaient planifié l'attaque depuis des jours. Leur cible prioritaire était le prêtre, dont la voix corrompait les plus faibles d'entre eux.

La panique gagnait la ville. Sur la place principale, des gens couraient aussi vite qu'ils le pouvaient pour essayer de se cacher ou pour se battre. Sigolf, lui, fuyait le conflit. Il ne pouvait pas se permettre de bousiller sa couverture, et il n'avait aucune intention de tuer le moindre innocent. C'est dans les ruelles étroites d'Azarun qu'il se mit en quête d'un abri provisoire le temps que les choses se calment.

Son masque en argent qui recouvrait l'entièreté de sa tête le gênait atrocement pour se déplacer au rythme de l'action. Sa vision était réduite, son ouïe biaisée, presque autant que les casques de l'armée des Aigles de Fer qu'il ne supportait pas.

Il n'avait aucune idée de qui avait le dessus, car le sang giclait de toutes parts. Il entendit distinctement des habitants alerter les leurs de l'approche des Prétoriens. Le mouvement de foule s'intensifia. Sigolf emprunta une allée dissimulée entre deux maisons, dans l'espoir qu'elle le conduirait hors de la mêlée. Seulement là, un groupe de quatre Azariens fit irruption, lui barrant le passage. Leurs yeux sanguinaires et barbares orientés vers lui l'obligèrent à faire demi-tour, mais un deuxième groupe venait d'arriver par derrière, armé de machettes. Sigolf était tombé dans une embuscade. Le premier groupe s'avança dans sa direction, résolu à faire manger le sable à l'imposteur de la foi.

Sigolf tendit les mains en signe de pacifisme, il leur assura qu'il ne possédait aucune arme sur lui.

— Je suis de votre côté ! s'évertuait-il à faire comprendre derrière son masque imortis.

— T'aurais dû y penser ce matin avant d'enfiler ta robe d'illuminé, cracha un homme aux cheveux frisés. Enlevez-lui son masque, les gars !

Un coup brutal percuta l'arrière de sa jambe et le fit perdre son équilibre. L'officier se vit aussitôt enseveli sous une avalanche de sadisme. Des bras le saisirent pour le plaquer contre un mur et lui assener un violent coup de genou dans l'estomac, avant de le jeter à terre. Immédiatement après, les agresseurs s'en donnèrent à cœur joie, à dix contre un. Le masque imortis fut retiré, après avoir été férocement déformé par un marteau. Le visage à découvert, Sigolf sentit les os de son nez se briser lorsque la semelle d'une botte s'écrasa contre celui-ci. Les Azariens n'avaient aucune forme de pitié envers leur proie. Roué de coups sur tout le corps, le tabassage prit fin lorsqu'une explosion assourdissante de flammes rougeoyantes s'éleva par-dessus les toits. Le groupe, apeuré, abandonna instantanément l'officier qui, suite à un choc à la tête, avait perdu connaissance. Ils s'enfuirent à l'opposé et disparurent au tournant d'une autre allée.

À quelques mètres, le cauchemar prit une nouvelle ampleur.

Des vagues de feu jaillissaient sur la place pour se refermer sur celles et ceux qui tentaient d'en réchapper. Les cris de guerre étaient maintenant remplacés par des cris d'effrois. Le dragon noir venait d'arriver. La seule vision de son masque entaillé et de son armure usée provoqua une émeute encore plus grande dans les rues. Le Seigneur de Feu soufflait des bourrasques dévastatrices qui faisaient voler en éclat le mobilier urbain. Des statues se firent détrôner par les rafales et s'écroulèrent sur la population, la tornade enflammée emportait les charrettes et les chevaux pour les recracher dans les nuages devenus aussi sombres que la fumée qui recouvrait la ville. Mardaas marchait au milieu de son propre chaos, tel un maître de son élément.

Quelques courageux tentèrent une folle offensive pour l'arrêter, mais dès lors qu'ils l'approchaient, la tempête volcanique s'abattait impétueusement sur eux et les avalait jusqu'à faire fondre leur peau, leurs organes et leurs os.

Mardaas ne faisait aucune distinction entre les habitants et les Imortis sur son passage, ses pupilles flamboyantes reflétaient un enfer abyssal. À cet instant, il n'y avait ni allié ni ennemi pour lui. Son humiliation face à Baahl l'avait plongé dans une haine incontrôlable, bien plus intense et ravageuse que celle qu'il avait déversée face aux Iaj'ags dans leur village. C'était la seule façon pour lui de soulager les blessures qu'il n'arrivait pas à soigner.

Une pluie de braises tourbillonnait dans un air chaud et suffocant. Depuis son enclos, Kerana et les autres esclaves avaient essayé de se réfugier comme ils le pouvaient sous des tôles. Durant l'émeute, certains s'étaient risqués à forcer les portes de leur prison pour les libérer, mais aucun n'eut véritablement le temps d'accomplir cet acte avant d'être transpercé par une lame imortis.

De son côté, Céron avait dû interrompre son massacre pour, lui aussi, se protéger de son confrère. Il l'avait rarement vu aussi impitoyable sur le sort de ses serviteurs qui cherchaient à être épargnés par leur Maître.

Le Place des Insurgés était devenu une terre désolée. Les bâtiments noircis, les squelettes en combustion, l'odeur forte du bois qui brûlait. Mardaas avait mis, à lui seul, un terme à l'émeute. On pouvait encore entendre au loin des voix déchirées, mais l'intervention du Seigneur de Feu, aussi brûlante fût-elle, avait refroidi tout le monde. Les rescapés n'osaient plus sortir de leur abri, de même pour les habitants. Tous observaient à travers des brèches dans les murs l'Immortel au centre de la place, entouré de son armée de flammes.

Le calme retomba.

Céron fut le premier à se montrer, et Mardaas le repéra tout de suite. Son regard était aussi torturé et fou que le sien. Céron marchait tout de même avec précaution, sans geste brusque, sur les débris de pierre.

Peu à peu, la fureur de Mardaas s'apaisa, et son souffle s'alourdit. Il sentit une nausée soudaine s'emparer de lui, sa tête tournait dans tous les sens, et il tituba le temps de faire quelques pas, avant de se forcer à retrouver sa posture dominante. Là, un clappement de main résonna. Céron applaudissait avec confiance la performance du Seigneur de Feu.

— Eh bah, dis donc ! On peut dire que tu sais travailler tes entrées ! s'exclama Céron, en admiration.

Mardaas ne le regarda même pas. Il était bien trop concentré à retrouver une paix intérieure.

Alors qu'il constatait les dégâts monstrueux qu'il venait de causer, il s'arrêta devant l'enclos qui n'était qu'à quelques mètres. Kerana, derrière la grille, le visage meurtri, condamnait l'Immortel d'un regard sans équivoque, rempli de colère. Mardaas le lui renvoya, pensant qu'elle recevrait le message. Il ne pourrait rien pour elle, et il n'osait entrevoir le courroux de Baahl si jamais ce dernier apprenait leur lien.

Céron fut témoin de cet échange pour le moins étrange. Il voyait Mardaas, les yeux perdus vers l'esclave aux longs cheveux bruns, sans arriver à s'en détacher. Il ne l'avait encore jamais vue dans les parages, et pour cause, il la trouvait plutôt à son goût.

Il fit claquer ses doigts pour ramener Mardaas à la réalité.

— T'étais où, là ? questionna-t-il, la voix perfide.

Mardaas récupéra le contrôle de son esprit et quitta la place, sans adresser la parole à Céron. Ce dernier pivota curieusement une dernière fois vers l'enclos. Kerana sentit qu'il était en train de l'observer. Par sa taille et son apparence, elle devina qu'il s'agissait du deuxième Immortel dont lui avait parlé Hazran. Elle ignorait ses intentions, mais elle crut discerner un malin sourire se dessiner sur son visage.

# CHAPITRE 15
## Les Seigneurs d'Or

L'opération fut un succès. C'était ce qu'avait déclaré le médecin Adryr à Maleius, lorsque ce dernier était venu en quête de nouvelles de son demi-frère.

Il avait été question d'une lourde opération qui avait demandé l'appui et l'expérience de plusieurs autres médecins et chirurgiens aguerris de la Guilde Blanche. Entre leurs mains, Draegan Guelyn n'avait pas le moindre mouron à se faire. En tout cas, c'était ce qu'on lui avait assuré avant de le plonger artificiellement dans un sommeil profond et sans rêves.

En réalité, la tâche s'était avérée extrêmement délicate. C'était même la première fois qu'une telle opération était pratiquée. La greffe oculaire était loin d'être la spécialité du médecin, encore moins de ses confrères expérimentés. Toutefois, réparer les tissus endommagés avait demandé bien moins d'efforts que pour les nerfs arrachés.

Ils avaient réussi, après plusieurs semaines, après plusieurs nuits blanches exténuantes, à remplacer et coordonner le globe manquant par un œil de verre fait entièrement sur mesure, à l'identique de son voisin. Et même si la vue ne pouvait être recouvrée, cela était égal au jeune roi. Tout ce que Draegan voulait, c'était ne plus avoir à porter ces fichus cache-œil qu'il trouvait tout bonnement ridicules. Malgré une grande collection de formes fantaisistes, de couleurs éclatantes, de divers tissus exotiques, de matières improbables, Draegan se sentait humilié d'apparaître publiquement avec cet accessoire.

Aussi, lorsqu'il ne le portait pas, il ne supportait plus de croiser son reflet torturé et mutilé sur la moindre surface. Il était en quête de reconstruire sa confiance brisée afin de gagner celle des autres. Il avait toujours accordé un soin particulier à son apparence, que ce soit du côté de sa garde-robe élégante, ou de la manière dont ses cheveux étaient coiffés. Porter de beaux vêtements lui remontait modestement le moral quand il était au plus bas, et il partageait la passion des crèmes et des huiles parfumées avec sa sœur.

Cette opération était donc importante pour lui. Il avait besoin de s'apprécier, là où dehors, tout le monde le haïssait. Et là encore, Draegan imaginait déjà les critiques à son encontre quant à son choix.

« C'est une honte ! Il n'assume pas ses erreurs ! »

« Il efface ses médailles de guerre ! Il devrait être honoré de les avoir eues ! »

« Ah, c'est sûr, quand on a les moyens ! Moi, personne ne va me payer une nouvelle jambe ! »

« Il a encore manqué une occasion de grandir, celui-là ! »

« Oben aurait gardé ses cicatrices, lui, pour se souvenir de ses échecs afin de ne pas les reproduire ! »

*Allez tous vous faire foutre...* pensa Draegan, les yeux bandés par un linge humide.

Il savait au fond de lui qu'il ne devrait pas penser une telle chose, mais c'était au-dessus de ses forces. Il avait fini par les haïr autant qu'il était haï. Il ne pouvait s'empêcher de se demander pourquoi le peuple était si stupide, pourquoi s'obstinait-il à le juger si sévèrement sans lui laisser la moindre chance.

Et l'armée... Draegan préférait ne pas y penser. Sa seule expérience sur le terrain à Morham lui avait valu une désertion de la majorité de ses hommes. Pour eux, tout était de sa faute. C'était lui qui avait fait confiance aux Immortels, lui qui avait ramené Mardaas chez eux, lui qui avait mené son armée dans un guet-apens. Il était clair pour les Aigles de Fer que Draegan Guelyn n'avait pas les épaules pour être un chef de guerre.

Aujourd'hui, le jeune roi se sentait plus seul que jamais. Madel et Maleius étaient là pour le sortir de ses pensées obscures, mais même là, Draegan ressentait un grand vide en lui, d'autant qu'il s'inquiétait jour après jour pour sa sœur, dont les nouvelles se faisaient rares.

— Vous êtes prêt, Guelyn ? demanda Adryr avec sa voix autoritaire, prêt à retirer la compresse.

Ce vieux médecin aux cheveux gris ébouriffés travaillait au sein de la famille depuis trois décennies. Il avait été un ami proche d'Oben Guelyn, qu'il avait connu avant même de toucher un outil chirurgical. Adryr avait bonne réputation dans le milieu, et il savait faire parler de lui. Personne ne pouvait ignorer la présence du médecin dans une salle. Malgré une petite taille, son excentricité apparente avec ses multiples loupes autour du cou et ses longs manteaux colorés aux manches amples ne le faisait pas passer inaperçu.

Draegan ne l'avait jamais avoué, mais il avait toujours eu peur du médecin quand il était garçonnet. Adryr avait un tempérament colérique qui lui faisait exploser les cordes vocales en permanence, ce qui rendait nerveux la plupart de ses patients.

La lumière commençait à manquer, mais Draegan savait qu'au moment même où Adryr lui retirerait la compresse il se sentirait aveuglé par la moindre tache lumineuse.

— Vous risquez d'avoir des maux de tête pendant quelques jours, Guelyn, je vous préviens.

— Seulement des maux de tête ?

Le médecin se pinça la lèvre.

— Vous voulez un mensonge ou la vérité ?

— Je ne suis plus à ça près.

— Pour être honnête, nous n'en savons rien. Certains pensent que votre vision se détériorera plus vite que la normale, d'autres affirment que vous sentirez une douleur permanente jusqu'à la fin de vos jours.

— Et vous, qu'en pensez-vous ?

— Que si cette opération s'est déroulée avec succès, je remporterai un prix auprès de la Guilde Blanche !

— Je parlais de mon état.

— Eh bien, dans le pire des cas, je vous conseille de garder votre collection de cache-œil.

Le médecin retira le linge usagé et apporta au jeune homme un petit miroir orné de gravures afin qu'il puisse être son propre juge.

Assis sur le lit, une appréhension saisit Draegan qui hésita avant de porter le miroir jusqu'à lui. Il avait appris à se fuir.

— Vous ne verrez pas la différence, rassura Adryr d'une voix apaisante. Les plus grands artisans du pays ont joint leur talent pour créer cette prothèse unique au monde. Il n'existe pas mieux ailleurs, je peux vous l'assurer.

Draegan fit confiance au médecin et, après avoir expiré une bouffée d'air, affronta son double dans le reflet.

Les cicatrices causées par la lame étaient toujours présentes, comme si un fauve l'avait sauvagement griffé à cet endroit. Tout le contour était marqué d'une rougeur vive qui témoignait de la complexité de l'opération. L'œil de verre suivait ses mouvements, sans la moindre accroche. Pour autant, Draegan ne montra aucun signe de satisfaction. Son humeur taciturne était une barrière à ses émotions.

— Quelque chose ne va pas, Guelyn ? s'enquit alors Adryr.

Il avait envie de lui répondre qu'il souhaitait entendre le grand clocher sonner pour se réveiller et se rendre compte que tout cela n'était que le fruit d'un mauvais rêve. Mais le clocher avait beau tinter, Draegan était bel et bien réveillé.

— C'est parfait, Adryr, merci, finit-il par dire d'une petite voix.

— Vous devrez venir me voir une fois par semaine, à compter de ce jour.

— Toutes les semaines ? gémit Draegan, enfilant avec difficulté sa veste bien taillée.

— Ne faites pas cette tête de chien battu, j'ai l'impression de voir mes patients. Vous venez de subir une intervention chirurgicale rare, Guelyn. Je veux surveiller cela de près. Donc, vous reviendrez me voir pour que je puisse constater l'évolution. En attendant, évitez de toucher, de frotter ou de gratter. Compris, Guelyn ?

— J'essaierai, répondit cyniquement le roi en se levant du lit.

Les pensées dans le brouillard, Draegan quitta l'infirmerie d'un pas pressé et pria pour ne croiser aucun membre de sa cour. Il arrivait à ne plus se sentir chez lui dans son propre château. Aussi, il gagna rapidement son appartement privé, qu'il considérait comme son dernier bastion. Il pouvait ainsi se protéger de la pluie de calomnies que faisait tomber le peuple. Draegan se méfiait tellement de l'extérieur qu'il gardait les fenêtres fermées en permanence par peur d'y voir entrer des objets ou des visites inattendues. Les interstices entre les volets laissaient passer une lumière chaude et tranchante qui scindait la chambre.

Son lit le réceptionna dans des draps parfaitement lisses. Il s'enroula à l'intérieur, et étendit son bras sur la place vide qu'occupait Madel. Il aurait aimé la trouver ici, avec lui, mais la jeune femme avait affaire à Nerryk avec son équipage. Contrairement à lui, elle n'avait pas peur de traverser la ville, ni même de donner une correction à celles et ceux qui osaient lui manquer de respect. Rongé par un sentiment d'impuissance, Draegan s'isola une fois de plus, et s'endormit.

La migraine lui provoqua des cauchemars tous plus dérangeants et étouffants les uns que les autres.

Il se voyait marcher le long d'un sentier boueux, avec à l'horizon la silhouette de son château en feu qui dépassait des collines. Pour une raison qu'il ignorait, il se sentait incapable de couper à travers les champs. Seulement, tandis qu'il accélérait pour sauver son domaine, la boue prenait davantage une teinte rougeâtre. Au bout d'un moment, ses bottes n'étaient plus couvertes de terre, mais de morceaux de chairs qui se collaient à lui comme des sangsues. Draegan écrasait des visages morts, des visages qu'il n'avait jamais vus et qu'il s'efforçait de ne pas regarder. Une pluie drue de sang fouettait ses vêtements et le submergeait, quand un éclair dans le ciel le prit pour cible.

Le sentier avait maintenant disparu. À la place, Draegan se vit dominé par des arbres noirs, terrifiants, qui, de leurs branches courbées, retenaient des pantins suspendus au bout d'une corde qui se heurtaient les uns contre les autres. Un deuxième éclair jaillit, illuminant toute la forêt. Ce n'était pas des pantins, mais des pendus. La forêt était remplie de corps vacillants dans le vide, tous portant l'armure des Aigles de Fer. Draegan ne pouvait avancer sans les écarter de son chemin. Certains se détachaient de leur corde pour s'effondrer sur lui, le renversant dans des mares de sang qui lui brûlait la peau. Il entendit soudainement la voix écorchée de Kerana qui hurlait son nom à travers la forêt. Draegan la repéra au loin, agenouillée et affaiblie. Il essayait de la rejoindre avec acharnement, mais les pendus continuaient de lui barrer la route et de s'effondrer sur ses épaules, l'empêchant ainsi d'atteindre sa sœur, dont l'image s'effaçait dans des cris assourdissants, mêlés au fracas de l'orage qui explosait ses tympans. Le tonnerre frappait, encore et encore, jusqu'à se transformer en un tambourinement à la porte qui le réveilla en sursaut. Il dégoulinait de sueur, sa chemise lui collait à la peau, une chaleur pesante le saisit et l'obligea sortir des draps. Arrivé à la porte, il hésita avant d'ouvrir.

— Qu'est-ce que c'est ? questionna-t-il d'une voix fatiguée.

— Draegan, c'est Maleius, ouvre.

Les cheveux en bataille, la mine creuse, il répondit à sa demande.

Maleius allait ouvrir la bouche pour parler, mais se retint lorsqu'il remarqua le nouvel œil de Draegan.

— Il a repoussé dans la nuit ?

— Comment tu le trouves ?

Il se rapprocha pour en examiner chaque détail.

— Plus vrai que nature, mon frère. Maintenant, tu devrais aller voir Adryr pour qu'il fasse pareil avec le reste de ta tronche. Non, mais tu t'es regardé ? On dirait que t'as passé la nuit à l'écurie. Qu'est-ce que tu faisais ?

— Je… je me suis endormi en revenant de l'infirmerie.

— Il est plus de midi, Draegan. Adryr m'a dit que tu étais sorti hier dans la matinée.

— Quoi ? Mais non, je…

— Peu importe. Enfile quelque chose de plus sec. Tu es déjà en retard, ils t'attendent.

— En retard ? En retard pour quoi ?

— Ne me dis pas que tu as oublié.

— Oublié quoi ? insista-t-il, le ton impatient.

Maleius se frotta le visage et soupira péniblement.

— C'est aujourd'hui que tu es censé recevoir les Seigneurs d'Or d'Erivlyn.

— Je ne suis pas d'humeur à supporter ton humour, aujourd'hui.

— Et eux ne sont pas d'humeur à attendre indéfiniment. Les plus grosses fortunes du pays t'attendent dans la Salle de Guerre depuis une bonne heure, au moins. On a dû leur servir à boire et à manger pour les occuper, mais vu les têtes qu'ils tirent, ils sont pas là pour taper dans le cochon, alors arrange-moi cette coupe de cheveux et dépêche-toi de les rejoindre, déclara le maître d'armes avant de lui tourner le dos.

— Maleius, attends ! Tu ne veux pas venir avec moi ? Je le sens pas c'coup là.

— Draegan… soupira-t-il une énième fois. Je ne peux pas. J'ai des centaines de recrues qui m'attendent au terrain d'entraînement.

— Je sais, je…

— Mes instructeurs doivent les former en un minimum de temps pour nous préparer à une éventuelle attaque du sud, parce que notre putain d'armée se casse la gueule. Tu comprends, ça ?

— Excuse-moi.

— Je ne veux pas que tu t'excuses, je veux que tu ailles poser ton cul dans la Salle de Guerre, et que tu fasses en sorte que ces vieux débris continuent de nous soutenir financièrement, sinon on court à la catastrophe.

— Je ferai de mon mieux, assura Draegan avec une expression rassurante, qu'il perdit en refermant la porte.

N'ayant pas le temps de convoquer ses serviteurs pour une toilette méticuleuse, le roi attrapa le premier pantalon qu'il vit dans sa commode et changea de chemise, et tandis qu'il mouillait ses cheveux pour leur redonner une forme plus noble, il resongea au cauchemar qui l'avait tourmenté. Tout cela lui avait semblait si réel, malgré l'absurdité de certains éléments. En se retrouvant face aux mille pendus dans la forêt, il n'avait éprouvé aucune peur, aucune tristesse, il avait ressenti une profonde colère, sans vraiment en comprendre la raison. En tout cas, ces visions n'étaient pas prêtes de quitter son esprit. Pourtant, il le fallait, car le roi était attendu, et toute son attention était requise.

C'était la première fois que Draegan siégeait à une réunion des Seigneurs d'Or. Du temps de son père, il n'avait pas le droit d'y assister. Ces réunions étaient réservées à la plus haute société d'Erivlyn. Des ducs, des barons, des comtes, des banquiers, tous se retrouvaient une fois par an autour d'une table et discutaient politique, économie et guerre, tous les sujets qui avaient le potentiel d'endormir le jeune Draegan. Cependant, c'était l'occasion pour lui de se retrouver en compagnie d'hommes mâtures et réfléchis, qui ne perdraient certainement pas leur temps dans des moqueries et des plaisanteries douteuses. Ces seigneurs côtoyaient son père depuis de nombreuses années, il en connaissait même quelques-uns de nom. Dans le fond, c'était la seule chose qui le motivait à s'y rendre. Et puis c'était peut-être aussi l'occasion d'apprendre auprès de personnes expérimentées qui connaissaient parfaitement les rouages de la monarchie actuelle. Draegan espérait prendre des notes.

Derrière les portes de la Salle de Guerre, il distinguait leurs voix étouffées et quelques éclats de rire, ce qui le détendit avant de faire son entrée. Mais sa présence fit éteindre toutes les voix. Les regards pointaient vers lui. Déstabilisé, Draegan en perdit ses mots, oubliant même de les saluer. Instinctivement, il se hâta de gagner son siège en contre-jour. L'ambiance chaleureuse qu'il avait entraperçue venait de basculer radicalement. Un silence oppressant s'installa, tous le toisèrent avec distance, comme s'il n'avait jamais été convié à la réunion.

Draegan se racla la gorge, apposa ses avant-bras sur la table et jeta un regard rapide sur chaque seigneur. Les six têtes ridées ne lui disaient rien, ou peut-être que si, pour certains, mais rien n'était sûr. Il reconnut la Dame du Cygne avec son nez long et ses oreilles décollées, chez qui il était déjà allé dîner avec sa famille quelques fois à Valon. Celui aux joues pendantes et aux lèvres fripées ne pouvait être que le seigneur Nasred, le plus âgé, qui somnolait sur son fauteuil, une coupe de vin entre ses doigts ; seigneur d'Ysaren et des Lacs du Ciel.

— Pardonnez mon retard, commença Draegan par politesse, réajustant le col de sa chemise pour occuper ses mains.

— Qu'est-il arrivé à votre œil, mon garçon ? s'enquit un homme grassouillet enveloppé dans une robe jaune poussin.

— Excusez-moi ?

— On dirait une sale infection, ajouta un vieillard dégarni. En ce moment c'est la saison des midolytes, ces saloperies nous piquent partout où elles peuvent. Ça me rappelle un jour où...

— Si une midolyte l'avait piqué à cet endroit il aurait déjà perdu son œil, Feignus, réfléchit !

— En fait, j'ai... tenta de corriger Draegan, avant de se faire couper la parole.

— Pour ta gouverne, *monseigneur* Demetarr, j'ai déjà été piqué sur une couille dans ma jeunesse, et je l'ai perdue !

— Je croyais que c'était ta femme qui te l'avait coupée.

— Oui, la deuxième ! Pendant que je dormais ! Cette putain. Tout ça parce qu'elle m'avait surpris avec sa mocheté de cousine dans la cuisine.

— Et elle est où, maintenant ?

— Ma couille ?

— Non, ta femme.

— Demande à mes alligators, c'est eux qui l'ont digérée ! dit-il en s'esclaffant bruyamment, levant son verre, et faisant rire toute la tablée, à l'exception de Draegan qui rit jaune.

— Au seigneur Alrik ! s'exclama Demetarr, essuyant sa longue barbe grise avec sa manche. Et à toutes ses femmes qui ont fini dans de le ventre de ses gros lézards.

— Tu es presque à égalité avec Abratus, renchérit Nasred, sauf que lui il les donnait à manger à ses serviteurs.

— En parlant de lui, buvons à sa mémoire, suggéra Feignus. Vous savez, seigneur Draegan, nous avons failli ne plus venir après ce qui s'est passé à votre mariage.

— Le pauvre Abratus, tout de même ! On m'a dit qu'il avait eu la gorge tranchée, fit la dame du Cygne avec un dégout expressif.

— Je ne connais pas les détails, répondit Draegan, mal à l'aise à l'idée d'évoquer ce tragique évènement.

— Et Amestria ? Ils ont dû la poignarder plusieurs fois pour la dégonfler, celle-là !

— Je ne crois pas qu'elle était invitée, enchaîna Draegan.

— Bah ? s'étonna Demetarr avec sa grosse voix rocailleuse. Alors, pourquoi son fauteuil est vide ?

— La comtesse Amestria est chez elle, à Pyrag, répondit calmement la Dame du Cygne. Nous avons dîné ensemble, le mois dernier. J'ai passé tout mon séjour à assister à des jeux stupides où des créatures ignobles s'affrontaient dans son arène. Elle va finir par dormir là-bas à force d'y être.

— Qu'est-ce qu'elle y fout ? demanda Feignus.

— Elle boit, elle mange, elle parie, elle profite du spectacle.

— Je devrais peut-être ouvrir mon arène, moi aussi. À Khidil, il n'y a que les bordels qui proposent des spectacles.

— Quoi qu'il en soit, reprit Nasred, je ne pense pas vous avoir présenté mes condoléances pour votre père, seigneur Draegan. La bonté d'Oben nous manquera à tous. C'était un homme sage et instruit. Nous avions encore beaucoup à apprendre de lui.

— Merci, seigneur Nasred. Je suis on ne peut plus d'accord.

— Oui, à ce sujet, je pense pouvoir parler au nom de tous en affirmant que nous ne sommes pas vraiment au point sur la situation.

— Que voulez-vous dire ?

— Eh bien, nous avions tous reçu des messagers qui nous faisaient part d'un certain roi Serqa, et puis du jour au lendemain nous apprenons que c'est finalement, *vous*, qui avait repris le pouvoir. Je vous avoue que nous sommes tous un peu confus quant à ces tours de passe-passe. Nous comptions sur vous pour nous éclaircir à ce sujet-là.

— Il n'y a rien à éclaircir. Serqa était un meurtrier.

— Je vois. Cela dit, la question que nous nous posons est : où étiez-vous pendant que ce « meurtrier », comme vous l'appelez, siégeait sur votre trône ?

— Probablement dans une cellule de cachot avec le reste de ma famille, pourquoi ?

— Mais que faisiez-vous dans un cachot ?

— À votre avis ?

— Je vous le demande.

— C'était l'œuvre de Serqa.

— Ce Serqa, intervint la Dame du Cygne, serait-ce l'Immortel que vous avez ramené de Tamondor ?

— Quoi ? Non, je n'ai jamais… Ce n'était pas lui.

— Dans ce cas, comment s'est-il emparé du trône ? reprit Nasred.

Draegan se sentait nauséeux à l'idée de répondre.

— Il était déterminé à s'en prendre à ma famille.

— Par les Namtars, qu'avez-vous fait à ce garçon pour qu'il vous traite de la sorte ?

— Je lui ai volé son goûter, rétorqua-t-il avec cynisme. Comment voulez-vous que je le sache ? Je ne l'avais jamais vu avant le mariage.

— Et où est-il à présent ?

— Ses restes doivent encore traîner dans nos cachots.

— C'est vous qui l'avez tué ?

— Non.

— On raconte que c'est votre ami l'Immortel qui s'en serait chargé pour vous, dit la Dame du Cygne.

— Non, c'est faux. Mardaas ne l'a pas tué. Il a simplement été arrêté.

— Ce même Mardaas qui est à l'origine de votre défaite à Morham, est-ce bien cela ?

— En quoi cela nous avance-t-on ?

— Nous essayons simplement de comprendre, dit Demetarr en joignant les mains.

— Aviez-vous des doutes quant aux réelles motivations de l'Immortel ?

— Oui, j'en avais, comme tout le monde, mais…

— Mais cela ne vous a pas empêché de le ramener à Odonor, sous votre propre toit, alors que, selon nos rapports, un orphelinat entier a été ravagé par ce dernier.

— Ce n'était pas lui.

— Mais des témoins affirment l'avoir vu sur place.

— S'il n'avait pas été là, une enfant serait morte !

— Vous le défendez donc ?

— Je défends la vérité.

— Pouvez-vous nous expliquer les raisons qui vous ont poussé à lui faire confiance ?

— Attendez, est-ce qu'il s'agit d'un procès ?

— S'il cela avait été un véritable procès, vous l'auriez su. Mais pour l'heure, répondez à nos questions.

— C'est une histoire compliquée.

— C'est une histoire que nous souhaitons entendre.

— Si vous êtes ici pour m'accuser de quoi que ce soit, n'hésitez pas, vous n'êtes pas les premiers et vous ne serez pas les derniers. Mardaas nous a tous manipulés, en particulier ma jeune sœur dont il s'est servi pour arriver à ses fins. Nous avons *tous* été trompés, à commencer par mon père, que vous semblez tant respecter.

— Mais votre père n'est plus là pour répondre de ses choix, il a été exécuté le 184 de la 7e ère, Melionaris du 16 Martar, sur le parvis de votre château.

— Est-ce bien utile de me le rappeler ?

— Dans la mesure où, après cela, l'Immortel dénommé Mardaas demeurait toujours dans votre domaine, et que, selon nos informations, une dizaine d'autre comme lui aurait été hébergé par la suite, sous votre consentement, oui, je pense qu'il est utile de vous le rappeler.

— Ils étaient là pour nous protéger. Ils n'avaient rien à voir avec la mort de mon père !

— Pourtant, ce Serqa était bel et bien un Immortel, le niez-vous ?

— Vous semblez en savoir bien plus que ce que vous laissez croire. Pourquoi me poser toutes ces questions ?

— Nous souhaitons simplement entendre votre version des faits.

— Il n'y a qu'une seule version, et c'est celle que je me tue à vous dire !

— Vous reconnaissez donc avoir donné votre confiance à un ancien Seigneur Noir ?

— Ça ne s'est pas passé comme vous le pensez, souffla Draegan, se frottant le visage.

Le seigneur Nasred feuilleta un tas de parchemins qu'il semblait lire en diagonale avec ses petits yeux plissés.

— Bien, parlez-nous à présent de ce qu'il s'est passé à Morham.

Draegan sentit un filet de sueur couler le long de son dos.

— Morham, répéta-t-il, révélant au ton de sa voix toute son amertume pour ce souvenir.

— Qui a mené l'attaque contre la cité ?

— Il n'y a pas eu d'attaque. Nous devions faire croire à un début de siège afin de concentrer les forces de l'Armée d'Écaille aux portes de la ville. Nous n'étions qu'une diversion, le temps que les Immortels parviennent jusqu'au palais et tuent ceux qui y résidaient. C'était le plan.

— De qui était le plan ?

Draegan voulut avaler sa réponse, mais elle s'échappa en écorchant ses lèvres.

— Mardaas.

Il y eut un silence et des regards croisés.

— Vous étiez donc aux portes. Combien d'Aigles de Fer ?

— Environs dix mille.

Il observa Nasred marquer le parchemin avec sa plume personnelle à mesure qu'il répondait.

— Des engins de guerre ? demanda Feignus.

— Des trébuchets.

— Combien ?

— Je ne sais plus… quatre ou cinq.

— Avez-vous une idée du montant que cette campagne a coûté au royaume ?

— Non, maugréa-t-il en s'accablant intérieurement.

— Vous avez dit que vous étiez dix mille au départ, continua Demetarr. Combien étiez-vous en rentrant au pays ? Non, attendez, laissez-moi reformuler. Combien d'Aigles de Fer sont revenus avec vous à Odonor ?

— Je pense que vous le savez.

Il se mordait la langue pour contenir le reste de ses pensées qui ne demandaient qu'à exploser.

— Connaissez-vous la raison qui a poussé vos propres soldats à déserter leur poste, entrainant par conséquent une brèche de sécurité majeure au sein de ce pays ?

— Je ne sais que ce qu'on m'a rapporté.

— Soyez plus précis.

Draegan fixa un instant l'aigle aux ailes déployées gravé sur sa chevalière, et son expression s'assombrit.

— J'ai perdu leur confiance.

Il acheva sa phrase sur un ton grave. Il était évident qu'il ne souhaitait plus poursuivre cette réunion.

— Pourtant, selon nos lois, enchaîna Nasred, la désertion est considérée comme une trahison du pays, en d'autres termes un crime passible de la peine de mort. J'imagine que vous saviez cela, seigneur Draegan.

— Je suis au courant. Mais je n'ai pas l'intention de mettre à mort des milliers de personnes.

— Oh, ça, je suis sûr qu'ils le savent, tacla Demetarr. On m'a dit que la plupart avaient déjà quitté le territoire, et ceux qui restent sont protégés.

— Par qui ? s'enquit Feignus.

— Par le peuple.

— Ils sont de leur côté ?

— Ils l'ont toujours été.

— Il est bien là, le problème, cracha la Dame du Cygne en levant les yeux au ciel.

— Je vous demande pardon ? fit le roi.

— Écoutez, seigneur Draegan, dit Nasred d'une voix hésitante. Nous en avons longuement discuté entre nous à plusieurs reprises. Nous nous accordons tous à penser que l'Erivlyn doit retrouver sa grandeur d'antan, et j'imagine que cela est aussi votre souhait, en la mémoire de votre défunt père.

— Où voulez-vous en venir ? demanda Draegan, devenu raide comme un arbre.

— Regardez autour de vous, mon garçon.

Draegan posa son regard sur un grand tableau au cadre doré qui dominait une commode noblement décorée, sur lequel était représenté son ancêtre Sytus Guelyn, triomphant de l'Immortel Asramon sur le parvis du château. Sur le deuxième tableau, un paysage de guerre où une splendide jeune femme à la couronne brillante menait une charge héroïque contre les Kergoriens. Sous la scène, une plaque en or mentionnait « *Evadora Guelyn à la bataille des Sans-Têtes – 953, $6^e$* ».

Un peu plus loin, derrière les sculptures marbrées, une fresque colorée remplissait tout le mur. Sur le dos d'un aigle géant, Telorius Guelyn balayait les lignes ennemies de l'autre côté du pont reliant Odonor. Encore à gauche, la reine Sarya Guelyn lors du duel contre le roi Hecateos II, sous une tempête de neige si évocatrice qu'elle donnait l'impression que du givre s'était déposé sur la toile.

Draegan s'arrêta sur la peinture de son père, Oben Guelyn, sous les traits d'un jeune et bel homme, dans une armure parfaitement lisse et sans rayures sous un soleil couchant, se tenant debout, droit, victorieux, fier, aux côtés d'un destrier majestueux qui était prêt à galoper vers ceux qui admiraient l'œuvre. Draegan n'avait pas besoin de réfléchir longtemps pour comprendre la pensée du seigneur Nasred. Le sang des Guelyns coulait peut-être dans ses veines, mais il lui semblait évident qu'il n'avait nullement sa place sur les murs aux côtés de sa lignée. Et quand bien même, pour quel fait d'armes en serait-il digne ? Il n'y avait pas besoin de les éplucher, il n'y en avait pas.

En revanche, il n'avait aucun mal à visualiser sa sœur à côté du tableau de la jeune Evadora. À de nombreuses reprises, Kerana avait su se montrer plus courageuse que lui dans des situations critiques. La première qui lui vint à l'esprit fut l'incendie de l'orphelinat. Contrairement à lui, Kerana n'avait pas hésité une seule seconde à s'engouffrer dans les flammes pour partir à la recherche des enfants. Rien que pour cet acte, elle avait déjà mérité sa place dans cette pièce.

Sa gorge se serrait. Il avait la sensation d'étouffer à l'intérieur de sa veste à cause des yeux des Seigneurs d'Or braqués sur lui. Il regretta sur le moment que le bourreau dans les cachots ne lui ait pas arraché le second œil pour ne pas avoir à supporter cela.

— Nous pensons qu'il serait plus judicieux, pour les temps sombres que nous connaissons, que vous nous laissiez remettre en ordre les affaires du pays.

— Vous me demandez de renoncer au trône ?

— Faites appel à votre bon sens, seigneur Draegan, nous savons tous les deux que votre père aurait approuvé cette décision. Disons simplement que, compte tenu du climat actuel, il serait plus sage dans votre intérêt de vous écarter du pouvoir quelque temps.

— Et si je refuse ?

— N'y voyez là rien de personnel, mon garçon. Mais nous avons, nous aussi, une réputation à tenir auprès du peuple et de nos alliés. Si vous maintenez votre règne, nous serons contraints, à grand regret, de mettre un terme à notre alliance. Ce qui veut dire…

— Qu'on vous coupera les vivres, résuma froidement Demetarr.

— Vous ne pouvez pas faire ça, contesta Draegan en se levant brusquement. Vous ne pouvez pas me laisser tomber. J'ai besoin de vous, j'ai… je… Si vous faites ça, c'est tout le pays qui s'écroulera !

— Et à votre avis, qui sera montré du doigt ? piqua la Dame du Cygne.

Draegan était saisi par le trouble. Il resta muet, mais ses yeux criaient, ils criaient contre cette injustice qui continuait de le persécuter. Il ne savait plus où regarder, chaque vision lui rappelait ses faiblesses. Il manqua de souffle. Plus aucun mot n'arrivait à décrire ce qu'il ressentait. Ses mains se mirent à trembler. Il avait échoué, encore une fois. Il se tourna rapidement vers la grande fenêtre qui inondait la pièce de lumière pour cacher ses émotions. Et dans un égarement de folie, il songea à la traverser pour en finir.

Il fut arraché à ses funestes pensées lorsque la porte s'ouvrit et qu'il vit enfin un visage amical se présenter à lui. Maleius entra, sans demander la permission, un bout de papier dans la main. Il ignora les seigneurs autour de la table et se contenta de se hâter jusqu'à Draegan. Ce dernier discerna une inquiétude palpable chez le maître d'armes.

— Ça vient d'arriver, informa-t-il en tendant le message. Tu devrais le lire.

— Cette réunion est d'ordre privé, réprimanda Nasred, vous n'êtes pas autorisé à entrer comme bon vous semble pour transmettre des notes personnelles.

— Il a raison, dit Draegan. Plus tard, Maleius, ce n'est pas le m…

— C'est Kera.

Draegan se figea. Il n'osait s'emparer du morceau de parchemin. Il ne supporterait pas une nouvelle accablante de plus.

— Qu'est-ce que ça dit ?

— S'il vous plait, intervint Demetarr, agacé. Vous vous occuperez de ça plus tard, nous avons plus imp...

— Fermez-là, Demetarr, vieux rat, injuria Maleius qui n'avait jamais porté le moindre respect pour cette assemblée.

Énervé par la situation, Draegan attrapa le petit parchemin et s'isola de quelques pas pour en découvrir le contenu. Il reconnut l'écriture de sa sœur, ce qui était une bonne chose. L'angoisse de recevoir un message de la main de quelqu'un d'autre pour lui annoncer une terrible nouvelle le hantait chaque jour.

Mais quelque chose était anormal dans cette lettre. Draegan le comprit très vite. Elle ne lui était pas destinée.

— C'est Sigolf qui nous l'a fait parvenir, ajouta Maleius avec un pincement dans la voix.

— Non, souffla désespérément Draegan tandis qu'il lisait.

Une phrase lui fit l'effet d'un violent coup dans la poitrine. Et cette phrase était ce qu'il avait redouté de pire.

« *Je me rends à Azarun pour retrouver Mardaas, seule, et je vous demanderai de ne pas essayer de me rejoindre.* »

— Sigolf a laissé une note au dos, signala Maleius.

D'une écriture maladroite et imprécise, qui semblait avoir été réalisée dans la précipitation, l'officier avait laissé ces quelques mots à leur attention.

*Je pars la chercher. Besoin de renfort.*
*Sigolf*

Draegan inspira lentement pour essayer de retrouver un semblant de calme intérieur. Derrière lui, les Seigneurs d'Or s'impatientaient et attendaient qu'il se prononce sur sa décision. Mais en cet instant, le sort du royaume était devenu le dernier de ses soucis. Sa sœur avait besoin de lui, plus que jamais.

— Maleius, commença-t-il avec une voix ferme. Rassemble tous celles et ceux qui peuvent tenir épée et un bouclier. Je me fiche qu'ils soient formés ou non. Je veux une armée complète prête à partir dans la soirée. Est-ce que tu m'as bien compris ?

— Entendu, Draegan. Je vais voir ce que je peux faire.

— Et fais préparer mon cheval.

L'ordre surprit tout le monde dans la pièce, en particulier Nasred, qui secouait la tête avec une condescendance affligeante.

— Dans ce cas, je vais devoir faire préparer le mien aussi, répondit Maleius.

Ils échangèrent un regard fraternel qui apporta une chaleur de réconfort au jeune homme.

— Il faut prévenir Madel, ajouta Draegan, qui avait décidé d'ignorer complètement la réunion le concernant. Nous allons avoir besoin d'un ou deux navires pour rejoindre le Kergorath le plus vite possible.

— J'envoie immédiatement quelqu'un pour l'avertir.

Maleius posa sa grosse main velue sur l'épaule de Draegan et la serra pour lui faire comprendre qu'il pouvait compter sur lui. Après quoi, il repassa devant la tablée, envoyant un regard aiguisé envers le seigneur Nasred.

— Qu'est-ce qu'il se passe, seigneur Draegan ? s'enquit Feignus.

Draegan laissa le vieillard sans réponse. Il siffla une injure et contourna la table pour rejoindre la sortie. Mais avant de passer l'encadrement de la porte, il prit soin de se retourner une dernière fois vers l'assemblée.

— Vous voulez mon trône ? Prenez-le, il est à vous. Je vous souhaiterais bien une longue vie de règne, si seulement vos âges pouvaient vous le permettre.

Et il referma la porte.

# CHAPITRE 16
## Ne Fais Pas La Même Erreur

Une mouche violette décrivait des arcs dans les airs autour d'une âme endormie. Son ballet emplissait la pièce silencieuse d'un bourdonnement désagréable. Ce type d'insectes était attiré par les émanations putrides, et on les retrouvait le plus souvent à danser au-dessus des cadavres dans les bois.

Le chant matinal d'une bête de ferme fit émerger Grinwok de sa soirée mouvementée. Les coussins qui étouffaient son visage étaient si moelleux et doux qu'il avait cru dormir sur une énorme poitrine toute la nuit. Une odeur sucrée lui titilla les narines, et une envie spontanée d'éternuer le prit. Il sentit un poids sur son dos, celui d'un homme qui l'empêchait de redresser sa tête. Grinwok essaya d'avaler de l'air, mais sa bouche était collée à un drôle de matelas qui se gonflait et dégonflait en permanence, ruisselant de sueur. L'Ugul éternua si fort qu'il réveilla les quatre personnes dans le lit, crachant au passage un mollard visqueux au visage de l'une d'entre elles. Il s'aperçut qu'il avait dormi sur le corps nu d'une femme ronde à la poitrine généreuse, au milieu du harem que lui avait promis la comtesse. Grinwok sauta du lit pour atterrir dans une flaque nauséabonde, laissant se rendormir ses distractions dans les draps souillés de la veille. Il enfila son pantalon qu'il avait jeté sur un garde-manger et attacha les ficelles de son gilet. Son cou lui faisait un peu mal, comme ses jambes qui avaient beaucoup travaillé.

Son bâillement dégagea une haleine si piquante que la mouche violette s'engouffra dans son gosier pour s'y nicher, le faisant s'étouffer grassement avant d'avaler l'insecte par inadvertance, lui lassant un goût des plus amers pour un petit déjeuner. Pour chasser cette saveur de la mort, il planta ses dents tordues dans une pomme bien juteuse dont il arracha la moitié.

Tout en mastiquant bruyamment son fruit, Grinwok tomba sur son reflet dans un grand miroir poussiéreux posé contre le mur, et se laissa aller à des fantasmes dérisoires en prenant une pose de conquérant. Il essayait d'imiter les héros qu'il avait vus au Hall des Reliques de Krystalia, sous forme de statues du passé. Il bomba le torse et se força à garder le dos droit, le menton relevé, les yeux plissés, afin de se visualiser lui aussi, aux côtés de ces figures emblématiques.

Grinwok était quelqu'un d'important, à présent. Et cela l'exaltait. Il avait tout ce qu'il voulait, des prostituées et du vin, tout ça à volonté.

Il rentra son ventre pour s'imaginer plus musclé et grand, et il aima cette idée. Il était l'Unificateur, et bientôt tout le monde allait le connaître sous ce nom. Certes, c'était loin des prédictions de la Mystique, il n'était pas le chef de guerre sauveur des peuples, mais cela lui suffisait. Il saisit une autre pomme et la tint comme un crâne dans sa main, avant de l'exploser en refermant violemment ses doigts sur elle.

Un courant d'air venant de l'entrée se manifesta et Grinwok reconnut le rouquin dans sa cape courte qui débarquait avec entrain. Il aurait aimé que cette pomme éclatée soit sa tête de fouine. Patritus grimaça et se couvrit immédiatement le nez avec son foulard.

— Nom de… Par tous les… que s'est-il passé, ici ? demanda-t-il en manquant de régurgiter son repas.

— Tu veux un dessin ? rétorqua Grinwok.

Mais même avec un dessin, le gentilhomme n'aurait pas su expliquer la débauche qui avait repeint les murs de la chambre.

— Je crois que je ne suis pas sûr de vouloir les détails.

— On s'est amusé.

— Que… que fait ce chien sur le lit ? questionna-t-il en montrant l'animal en train de se gratter près du corps nu d'un vieil homme. Non, je ne suis pas sûr de vouloir les détails.

— Quoi, tu l'connais ?

— La comtesse souhaite déjeuner avec toi.

— Pour quoi faire ?

— Tu n'as pas à poser la question.

— Ah, c'est parce qu'elle te l'a pas dit, se moqua-t-il. Ça fait quoi d'savoir que j'suis plus important que toi à ses yeux ?

Le noble se mordit la lèvre.

— J'sais pas si on aura la place, mais j'peux la faire s'asseoir sur le tapis dans le coin, il est en train de sécher.

— Non, c'est… c'est toi qui dois la rejoindre.

— Pourquoi ce serait à moi ?

— Tu es à son service, maintenant.

— Non, toi t'es son larbin. Moi, j'suis sa couille en or.

— Eh bien la couille en or va me suivre jusqu'à la salle de bain.

— De quoi ?

— De bain. Ton ignorance à ce sujet ne me surprend guère, Gobelin. Mais pour déjeuner avec la comtesse, il est nécessaire d'adopter une certaine prestance dont tu es démuni. Il faudra très certainement changer l'eau de la cuve plusieurs fois, voire même la cuve s'il le faut, mais tu n'en ressortiras que lorsque j'arrêterai de saigner du nez à chaque fois que je passe près de toi.

L'air sérieux, Patritus sortit un objet sphérique et bleuté de sa sacoche.

— Ceci est un savon. Nous en avons plusieurs caisses en cas de besoin, informa-t-il en lui lançant la boule dans les mains.

— Qu'est-ce que tu veux que j'foute de c'truc ? dit-il en l'examinant puis en la reniflant.

— Je pense que pour une utilisation optimale, il vaudrait mieux l'insérer directement dans le sphincter et attendre que ça fonde.

— Écoute-moi bien, tête d'étron, ça fait cent quinze ans que je sens le cul pourri, c'est mon odeur, j'y suis habitué, je l'aime comme elle est, alors lâche-moi la grappe.

Il resserra sa ceinture en rabattant la boucle de fer et attrapa un linge malodorant qui traînait près du lit.

— Tiens, nettoie plutôt la chambre, larbin.

Il expédia le linge encore humide sur la tête du noble, et celui-ci poussa un cri aigu en s'en débarrassant rapidement. Grinwok le bouscula pour libérer le passage et quitta la pièce.

Pressé par les gardes derrière lui, il gagna assez vite le salon de la comtesse qui se trouvait dans le plus gros bâtiment de l'enceinte.

Sur la longue table qui baignait dans la chaleur matinale du soleil, les aliments étaient frais, bien conservés, et bien plus savoureux que ceux dans la maison d'hôte. La comtesse était assise à l'extrémité, avec comme parure un bavoir autour du cou qui, pour Grinwok, ressemblait davantage à une nappe qu'on aurait enroulée autour d'un hippopotame. Sa mâchoire disproportionnée mastiquait une demi-douzaine de gâteaux sucrés qu'elle avait réussi à enfouir dans sa bouche. Des miettes de ces pâtisseries brillaient sur ses lèvres et se perdaient dans les plis de ses mentons. Grinwok s'adossa au mur près de l'entrée et observa ce spectacle remarquablement pittoresque qui lui inspira une fois de plus toute une flopée de blagues en lien avec des animaux.

Le nez de la comtesse la piqua et elle redressa ses petits yeux en direction de la créature verte, puis lui sourit.

— Bonjour, Grinwok. Entre, ne reste pas là. J'espère que tu as faim, lança-t-elle après avoir avalé sa bouchée. Tu dois goûter ces petites merveilles, conseilla la comtesse en montrant les gâteaux de couleur rose. Je les fais importer du sud du Kergorath, tu m'en diras des nouvelles.

— 'Savez, moi, j'suis pas difficile, je lécherais ma propre crasse pour peu qu'ça me donne l'impression d'avoir un truc dans l'ventre.

Il prit place sur une chaise qu'un serviteur venait de lui tirer. L'action le dérouta un instant. Sur le coup il crut qu'on lui interdisait de s'asseoir pour qu'il ne salisse pas le velours. Il jeta un regard méfiant au serviteur voûté, tout en posant ses fesses sur le siège.

— Je pense qu'il n'est pas nécessaire de te demander si la nuit fut bonne pour toi, dit la comtesse en buvant une gorgée de jus d'orange.

— Bah, si ça vous intéresse, j'ai mal au crâne, au dos et au cul.

— Et nous te remercions de nous en avoir fait profiter jusqu'au lever du soleil, rétorqua-t-elle ironiquement.

— Y'a pas d'quoi.

Comme à son habitude, chaque fois qu'il était invité à un repas, Grinwok se servait de ses bras comme des râteaux pour ramener toute la garniture qui était à sa portée. Il s'empiffrait aussi grotesquement que son hôte, et n'éprouvait aucune gêne pour éructer bruyamment comme bon lui semblait en sa présence.

— Je suis ravie qu'ils te plaisent.

Il s'essuya la bouche avec sa main et vida entièrement la carafe de jus de fruits.

— Vous devriez rajouter un peu d'alcool dans c'truc, ça manque de goût.

— J'y penserai, dit-elle comme si ses conseils étaient les plus sages. Alors, Grinwok, mon grand Grinwok. Quels sont tes projets ?

Il se figea, les joues gonflées par les pâtisseries, essayant de réfléchir à une réponse intelligente.

— Mes projets ? répéta-t-il en avalant de travers. Trouver un moyen de franchir la mer pour atteindre la Tamondor, j'suppose. C'est un projet, ça ?

Elle acquiesça en souriant.

— Je comprends que cela te tienne particulièrement à cœur de rentrer chez toi. Je n'ai jamais visité la Tamondor. Mes connaissances géographiques de cet endroit ne se résument qu'à Morham, de nom et de réputation, seulement. De quelle ville viens-tu, exactement ?

— Un patelin qui pue et qui s'appelle Falkray. J'aimerais essayer le nord, j'ai entendu dire que les Uguls étaient moins traités comme de la bouse dans ces régions, alors pourquoi pas. Tout ce que j'veux, c'est finir mes jours quelque part où on me foutra la paix.

— Pourquoi ne pas rester ici ?

— Pas sûr que ma place soit ici. Depuis que j'ai foutu les pieds dans ce pays, il m'arrive que des merdes. Et puis c'est suffisamment le bordel comme ça avec les tribus, pas besoin de me rajouter au tableau, j'ai déjà donné, merci.

— Les tribus sont un véritable problème à Pyrag. Depuis des générations, ma famille tente d'ouvrir le dialogue avec eux pour apaiser leurs esprits et éviter les guerres. Je ne peux que te conseiller de ne pas trop t'attacher à ces bêtes sans cervelles. Tu n'es pas comme eux, Grinwok. Tu vaux bien mieux que ça, ce n'est pas moi qui le dis, c'est le public, et je suis assez d'accord avec eux.

Grinwok regarda derrière lui, avant de revenir sur la comtesse, les sourcils haussés.

— C'est à moi qu'vous parlez, là ?

— Je peux te renvoyer chez toi. Je n'ai qu'un mot à dire et tu seras dans le prochain navire pour le nord de la Tamondor, les sacs remplis d'argent pour commencer une nouvelle vie, celle qui te fait tant envie.

— N'en dites pas plus, j'vais chercher mes affaires avant que vous ne rajoutiez un « mais ».

— Mais avant…

— Eh voilà, vous avez tout gâché.

— Je te rendrai ta liberté à condition que tu participes à cette saison dans mon arène, en tant que Champion.

— J'ai rien compris.

— C'est simple. Ce que tu as fait avec les tribus contre les daemodrahs, je veux que tu le refasses. Le public sera conquis, il en demandera encore. Remplis mes gradins, et je remplirai tes poches. Ainsi, tu pourras quitter l'Erivlyn définitivement.

— Attendez, c'est à peine si j'connais leurs noms à ces crétins !

— Ça n'a pas eu l'air d'être un problème pour les rallier à toi dans l'arène. Ils ont une dette envers toi.

— C'est pas c'que la tête de crapaud m'a fait comprendre.

— Peu importe. Arrange-toi pour que le spectacle soit assuré.

— Et si je refuse ?

— Dans ce cas, tu ne vaudras pas mieux qu'eux. Je ne te serai alors d'aucune aide, et tu seras condamné à mourir dans mes jeux.

— Ils vont me mettre en charpie s'ils découvrent que je bosse pour vous !

— Justement, puisque nous y venons.

La comtesse fit un signe au serviteur à sa droite, et ce dernier se dirigea vers Grinwok. Il portait entre ses mains un petit coffre en ferraille sombre qu'il ouvrit devant la créature. À l'intérieur, une somptueuse dague en argent qui paraissait plus brillante que toutes les babioles que l'Ugul avait volé au court de sa vie. Son manche courbé arborait des gravures fines et détaillées qui serpentaient jusqu'à la lame d'une élégance remarquable, où une inscription minuscule y figurait : Betelyon Ier.

— Elle vient de ma salle des trésors.

— Ouais, elle est jolie, mais quand j'vous avais demandé une meilleure arme pour me défendre, j'pensais à autre chose. Ce truc doit même pas couper du beurre.

— Elle n'est pas faite pour se battre.

— Alors, jetez là, elle sert à rien.
— Mais elle peut te rendre riche, très riche.
— Alors, donnez-là moi, elle peut servir.
— Elle sera ta récompense, une fois que je n'aurai plus besoin de tes services. Rien qu'avec ça, tu auras de quoi te payer ton propre palais.

Aveuglé par son avide cupidité, Grinwok ne voyait rien des manigances de son hôte. Il eut un petit rire grinçant.

— Et j'ai même pas eu besoin de vous la voler. J'dois m'faire trop vieux pour ces conneries.

Le serviteur referma le coffret et se retira. La comtesse se leva de table et se débarrassa du bavoir qu'elle laissa sur le dossier de la chaise, avant de saluer son invité.

— Je te reconvoquerai bientôt. En attendant, prépare-toi pour le prochain combat. Les places se sont déjà toutes vendues, le public a hâte de revoir l'Unificateur terrasser des créatures démoniaques, ajouta-t-elle avec une voix rieuse.

— Ha ! Comptez sur moi, j'suis prêt à leur faire mordre la poussière à ces… attendez, quoi, démoniaques ? Qu'est-ce que…

Mais la comtesse venait à l'instant de quitter le salon.

Encadré à nouveau par les gardes, Grinwok fut reconduit dans la cour des prisonniers. Il savait qu'il devait faire part de tout ça à Tashi, et il savait aussi que sa réaction ne se ferait pas attendre. Seulement, Grinwok ne pouvait le nier, sans Tashi dans l'arène, il n'avait aucune chance d'en sortir vivant. Il devait pouvoir compter sur lui.

Les grilles s'ouvrirent. La hallebarde d'un garde vint frapper le dos de Grinwok pour le faire avancer. Il entendit les chaines derrière qui s'enroulèrent sur le gros cadenas qui condamnait sa liberté. Quelques têtes pivotèrent vers lui, dont celle du chef Iaj'ag, R'haviq, et celle de Kunvak, assit en tailleur à l'ombre d'un pilier. À leur façon de le mirer, il était persuadé qu'ils étaient au courant de tout. Ses jambes avaient pris racine dans le sable, c'était à peine s'il osait faire un pas de plus. Tout d'un coup, Grinwok ne se sentait plus aussi en confiance. Il avançait au milieu de la cour en se forçant à adopter une démarche naturelle qui n'avait rien de tel, ne sachant où poser son regard de fouine.

— Grinwok ! fit une voix rauque.

L'ombre de Tashi le couvrit. Ce dernier fut plus que rassuré de le voir sur ses quatre pattes, du moins presque, car cela voulait aussi dire qu'il était capable de le courser pour le dévorer. Il déglutit silencieusement et afficha toutes ses dents pour saluer la bête.

— Mon vieux, comment tu t'portes ?

— Mieux.

— T'es sûr ? demanda-t-il en s'attendant à une réponse qui ne viendrait jamais.

— Pourquoi cette question ?

— Pour rien. J'suis content que tu t'sois remis.

— Où étais-tu ? Je ne t'ai pas vu depuis hier. J'ai demandé aux autres, ils ne t'ont pas vu revenir.

— Je… j'étais… là.

— Là ?

— Ouais, là, pas loin, tu sais, quelque part, juste à côté, près de…

Tashi écrasa son museau humide contre son gilet poisseux et l'odeur qu'il y décela lui fit virer ses iris au rouge.

— Tu sens son odeur.

Les chefs de clans, intrigués par l'échange, s'avancèrent dans leur direction dans l'idée d'avoir eux aussi des réponses quant à l'absence de la créature.

— Elle m'a invité à becter, c'est tout !

— Qu'est-ce qu'elle te voulait ?

— Elle…

Au dernier moment, il choisit de se terrer dans le mensonge.

— Elle voulait savoir… pourquoi est-ce que je… j'ai… j'avais interrompu les combats dans l'arène. Ouais, c'est ça. Elle voulait que je m'explique sur ça. C'est ce que j'ai fait. Et j'ai pas mâché mes mots ! J'lui ai dit, à cette grognasse, qu'on se pliera pas si facilement à sa volonté !

— Et ensuite ?

— Oh, bah, tu sais comment elle est ! Elle a commencé à me sortir son discours, tu le connais, c'est celui qu'on tous les humains, bla-bla-bla, je suis puissante, bla-bla-bla, faites ce que j'dis. Enfin, bref, on va pas s'étaler sur le sujet.

Tashi garda sa langue dans la gueule. Il n'avait aucun commentaire à faire.

— J'étais inquiet pour toi, finit-il par dire après son silence.

Cette remarque assomma Grinwok avec le marteau de la culpabilité. Son demi-sourire forcé fut le plus douloureux qu'il n'ait jamais eu à faire.

— Je l'étais aussi pour toi, tu sais.

— Je regrette de t'avoir embarqué là-dedans et de t'avoir mêlé à mes histoires. Ta place n'est pas ici. Quand tout cela sera terminé, je te dédommagerai comme je pourrai.

Il songea alors au dédommagement généreux de la comtesse, et cela le mit dans un embarras encore plus grand. Tashi retourna se poser à l'ombre sur son tas de paille et laissa Grinwok se faire dévisager par la tribu Koa't.

Préférant ne pas leur accorder la moindre attention, il décida de faire le tour de la cour avec la perspective de trouver un endroit qui l'isolerait de tout, même de sa propre conscience.

Tandis qu'il rasait les murs vers son exil, la féline Ishig tomba du ciel et l'interrompit dans sa route. Il ignorait d'où elle venait, il ne l'avait pas vu arriver. Toujours était-il qu'elle avait atterri en finesse sur ses deux jambes courbées. Sa beauté avait le don de paralyser le cerveau de Grinwok et de le priver de toutes ses facultés cognitives. Il ne la reluquait pas comme un morceau de chair à culbuter dans la réserve d'une taverne, bien au contraire. Dans son regard se trouvait une certaine forme de respect et de crainte. Pour une raison qui lui échappait, c'était ce qu'elle lui inspirait.

L'Ishig, dont le nom revint à Grinwok comme un foudroiement, se dépoussiéra la fourrure en la brossant rapidement avec ses mains, avant de remarquer sa présence.

— Oh ! s'exclama Sheena, heureuse de le revoir.

À son expression, elle avait l'air de chercher désespérément le prénom de l'Ugul qui ne semblait pas lui revenir.

— Jinok, c'est ça ?
— Oui.
— Ton ami Muban te cherchait partout.
— Je sais. Merci de t'être occupée de lui.
— C'est normal, après ce que vous avez fait pour moi.

Il y eut un silence qui sembla durer une éternité.

— Et sinon, tu faisais quoi, là-haut ? interrogea Grinwok.

Il observa Sheena prendre de l'élan pour atteindre un appui sur le mur d'enceinte.

— Suis-moi et tu le sauras !
— Mais t'es sûre qu'on va pas s'prendre une flèche dans le derche si on grimpe sur les remparts de la cour ?
— Aucun risque, les gardes sont aveugles. Viens !

Séduit par son intrépidité, il escalada le grand mur avec une fluidité déconcertante. Grinwok avait su développer une agilité surprenante lors de ses tribulations de voleur. Il devait être capable de traverser la ville de toit en toit, et le tout dans une discrétion des plus totales. Alors, un simple mur d'enceinte, c'était un ridicule jeu d'enfant pour lui.

Il suivit Sheena jusqu'au sommet d'une tour carrée qui surplombait la cour d'un côté, et un terrain boisé à moitié ravagé par les haches et les scies de l'autre. Le soleil leur tapait dans le dos, et une brise fraîche soufflait dans les hauteurs. Grinwok scruta la cour depuis le toit et y discerna clairement les tribus qui refusaient de se mélanger aux autres, mais ce n'était pas cette vue-là que Sheena souhaitait lui montrer.

— Regarde plutôt de ce côté.

Grinwok s'intéressa à ce qu'il y avait au-delà des remparts, sur le terrain mort. Là-bas, une activité humaine importante semblait se dérouler. Grinwok était incapable de tous les compter, et pour cause, il en partait et en arrivait sans interruption depuis la route, telle une fourmilière en plein travail. Des matériaux lourds et imposants étaient chargés sur d'immenses palettes elles-mêmes tirées par des créatures géantes qui ressemblaient, selon Grinwok, à un croisement entre des chevaux et des ours.

— Qu'est-ce qu'ils font ?

— Aucune idée, mais j'ai écouté une conversation des gardes, et d'après ce que j'ai compris, ils sont en train de faire des travaux dans l'arène.

— Des travaux ?

— Oui, pour le prochain combat. On m'a rapporté que de temps en temps, la comtesse faisait construire des décors, des répliques de lieux à l'identique.

— Pour quoi faire ?

— Pour reproduire des vieilles batailles, ou simplement pour l'immersion. Ça ajoute une difficulté supplémentaire lors des affrontements, car le plus souvent, les décors sont piégés.

— Ouais, je vois, comme le coup des trappes dans le sable qui libère des saloperies.

— C'est l'idée, je suppose.

Sheena se détacha de la scène pour se plonger dans une humeur taciturne. Grinwok vit dans son visage son désarroi face aux desseins qui les attendaient, et il le partagea.

— À quoi bon, dit-elle dans un soupir. Même si on parvient à sortir vainqueur de la saison, la comtesse nous fera revenir dans l'arène d'une manière ou d'une autre. Elle sait que nous n'avons nulle part où aller et que nous cherchons constamment de la nourriture. Nos foyers se rétrécissent peu à peu à cause des tribus qui affluent et qui se font chasser par d'autres. Notre détresse vaut de l'or pour elle.

— Vous avez pensé à quitter la région, ou le pays, définitivement ?

— C'est ici que nous sommes nés, nos ancêtres se sont battus pour que nous puissions vivre sur ces terres. Ce serait un déshonneur d'abandonner notre foyer, mon père ne le tolérerait jamais.

— Et s'il y avait un endroit où vous pourriez vivre tous ensemble ? J'veux dire, avec les autres clans, une sorte d'accord commun où vous pourriez vous partager les ressources et la place. Y aurait plus d'problèmes comme ça, plus d'guerres, et la comtesse n'aurait pas les couilles de venir vous chercher dans un endroit où tous ses ennemis se trouvent.

— Nous ne demandons pas mieux, mais un tel lieu n'existe pas, Jinok.

Grinwok lui accorda ce point, avant d'être frappé par une idée.

— Il y a ce village abandonné, quelque part au milieu de la jungle.

Sheena leva ses pupilles de chat vers lui, lui envoyant un regard interrogateur.

— Il serait suffisamment grand pour tous vous accueillir, vous et même les autres tribus. Ouais, c'est sûr, c'est une ruine, le machin. Il a besoin d'être retapé, et pas qu'un peu. Mais on pourrait l'agrandir.

— Je ne sais pas, Jinok, répondit Sheena, peu convaincue.

— Ce serait pas juste une terre divisée en plusieurs morceaux, mais une seule et même terre, pour tous. Bon, faudrait demander l'avis du gros poilu, mais imagine le truc.

— Tu crois que nous pourrions vivre avec les Koat's ?

— Si tu veux mon avis, le grand crapaud n'est pas si différent d'vous. Dans le fond, j'crois que nous voulons tous la même chose.

— Et qu'est-ce que c'est ?

Grinwok continua d'épier avec mépris les hommes qui s'acharnaient à empiler des caisses les unes sur les autres à destination de l'arène. Il savait que le contenu de ces caisses les concernait.

— Qu'on nous foute la paix.

Il revint sur Sheena, qui n'eut pas besoin de répondre pour acquiescer cette pensée.

— Quoi ? s'enquit Grinwok, voyant qu'elle soutenait son regard sans cligner des yeux.

Elle lui sourit.

— Tu arrives à me redonner espoir, Jinok.

Il lui rendit son sourire, et se mit à rougir. Personne ne lui avait jamais dit une telle chose. Même les paroles élogieuses de la comtesse ne l'avaient pas autant touché. Il se mit à la trouver de plus en plus belle, et fut surpris de n'avoir aucune pensée obscène à son égard.

Leur échange prit fin lorsque du mouvement intense se fit remarquer en contre-bas. Des caisses de fer d'une taille importante s'agitaient dangereusement, et des cris bestiaux parvenaient à traverser le métal épais. Plusieurs hommes durent intervenir afin d'empêcher les caisses de se renverser. Des ordres secs et sévères fusaient.

— C'est quoi encore, ces horreurs ? interrogea Grinwok avec crainte.

— Quoi que ça puisse être, c'est pour nous.

La ville se faisait couvrir d'une poudre blanche qui provenait des cieux. Légère, douce, inoffensive, mais chaude. Azarun ne connaissait pas la neige. Celle-ci se refusait à descendre dans cette zone du continent. Toutefois, cela n'empêchait pas les toits d'être noyés d'un blanc terne en cette saison. Dans les rues, certains habitants balayaient le devant de leur porte avec une minutie particulière afin de ne pas faire voler les débris du ciel aux alentours. Les Azariens appelaient cela « Pluie de Cendre », et cela ne manquait pas de polluer l'air jusqu'à le rendre irrespirable. Il était coutume de croire qu'un tel phénomène était dû à l'extinction d'une étoile qui aurait implosé et dont les cendres se seraient déversées aux quatre coins de l'univers. Même si, pour quelques passionnés d'astronomie, cela semblait poétique, il en était tout autre pour ceux qui inhalaient par mégarde ces particules brûlées et finissaient par tomber malades. Les Pluies de Cendre étaient autant admirées que détestées au Kergorath, et pour cause ; s'en débarrasser nécessitait plusieurs jours, voire des semaines de nettoyage. Car les cendres, portées par les vents, s'invitaient en grand nombre dans les maisons, donnant l'impression qu'elles n'avaient pas été habitées depuis des générations.

La Grande Bibliothèque d'Azarun n'avait pas été épargnée par le fléau, et la plupart des étagères à proximité d'un balcon ou d'une fenêtre en furent souillées. Le labeur de remettre en état les salles fut remis aux esclaves, notamment ceux qui n'étaient pas aptes à travailler sur les chantiers.

Kerana avait été chargée de dépoussiérer une petite salle d'archives dont les meubles de rangement frôlaient le plafond. Ses éternuements perpétuels avaient fini par irriter son nez et sa gorge, et ses mains étaient devenues blanches comme de la porcelaine. Le visage de plus en plus creux, accentué par le chignon qu'on lui avait forcé de faire, elle faisait tout pour garder la vivacité de son esprit intacte. Le chiffon qu'elle utilisait pour frotter le bois ancien devait être plus vieux qu'elle. À vrai dire, tout dans cette pièce devait avoir plus d'un siècle. Même l'odeur qu'elle respirait lui rappelait celle de la chambre de son oncle Podrel. Une odeur typique de cuir centenaire et de tissu trouvé au fin fond d'un coffre scellé depuis trois ères.

Son dos la faisait souffrir chaque fois qu'elle avait à se baisser sous un bureau pour effectuer sa tâche. Elle n'avait toujours aucune idée sur la façon dont elle allait s'y prendre pour fuir cet endroit.

Elle analysa discrètement son environnement à la recherche d'un quelconque moyen pour une éventuelle fuite. Malheureusement, la pièce n'était pas grande et n'offrait que très peu de possibilités. La fenêtre qui projetait ses voiles lumineux à l'autre bout de la salle donnait sur une étendue d'habitations qui ressemblaient à des petits tas de sable depuis sa hauteur. Et les gardes imortis postés à l'entrée pour la surveiller étaient aussi efficaces que des chaines aux poignets.

Kerana ne s'échapperait pas ce jour-là, elle l'avait bien compris. Alors, elle s'attelait à sa corvée, essayant de s'évader dans sa tête afin de ne pas se laisser ronger par l'humiliation qui la saisissait.

Les cendres restantes lui prendraient au moins le reste de la journée, à moins que les Imortis ne lui infligent le travail de nuit. Dans tous les cas, elle était décidée à ne pas trop attirer l'attention sur elle, ce qui l'obligeait à se plier aux exigences de ses maîtres.

Mais cette volonté de se fondre dans la masse ne restait qu'une vague illusion. Car, tandis que son chiffon caressait le verre d'un miroir accroché au mur, elle y devina à l'intérieur une silhouette étrangère qui venait de surgir dans son dos. Aussitôt, Kerana se retourna. La personne qu'elle eut en face d'elle lui fit lâcher le linge crasseux qu'elle tenait entre ses doigts. Ses yeux se levèrent pour rencontrer ceux de la démence. Céron était entré sans faire le moindre bruit, ce qui ne lui ressemblait pas. Il enfouit son regard fou dans celui de Kerana et lui décrocha un sourire des plus glacial.

— Je ne voulais pas te faire peur, dit-il avec douceur.

Il fit un pas en avant, et Kerana se retrouva dos au mur. Elle savait que si elle avait le malheur de prononcer un mot en présence d'un Immortel son châtiment n'en serait que plus regrettable.

— Quelle pagaille ces cendres, continua-t-il en regardant autour de lui. J'suis sûr que ça doit ressembler à ça, chez Mardaas.

Sa plaisanterie ne fit rire que lui. Un rire aigu qui se fit entendre jusque dans le couloir. Ses lèvres se refermèrent lorsqu'il vit que la jeune femme ne partageait pas son humour. Il nota ses vêtements délabrés et poussiéreux, et il fit à nouveau un pas en avant.

— Oh, je te dérange pendant ton travail. Mille excuses, lança-t-il en joignant les mains. Vas-y, je te regarde.

Il attrapa une chaise et s'assit face au dossier. Kerana s'efforça de ne pas le regarder et poursuivit son labeur comme si de rien n'était. Elle entendait sa respiration lourde qui s'intensifiait, précédée par des exclamations soudaines qui la faisaient sursauter. Elle se souvint l'avoir vu en compagnie de Mardaas quand ce dernier s'occupait d'incendier tout un quartier. Cependant, elle n'arrivait pas à identifier l'homme. Par sa grande taille, proche de celle de Mardaas, et par les éclats de lumières étranges dans ses iris, elle finit par en déduire qu'il s'agissait bien d'un Immortel. Probablement celui même dont lui avait fait part Hazran quelques jours plus tôt.

Pendant qu'elle pliait ses genoux pour nettoyer un coin de mur, elle le sentit se rapprocher et poser ses mains sur ses épaules. Instinctivement, Kerana se releva et se dégagea de son emprise.

— Ne me touchez pas, avisa-t-elle sur un ton agressif.

Céron eut un mouvement de recul, il ne devait pas s'attendre à une telle réaction.

— De quel droit oses-tu m'adresser la parole, sale mortelle ! tonna-t-il.

Il lui empoigna la mâchoire et la plaqua avec force contre le mur. Son visage se rapprocha de son oreille, et il se mit à lui parler d'une façon monotone et froide.

— J'essaye de faire taire les voix dans ma tête. Il y en a trop, beaucoup trop. Elles parlent en permanence, sans s'arrêter, du matin au soir. Et elles s'accumulent, elles s'accumulent… Elles me chuchotent des choses, des choses que je ne remarque pas.

Un grincement sorti de ses dents.

— Je t'ai vu, l'autre jour, dans l'enclos. Ces cheveux bruns, cette peau claire, ces yeux noisette, tu ne ressembles pas aux autres.

Il lâcha sa mâchoire pour enrouler son bras autour de son cou et la serrer contre lui.

— Tu n'es pas d'ici, pas vrai ? Tu peux me répondre, je t'y autorise. D'où est-ce que tu viens ? Tu ressembles à une de ces catins du nord.

Au moment où sa réponse se glissa hors de ses lèvres, une personne entra dans la pièce. Céron relâcha Kerana et se concentra sur le jeune garçon pâle et frêle qui tenait une pile de livres à la couverture usée. Lezar se figea. Il faisait tout son possible depuis des jours pour éviter l'Immortel, comme le lui avait conseillé son maître. Jamais il n'aurait pensé le trouver dans une salle d'archives.

— Regardez qui voilà, lança futilement Céron. Je ne sais pas où est passé mon Sbire. Tu ne l'aurais pas vu, à tout hasard ? Je n'arrive pas à me souvenir où j'ai laissé son corps. Eh, morveux ! appela-t-il. Qu'est-ce que tu fous, ici ?

— Je suis venu rapporter des livres que j'ai empruntés, répondit Lezar avec un calme à toute épreuve.

Le jeune homme avait le nez dans les étagères, mais il guettait du coin de l'œil entre deux meubles ce qui se passait.

Céron grimaça. Il ne pouvait pas s'en prendre au Sbire du Seigneur de Feu, cela lui couterait la vie à coup sûr. Voyant que le garçon prenait un temps considérable pour remettre chaque ouvrage à sa place, l'Immortel jeta un dernier regard perçant à Kerana pour lui signifier qu'il n'en resterait pas là.

Une fois Céron hors de vue, Lezar prit une inspiration et expira douloureusement. Il avait fait un effort notable pour se contrôler et ne pas faire un malaise face à l'homme fou. Il se frotta le visage et expulsa lentement de l'air pour se reprendre. Il vit que Kerana l'observait, et cela le perturba. Aussi, alors qu'il se précipitait vers la sortie, il s'arrêta à l'embrasure de la porte.

— C'était toi, la fille dans les cuisines. Celle qui m'a tendu le morceau de pain.

Elle se remémora effectivement cet instant, et elle ne savait quoi rétorquer à cela.

— Tu étais venue pour le tuer.

— Non, répondit Kerana après un moment de silence.

— Tu avais une arme.

— Et toi, tu n'en as pas, renchérit-elle avec une ironie dans le ton.

Cette remarque frappa le Sbire. Comment pouvait-elle le savoir ? Ses frères possédaient tous une lame dans leur manche, mais il avait toujours refusé d'en porter une. Il soutint son regard qui n'avait rien de vindicatif, plutôt l'inverse. Il ne répliqua pas et tourna les talons, ne souhaitant pas qu'on le surprenne à discuter avec une esclave. La porte refermée, Kerana s'acquitta de sa corvée.

Plus tard dans la soirée, alors qu'elle se faisait reconduire à son enclos avec le reste de son groupe, elle alla s'allonger sur le tas de tissus qu'elle avait réussi à rassembler pour s'en faire un semblant de matelas. Après maintes tentatives pour fermer l'œil, sentant ses muscles bouillir, elle s'adossa contre la grille et se laissa accaparer par le sort de ceux qui l'entouraient. Certains étaient très malades, et ils devaient le cacher. Car si les Doyens venaient à s'en apercevoir, les malheureux seraient immédiatement « libérés » de leur fardeau. Et quiconque connaissait un tant soit peu les Imortis savait que ce terme ne présageait rien de bon.

Après une longue heure à ruminer, les yeux braqués vers une lune timide, elle revint à sa dure réalité lorsqu'un deuxième groupe d'esclaves se fit raccompagner derrière les barreaux. Elle aperçut Hazran au milieu d'un flot de silhouettes qui rejoignait sa place en titubant. Préoccupée par l'état du seul ami qu'elle avait dans cette prison, elle alla à sa rencontre.

Hazran avait la lèvre inférieure gonflée et quelques ecchymoses sur le torse. Kerana releva qu'il se tenait le bras droit d'une manière alarmante et cela l'inquiéta.

— Ils vous ont encore battu ? demanda-t-elle calmement en s'agenouillant à ses côtés.

Hazran retira sa main de son bras et laissa apparaitre une plaie ensanglantée qui avait l'air d'être profonde.

— J'ai fait un malaise, raconta-t-il en grinçant des dents. Et je me suis écroulé sur un crochet qui n'avait rien à faire là.

— Vous l'avez signalé ?

La question avait provoqué un petit rire chez l'homme.

— Signaler quoi ? Qu'ils n'avaient plus de raisons de me garder en vie ?

— Laissez-moi voir.

Kerana étudia la blessure de plus près. Elle fit une légère pression sur l'entaille qui arracha un gémissement douloureux à Hazran.

— C'est en train de s'infecter, il faut la traiter au plus vite.

— Et avec quoi tu veux soigner ça ? Du sable ? T'en fais pas pour moi. C'est pas une égratignure qui m'arrêtera.

La jeune femme posa le regard sur la détresse des autres détenus qui s'étaient recroquevillés pour dissimuler leur mal, et elle se dit qu'elle ne pouvait les laisser comme cela.

— Mon sac, se murmura-t-elle à elle-même.

— Quel sac ?

— Avec les ingrédients qui se trouvent à l'intérieur, je pourrais essayer de les soigner, je pourrais traiter votre plaie.

— Attends, attends, doucement, de quoi tu parles ? T'es médecin ?

— Plus ou moins, si on veut. Pas officiellement, mais j'apprends. Il faut que je récupère mon sac, je l'ai caché à l'arrière du palais.

— Fais une croix dessus, ma grande. Ils ne te laisseront jamais aller dans cette zone.

Ils se turent un instant.

— Vous avez pu voir votre fils ? osa-t-elle demander.

Il répondit dans un soupir.

— Non, toujours pas. Je sais qu'il est là, pas loin, et qu'il doit être terrifié. Ou peut-être pas, plus maintenant, je ne sais plus ce que je dois penser, à vrai dire.

Elle posa sa main sur son épaule pour le réconforter. Elle ne pouvait imaginer la peine insondable qui le consumait à petit feu. Contrairement à elle, Hazran connaissait son enfant, il avait passé huit années de sa vie à ses côtés, huit années à l'élever. Il avait donc toutes les raisons de se battre pour lui, jusqu'au bout. Kerana, elle, ne se battait pas seulement pour retrouver l'enfant qu'on lui avait arrachée. Derrière tout ça, il y avait une volonté de justice. Pour elle, mais pas seulement. Elle se sentait liée à cette enfant. Elle l'était, bien sûr, par le sang, mais il s'agissait là d'un tout autre lien. En donnant vie à l'enfant, cette dernière lui avait rendu la sienne en l'empêchant de mourir. Et pour Kerana, cet acte avait scellé son destin. Elle ne l'abandonnerait pas. Ce second souffle qui lui avait été octroyé, Kerana comptait bien en profiter pour offrir à la jeune Immortelle une vie à l'écart de cette malédiction dominatrice qui planait sur les siens depuis des siècles.

L'enclos s'était endormi, et Kerana avait fini par trouver une faille vers le royaume des rêves. Paisible et détendue au milieu d'un décor chaotique, elle savourait cette nuit comme si c'était la dernière. Malheureusement, son repos n'allait pas tarder à être troublé.

La grille s'ouvrit dans un fracas saisissant, réveillant la plupart des esclaves qui tressaillirent à la vision des fidèles encapuchonnés qui pénétraient dans l'enclos avec des lanternes. L'un d'entre eux, dont le visage n'était pas visible, pointa du doigt des cibles endormies et ces dernières se firent traîner par la force hors de l'enclos, sous l'affolement général.

— Celle-là ! indiqua le fidèle. Et celle-là, aussi.

Ils ne ramassaient que des femmes. Au total, cinq d'entre elles furent capturées, et une sixième était sur le point de les rejoindre. Un religieux se rua sur Kerana pour l'attraper par les cheveux, quand Hazran intervint en le plaquant au sol pour l'en empêcher. Hélas, un deuxième fidèle s'interposa, une barre de fer à la main, et molesta violemment le général en lui portant des coups à la tête qui le mirent au sol. Kerana se débattait, mais son énergie vitale ne lui permettait pas de résister plus longtemps. Les six esclaves se firent emporter hors de la place, dans une ruelle si exiguë et lugubre que nul ne devait en soupçonner l'existence. Contre le mur d'une bâtisse, une ouverture dans le sol les conduisait dans une cave. Un peu à l'étroit, un des fidèles retira son capuchon et posa sa lanterne sur une caisse à sa portée. Kerana ignorait pour quelle raison ils les avaient réunies dans ce lieu qui sentait le vieil alcool, mais lorsqu'elle vit des lits défaits dans le fond de la pièce, elle comprit.

— Mes frères, déclara celui qui referma la porte. Ce soir nous nous souillerons le corps avec celui de l'Exilée. Ôtez votre foi, mes frères. Car ce soir, nous baignerons dans le péché, à l'abri des yeux d'Imortar.

Il se débarrassa de sa bure. Sa nudité apparente haussa le cœur de Kerana qui ne souhaitait pas revivre un tel cauchemar. Les autres l'imitèrent, et une première victime fut agrippée violemment pour être jetée sur le lit en bois qui bascula lors du choc. Une deuxième subit le même sort. Une troisième se fit écraser contre un mur effrité. Elles avaient toutes les poings liés et ne pouvaient se défendre. Les pleurs et les cris de supplices emplissaient la cave. Kerana s'était repliée dans un coin et priait pour être invisible, mais des bras la soulevèrent pour la traîner jusqu'à un matelas de plume troué comme un gruyère. Maintenue fermement à plat ventre, elle sentit un poids s'ajouter au-dessus d'elle qui lui fit plonger la tête dans le matelas. Elle n'entendait plus que la détresse effroyable qui émanait de l'endroit, et se mit à mordre le morceau de tissu pour oublier la énième douleur qu'on lui faisait subir. Lorsque soudain, ce fut au tour du fidèle de pousser un hurlement. Sous les yeux de ses confrères, l'agresseur de Kerana entra dans une combustion spontanée et se vit éjecté jusqu'au plafond par une main gantée de fer. L'un d'entre eux reçut également le même sort, et un autre se fit exploser le crâne contre le mur effrité, propulsant des morceaux de cervelle tout autour. Le dragon était entré, une ombre noire immolait avec une fureur redoutable les Imortis couchés sur les esclaves. Kerana ramena ses jambes près d'elle et se protégea le visage. Les fidèles encore en vies implorèrent avec la plus grande ferveur la clémence de leur maître en joignant les mains. Mardaas en saisit un brutalement à la gorge pour le faire décoller du sol.

— Qui vous a ordonné de toucher aux esclaves ? interrogea-t-il, la voix débordante de rage.

— Le maître Céron, le maître Céron ! dénonça immédiatement celui qui s'était mis à genoux face au Seigneur de Feu.

Il lâcha celui qu'il tenait en l'expulsant sur une étagère de bouteilles de verre.

— Ramenez-les dans leur enclos. Si jamais vous faites un détour, je le saurai.

— B-bien, Maître, obéit-il en se relevant fébrilement pour chercher sa bure.

— Lezar, dit Mardaas en se retournant.

Le Sbire se trouvait derrière la cape de l'Immortel, personne ne l'avait remarqué avant que ce dernier ne se montre.

— Maître ?

— Accompagne-les.

— Que faisons-nous des corps, Maître ?

— C'est le problème du propriétaire des lieux, maintenant.

Son regard croisa brièvement celui de Kerana qui s'était recluse à l'autre bout avec les autres esclaves, mais il l'ignora très rapidement.

L'Immortel fit volte-face en direction de la sortie quand une voix brisée tenta désespérément de s'adresser à lui, dans un murmure qui fut entendu de tous.

— Mardaas… souffla Kerana, le visage noyé de larmes.

Dès l'instant où elle eut prononcé ce nom, un fidèle se plaça devant elle et lui décrocha une gifle qui la fit reculer.

— Tu n'as pas le droit de lui adresser la parole, esclave ! s'exclama-t-il avec vigueur.

Mardaas resta impassible. Il ne pouvait répondre à son appel à l'aide, ses mains étaient tout aussi liées que les siennes.

Lezar, témoin de la scène, trouvait cela d'une imprudence folle de la part de la jeune femme d'oser interpeller le Seigneur de Feu de vive voix, alors que lui-même n'aurait jamais osé l'envisager. Il trouvait cela d'autant plus étrange qu'il s'agissait de la même fille qui s'était introduite dans le palais. Mais ce qui l'ébranla le plus, c'était la réponse dissimulée de Mardaas derrière son masque, qui avait répondu par un regard désolé qui démontrait toute son impuissance. Personne ne le remarqua en dehors du Sbire, qui essayait de déchiffrer ce que tout cela pouvait signifier.

Mardaas quitta cette sordide cave et remonta à la surface. Quelques minutes après, les fidèles firent sortir les esclaves. Lezar fut le dernier à quitter le lieu. En regagnant la ruelle, il constata que son maître n'était plus là. Se savoir seul en compagnie de quelques confrères à la morale douteuse ne le rassurait pas, mais il se sentait protégé par son statut.

Pendant le trajet, il restait à l'arrière afin de garder un œil sur le comportement des siens, mais aussi des esclaves, et notamment celui de Kerana. Il la voyait ralentir pour laisser passer les autres femmes devant et se mettre à son niveau. Ils se mirent à marcher côte à côte.

— Tu es plutôt jeune pour un Sbire, dit Kerana en haussant à peine la voix.

Lezar fit mine de ne pas entendre et poursuivit sa marche.

— Tu dois l'idolâtrer, reprit-elle. À ta place, j'éviterais de le considérer comme un ami. Tu en serais déçu.

— Je ne suis pas autorisé à parler avec toi, répliqua durement Lezar qui faisait tout pour l'ignorer.

— C'est lui qui te l'a dit ?

— Quoi ?

— C'est lui qui t'a interdit de me parler ?

— Non, il n'a… Arrête ça.

— C'était simplement une question.

— Non, tu essayes de m'empoisonner l'esprit avec tes paroles. Arrête ça.

— C'est ce que tu crois ou c'est ce qu'ils veulent que tu crois ?

— Tu es une criminelle.

— Ce n'est pas moi qui ai du sang sur les mains.

— Je n'ai tué personne.

— Toi, non, peut-être. Mais tes frères, oui, bien plus que tu ne l'imagines, sans doute.

— Mes frères ne sont pas moi.

— Ce n'est pas ce que l'on vous enseigne.

— Qu'est-ce que tu en sais, d'abord ? Rien. Arrête de me parler ou sinon…

— Sinon quoi, tu vas me battre ? Tu ne l'as pas fait ce matin dans la bibliothèque, tu ne le feras pas ce soir. J'ignore pourquoi Mardaas a fait de toi son Sbire, mais il est évident que ce n'est pas pour ton expérience.

— Il m'a choisi car il a confiance en moi.

— Et tu as confiance en lui ?

— Plus qu'en n'importe qui d'autre ici.

— C'est ce que j'ai cru, moi aussi.

Ils arrivèrent devant l'enclos et les fidèles s'empressèrent de pousser les prisonnières à l'intérieur afin d'oublier cette pénible nuit. Kerana jeta un dernier regard à Lezar derrière les barreaux, et celui-ci choisit de le soutenir.

— Lezar, c'est ça ?

Il ne répondit pas.

— Ne fais pas la même erreur que moi.

# CHAPITRE 17
## Un Nouveau Frère

Après les émeutes sur la Place des Insurgés, Sigolf avait été retrouvé inconscient dans une ruelle par une patrouille de Doyens. Pensant avoir affaire à un des leurs, les religieux l'avaient immédiatement transporté à l'infirmerie la plus proche, où il y resta durant trois jours avant de se réveiller.

Un goût prononcé de fer dans la bouche lui rappelait vaguement ses derniers instants avant de perdre connaissance. Son cou lui déclenchait une douleur crispante, comme la plupart des autres parties de son corps. Il fallait dire que le jeune homme n'avait jamais été aussi malmené que depuis ces derniers mois. Entre l'assaut des goules à Krystalia, le massacre du village Iaj'ag, l'incendie de l'orphelinat, Serqa, les Prétoriens et la chasse des Imortis dans la forêt, Sigolf avait déjà vécu plus de mésaventures que la plupart de ses frères et sœurs d'armes. Il n'avait jamais imaginé que s'engager dans les Aigles de Fer le conduirait à des séjours réguliers sur un lit d'infirmerie. Mais cette fois-ci, ce n'était pas chez Adryr qu'il venait de se réveiller.

Les yeux à peine ouverts, l'officier respirait une forte odeur de désinfectant qui le désorientait. Tandis qu'il fixait un plafond à la pierre usée, il se demandait comment il avait atterri là.

Des chuchotements fusaient de part et d'autre, des chuchotements qu'il n'essayait pas de comprendre. Sa lucidité revint pleinement lorsqu'il se rendit compte qu'il ne portait plus la tunique Imortis qu'il avait volée précédemment, mais seulement un sous vêtement de lin. Le drap fin qui le recouvrait le faisait transpirer et il hésitait à s'en débarrasser par peur d'attirer l'attention. Il resta immobile des heures durant, attendant que le silence emplisse la pièce, songeant à Kerana et à ce qu'elle devait endurer derrière cet enclos insalubre, quand soudain…

— Ah, le voilà réveillé ! J'avais peur que le médecin m'annonce ta mort.

Sigolf vit une tête frisée se pencher au-dessus de lui. Il avait l'air aussi jeune que lui. Ses yeux globuleux ne semblaient jamais cligner, ce qui lui donnait un regard pour le moins déstabilisant.

— Comment tu te sens ? Tu es arrivé ici dans un sale état, tu sais ? Tu respirais à peine quand je t'ai trouvé avec les autres.

Sigolf remarqua qu'il portait la bure religieuse. Aussi, il remua ses mots dans sa bouche pour ne pas sortir une stupidité qui pourrait le trahir.

— C'est toi qui m'as amené ici ?

— Bien sûr. Je n'allais quand même pas laisser un nouveau frère mourir dans la rue. Tu as eu de la chance, d'ailleurs. Ces animaux ne t'ont pas raté. Tu n'aurais pas dû t'éloigner seul. C'est dangereux. On retrouve tout le temps des frères et des sœurs morts derrière des maisons ou dans des puits. La prochaine fois reste avec ton groupe de prière.

Il n'avait aucune idée de quoi il parlait, mais il acquiesça.

— J'imagine que c'est un bon conseil.

— Oui. Ah, attends, j'ai quelque chose pour toi. Reste ici.

— Je n'ai pas l'intention d'aller bien loin, murmura-t-il entre ses lèvres, tandis que le fidèle sortit de l'infirmerie seulement quelques instants avant de revenir avec une étoffe sous le bras.

— Je t'ai apporté une nouvelle robe. L'ancienne était couverte de sang et beaucoup trop déchirée à certains endroits pour qu'elle puisse te servir encore. Alors, j'ai pris la liberté de t'en ramener une neuve. Ne t'en fais pas, j'ai demandé la permission avant.

Il la déposa sur le lit, aux pieds de l'officier.

— Merci, euh…

— Hatess, annonça-t-il en tendant sa main vers lui.

— Sigolf, dit-il en répondant à son geste.

— Bienvenu parmi nous, mon frère.

— Qu'est-ce qui te fait croire que je suis nouveau ?

— Tu ne portes pas la marque de mortification.

Il ne comprenait pas ce que c'était, mais ce n'était certainement pas une bonne idée de demander.

— Oh, ça, oui, je…

— Ça fait partie du rite d'initiation, tout le monde doit y passer. Quand se déroule ta cérémonie ? J'aimerais y assister pour te soutenir.

— Oui, ma cérémonie… je…

Il voyait le garçon afficher un air perplexe qui ne lui inspirait aucunement confiance.

— Je ne m'en souviens plus, dit-il en se tenant le crâne. Je crois que le choc que j'ai reçu à la tête m'a fait perdre un peu la mémoire. J'ai besoin d'un peu de temps pour tout réassimiler.

— Ce n'est pas grave, je suis là pour t'aider. Tu sais, ça fait un mois maintenant que j'ai revêtu la bure imortis. Alors, je ne suis peut-être pas un expert sur le sujet, je n'ai pas encore été envoyé sur l'île, mais je vais tâcher de te guider comme les autres l'ont fait avec moi.

Sigolf eut un sourire forcé qui lui arracha la peau.

— C'est très… gentil de ta part, Hatess.

— Je sais que tu dois te poser mille questions, mais je tiens à te rassurer, tu trouveras toutes les réponses bien assez tôt. Le prêtre Saramon te sera d'une grande aide.

— Laisse-moi deviner, un grand vieux tout fin avec des bracelets d'épines ?

Les yeux du fidèle s'écarquillèrent encore plus, comme s'il était à présent dénué de paupières.

— Ne parle pas comme ça ! s'exclama-t-il à voix basse en se rapprochant. Nous avons un grand cœur, mais les Doyens savent infliger des punitions sévères quand il s'agit de blasphème.

Son visage écrasait presque le sien, Sigolf ravala ses paroles et déglutit.

— Je m'en souviendrai à l'avenir.

— Tu penses que tu peux marcher ?

L'officier dégagea le drap et posa un premier pied au sol. Sa jambe était endolorie, mais elle répondait parfaitement. Lorsqu'il se tint debout, il faillit perdre l'équilibre une fraction de seconde avant de se faire aider par le fidèle.

— T'es sûr que ça va aller ?

— Ça ira mieux quand je serai sorti de cet endroit.

Il enfila la robe avec empressement et tous deux quittèrent l'infirmerie. À l'extérieur, Sigolf crut pénétrer dans un four en plein travail. La rue était frappée par les rayons sans pitié du soleil qui faisaient rôtir les murs autour de lui. Même à l'ombre, le jeune homme se croyait en plein désert. Cependant, il n'y avait que lui que cela atteignait. Les passants défilaient comme si de rien n'était, certains étaient emmitouflés dans plusieurs couches de vêtements amples et épais, d'autres tiraient des charrettes ou transportaient des charges lourdes sans faiblir. Ils étaient accoutumés au climat local, ce qui n'était pas le cas de l'officier qui n'avait jamais mis les pieds dans cette région auparavant.

Hatess se plaça à ses côtés pour observer l'activité urbaine qui se déroulait devant eux, le mépris brillant dans ses iris.

— Regarde-les, ils sont perdus.
— Tu crois ? On dirait qu'ils savent où ils vont, pourtant.
— Non, je veux dire perdus spirituellement.
— Oh, oui, c'est évident.

Constatant qu'il n'était pas décidé à s'en aller, Sigolf prit les devants.

— Eh bien, j'ai été ravi de te rencontrer, Hatess, puisses-tu trouver la voie sur… ce que tu veux. Au revoir, mon ami.

Il lui tourna le dos et avança sous la boule de feu cuisante.

— Attends.

Il serra les poings en entendant la voix du garçon.

— Où est-ce que tu vas ?

Il ne pouvait lui répondre qu'il comptait se rendre à l'enclos à esclaves sur la grande place. Il ne pouvait lui parler de Kerana.

— J'ai… une course à faire en ville.
— Ça ne peut pas attendre ?
— Non, je crains que non.
— Dans ce cas, je t'accompagne.

Sigolf se mordit la langue.

— Rien ne t'y oblige, tu sais.
— Oh que si, j'y tiens. Après ce qu'il s'est passé ? Hors de question de te laisser seul dans les rues. Comment feras-tu si jamais une bande de ces dégénérés t'encercle à nouveau ?

Il regarda de haut en bas le jeune fidèle, jugeant sa faible carrure avec un air peu convaincu.

— Tu saurais me défendre ? demanda-t-il avec une touche de sincérité dans la question.

Hatess bafouilla.

— Là n'est pas la question. Je tiens simplement à veiller sur un frère. Si jamais cela se produit, je crierai à l'aide.

— Je me sens tout de suite plus en sécurité, renchérit Sigolf en partant devant.

Sous l'insistance d'Hatess, ils évitèrent les ruelles peu fréquentées et se rendirent sur la Place des Insurgés. Sigolf faisait mine de s'attarder sur les nombreuses échoppes qui inondaient le périmètre, se rapprochant un peu plus à chaque fois de l'enclos gardé par l'armée kergorienne. Hatess ne le lâchait pas des yeux, et cela l'agaçait fortement.

Une fois suffisamment près, il essayait de repérer Kerana parmi les autres détenues, mais aucune trace de celle-ci. Kerana n'était pas présente, et l'inquiétude submergea le jeune homme.

— Alors ? fit Hatess, dont les parfums d'épices lui provoquaient des éternuements incessants.

— Ils n'ont pas ce que je cherche. Je repasserai plus tard.

— Bon, allons-y, maintenant, pressa-t-il. Je ne veux pas rater le cours.

— De quoi ? dit Sigolf en faisant semblant de ne pas avoir entendu.

— Le prêtre Saramon n'aime pas que nous arrivions en retard lors son enseignement. La dernière fois, la sœur Odelle est arrivée en plein milieu d'une reconstitution historique que le prêtre avait préparée avec des petites figurines en bois.

— Elle a été envoyée au coin ?

— Oui, la bouche et les yeux cousus, puis les oreilles bouchées avec de la cire. Allez, viens, je ne veux pas rater le début ! s'exclama Hatess en empoignant le bras de Sigolf pour l'entraîner avec lui.

Il l'emmena jusqu'au nouveau temple, dont les murs extérieurs avaient été repeints à l'image du culte. Un bleu nuit qui détonnait avec le blanc lunaire des constructions avoisinantes. Ils traversèrent un couloir d'ombres projetées par les statues qui menait jusqu'à l'entrée principale. Sigolf discerna des voix résonnantes à l'intérieur, des voix graves et saisissantes. Un souffle froid caressa son visage lorsqu'il pénétra dans le hall circulaire. Il nota une mosaïque aux pierres fraîchement posées sur le sol, ainsi que toute une fresque qui parcourait les murs pour former un anneau historique aux illustrations splendides, mais aux couleurs atténuées par les centaines de bougies fixées sur des chandeliers. Il s'avança au centre du hall, là où un puits de lumière se dessinait, provenant du vitrail récemment installé au plafond. Il suivit du regard des Imortis qui gravissaient des escaliers, et il vit Hatess se mêler à eux. Sigolf n'était pas très enclin à le rejoindre, mais le jeune lui fit un signe de main assez agité et plutôt significatif. Ne souhaitant pas compromettre sa couverture, Sigolf se dit que cela ne lui en coûterait rien de jouer l'Imortis pour quelques heures. Il monta donc une à une les marches marbrées jusqu'à son nouvel acolyte.

— C'est toujours aussi glauque, ici ? chuchota-t-il à l'oreille d'Hatess qui lui envoya un regard horrifié.

— Chut ! On a pas le droit de parler ici, sinon ils…

— Nous mettent de la cire dans les oreilles, j'ai compris.

— Silence, à l'arrière ! siffla un Doyen du haut de l'escalier.

La pièce qui les accueillit semblait encore plus austère que les précédentes. L'odeur de parchemin poussiéreux rappelait à l'officier la salle de classe dans laquelle il avait passé toute son enfance. Un endroit sombre et sans vie, où le temps ne s'écoulait pas de la même façon qu'à l'extérieur.

Des rangées de bancs en bois miteux s'alignaient parallèlement face à une estrade où un pupitre les dominait. Sigolf prit place à l'extrémité du banc au fond de la salle, près de la fenêtre qui donnait sur le palais Tan-Voluor. Il espérait se fondre suffisamment dans la masse pour qu'on ne le remarque pas. Hatess s'était assis plus loin, deux rangées devant, et Sigolf se surprit à penser qu'il aurait aimé que le garçon soit à la place du parfait inconnu qui venait de s'asseoir à ses côtés.

Une porte claqua contre un mur et un vieil homme en robe noire fila jusqu'à l'estrade, muni d'un gros livre sous le bras qu'il déposa sur le pupitre avec délicatesse. Sigolf reconnut Saramon et pria pour que ce dernier n'en fasse pas de même, même s'il portait un masque lors de leur rencontre.

Le prêtre ouvrit le livre à la couverture de fer et posa son doigt squelettique sur la première page. Il récita une prière à voix haute, et les fidèles le suivirent en chœur. Sigolf se contentait de remuer à peine les lèvres sans vraiment savoir quoi dire, tandis qu'Hatess y mettait tout son cœur. Ils terminèrent sur un « In'Glor Imortis » qui résonna, et ainsi le cours commença.

La voix de Saramon était forte, son charisme s'emparait de l'attention de chacun, et aucun n'arrivait à s'en détacher. Il savait choisir ses mots et leur donner l'impact voulu pour frapper les esprits. Sigolf le trouvait très bon comédien, et en quelque sorte, c'était ce qu'il était. Un comédien cherchant à gagner les faveurs de son public. Car Saramon avait bien compris que personne ne s'accrocherait aux paroles d'un professeur monotone et inerte derrière la chaise de son bureau. Le prêtre souhaitait captiver l'audience tel un artiste en transe sur scène, et cela fonctionnait.

Certains sujets le passionnaient plus que d'autres, notamment tout ce qui se rapportait aux cinq Immortels fondateurs du culte. Saramon était incollable sur leur vie et leur règne. Assag, Demora, Baahl, Vaq, Yselis, leurs initiales étaient tatouées sur les phalanges de ses deux mains. La passion qu'il leur vouait était sans faille et indéniablement loyale.

Mais ce jour-là, il fit cours sur un tout autre sujet.

— Aujourd'hui, mes enfants, nous aborderons l'histoire du clément Silidred, l'Immortel du peuple.

Sigolf leva les yeux au ciel et se sentait déjà endormi à l'annonce du prêtre.

— Qui, parmi vous, peut me dire quel était le pouvoir de Silidred ? interrogea Saramon en se déplaçant entre les rangées de bancs.

Hatess fit jaillir son bras vers le plafond, et Saramon le désigna.

— Silidred était ainsi nommé l'Immortel du peuple, car il avait la faculté d'exaucer des vœux à chacun de ses fidèles, s'ils en faisaient la demande.

— C'est exact, frère Hatess. Silidred était un passionné du peuple, il se souciait de ses fidèles comme de ses propres enfants. Ainsi, il pouvait leur accorder ce qu'ils voulaient. C'est d'ailleurs pour cette raison que bon nombre d'entre nous sont issus de familles au patrimoine fortuné. Silidred donnait et ne reprenait jamais. Il était adoré et vénéré de tous, en particulier dans la région de Kadhril en Tamondor, où son temple était autrefois érigé. Son règne n'aura duré qu'un malheureux siècle, de 756 à 886 de la sixième ère. Mais son œuvre perdure encore. Son pouvoir a attiré des millions de personnes au cours de son vécu, et il continue d'en attirer. Car la dépouille terrestre de Silidred est soigneusement conservée sur l'île de Morganzur, dans la Chapelle du Crépuscule, là où reposent les Immortels qui ont décidé de retourner à Imortar. La légende de Silidred dit qu'une fois revenu à l'état de poussière, son pouvoir continuera d'agir tant qu'il y aura des fidèles pour entretenir son souvenir. Cependant, pour que le vœu du fidèle soit exaucé, Silidred avait quelques règles. L'un d'entre vous peut-il les énumérer ?

L'homme assis à côté de Sigolf répondit.

— Un sacrifice pour chaque vœu.

— Mais encore ?

Un autre à la voix grave intervint.

— Le sacrifice devait être un Exilé.

— Correct, frère Vahan. En réalité, il existait plusieurs façons d'obtenir le succès d'un souhait auprès de l'Immortel. Car au-delà du sang impur, la chair innocente était aussi une monnaie courante. On raconte que les enfants des Exilés étaient enlevés dans leur sommeil pour être remis à Silidred, et ainsi le donneur recevait.

Seul Sigolf paraissait troublé par ce qui était dit. Il était prêt à se déverser lui-même de la cire dans les oreilles pour se préserver d'une telle histoire.

— Une fois par an, continua le prêtre, nous rouvrons le tombeau de Silidred pendant cinq jours afin que chacun puisse se recueillir et espérer voir son vœu se réaliser. À cette occasion, tous les soirs, un grand bûcher se tient devant la chapelle, afin que les sacrifices puissent avoir lieu. Nous importons des Exilés depuis les côtes kergorienne, que nous ramenons sur l'île et que nous conservons jusqu'à l'évènement.

*Alors, c'était vrai*, pensa Sigolf, qui depuis son enfance avait entendu des rumeurs sur des centaines de disparitions suspectes au Kergorath.

L'officier ne se sentait soudainement plus trop dans son assiette. Son dégout expressif quant aux pratiques du culte ne manqua pas d'interpeller Saramon qui avait la tête penchée vers lui.

— Quelque chose ne va pas, mon fils ? Vous avez l'air malade.

Sigolf hésita à répondre par la parole, il était persuadé qu'il se mettrait à vomir si jamais il ouvrait la bouche. Sa nausée l'avait rendu encore plus pâle que Saramon lui-même.

— Eh bien ? Je vous ai posé une question.

— Mon père, intervint Hatess dans le dos du prêtre. Frère Sigolf sort tout juste de l'infirmerie. Il a subi une grave agression lors des dernières émeutes. Pardonnez son comportement, il a quelques légères absences.

— Oh, mais croyez bien que je suis navré de l'apprendre. Je...

Le prêtre s'interrompit, et Sigolf voyait qu'il le fixait avec une insistance inquiétante.

— Voyez-vous ça, nota Saramon. De toute évidence, vous n'êtes pas autorisé à suivre mon cours, mon enfant. Seuls ceux qui ont passé leur cérémonie d'initiation à la Mortification sont acceptés dans ma classe. Comment avez-vous échoué ici ?

— C'est ma faute, mon père, se réprimanda Hatess. J'ignorais qu'il n'avait pas le droit de venir. Il était perdu et je voulais l'aider.

— Ce n'est pas grave. Je vous autorise à rester jusqu'à la fin, exceptionnellement. Mais je ne tiens pas à vous revoir tant que vous n'aurez pas reçu votre rite initiatique, est-ce clair ?

Sigolf brava son regard sévère et courroucé.

— Oui, mon père.

Saramon retourna sur son estrade pour poursuivre son cours sur Silidred. Durant les cinq heures suivantes, Sigolf lutta pour ne pas vaciller dans le sommeil. Il ne comprenait plus rien aux mots du prêtre, cela lui provoquait une migraine des plus atroces, et il remarqua qu'il n'était pas le seul.

À la fin, une fois le dernier In'Glor Imortis prononcé, l'officier attendit son nouvel ami qui bavardait longuement avec son voisin, tandis que tous les autres quittaient la pièce dans le calme. Saramon était encore sur son estrade, la voix affaiblie, en train de feuilleter les pages du Mortisem.

— Tu te sens mieux ? demanda Hatess.

— Je... oui, un peu.

— Désolé de t'avoir attiré des ennuis tout à l'heure. J'espère que tu ne m'en veux pas.

— Non, bien sûr que non, ne t'en fais pas pour ça. C'est oublié.

— Avec les frères et sœurs, nous allons déjeuner autour de la statue de Mardaas dehors, tu viens ?

— Pourquoi pas, répondit-il en se rappelant qu'il n'avait rien avalé depuis bien trop longtemps.

Tous deux franchirent la porte et traversèrent le couloir jusqu'aux escaliers. Mais en chemin, alors que les échos de leurs pas retentissaient, Sigolf se sentit comme ensorcelé par une voix douce qui fredonnait un air mélodieux dans une des salles du corridor. Il s'arrêta net, ce qui eut pour effet de faire ralentir Hatess.

— Qu'est-ce qu'il y a ? s'enquit-il à voix basse.

Sigolf se laissa guider par la voix et chercha la provenance de l'air qui était joué assez faiblement. Il l'avait déjà entendu, et avait déjà essuyé quelques larmes dessus. Sur le moment, il crut à une hallucination due à la fatigue qui s'était emparée de lui.

Hatess l'observa s'approcher brièvement d'une porte sur laquelle était gravé sur une plaque en pierre « Archives ». Deux gardes étaient chargés de surveiller les entrées et les sorties, mais dans le large entrebâillement, le jeune officier l'aperçut derrière plusieurs bureaux en désordre, en train de frotter un mur à l'aide d'un chiffon en piteux état.

Il l'avait trouvée. Kerana était bel et bien là, les bras couverts de marques et d'ecchymoses, le visage épuisé et triste, obligée d'exécuter les pénibles tâches qu'on lui confiait.

— Vas-y sans moi, je te rejoins plus tard.

— Tu es sûr que tout va bien ?

— Oui, oui, j'ai juste oublié de poser une question au prêtre, je te retrouve après.

— Bon, d'accord. Mais ne tarde pas trop, autrement il ne restera plus rien à manger. C'est notre seul repas, alors ne le rate pas.

Il attendit qu'Hatess soit hors de vue pour aller dans la direction opposée. Il passa devant la salle des archives et revint dans celle où le temps s'était arrêté pendant cinq heures. Saramon n'était plus là, et tant mieux. Sigolf balaya le lieu du regard et se dirigea vers une pile de parchemins qui tenait en équilibre par un procédé miraculeux, selon lui. Il en attrapa un, puis un deuxième, et même un troisième, sans s'informer de leur contenu, puis revint dans le couloir en prenant soin de ne pas croiser Saramon.

Les parchemins en main, Sigolf se présenta devant la salle des archives face aux gardes.

— Je viens rendre quelques documents en retard que j'avais empruntés il y a des semaines de cela.

Les gardes restèrent muets. L'un d'entre eux avait jeté un regard distant à l'officier, mais sans plus. Sigolf mis un pas en avant, et voyant qu'aucun d'eux ne réagissait, il pénétra dans la salle en refermant complètement la porte derrière lui. Kerana s'était retournée, mais tout ce qu'elle avait vu n'était qu'un fidèle encapuchonné qui alla vers les étagères. Elle se reconcentra sur sa corvée qui était toujours la même depuis qu'elle avait mis les pieds ici. Nettoyer les dégâts des Pluies de Cendre.

Sigolf ne l'aborda pas immédiatement. Il prit le temps d'errer entre les bibliothèques, tout en gardant un œil sur elle entre les livres.

Alors que son bras n'avait plus la moindre énergie à force de gratter les murs, Kerana s'immobilisa lorsque le fidèle derrière la bibliothèque se mit à fredonner l'air du Chant De La Terre qu'elle venait d'achever. Elle prit appui sur le mur pour se relever et laissa tomber le chiffon au sol. Kerana reconnut la voix chanteuse, cette voix apaisante et bienveillante, elle se souvint avoir mêlé la sienne avec celle-ci au cours d'une soirée devant un feu crépitant, assaillis par des hordes d'insectes.

Kerana traîna ses pieds jusqu'à la musique, tout en restant sur ses gardes. C'est là qu'elle le vit, sans son capuchon, en train de ranger des parchemins qui n'avaient pas leur place ici.

— Sigolf ? osa-t-elle bredouiller.

— Altesse.

Le jeune homme lui sourit. Il était heureux de la retrouver autrement que derrière des barreaux. Aussi, il se précipita vers elle pour l'enlacer. Il la serrait fortement contre lui afin de s'assurer qu'il ne rêvait pas.

— Je ne t'ai pas vue dans l'enclos, j'étais inquiet, souffla-t-il derrière son épaule.

— J'ai eu peur qu'il te soit arrivé quelque chose après le chaos sur la place. Comme je ne t'ai pas vue revenir, je me suis imaginé le pire.

Enfin, il voulut l'embrasser, comme lors de leur dernière soirée ensemble. Mais Kerana ne répondit pas à son acte d'amour, ses lèvres restèrent fermées, voire même pincées. Ne comprenant sa réaction, Sigolf fit un pas en arrière. Il la voyait à présent mal à l'aise, et il pouvait lire sur sa figure à quel point elle était désolée.

— Ai-je fait quelque chose ? demanda-t-il.

— Non, non, tu n'as…

Elle fuit son regard quelques secondes, et cela suffit à Sigolf pour comprendre.

— Excuse-moi. Je n'aurais pas dû, admit-il. La dernière fois, à l'avant-poste, c'était déplacé de ma part. Je pensais que nous aurions pu… je n'aurais pas dû.

Elle revint vers lui et lui prit la main.

— Cela restera sans nul doute un de mes plus beaux souvenirs. Mais je ne crois pas être prête pour… *ça*.

Et elle ne rajouta rien d'autre. Sigolf fit mine de comprendre, mais il préféra dissimuler ses émotions derrière un masque neutre. Cela était tout aussi dur pour Kerana qui, jusque-là, n'avait jamais eu la chance de rencontrer un homme qui aurait pu donner sa vie pour la protéger. Mais elle savait que c'était une erreur de céder à ses pulsions, en particulier compte tenu de la situation actuelle. Pourtant, elle ressentait quelque chose de fort pour le jeune officier, le nier aurait été mensonge. Seulement, elle ne pouvait envisager davantage de sentiments à son égard, pour la simple et unique bonne raison qu'elle ne souhaitait pas prendre le risque de perdre un nouvel être cher. Cela aurait compliqué les choses plus que ce qu'elles ne l'étaient déjà. Elle le faisait pour elle, mais aussi pour lui.

— Je comprends, dit Sigolf en avalant sa peine. N'en parlons plus. Le plus important, c'est de trouver un moyen de sortir de cette ville.

— Et le plus tôt sera le mieux.

Un silence s'installa.

— La dernière fois, tu étais le sur point de me raconter ta rencontre avec Mardaas.

Kerana n'avait pas le cœur à se souvenir de cette confrontation.

— Pour résumer, c'est à cause de lui que je me suis retrouvé dans l'enclos.

— Il t'a dit quelque chose ?

— Il m'a confirmé que ma fille se trouvait bien à Morganzur, dans le domaine de Baahl.

— Baahl… répéta Sigolf en fouillant sa mémoire.

— Il y a sa tête partout dans le hall.

— L'Unique ?

Elle hocha la tête.

— Mince, j'avais pas fait le lien. Et donc, Mardaas ne nous aidera pas, si je comprends bien.

— Regarde ce que je suis obligée de faire pour rester en vie. Mais au moins, j'ai pu lui dire ce que j'avais sur le cœur. Enfin, presque. Peu importe. Et toi, comment ça se passe de ton côté ?

— Oh, je me suis fait un copain. Il n'a pas l'air aussi cinglé que ceux qui nous ont attaqués dans la jungle, en tout cas. Et c'est grâce à lui si je me tiens devant toi. Mais je ne l'inviterai pas à mon anniversaire, c'est certain.

— Fais attention à toi. Les Imortis savent retourner le cerveau de ceux qui ne sont pas de leur côté. Ne te laisse surtout pas avoir par leurs idées.

— Ne t'en fais pas, rassura-t-il en enfonçant la main dans le col de sa robe pour en ressortir son pendentif. J'ai toujours ma carte. Tant qu'elle reste sur moi, je reste maître de mon esprit.

— Reste sur tes gardes quand même. Tu ne sais pas de quoi ils sont capables.

— Au contraire, plus je passe de temps avec eux et plus j'ai envie de me tirer d'ici.

Ils échangèrent un sourire chaleureux.

— Il faut que j'y retourne, autrement ils vont se poser des questions, dit Sigolf.

— Attends, j'ai besoin que tu me rendes un service.
— Un service ?
— J'ai besoin de mon sac. Je l'ai enterré derrière le palais, sous un arbre, tout près des cuisines. Dedans il y a tous mes outils et mes ingrédients pour préparer des soins.
— Tu es blessée ?
— Non, c'est pas pour moi. C'est pour un ami.
— Un ami ? Quel ami ?
— Un général avec qui je partage l'enclos, c'est une longue histoire. Il est blessé, et je lui ai promis que je m'occuperai de lui. De lui, et de tous les autres.
— De tous les autres ? Je ne comprends pas.
— Beaucoup sont malades. Et ceux qui ne peuvent plus travailler sont…
— Kera, tu ne peux pas tous les sauver. Et quand bien même tu parviendrais à les soigner, tu ne ferais que retarder l'inévitable.
— J'ai l'impression d'entendre mon frère. Je dois au moins essayer. Puisque je suis bloquée ici, autant me rendre utile autrement qu'en frottant des murs, tu ne crois pas ?

Sigolf reconnaissait la Kerana qu'il avait connue autrefois. Il ne s'imaginait pas lui tenir tête pour une cause qui lui tenait à cœur. Il ferait tout pour l'aider.

— Je vais voir ce que je peux faire.
— Apporte-le dans l'enclos quand nous n'y serons pas. Les Doyens nous fouillent à chaque retour pour vérifier que nous n'avons pas volé de la nourriture ou des armes.
— Entendu, je le ferai.

Cette fois, ce fut Kerana qui le prit dans ses bras. Peut-être qu'après toute cette histoire, elle pourrait reconsidérer son regard sur le jeune homme. Pour l'heure, ils étaient encore loin d'envisager un retour triomphant à Odonor.

Une lame sortit de son fourreau d'un frottement rapide et net. Une simple dague, à double tranchant et à la lame fine, légère, noire, et mortelle. Elle possédait des attaches en cuir pour être fixée à l'avant-bras, afin que nul n'en soupçonne l'existence. Lezar la contemplait sous tous ces angles dans l'appartement de son maître, alors absent.

Cette lame n'était pas si différente de celles des Imortis, encore moins différente de celle qu'on lui avait attribuée avant de prendre la mer pour rejoindre le Kergorath, et qu'il avait toujours refusé de porter. Sa couleur était plus sombre, son fer plus rugueux – mais toujours aiguisé. Lezar n'aimait pas les armes. En réalité, il en avait plus peur qu'autre chose. Et s'imaginer en train d'en manier une le pétrifiait. Toutefois, les mots de Kerana continuaient de retentir en lui. La remarque qu'elle lui avait faite, juste après qu'il l'ait accusée d'être armée, l'avait quelque peu retourné.

En effet, Lezar devait être le seul dans l'enceinte du palais à ne pas posséder d'arme sur lui, en dehors des employés et des larbins. Sans doute parce que le jeune Sbire n'avait jamais usé de la moindre violence sur quiconque depuis sa naissance et que cette perspective ne lui avait jamais traversé l'esprit.

*Une arme ? Pour quoi faire ? Pour qu'elle se retourne contre moi ?* Lezar était terrifié rien qu'en l'étudiant à la lumière d'une lanterne. Mais pour une raison qu'il ne pouvait expliquer, il l'attacha à son avant-bras gauche, simplement pour « voir ce que ça faisait ». Il sentit un poids s'ajouter, et son bras devint un peu plus lourd. Il le recouvrit de sa longue manche pour dissimuler la dague, seulement quelques instants. Il n'avait alors aucunement l'impression de se sentir plus en sécurité, c'était même tout le contraire. Peu convaincu, il se dépêcha de s'en débarrasser, avant que…

— Elle te plait ? questionna une voix lugubre et rauque dans son dos.

Lezar faillit vaciller à la vision de son maître qui venait d'entrer.

— Maître, je… veuillez m'excusez, je voulais juste… je vous la rends tout de suite.

— Où est la tienne ?

— C'est-à-dire que… je ne sais pas.

— L'as-tu perdue ?

— Perdue, oui… ou jetée quelque part.

Mardaas secoua la tête et ôta sa lourde cape pour l'envoyer sur son lit. Son pourpoint de même couleur taillait parfaitement son corps de guerrier tout en lui donnant une allure à la fois élégante et impériale.

— Ne me dis pas que tu te promènes seul dans les couloirs du palais sans ta dague ?

— Pardonnez-moi de vous décevoir, Maître.

L'Immortel s'écroula dans son large fauteuil qui faisait face au jeune homme. Lezar affichait un air honteux qui fit sourire Mardaas.

— Assis-toi, mon garçon.

Il prit place sur la chaise près du bureau et s'assit lentement, avec appréhension.

— Je ne suis pas déçu de toi, Lezar. Il s'agit simplement de ta sécurité.

— Je le sais bien, Maître.

— Surtout au vu de ton statut, tu dois te méfier de tout le monde.

— Même de vous ?

Cette réplique lui avait échappée, il l'avait pensé un peu trop fort. Mardaas resta à le regarder sans répondre immédiatement.

— Quand on arrive à un âge comme le mien, on commence à accepter l'idée que même notre plus fidèle allié peut un jour se retourner contre nous. C'est pour cela qu'il faut toujours avoir un coup d'avance sur les autres, peu importe qui ils sont.

— Je ne pense pas être capable de faire ça.

— Je t'apprendrai, un jour. En attendant, tu peux la garder.

Il avait désigné la dague que Lezar venait à peine de reposer.

— Mais elle vous appartient, Maître.

— Je ne l'ai jamais portée, ni même utilisée. Et elle te va mieux qu'à moi. De plus, je me sentirais plus serein en sachant qu'elle est sur toi.

— Merci, Maître. Mais je ne sais pas si je pourrai m'en servir. La dernière fois que j'ai tenu un poignard, c'était une arme cérémonielle, et je me suis coupé au niveau de l'index en voulant la poser sur son socle. J'ai cru que j'allais m'évanouir.

Lezar se mit à rire, et ce fut la première fois que Mardaas découvrit son sourire. Il partagea alors sa bonne humeur par un soufflement de nez, avant de se servir un verre de vin dans un gobelet argenté. Il en remplit un deuxième qu'il tendit à son Sbire. Lezar hésita quelques secondes avant de s'en emparer.

— Je te vois enfin détendu, commenta Mardaas. Bois, ça ne te fera pas de mal.

— Je n'ai jamais bu une goutte d'alcool, Maître.

— Eh bien, ça nous fera quelque chose à fêter, dans ce cas.

Lezar porta la coupe jusqu'à ses lèvres et esquissa une grimace au moment d'avaler le liquide à l'arôme fruité et amer. À la première gorgée, il trouva cela infect, puis à la fin, il en redemanda.

— Maître, puis-je vous poser une question qui ne devrait sans doute pas être posée ?

— Tu es libre de le faire.

— C'est à propos de la fille.

Mardaas figea le bras qui tenait le gobelet près de sa bouche et retrouva une expression froide derrière son masque.

— Quelle fille ? demanda-t-il, sachant pertinemment quelle réponse Lezar allait donner.

— L'esclave. Celle qui a tenté de vous tuer, bien qu'elle prétende le contraire, je...

— Le contraire ? Cela veut-il dire que tu lui as adressé la parole ?

Lezar discerna que le ton de son maître venait de changer.

— En fait, c'est elle qui...

Mardaas le coupa et se leva vivement du fauteuil pour se diriger vers le balcon, ignorant à présent son jeune Sbire.

— Maître ? Qu'est-ce que...

— Silence.

L'Immortel patienta une minute à l'extérieur sous le hurlement du vent nocturne, sans que Lezar ne comprenne son comportement. Il semblait observer ce qu'il se passait en contre-bas, mais aussi sur les balcons voisins. Puis il revint dans l'appartement, le pas lent. Il alla vers la porte d'entrée pour la verrouiller, ce qui ne rassura pas Lezar.

— Je devais m'assurer qu'aucune autre oreille n'était parmi nous, dit-il en se rasseyant. Maintenant, mon garçon, tu vas me dire absolument *tout* ce qu'il s'est passé, sans oublier le moindre détail.

Sa voix était devenue aussi ténébreuse que l'orage qui s'annonçait à l'extérieur. Lezar déglutit et maudit Kerana pour lui avoir attiré les ennuis qu'il redoutait.

Il lui raconta alors l'épisode dans la salle des archives avec Céron, puis celui où il avait été chargé d'escorter les esclaves jusqu'à leur enclos. Il répéta mot pour mot la discussion qu'il avait eue avec la jeune femme, ce qui ne manqua pas de déclencher des vagues de soupirs chez l'Immortel.

— Idiote, murmura-t-il à peine en se levant à nouveau.

— Maître, qui est-elle ? s'enquit Lezar avec une petite voix.

Mardaas échappa à sa curiosité en lui tournant le dos.

— Est-ce que *quelqu'un d'autre* t'a vu parler avec elle ?

— Le seigneur Céron est parti avant qu'elle ne m'adresse la

parole, je ne pense pas qu'il ait entendu quoi que ce soit. Sinon, en dehors des frères avec qui j'ai reconduit les esclaves, je ne crois pas que d'autres en aient été témoins.

— Je ne veux plus que tu t'approches d'elle, désormais. Est-ce bien clair ?

— Je… Oui, Maître.

— Et je t'interdis à présent de m'en parler. Cette conversation n'a jamais eu lieu, m'as-tu bien compris, Lezar ?

Il paraissait agité et nerveux dans sa façon de se tenir, Lezar avait passé suffisamment de temps avec lui pour le remarquer.

— Maître, tout va bien ?

— Fais ce que je te dis. Maintenant, sors d'ici.

Tel un enfant qui venait de se faire gronder pour une bêtise, Lezar baissa la tête et quitta l'appartement avec une mine misérable. Mardaas était persuadé qu'il se mettrait à pleurer s'il ajoutait un mot de plus. Il le regarda refermer la porte et attendit que le jeune homme soit loin pour lâcher une injure.

Pris d'un sursaut de colère, il jeta son masque à travers la pièce. Celui-ci eut l'effet d'un lancer de pierre, et le masque s'encastra dans une armoire. C'était une manière d'arracher le visage de celui qu'il haïssait par-dessus tout, à savoir lui-même.

Quelques mèches de ses cheveux longs se collèrent contre sa peau brûlée, une sensation qu'il avait fini par perdre au fil des siècles. Sa main gantée saisit une nouvelle bouteille de vin qu'il entama sans gobelet, cette fois-ci. Ses yeux se posèrent sur Sevelnor, adossée contre le mur, dont la pupille démoniaque était braquée sur lui.

— Quoi ? dit Mardaas de manière aigrie.

Il se rapprocha de l'épée, guidé par des chuchotements inaudibles qui emplissaient la pièce.

— Je sais qu'il n'y est pour rien, déclara dédaigneusement Mardaas. Ce n'est pas à lui que j'en veux.

Sevelnor répondit par des murmures, tel un esprit qui essayait de communiquer depuis un autre monde.

— Si tu as une meilleure idée, je suis preneur.

Mais les sifflements s'éteignirent et ne reprirent pas. Se trouvant stupide de demander conseil à une épée, Mardaas gagna le balcon qui donnait sur l'ensemble de la ville, dont les lunes faisaient étinceler les pierres du palais. Il devait trouver une solution pour s'évader de la prison qu'il s'était bâtie tout seul. Mardaas le pressentait, ce n'était plus qu'une question de temps avant que les choses ne dégénèrent.

# CHAPITRE 18
## Le Beliagon

Les affiches dans les rues promettaient un spectacle encore jamais vu, et les Pyriens avaient raison de le croire. La comtesse Amestria était réputée pour déployer les grands moyens lors des jeux du cirque. Cette passion n'était un secret pour personne. À l'origine, l'arène fut initialement construite pour la comtesse et ses amis avant d'être ouverte au public. Il avait fallu une dizaine d'années et plusieurs milliers de mains pour la bâtir, sans compter le coût onéreux que cela avait nécessité. La maison Guelyn ayant refusé de verser le moindre tyria, presque tout le patrimoine de la famille d'Amestria y était passé pour financer le projet. Au départ, une telle entreprise avait excédé la population locale de Pyrag, notamment les pêcheurs, car un lac entier avait été asséché pour permettre la construction du monument à cet emplacement. L'eau avait été drainée par un canal jusqu'au fleuve de Tang, à deux kilomètres de la ville. Sous le coup d'une révolte, la comtesse avait tenu à rassurer les habitants en leur promettant que les récoltes des pêcheurs n'en seraient pas impactées. Depuis, plusieurs fois par semaine, l'arène ouvrait ses portes et proposait son lot d'animations. Des mises à mort spectaculaires, des combats dantesques aux cascades exceptionnelles, des reconstitutions historiques plus épiques que fidèles, des numéros passionnants avec des animaux sauvages capturés en pleine jungle ; il y avait de quoi nourrir le plaisir de chacun. Et depuis quelques années, une nouvelle catégorie de divertissements s'était ajoutée à la programmation de l'arène. Les affrontements de tribus connaissaient un plus grand succès que les autres jeux, à tel point qu'Amestria s'assurait de toujours avoir deux ou trois tribus dans ses sous-sols en cas d'urgence.

Depuis cela, les Pyriens aimaient les jeux. On pouvait même dire qu'ils en raffolaient. La violence, le sang, les paris, les héros, les monstres, c'était devenu une industrie à part entière dans la région, et ce malgré la loi d'Oben Guelyn interdisant tout type de jeux impliquant la vie ou la sécurité de n'importe quel être vivant dans le pays.

Amestria avait le don de divertir, personne ne pouvait le lui retirer, elle était aimée pour ça.

Ce jour-là, elle avait revêtu sa robe préférée, d'un jaune soufre qui lui donnait l'aspect d'un soleil lorsqu'elle l'enfilait, mais sans la beauté et la grâce de ce dernier. Sa coiffure était une cascade de tresses attachées entre elles qui arrondissait son visage plus que ce qu'il ne l'était déjà.

Avant de gagner la tribune qui surplombait la scène, elle se rendit dans le quartier sud de l'arène avec sa troupe de gardes hauts en couleur, jusqu'à la pièce où étaient confinés les combattants avant de rejoindre la pluie d'exaltation que leur réservait le public de l'autre côté. Le tonnerre de la foule faisait gronder l'arène de Pyrag, provoquant des déluges d'acclamations et des torrents d'applaudissements. Ils étaient agités et impatients de découvrir le divertissement que la comtesse avait préparé pour eux, et ils n'allaient pas être déçus.

Grinwok était assis contre un mur, accoutré d'une cuirasse en bronze, en train d'enfiler une jambière du même métal à sa jambe droite. Il avait déjà commencé le combat en se battant avec les sangles qui n'arrêtaient pas de se desserrer. L'anxiété qui le rongeait n'arrangeait rien. Il n'avait pas la moindre idée de ce qui l'attendait dehors. De temps à autre, il jetait des coups d'œil dans l'espoir d'apercevoir Sheena pour adoucir sa tension, mais l'Ishig demeurait introuvable.

Kunvak avait les bras plongés dans un large coffre qui contenaient une multitude de pièces d'armure usées qui n'allaient pas entre elles. Il cherchait, comme tous les autres autour de lui, un semblant de protection pour amortir le pire. R'haviq, lui, s'était rabattu sur un vieux trident aux dents tordues. Le chef de clan Ishig, Omuuka, les avait rejoints pour la première fois. Il était aussi grand que R'haviq et aussi costaud que Kunvak. Malgré sa fourrure duveteuse orangée qui le faisait paraître inoffensif, l'Ishig pouvait déraciner un arbre avec ses mains. De fait, aucun autre chef de clan n'osait se frotter à lui dans la salle. Les Kedjins s'étaient regroupés dans un angle de mur, et le dernier Ghol restant s'était lui aussi isolé près des tonneaux à hallebardes.

Tashi reluqua avec curiosité la tenue de combat parfaitement adaptée à son comparse, tandis que ce dernier maugréait des insultes à l'encontre de son épée courbée qui n'était pas décidée à se glisser correctement dans le fourreau. Grinwok s'était bien gardé de dire que son équipement provenait directement de la comtesse, et afin d'éviter des questions embarrassantes tout avait été disposé sous un banc à l'avance.

Grinwok s'empressa de serrer la dernière sangle de sa spalière et écarta les bras en poussant une exclamation enjouée.

— Tada ! Et voilà ! J'espère qu'c'est pas aussi chiant à enlever.

— Tu as eu de la chance de trouver quelque chose à ta taille, dit Tashi en observant rapidement les autres prisonniers qui se bagarraient eux aussi avec des pièces d'armure.

Les cliquetis métalliques s'estompèrent pour laisser place à ceux des gardes qui entrèrent dans la grande cave. Le serviteur Patritus apparut dans un filet de lumière venant d'une lucarne, le menton relevé, arborant des collants d'une blancheur similaire à celle de ses dents et d'une collerette en dentelle qui lui donnait l'air d'une fleur. Cette vision fit partir Grinwok en fou rire et il dut s'empêcher de le regarder pour reprendre son souffle. Patritus serra les poings et décida de l'ignorer. La comtesse entra à son tour, sa robe qui la transformait en astre solaire ne la faisait pas passer inaperçue. Tout le monde pivota vers elle, certains n'hésitant pas à afficher clairement leur animosité par des grognements ou des regards assassins.

— Approchez, mes combattants, lança-t-elle d'une voix très aiguë.

Ils s'avancèrent jusqu'à former un demi-cercle autour d'elle.

— Écoutez… souffla Amestria en posant son doigt sur ses lèvres et en fermant les yeux.

Les cris étouffés de la foule parvenaient jusqu'à eux tels des murmures agités.

— Vous entendez ? reprit-elle. Ils sont là pour vous. C'est vous qu'ils réclament.

— Ils réclament mort, contredit R'haviq.

— Non, seigneur R'haviq, vous n'aurez pas à vous entretuer aujourd'hui, rassura-t-elle. Au contraire, votre tâche en sera tout autre. Vous allez devoir coopérer, si vous souhaitez revenir parmi nous.

— Qu'est-ce que c'est, « coopérer » ? demanda R'haviq.

— Travailler en équipe, si vous préférez.

Elle fixa alors Grinwok qui lui renvoya un regard passif.

— Lorsque vous serez dans l'arène, deux objectifs vous seront alors présentés. Vous ne pourrez en choisir qu'un. Pour y arriver, vous devrez « travailler en équipe », car cette fois-ci il ne sera pas question de daemodrahs à affronter.

— Quel genre de saloperie nous attend dehors ? s'enquit Grinwok.

— Le genre qu'on ne trouve qu'en profondeur, maître Ugul.
— C'est quoi, ces objectifs ? questionna Kunvak.
— Chacun d'eux sera à l'opposé de l'autre. Comme je l'ai dit, un seul pourra être choisi. Vous devrez donc vous mettre d'accord sur l'objectif à récupérer avant la fin du temps imparti. Lorsque le dernier coup de gong retentira, l'objectif qui n'aura pas été récupéré sera détruit. Avez-vous des questions ?

Personne ne répondit.

— Malheureusement, pour des raisons évidentes que vous découvrirez tout à l'heure, seulement quatre d'entre vous pourront participer au jeu. Seigneur Kunvak…

— Quelle surprise, répondit l'homme crapaud.

— Seigneur R'haviq.

Il serra le trident entre ses doigts tentaculeux.

— Seigneur Omuuka.

L'Ishig ne comprenait pas la langue des Hommes, il n'avait alors pas bien compris le discours de la comtesse. Toutefois, il comprit qu'il était concerné par la façon expressive qu'elle avait utilisée pour s'adresser à lui.

— Et toi, termina-t-elle en se tournant vers Grinwok qui tenait son casque sous le bras comme un soldat.

Grinwok s'efforça de ne pas réagir. Il s'y attendait, évidemment.

— Heureuse de voir que cette armure te sied, commenta-t-elle avec un clin d'œil qui n'échappa pas à Tashi et à Kunvak. Bien, je m'en vais rejoindre ma loge. Bonne chance à vous.

— Attendez ! s'exclama Grinwok. Quoi, c'est tout ? On n'en sait pas plus ? Vous voulez pas cracher un dernier morceau sur ce qui nous attend dehors ? Même pas un conseil ou j'sais quoi ?

Sa voix sonnait comme un tressaillement. La comtesse voyait bien qu'il n'était pas serein à l'idée de remettre sa vie en danger pour amuser la plèbe, et cela lui décrocha un sourire au coin des lèvres.

— Ne réveillez pas le beliagon.

Et elle disparut entre ses gardes colorés qui la suivirent hors de la pièce. Les prisonniers échangèrent des regards confus. Grinwok sentit une boule se former dans son ventre. Tashi ne serait pas à ses côtés pour veiller sur lui, et cette perspective lui fit gonfler cette boule encore plus.

— Où est-elle ? siffla-t-il entre ses dents.

— Elle vient de partir.

— Quoi ? Non, pas la vioque… Sheena. Je ne l'ai pas vue d'la journée. Elle devrait être là.

— Si tu veux mon avis, ce n'est pour elle que tu devrais t'inquiéter.

— T'as raison, j'devrais plutôt m'inquiéter du fait de coopérer avec le crapaud géant.

— Eh bien, commence par éviter de l'appeler comme ça, déjà.

— « Ne réveillez pas le beliagon » marmonna-t-il plusieurs fois. Ça veut dire quoi, ça ?

— Aucune idée.

— Le beliagon, déclara Kunvak qui venait de reposer la massue à tête d'épines pour s'emparer d'une arme plus imposante. Cette bête est plus grosse que nous tous réunis. Il vit dans les eaux profondes des marais et des lacs, et il aime beaucoup la viande.

— Dans les… eaux profondes ? releva Grinwok avec une déglutition que tout le monde entendit.

— T'en a déjà vu un ? dit Tashi.

— Non, répondit Kunvak, mais mon frère oui. Il était allé chasser avec d'autres près du grand marais de Sna'keh, un matin. Et il était le seul à en être revenu. Le beliagon ne remonte à la surface que lorsque son repos est troublé. C'est pour ça que nous ne chassons plus près des eaux, maintenant.

Le visage de Grinwok venait de se décomposer.

— Et ça ressemble à quoi, un beliagon ?

Mais Kunvak ne put lui répondre, car un homme au cou

immense et aux épaules larges entra à cet instant. Il lui manquait un œil et probablement la moitié de ses dents. Il grommela tel un ogre et se mit à hurler sur les prisonniers. Ils devaient le suivre, le spectacle allait commencer.

Dans un couloir sans âme et lugubre comme une nuit noire, Grinwok et les trois autres chefs de clan avançaient les yeux bandés et les mains enchaînées. L'air devenait plus frais, mais aussi plus nauséabond. Des gouttelettes tièdes s'échouèrent sur le haut de son front fripé et sur ses longues oreilles en pointe. Son cœur battait plus vite. Les tremblements l'assaillaient.

Après une descente de marches irrégulières, l'ogre à la voix rocailleuse poussa un énième grognement qui se traduisait par un « avancez ! » et Grinwok fit un pas en avant qu'il regretta lorsqu'il sentit la plateforme bouger sous son pied.

— Qu'est… Qu'est-ce que c'est ? s'agita-t-il.

— Ferme-là, vermine, invectiva l'homme qui le poussa.

Grinwok trébucha et s'étala sur la plateforme qui chancela plus fortement. Dans la chute, un éclaboussement d'eau gelée fouetta sa peau. Son bandeau fut alors retiré, et il devint aussitôt plus blanc qu'un éclat de lune. La plateforme se révéla être un radeau en bois renforcé qui pouvait accueillir le poids des quatre prisonniers. L'eau qui le soutenait était d'un noir profond et angoissant. La peur génétique de l'Ugul le paralysa. Il ne savait pas nager, comme tous ses semblables. Et les quelques expériences qu'il avait eues avec les étendues bleues l'avaient suffisamment marqué pour ne plus jamais vouloir y remettre un orteil.

Le radeau était dépourvu de voile. Seules deux rames étaient à leur disposition pour atteindre l'objectif qu'ils allaient devoir choisir en cours de route. R'haviq en ramassa une, puis Grinwok attrapa la deuxième. Kunvak assura la direction en se positionnant à l'avant. Omuuka gardait leurs arrières. En dehors du beliagon, aucun n'avait une idée des autres dangers.

L'ogre leur beugla d'aller jusqu'au bout du tunnel arrondi et d'attendre le signal. Quel signal ? Personne ne le savait. Grinwok n'arrivait plus à réfléchir. La simple perspective de basculer dans ces abysses lui coupait la respiration. Il essaya de rester maître de lui-même, malgré le tangage du radeau à la merci du courant. Il eut beaucoup de mal au début à se coordonner avec le Iaj'ag sur le mouvement des rames, mais finit par prendre le coup après plusieurs aboiements agressifs provenant de l'Ishig.

Arrivés à l'extrémité du canal, ils furent bloqués par une porte ronde qui ne laissait rien voir au travers de ses fissures.

— Qu'est-ce qu'on fait, maintenant ? dit Grinwok, tremblotant.

— On attend, répondit sereinement Kunvak.

Le brouhaha de la foule traversait la porte. Grinwok entendait un millier de voix s'entremêler et former un orchestre dissonant. Après plusieurs minutes aussi longues qu'une vie, la cacophonie assourdissante finit par se transformer progressivement en un chant de guerre qui fit redresser les oreilles de l'Ugul. Les milliers de voix s'étaient unis sous un même chœur grandissant.

« L'Unificateur ! L'Unificateur ! L'Unificateur ! »

Ces voix en son honneur firent repartir son cœur. Et contrairement aux autres sur le radeau, lui seul savait que ces cris lui étaient destinés. Il repensa à la Mystique, à toutes ses paroles dont le sens lui avait souvent échappé et qu'il n'avait jamais cherché à comprendre. Peut-être aurait-il dû, en fin de compte. En tout cas, Grinwok retrouva le moral dans ce fameux nom qui l'avait obsédé des mois durant et qui, maintenant, était scandé par une foule déchaînée. Il était passé d'un regard inquiet et apeuré à un regard déterminé et fort. Il n'attendait désormais plus qu'une chose, que cette maudite porte s'ouvre.

Il reconnut la voix théâtrale du présentateur de l'autre côté qui surjouait comme à son habitude sur les mots les plus simples. Ils allaient bientôt entrer dans l'arène. Grinwok évacua tout l'air de ses poumons en expirant lentement. À sa grande surprise, et à celle des autres, le présentateur n'annonça pas les noms des chefs de clan pour les introduire, mais une tout autre formule.

« L'Unificateur et les tribus du sud ! »

La porte ronde fut hissée vers le ciel et une vague de lumière les inonda. R'haviq enfonça la rame dans l'eau et Grinwok l'imita. Le radeau glissa jusqu'à l'extérieur sous la ferveur du public.

Le terrain aride de l'arène avait disparu pour laisser place à un bassin de la taille d'un lac. Grinwok avait l'impression de se retrouver dans une cuve géante. L'eau qui les portait était stagnante, d'un vert sombre semblable à la couleur de sa peau. Le soleil qui se reflétait sur les vaguelettes provoquées par le mouvement du radeau scintillait comme un ciel étoilé. Kunvak plissa ses yeux globuleux pour s'habituer à son environnement et remarqua déjà des formes étranges danser sous eux. Grinwok, lui, repéra la comtesse du haut de son balcon, sous une toile qui la protégeait de la chaleur intense. Il sentait son regard confiant braqué sur lui.

Tashi et les autres prisonniers étaient toujours confinés dans la salle des équipements. De là, ils pouvaient assister au spectacle depuis les petites embrasures de fenêtres creusées dans les murs. Tashi colla sa tête contre l'une d'entre elles et, à la vue du bassin, siffla une injure en pensant à son ami. Il trouva rapidement le radeau qui n'était qu'à quelques mètres, à son niveau.

Le calme retomba dans les tribunes, et Kunvak chercha avec ses yeux les objectifs en question. Ils semblaient être à l'extrémité, à peine visible depuis leur position. Grinwok les devina aussi. Deux plateformes pas plus grosses que leur radeau flottaient à bonne distance l'une de l'autre. Sur l'une d'elles, Kunvak flaira une grosse quantité de vivres, et il avait visé juste. Des sacs de fruits, de viandes et de légumes posés bien en évidence sous forme de pyramide. Il était devenu évident que pour le Koa't il n'y avait pas lieu de débattre, c'était l'objectif à atteindre.

Au centre de la deuxième plateforme carrée, un poteau de bois était tendu vers le ciel. Grinwok vit une silhouette attachée à celui-ci. Une petite silhouette aux oreilles félines et à la queue bariolée. Alors que ses yeux s'écarquillèrent, une grosse main éjecta l'Ugul en arrière. Omuuka venait de passer devant lui en manquant de l'écraser. Sous le poids conséquent de l'Ishig, le radeau se pencha dangereusement vers l'avant, ce qui agita les trois autres. Kunvak et R'haviq durent se replier à l'arrière pour maintenir l'équilibre. Tous virent Omuuka brailler de colère en direction de la silhouette. Son rugissement engendra un écho détonant dans l'arène qui le rendit omniprésent. Sa langue, qui n'était comprise de tous, crachait des syllabes accompagnées de mots qui semblaient être prononcés à l'envers. De tout ce charabia, Grinwok ne retenu que le nom de Sheena qui avait été lâché avec détresse.

La femelle ishig avait été ligotée au poteau, prisonnière de plusieurs cordes aussi épaisses et lourdes que les chaines d'Asgoroth. On pouvait clairement distinguer que la plateforme chancelait de façon inquiétante. Quelque chose se trouvait au fond de l'eau, quelque chose que Grinwok et les chefs n'avaient pas intérêt à réveiller.

Là, un son résonnant comme celui d'un clocher heurta leurs tympans. Le gong venait de retentir, le spectacle était lancé.

Aussitôt, une querelle éclata entre Kunvak et Omuuka. Le Koa't imposait sa décision de sauver les vivres, tandis que l'Ishig désignait le sort de sa fille. Le ton montait, et aucun d'eux ne comprenait les menaces de l'autre. Grinwok, qui échangeait des regards évasifs avec R'haviq, décida de lâcher la pagaie.

— Fermez-là ! Bordel, fermez vos gueules ! s'exclama-t-il les mains en l'air pour capter leur attention. J'vous rappelle que vous êtes pas tout seul sur ce putain d'radeau. On doit bosser ensemble !

— Reste en dehors de ça, répondit Kunvak.

— Et si voter ? dit R'haviq.

— Voter ? répéta Grinwok. Ouais, c'est un début.

— D'accord, accorda Kunvak. Ça va se jouer entre vous deux. Iaj'ag, fais ton choix.

R'haviq prit quelques secondes pour réfléchir.

— Nourriture, pour frères et sœurs.

Grinwok masqua sa déception par un pincement de lèvre.

— Et toi, Ugul ? Réfléchis bien ! brusqua le chef Koa't.

— Mais y a pas à réfléchir, putasserie ! Sans Sheena tu t'serais fait bouffer la gueule par ces daemo-trucs. T'as une dette envers elle, crapaud !

— Elle m'a peut-être sauvé la vie ce jour-là, mais quand nous serons à nouveau dehors, elle sera la première à me coller une de ses flèches entre les deux yeux. Je me fiche de son sort, et tu ferais mieux d'en faire autant.

— Je ne la laisserai pas crever pour un sac de pain !

— Alors, tu ne…

— Attendre ! intervint R'haviq en se figeant complètement. Entendez comme moi ?

Ils se turent une poignée de secondes. Grinwok tendit son oreille et discerna des bourdonnements suspects qui remontaient à la surface, juste sous le bois qui les séparait des tréfonds.

— Qu'est-ce que c'est ? fit-il en regardant tous les autres. Le beliagon ?

— Non, informa Kunvak d'un air concentré, observant de son œil cuivré les ombres souples nageant dans l'autre monde. Le beliagon n'est pas aussi petit, et il ne se déplace pas aussi vite. On dirait même… qu'ils sont plusieurs.

— Plusieurs quoi ? demanda Grinwok, appréhendant de le découvrir par lui-même.

— Anjinis ! avertit R'haviq d'une voix spontanée. Éloignez des bords !

Alors qu'ils venaient seulement d'entendre l'alerte du Iaj'ag, une dizaine de bras fins et violacés surgirent des profondeurs pour essayer de les saisir. Kunvak, Omuuka et R'haviq se resserrèrent au centre pour les éviter, mais Grinwok ne réagit pas à temps se fit agripper par les chevilles, l'entrainant vers une angoisse certaine. Hurlant qu'on lui vienne en aide, R'haviq ramassa son trident qu'il enfonça instinctivement dans le bras du monstre. Grinwok réussit à s'en libérer et rejoint les deux colosses qui n'avaient pas levé le petit doigt pour lui.

— Ne pas rester là ! avisa R'haviq qui récupéra sa rame. Anjinis nous tuer si nous bougeons pas !

— Anjini, c'est quoi Anjini ! paniqua Grinwok en puisant dans toutes ses forces pour déplacer le radeau.

— Comme Kedjin, mais dans mer, répondit R'haviq en forçant à son tour.

— Oh non, même sous l'eau ils ont décidé d'me casser les couilles, ceux-là.

Le radeau se fit bousculer par des secousses violentes qui déstabilisèrent l'équipage. Des bras jaillirent à nouveau d'entre les éclaboussures pour attraper l'arrière du radeau et le retenir, tandis que sur les flancs des poids commençaient à s'ajouter. Grinwok aperçut une tête froissée et livide sortir de l'eau, soutenu par un corps maigre et flétri qui essayait de monter à bord. Sans réfléchir, Grinwok empoigna son épée et transperça le crâne de la créature qui lâcha prise et sombra dans les flots.

Très vite, le radeau prit l'eau et commença à disparaître sous leurs pieds. Ils devaient à tout prix empêcher les créatures de monter, autrement ils iraient les rejoindre en bas. Omuuka assena des coups de tête puissants qui expédièrent les Anjinis au large, tandis que Kunvak s'assurait de leur arracher la tête pour qu'ils ne puissent pas revenir. De leur côté, Grinwok et R'haviq ramaient sans réelle destination, ils cherchaient avant tout à semer les monstres qui s'étaient lancés à leur poursuite. Mais le temps jouait contre eux, et ils ne pouvaient tourner en rond indéfiniment.

— À droite ! Pivotez sur la droite ! intima Kunvak qui avait le regard fixé sur les provisions.

— Non ! cria Grinwok. On prend à gauche ! R'haviq, mon vieux, écoute-moi ! Ça aurait pu être toi, ça aurait pu être ta propre famille enchaînée sur ce bloc de pierre ! Imagine ce que tu aurais ressenti à sa place ! exposa-t-il en désignant le malheur d'Omuuka, prêt à rejoindre Sheena à la nage. C'est sa fille qui est là-bas, elle nous a aidés à nous en sortir la dernière fois. Si on fonce vers les sacs, les archers lui décocheront une flèche dans la tête et ces saloperies dans l'eau s'occuperont des restes.

Kunvak, crachant sur les propos de l'Ugul au passage, insista encore pour prendre la direction de droite en faisant exploser sa voix, ce qui déclencha la fureur de l'Ishig qui se jeta sur lui pour le faire taire.

— Oh, mais c'est pas vrai ! Arrêtez ! tonna Grinwok. C'est vous qui allez nous faire tuer ! Stop !

Alors que les deux chefs en venaient aux mains, les Anjinis continuèrent leur chasse. Le radeau vacilla périlleusement sous l'influence des affrontements. Grinwok n'était pas capable de repousser les créatures à lui seul, il avait besoin de tous les chefs avec lui. Exaspéré par leur comportement, il décida de s'interposer pour les ramener à la raison, mais Kunvak, dans sa frénésie, lui porta un coup de pied brutal. Grinwok reçut un choc à la poitrine et fut éjecté du radeau, plongeant en arrière la tête la première dans les abîmes de l'arène.

Depuis sa fenêtre, Tashi assista impuissant au sort de son ami qui venait d'être trahi par le Koa't.

— Traitre ! aboya-t-il.

Derrière lui, Patritus, qui était resté avec les prisonniers – sous bonne garde – regardait aussi le spectacle avec intérêt.

— À ta place, je ne m'en ferais pas trop pour lui, lança le noble d'une manière désinvolte.

— Pourquoi ? demanda le Muban en se tournant vers lui.

Il vit alors le visage de Patritus s'illuminer, décoré d'un sourire fourbe qui élargissait son visage.

En proie à une panique fulgurante, Grinwok agitait les bras vers les nuages de telle sorte à garder la tête hors de l'eau, vainement. Sa gorge et ses narines furent rapidement brulées par le sel qu'il ingurgitait en grosse quantité, et il finit par disparaître des yeux de R'haviq qui avait tout tenté pour essayer de le repêcher à l'aide son trident.

— Regarde ce que toi fais ! fulmina le chef Iaj'ag à l'encontre de Kunvak.

— Personne ne le regrettera ! Maintenant, si tu ne veux pas le rejoindre, je te conseille de continuer de ramer, tête de poulpe ! Et toi, grosse barrique poilue, restes tranquille. S'il faut que je revienne seul sur ce radeau, c'est ce que je ferai.

Tandis qu'il parlait, il tua un Anjini à mains nues. Omuuka lui décocha une insulte sèche dans sa langue et se prépara à plonger à son tour pour sauver sa fille, quand Kunvak l'attrapa par le cou pour l'en empêcher. Pour le chef Koa't, il était hors de question de sacrifier les provisions au détriment d'une vie, qui plus est, ennemie de son peuple. Il referma ses mains autour du cou de l'Ishig et exerça une pression de plus en plus forte jusqu'à faire disparaître la lueur dans ses yeux. Heureusement, R'haviq intervint pour secourir Omuuka en saisissant le Koa't par les bras et en l'éloignant.

Pendant que le groupe se déchirait sur le radeau, ils avaient déjà oublié que plus bas, une pauvre âme coulait lentement dans les entrailles de l'arène. Grinwok continuait de battre des pieds et des mains, le visage levé vers le halo de lumière qui dansait sur la surface, mais chacun de ses gestes étaient effectués au ralenti, comme dans un mauvais rêve. Les gènes de Grinwok lui permettaient de mieux appréhender l'obscurité, aussi ce qui aurait dû être un néant flou et sombre ne le fût pas. Il découvrit un cimetière d'épaves de navire à plusieurs mètres en dessous de lui, ainsi que plusieurs canaux qui devaient ceinturer les murs de l'arène, et d'où l'eau devait provenir. La vision déformée, le radeau lui semblait être lointain, et il avait déjà accepté l'idée de ne plus pouvoir l'atteindre. Grinwok se laissa porter par l'apesanteur glacée tel un corps sans vie errant dans les flots. Il essayait tout de même de garder sa respiration le plus longtemps possible, attendant qu'un voile recouvre entièrement ses yeux pour s'endormir.

Mais cela ne serait pas de tout repos, car ses oreilles se mirent à vibrer pour l'avertir d'un danger imminent. Grinwok gonfla ses pupilles et repéra une horde d'Anjinis qui nageaient aussi vite et gracieusement que des sirènes vers lui. Cette image, qui le tétanisa, le poussa à puiser dans ses dernières ressources pour leur échapper. Mourir noyé était une chose, mourir sous l'eau dévoré par des créatures des fonds marins en était une autre. Quitte à choisir sa mort, Grinwok préférait la version la moins cruelle. Il fit volte-face dans l'espoir de prendre la fuite, mais au moment de se retourner, il se heurta contre quelque chose de plus gros que lui, plus gros que tous les Anjinis réunis. Un œil exorbité de la taille d'un rocher, d'un blanc vitreux, éteint, à l'exception de la pupille qui brillait comme une étoile. Grinwok laissa échapper de sa bouche une flopée de bulles d'air qui s'éleva au-dessus de lui, ses poumons commençaient à manquer d'air, mais à cet instant cela était devenu le dernier de ses soucis.

Sur le radeau, la tension n'était toujours pas retombée. Kunvak et Omuuka se rentraient dedans continuellement pour empêcher l'un de ramer vers son objectif. R'haviq, impuissant, avait abandonné l'idée de les raisonner. Il en venait à penser qu'ils n'atteindraient aucune des plateformes avant la fin du temps imparti. Sans doute que tout cela était prévu, songea-t-il en levant les yeux vers la comtesse qui se délectait du conflit dans son fauteuil trop grand pour elle.

Alors que Omuuka prenait le dessus sur le Koa't, un grondement des profondeurs émergea et fit trembler les eaux. Les chefs s'immobilisèrent. Un silence peu commun se répandit dans l'arène aussi vite qu'un souffle de vent.

— Le beliagon, souffla Kunvak qui regardait tout autour de lui avec une crainte dans la voix.

Il ravala sa peur lorsqu'il vit Grinwok sortir la tête de l'eau en reprenant une énorme bouffée d'air, le tout en agitant les bras avec détresse.

— Stupide Ugul, cracha gravement le Koa't avant de lui tourner le dos.

Un nouveau grondement retentit, et celui-ci fut si terrible qu'il en donna des sueurs froides au public. Subitement, l'eau devint agitée et des vagues de plus en plus grosses se formèrent. Depuis les gradins, on aurait dit qu'un navire enfoui essayait de remonter à la surface. Mais lorsque l'épave jaillit de l'eau, cela n'avait rien d'un navire. Des écailles grises aussi dures que les pierres de l'arène firent leur apparition et, dans le tumulte, les vagues emportèrent le radeau qui chavira et fit basculer les chefs dans les flots. Le beliagon se dévoila à moitié immergé, ainsi tout le monde pouvait contempler le monstre marin qui faisait tant parler. La plupart aimait à l'identifier comme un crocodile géant, d'autres le voyaient comme un mégalodon sur pattes, et quelque part tout le monde s'accordait à dire qu'il s'agissait d'un peu des deux – en dehors des trois cornes acérées sur le haut de son crâne.

Troublé dans son repos, le beliagon, déchaîné, referma sa gueule sur plusieurs Anjinis qui essayaient de planter leurs griffes noires au travers de ses écailles pointues, provoquant au passage un déferlement de vagues impétueuses qui éclaboussèrent la foule. Les créatures, en représailles, se rassemblèrent pour mener une offensive contre le monstre, tandis que ce dernier prit pour cible Grinwok qui gigotait comme un ver pour avaler tout l'air possible avant de s'immerger à nouveau.

Heureusement pour lui, les Anjinis détournèrent l'attention du beliagon en lui attaquant les parties inférieures. Une furieuse bataille se déroula alors sous l'autre monde.

De leurs côtés, R'haviq, Omuuka et Kunvak s'évertuaient à nager le plus loin possible des affrontements. Kunvak, qui avait l'habitude de chasser dans les marais, savait se déplacer rapidement avec une fluidité certaine, contrairement aux chef Ishig et Iaj'ag qui étaient loin derrière lui. Son attention était pleinement focalisée sur le radeau où se trouvaient les sacs de nourriture, il était déterminé à l'atteindre le premier.

Grinwok évita de justesse une charge du beliagon qui fendit les vagues pour s'encastrer dans un mur. Les Anjinis, tel un essaim d'abeilles autour d'une ruche, emmitouflaient la bête pour la désorienter. Visiblement, les prisonniers ne les intéressaient plus, ils avaient l'occasion de déguster un plus gros gibier.

Profitant du chaos, Grinwok essayait de gagner la plateforme où Sheena se trouvait. Seulement, il savait au fond de lui qu'il avait peu de chances d'y parvenir, d'autant qu'il aperçut Kunvak à l'autre bout progresser à une vitesse qu'il ne pouvait égaler.

Alors qu'il était prêt à renoncer, il entendit le cri du beliagon dans son dos mélangé aux glapissements des Anjinis qui, malgré leurs maigres forces en comparaison d'un tel gabarit, commençaient à prendre le dessus. Le monstre fit demi-tour dans une énième tentative de se débarrasser de ses assaillants et traversa en l'espace de quelques secondes la moitié du lac. Grinwok le vit foncer sur lui et ses yeux s'exorbitèrent, il n'avait pas le temps de l'esquiver. Pourtant, le beliagon décida de replonger dans les eaux agitées, passant juste en dessous de lui. Grinwok ne comptait plus les fois où il s'était vu mourir.

Tandis qu'il reprenait vivement ses esprits, il se sentit aspirer par le fond et n'eut pas le temps de contenir sa respiration. Une sangle de sa jambière s'était prise dans une écaille dorsale du beliagon et l'entraina malencontreusement dans la fuite acharnée de ce dernier au milieu des épaves. Il était impossible pour Grinwok d'atteindre sa jambière à cause des mouvements imprévisibles du monstre qui faisait tout pour semer les Kedjins des mers. Il empoigna son épée courte dans l'idée de se débarrasser de son lien, mais les Anjinis qui nageaient au-dessus de sa tête allaient compliquer la tâche. L'un d'entre eux se jeta sur Grinwok pour le mordre au cou. Dans la panique, l'Ugul lâcha son arme qui se logea entre deux écailles. C'est avec l'aide de ses ongles piquants qu'il put empêcher l'Anjini de planter ses dents aiguisées dans sa chair. Grinwok enfonça ses doigts dans les yeux globuleux de la créature qui poussa un hurlement strident avant de battre en retraite.

Pendant ce temps, dans les gradins, le public assistait à une course effrénée entre les chefs qui luttaient contre les éléments pour atteindre l'un des objectifs. Beaucoup encourageaient le Koa't qui semblait être en meilleure condition physique que les deux autres. La comtesse, elle, s'inquiétait davantage pour le sort de son champion qui, pour la foule, était déjà perdu.

Enchaînée sur la plateforme, Sheena commençait à accepter son destin. Terrifiée, elle regardait avec impuissance son père qui peinait à progresser dans les vagues. Elle pouvait déjà sentir les pointes de flèches des archers traverser son corps.

Mais alors que tout espoir s'estompait, alors que Kunvak s'apprêtait à atteindre son objectif, le monstre des marais remonta à la surface. Tout le monde dans les tribunes, dont la comtesse et ses invités, se leva pour regarder de plus près ce qu'ils pensaient être une hallucination. Sur le dos du beliagon se tenait un petit être ruisselant qui offrait une scène remarquable. La comtesse Amestria voyait déjà la légende s'écrire.

*L'Ugul qui dompta le beliagon.*

Depuis leurs places lointaines, c'était ce qu'ils imaginaient. Mais tout cela était bien loin de la vérité, car en réalité Grinwok n'avait toujours pas réussi à rompre la sangle en cuir qui s'était accrochée à l'écaille épaisse. Le beliagon reprit sa course, à moitié immergé, donnant l'illusion que l'Ugul se tenait sur un radeau renforcé qui avançait tout seul. Après plusieurs efforts, il finit par scier l'attache à l'aide d'un de ses ongles coupants. Ainsi, il put récupérer son épée sous une acclamation grandissante. Debout sur un beliagon à pleine vitesse, Grinwok dépassa Kunvak en le saluant d'un signe de main insolent. La comtesse poussa un couinement jouissif face à ce retournement de situation qui était à son avantage, car elle avait parié une fortune sur son champion. Il était rare que son intuition ne la trompe.

Au bon moment, Grinwok s'éjecta dans les airs pour atterrir sur la plateforme de Sheena, tandis que le beliagon disparaissait de la surface.

— Désolé pour le retard, dit Grinwok en se précipitant vers l'Ishig.

Muni de son épée, il frappa plusieurs fois les cordes jusqu'à ce qu'elles cèdent. À l'instant où Sheena fut libérée, le son retentissant du gong résonna fort dans l'arène, annonçant la fin du spectacle. Omuuka finit par rejoindre sa fille en se hissant avec difficulté sur le carré de pierre, suivit de près par R'haviq que Grinwok aida à monter.

Le dénouement embrasa les esprits qui applaudirent les exploits de la créature verte, dont le nom fut crié par mille voix différentes.

*Unificateur ! Unificateur ! Unificateur !*

Même la comtesse se laissa emporter par la frénésie de la foule. Ce qui n'était pas le cas de Kunvak, qui n'était qu'à quelques mètres des vivres, et dont on pouvait lire la colère sur le visage. Il était hors de question d'accepter une telle fin. Fou de rage, il continua sa nage vers les sacs de nourritures avec la ferme intention de les ramener. Mais sur les balcons supérieurs, les archers avaient reçu l'ordre. Des flèches enflammées furent tirées tout autour des provisions et celles-ci furent avalées spontanément par un grand feu qui jaillit vers le ciel. Cela n'arrêta pas le chef Koa't qui, aux yeux de tous, grimpa sur le radeau en feu et plongea les mains dans les flammes pour sauver ce qu'il pouvait. Grinwok et les autres furent témoin de sa folie et essayèrent de l'interpeller pour lui dire d'abandonner, mais Kunvak n'écoutait que lui-même.

La comtesse haussa un sourcil face au comportement dissident du Koa't et se tourna vers les archers qui semblaient attendre la marche à suivre.

— Kunvak, renonce, mon vieux ! hurla Grinwok sur l'autre rive.

Un sifflement se fit entendre et un silence s'abattit soudainement. Kunvak eut un mouvement de recul qui le précipita vers le bord. C'est là que Grinwok et les autres virent la flèche qui venait de transpercer sa poitrine.

— Non ! cria Grinwok à l'attention des archers. Ne tirez pas !

Mais ce n'était pas lui qui donnait les ordres. La comtesse hocha une seconde fois la tête et quatre autres flèches traversèrent le corps du Koa't qui finit par tomber en arrière dans les eaux glacées.

Frappé par le choc, Grinwok s'apprêtait à sauter pour porter secours à son rival avant d'en être empêché par R'haviq.

Immédiatement après, les bras squelettiques des Anjinis sortirent des flots et le corps de Kunvak fut englouti dans les profondeurs pour ne jamais remonter.

Le présentateur mit fin à l'épreuve en désignant les vainqueurs de ce jour, déclenchant l'hystérie au sein du public. Les prisonniers étaient acclamés, tandis que ces derniers s'échangeaient des regards abattus, exténués par les évènements. À partir de là, plus personne ne prononça un mot.

Quelques minutes plus tard, pendant que les tribunes se vidaient lentement, une barque vint jusqu'aux combattants pour les ramener à l'intérieur de l'arène. Assis à l'arrière, d'une humeur maussade,

Grinwok regardait une dernière fois l'étendue du lac artificiel.

La mort de Kunvak semblait l'affecter plus qu'il l'aurait cru, et il était difficile pour lui de ne pas le laisser paraître. Omuuka lui donna un coup de coude pour le faire réagir, puis un deuxième plus fort qui manqua de le faire basculer par-dessus bord.

— Il te remercie, dit Sheena à ses côtés. Il ne sait pas comment le faire, il n'a pas l'habitude de remercier.

— Y a pas d'quoi, fit-il sans afficher la moindre gloire.

Le regard égaré sur son reflet déformé par le mouvement de l'eau, Grinwok n'arrivait pas à se sentir comme le héros qu'il était. Pour lui, même si une vie avait été sauvée, une autre avait été perdue, et il ressentait cela comme un échec.

Pendant que la barque glissait vers le tunnel par lequel ils étaient entrés, Grinwok aperçut un objet flottant qui tapait contre la coque. Sans se poser de question, il se pencha au niveau de l'eau pour le récupérer. Sheena et R'haviq l'observaient avec curiosité. Il s'agissait d'un collier rudimentaire orné de petites pierres blanches de différentes formes, comme celui que portait Kunvak. Ne sachant quoi en faire, Grinwok décida de le mettre à l'abri dans sa poche.

— Il faudra le dire à sa famille, dit Sheena en le voyant faire.

Afin de se débarrasser de leur équipement, ils furent reconduits dans la salle d'armement d'où Tashi et quelques autres avaient pu suivre toute la scène. Patritus était là, lui aussi, avec un sourire de bouffon qui lui seyait bien. Il fut le premier à quitter le lieu au moment où Grinwok débarquait avec son casque sous le bras, comme s'il n'avait aucune envie de rester dans la même pièce que lui.

Les uns après les autres, les gardes firent sortir les prisonniers pour les ramener dans la cour. Grinwok remettait en place sa cuirasse contre un mur et posa son épée contre celle-ci. Il sut que Tashi se trouvait dans son dos à cause de l'ombre que venait d'être projetée sur lui. Le Muban avait une mine froide, sans expression. Il regardait Grinwok comme s'il le voyait pour la première fois.

— Il faut qu'on parle, lui dit-il avec sa voix grave.

— Quoi, maintenant, ici ?

— Oui, maintenant, ici.

— Ça peut attendre plus tard ? J'ai qu'une envie c'est de m'écrouler par terre pour roupiller, lança-t-il en le contournant pour rejoindre le garde qui l'attendait.

— Le larbin de la comtesse était avec nous pendant l'épreuve. Il a été très bavard.

Grinwok s'arrêta, mais n'osa pas se retourner, ni même répliquer.

— Je suis au courant de ton arrangement avec la comtesse.

# CHAPITRE 19
## Protection Perdue

Grinwok émit un soupir qui trahissait sa culpabilité. Le regard de Tashi le persécuta comme jamais. Celui-ci avança une de ses pattes avant, ce qui eut pour effet de faire déglutir Grinwok qui recula alors d'un pas, le cœur palpitant. Il savait qu'il aurait dû lui en parler avant, il savait qu'il n'aurait jamais dû lui mentir au sujet de ses entretiens avec la comtesse. Pourtant, au fond de lui, Grinwok savait aussi qu'il avait eu une bonne raison de le faire.

— Je sais ce que tu trafiques avec la comtesse, répéta Tashi sur un ton lent et sérieux. Son laquais m'a tout raconté.

— Écoute, vieux, je…

— Pourquoi ? coupa subitement l'animal.

Il avança encore jusqu'à bloquer la créature contre un mur.

— Je me suis ouvert à toi.

— Tashi, écoute-moi, je t'assure que…

— Je t'ai accueilli chez moi.

— C'est pas c'que tu…

— J'ai partagé avec toi ce qui comptait le plus à mes yeux.

Ne pouvant plus reculer, Grinwok sauta sur le banc en bois qui le séparait du mur pour prendre de la hauteur.

— Laisse-moi t'expliquer ! se défendit-il en évitant de faire face aux crocs de la bête.

— Je te croyais mon ami, déplora Tashi.

— Mais je le suis !

— Je n'en ai pas eu beaucoup au cours de ma vie, mais je sais qu'un ami ne m'aurait jamais tourné le dos pour se ranger du côté de mon ennemi.

L'expression apeurée de Grinwok venait de basculer. Ses traits qui venaient de se durcir effacèrent toute trace de culpabilité.

— Ton côté… Ton côté ? s'exclama-t-il en descendant du banc. Et qui s'est déjà rangé derrière mon cul ? Qui s'est déjà soucié de ce que pensait le stupide Ugul puant ? Qui s'est déjà demandé ce que moi je voulais ? La comtesse est bonne avec moi, elle veut m'aider, elle m'écoute, ce que personne n'a jamais essayé de faire depuis que j'ai foutu les pieds dans ce monde pourri !

— Tu te trompes à son sujet ! Tu ne vois pas sa fourberie. Tu oublies que c'est une meurtrière !

— Mais on l'est tous ! T'as bien buté ces mecs qui moisissent dans ton village. Et moi, j'compte plus le nombre de péquenauds que j'ai dû zigouiller pour rester en vie. C'est comme ça que ça marche depuis la nuit des temps, on tue pour survivre !

— J'ai peur de comprendre ce que tu essayes de me dire.

— De quoi ?

— J'espère que tu n'essayes pas de justifier la mort de Rosalia en défendant la comtesse.

— Ne me fais pas dire ce que je n'ai pas dit !

— Rosalia n'a pas été tuée parce qu'elle représentait une menace.

— J'cautionne rien, moi. C'est pas mes histoires, ça ! Moi, j'veux juste rentrer chez moi. Est-ce que tu peux faire ça ? Est-ce que tu peux me renvoyer chez moi, Tashi ?

— Tu te berces d'illusions si tu crois qu'elle tiendra parole.

— J'connais bien les humains dans son genre, tout ce qui lui importe c'est le pognon que je peux lui rapporter. Tant que je ramène l'argent, elle sera à ma botte.

Tashi recula lentement à son tour. Grinwok n'avait pas besoin de l'entendre exprimer sa déception, cela se voyait parfaitement dans son regard. Il mima une figure désolée et s'écarta de l'animal pour rejoindre la sortie.

— Et les autres ?

— Quoi, les autres ?

— Tu leurs a promis quelque chose. Tu leurs a promis la liberté. La femelle ishig, tu as l'air de compter pour elle.

— Ne lui dis rien, pour l'instant.

— Ce n'est pas à moi de le faire. C'est toi qui as choisi de nous trahir.

— Quelle trahison ? Arrête un peu, mon vieux ! Ces gars-là, c'est pas ma famille ! Je leur dois rien, je ne dois rien à personne ! J'suis pas un traitre, moi.

— Et tu n'es pas un ami. Depuis tout ce temps, tu ne faisais que penser à toi. C'est pour ça que tu es seul, Grinwok. C'est pour ça que tu as toujours été seul. Et c'est pour ça que je ne peux plus te faire confiance, à présent.

— Parfait ! s'écria-t-il. J'ai pas besoin de toi, j'ai jamais eu besoin de personne jusqu'à présent !

— Justement, c'est bien ça ton problème.

À ces mots, Tashi mit fin à la conversation et devança Grinwok vers la sortie, le laissant seul, planté au milieu de la pièce. Son regard ricochait sur les murs et sur les râteliers d'armes avant de se poser sur la cuirasse de bronze qui l'avait rendu plus fort et plus grand comme il ne l'avait jamais été. Il soupira lourdement une dernière fois en prenant conscience qu'il venait de perdre le seul ami qu'il n'avait jamais eu, tout en essayant de se convaincre qu'il avait fait le bon choix. Enfin, dépité, il finit par rejoindre le garde, le pas trainant.

De l'autre côté de la frontière, les terres kergoriennes continuaient de sombrer les unes après les autres dans le spectre de la doctrine. Les rayons du soleil n'apportaient plus la gaieté et la chaleur dans le cœur des gens. À présent, cette lumière, il devait la trouver dans les écrits Imortis laissés par les anciens adeptes. La plupart des villes possédaient désormais leur propre intendance pour recevoir et guider les nouvelles âmes vers les bras d'Imortar et de son île imortisée, la terre sacrée de Morganzur.

En l'espace de quelques mois, le culte avait su s'implanter dans les organes vitaux du pays en gangrenant les villes qui détenaient le plus de pouvoirs. Le port de Sineï, la forteresse du Kerr, les marchés de Baldazir, la cité de SableNoir, et le cœur Kergorien, Azarun. Aucune de ces places fortes n'avaient tenu debout face au raz-de-marée religieux qui s'était abattu sur elles.

De cette façon, peu à peu, le Kergorath perdait de sa force et de sa lueur de vie, et ses enfants voyaient leur liberté abolie quand d'autres y voyaient un nouveau commencement vers une existence supérieure.

Pendant ces temps sombres que connaissait le pays, l'armée imortis, elle, s'agrandissait pour se préparer à l'ultime bataille contre les Exilés. Une bataille qui n'inquiétait pas le moins du monde ses partisans, car celle-ci n'avait jamais été perdue par le passé. D'ailleurs, ils en parlaient entre eux comme si elle avait déjà été remportée. Même durant les longs cours de Saramon, ce dernier insistait sur le fait que cette bataille n'était qu'une poussière à balayer sur le chemin de la plénitude, ce qui renforçait d'autant plus la foi des fidèles à ce sujet.

Pour Sigolf, cela ressemblait plus à un excès de confiance qu'à une véritable prédiction. Il avait beaucoup de mal à imaginer son camarade Hatess sur un champ de bataille retourné par le feu et le sang, le bras armé d'une épée plantée dans le torse d'un autre. Cela relevait plus du fantasme que d'une réalité prochaine. Pourtant, le fanatisme qui bouillonnait dans ses yeux arrivait à le faire douter. Il avait eu vent de quelques détails sur le débarquement à Ark-nok et de la victoire écrasante des fidèles sur l'armée kergorienne. Des détails qui lui avaient glacé le sang. Si des hommes entraînés au combat depuis leur jeunesse n'avaient pu repousser une bande d'illuminés, qui pourrait en être capable ? Cette question, il préférait ne pas se la poser. En tout cas, pas tout de suite.

— Qu'est-ce que tu fais ? Réveille-toi ! chuchota nerveusement Hatess en filant un coup de coude à Sigolf.

La tête contre le bureau, le jeune homme se redressa fébrilement en reprenant machinalement son écriture. Il essuya un filet de bave avec sa manche et se massa la tempe pour soulager une migraine envahissante. Son assoupissement l'avait quelque peu désorienté. Il avait oublié qu'il se trouvait dans une salle d'étude plus silencieuse qu'une crypte, au milieu d'une dizaine d'autres fidèles penchés sur des livres ouverts.

— Tu n'as toujours pas fini ? questionna Hatess à voix basse.

— Je n'ai toujours pas commencé, répondit Sigolf en frottant la fatigue qui s'était imprégnée sur son visage.

— Si le Doyen passe derrière nous et qu'il constate que le travail n'a pas été fait, tu vas te prendre une sanction. Tiens, tu peux t'inspirer de ce que j'ai écrit.

Hatess fit glisser délicatement son parchemin vers Sigolf pour qu'il puisse le lire.

*Les Années Glorieuses du Seigneur de Feu Mardaas*
*de 542 6ᵉ à nos jours.*
*Par Hatess Ahki*

— Pourquoi est-ce qu'on est obligé d'écrire sur lui ? questionna Sigolf qui n'en éprouvait aucun enthousiasme.

— C'est comme ça. Chaque année, on doit écrire un éloge pour l'anniversaire des plus grands Immortels. Le mois dernier, c'était pour Asramon, l'Immortel à l'œil jaune. J'ai rédigé une vingtaine de pages.

— L'anniversaire ?

— Oui, celui de Mardaas tombe la semaine prochaine. Tu l'ignorais ?

— Je… non. Je n'avais pas réalisé que c'était si proche, mentit l'officier.

— Un grand hommage est censé avoir lieu sur la grande place près du temple. Il y aura des chants et des animations.

— Quel genre d'animation ?

Il haussa les épaules.

— Des choses en rapport avec le feu, je suppose.

Sigolf avait bien du mal à considérer Mardaas comme un être divin en raison des évènements qu'il avait partagés avec lui. Certes, il se souvenait du mur de feu que l'Immortel avait invoqué pour terrasser les goules de Krystalia. Il se souvenait aussi du massacre de Iaj'ags et de leur village parti en fumée en une nuit. Mais il se souvenait également des voyages et des repas qu'il avait partagés avec lui, de la singularité et de l'intimité de ces situations qui en ferait jalouser plus d'un ici. Pour Sigolf, Mardaas n'était en rien différent des autres, excepté pour la puissance démesurée.

— Et on doit apporter quelque chose ? demanda-t-il sur un ton à peine sarcastique. Une bouteille de vin, un cadeau ?

— Non, je ne crois pas, ou alors je n'en suis pas informé. Je crois savoir que Mardaas est un des rares à n'avoir jamais réclamé la moindre offrande. Certains, comme l'Immortel Molzur, ou encore comme l'un de nos pères fondateurs, Vaq, exigeaient les biens les plus précieux de leurs adeptes. Il n'était pas question d'argent, comme d'autres l'imposaient, mais d'objets rares ou de grande valeur. Mardaas n'a jamais rien demandé de tout cela.

— Même pas un gâteau ?

— Pourquoi en demanderait-il un ?

— J'en sais rien, pour souffler ses… je ne sais même pas combien de bougies il pourrait y avoir dessus.

— Six cent quatre-vingt-dix-sept, je crois.

— J'espère qu'il a un bon souffle.

Hatess ne sourit pas à la plaisanterie.

— En parlant de surprise, j'en ai une pour toi, dit-il.

— Tu sais, mon anniversaire est déjà passé.

— Non, ce n'est pas pour ton anniversaire, rétorqua Hatess en posant sa plume à plat sur le bureau.

Il se leva, défroissa sa robe, puis enroula les parchemins qu'il avait remplis pour les caler sous son bras.

— Tu as fini ? demanda Sigolf. Où est-ce que tu vas ?

— Retrouve-moi ce soir dans le hall du temple, quand la lune sera au plus haut dans le ciel, informa le fidèle en touchant de manière bienveillante l'épaule de Sigolf.

Ce dernier baissa les yeux sur sa feuille vierge qu'il n'arrivait pas à tacher d'encre, persécuté par le griffonnement des autres plumes autour de lui qui le rendait sourd dans ce silence de bibliothèque. Il attendit que la salle se vide pour la quitter le dernier afin que nul ne sache dans quelle direction il comptait aller. Avant de retrouver Hatess au temple, il partit dans la direction opposée, celle qui menait au palais Tan-Voluor.

Dans les rues en proie au crépuscule, son signe imortis brodé sur sa poitrine lui valut quelques regards noirs de ceux qui en étaient démunis. Il évita cette fois les ruelles étroites pour ne pas avoir à se réveiller de nouveau à l'infirmerie. Heureusement, la route jusqu'au palais était parsemée de Prétoriens qui surveillaient les allées et venues. Ce qui, ironiquement, rassurait partiellement Sigolf.

Il se greffa à un groupe d'Imortis autorisé à franchir la ligne prétorienne qui séparait le palais du reste de la ville, puis s'en détacha une fois arrivé aux premières colonnes de pierre.

Il aperçut au loin des esclaves qui travaillaient dans les jardins entourant le domaine, il ne lui restait que peu de temps avant qu'ils ne soient tous reconduits dans leurs enclos respectifs. Le sac de Kerana se terrait quelque part sous un arbuste, à l'arrière du palais, près des cuisines. Ces maigres indications qu'il ressassait continuellement tout en arpentant le flanc de l'enceinte ne lui rendaient pas service. Chaque pas qu'il faisait lui nouait l'estomac. Il savait que Mardaas n'était probablement qu'à une dizaine de mètres de lui, quelque part dans une des centaines de chambres que possédait le palais. Il savait aussi qu'il ne représentait pas la seule menace aux alentours.

Sigolf repéra un petit tunnel dans le mur qui débouchait sur une porte verrouillée. L'odeur de viande cuite qui s'en dégageait le laissa deviner qu'il s'agissait bien de la cuisine. Restait à savoir quel arbuste était celui dont parlait Kerana. Probablement celui qui était le plus proche de l'entrée, dont la terre semblait avoir été retournée récemment.

Sans perdre de temps, le jeune homme s'agenouilla et se mit à creuser avec ses mains en ramenant la terre sur lui. Il s'immobilisa lorsqu'il entendit des voix jaillir par-dessus les murs qui ne devaient nullement le concerner, avant de reprendre son action. Très vite, ses doigts couverts de terre finirent par rencontrer un tissu épais. Sigolf accéléra le rythme et creusa jusqu'à comprendre que le tissu qu'il venait de déterrer était celui d'une tunique enveloppant un torse humain en décomposition avancée. Mauvaise pioche pour l'officier.

*Sûrement un domestique qui n'avait pas droit à une sépulture décente*, songea-t-il avant de s'attaquer au second arbuste.

Finalement, c'est au bout du quatrième qu'il finit par trouver le sac à bandoulière de la jeune femme. Il reconnut le bruit des fioles de verres qui s'entrechoquaient dès qu'on le manipulait. Immédiatement après, Sigolf redescendit en ville pour atteindre l'enclos avant les esclaves et y dissimuler le sac à l'intérieur. Il le recouvrit sous un tas de draps déchirés et souillés qui servaient d'oreiller à la jeune femme sur son matelas de paille. Au moment de ressortir, les torches des Doyens se mirent à briller dans la pénombre, il distingua les esclaves avancer les uns derrière les autres avec une discipline de fer.

Sigolf feignit de garder l'enclos et attendit patiemment. Lorsque Kerana passa devant lui, celle-ci l'identifia aussitôt. Ils ne purent s'empêcher d'échanger un bref regard qui les tortura tous les deux avant d'être séparés par la grille métallique. Sigolf longea lentement l'enclos en même temps que Kerana sans lui adresser le moindre mot, les Doyens étaient toujours dans les parages. Il voulait lui parler, il voulait détruire ces barreaux qui les retenaient ici.

Avant de partir, il se tourna une dernière fois vers Kerana. Il ignorait pourquoi, mais il éprouvait un mauvais pressentiment quant à la suite des évènements. Toutefois, il lui envoya un demi-sourire qu'il effaça rapidement avant de prendre la route du temple.

Sans le savoir, Kerana partageait de plus en plus son sentiment. Elle ne voulait pas s'y résoudre, mais plus elle restait ici, plus les chances de gagner la liberté s'amenuisaient. Pour l'heure, la découverte de son sac à bandoulière lui fit retrouver une bribe de moral. Elle y découvrit également une carte de jeu laissée par l'officier. Celle-ci était marquée du nom *Espoir*, et son illustration représentait une femme qui ressemblait étonnamment à Kerana. Un tendre sourire s'afficha sur son visage, elle apprécia le message.

Aussi, elle n'attendit pas une seconde de plus pour s'occuper de l'état de Hazran qui s'était aggravé. Le général n'arrivait plus à cacher sa blessure, celle-ci s'était infectée pendant qu'il travaillait dans les catacombes du temple, l'empêchant de porter les charges lourdes qu'on lui imposait.

À moitié inconscient sur le sol, l'homme sentit la présence de la jeune femme qui venait de s'agenouiller près de lui. Dès lors qu'elle ouvrit le sac, les effluves de végétaux morts et de cadavres d'insectes envahirent les narines du général.

— Ne le prend pas mal, souffla-t-il en bougeant à peine les lèvres, mais je ne meurs pas de faim à ce point-là.

— Ce n'est pas pour ingurgiter, rassura-t-elle. Enfin, pas tout de suite. Je vais d'abord nettoyer la plaie avec les sèves que j'ai achetées dernièrement, ensuite je désinfecterai avec du venin de wijik. Ça risque de vous brûler un peu, alors… mordez dans ça.

Elle sortit un chiffon du sac qu'elle mit en boule et qu'elle tendit au général. La scène attisa la curiosité des autres prisonniers qui se rapprochèrent pour observer la guérisseuse à l'œuvre.

Kerana enfila ses gants et déboucha une fiole qui contenait un liquide très épais et d'une couleur caramel. Elle appliqua deux gouttes sur la plaie qui déclencha des gémissements terrifiants chez Hazran. L'homme avait la sensation horrible qu'on grattait violemment sa chair avec une fourchette. Il mordit si fort dans le chiffon qu'il se fit mal aux dents. Kerana versa un nouvel onguent qui, mélangé au précédent, atténua les douleurs et donna des frissons au général.

— Vous allez avoir la tête qui tourne pendant un petit moment, essayez de rester concentré sur un point.

Elle enroula un bandage en lin autour de son avant-bras et s'affaira à la préparation d'une mixture qui ne nécessitait pas d'être mise sur le feu. Lorsqu'elle se mit à écraser la patte d'un insecte velu de la taille d'une assiette, les grimaces autour d'elle fusaient.

— Qu'est-ce que c'est ? demanda un trentenaire aux cheveux frisés et au nez allongé.

— C'est une mandiba. Très difficile à attraper, ces sales bestioles.

— Ma mère a été tuée par une mandiba lors d'un voyage en Erivlyn, déclara une vieille femme au visage tombant. Et une m'a piquée à la jambe, ajouta-t-elle en montrant sa jambe de bois.

— Je les confonds toujours avec les araignées, dit un autre plus petit que les autres.

— Les mandibas ont douze pattes, précisa Kerana en train d'extraire le jus de l'une d'entre elles.

— Comment avez-vous fait pour la capturer ?

— Je l'ai achetée.

— Achetée ? Je ne savais même pas qu'on pouvait acheter ce genre de chose.

Une fois le remède achevé, Kerana porta la petite fiole jusqu'aux lèvres du général qui offrit sa plus belle grimace en avalant la substance grumeleuse.

— Maintenant, essayez de dormir. Le repos fera le reste.

Hazran obéit et se recroquevilla sur sa couverture en laissant échapper quelques gémissements. Pour Kerana, le général était sorti d'affaire, du moins pour la nuit.

— Guérisseuse, aborda timidement un garçon de son âge, crois-tu que tu pourrais soigner mon père ?

— Où est-il ?

— Là-bas, dit-il en pointant du doigt un vieil homme allongé sur le dos. Il est très fiévreux, je crains pour sa vie.

Kerana posa un regard sur chacun des prisonniers à la mine faiblarde qui l'entouraient. La plupart étaient marqués physiquement par la maladie qui se répandait dans l'eau et la nourriture avariée qui leur était donnée.

— Je vais m'occuper de lui, assura-t-elle avec une voix douce. Je vais m'occuper de vous tous.

Les portes du temple étaient grandes ouvertes. Depuis l'extérieur, on pouvait voir les flambeaux qui illuminaient le hall circulaire. Sigolf arrivait à sentir l'encens liturgique depuis le parvis, et une envie soudaine de faire demi-tour le prit. Mais avant qu'il ne puisse prendre cette décision, Hatess surgit derrière son dos pour le prendre dans ses bras, ce qui désarçonna le jeune homme.

— Tu es là. Je suis si heureux.
— À ce point ? On s'est vu tout à l'heure.
— Suis-moi, mon frère.

Hatess, empli d'euphorie, prit le bras de Sigolf et l'emmena avec lui à l'intérieur du temple. Ils furent accueillis par cinq fidèles masqués d'un visage doré dont chacun possédait une expression faciale différente. Celui du milieu, au masque neutre, fit un pas en avant vers Sigolf pour lui tendre une tunique pliée. Le jeune homme récupéra le vêtement, d'un œil circonspect, et ne savait pas s'il devait remercier l'Imortis.

— C'est ta tunique de cérémonie, expliqua Hatess.
— De cérémonie ? Quelle cérémonie ?
— Ta Mortification, répondit-il avec un sourire bienveillant. J'ai parlé avec le prêtre Saramon, je me suis occupé de tout. Ce n'est qu'après cela que tu seras vraiment un des nôtres. Ce n'est qu'après cela que tous tes problèmes disparaîtront à jamais.

Sigolf sentit nettement une sueur froide couler le long de son dos quand les portes du temple se refermèrent.

— Hatess, bredouilla-t-il, je…
— Tu n'as plus à avoir peur, maintenant. Suis-les, encouragea-t-il en désignant les Imortis masqués qui empruntèrent un passage dans

le mur. J'ai le droit de rester pour te soutenir. Lors de ma cérémonie, j'étais très anxieux. Heureusement que mes frères et sœurs de prière étaient avec moi. Ne t'en fais pas, tout se passera bien.

— Non, je… rejeta-t-il en reculant.

Il retrouva les frissons qu'il avait eus lorsqu'il avait entendu Hatess parler de sa cérémonie.

— Je regrette, je n'y arriverai pas.

Hatess apposa une fois de plus sa main sur son épaule pour le rassurer. Seulement cette fois-ci, c'en était de trop pour Sigolf qui repoussa violemment Hatess en arrière. Il se précipita vers la porte qu'il enfonça en y mettant tout son poids. Il était décidé à fuir.

Hatess, qui s'était étalé sur le carrelage, se releva vivement pour se lancer à la poursuite de son ami, suivit d'un groupe de Doyens qui avait assisté à la scène. Sigolf dévala les marches du parvis pour s'enfoncer dans la ville plongée dans une nuit noire. Il entendait ses poursuivants appeler d'autres renforts pour l'arrêter. Les rues se ressemblaient comme dans un labyrinthe sans issue. Sigolf savait qu'il n'avait aucune chance de quitter la capitale par cette voie. De plus, son souffle s'accéléra lorsqu'il comprit que des Prétoriens s'étaient aussi lancés à sa recherche. Sa course effrénée se prolongea à travers les ruelles en zigzag. À plusieurs reprises, il dut frôler les murs pour anticiper les trajets des Imortis et ainsi éviter une mauvaise rencontre.

Au détour d'une rue, il finit par retomber devant l'enclos qui retenait Kerana. Celle-ci, alors occupée à badigeonner la plaie d'un cinquantenaire, s'interrompit nettement en percevant les aboiements des Doyens. Elle cacha aussitôt son sac et s'avança vers les grilles, comme les autres, pour savoir ce qu'il se passait. C'est là qu'elle vit Sigolf se faire sauvagement plaquer au sol par un fidèle plus gros que lui. Le jeune homme essayait de se débattre comme il le pouvait, mais les fidèles l'immobilisèrent rapidement. Dans la mêlée, le collier qui retenait sa carte porte-bonheur se scinda et lui échappa.

Kerana les entendit crier des ordres qui la secouèrent.

— Ramenez-le au temple ! Tenez le bien ! C'est la dernière fois que tu t'échappes, intimida le Doyen envoyant un crochet du droit dans la mâchoire du garçon.

— Non ! Ne le frappez pas ! voulut protéger Hatess en s'interposant, avant de recevoir la même correction.

Ils quittèrent la place sans s'éterniser, et le calme revint. Kerana s'était retenue de hurler son nom par crainte de lui attirer encore plus d'ennuis, la peur et l'effroi l'avaient tétanisée, ses larmes avaient hurlé pour elle.

Revenu au temple, Sigolf fut jeté dans une salle qui sentait un encens encore plus fort que ceux qu'il avait l'habitude d'inhaler dans les autres pièces. Avant d'y être enfermé, on l'avait forcé à boire une potion bleuâtre qu'il avait failli régurgiter tant la texture était infecte. Il ignorait ce dont il s'agissait, mais il prit vite conscience que cela n'était pas une boisson de taverne.

Des fumées blanches dansaient autour de plusieurs artefacts en or posés sur des étagères, et un fauteuil en pierre de marbre noir était disposé au centre, éclairé par un ensemble de chandelles qui en faisait le tour. Les cinq Imortis masqués encadraient le fauteuil, chacun d'eux arborant une amulette du culte autour du cou.

— Prends place, mon enfant, fit une voix grave dans l'obscurité.

Le prêtre Saramon se dévoila derrière un pupitre, les traits creusés par la faible lueur des bougies.

Les images se déformaient peu à peu sous ses pieds. Sigolf devina la silhouette d'Hatess dans un coin qui s'étirait et se rétrécissait. Il avait la drôle de sensation de flotter dans les airs, son esprit ne répondait plus présent, seul son corps subissait les mots du prêtre.

Titubant jusqu'au fauteuil, le jeune homme vit ses bras et ses chevilles se faire sangler par les Imortis masqués.

— Vous m'avez drogué, dit-il sur un ton planant.

— Détends-toi, mon garçon. Ici, tu es en sécurité. Personne ne te veut du mal. Nous sommes ta famille, et nous ne voulons que ton bien, calma Saramon.

Sous l'effet de l'étrange potion, Sigolf bafouilla des phrases qu'il ne contrôlait pas.

— Laissez-la… partir. Sa fille… doit la retrouver.

Saramon baissa la tête, ferma les yeux et marmonna une prière, la main tendue vers l'initié.

— Au nom des Cinq Fondateurs, de notre père l'Unique, et de l'illustre créateur Imortar, nous t'ouvrons, toi, Sigolf DeBast, ancien Exilé, les portes de la Vallée d'Imortar et de ses Royaumes. Dans notre grâce, tu détiendras le savoir absolu qui te mènera vers la véritable Lumière. Dans notre grâce, tu découvriras le sens de ton existence et ses secrets.

Il quitta son pupitre pour rejoindre le nouveau fidèle, dont les pensées étaient à présent sous l'emprise du vieil homme.

— À présent, mon fils, répète après moi.

Saramon appuya la paume de sa main fripée sur le front du garçon et prit la voix monotone et lente qu'il utilisait lors de ses messes.

— Par ma vie, je serai dévoué.

Sigolf, qui n'était plus maître de lui-même, se laissa guider par le prêtre.

— Par ma mort, je serai récompensé. Je fais le serment de servir les fils d'Imortar pour mon salut. En dévouant ma vie à l'Unique et à sa foi.

Une partie de lui savait ce qu'il se passait, une partie de lui luttait contre le poison qui se déversait dans son esprit. Il avait l'horrible sensation d'expulser telle une bile les paroles qu'il répétait inconsciemment, au point qu'il dût reprendre plusieurs fois à partir du troisième vœu.

Enfin, le prêtre attacha la dernière chaîne spirituelle, celle qui contenait le cadenas de foi qu'il scella par ces mots.

— In'Glor Imortis.

La voix de Saramon lui parvenait comme un écho. Les couleurs, alors ternes, lui semblaient plus éclatantes. Une sensation agréable lui parcourut tout le corps. Il ne ressentait plus la moindre peur, plus la moindre angoisse, ni colère ni tristesse, comme si son âme venait de se vider entièrement de toutes les émotions négatives. Alors, Sigolf eut un sentiment de légèreté qui le berça avec douceur.

— In'Glor Imortis, prononça-t-il sans aucune difficulté, le visage détendu et le regard évasif.

C'est ainsi que le jeune Erivlain de l'est, officier prometteur des Aigles de Fer, se vit déchu de cette vie qui était la sienne.

— Maintenant, afin d'honorer tes vœux, mon garçon, ta parole se devra d'être éteinte pendant cinq lunes, durant lesquelles tu devras également mériter la lumière.

Saramon fit un signe de tête aux fidèles masqués et l'un d'entre eux s'approcha, une aiguille dans une main et une cordelette dans l'autre. À cet instant, Sigolf tomba dans un sommeil profond qu'il n'avait pas désiré.

Il ne se réveilla que le lendemain sur un sol pierreux, entre quatre murs poisseux. Le corps fébrile, Sigolf échoua à se mettre sur ses jambes. Les effets de plénitude s'étaient dissipés, et il commençait à le ressentir. Il rampa dans une flaque d'eau qu'il n'avait pas vue, car la lumière n'existait pas dans cet endroit. Ses lèvres voulurent s'ouvrir pour appeler à l'aide, mais il en fut empêché par le lien qui les scellait. En proie à une terreur grandissante, le jeune homme se recroquevilla dans l'espoir de faire taire toutes ses craintes. Aucun son n'était perceptible, ils étaient tous assourdis par les écoulements d'eau derrière les murs qui formaient une musique éternelle, sans variation, sans mélodie, sans vie.

Ses pensées se tournèrent vers la seule et unique personne qui les avait tourmentées dernièrement. Il donna la parole à sa voix intérieure qui souffla un « Je suis désolé » avant d'avaler les sanglots qui lui brûlèrent la gorge.

# CHAPITRE 20
## Un Enfant Turbulent

Les cauchemars incessants de Draegan le privaient de sommeil depuis plusieurs semaines. Toujours les mêmes. Le château Guelyn menacé, la terre gorgée de sang, Kerana criant à l'aide au milieu d'une forêt aux mille pendus, l'homme pensait que cela était dû au traitement médical intensif que le chirurgien Adryr lui avait fortement recommandé après son opération de l'œil. Et, probablement, les globes oculaires prélevés sur des clarangols sauvages qu'il devait écraser et faire bouillir avant de les avaler devaient y être pour quelque chose, selon lui.

Dormir lui semblait être une perspective inatteignable, encore plus à bord d'un navire de guerre en pleine mer malmené par les éléments.

Après cette répugnante entrevue avec les Seigneurs d'Or, Draegan leur avait jeté son pouvoir entre leurs mains comme du linge sale – *son* linge sale – car les problèmes du pays, du peuple et de ses désarrois, tout cela s'était accumulé comme une pile de linge que personne ne souhaitait laver. Et malgré toutes les bonnes intentions de Draegan, ce lavage nécessitait bien plus qu'un simple adoucissant de paroles.

Il ignorait s'il avait le fait bon choix en renonçant à ses fonctions politiques, mais face au nombre alarmant de désertions au sein de son armée qui ne cessait de croître, il s'était dit qu'un de plus ou de moins ne ferait plus vraiment la différence, même s'il s'agissait du roi en personne.

Ils avaient embarqué depuis deux jours déjà. Madel avait réquisitionné son navire le plus rapide pour la campagne officieuse qui les attendait. Seule une poignée d'Aigles de Fer était restée fidèle au jeune Guelyn et à sa famille. Cent épées, cent frères et sœurs que Draegan n'avait pas perdus. Et parmi eux, Maleius avait ramené cent autres têtes issues du recrutement qu'il avait récemment ouvert. Des novices sans aucune expérience, mais qui, selon le maître d'armes, seraient d'une aide non négligeable en soutien.

Près de la barre, il les guettait déambuler timidement sur le pont. Le vent glacial figeait ses joues et faisait danser quelques mèches de ses cheveux peignés en arrière. Son pourpoint clouté et sa cape indigo lui donnaient l'air d'un grand chef de guerre.

— À quoi tu penses ? questionna Madel qui avait lâché la barre pour agripper son bras.

Il voulut donner une réponse claire, sans y parvenir.

— À beaucoup de choses, répondit-il le regard errant sur l'écume. Des choses futiles, sans intérêts, des choses qui m'importent, des choses auxquelles je ne devrais pas songer.

— Tu devrais dormir, s'inquiéta-t-elle. Je ne t'ai pas vu fermer l'œil depuis que nous avons pris le large. Si tu comptes te battre, il vaut mieux que tu…

— Je n'y arrive pas, coupa sèchement Draegan. Chaque fois que j'essaye, je l'entends crier.

— Nous allons la retrouver, nous savons où elle est.

— Nous savons où elle était il y a un mois. Nous n'avons plus eu de nouvelles depuis. Ni de Sigolf ni d'elle. Comment être sûr qu'elle se trouve toujours là-bas ?

— Il n'y a qu'un seul moyen d'en avoir le cœur net.

— Au fond de moi, je savais que cela allait se passer comme ça. Je refusais de l'admettre, mais je le savais. Et je n'ai rien fait.

Ils restèrent un moment à contempler les flots qui brillaient sous un firmament orangé, accompagné des échos de voix des soldats qui essayaient de tuer le temps.

— Quand je pense que toute mon armée tient à présent dans ce seul navire, nota Draegan avec un air consterné.

Madel ne savait quoi répondre à cela.

— Non, tu sais ce qui est le plus triste, ajouta-t-il, c'est que tous les alliés que je possède se trouvent ici.

— Estime-toi heureux d'en avoir. Certaines personnes sont encore plus seules que toi, Draegan, ne l'oublie pas.

Ils entendirent du bois grincer et virent Maleius Guelyn grimper les marches pour les rejoindre. L'homme gardait la main sur le pommeau de son épée en permanence pour garder une posture élégante, même durant les circonstances les plus sombres. Son gambison matelassé d'un rouge sang, sa barbe de trois jours et ses cheveux d'ébène en catogan lui procurait un charisme bien plus frappant que celui de son jeune demi-frère. Draegan respectait Maleius, bien plus qu'il n'avait l'habitude de le montrer. Il enviait sa sagesse légendaire et son calme à toute épreuve, même pendant les plus rudes combats. Et depuis la mort tragique de son père, c'était dans les yeux de Maleius que Draegan cherchait à gagner sa fierté.

— J'ai parlé aux soldats, lança-t-il en s'approchant du couple. Ils sont prêts à mourir pour honorer notre famille. Ils te suivront, quoi que tu décides de faire.

— Je me demande bien ce qui les pousse à me faire confiance.

— Tâche de te montrer digne du respect qu'ils ont pour toi.

— Tu as raison, excuse-moi, dit-il en soupirant.

— Alors, quel est le plan ? Je veux dire, le vrai plan, celui avec les détails.

— À vrai dire, je comptais sur toi pour m'aider à en échafauder un.

Maleius sourit, dévoilant une fossette sur sa joue.

— Je le savais, c'est pour ça que j'ai pris de l'avance. Venez, allons discuter à l'intérieur.

Tandis que Draegan lui emboîtait le pas, Madel ordonna à son second, Lonnen, de prendre le commandement. Tous les trois se retrouvèrent dans la cabine de la jeune femme. Un grand espace éclairé aux lanternes et rempli par d'innombrables bouteilles d'alcool vides et de chopes éparpillées dans tous les coins. Draegan respira une odeur de pêche mélangée à celle d'une taverne qu'il avait bien du mal à supporter.

Une table ovale était dressée sur laquelle reposaient plusieurs cartes de navigation. Maleius fut le premier à s'en approcher, les mains étalées sur une carte qu'il avait choisie en amont.

— Je ne connais pas bien les côtes kergoriennes, mais je sais qu'il existe des tours de garde un peu partout sur le littoral. Si nous accostons sur une des plages, nous prenons le risque d'être repérés par l'armée ou autre. En supposant que la surveillance côtière a été triplée depuis l'arrivée des Morganiens, je suggère de ne pas traverser les mers kergoriennes.

— Qu'est-ce que tu proposes ? interrogea Madel, penchée sur la carte.

— Que nous accostions avant la frontière, en terre des Aigles. Ici, dans la région tropicale de Lek'da. Il y a une plage sur laquelle on pourrait jeter l'ancre.

— On serait encore beaucoup trop loin d'Azarun, contredit Draegan. Et c'est en pleine jungle, les routes n'existent quasiment pas. La ville la plus proche est perdue à l'ouest, et je ne suis pas sûr que la comtesse de Pyrag nous fasse bon accueil.

— C'est pour ça que j'ai pensé à Ner'drun.

— L'avant-poste ?

— Nous pourrons infiltrer le Kergorath en partant de là. Et puis, ce sera l'occasion de voir si nos trois recrues sont toujours en vie, étant donné que nous n'avons toujours pas reçu leur rapport.

— Admettons, mais c'est oublier que le Kergorath a lui aussi ses propres avant-postes pour garder les frontières.

— Ce sera toujours plus discret que de faire notre entrée sur un gros navire avec un aigle sur la voile. On trouvera un moyen de contourner les avant-postes.

— Je marche, affirma spontanément Madel, sous le regard dépassé de son époux.

— Il reste encore un détail, dit Draegan, et pas des moindres. Une fois au Kergorath, comment est-ce qu'on entre à Azarun ?

— Nous verrons sur place, clarifia Maleius. Toi comme moi, nous n'avons aucune information sur ce qu'il se trame là-bas. Ces illuminés sont dangereux, qui sait les moyens qu'ils ont déployés pour couvrir la zone.

— Très bien, essayons. De toute façon, on n'aura pas mieux.

— Maintenant, Draegan, je ne sais que tu ne souhaites pas évoquer le sujet, mais il faut qu'on en parle. Qu'est-ce qu'on fait si jamais on tombe sur Mardaas ?

Cette perspective, Draegan se l'était imaginée maintes et maintes fois. Seulement, dans ses fantasmes, c'était lui qui tenait en joug l'Immortel pour lui faire payer sa trahison. Le fait qu'une éventuelle rencontre soit réelle le rendit bien moins sûr de lui.

— On court, raisonna-t-il.

— C'est ce que j'envisageais aussi.

— Et les colosses ? rajouta Madel. Kera nous avait parlé des colosses en armure, ceux qui sont entrés dans le château.

— Elle a dit que ça s'appelait des Prétoriens, je crois, se souvint Draegan.

— Et qu'ils étaient increvables, dit le maître d'armes d'une voix alarmante. Ça, je m'en souviens très bien.

— Donc, il faudra éviter de s'en approcher autant que possible.
— Il reste les fous furieux.
— Les Imortis ? déduisit Draegan.
— C'est quoi, leur problème, au juste ? J'veux dire, c'est quel type de culte ? demanda Maleius.
— De ce que j'en sais, ils vénèrent les Immortels comme des dieux. Il y a une histoire farfelue avec l'au-delà où les plus fervents fidèles recevront une puissance infinie ainsi que leur propre royaume pour leur dévouement, un truc comme ça.
— Qui peut croire de telles conneries ? commenta Madel.
Draegan haussa les épaules.
— Apparemment eux, répondit le maître d'armes. Et ils crament des villages pour ça.
— Ce ne sont pas des guerriers, assura Draegan. Ils ne tiendront pas longtemps sous nos épées.
— Ce sont des guerriers de foi. Contrairement à ce qu'ils laissent paraître, ce sont les plus dangereux. Je propose de ne pas prendre de risques inutiles. Ne cherchons pas l'affrontement, nous serons perdants.
— Entendu, concéda Draegan sans rien ajouter derrière.

Après cela, ils remontèrent sur le pont pour dîner avec l'ensemble de l'équipage et des soldats. L'ambiance était joviale, personne ne semblait vouloir songer à ce qui les attendait. Draegan avait échangé quelques plaisanteries grossières avec Tulin, le jeune frère de Madel. Et Maleius, comme à son habitude, ne pouvait s'empêcher de charmer les quelques femmes soldates qui ne restaient pas insensibles à son charisme.

La lune était pleine, tout comme le ventre de la plupart d'entre eux qui, après le troisième dessert, s'étaient traînés lourdement jusqu'à leur lit. Madel avait pris l'habitude malgré elle de dormir seule. Ses inquiétudes au sujet de l'état mental de son mari ne cessaient de croître. Elle le voyait s'isoler et se renfermer de jour en jour, obsédé par des cauchemars qu'elle ne comprenait pas. Elle avait peur de le voir prendre un chemin sur lequel elle ne pourrait le suivre. Un chemin qui le conduirait à sa perte, mais pas seulement. En sa présence, elle se gardait de montrer son pessimisme quant à cette campagne, elle ne souhaitait pas noircir un peu plus les pensées de son être aimé. Après la défaite à Morham, Madel se souvenait parfaitement du traumatisme qui s'était emparé de Draegan à son retour. Elle craignait de l'état dans lequel elle pourrait le retrouver si jamais les choses se passaient de la même façon.

Ce soir-là, les lunes inondaient le monde de leur magnificence. La mer était silencieuse, tranquille, endormie, à l'inverse de Draegan qui faisait les cent pas près de la proue, seul avec sa conscience. Il avait froid, malgré les couches de vêtements qui l'emmitouflaient. Sur le pont, il ne restait que quelques membres de l'équipage qui effectuaient leurs rondes habituelles. Draegan repéra aussi une femme blonde aux cheveux attachés en chignon, assez jeune, toujours assise autour de la grande table où le repas avait eu lieu. Elle continuait de dévorer ce qui restait des carcasses de sanglier comme si le festin ne s'était jamais interrompu. Draegan l'ignora pour revenir vers l'étendue noire qu'il scruta une bonne heure dans l'espoir de trouver des réponses à ses questions.

— Vous en voulez ? fit une voix étouffée qui surgit à ses côtés.

Arraché à ses pensées, Draegan sursauta. C'était la fille blonde, une assiette de pâtisseries au chocolat dans la main qu'elle venait de tendre vers lui. Elle avait déjà un morceau de gâteau dans la bouche quand elle le lui avait proposé. Draegan nota son uniforme des Aigles de Fer couvert de miettes et ne put s'empêcher de se demander comment elle pouvait manger autant avec une silhouette aussi fine.

— Non, merci, répondit-il poliment avant de se détourner d'elle.

Mais la jeune fille semblait avoir pris racine. Draegan entendait ses mastications répétées qui paraissaient plus sonores qu'elles ne l'étaient.

— Quel est ton nom ? interrogea-t-il, pensant faire cesser ces bruits infernaux.

Elle avala sa bouchée et s'essuya les lèvres.

— Artesellys Reymaer, régiment d'infanterie sixième division, Votre Altesse, répondit-elle en se tenant aussi droite qu'un piquet, le menton relevé.

« *Votre Altesse* » cela faisait longtemps que personne ne l'avait appelé ainsi. Il avait oublié quel bien cela pouvait procurer d'être respecté, encore plus par ses propres troupes.

— Tu m'as l'air bien jeune pour être envoyée au front.

— Le maître Maleius pense que je suis prête. J'ai réussi toutes les épreuves de tir à l'arc.

— Même celle avec la cible en bois mobile cachée derrière un rocher à l'autre bout du champ ?

— Du premier coup, dit-elle fièrement.

Draegan haussa les sourcils.

— Je n'ai jamais réussi à toucher une seule de ces cibles, même celles immobiles sans aucun obstacle. Je suis sûr que je serai capable de manquer un tir à bout portant.

Elle rit, et ce rire détendit le roi.

— Depuis toujours je chasse dans la forêt avec mon père, c'est lui qui m'a tout appris. J'ai l'habitude de concevoir moi-même mon matériel de chasse, avec le bon bois et la bonne corde, on peut faire des miracles.

— Je suis très impressionné. Ma sœur aussi a le don pour se débrouiller seule, avec une feuille et une brindille elle arrive à concocter une potion contre le rhume. J'admire les gens qui possèdent un don naturel pour les choses qui les passionnent, j'ai toujours souhaité que ça m'arrive.

— Et est-ce arrivé ?

— En dehors du don de tout faire foirer, si c'était arrivé, je ne me retrouverais pas dans cette situation à l'heure actuelle, ça, tu peux me croire.

— Mon père a été menuisier toute sa vie avant de se découvrir un talent pour la pêche. Ça a changé nos vies. Peut-être que vous n'avez pas encore trouvé votre voie. Cela viendra, en temps voulu, j'en suis sûre.

— En tout cas, ce n'est pas en politique, maintenant je le sais.

— Vous savez, moi, j'me fiche de ce que les gens disent à votre sujet dans les tavernes et les auberges. Je les entends tous les jours répéter la même chose autour de leur bière. Ils veulent que le pouvoir revienne au peuple et plus à un seul homme. Mais pour être franche, je n'aimerais pas confier mon pays entre les mains de poivrots qui ne savent ni lire ni écrire, et qui n'y connaissent rien en politique.

— Tu sais, certains politiciens n'y connaissent rien en politique non plus, j'en suis preuve la vivante. Pourtant, j'essaye de faire mon maximum. Je les écoute, tous, et eux... ils refusent de m'écouter. Je ne sais plus quoi faire pour eux. J'ai l'impression qu'un mur est dressé entre eux et moi, tu comprends ? Tu... (Il hésita dans ses mots.) Qu'aurais-tu fait à ma place ?

— Votre place, Altesse ?

— Oui, pour qu'ils t'écoutent, pour qu'ils te respectent.

L'archère ne s'attendait pas à une question aussi soudaine.

— Dans ma famille, on nous a appris à ne jamais manquer de respect à nos parents, sinon nous étions sévèrement punis. Il fallait être bon avec eux, honnête et serviable. Ils nous donnaient tout ce dont nous avions besoin, alors il était normal de leur être redevable. Je pense que c'est comme ça que je m'y prendrais, si j'étais à votre place. Le peuple serait mon enfant. Je l'aimerais, je le nourrirais, je le protégerais, mais s'il n'est pas sage, je le punirai. Car sans limites, il n'y a pas de respect. Les gens dans la rue salissent librement votre nom car ils savent que vous ne ferez rien à leur encontre. Vos soldats quittent votre armée sans peur car ils savent que vous ne leur courrez pas après. L'ordre est important pour l'équilibre, sans cela, c'est le chaos. Votre enfant est turbulent, il a besoin d'être recadré.

— Je crois que là est tout mon problème. J'ai bien peur qu'il soit trop tard pour rattraper ça.

— Ne vous fiez pas à leur haine. Envoyez-leur un message fort, quelque chose qu'ils ne pourront oublier.

— La défaite à Morham, ça, ils ne l'ont pas oubliée.

— Je ne parle pas de batailles ou de quelconques faits d'armes. Ça, c'est ce que font les guerriers. Il y a d'autres façons de gagner le respect des autres. Peut-être que vous devriez y réfléchir. En tout cas, peu importe ce que les autres pensent, je vous aime bien, moi, Altesse.

Elle se pencha en avant pour le saluer et tourna les talons.

— Soldat… Artesellys, c'est ça ?

La jeune fille se retourna.

— Appelez-moi Art', c'est plus court.

— Merci d'être là, dit-il en hochant la tête.

Elle lui sourit une dernière fois avant de quitter le pont, sans oublier de ramasser au passage une autre assiette de pâtisserie déjà bien entamée.

Cette conversation avait apaisé le cœur de l'homme. Il avait presque envie d'aller réveiller Maleius pour le remercier d'avoir choisi cette recrue. Le brouillard dans son esprit s'était dissipé, il pouvait enfin admirer la beauté de la nuit sans se perdre dans son obscurité.

À Pyrag, dans le plus luxueux manoir de la ville, Grinwok n'était pas d'humeur à converser. Avec une certaine lassitude, il faisait pivoter sa fourchette au milieu de l'assiette sans piquer le morceau de viande juteux qui s'y trouvait. La comtesse, qui était assise à l'autre bout de la table, pensait qu'il ne savait toujours pas manier convenablement les couverts comme le lui avaient appris ses serviteurs.

Il était devenu une habitude que les deux dînent ensemble depuis quelques jours. La comtesse aimait avoir la main sur les choses qui lui étaient importantes et préférait les garder auprès d'elle. L'Ugul était devenu sa nouvelle mascotte, son nouveau champion, un champion qui lui rapportait gros, à présent.

Quant à ce champion, il se sentait ironiquement bien plus en sécurité dans le manoir d'Amestria que dans la cour des combattants depuis les mots durs qu'il avait échangés avec Tashi. Pour autant, Grinwok détestait cet endroit aux murs habillés de tableaux ornés et aux meubles poussiéreux. Il y régnait constamment une odeur de grand-mère et un silence assommant, comme si tout le manoir était plongé dans une sieste éternelle qui ennuyait Grinwok au plus haut point. La comtesse était peu bavarde, elle aussi. Et surtout, peu amusante. À côté d'elle, Tashi était un véritable saltimbanque.

— Si la viande de Kedjin ne te plaît pas, lança la comtesse, tu peux en commander une autre. Ce n'est pas ce qui manque le plus, ici.

Grinwok arrêta de retourner le morceau de viande dans tous les sens et reposa sa fourchette. Non pas qu'il se refusât à manger ces alliés morts au combat, d'autant qu'il avait déjà pris goût à la viande

Kedjin auparavant, mais pour une des rares fois de sa vie Grinwok n'avait pas le cœur à engloutir quoi que ce soit.

— C'est encore au sujet de ton ami Muban ? demanda-t-elle en trempant un œil de Kedjin dans une sauce faite avec du sang d'Ishig.

Grinwok ne répondit pas. À la place, il repoussa son assiette et s'enfonça dans sa chaise à haut dossier. Il sentit le collier du chef Koa't dans la poche de son gilet et émit un soupir discret.

— Vous n'étiez pas obligé de le faire tuer, grommela-t-il.

— Je te demande pardon ?

— Kunvak, vous n'étiez pas obligé de donner l'ordre à vos archers de…

— Depuis quand le sort d'un Koa't t'intéresse-t-il ? Je te rappelle qu'il a essayé lui-même de te tuer sur ce radeau.

— Il pensait simplement à nourrir sa famille, c'était tout ce qu'il voulait. Il ne méritait pas de se prendre autant de flèches dans le torse et de servir de repas à ces saloperies bleues.

— Kunvak connaissait les risques. Il a agi en toute connaissance de cause. Sa mort a ému le public. Ils raffolent de ce genre d'histoire.

— C'était tout ce qu'il était à vos yeux ? Une distraction ?

— Je t'en prie, ne me dis pas que tu t'es pris d'affection pour cette créature. Tu n'étais rien pour lui. D'ailleurs, personne, en dehors des siens, n'avait une réelle importance à ses yeux. Il ne manquera qu'à ses semblables. Et demain, je trouverai un autre Koa't pour le remplacer.

Grinwok ne put contrôler le regard noir qu'il était en train d'envoyer à la comtesse.

— Je t'avais dit de ne pas t'attacher à ces monstres, moralisa-t-elle en mordant dans une cuisse de Kedjin baignant dans son jus.

— Et en quoi suis-je différent d'eux ?

— Tu n'as rien à voir avec ces clans. Voilà ce qui te rend différent d'eux. Tu te fiches de savoir qui a la plus grosse ou qui crie le plus fort. Et tu es sans doute le seul Ugul à des lieues à la ronde. C'est ce que j'apprécie chez toi. Ta singularité.

Il resta silencieux un instant le temps de renifler le goulot d'une bouteille de vin, avant de s'en désintéresser.

— J'peux vous poser une question ?

— Bien sûr, tu es libre de parler.

— Est-ce que c'est vrai ? J'veux dire, c'qu'affirme Tashi. Est-ce que c'est vrai que vous avez cramé son village ?

Amestria but une gorgée de son vin le plus cher et caressa la coupe en argent qui se tenait toujours entre ses doigts.

— Je ne vois absolument pas de quoi tu parles, mais voilà une triste histoire inventée de toute pièce.

— Vous le traitez de menteur ?

— Pourquoi irais-je brûler un village ? C'est une idée absurde, déclara-t-elle en buvant une nouvelle gorgée.

— Pourtant, j'y suis allé. J'ai vu ce qu'il en reste. Des squelettes calcinés, des maisons écroulées, de la cendre partout, difficile de croire que rien ne s'est passé à Ner-de-Roc.

— Ner-de-Roc, répéta-t-elle dans un murmure. Oui, je me souviens. Une vieille histoire.

— Pas si vieille que ça pour le gros touffu.

— J'ignore ce qu'il t'a raconté, mais ce qu'il s'est passé à Ner-de-Roc est un tragique évènement que j'aurais préféré éviter.

— Bah, fallait rien cramer, dit-il en haussant rapidement les épaules comme si c'était une évidence.

— Grinwok, dit-elle sur un ton navré. Ce sont les habitants de Ner-de-Roc qui ont mis le feu à leur propre village.

— J'sais que je suis idiot, mais celle-là pour me la faire avaler va falloir y mettre plus d'efforts.

— Je t'assure que c'est la vérité. Il se trouve que ces terres appartenaient à ma famille depuis deux cents générations, et le village a été construit sans aucune autorisation de mes aïeux. Je voulais simplement récupérer ce qu'il me revenait de droit.

— En butant tout l'monde.

— Je ne suis pas une barbare. Je ne voulais pas non plus chasser ces pauvres gens qui avaient vécu toute leur vie ici. Je voulais rattacher le village à ma juridiction et le mettre sous ma protection. Ainsi, ils pouvaient exploiter légalement mes ressources tout en me payant un impôt. Je suis plusieurs fois venue à la rencontre des Nerriens pour parlementer, mais ils n'ont jamais voulu entendre mes propositions. Ils voulaient rester indépendants, selon leurs dires. Une fois, ils ont même tenté de m'assassiner alors que je m'apprêtais à quitter le village. Alors, lors de ma dernière visite, j'y suis retournée avec une cavalerie pour ma propre sécurité.

— Et c'est là que vous avez buté tout l'monde.

— Si tu pouvais me laisser finir…

— Finir quoi, une histoire dont j'connais déjà la fin ? Bah, si vous voulez.

— Lorsque nous sommes entrés dans le village, armés jusqu'aux dents, ils ont dû penser que nous venions pour les obliger à partir. Alors, sous nos yeux, le chef du village a jeté une torche enflammée sur le toit de sa maison en hurlant qu'il préférait voir ses biens partir en fumée plutôt que de les voir entre mes mains. Tu imagines, quel imbécile. C'est là que la plupart des villageois ont commencé à faire de même. Très vite, c'est devenu un immense brasier. Les villageois ont alors mené une charge contre nous. Nous n'avons fait que nous défendre.

— Vous vous êtes défendus en tuant des innocents.

— Dans une bataille, en plein chaos, personne ne porte une pancarte avec écrit « innocent », mes hommes ont fait ce qu'il fallait pour rétablir l'ordre.

— J'appelle pas ça une bataille quand un type se bat avec un bâton dans sa tenue de fermier contre un chevalier en armure avec une épée longue.

— Alors, appelle ça comme tu veux, ça m'est égal. Ner-de-Roc était perdu. Nous étions encerclés, nous ne pouvions plus fuir, il nous restait qu'un seul moyen.

— Et les enfants, dans tout ça ?

— Ils faisaient partie des assaillants. Ils ont été les premiers à nous tendre une embuscade. Tu sais, Grinwok, il n'est pas rare que dans ce genre d'endroit les parents dressent leurs enfants à détrousser les voyageurs et les nobles sur les routes. Ils sont bien moins intimidants que les bandits, et souvent plus dangereux.

Grinwok en savait quelque chose, il lui était déjà arrivé d'être poursuivi par une bande d'enfants pas plus hauts qu'une roue de char, alors qu'il essayait de chasser dans les environs de Falkray.

— Tu vois, une histoire n'est intéressante que lorsque les points de vue se mélangent.

— M'ouais, si vous l'dites.

— Allons, cela s'est passé il y a une trentaine d'années, inutile d'y revenir davantage. Parlons plutôt du présent. Ton succès dans l'arène ne cesse de croître, tu es au courant de ça. Dehors, tout le monde ne fait plus que parler de ta chevauchée sur le beliagon.

— Ma quoi ? Oh, ouais… ma chevauchée. C'était épique, hein ? J'me suis dit que ça allait plaire, exagéra-t-il en préférant omettre que c'était un malencontreux accident qui aurait pu lui coûter la vie.

— Tu es un génie.

— Ça m'arrive de l'être.

— Regarde ça.

Amestria se pencha vers ses jambes pour ramasser quelque chose sous la table. Depuis sa place, Grinwok voyait qu'elle avait du mal à l'atteindre à cause de son ventre proéminent. Puis il la vit poser sur la nappe une statuette en argile pas plus haute qu'une cuillère de bois.

Grinwok n'arrivait pas bien à la voir en détail à cause de la longueur de la table, alors un serviteur le lui apporta.

— C'est quoi ?

— C'est toi, répondit-elle avec un sourire.

— Moi ? Comment ça ? J'pige pas.

La statuette représentait la créature avec des traits approximatifs, la posture triomphante, l'épée dans une main, le bouclier dans l'autre. Elle n'était pas peinte, seule la couleur de la terre l'arborait.

— Elles seront vendues à l'entrée de l'arène, précisa la comtesse.

— Vous allez vendre des jouets qui ont ma tronche ?

— C'est surtout pour les enfants.

— Vous voulez qu'ils aient des cauchemars ?

— C'est un artisan local qui s'en occupe. Nous lui en avons commandé un millier. Nous avons aussi des poupons en lin, des tuniques, des masques, des...

— Des masques ? De moi ?

— Les gamins adorent rejouer les scènes. Tu aimes l'idée ?

— Pas tellement, non, j'trouve ça terrifiant.

— Bien sûr, tu toucheras une part des bénéfices.

— En fait c'est une excellente idée, vous devriez faire des costumes intégraux, aussi. J'peux même vous prêter des échantillons de peau morte pour la texture.

La suggestion fit rire la comtesse.

— Excellent, excellent. Je suis ravie de voir que tu prends la nouvelle à merveille.

— Va quand même falloir que je m'y habitue. Quand est-ce que je retourne dans l'arène ?

— Le lundaris prochain. En attendant, tu seras placé dans la maison d'hôte.

— J'retourne pas dans la cour ?

— Pour le bon déroulement du jeu, il est nécessaire que tu sois isolé, afin de te concentrer. Mais rassure-toi, tu ne manqueras de rien.

— C'est pas moi qui vais m'plaindre. J'vais affronter quoi, encore ?

— Tu le découvriras le jour même. Mais le public, lui, le sait déjà grâce aux affiches dans les rues. Et je peux te dire qu'il a déjà *très* hâte d'y être.

— Parfait, amenez-nous toutes vos saloperies, on va les faire déguster !

— Oh, non, ne compte pas trop sur ta petite équipe pour te soutenir. Car cette fois-ci, tu seras seul.

La plage était en vue. Elle n'était pas aussi étendue que Draegan l'avait pensée. Un petit rivage insoupçonné fait de menhirs aux pierres précieuses qui les rendaient scintillants au soleil, le tout sur un lit de sable fin, d'un bordeaux raffiné, aussi chaud que les braises d'un volcan. Des volatiles étranges aux longues plumes dorées volaient au-dessus de leur tête, une espèce que la plupart n'avaient jamais vue. Leur croassement devenait vite irritant, Draegan était prêt à ordonner à la jeune recrue Art' de les faire taire avec une flèche bien placée.

Tandis que le navire s'approchait de la rive, Madel remarqua un autre bateau, avalé par les algues, bousculé par les vagues.

— Et merde, lâcha-t-elle entre ses dents.

— Quoi ? s'enquit Draegan.

— Je déteste jeter l'ancre près d'une épave.

— Me dis pas que tu crois à ces superstitions.

— Ça attire le mauvais œil, ça n'a rien de drôle.

— Comme si les choses pouvaient encore plus mal se passer. De toute façon, nous n'avons pas le choix. Je n'ai pas envie de crapahuter dans cette jungle en pleine nuit, je veux arriver à l'avant-poste avant le coucher du soleil.

— Comme vous voudrez, votre majesté.

Elle ordonna à son équipage de manœuvrer pour accoster. Le ciel prenait une teinte turquoise qui laissait présager une nuit claire dans la région, ce qui rassurait Draegan qui n'aimait pas les nuits noires, encore moins dans des endroits qu'il ne connaissait pas.

Les soldats s'enfonçaient dans le sable à mesure qu'ils avançaient en direction de la lisière. Madel, elle, ne pouvait détacher son regard du bateau abandonné.

— Tu viens ? pressa Draegan.

— Attends, je dois aller vérifier.

— Vérifier quoi ?

Mais elle était déjà partie en direction de la carcasse de bois avec quelques-uns de son groupe, comme Tulin son jeune frère aux boucles rousses, et Lonnen son second depuis une dizaine d'années et dont toutes les dents étaient fausses.

Elle inspecta consciencieusement l'épave en faisant le tour de la coque à moitié aspiré par le sable, puis enjamba les débris de bois pour se rendre à l'intérieur et espérer atteindre la cabine. Selon elle, le bateau ne devait pas être abandonné depuis des années. Elle y trouva des tonneaux de nourriture encore intacts et des vêtements encore soigneusement pliés dans des armoires. Beaucoup de grosses caisses scellées par des cadenas étaient entassées dans les cales, la majorité d'entre elles avaient été forcées par les bêtes sauvages qui avaient sans doute été attirées par la nourriture qui s'y trouvait. Madel examina l'écusson qui était peint sur une des caisses, une tête de cochon sur un bouclier rouge. Elle reconnut immédiatement l'emblème et se pinça les lèvres. Après quelques minutes, elle ressortit rejoindre ses hommes.

— Alors ? lança Lonnen.

Madel sauta du pont pour atterrir les deux pieds dans le sable.

— Un bateau de marchandises.

— C'est tout ?

— Non. C'était le bateau de Jed.

— Jed le Porc ? Comment tu l'sais ?

— J'ai trouvé son journal de bord qui flottait contre un rocher, informa-t-elle en le sortant de son manteau. Ils ont jeté l'ancre il y a quelques mois.

— Et lui, tu l'as trouvé ?

— Il n'y avait personne à bord. Sur le journal c'est écrit qu'ils devaient capturer un Muban dans cette zone. Tu te souviens de l'Ugul que nous avions sauvé ?

— La créature qui sent les pieds, ouais, cette odeur est toujours imprégnée sur mes vêtements.

— Je l'avais envoyé sur ce bateau pour qu'il puisse regagner la Tamondor. Si j'ai bien compris les écrits de Jed, ils comptaient l'utiliser comme appât pour attirer le Muban.

— Bon, eh ben on sait pourquoi ils ne sont pas revenus, alors, en déduisit Lonnen. Y a des trucs à sauver, là-dedans ?

— Pas grand-chose, la faune locale s'en est déjà chargée avant nous.

Agacé de les attendre au loin, Draegan avait fini par les rejoindre.

— Il y a un problème ? interrogea-t-il, le ton froid.

— Notre ami Grinwok est déjà passé par ici, dit-elle en tendant le journal mouillé vers le jeune homme.

Draegan lu en diagonale puis secoua la tête.

— Paix à son âme, souffla-t-il. Vous avez trouvé autre chose ?

Madel fit non de la tête.

— Alors, mettons-nous en route, dit-il sévèrement en leur tournant le dos.

— Tulin, tu restes ici pour garder le vaisseau.

Le garçon fronça les sourcils.

— Pourquoi ? J'suis plus un enfant, je pourrais être utile, je veux venir avec vous !

— Avant qu'elle ne meure, maman m'a fait promettre de te garder en vie le plus longtemps possible, et c'est bien ce que je compte faire. Si tu veux être utile, reste avec l'équipage et garde un œil sur mon navire.

Il était vrai que Tulin manquait d'expérience, que ce soit dans le travail sur terre ou en mer, et même dans la vie en général. Depuis le décès de leur seul et unique parent, le garçon de dix-huit ans avait vécu quasiment toute sa vie dans l'ombre de sa sœur aînée, qui l'avait élevé à la dure durant son passé de contrebandière en l'utilisant comme passeur de temps à autre. Pratique qu'elle avait vite abandonnée à force de venir au secours de son frère qui se faisait perpétuellement capturer par la pègre ou par les gardes. Alors, il n'était plus question de faire prendre le moindre risque au gringalet.

Madel enlaça son frère et lui remit son manteau de navigatrice, avant de suivre les Aigles entre les arbres.

Très peu d'entre eux avaient déjà visité cette partie de l'Erivlyn. Pour des raisons évidentes de sécurité, les voyages entre l'Erivlyn et le Kergorath se faisaient le plus souvent par bateau.

En réalité, seulement Hagas, le plus vieux de l'équipage de Madel, s'était déjà aventuré dans la jungle de Lek'da dans sa jeunesse pendant son tour du monde. Le souvenir de cette forêt tropicale ne l'avait jamais totalement quitté, et pour cause, il y avait laissé une oreille et un orteil.

Les branches au-dessus d'eux les recouvraient tel un ciel végétal qui faisait barrage à la lumière solaire. Maleius, en tête de file, passait son temps à se gratter le cou à cause des insectes qui avaient pris goût à son sang. Ils n'y étaient que depuis quelques minutes et déjà leurs vêtements collaient à leur peau. L'air était suffocant, lourd, humide, et pour couronner le tout une odeur constante de charogne mélangée à des effluves de plantes toxiques les accompagnait. Certains, comme Madel et Draegan, progressaient avec un foulard qui cachait une partie de leur visage, les faisant plus ressembler à des mercenaires qu'à des soldats en mission.

— J'espère que tu sais où tu vas, dit Draegan à Maleius en se rapprochant de lui.

— Dans le doute, toujours allez droit devant.

— Ça doit faire un moment que tu doutes, alors.

— S'il y a bien une chose que les Mubans m'ont apprise pendant que je faisais mes premiers pas chez eux, c'est de savoir utiliser tous mes sens pour éviter le danger sur mon chemin. Sur notre gauche, il y a plusieurs nids qui grouillent de droggeunards, si on pose le pied sur ces merdes, j'peux te garantir qu'on est bon pour rentrer à Odonor et prier pour qu'Adryr nous refasse marcher un jour. Si tu tends l'oreille à ta droite, tu pourras entendre un Palomb qui nous suis depuis un moment, et il attend qu'une chose, c'est qu'on prenne la mauvaise direction pour nous sauter dessus. Et crois-moi, j'ai déjà vu un combat entre un Muban et un Palomb du nord, c'était pas beau à voir.

Maleius entendit Draegan déglutir dans son dos et esquissa un sourire amusé.

— Mais avec une carte, c'est bien aussi, ajouta-t-il en la brandissant pour rassurer le jeune homme.

Les heures défilèrent, leurs jambes n'étaient pas loin de flancher à force d'enjamber les racines et les rochers coupants. Et même s'ils avaient du mal à se repérer au soleil, ils savaient que la nuit était prête à expédier la boule de feu derrière l'horizon des montagnes du Kergorath. Les couleurs saturées des feuilles commençaient à décliner, les bruits ambiants autour d'eux n'avaient plus rien à voir avec ceux de la journée, ils étaient moins prononcés, mais non pas moins inquiétants.

Lorsque la nuit tomba, un froid crispant gela la forêt. On pouvait apercevoir du givre se former sur certains arbres qui ne paraissaient plus aussi menaçants. Ils avaient trouvé une vieille route à peine dégagée, ensevelie par la végétation dense qui avait repris ses droits. Draegan imagina que Kerana et Sigolf avaient dû passer par là pour rejoindre la frontière. Il décida de suivre son flair et suggéra de longer le sentier boueux. Les lanternes accrochées à leur ceinture attiraient des nuées d'insectes qui essayaient par tous les moyens de se frayer un chemin sous leurs armures. Après une pénible heure de marche à contourner les trous profonds et les flaques d'acide, ils finirent par apercevoir une lueur entre les arbres. Maleius exigea le silence le plus total et tendit son oreille. Au milieu des cris de bêtes nocturnes, le maître d'armes tenta de discerner des voix en direction de la lueur.

— J'entends rien, murmura-t-il en se tournant vers Draegan. Mais je perçois de l'activité.

— C'est notre avant-poste ?

— Si j'en crois la carte, il se pourrait bien, oui.

— Alors ce doit être nos recrues, allons-y.

— Non, Draegan, attends, siffla-t-il pour le retenir.

Mais le jeune homme s'engouffra dans les feuillages et avança d'un pas déterminé vers la lumière dansante qui devait être un feu de camp. Ses Aigles le suivirent de près, sous le regard désabusé du maître d'armes qui n'aimait pas agir inconsciemment.

Quand Draegan sorti d'entre les plantes géantes qui faisaient office de murs d'enceinte, il vit des têtes étrangères déambuler devant lui. Des hommes, des femmes, des vieillards, enroulés dans des couvertures près d'un feu apaisant, mangeant des rations dans des bols et des assiettes. Aucun d'eux ne portait l'uniforme des Aigles, aucun d'eux ne semblait armé ou dangereux, ils avaient l'air faibles et perdus. Pourtant, Draegan reconnut l'agencement des avant-postes des Aigles de Fer. Autrefois, le garçon avait l'habitude d'y passer des séjours avec son père lorsque ce dernier était en campagne. En voyant le totem en forme d'aigle dressé près du feu, il avait l'impression d'être chez lui. Toutefois, malgré les avertissements de Maleius, il s'aventura dans le bivouac. Derrière lui, la recrue Art' le collait pour assurer sa sécurité. Madel n'était pas très loin, ses yeux bleus plissés dans l'obscurité, suivie par les jeunes recrues des Aigles de Fer, elle évitait de laisser transparaître sa peur. Pour elle, traverser cette jungle de nuit était aussi terrifiant que naviguer en pleine tempête au milieu de l'océan.

La cape de Draegan, souillée par la boue, entrainait avec elle les brindilles sèches et les feuilles mortes, et ce bruit attira l'attention des personnes près du feu. Tous se tournèrent vers l'homme en pourpoint clouté à l'allure noble, et à la vue des dizaines de guerriers qui apparurent aussitôt dans son dos, la plupart se levèrent spontanément et prirent la fuite.

Avant même que Draegan ne put s'exprimer pour s'identifier, des épées qui ne lui appartenaient pas furent tirées du fourreau. Il ne lui fallut que quelques secondes pour comprendre que l'avant-poste n'appartenait plus aux Aigles.

Soudainement, des silhouettes armées surgirent de derrière les tentes pour encercler le jeune Guelyn et son groupe. Les Aigles dégainèrent à leur tour dans l'esprit de protéger leur roi, mais les bruits des cordes d'arc dispersés dans les arbres poussèrent Maleius à interdire la moindre riposte. Il était incapable de déterminer leur nombre, incapable d'évaluer le terrain, et surtout incapable de prévoir la suite.

— Baissez vos armes ! ordonna-t-il aux siens.

Dans la pénombre, il devina l'insigne du serpent à deux têtes Kergorien brodé sur l'uniforme de leurs assaillants, ainsi que l'emblème Imortis qui trônait sur les tours de garde.

— Maintenant, qu'est-ce qu'on fait ? demanda Draegan, le cœur palpitant.

— Jette ton arme, fit Maleius. Et laisse-moi faire.

# CHAPITRE 21
## LE SPECTACLE EST TERMINÉ

Maleius passa devant Draegan, prouvant une fois de plus sa maîtrise des situations les plus tendues. Il laissa tomber son épée qui s'enfouit dans la terre humide et avança lentement les mains écartées en signe de paix.

— Nous pouvons discuter, déclara-t-il calmement. Nous ne sommes pas dangereux.

— Recule ! intima un soldat Kergorien dont le visage était caché par un casque en peau de reptile.

— Inutile de me parler avec une arme, garçon. Si j'avais voulu te tuer, tu n'aurais pas eu le temps de la sortir.

— Qu'est-ce qui se passe, ici ? fit une voix forte provenant d'une des tentes.

Une grande femme à la longue tresse noire sortit en trombe. Elle portait un plastron militaire kergorien qui était décoré de plusieurs pièces en argent sur la poitrine. Malgré ses épaules larges et un visage masculin, Maleius la trouvait plutôt séduisante – probablement à cause du manque de lumière.

— Qui êtes-vous ? interrogea sèchement la femme.

— Nous sommes des amis du nord, répondit Maleius.

— Nous n'avons pas d'amis venant du nord, rétorqua-t-elle avec un regard aiguisé.

Puis, tout à coup, ce qui ressemblait à un cri de joie explosa dans tout l'avant-poste. Tout le monde braqua le regard vers trois hommes enjoués qui accouraient comme des enfants. La guerrière kergorienne leva les yeux au ciel, tandis que Maleius écarquilla les siens pour être bien sûr de ce qu'il voyait.

— MAÎTRE MALEIUS ! s'exclama la recrue Dan. Vous êtes là !

De manière inopinée, il se jeta au cou de Maleius pour le prendre dans ses bras et manqua de le faire chavirer en arrière.

— Roi Draegan, vous ici ! Quelle immense joie, laissez-moi aussi vous prendre dans mes...

— Ça ira, Dan, exprimons notre joie en nous serrant la main.

— Vous nous avez manqué ! dit la recrue Aigle.

L'armoire répondant au nom de Burt mima des gestes brusques qui devaient sans doute exprimer son bonheur de revoir une tête familière.

— Tout va bien, ils sont avec nous ! défendit Dan en s'adressant à la guerrière Kergorienne.

Celle-ci remarqua la broche d'aigle épinglé sur la cape du maître d'armes.

— Des Aigles de Fer, releva-t-elle. Ce sont ceux dont vous nous avez parlé ?

— Oui-da ! confirma Dan.

Elle fit un signe de bras à ses hommes et ces derniers rangèrent leurs épées.

— Qu'est-ce que vous faites ici ? reprit la guerrière.

— C'est plutôt à nous de vous demander ça, intervint Draegan. Vous vous trouvez sur un de nos avant-postes.

La femme leva le menton vers une des tours arborant le drapeau Imortis.

— Plus vraiment, on dirait.

Ils restèrent silencieux face au symbole qui flottait dans la brise de la nuit.

— Maleius Guelyn, se présenta le maître d'armes en tendant son bras vers la femme.

— Capitaine Namyra Virmac, répondit-elle.

Elle posa ensuite un regard curieux sur Draegan, qui le lui renvoya.

— Alors, c'est vous, le roi dont tout le monde parle.

— Si vous entendez des noms d'oiseaux dans les conversations, alors oui, ça doit être moi.

Elle s'inclina brièvement par marque de respect.

— Vous venez de loin. Je suppose que vous devez avoir faim.

— Oh, ça oui alors, je pourrais avaler un ours ! fit la recrue Artesellys, derrière le jeune roi. Enfin, j'veux dire, j'imagine qu'on a tous faim, se reprit-elle en haussant les épaules.

— Suivez-moi, lança Namyra.

Ils s'enfoncèrent dans l'avant-poste sous les yeux inquiets des civils qui les épiaient de loin.

— Qui sont ces gens ? demanda Draegan.

— Des Azariens. Nous les avons sauvés lors de notre dernière mission. Nous voulions quitter le continent pour celui d'Artagos, mais les côtes kergoriennes nous empêchent de prendre la mer. Alors, nous sommes venus ici.

— Vous avez pu franchir la frontière sans être vus ?

— Les lignes kergoriennes n'ont pas été les plus dangereuses à traverser pour arriver jusqu'ici. On a perdu deux personnes en une journée rien qu'en faisant une halte près d'un cours d'eau.

— Qu'est-ce qui s'est passé ?

Namyra s'arrêta près d'une table où plusieurs couverts étaient empilés, et où un tonneau ouvert dégageait une odeur de purée de légumes.

— Les plantes ont essayé de nous tuer, répondit-elle en remplissant un bol avec la garniture encore fumante.

Draegan récupéra le bol en affichant une grimace puis la remercia.

— Ce sont les rations que nous avons trouvé à notre arrivée, précisa-t-elle.

— On dirait que tout le monde a vomi dans le tonneau.

— C'est peut-être le cas, plaisanta Maleius en s'emparant d'un bol à son tour.

Ils rejoignirent ensuite le feu de camp avec le reste des Azariens. Namyra prit place sur un petit banc taillé dans un tronc et elle désigna celui de libre à sa droite pour Draegan. Maleius, lui, s'assit près des recrues Dan, Aigle et Burt qui chantonnaient sur un air faux une vieille chanson de chez eux.

— Comment se fait-il que nous n'ayons pas eu la moindre de vos nouvelles ? s'enquit Maleius en attendant une réponse avant de commencer à manger.

— C'est-à-dire que… nous ne savions pas comment faire, justifia Dan.

— Il fallait envoyer l'aigle.

— Quoi, tout seul ? Mais jamais j'aurais pu revenir ! s'exclama Aigle.

— L'aigle qui se trouve dans la cage, crétin. C'est lui que vous auriez dû envoyer avec un morceau de papier pour nous informer de la situation.

— Oh, l'aigle, oui…

— Ne me dites pas que vous ne l'aviez pas vu.

— Si, si, bien sûr ! rattrapa Dan. C'est que nous ignorions qu'il était là pour ça.

— Et vous croyez qu'il était là pour quoi ?

— On s'était dit qu'il avait dû être capturé par les cinglés à capuche, alors on l'a…

— Vous l'avez libéré ?

— On l'a mangé.

— Vous l'avez… quoi ? Vous avez mangé le messager ?

— On est désolé, maître Maleius, s'excusa Aigle.

Maleius se frotta le visage avec une exaspération visible.

— Vous avez dit « cinglés à capuche » releva Draegan. Vous pouvez développer ?

C'est ainsi que Dan se lança dans un récit interminable qui contait tout leur voyage de Odonor en passant par Ysaren-La-Grande, jusqu'ici. Il raconta leur rencontre avec les adeptes imortis, leur course poursuite à travers la jungle et leur triomphe dans l'avant-poste. Il appuya les actes héroïques de Sigolf qui les avaient retrouvés et sauvés d'une mort certaine. Ses yeux pétillaient lorsqu'il évoquait l'officier, il était évident qu'il lui vouait une admiration importante.

— Et Kerana ?

— Oh, Dame Kerana ! Eh bien, nous n'avons pas eu le loisir de faire plus ample connaissance, à vrai dire.

— Elle est resté silencieuse durant tout le voyage, précisa Aigle.

— Racontez moi la dernière fois que vous l'avez vue. Comment était-elle ?

— Elle était brune, avec les cheveux longs et détachés. Plus petite que moi, avec une odeur de vanille.

— Oui, et ses yeux étaient marrons, je crois ! Et…

Désabusé, Draegan enfouit son visage dans ses mains, abandonnant ses illusions d'obtenir des informations pertinentes de la part des trois recrues.

— Elle avait l'air triste, termina Aigle, tout le temps.

— Tu as raison, c'est vrai, maintenant que tu le dis, enchaîna Dan d'un air pensif.

— Qu'est-ce qui vous fait croire qu'elle l'était ? questionna Maleius, s'attendant à une réponse des plus idiotes.

— Eh bien, répondit Dan, je pense que c'est à cause de l'enfant qu'on lui a enlevé. Tu t'souviens, Aigle, de cette nuit où elle nous en avait parlé ?

— Que savez-vous ? interrogea Draegan sur un ton neutre.

— Si j'ai bien compris, résuma Dan, un grand ami à elle lui a fait un sale coup tordu, et c'est ce qui lui a fait perdre l'enfant qu'elle venait de mettre au monde.

— C'est bien plus compliqué que ça, dit Maleius en buvant une gorgée de vin.

— Oui, c'est ce que j'ai cru comprendre. Le bébé aurait des pouvoirs magiques ou quelque chose comme ça, j'ai pas tout compris, en fait.

— Est-ce qu'elle vous a dit quelque chose avant de partir ?

— Bonne nuit, je crois.

— C'est tout ?

— On ne l'a pas revue au matin, et maître Sigolf était furieux.

— Oui, très ! Il nous a crié dessus, mes oreilles en tremblent encore.

— Après avoir dépouillé le corps d'un moine, il nous ordonné de vous transmettre un message qu'il venait décrire, puis il a sauté sur un de nos chevaux et a filé comme un éclair par là-bas.

— Attendez, interrompit Maleius. Vous dites qu'il a dépouillé un corps ? Pourquoi ?

— Oui, il a pris les vêtements du moine et est parti avec. Sans doute pour avoir moins froid durant le voyage. C'est ce qui m'a semblé être le plus logique.

Draegan laissa échapper un juron qui ne fut entendu que par Namyra.

— Il s'est fait passer pour un des leurs, dit Maleius en se tournant vers Draegan, le ton alarmant. Comment vous y êtes-vous pris pour nous envoyer le message ?

— Burt et moi avons marché jusqu'à une ville pour trouver un coursier.

— La ville la plus proche est à au moins deux jours de marche d'ici, voilà pourquoi tous les avant-postes sont équipés d'un aigle messager en cas d'urgence !

— Deux jours ? Vous êtes sûr ? demanda Dan, l'expression réfléchie.

Le visage de Maleius se décomposa.

— Combien de jours s'est écoulés entre le moment où l'officier Sigolf vous a remis le message et le moment où vous l'avez envoyé ?

Il craignait la réponse, et il avait raison.

— C'est… c'est difficile à dire… bafouilla Dan, sentant la colère de son supérieur sur le point d'exploser. Après que maître Sigolf soit parti, nous nous sommes autorisés une journée de répit afin de nous remettre de nos émotions de la veille.

— C'est exact, confirma Aigle. Puis après ces trois jours de répit, nous avons passé environ deux jours en quête d'un village aux alentours, mais nous n'en avons pas trouvé. Ensuite, les soldats Burt et Dan ont entrepris leur voyage.

— Oui, un voyage qui a duré pas loin de quatre jours avant que nous tombions sur une ville qui s'appelle Perag ou Pyrag. Ensuite, nous sommes allez nous reposer à l'auberge la plus proche, parce que le voyage nous avait bien épuisés. Le lendemain, nous nous sommes mis à la recherche du service coursier. Mais là encore, c'était compliqué ! Raconte-leur, Burt !

— Non, non, poursuivez, coupa Maleius, devenu rouge.

— Le coursier ne voulait pas prendre notre lettre, le bougre ! Il disait qu'il fallait un truc comme un seau spécial pour les lettres à destination d'un château. Alors, je me suis énervé ! Je lui ai dit que ce message était important ! Mais il ne voulait rien entendre ! Alors, Burt l'a giflé plusieurs fois jusqu'à ce qu'il accepte.

— Pourquoi n'avez-vous pas utilisé le sceau qu'il demandait ? s'enquit la recrue Artesellys, la bouche pleine de sauce.

— Mais je n'avais pas de seau sur moi ! Si j'avais su, j'en aurais rapporté un de l'avant-poste, mais on en avait besoin pour l'eau.

Draegan se mordit la lèvre pour contenir ses émotions. Il se leva subitement et s'éloigna avant de commettre un triple assassinat sur ses propres hommes.

La jeune Artesellys ouvrit une de ses sacoches et en sortit un tampon arborant le sceau des Aigles de Fer, un objet faisant partie de l'équipement standard pour tout soldat, quelle que soit sa bannière.

— C'est pas un seau, ça, contredit Dan en secouant la tête. Je suis pas stupide, quand même. Le coursier a bien dit qu'il voulait un seau !

— Rangez ça, soldat Artesellys, exigea Maleius, le regard bouillonnant vers Dan. Vous nous avez fait perdre un temps considérable. Le sceau des Aigles est prioritaire, nous aurions pu recevoir cette lettre bien plus tôt si non seulement vous n'aviez pas agis comme des crétins, mais si en plus vous aviez pris le temps de jeter un œil à la carte au lieu de crapahuter dans la jungle sans savoir où aller !

— Mais nous...

— FERMEZ-LA !

Sa voix avait frappé comme le tonnerre. Jamais aucun de ses disciples ne l'avaient entendu user de ses cordes vocales de cette manière pour rappeler à l'ordre. Dan en eut des sueurs froides, il se figea de terreur, tout comme les autres recrues autour du feu. Même Madel avait sursauté au moment de finir son bol, ils avaient eu l'impression d'avoir affaire à un ours enragé.

— Je ne veux plus vous entendre, à présent. Décarrez d'ici, avant que je vous donne en pâture aux bêtes sauvages pour qu'elles nous foutent la paix ce soir.

Le dîner se termina dans un calme peu naturel. Plus personne n'osait prononcer un mot après cela. De son côté, Draegan s'était isolé dans un couloir de tentes, toujours à faire les cent pas dans l'espoir que cela lui éclaire le bon chemin à prendre. Il n'avait qu'une envie, mettre le feu à tout le bivouac et se laisser consumer par les flammes. Cela aurait été moins douloureux que d'accepter son impuissance face à la situation qui lui échappait. Il n'avait jamais ressenti une haine pareille envers lui-même et envers les autres, et cette haine le torturait chaque jour, chaque nuit, elle rongeait son esprit, ses idées, et même son corps. Il ne se reconnaissait plus, et ne reconnaissait plus les autres. Il se voyait entouré d'ennemis qui n'attendaient qu'une chose, qu'il soit au plus bas pour être définitivement évincé.

Son errance le poussa à entrer dans la plus grande tente du campement, sans chercher à savoir si celle-ci était occupée. Les tapis de plusieurs types de fourrure permettaient de ne pas avoir affaire à des bestioles sortant de terre, en plus d'apporter un peu de chaleur dans la nuit. Un mannequin se tenait près de l'entrée, portant une partie d'armure kergorienne. Un bureau en bois massif était positionné au fond de la tente, ainsi qu'une banquette recouverte par de chaudes couvertures de laine.

Draegan resta un moment à observer le buste en pierre de son père près d'une immense carte du pays placardée contre un des murs en toile.

— Vous vous êtes perdu ? lança Namyra qui venait d'entrer.

— Vous ne vous refusez rien, commenta Draegan en balayant le lieu avec son regard. Une tente de capitaine.

— C'est parce que *je suis* capitaine.

— Dans votre pays, peut-être.

— Cela change-t-il quelque chose ?

Il préféra ne pas répondre.

— J'ai entendu les murmures de vos hommes pendant le repas, poursuivit-elle. Vous n'êtes clairement pas là pour une mission de reconnaissance. Qu'est-ce qui vous amène ici ?

— Ce ne sont pas vos affaires, répliqua sèchement Draegan.
— Si je peux me permettre de vous donner un conseil...
— Vous n'y êtes pas invitée.
— Regagnez le nord. J'ignore la raison qui vous pousse à entrer au Kergorath avec une armée, mais croyez-moi, vous n'en reviendrez pas. Nous avons eu de la chance de nous en sortir, mais si nous...
— En effet, vous ignorez la raison, donc gardez vos conseils. Vous ne savez absolument pas ce qui...
— Ce qui se passe ? Non seulement nous le savons, mais nous l'avons vu. Ces gens qui sont dehors ne reverront peut-être plus jamais leurs proches. Nous n'avons pas pu tous les sauver. Quelques dizaines sur un million. Nous y avons laissé des soldats, des amis, pour les faire sortir d'Azarun et les mettre à l'abri.
— Azarun ? Vous étiez à Azarun ?
— Nous en revenons. Le général Hazran et moi-même avions montés une opération qui consistait à infiltrer la ville pour tenter une évacuation. Les Azariens sont pris au piège, comme pour Morham, ils ont fermé les portes et contrôlent chaque entrée et sortie.
— Qui ça, « ils » ?
— Je pense que vous connaissez la réponse.

Draegan se détacha de Namyra et fit le tour de la tente en quête de réflexion.

— Il faut que j'atteigne Azarun, dit-il sans oser la regarder.

Namyra avait cru mal entendre.

— Vous n'y entrerez pas par la force. L'armée kergorienne est désormais aux mains des Morganiens.
— Je ne suis pas ici en tant qu'envahisseur. Je n'ai pas l'intention de mener une bataille contre le Kergorath. Je...

Il s'arrêta pour scruter la carte du continent tendue face à lui.

— Ma sœur est quelque part, là-bas. Enfin, peut-être pas, peut-être plus maintenant. Mais c'est le seul indice que j'ai pour la retrouver. Je dois m'y rendre.

— Et que ferez-vous, une fois là-bas ? En admettant que vous réussissiez à y entrer.

— Un de mes officiers est sous couverture. Si je parviens à le retrouver, il saura me mener à Kera.

— Comment pouvez-vous en être certain ?

— J'ai confiance en lui.

— Ce n'est pas suffisant.

— C'est pourtant tout ce qu'il me reste.

Namyra eut un petit rire sec et s'enfonça dans un des larges fauteuils.

— Qu'est-ce qu'il y a de drôle ?

— Je repensais au portrait que Hazran m'avait fait de vous, dit-elle en s'emparant d'un pichet d'alcool à moitié plein. Un jeune garçon qui n'hésitait pas à se cacher derrière la cape de son père au moindre problème, qui faisait tomber tout ce qu'il tenait entre ses doigts, et qui allait jusqu'à douter de sa propre existence.

— Et ça vous fait rire ?

— Oui.

Draegan soutint son regard, le poing serré.

— Parce que ce n'est pas l'homme que j'ai en face de moi.

— Vous ne me connaissez pas.

— Non, c'est vrai, pas plus que le reste du monde. La seule chose que je sais, c'est qu'un idiot prévoit de pénétrer la capitale avec sa petite bande en risquant de se mesurer à l'armée la mieux équipée du continent. Mais s'il n'y avait que ça… Une armada de fêlés en capuche, des géants qui ne tombent pas sous nos épées, et des demi-dieux aux pouvoirs dévastateurs. Tout ça pour que cet idiot puisse sauver sa petite sœur.

— Je me fiche de ce que vous pouvez penser de moi.

— Vous êtes un idiot, Draegan Guelyn.

Elle se redressa et se retrouva face lui.

— Et j'adore ça, ajouta-t-elle avec un sourire avant de se diriger vers le bureau. Hazran vous aimait bien, vous et votre sœur.

— Je n'ai que peu de souvenirs de lui. Je me souviens qu'il restait les bras croisés à nous regarder jouer, Angal, ma sœur et moi. Je crois même qu'une fois il a essayé de m'apprendre à monter à cheval, mais cette époque est floue.

— Et celle qui est à venir l'est tout autant.

— Vous ne m'apprenez rien.

— Alors, laissez-moi vous apprendre autre chose. Les murs d'enceintes d'Azarun sont impénétrables pour une armée telle que la vôtre. Il y a des défenses que vous ne soupçonnez même pas, des mécanismes, des pièges, cachés dans le sable et dans la roche. Mon père les a imaginés et conçus sous l'ordre de l'ancien roi Vezeral Tan-Voluor afin de retarder toute progression ennemie. Si les Morganiens ne vous tombent pas dessus, la cité s'en chargera elle-même. Vous allez devoir trouver un autre moyen, et je peux vous aider.

— Pourquoi feriez-vous ça ?

— Tout le continent est au courant de ce qu'il se passe ici. Les Tamondiens comme les Galeniens, personne ne peut ignorer la menace que représente les Immortels. Et pourtant, malgré les messages d'alertes, aucun d'eux n'a daigné répondre pour nous prêter main forte. Nous reconnaissons nos erreurs du passé, nous savons que n'avons pas toujours été tendre avec les autres nations. Nous avons essuyé pas mal de conflits, c'est vrai, mais en ces temps noirs, nous ne pouvons nous permettre de nous diviser selon nos écussons. Nous avons besoin d'aide, et vous êtes les seuls à être venus.

Sa voix comportait un soupçon d'espoir qu'elle n'avait pas su dissimuler.

— Ma mémoire me fait défaut, je ne me souviens plus à quand remonte la dernière fois où l'Erivlyn s'est alliée au Kergorath pendant une campagne.

— Elle ne l'a jamais fait.

Après avoir marché dans tous les recoins de la tente pour réfléchir, Draegan fit un pas en avant vers Namyra.

— Je vous écoute. En quoi pouvez-vous m'aider ?

— Avez-vous déjà entendu parler des Mines Rouges de Saal'arak ?

Noyée dans une brume épaisse, Pyrag ressemblait à une de ces villes fantômes contées dans les légendes horrifiques. Tout était d'un gris triste et d'une froideur d'hiver. La plupart y voyait là un mauvais présage, d'autres y voyait un nuage chassé du ciel pour venir mourir sur terre. Le brouillard bouchait les ruelles et les allées, perturbant ainsi la circulation des voies.

Depuis la fenêtre de sa luxueuse suite, Grinwok contemplait le paysage qui était aussi embrumé que son esprit. Cela faisait plusieurs jours qu'il ne s'était pas entretenu avec la comtesse, plusieurs jours qu'il n'avait vu personne d'autre que son ombre. Et pour cause, on lui interdisait de sortir avant son prochain combat. Grinwok ne comprenait pas pourquoi un tel isolement était nécessaire, mais il n'allait pas s'en plaindre, la suite ne manquait de rien. Nourriture, alcools, vêtements, drogues et filles de joies à volonté, pourtant Grinwok n'arrivait que peu à s'en réjouir. Ses pensées connaissaient un tumulte qu'il ne parvenait pas à calmer. Elles étaient principalement tournées vers Tashi et le reste des tribus retenues prisonnières, mais aussi vers celles et ceux qu'il avait déçus tout au long de sa vie. Il songea en premier lieu à ses parents qu'il n'avait que très peu connu et qui s'étaient empressés de l'abandonner dans la forêt. Pour lui, ils n'étaient qu'au tout début d'une longue liste de personnes qui ne l'avait jamais estimé pour ce qu'il était.

Statique face au reflet que lui renvoyait la vitre, il essayait de comprendre la raison d'un tel mépris non mérité à son égard. Son appartenance à une race peu évoluée et autarcique, son apparence, sa façon grossière de s'exprimer, de considérer les autres, il ne trouvait aucune réponse satisfaisante. Il en avait connu des pires que lui dans les tavernes boueuses de Falkray, des poivrots puant la bière et les pieds, avec une telle laideur qu'elle aurait pu servir à concourir dans des compétitions de monstre. Ils n'étaient pas si différents de lui, et pourtant chaque fois qu'ils passaient une porte ils se faisaient payer un coup à boire, tandis que lui avait pris l'habitude de se faire jeter dehors par le tavernier.

Sa longue introspection le ramena au présent et à ce qui l'attendait. Sa culpabilité l'empêchait de l'admettre, mais le Muban lui manquait. Malgré son piètre gabarit face à la bête, il avait réussi à le blesser au cœur d'une façon plus cruelle qu'une arme tranchante, et il s'en voulait pour ça. Dans une certaine mesure, Grinwok regrettait d'avoir succombé à son avarice qui l'avait pourtant maintes et maintes fois trahi auparavant. C'était à cause d'elle qu'il avait fini par être chassé de toutes les villes de Tamondor qui avaient bien voulu l'accueillir, à cause d'elle qu'il avait échappé plusieurs fois de justesse à la mort, à cause d'elle qu'il avait perdu les seuls êtres vivants au monde qui avaient posé un regard bienveillant sur lui.

Le reflet à peine visible sur le verre le répugna d'une telle force qu'il cracha une glaire visqueuse qui s'y écrasa. Après tous ceux qui lui avait craché dessus, c'était une manière symbolique de conclure ces épisodes de sa vie. Plus personne ne lui cracherait dessus, dorénavant.

— Drôle de façon de laver une fenêtre, fit quelqu'un derrière lui.

Lorsque Grinwok se retourna, il eut un haut-le-cœur qui le fit reculer soudainement. Il regarda alors autour de lui avec un air hagard, pensant qu'il était une fois plus coincé dans un rêve.

— Vous ? souffla-t-il avec un soupçon d'incrédulité.

— Bonjour, Grinwok, dit la Mystique avec un sourire chaleureux.

Il ne l'avait pas immédiatement reconnue à cause de ses vêtements qui étaient plus nombreux que les précédentes fois. Elle était emmitouflée dans une robe de velours d'un noir profond qui ne divulguait aucune partie de son corps, pas même son cou. Ses mains étaient soigneusement protégées par des gants en soie, et une large capuche était rabattue sur sa tête, plongeant une partie de son visage dans le secret.

— Vous êtes vraiment là ? Ou c'est une de vos visions qui va encore me filer la migraine en me réveillant ?

— Que te dit ton cœur ?

— Rien, il parle pas, c'est un organe. Répondez-moi, plutôt. Qu'est-ce que vous foutez ici ? Pourquoi vous vous intéressez autant à moi ? Qu'est-ce que j'ai fait pour que vous me mettiez dans cette merde ? Hein ? Répondez à tout ça, et en même temps.

— Calme toi, Grinwok, dit Kalessa en levant les mains. Je n'ai que peu de temps, alors je ferai vite.

— Pourquoi ? Vous êtes comme ces trolls qui fondent au soleil ? Pourquoi vous n'vous ramenez que maintenant ? J'vous ai attendue, tous les soirs j'espérais vous retrouver dans mes rêves pour que vous m'expliquiez tout ce bordel. L'Unificateur, hein ! J'suis devenu une espèce d'esclave au service d'une baleine incapable de mâcher sans s'étouffer. C'est ça que vous appelez un destin *glorieux* ?

— Je n'ai pourtant pas le sentiment que tu manques de quoi que ce soit, contrairement à notre dernière rencontre. Dehors, tu es une célébrité.

— Locale, seulement, ça vaut rien. Écoutez, c'est vous qui m'avez mis dans cette galère, alors vous allez m'en sortir. J'veux que tout redevienne comme avant, vous avez entendu ? Alors, faites quelque chose, prononcez une formule, claquez des doigts, clappez des mains, pissez-moi dessus, j'm'en fiche, mais sortez-moi de là !

— Je ne peux répondre à cette requête, car il n'existe aucune réalité où une telle chose arrive. Tu es sur le bon chemin, il serait dans ton intérêt de ne pas t'en égarer.

— *Mon* intérêt ? Vous êtes sûre ? C'est vous qui me harcelez depuis le début avec cette histoire d'Unificateur, c'est vous qui m'avez fait venir dans votre tente au milieu de cette forêt, vous qui apparaissez dans mes rêves, vous qui êtes là, aujourd'hui ! J'en viens à me demander si ça sent pas l'entourloupe, tout ça. Il y a des choses que vous m'dites pas, et ça m'énerve ! Alors, crachez le morceau !

— Tu as raison, il est aussi dans mon intérêt que tu réussisses cette quête.

Cette révélation le bouscula.

— Lors de notre première rencontre, vous m'avez parlé d'un mal qui ne peut être ignoré, que je devais me battre contre l'oppression et la soumission d'une volonté absolue. Vous voyez, je me souviens de tout, j'ai rien oublié ! Alors, c'est quoi, ce mal ? Contre quoi est-ce que j'dois me battre ?

La Mystique resta muette, ce qui enragea encore plus l'Ugul.

— Les Immortels ? C'est contre ça que vous voulez que j'me frite ? J'ai vu ce qu'ils sont capables de faire, j'ai vu les murs de feu de l'autre tête blanche, et c'est pas avec trois Kedjins que je vais y mettre un terme. J'suis peut-être pas très futé, mais j'suis pas suicidaire pour autant !

— Les Immortels ne sont pas la seule plaie que ce monde ait connue. Ils ne sont que la conséquence d'un acte engendré par l'arrogance et la convoitise.

— Qu'est-ce que vous m'chantez ? Elle est pourtant claire ma question, merde !

— Le mal dont je parle se trouve sous tes yeux depuis le début.

— Quoi, vous ?

— Non, pas moi, répondit-elle, désabusée. Retrouve-moi à Ner-de-Roc à la montée de la cinquième lune, ainsi tu comprendras tout.

— Vous pouvez pas dire dans cinq jours, comme tout le monde ? Attendez, dans cinq jours ? Mais j'suis bloqué ici ! Jamais l'autre grognasse me laissera repartir ! Vous voulez vraiment pas tout me dire maintenant ? On gagnerait un temps fou, vous croyez pas ? Pourquoi cinq jours, qu'est-ce que ça change ?

— Parce que dans cinq jours… (Elle se pencha à son niveau.) Tu ne seras plus jamais le même.

À peine eut-il le temps de cligner des yeux que la Mystique avait disparu. Et dans l'instant qui suivit, le bruit d'une clé enfoncée dans une serrure fit vibrer ses oreilles. La porte de sa suite s'ouvrit en grand, et il lança un regard dédaigneux envers le larbin de la comtesse. Patritus, accompagné de deux gardes, s'annonça avec un rictus assumé.

— Le spectacle aura lieu ce soir. La comtesse souhaite savoir si son aberration de la nature est prête pour rejoindre le couloir de la mort.

— Aberration de la nature ? C'est mon nouveau surnom ? Tu t'es regardé dans une glace pour le trouver ?

— C'est ça, rigole. Pas sûr que tu gardes le sourire longtemps lorsque tu seras dans l'arène.

— Quand j'aurai dérouillé la saloperie qui m'attend, je m'occuperai d'ton cul. Et crois-moi, j'suis très littéral comme gars.

— Emmenez-le, ordonna-t-il aux deux gardes. Et bandez-lui les yeux, comme convenu.

— Quoi ? Pourquoi ?

— Ne pose pas de questions, microbe.

Patritus adressa un signe de tête à ses hommes et quitta la pièce prestement. Les rugissements de Grinwok à son encontre furent rapidement étouffés par l'obscurité qui s'abattit soudainement sur lui.

Lorsqu'il recouvra la vue, le décor avait changé, et il lui était familier. Tous les équipements étaient à leur place, il ne manquait pas une seule lance dans les tonneaux, pas une seule épée sur les râteliers, les boucliers trônaient sur des socles, certains étaient accrochés aux murs. En réalité, il n'y avait qu'une seule chose qui avait changé ; Grinwok était seul. La pièce, de nature encombrée de monde, lui paraissait maintenant plus grande. Il déambula entre les étagères et les armoires à armures dans l'infime espoir de tomber sur un visage connu, mais sans succès, il n'y avait décidément personne.

Les questions dans sa tête s'entassaient les unes sur les autres jusqu'à bloquer toute réflexion. Il commença alors à s'étirer les bras, puis les jambes. Il y avait de la musique qui traversaient les cloisons, des notes aigues et entraînantes qui le déconcentraient dans sa préparation. Un orchestre était en train de jouer pour le public dans les gradins. Les tambours résonnaient haut dans le ciel, l'effervescence de la foule faisait vibrer les sols. L'ambiance de fête à l'extérieur contrastait avec la morosité qui planait dans la salle. Grinwok enfila son armure faite sur-mesure et ceintura son épée courte à la taille.

Le vide qui l'entourait était aussi oppressant pour lui que d'être enfermé dans un coffre. Il sentait que quelque chose n'allait pas, que quelque chose ne se passait pas comme d'habitude. Aucune information ne lui avait été transmise au sujet du combat, aucun indice, pas même un conseil. La comtesse avait usé de tous les moyens pour le tenir écarté de la programmation. De fait, l'anxiété de Grinwok se traduisait par des monologues sans queue ni tête qu'il marmonnait pour se rassurer.

Après un temps qui lui parut interminable, il entendit le présentateur faire exploser sa voix dans l'arène. Malgré des cordes vocales tonitruantes, Grinwok n'en écouta pas un mot. À la place, il défia des ennemis invisibles avec son épée pour s'échauffer et répéter quelques gestes qui pourraient lui sauver la vie.

Puis quand vint le moment où son surnom fut prononcé, il revint à la réalité et alla se placer dans le couloir des combattants, attendant que les grandes portes s'ouvrent pour faire son entrée.

Les tambours précipitèrent leur cadence, ils devenaient plus forts, plus rythmés, plus intenses. Son nom revint une fois de plus et, sous l'hystérie générale, les portes s'ouvrirent enfin. Grinwok sentit l'air de la nuit caresser sa peau, les deux lunes étaient présentes pour assister au spectacle, ainsi qu'une dizaine de milliers de silhouettes, toutes focalisées sur l'esplanade en contrebas éclairée par un gigantesque anneau de flambeaux qui impressionna Grinwok.

Ils avaient dû redoubler d'efforts pour remettre l'arène en état après l'épreuve du beliagon, songea Grinwok en faisant un tour sur lui-même, le menton levé en direction des spectateurs. Il en repéra certains arborant les fameux masques en tissu à son effigie, mais cela ne lui déclencha aucune réaction. Il s'avança au centre du terrain recouvert de sable et attendit, patiemment, longuement, la suite des évènements.

Enfin, le grondement d'une porte en fer l'alerta, il était clair pour lui qu'il ne s'agissait pas de celle par laquelle il était entré. Ses oreilles entendirent un grognement bestial. Il savait qu'il devait se retourner pour se mettre en garde, mais la peur le tétanisa. Il n'osait tout simplement pas braver le regard du monstre qui se rapprochait doucement de lui.

Le public en folie, la comtesse souriante, Grinwok décida de se retourner en dégainant son épée avec agressivité. Son geste fut immédiatement regretté lorsqu'il se retrouva face à Tashi. Il était soulagé de le voir arriver.

— Mon vieux, tu m'as foutu les boules, lança Grinwok en abaissant sa garde. J'pensais qu'ils allaient me laisser me démerder en solo, cette fois-ci. Dis-moi que tu sais ce qu'on doit affronter.

— Oui, je le sais, affirma sombrement Tashi en continuant d'avancer vers lui.

— Tant mieux, tu vas pouvoir m'aider.

Les yeux du Muban naturellement turquoises avaient viré au

rouge sanguinaire. Grinwok déglutit face aux longs crocs luisant à la lumière des torches.

— Tashi, mon vieux, qu'est-ce qui te prend ? questionna l'Ugul avec un sourire jaune, reculant de plusieurs pas.

C'est alors que l'animateur reprit la parole en surjouant son personnage.

— Mes amis ! Vous l'attendiez tous depuis le début, et nous vous l'offrons ce soir ! Le combat ultime, l'affrontement final ! Vous aviez adoré ce duo, vous les aviez acclamés depuis leur première apparition lors de la chasse des daemodrahs ! Ils ont fait une saison remarquable, on peut le dire, oui, et vous pouvez les applaudir pour ça ! Mais toutes les bonnes choses ont une fin, vous le savez mieux que moi, tous les duos qui ont franchi cette arène ont été déchirés par cette conclusion. Ils nous ont fait rêver, ils nous ont fait pleurer. Souvenez-vous du guerrier Ekkys et de son amante Flaveria, du redoutable Henry et de son frère Eden, du géant Ibros et de son acolyte Koa't. Faites affronter des ennemis, et ils feront couler le sang. Faites affronter des amis, et ils feront couler vos larmes.

— C'est quoi c'bordel, grommela Grinwok face à l'animateur qui exagérait ses mouvements pour que tout le monde puisse le voir.

— Préparez-vous à assister à une fin lourde en émotion pour conclure cette saison, mes amis.

Il agita ses bras en direction du gong. Le signal était donné, le spectacle était lancé.

Tashi bomba le dos et se prépara à piétiner son adversaire. Grinwok, lui, n'avait aucune envie d'attaquer celui qu'il considérait comme le seul ami qu'il n'ait jamais eu, alors il jeta son épée dans le sable.

— Mon gros, c'est moi, Grinwok ! On fait équipe, tu t'souviens ?

— Ne me parle pas d'équipe, répondit amèrement le Muban en tournant autour de lui comme autour d'une proie. Tu n'as rien d'un équipier. Tu ne sais même pas ce que ce mot signifie. J'ai cru que je pouvais avoir confiance en toi, malgré les nombreux défauts qui te constituaient. J'avais tort de penser que notre amitié pouvait fonctionner.

Tashi bondit une première fois en avant et rata Grinwok qui s'était jeté sur le flanc pour l'éviter.

— Arrête ! On est pas obligé d'en arriver là !

— Tu nous as laissé tomber. Tout ça pour quoi ? Pour que tu puisses te prélasser dans une suite royale pendant que nous crevions de faim et de froid !

Tashi chargea une seconde fois en faisant soulever un nuage de sable. Grinwok réussi à l'éviter de justesse grâce à une roulade sur sa droite.

— Tu as préféré dormir dans l'or et la soie plutôt que de rester avec ceux que tu avais choisis de défendre ! Tu es comme tous ceux de ta race, tu serais prêt à sacrifier ta famille pour protéger ton trésor.

— Quoi, mais de quoi tu parles ! s'écria Grinwok avec rage.

— Nous ne sommes pas assez riches pour toi, est-ce pour ça que tu as préféré vivre aux crochets de la comtesse ? Est-ce pour ça que tu as choisi de nous tourner le dos ?

— J'ai assuré mes arrières, c'est vrai, mais je n'ai tourné le dos à personne ! J'ai juste…

Il fut interrompu par ses propres pensées lorsqu'il croisa le regard de la comtesse depuis son balcon. Cette dernière se contenta de hausser les épaules en affichant une expression désolée. Tout était clair pour lui, désormais.

— Sale fille de putain…

Et alors que Grinwok s'apprêta à cracher une nouvelle injure virulente, Tashi lui passa dessus comme un troupeau de buffles, l'entrainant avec lui sur plusieurs mètres. Le choc reçu lui avait ouvert l'arcade ainsi que la lèvre. Sonné par l'impact et la quantité de sable qu'il avait avalé, Grinwok se redressa fébrilement.

— Je ne veux pas me battre avec toi, dit-il chancelant. Laisse-moi juste te...

Une autre charge le catapulta en arrière. L'atterrissage fut si douloureux qu'il ne réussit pas à se relever. L'ombre de la bête l'écrasa, sa gueule n'était qu'à quelques centimètres de son visage, il pouvait sentir son souffle chaud s'abattre sur lui, un souffle de mort.

— Bon, t'as gagné, vas-y, fais-le. Mais avant, laisse-moi juste te dire que tu avais raison.

Tashi le transperça d'un regard furieux.

— Tu avais raison, j'ai pas assuré. J'aurais pas dû accepter ce marché stupide avec la comtesse. J'savais pas ce que je faisais. Tout c'que j'voulais, c'était rentrer chez moi. Tout c'que je voulais, c'était reprendre une vie normale et faire comme si rien ne s'était passé. J'ai pensé qu'à ma gueule, comme je l'ai toujours fait avant. Sauf qu'avant, c'était une autre époque. J'avais pas d'amis. Et ça, il m'a fallu du temps pour m'en rendre compte. J't'ai blessé, et j'regrette. J'aurais dû te soutenir, j'aurais dû rester à tes côtés, pour toi, pour Rosalia. J'ai merdé, et je mérite ce qui m'arrive. J'suis désolé.

Puis il ferma les yeux pour se préserver d'une vision qu'il refusait.

Depuis le balcon supérieur, la comtesse se ravissait de cette soirée qu'elle avait tant attendue. La main droite plongée dans un bol de graines sucrées, la gauche soutenant son gobelet d'alcool fruité, pour elle, comme pour tous les autres spectateurs, la tension était au rendez-vous.

— Comtesse, lança Patritus en courant vers elle, essoufflé et tout tremblotant. Il y a un problème...

— Pas maintenant, Patritus, le clou du spectacle arrive, répondit-elle en se penchant un peu plus pour mieux voir la scène.

Tashi se tenait au-dessus de Grinwok, il n'avait plus qu'un seul mouvement à faire pour mettre un terme à sa vie.

— Comtesse ! s'impatienta Patritus.

— Qu'est-ce qu'il y a, encore ?

— Les prisonniers ne sont plus dans la cour.

Sans voix, elle se tourna vers l'aristocrate.

— Ils se sont échappés, précisa-t-il, et il y a autre chose…

— Quoi ? s'agita-t-elle, pleine de sueurs froides.

— Le beliagon a aussi disparu.

Son visage se décomposa lorsqu'elle revint vers le duel dans l'arène.

— Je vais faire ce que j'aurai dû faire depuis le début, gronda le Muban dans les oreilles de l'Ugul.

Grinwok lui donna une fois de plus raison, il aurait dû se débarrasser de lui quand il en avait eu l'occasion.

— Je vais nous sortir de là, affirma Tashi avant de pousser un hurlement aussi fort et agressif qu'un ours enragé, faisant bondir la comtesse et tous ses invités hors de leur siège.

L'Appel du Muban résonnait tel chant animal puissant qui fut entendu jusque dans les entrailles du monument. Autrefois utilisé en pleine bataille pour terroriser leurs ennemis, il servait aussi à rallier leurs semblables. Les Mubans n'usaient jamais de ce cri à des fins légères.

En réponse, le sol se mit à trembler lourdement. Grinwok sentait que de grands coups frappaient sous son corps, faisant sursauter le sable autour de lui.

— Qu'est-ce qui s'passe ! s'écria-t-il.

— Cours ! cria Tashi qui prit la fuite.

C'est alors que le sol de l'arène explosa en son centre pour y faire jaillir un monstre d'une taille phénoménale. Le beliagon émergea des profondeurs pour remonter à la surface et y parvint sans difficulté. La panique envahit immédiatement la foule qui se précipita hors des gradins pour atteindre la sortie principale. L'alligator géant voyait là un festin non négligeable qu'il s'empressa de rejoindre en escaladant les murs, ou plutôt en les détruisant.

La comtesse Amestria avait été la première à s'enfuir par le passage secret de sa loge, un simple couloir étroit et peu lumineux qui conduisait jusqu'au bâtiment principal. Quand elle en ressortit, elle fut assaillie de cris et de pleurs qui venaient de toute part.

— Vite, comtesse ! pressa Patritus. Par ici !

Mais la comtesse se déplaçait avec la grâce d'un hippopotame, elle n'arrivait pas à rattraper le gentilhomme.

— Attendez-moi ! braillait-elle.

Patritus détala en furie dans le couloir au point d'en perdre sa cape. La comtesse le vit disparaitre à l'intersection, mais pas pour longtemps. Elle l'entendit crier comme une petite fille et le revit revenir dans sa direction avec une grimace qui fripa tout son visage.

— Ils arrivent ! s'égosilla-t-il avec une voix très aigue. Ils ont pillé le stock d'armement, remontez dans votre loge et enfermez-vous à l'intérieur ! conseilla-t-il avant de repasser devant la comtesse sans l'attendre.

— Patritus, revenez ! C'est un ordre !

Il n'était déjà plus dans son champ de vision. Aussi, elle aperçut de loin ses gardes qui recevaient des rafales de flèches dans la poitrine et dans la tête. Affolée par la situation, Amestria obéit à Patritus et réemprunta son passage secret avant la vague déferlante qui allait bientôt subvenir.

Pendant que le beliagon maintenait son chaos en détruisant l'architecture, les tribus s'étaient regroupées pour ouvrir un passage jusqu'à la sortie. Ils comptaient bien s'évader par la grande porte, quitte à en découdre avec l'armée privée de la comtesse. Les Koa'ts et les Iaj'ags formaient la première ligne, ils s'occupaient de charger les fantassins, tandis que les Ishigs restaient en retrait pour vider leurs carquois sur les cibles à distance. Les Kedjins rampaient sur les murs tels des insectes affamés pour se jeter sur les malheureux qui les croisaient, et le gros Ghol n'avaient aucune difficulté à enfoncer les portes en fer. Le groupe progressait dans le dédale de l'arène en s'aidant du mouvement de foule pour se repérer. Ils durent faire face à une milice redoutable qui n'hésitait pas à les pourchasser et les massacrer s'ils venaient à tomber entre leurs mains. Les Muqilis, ces hommes-cobras, étaient aussi de la partie. Du côté des miliciens, ils s'étaient eux-mêmes lancés dans une traque impitoyable des prisonniers pour les empêcher de s'évader.

Il allait sans dire que cette opération ne se passerait pas sans victimes. Même si les gardes étaient les plus faibles, en grand nombre ils arrivaient à construire un barrage infranchissable pour tout forcené.

Comme la comtesse s'était isolée du conflit, Patritus dirigeait les manœuvres et donnait les ordres. Avec une expérience proche du néant, le noble n'avait aucune idée de comment résoudre cette émeute. Et dans sa folie, il donna un ordre qu'il n'allait pas tarder à regretter.

— Tuez les tous ! Tuez tous ces monstres ! Je ne veux plus que des humains dans cette enceinte, alors débarrassez moi de tout ce qui ne ressemble pas à un Homme ! Massacrez ces animaux, jusqu'au dernier !

C'est ainsi que les miliciens se retournèrent vers les Muqilis qui étaient là en renfort et les exécutèrent sur le champ. Patritus croyait alors reprendre le contrôle de la situation, il se trompait.

Dans les étages supérieurs, la comtesse cherchait un moyen de regagner son manoir sans passer par la sortie principale. Elle traversait les salons dédiés aux invités en soulevant sa robe pour ne pas se prendre les pieds dedans et devait s'arrêter tous les cinq mètres pour reprendre son souffle. Alors qu'elle s'apprêtait à ouvrir la prochaine porte, celle-ci s'ouvrit violemment de son côté et heurta son visage de cochon qui la fit basculer en arrière.

Une petite silhouette aux longues oreilles apparut soudainement.

— Tiens, tiens, justement c'est vous que je cherchais, *Comtesse*.

Amestria se redressa brièvement pour mieux identifier son agresseur, dévoilant de manière plus net la famille de mentons qui étouffait son cou.

— Grinwok, il faut que nous sortions d'ici. Aide-moi à me relever ! Ils sont tous devenus fous !

Il resta froid, impassible, silencieux. Puis, tandis que la comtesse tentait en vain de se relever, il s'avança vers elle.

— Vous n'avez jamais eu l'intention de me renvoyez chez moi, n'est-ce pas ? Tout ce qui vous intéressait, c'était le pognon que je vous rapportais. Vous saviez que ça allait finir comme ça, vous saviez que je survivrais pas face au gros, vous aviez déjà prévu ma mort pour vous en mettre plein les poches.

— J'ai toujours su que tu avais quelque chose de plus que les autres, Grinwok, se justifia-t-elle. J'ai voulu faire de toi un héros, une légende, et j'y étais presque arrivée.

— Un héros de patelin, s'enrichissant sur la misère des tribus.

— Je t'ai toujours bien traité, je t'ai toujours donné ce que tu voulais.

— Erreur, vous ne faisiez que me graisser la patte. Vous n'avez pas respecté notre marché.

— Très bien, tu es libre, dès demain je te placerai sur un bateau pour la Tamondor. Mais avant, aide-moi, Grinwok !

Elle avait sa main tendue vers lui dans l'espoir qu'il l'aide à se relever.

— Vous m'le promettez ?

— Tu as ma parole !

Hésitant sur le moment, Grinwok finit par saisir la main de la comtesse. Mais au lieu de la tirer vers lui, il lui brisa le poignet en le retournant d'un seul coup. Le cri de douleur d'Amestria remplit aussitôt la pièce.

— Ne te laisse pas avoir, beugla-t-elle en sanglot en essayant de ramper vers l'arrière. Tu vaux mieux qu'eux, Grinwok, ta place n'est pas de leur côté ! Tu n'es pas comme eux !

— Vous avez raison, accorda-t-il en se penchant vers elle d'une manière terrifiante. Je suis pire.

Grinwok enfonça une dernière fois son regard dans le sien pour graver cet instant à tout jamais, puis ajouta…

— Elle est à toi, mon gros.

Il s'écarta pour laisser place à un mastodonte sur patte qui avançait dans l'obscurité. Seuls ses iris turquoise brillaient dans la pénombre. Lorsque son museau ensanglanté entra dans la lumière des lanternes, Amestria s'arrêta de respirer.

— Non, non… gémit la comtesse. Tout ça n'était pas pour de vrai ! Dis-lui, Grinwok ! Dis-lui que tout ça n'était que pour le spectacle, rien que pour le spectacle ! Il n'était question que de ça, que d'un simple divertissement ! Pitié, Grinwok, fais quelque chose !

— Et qu'en est-il des innocents qui ont péri à Ner-de-Roc ? dit Tashi d'une voix si grave et lente qu'elle en donna des frissons à Grinwok. Vous les avez tués pour le spectacle, eux aussi ? Qu'en est-il de tous ceux qui ont perdu la vie dans votre arène pour amuser votre stupide galerie ?

— Désolé, comtesse, fit Grinwok avant de lui tourner le dos définitivement. Mais le spectacle est terminé.

Alors qu'il quittait la pièce sans regret, il entendit le hurlement de la comtesse brusquement éteint par le rugissement du Muban.

Pendant ce temps, les tribus prenaient l'avantage sur les forces humaines. La sortie les attendait au bout de l'allée, ils devaient se battre encore pour l'atteindre. Sheena et le reste de son clan Ishig prirent les devants et se mirent à cavaler sur les ennemis en se servant de leurs griffes pour en venir à bout. Les Iaj'ags balayèrent ce qui restait des gardes à l'aide des tridents qu'ils avaient dérobés plus tôt, avec le renfort des Koa'ts qui assuraient leurs arrières. Ils faillirent attaquer Grinwok et Tashi lorsque ces derniers débouchèrent d'un escalier pour les rejoindre. Heureusement, ils les reconnurent avant de lever leurs armes. Grinwok sentit toute l'hostilité qui se dégageait du regard de la plupart à son encontre. Et quand Sheena apparut sous ses yeux, elle ne manqua pas de lui envoyer un crochet du droit bien placé qui le plaqua contre le mur.

— Ça ira, s'interposa Tashi. Il a eu ce qu'il méritait dans l'arène. Il faut y aller, maintenant. Grinwok, debout.

— Tu m'expliques ? interrogea-t-il tout en se tenant la mâchoire.

— Plus tard, lorsque nous serons loin d'ici.

Ils n'étaient qu'à quelques pas de la sortie quand une violente mêlée éclata derrière eux. Grinwok se retourna et distingua de loin un combat entre une poignée de Muqilis et un groupe d'humains lourdement armés.

— Grinwok ! appela Tashi. Qu'est-ce que tu fais, c'est le moment d'y aller !

— M'attendez pas ! prévint-il avant de rebrousser chemin en direction de l'affrontement.

— Mais qu'est-ce qu'il fait ! s'exclama Sheena.

— Aucune idée, mais je vais avec lui, répondit Tashi. Allez-y, on se retrouve à la sortie de la ville.

Malgré leur force, les hommes-serpents peinaient à repousser l'assaut des gardes. Un des Muqilis eut la jambe transpercée par une lance et s'écroula sur le sol. À peine eut-il le temps de voir le guerrier lever son épée pour l'abattre qu'une créature verte bondit sur les épaules de l'homme pour le renverser. Grinwok fracassa la tête du guerrier contre la pierre et se mit devant le Muqili pour le protéger, ce qui déclencha quelques rires de la part des miliciens. Des rires qui s'arrêtèrent brutalement lorsque le Muban leur passa dessus pour broyer leurs os.

Le Muqili retira la lance coincée dans son os quand le reste des siens arriva, prêts à empaler l'Ugul et l'animal. Ils en furent empêchés par le Muqili blessé qui avait à présent une dette de vie à régler.

— C'est le moment ou jamais de choisir votre camp, les mecs, annonça Grinwok.

— Ils ne comprennent pas ce que tu dis, dit Tashi, gardant un œil méfiant.

— Oh, je suis sûr que si, insista-t-il en les regardant droit dans les yeux.

Il y eut un temps de non réponse qui commença à inquiéter l'Ugul intérieurement. Enfin, le plus grand Muqili de la bande siffla ses semblables, avant de hocher la tête en direction de Grinwok.

— Maintenant, on peut y aller ! lança-t-il à Tashi.

— Grimpe !

Grinwok se hissa sur le dos du Muban. Tashi n'attendit pas une seconde de plus. Suivit de près par les Muqilis, ils coupèrent à travers la ville en suivant le désordre provoqué par le beliagon et les tribus. Certaines constructions avaient fait les frais du Ghols qui n'avait pas hésité à les pulvériser pour libérer un passage.

Une fois hors de Pyrag, ils se mirent en quête de trouver les autres. Une tâche qui s'avérait être plutôt facile, le beliagon n'était pas une créature discrète. Ils firent quelques mètres le long de la route qui scindait la forêt en deux avant de tomber sur un chemin d'arbres abattus, sans nul doute creusé par l'alligator géant. Ils le longèrent jusqu'à un marais où tout le monde se trouvait, y compris le beliagon, qui pataugeait dans l'eau noire.

— On a réussi, dit Sheena en regardant autour d'elle. On est dehors.

— Et entiers, ajouta Grinwok en descendant du Muban.

L'Ishig lui envoya un regard aigri. Elle n'avait toujours pas pardonné la trahison de celui qu'elle avait admiré et estimé.

— Écoutez, tout le monde, s'exprima Grinwok. Même si vous ne pouvez pas tous comprendre ce que j'dis, sachez que j'suis désolé.

J'vous avais promis qu'on repartirait tous avec les chariots de nourritures.

— Encore un mensonge de ta part, piqua Sheena.

— C'est vrai, j'vous ai pas ramené les chariots. Mais j'espère que ça, ça aidera à compenser.

Il enfonça la main dans son pantalon, sous la consternation et la curiosité de certains, et sortit une fine dague en argent recourbée au manche serti de pierres précieuses.

— Argent faire mal aux dents, signifia R'haviq.

— Quoi ? Mais non, c'est pas pour… C'était censé être mon dû pour avoir servi la comtesse. Je l'ai pris pendant que le gros s'occupait de son cas. Avec ça, y a de quoi se payer un millier de chariots.

Il tendit la relique à Sheena.

— Prenez là, c'est vous qui l'avez méritée.

Sheena ne sut quoi dire. Un Ugul se séparant de son trésor, personne n'avait jamais vu ou entendu une telle histoire. Elle s'en empara timidement, comme si la dague était en verre et risquait de se briser à tout moment, puis la rangea dans son carquois vide.

— Et maintenant ? intervint Tashi. Qu'est-ce qu'on fait ?

— C'est ici que nos chemins se séparent, j'imagine, songea Sheena.

— Attendez ! s'exclama Grinwok. Vous devriez… enfin, on devrait… Venez avec nous à Ner-de-Roc.

— Quoi ? s'étonna Tashi.

— Ah, oui, c'est vrai, j'ai oublié d'te parler de cette idée.

— En effet, reprocha le Muban. Mais c'est une idée que je suis prêt à accepter. Je n'ai pas besoin d'autant de place pour dormir.

— Je suis prêt à parier qu'on en a pas encore fini avec ces trous d'cul, reprit Grinwok. Si on se sépare, on redeviendra vulnérables. Et avec le meurtre de la comtesse, on peut être sûrs qu'ils ne nous lâcheront plus. Si on reste ensemble, on aura de quoi leur remettre une sacrée branlée. Le village est grand, on pourrait tous y vivre. Bon, c'est vrai, il y a beaucoup de choses à rebâtir, mais… (Il se tourna vers Sheena.) On pourrait les rebâtir ensemble.

— Iaj'ags nulle part où aller, dit R'haviq. Iaj'ags te suivre, ami.

Grinwok hocha la tête.

— Bon, vous, les débiles, j'ai pas besoin d'vous demander votre avis, hein, dit-il en riant, parlant des Kedjins qui se frottaient à lui dès qu'ils l'effleurait.

Quant aux Koa'ts, Grinwok fit un pas vers eux, replongeant une fois plus la main dans son pantalon.

— J'crois que ceci vous revient, déclara-t-il en offrant le pendentif du chef Kunvak qu'il avait réussi à récupérer après sa mort.

Il ouvrit sa main, et à l'intérieur se trouvait de petites pierres blanches comme la neige qui étincelaient sous la lune.

Visiblement ému, le Koa't à qui il l'avait tendu s'abaissa à son niveau pour les voir de plus près. Les yeux globuleux de l'homme-crapaud brillaient d'émotions. Aussi, il rabattit sa grosse main sur celle de l'Ugul et la lui fit refermer.

— C'est un cadeau qu'ils te font, expliqua Sheena. Tu n'as pas le droit de le refuser.

— Dans ce cas…

Il se l'attacha autour du cou.

— J'en prendrai soin.

Puis il se pencha en avant pour les remercier.

— Et toi ? questionna-t-il en s'adressant à Sheena.

— Notre foyer n'est plus aussi confortable qu'il l'était autrefois.

— Ça veut dire oui ? Ça veut dire que tu viens ?

— Ça veut dire que si jamais tu t'avises une fois de plus de nous trahir, je m'occuperai de te couper les testicules pour remplacer mes boucles d'oreilles.

— Ah, bordel, c'est ça ! clama-t-il en se tournant vers Tashi. Je savais que j'avais déjà entendu cette histoire quelque part !

— On devrait y aller, répliqua le Muban.

— T'as raison, bougeons de là, enchaîna Grinwok en passant devant tout le monde pour observer le paysage noirci par la nuit. J'ai absolument aucune idée du chemin à prendre.

— Monte, crétin, bouscula Tashi qui, lui, connaissait la route.

Ils s'enfoncèrent ainsi dans la jungle sans se retourner. Un sentiment de fierté et de satisfaction envahit Grinwok qui entendait jacasser ses nouveaux amis dans leur langue. Sept races différentes arpentaient ensemble la terre Erivlaine sans croiser le fer. Il ignorait si rassembler autant de tribus en un même lieu était raisonnable, mais il était devenu évident pour la majorité que désormais cela n'avait plus d'importance.

Patritus découvrit tard dans la nuit les restes de la comtesse. Son bassin et ses jambes, ainsi que des lambeaux de sa robes maculée de sang. Il était agenouillé dans une mare rouge sombre auprès de ce qu'il restait de sa supérieure.

— Mon seigneur, fit un garde qui venait d'entrer avec un sentiment de dégout lors de la découverte du corps. Nous n'avons pas pu poursuivre les prisonniers. La jungle est bien trop…

— Dangereuse de nuit, oui, je le sais. Ça ne fait rien, répondit Patritus en ne détachant pas son regard des morceaux de corps. Soignez les blessés, enterrez les morts, puis rassemblez tous ceux qui peuvent encore se battre.

— Mon seigneur ?

Patritus se releva, puis se tourna vers le garde, les yeux remplis de colère.

— Nous allons les retrouver. Et je sais exactement où il faut chercher.

# CHAPITRE 22
## Une Conversation Inachevée

Lezar enfila sa tunique religieuse face au miroir fixé au mur de sa chambre. Son habit brodé de motifs argentés était suffisamment ample pour cacher la maigreur squelettique qui lui donnait un air malade. Le soleil n'était pas encore levé, et le palais était toujours bercé par les rêves de ses occupants. Lezar profita du calme innocent qui régnait pour brosser son écharpe de Sbire, assis rigidement sur son lit. Il chérissait ces instants anodins avant la prise de ses fonctions ; se retrouver avec lui-même était un luxe auquel la plupart de ses confrères n'avaient pas droit. Il en avait conscience, sa chance de servir un dieu lui offrait certains privilèges, comme celui d'être tenu à l'écart des autres fidèles et des rassemblements.

Ces temps-ci, il n'était plus en proie aux nausées soudaines et aux crises d'angoisse. Il s'était finalement habitué au climat kergorien qu'il pensait être à l'origine de ses malaises. Ses tremblements ne l'empêchaient plus d'exercer ses tâches, et il n'était plus aussi tourné vers les prières que lors de ses premiers pas sur le continent. Lezar avait pris de l'assurance, pour sûr. Lors de ses déplacements avec l'Immortel, il ne se contentait plus de suivre son ombre. Désormais, il marchait à ses côtés, imitant sa cadence et sa posture. Sa voix était plus posée, moins hésitante, il savait donner des ordres sans les tourner sous forme de requête. Il avait plus appris en observant son maître qu'en cherchant des réponses dans les livres qu'il avait emportés avec lui. En étudiant le Seigneur de Feu sur le terrain, il n'était pas seulement devenu un véritable Sbire, il était devenu le Sbire que Mardaas avait toujours recherché.

Après avoir posé délicatement son écharpe imortis sur ses épaules, Lezar quitta sa chambre pour se rendre en cuisine et s'assurer que le petit déjeuner de son maître était prêt. Une tâche pour le moins insignifiante qui importait beaucoup pour le jeune homme. Même si Mardaas lui-même se fichait pas mal de ce que contenait son plateau, Lezar en revanche voulait s'assurer qu'il ne manquait de rien. Et justement, c'était en cuisine qu'il s'était entrainé à affirmer son autorité.

Une fois le plateau en main, il monta jusqu'à l'appartement de son maître. Il n'avait pas besoin d'attendre son réveil, Mardaas dormait aussi peu que lui. Il savait qu'il pouvait entrer dans sa chambre à n'importe quelle heure et le trouver éveillé, penché au-dessus de son bureau. Leur premier échange ne se traduisait par aucun mot, sinon un simple croisement de regard. Cela suffisait à Lezar qui y voyait là un regain de force envoyé par son maître pour affronter la journée.

Si le Seigneur de Feu n'avait pas de consignes à donner, le jeune Sbire était autorisé à se retirer. Comme ce fut le cas ce matin-là, Lezar usa de son quartier libre pour s'engager dans le palais. Parfois, très souvent même, il était interpellé dans les couloirs par les prêtres qui avaient toujours un message sacré à transmettre à l'Immortel. Derrière ces paroles saintes, Lezar y entrevoyait clairement de la jalousie à son égard. Les prêtres enviaient sa situation, eux avaient traversé les âges pour espérer atteindre cet ultime but. Il n'en était rien pour Lezar, qui, selon eux, s'était trouvé là au bon endroit, au bon moment. Ils ne comprenaient pas un choix pareil de la part du

Seigneur de Feu. Un jeunot inexpérimenté, sans sagesse, sans charisme, ils avaient imaginé que son père, le prêtre Arban, y était pour quelque chose. Lezar était désolé pour eux. Même s'il comprenait leur consternation et leur frustration, il serait blasphématoire de contester la décision d'un Immortel, encore plus celle du bras droit de l'Unique.

De fait, il lui arrivait de faire en sorte de ne pas croiser leur chemin lorsqu'il circulait seul. D'ailleurs, il en était de même pour l'Immortel Céron. Lezar faisait tout son possible pour ne pas tomber dessus au détour d'un couloir, et il n'avait nul besoin des mises en garde de Mardaas pour agir de la sorte. Depuis des mois, des employés du palais disparaissaient mystérieusement pendant plusieurs jours avant que leur corps ne soit retrouvé mutilé dans un débarras ou un garde-manger. Des hommes, des femmes, des vieillards, mais aussi des enfants. Céron n'avait aucune morale — ce qui était une des caractéristiques principales des Immortels. Il jetait son dévolu sur la première âme innocente qui attirait son attention et ne s'en détachait qu'une fois celle-ci hors d'usage. Qui pouvait l'en blâmer ? Personne n'avait le pouvoir de faire de reproches à l'Immortel, il pouvait agir en toute impunité comme un dieu fou qui terroriserait ses fidèles. Malgré les remontrances récurrentes de Mardaas, dont le grade hiérarchique était important, Céron n'en faisait qu'à sa tête. Il était imprévisible, et c'était ce qui inquiétait le Seigneur de Feu.

De son côté, Lezar avait tout de même développé une technique pour ne pas se retrouver sur la même route que lui. Les gémissements euphoriques de l'Immortel étaient perceptibles depuis l'autre bout du domaine. Alors, dès que le Sbire entendait des rires aigus ou une voix haut perchée qui fredonnait une chanson, il s'empressait d'emprunter un autre passage.

Ce matin-là, tandis qu'il sortait du palais au niveau d'un chemin dallé, il aperçut un drôle d'attroupement près des jardins. Il ne voyait pas très bien à cause des statues qui obstruaient le cadre, mais il reconnut facilement l'accoutrement du culte.

— Qu'est-ce qui se passe ? s'enquit Lezar qui était venu vérifier.

Un des Imortis se retourna vers lui. Lorsqu'il posa le regard sur son écharpe de Sbire, son expression se raidit.

— On nous a demandé de ramener des esclaves au palais.

Entre deux têtes, Lezar distingua un rang d'hommes et de femmes enchaînés les uns aux autres qui suivaient une voix forte.

— On ? qui ça, on ?

— Les ordres viennent du prêtre Saramon.

— Nous avons déjà du personnel au palais.

— Ce n'est pas pour du service, mais pour des travaux.

— Quel genre de travaux ?

— Le jardin.

— Qu'est-ce qu'il a, le jardin ?

— Le prêtre veut y bâtir une chapelle ici, à la gloire du Seigneur de Feu. Il faut donc déraciner ces arbres, ces statues et ces parterres de fleurs.

Lezar ne discuta pas ce projet, il y était même favorable.

— Si vous avez besoin de quoi que ce soit, n'hésitez pas à…

Il se coupa la parole lorsqu'il découvrit le visage de certains esclaves. Celui de Hazran lui était inconnu, mais pas celui de Kerana. Il y eut un instant de flottement dans son esprit, comme lors d'un rêve. Leurs regards se saisirent durant quelques secondes, les plus longues de sa vie. Kerana rompit le contact instantanément dès lors que la voix forte du fidèle éclata, ce qui ramena Lezar à la réalité.

— Si vous avez le moindre problème, ajouta Lezar d'une voix calme, venez me trouver, personnellement.

— Bien, répondit le fidèle en penchant le menton vers l'avant.

Lezar tourna les talons et rentra au palais, soucieux de la présence de celle qui avait tenté de tuer son maître. Il hésitait à en faire part à Mardaas. Pour l'heure, il préféra garder le silence. De toute manière, il comptait bien, lui aussi, surveiller les moindres faits et gestes de la jeune femme durant son labeur au sein du palais.

— Il n'y a pas si longtemps encore, je franchissais ce jardin en homme libre et respecté. Jamais je n'aurai cru remettre les pieds ici en tant que prisonnier, dit Hazran en contemplant l'architecture des colonnes.

— J'ai une maquette du palais dans ma chambre qui me sert de veilleuse, enchaîna Kerana. Elle s'illumine à la tombée de la nuit, comme l'original. J'ai toujours trouvé cet endroit magnifique. Dommage qu'il n'ait jamais été entre de bonnes mains.

Ils ramassèrent les outils qu'on venait de leur déposer et se mirent immédiatement au travail lorsque le premier coup de fouet retentit.

— Je ne me suis jamais caché de dire que l'incompétence était la meilleure compétence des Tan-Voluors, commenta Hazran en récupérant une pioche. Encore que Vezeral était bien le seul à en avoir conscience, contrairement à son fils.

— La sagesse s'acquiert avec l'expérience, rétorqua Kerana qui avait pris possession d'une pelle. On ne peut pas demander à un enfant de douze ans d'avoir le recul d'un homme de soixante.

— Angal est plus intelligent qu'il en a l'air. Si seulement il arrêtait de *jouer* au roi et qu'il se contentait *d'être* un roi, on avancerait déjà un peu plus. Enfin… Tout ça n'a plus d'importance, aujourd'hui. Tiens, aide-moi à creuser ici.

La matinée était rythmée par le son des outils et par les voix sévères des Doyens qui supervisaient. Le soleil à peine levé tapait aussi fort sur la peau que la pioche de Hazran sur la roche. Assez rapidement, la chaleur devint une épreuve de plus à surmonter.

Cela brisait le cœur de Kerana de détruire un aussi joli coin de nature.

*J'aurais pu me servir de ces fleurs pour des remèdes*, songea-t-elle dans un second temps. Elle envoyait de grands coups de pelle dans la terre, ce qui lui donnait l'impression de creuser sa propre tombe.

Après des heures d'efforts, l'outil commençait à lui brûler les mains. Ses vêtements étaient couverts de poussière, la crasse s'était barbouillée sur son visage, Kerana puisait dans toutes ses forces pour accomplir son travail. Elle n'était poussée par nulle envie ou dévouement, mais pourfendre quelque chose avec une potentielle arme lui procurait un sentiment de défoulement qui lui faisait du bien.

— Si tu continues de creuser aussi profondément, tu vas finir par libérer l'Otuld'um, plaisanta Hazran en s'essuyant le front.

Il réussit à faire esquisser un demi-sourire à la jeune femme qui ralentit sa cadence et décida de lâcher la pelle quelques secondes. Mais son sourire s'évapora soudainement quand elle leva la tête vers les balcons du palais. Hazran l'observa alors s'égarer dans un autre temps.

— Kera ?

Elle ne semblait pas l'avoir entendu. Kerana scrutait les lointaines fenêtres comme si elle pouvait voir au travers, imaginant que Mardaas pouvait se terrer derrière chacune d'entre elles.

— Il est ici.

— Qui ça ?

— Mardaas.

— Qu'est-ce qu'il ferait ici ? À mon avis, il a bien mieux à faire que de s'enfermer entre quatre murs. Il doit être sur son île ou quelque part en train de rayer un village de la carte.

— Non, il est ici. J'en suis sûre.

— Comment tu le sais ?

Elle réfléchit à une réponse censée, sans y parvenir.

— Je le sens.

— De toute façon, qu'est-ce que ça change ? Nous ne sommes rien pour lui, si ce n'est des pions.

— Il faut que je lui parle.

— Quoi ? Tu parles sérieusement ?

Elle hocha la tête, et Hazran secoua la sienne.

— Pourquoi ? questionna-t-il, ne pouvant imaginer qu'une raison valable puisse exister dans l'esprit de la fille.

— J'étais venue pour avoir des réponses, je ne les ai pas toutes eues.

— Désolé, mais là je ne te suis pas.

— Peu importe.

— Peu importe ? Écoute, je sais reconnaître les personnes qui ont des choses à cacher, j'ai été entrainé à ça, et c'est la première chose que j'ai décelée chez toi lors de ton arrivée. Je ne sais pas ce qui se passe entre toi et ce démon, mais tu ferais mieux de t'éloigner le plus possible de lui. Malgré sa légende et ses pouvoirs, il ne reste qu'un meurtrier, n'oublie jamais ça.

— Un meurtrier qui m'a sauvé la vie.

— Et qui en a éteint des millions. Quoi qu'il ait pu faire, quoi qu'il fasse, cela n'effacera jamais ses crimes.

— Et maintenant, c'est moi qui en suis responsable, avoua-t-elle avec regret. Tout ce qui arrive, c'est de ma faute.

— Qu'est-ce que tu dis ? Tu n'as rien à voir avec ce qui se passe.

— Au contraire, si je n'avais pas été impliquée dans cette histoire, rien de tout ça ne serait arrivé… Ou peut-être que si, je n'en sais rien. Tout ce que je sais, c'est que les crimes de Mardaas, aujourd'hui, sont aussi les miens.

— Je ne comprends pas, il n'a fait que te sauver la vie.

— Et j'ai sauvé la sienne.

Hazran avait cru mal comprendre.

— Tu quoi ?

— J'aurais pu le laisser mourir, j'aurais pu laisser le poison le tuer cette nuit-là, mais je ne l'ai pas fait. Je pensais qu'il n'y avait pas d'autres choix, que c'était le seul moyen pour nous de nous en sortir, alors je l'ai sauvé. Tout ce qui est arrivé ensuite, la fin de l'Ordre des Puissants, la défaite des Aigles de Fer à Morham, la disparition de ma fille, et… ici, tout ça, c'est uniquement de ma faute.

— Tu savais qui il était, tu connaissais son histoire, pourquoi as-tu fait une chose pareille ?

Elle allait répondre, mais au même moment les fidèles les interrompirent.

— Vous n'êtes pas dans une taverne, ici. Reprenez vos outils et remettez-vous au travail.

Quelqu'un avait dû leur lancer une réponse cinglante, car soudainement, un fidèle s'en prit à un vieillard. Ce dernier implora la pitié lorsque son bourreau le roua de coups à l'aide d'un bâton clouté. Certains voulurent prendre sa défense, mais ils reçurent le même châtiment de la part des autres Imortis. Hazran et Kerana accoururent pour les séparer et calmer la situation, l'ancien général s'interposa entre un Doyen et un jeune garçon tout frêle pour faire cesser son calvaire, et tandis que Kerana entreprit de faire la même chose pour épargner à une fille de son âge de connaître un courroux similaire, elle sentit ses jambes se dérober lorsque le fidèle se retourna brusquement vers elle.

— Sigolf ? lâcha-t-elle le souffle court, reculant de terreur à la vue de son visage profondément marqué.

Il lui était impossible de répondre, et pour cause, ses lèvres étaient retenues par un lien qui condamnait sa parole. Sa peau était devenue plus pâle, accentuant le noir de ces cernes, et son regard n'avait plus rien à voir avec l'homme qu'elle avait connu.

— Qu'est-ce qu'ils t'on fait ? murmura-t-elle à peine, le ton abattu.

Elle voulut le prendre dans ses bras pour lui déclencher une réaction, mais l'idée lui sortit immédiatement de la tête. Sigolf ne sourcilla pas, il était planté là comme un mort-vivant, immobile, impassible, fixant Kerana comme une personne étrangère qui n'avait rien à faire ici.

— Sigolf, c'est moi ! insista-t-elle en faisant un pas en avant vers lui qui entraina aussitôt un retrait de sa part.

Elle sortit un objet de sa poche qu'elle lui tendit dans l'espoir de le ramener à la réalité. La carte de jeu que l'officier avait l'habitude de porter autour du cou, symbole de son courage et de sa force. La carte avait des pliures importantes sur les extrémités qui montraient son usure. Quant à l'illustration, elle avait perdu ses couleurs vives. Elle avait été piétinée par des centaines de passants avant d'être balayée par les bourrasques.

— Retourne au travail, esclave, ordonna Hatess en surgissant de derrière Sigolf

L'homme le récupéra par le bras et le guida.

— Qu'est-ce que vous lui avez fait ? interrogea Kerana dont les sanglots commençaient à lui brûler la gorge. Sigolf ! Je suis désolée, je n'aurais jamais dû t'entraîner là-dedans…

Hatess lâcha Sigolf et pivota vers elle, le visage ferme.

— Qui que tu sois pour lui, oublie-le. À présent, nous sommes sa famille.

— Il a déjà une famille, contesta-t-elle avec colère, et elle attend son retour. Vous n'avez pas le droit de lui enlever sa vie.

— Cette vie dont tu parles nous l'en avons délivré. Il méritait bien mieux que ça.

— Vous ne le connaissez pas.

— Au contraire. Qu'est-ce que tu crois ? J'étais comme lui, avant. Et comme toi. Je pensais être heureux, je pensais ne manquer de rien, mais je me trompais. Tous les jours, pendant vingt-ans, je me levais aux aurores pour nourrir ma famille, pour que nous puissions avoir ne serait-ce qu'un quignon de pain sec dans l'assiette. Tout ça pour quoi ? Pour vivre une journée de plus ? Et ensuite ? Recommencer, encore et encore, jusqu'à ce que la maladie nous emporte ? Nous errons sans but. À quoi bon continuer une existence damnée si la fin du voyage s'achève dans le néant.

— Bravo, tu as bien appris les leçons du Mortisem, piqua-t-elle sur un ton acerbe. Et je suppose que tu vas me sortir le couplet sur la main salvatrice tendue vers l'Exilé destinée à lui offrir toutes les réponses sur la Vie et à donner un sens à son existence ? Ne te fatigue pas, je l'ai lu, votre pavé. Beaucoup d'encre pour pas grand-chose.

— Dans ce cas, tu sais pourquoi nous faisons tout ça.

— Je le sais, oui, mais ça ne veut pas dire que je le comprends.

— Peut-être un jour, qui sait, tu ouvriras enfin les yeux... Si tu es toujours vivante.

Hatess mit fin à la conversation et murmura des paroles inaudibles aux oreilles de Sigolf. Celui-ci, écoutant aussi attentivement qu'une messe, acquiesça plusieurs fois avant de quitter le chantier. Il rejoignit, sans se retourner, un petit groupe qui partait pour la basse-ville. Kerana ne le savait pas encore, mais c'était la dernière fois qu'elle le voyait.

— Tu les connaissais ? questionna Hazran, qui avait tout écouté.

— Seulement celui qui ne parlait pas.

— Un proche ?

Encore troublée, elle mit un certain temps avant de faire oui de la tête. Puis un fracas soudain les sortit de leur conversation. Les portes du palais qui venaient de s'ouvrir en grand avaient attiré leur attention. Tous suivaient du regard la grande silhouette masquée qui franchissait le chemin dallé au milieu du jardin, escortée par une garde prétorienne qui donnait l'illusion que le monde avait rétréci tant leur taille était extraordinaire. Un sentiment d'effroi s'était emparé de la plupart des esclaves qui avaient oublié ce pour quoi ils étaient là. C'était à peine s'ils osaient renifler un peu trop fort, tous leurs muscles s'étaient raidis comme de la pierre. Ils ne pouvaient pas faire semblant d'ignorer cette présence à l'aura saisissante et brûlante.

Kerana l'épia depuis la tranchée qu'elle avait creusée, les mains resserrées fermement autour de son outil. Elle n'avait qu'une envie, lui assener un coup de pelle bien placé à la nuque. Hazran devina les intentions de la jeune femme, il arrivait à sentir son esprit bouillir.

— Kera, chuchota-t-il sur un ton désapprobateur, ne fais rien de stupide.

Mais Kerana ne l'entendait pas de cette oreille. Elle jeta un coup d'œil aux Doyens chargés de les surveiller, puis revint sur Mardaas qui traversait prestement la cour avec son Sbire. Ce dernier passa devant elle sans même le savoir. Possédée par une rancœur impétueuse, Kerana lâcha sa pelle et se hissa hors du trou de terre. Hazran tenta de la rattraper par le bras, mais elle le repoussa violemment. Les aboiements des Doyens à son encontre lui étaient indifférents, elle était déterminée à en découdre une seconde fois.

— Mardaas ! cria-t-elle avec fureur, s'attirant les foudres de tous les religieux aux alentours.

Lezar, ainsi que les Prétoriens, se retournèrent immédiatement vers elle.

— Notre conversation n'était pas terminée, ajouta-t-elle en avançant avec hargne vers lui, malgré les hallebardes pointées dans sa direction. Cesse de me fuir, cesse de me tourner le dos, regarde-moi, AFFRONTE-MOI !

Mardaas fit alors volte-face, mais à ce moment-là, Kerana fut brutalement emprisonnée par les Doyens qui essayaient tant bien que mal de l'immobiliser.

— Je comprends pourquoi tu portes ce masque, hurla-t-elle en se débattant. C'est parce que tu refuses de voir le lâche que tu es !

— Faites-la taire ! s'insurgea un Doyen.

Un premier coup de poing percuta Kerana à l'abdomen, puis un deuxième lui brisa le nez. S'ensuivit un déchaînement de violence qui la fit s'écrouler sur le sol.

Mardaas assista impuissant au courroux de ses fidèles. La voix explosive de Kerana avait rameuté un bon nombre de curieux sur les balcons du palais. Du coin de l'œil, le Seigneur de Feu identifia Céron penché au-dessus d'une fenêtre pour ne rien rater du spectacle, ainsi que Kazul'dro, qui semblait lui aussi s'intéresser bien trop à la scène.

Malgré son casque prétorien intégralement fermé, Mardaas pouvait sentir son regard braqué sur lui.

— Emmenez là dans le désert, ordonna un Doyen, et enterrez là vivante dans le sable.

— Non, intervint calmement Mardaas. Reculez.

Les Doyens hésitèrent une fraction de seconde, puis obéirent. Kerana perdit l'équilibre et s'étala une nouvelle fois sur les dalles maculées de son sang. Mardaas resta silencieux, aussi droit que les colonnes du palais, puis s'abaissa à son niveau. Alors qu'elle s'attendait à ce qu'il lui tende la main pour la relever, elle se fit abruptement saisir par la gorge pour se faire soulever. Ses pieds ne touchaient plus le sol, et elle entra dans une nouvelle agonie. La main fumante de Mardaas se referma encore un peu plus autour de son cou, jusqu'à lui couper la respiration.

— Visiblement, tu as beaucoup de choses à me dire, dit-il sur ton glacial.

Kerana suffoquait douloureusement. En plus de la strangulation, elle ressentait une intense brulure qui lui rongeait la peau. La situation en devenait insoutenable pour Hazran, qui se hissa lui aussi hors de terre pour venir à son secours. L'Imortis qui voulut l'en empêcher reçut un puissant coup de tête qui l'assomma.

— Lâche-là, fils de pute ! s'égosilla le général à l'encontre de l'Immortel.

Les Doyens se ruèrent à présent sur lui pour le châtier. Le poing de Hazran se heurta contre le masque doré de l'un d'entre eux et il esquiva une attaque frontale. Malheureusement, il fut rapidement maîtrisé. L'acte courageux de l'homme inspira les autres esclaves qui virent là une occasion pour se rebeller. En soutien, ils ramassèrent les haches et les pioches, et bondirent sur les fidèles. Une mêlée sanglante se déroula sous les yeux des témoins perchés sur les balcons, et sous les applaudissements frénétiques de Céron qui sautillait sur place à la vue d'une telle révolte.

Tandis que le pouls de Kerana faiblissait considérablement, Mardaas la libéra, la faisant chuter à ses pieds.

— Assez ! s'exclama-t-il en se montrant menaçant. Retournez au travail !

Les prisonniers s'étaient regroupés pour ne former qu'un seul bloc de force. Leurs armes tremblantes et rouillées étaient toutes dirigées vers l'Immortel. Un esclave trentenaire brandit un pique en bois et chercha à faire reculer le géant.

— N'avance pas ! Sinon tu… je…

— Vas-y, encouragea Mardaas avec une voix venue des profondeurs. Fais-le.

Pris par l'adrénaline, l'homme poussa un cri de guerre et courut aveuglément le pique tendu. Mardaas attrapa l'arme et la brisa en seul geste, puis écrasa le visage de l'assaillant avec sa main, le faisant prendre feu spontanément. Les gémissements étouffés de l'homme paralysèrent celles et ceux qui comptaient lui venir en aide. La chair fondit en un temps record et le crâne ne résista pas à la force de l'Immortel qui le fit exploser en mille morceaux.

— Retournez au travail, répéta le Seigneur de Feu d'une manière plus détendue.

— Que faire de la fille ? s'enquit un Doyen.

— Enfermez là dans une cellule. Je m'en occuperai personnellement, répondit-il avant de reprendre sa route.

Ce n'est que tard dans la nuit que Kerana retrouva ses esprits. Elle fut réveillée par une douleur atroce au niveau du cou qui ne semblait pas vouloir s'estomper. Ses poignets étaient enchaînés à un mur froid et rugueux qui n'avait jamais connu la lumière. Quant au reste de son corps, il trempait dans une grande flaque aussi nauséabonde qu'un conduit d'égout. La cellule n'avait vraisemblablement jamais été nettoyée ni même ouverte depuis des décennies, et pour cause, elle se trouvait dans le niveau le plus enfoui et le plus ancien de la prison. Kerana utilisa la froideur des bracelets métalliques pour apaiser le feu qui ravageait son cou. En effleurant les dégâts sur sa peau, elle prit conscience du geste délibéré de l'Immortel qui visait à lui faire du mal. Sa gorge avait été asséchée comme jamais. Morte de soif, Kerana se résolut à boire l'eau croupie dans laquelle elle baignait dans l'espoir de soulager sa souffrance, mais le goût infâme la fit douloureusement régurgiter.

Derrière la porte épaisse de sa prison, des bruits de pas s'intensifièrent. Kerana avait le sentiment qu'ils lui étaient destinés. Elle se colla au mur et ramena ses jambes endolories contre elle en attendant la suite de son sort.

Lorsque la porte s'ouvrit, un simple garde en armure kergorien apparut. La torche qu'il tenait éclairait un visage grossier et moustachu.

— Le Seigneur de Feu souhaite s'entretenir avec toi, déclara-t-il avec un accent Tamondien.

Le garde rondouillet recula et laissa entrer le géant masqué qui dut se baisser pour passer l'encadrement.

— Laisse-nous, exigea Mardaas.

Ainsi, la porte se referma, et tous deux se noyèrent dans la pénombre absolue. Kerana percevait la respiration lourde de l'Immortel, elle sentait sa présence juste au-dessus d'elle. Puis subitement, les torches fixées aux murs s'enflammèrent en même temps, aveuglant temporairement la jeune femme.

— Tu avais raison, lança-t-il en la fixant sans bouger. Notre conversation n'était pas terminée.

Kerana avait encore du mal à parler à cause de ses blessures. Elle lui répondit par un regard assassin.

— J'aimerais comprendre ce qui t'a pris cet après-midi, continua-t-il en aggravant sa voix. Si tu voulais te faire tuer, alors tu ne pouvais pas trouver meilleur moyen. Au palais, en plus, devant Kazul'dro et les autres. Non, mais qu'est-ce que tu as dans la tête ? Regarde dans quel état tu es.

— C'est toi qui m'as fait ça.

— Je n'avais pas le choix. Tu nous as mis tous les deux dans une position des plus délicates. Si j'avais été clément, Kazul'dro se serait douté de quelque chose.

— Pourquoi tu ne m'as pas tuée, alors ? Ça aurait réglé le problème.

Mardaas ne sut quoi répondre.

— Pourquoi est-ce que tu me gardes en vie comme du bétail ? Si tu voulais me faire souffrir, tu n'avais pas besoin de faire ça en plus.

— Je sais que tu ne me croiras pas, mais ça n'a jamais été mon intention.

— Là-dessus, tu as raison, je ne te crois pas. Quand je pense à tout ce que je t'ai confié, à tout ce que j'ai fait pour toi. Toi, pendant ce temps, tu me manipulais pour arriver à tes fins. J'espère que tu as bien été récompensé pour ta mission, parce qu'elle a été réalisée avec succès, je peux en témoigner.

— Arrête ça.

— Qu'est-ce qui se passe ? Le grand Mardaas est trop modeste ? Après tous ces siècles de tromperies et de trahisons, ça m'étonne de toi. C'est qui, le prochain sur la liste ? Ton Sbire ? Tu vas tout lui mettre sur le dos pour te dédouaner de tes responsabilités ? Ou alors tu vas peut-être lui raconter ton histoire tragique montée de toutes pièces pour qu'il éprouve de vrais sentiments à ton égard, puisque c'est le seul moyen pour qu'une telle chose arrive.

— Assez ! gronda-t-il dans ses oreilles.

— J'aurais dû laisser la morsûna te tuer.

— Le fait est que tu ne l'as pas fait. Maintenant, tu écoutes. C'est vrai, je me suis servi de toi et de ta famille pour atteindre l'Ordre des Puissants. Mais s'il y a bien une chose de vraie, c'est que je ne t'ai jamais menti.

— Comment peux-tu oser me dire ça ?

— Tout est vrai, je n'ai rien inventé. Lorsque nous étions dans ce laboratoire, c'était moi, pas cet idiot de Seigneur de Feu. L'histoire avec Lyra est authentique, peu de personnes vivantes sont au courant, et tu dois garder ça pour toi.

Il vit l'expression haineuse de Kerana chavirer, et cela le glaça soudainement.

— À qui est-ce que tu l'as dit ? interrogea-t-il, le ton hésitant.

— Mon frère.

— Personne d'autre ?

— Pour l'instant, non.

— Kera, personne ne doit savoir. Je dois garder ma pleine autorité encore un moment, le temps de…

— De quoi ?

— De mettre en ordre mes affaires.

— Et après ?

— Il n'y aura pas d'après.

— Qu'est-ce qui me dit que tu n'es pas encore en train de me manipuler ? Je n'arrive plus à te faire confiance, Mardaas. Regarde où je suis, regarde ce que je suis obligée de faire pour survivre. C'est toi qui m'as enfermée ici, c'est à cause de toi que je suis là.

— Je pensais qu'en gardant un œil sur toi, en sachant où tu te trouvais, tu serais en sécurité. Mais je me suis trompé. C'est pour ça que je suis là.

Elle le regarda, interloquée.

— Garde ! appela-t-il.

L'homme moustachu réapparut. Ils étaient à présent un peu à l'étroit dans cette cellule qui ne pouvait accueillir que deux condamnés tout au plus.

— Vous m'avez demandé, Seigneur ?

— Est-ce que tu as envie d'elle ?

La question si soudaine le dérouta.

— Elle, la prisonnière ?

— Évidemment, pas moi, crétin.

— Bah, c'est-à-dire que j'ai déjà une femme à la maison. Mais bon, elle est moche, donc je ne cracherai pas dessus, c'est sûr !

— Donc, si vous vous retrouviez seuls, tu profiterais de la situation ?

Le garde hésita, mais pas longtemps.

— Ouais, je pense, ouais !

— Je te remercie.

Dans la seconde, on entendit un craquement osseux. l'Immortel avait rompu le cou de l'homme.

— Qu'est-ce que tu fais ! s'écria Kerana juste avant que le corps ne plonge dans la flaque et ne l'éclabousse.

— Je ne vois pas de quoi tu parles. C'est toi qui l'as tué pendant qu'il essayait de te violer. Tu t'es débattue, et dans l'action tu lui as brisé la nuque.

Kerana ne comprenait pas où le géant voulait en venir. Tout ce qu'elle savait, c'était qu'elle allait devoir expliquer le meurtre d'un homme lorsqu'on viendrait la chercher.

Pendant ce temps, Mardaas s'agenouilla dans la mare pour fouiller le cadavre.

— Heureusement, il avait les clés sur lui, dit-il en les secouant devant elle. Tu les as arrachées à sa ceinture, puis tu t'es libérée.

Les liens de fer cédèrent et Kerana retrouva le contrôle de ses mouvements.

— Mardaas, qu'est-ce que tu...

— Un convoi de marchandises quittera la ville aux premiers signes de l'aube. J'ignore où il se rend, mais peu importe. Lezar t'y conduira. Rentre chez toi.

— Et ma fille ?

— Kera, je te l'ai déjà dit, oublie-la. Ton enfant appartient aux Immortels, que tu le veuilles ou non. Tu ne peux rien faire pour elle.

— Je suis sûre que je...

— Tu perdras la vie si jamais tu t'approches du domaine de Baahl, crois-moi. Ce serait un sacrifice inutile.

Elle se terra dans un silence douloureux.

— Dans ce cas, promets-moi que tu veilleras sur elle, quoi qu'il arrive.

Mardaas était réticent à cette idée, Kerana le voyait.

— Mardaas, s'il te plaît. Tu me dois au moins ça.

— Je ferai ce que je peux. Maintenant, file avant qu'un autre garde ne fasse irruption.

Elle le contourna en chancelant pour sortir de la cellule. Les coups que les fidèles lui avaient donnés endolorissaient encore ses muscles.

— Kera...

Elle se retourna et prit appui sur la porte pour s'aider à tenir debout.

— Cette fois-ci, c'est un adieu définitif.

— Que se passera-t-il si nos chemins se recroisent ?

— Veille à ce que cela ne se reproduise pas. Car ce soir, c'est la dernière fois que je te sauve la vie. Tu as compris ? Ça veut dire que la prochaine fois… Je ne te serai d'aucune aide.

Kerana acquiesça, le message était reçu. Sans plus attendre, elle s'empressa de quitter cet endroit cauchemardesque.

*Fais attention à toi…* pensa Mardaas en la regardant s'éloigner.

Lezar l'attendait au bout du couloir, une robe imortis sous le bras. Bien que Mardaas le lui ait interdit, il avait écouté leur conversation derrière la porte avant de regagner son poste. Le visage confus, le Sbire réceptionna Kerana avant que ses jambes ne se dérobent encore.

— Tu peux marcher ? demanda-t-il en la relevant.

Elle hocha la tête.

— Ne traînons pas, le jour ne vas pas tarder à se montrer.

Ils grimpèrent un premier escalier en colimaçon qui les amena à un étage similaire au précédent – et déjà, les forces de Kerana montraient des signes de trahison. Malheureusement pour elle, il restait encore six étages à gravir avant de regagner l'air pur. Au bout du quatrième, Lezar dut la soutenir pour l'aider. Les patrouilles de gardes étaient assez rares à cette heure-ci, personne n'avait envie de se retrouver dans un tel endroit en pleine nuit, même pour quelques tyrias.

Kerana restait murée dans le silence, son esprit semblait loin. Elle ne prêta pas la moindre attention au jeune homme qui était sur le qui-vive à chaque virage. Tout ce qu'elle souhaitait à présent, c'était que cette histoire se termine, et le plus vite possible. Toutefois, renoncer à son enfant lui paraissait insurmontable. Tout ce voyage, tous ces efforts, tous ces sacrifices pour au final rentrer les mains vides. Non, cette perspective n'était pas admissible.

Juste à côté d'elle, Lezar aussi s'était égaré dans une introspection. Il repensait à la discussion qu'il avait surprise entre elle et son maître, à certaines paroles dont le sens lui avait échappé. Il ressassait également tous les évènements étranges dont il avait été témoin depuis l'arrivée de la jeune femme. Des questions sans réponses grouillaient dans sa tête, des questions qu'il n'avait pas à se poser, des questions pour lesquelles il aurait été condamné s'il en avait parlé. Et ces réponses qu'il cherchait tant, elles se trouvaient à ses côtés.

Le dernier étage était à leur portée, l'air y était plus frais, plus respirable. Lezar savait que s'il voulait ces réponses, il ne lui restait plus beaucoup de temps. Alors qu'ils avançaient droit vers la sortie, le jeune Sbire décida d'agir sans réfléchir et se jeta sur Kerana pour l'entrainer avec lui dans une cellule ouverte. Il la projeta violemment à l'intérieur avant de refermer la porte derrière lui. Kerana flancha et amortit sa chute sur les mains. Lezar décrocha la lanterne fixée à sa ceinture et la posa entre eux.

— Qui es-tu ? interrogea-t-il sèchement.

Kerana releva les mèches grasses de cheveux qui s'étaient collées sur son visage et essaya de se mettre debout.

— Tu n'iras nulle part tant que tu ne m'auras pas répondu, ajouta Lezar en appuyant sur ses épaules pour l'empêcher de se lever. J'en ai assez d'être mis à l'écart, je ne comprends rien à ce qui se passe, je sens qu'on ne me dit pas tout, et je veux des réponses, *maintenant*.

— Tu ne crois pas que le moment est plutôt mal choisi pour ça ?

— Je... si, sans doute.

Le Sbire était agité, il n'arrêtait pas de faire les cent pas dans la cellule.

— Je sais qu'il y a quelque chose entre toi et le Maître. Je ne suis pas stupide. Et je sais aussi que cela le préoccupe bien plus que tout le reste. Depuis que tu es ici, son comportement a changé. Je l'avais déjà trouvé bizarre avant cela, il n'avait rien du Seigneur de Feu dont on m'avait tant vanté les histoires.

— C'est aussi l'impression que j'ai eue la première fois que je l'ai rencontré.

— Il n'arrête pas de me demander si j'ai confiance en lui. Qu'est-ce que ça veut dire ? J'ai le sentiment qu'il prépare je ne sais quoi, et quoi que ça puisse être, ça ne me dit rien de bon.

— Au moins tu en as conscience. J'aurais aimé que ce soit mon cas.

— J'ai besoin de savoir ce qu'il se passe. Rien ne m'importe plus que de servir mon maître, il est… le seul ami que j'ai, ici. Je sais qu'il attend quelque chose moi, quelque chose que je ne suis pas sûr de pouvoir lui donner. Mais pour ça, je *dois* savoir.

— Il était aussi le seul ami que j'avais, du moins c'était ce que je croyais avant qu'il me fasse ouvrir les yeux sur qui il était véritablement. Ne te laisse pas avoir. Mardaas est un manipulateur, et il sait y faire. Tu vois, je ne voulais pas me fier aux livres qui retraçaient sa sombre carrière. L'Histoire telle qu'elle est décrite dans les bibliothèques n'est rien n'autre qu'un long roman façonné en fonction de ceux que ça arrange. Je me suis dit que si Mardaas était autant considéré comme un Seigneur Noir, c'était parce qu'il fallait bien un grand méchant pour mettre en valeur les héros de guerre. Et qui d'autre aurait pu aussi bien remplir ce rôle qu'un géant cracheur de flammes ? Les premières heures que j'ai passées en sa compagnie m'ont suffi pour me convaincre. Il aurait pu me laisser mourir dans ce bois, il aurait pu enjamber mon corps et poursuivre sa route, mais il ne l'a pas fait.

— Dis-moi tout, exigea Lezar en s'agenouillant face à elle.

C'est ainsi que, malgré le temps filant, Kerana raconta toute l'histoire à Lezar, depuis le début. Elle s'attarda sur l'épisode de la morsûna en lui expliquant la raison qui l'avait poussée à lui sauver la vie, raison qu'elle avait amèrement regrettée par la suite. Lezar l'écoutait sans ciller, il n'arrivait pas à croire qu'une simple mortelle ait eu l'occasion inestimable de voir le Seigneur de Feu sans son masque. Le récit de Kerana le fascinait autant qu'il le troublait. Toutefois, il ne comprenait pas pourquoi Mardaas s'était autant intéressé à elle bien plus que nécessaire pour mener à bien sa mission. Il aurait tout aussi bien pu s'en tenir à graisser la patte du roi Oben ou de son héritier plutôt que de faire le marché matinal avec la jeune cadette. Et puis tout devint plus clair lorsque Kerana aborda le secret de Mardaas, Lyra.

Pour Lezar, l'idée même qu'une des plus grandes figures divines ait été élevée par une enfant mortelle était inconcevable. Quant à celle de vouloir la protéger et la garder cachée auprès de lui, cela allait à l'encontre de tout ce qu'on lui avait appris sur l'île. Les relations entre Immortels et mortels n'allaient pas au-delà d'un simple croisement de regard. Il avait cependant connaissance des pratiques de reproduction impliquant des couveuses raflées dans les villages, mais celles-ci n'étaient rien d'autre que de simples outils destinés à être hors d'usage après utilisation. Il n'y avait aucun attachement, aucun lien quelconque, pas le moindre signe d'affection à leur encontre. Elles étaient traitées comme des animaux en cage et mouraient les unes après les autres dans des conditions inhumaines. Seuls les fidèles du culte imortis avaient droit à une certaine reconnaissance de la part des Immortels, et quelques-uns, comme Lezar, avaient le privilège de côtoyer leur intimité.

C'est pourquoi l'histoire du Seigneur de Feu et de la sœur mortelle était dénuée de sens, pour lui. Néanmoins, cela pouvait expliquer certains comportements du géant qui lui avait fait prendre des risques inconsidérés. Il raconta à Kerana la fois où Mardaas avait empêché l'arrestation d'une mère et sa fille dans un quartier pauvre d'Azarun. La fille s'appelait Lyra, le nom lui revint comme un foudroiement.

— Il se sent encore responsable de la mort de Lyra, affirma Kerana. Lorsqu'il m'a sauvé la vie dans la forêt de Lun cette nuit-là, ce n'était pas moi qu'il sauvait, mais bien elle. Il a en a toujours été question, d'ailleurs. Et c'est sans doute pour cette même raison qu'il m'a retenue prisonnière ici. Lyra était esclave à ce moment-là. Je pense que c'est un moyen pour lui de changer le passé, de corriger son erreur. Il n'a pas su la protéger, sa mort n'a toujours pas été vengée, et six cents plus tard, ça continue de le ronger. Il cherche à se libérer de ce souvenir, comme il le peut.

— Tout cela me paraît insensé, commenta Lezar en secouant la tête. Mais je comprends mieux, maintenant.

— Ne lui dis pas que tu sais.

Il mima des lèvres cousues autour de sa bouche.

— Tout à l'heure, je vous ai entendu. Tu as dit que je serai peut-être le prochain sur la liste. Qu'est-ce que tu voulais dire par là ?

— Mardaas a peut-être une faiblesse, mais il n'en reste pas moins dangereux. Un jour, il se livre à toi, le jour suivant il se sert de toi. N'oublie jamais qui il est et ce dont il est capable de faire.

— Dans notre école, on nous apprend très tôt que l'Immortel détient le pouvoir de vie ou de mort sur nous, qu'il peut à tout instant décider de nous sacrifier pour son intérêt, et on nous apprend à l'accepter, car notre sacrifice est une porte ouverte vers la Vallée d'Imortar. Donc ce que tu dis, j'en avais déjà conscience bien avant de servir le Seigneur de Feu.

— Tu m'as l'air d'être un gars bien, Lezar. Tu mérites une meilleure vie.

— Cette vie-là, j'y aurai droit lorsque le Maître m'aura accordé sa bénédiction pour la Vallée d'Imortar. J'ai le sentiment qu'il le fera.

Kerana préféra ne rien ajouter.

— Allons-y, maintenant, déclara Lezar en se redressant. Retire tes vêtements et enfile notre robe, ou sinon on éveillera des soupçons dehors.

Il tendit l'étoffe à la jeune femme et celle-ci s'exécuta sans protester. Seulement, alors qu'elle se faisait une joie de se débarrasser de cette tunique crasseuse qui la démangeait sans cesse, un homme plongé dans l'obscurité ouvrit en grand la cellule. Ce dernier n'avait pas immédiatement vu Kerana et le Sbire, car il était en train de trainer un cadavre ensanglanté à l'intérieur. Lorsque l'homme entra dans la lueur de la lanterne de Lezar et qu'il les aperçut, son sourire glaçant les immobilisa.

— Oh, mes excuses, je ne savais pas que c'était occupé, gloussa Céron en lâchant la tête du corps qui tapa contre le sol.

Il reluqua le dos nu de Kerana qui se pressait de remettre sa tunique d'esclave.

— Navré de vous avoir dérangé en plein…

— Nous avions fini, enchaîna froidement Lezar en faisant mine de réajuster sa robe.

— Je ne sais plus où les foutres ces macchabées. Les placards du palais sont tous pleins à craquer. Mais celui-là, je ne l'avais pas dans ma collection. Heureusement que vous n'avez pas ouvert la cellule juste à côté, vous auriez été obligés de tous les entasser à nouveau.

Il y eut un silence oppressant.

— Tu caches bien ton jeu, toi. Ton maître est au courant que tu t'envoies les esclaves ? Est-ce que tu y es autorisé, au moins ? Ça doit être écrit quelque part dans ton bouquin, ça. Y a pas un précepte qui dit un truc du genre « Tu n'enculeras point la putain du quartier ? » Non ? Bon, allez, maintenant que t'as perdu ton pucelage, tire-toi, c'est mon tour, imposa Céron en faisant un pas vers Kerana.

— Le Maître la réclame, s'interposa Lezar en gardant son sang-froid.

— Répète ça ?

Il déglutit de peur et se reprit.

— Comme je viens de le dire, le Seigneur de Feu requiert la présence de l'esclave, sur-le-champ.

— Le Seigneur de Feu n'a qu'à faire la queue comme tout le monde, fiche le camp.

— Je ne suis pas sûr qu'il apprécie que je revienne les mains vides, insista Lezar qui ne savait plus quoi inventer pour éviter le pire à la jeune femme. Je serai obligé de lui dire ce qu'il s'est passé.

Le cœur de Lezar faillit lâcher quand Céron l'agrippa par le col de sa robe pour le soulever.

— Non, mais pour qui est-ce que tu te prends, larbin ! s'exclama-t-il férocement. Je crois que t'as oublié à qui tu t'adressais. Je suis pas ton prêtre ou un de tes frères, moi. Tu entends ? T'as de la chance que ton Unique nous interdise de buter les Sbires des autres, sinon tu peux être sûr que t'aurais été le premier à rejoindre ma collection.

— Je ne fais qu'obéir au Maître, gémit Lezar.

— « Je ne fais qu'obéir au Maitre, je ne fais qu'obéir au Maître » imita Céron avec une voix irritante. Tu sais dire que ça. Crois-moi que tu vas aussi mourir pour lui si jamais tu t'avises de me reparler comme ça, t'as compris ? Allez, décarre d'ici ! cria-t-il en expédiant violemment le Sbire hors de la pièce.

Kerana ravala son infime espoir de liberté et s'enfonça dans l'angle de mur en priant pour devenir invisible.

— Tu vas trouver ça idiot, lança Céron en refermant la porte en fer, mais j'ai comme l'impression que tu t'arranges toujours pour te sortir des mauvaises postures.

L'effroi que lui procurait l'Immortel l'empêchait de sortir une réponse cohérente. Comme elle voyait sa silhouette grossir à mesure qu'il s'approchait, elle espérait pouvoir se réveiller de ce cauchemar qui se refermait sur elle.

— Et je ne sais pas pourquoi, c'est sans doute une coïncidence, mais j'ai l'étrange pressentiment que le grand Seigneur de Feu y est pour quelque chose. Qu'est-ce que tu en penses ?

— En effet, c'est idiot, répondit-elle faiblement en évitant de rencontrer la folie peinte dans ses yeux.

Céron s'accroupit à son niveau et caressa une de ses joues. Sa main était pâle, gelée et couverte de sang séché. Kerana essayait de toutes ses forces de contenir ses émotions, afin de ne pas se laisser dévorer par son emprise.

— Tu ferais mieux de me dire la vérité, autrement je serai forcé d'aller la chercher *par mes propres moyens*, et je ne suis pas sûr que l'expérience te laisse un agréable souvenir.

Mais Kerana s'enferma un peu plus dans le silence, la tête plongée dans ses bras, le corps tremblant, elle ne pouvait rien faire pour se sortir de là.

— Bien, comme tu voudras, dit Céron en haussant les épaules.

Il l'obligea à le regarder en saisissant fermement sa mâchoire. Kerana eut alors la sensation que son crâne se mettait à gonfler, prêt à éclater. Elle n'arrivait plus à contrôler ses pensées, jusqu'à ne plus entendre sa propre voix. Son esprit ne lui appartenait plus. Une chaleur éprouvante l'envahit soudainement, suivie d'un flash qui l'absorba dans un autre temps. Céron farfouillait son âme comme l'intérieur d'un coffre rempli de trésors. Pour elle, chaque souvenir exploré faisait l'effet d'une migraine virulente qui ne faisait que s'accentuer.

Céron la libéra avant que son cœur ne lâche pour de bon. Il ne souhaitait pas s'emparer de sa vie – du moins, pas pour l'instant. Suite à cette épreuve insoutenable, Kerana perdit connaissance. L'Immortel se releva doucement, presque fébrile, les informations qu'il avait recueillies étaient si nombreuses qu'il avait dû attendre un moment avant de revenir à son état normal. Enfin, lorsque ses idées redevinrent à peu près claires et lucides, ses lèvres s'élargirent pour former un rictus.

— Je te tiens, Seigneur de Feu.

# CHAPITRE 23
## Des Invités qui ne sont pas sur la liste

Draegan contempla avec émerveillement les étendues de sable givré à l'horizon dont les grains étincelaient comme des petits cristaux. Emmitouflé dans un long manteau épais, l'homme descendit de sa dune pour rejoindre le campement. La nuit dans ce désert du Kergorath était aussi froide qu'une caverne de glace.

— Nous en sommes encore loin ? demanda-t-il à la capitaine Namyra, qui se réchauffait près d'un feu.

— Le Canyon des Âmes n'est plus très loin. Quant aux Mines de Saal'arak, on devrait être à l'intérieur à la tombée de la prochaine nuit.

— Elles sont grandes comment, vos mines ? questionna Madel qui venait de s'asseoir à côté de Draegan pour chercher de la chaleur.

— Aucune idée, personne ne les a jamais entièrement explorées. Tout ce que je peux vous dire, c'est qu'il est facile de s'y perdre si on ne suit pas les bannières.

— Suivre les bannières, répéta Maleius en train de geler sur place, c'est noté.

— Il y a autre chose qu'on doit savoir ? poursuivit Draegan.

— Des autochtones.

— Quel genre ?

— Cannibales.

— Et vous appelez ça une sortie de secours en cas de siège ? critiqua Maleius. Sortir d'un traquenard pour tomber dans un autre, non merci.

— Les mines étaient sûres autrefois. Mais ces créatures sont inoffensives lorsqu'elles sont exposées à la lumière. Il suffit d'allumer les flambeaux sur le chemin pour être en sécurité.

— Moi, j'foutrai le feu à toute la mine.

— Comme tu l'as fait à ta cabane à outil dans ton havre de paix ? répliqua Draegan, d'humeur taquine.

— Elle était infestée de nids d'araignée.

— Vous craignez les araignées ? releva Namyra avec un sourire moqueur.

— Seulement quand leur diamètre équivaut à mon tour de cuisse.

— T'as réussi à t'en débarrasser ? s'interrogea Madel en rapprochant ses mains gantées du feu.

— Bah, j'ai plus ma cabane à outils.

— Et maintenant, il n'a plus d'outils pour s'en rebâtir une, ajouta Draegan avec amusement.

Le jeune roi se laissait porter par la bonne ambiance de la soirée. Comme le froid mordant les empêchait de dormir, ils s'étaient tous rassemblés autour du feu, avec les soldats, serrés les uns contre les autres. Ils finirent par échanger les anecdotes les plus embarrassantes de leur vie afin de désigner la plus humiliante. La vainqueure fut la recrue Artesellys, qui avait perdu un pari quelques années auparavant et qui s'était retrouvée à chanter la ballade du *Héros de Sandor* de Malion Jarod, complètement nue, sur une place publique, un jour de marché.

— Ah, c'était toi ! réagit le maître d'armes. Je savais que j'avais déjà vu ton visage quelque part. Dommage que les gardes ne t'aient pas laissé finir la chanson, tu avais une très jolie voix, en plus de tout le reste.

— J'me les caillais, surtout ! Mon père a été contraint de payer la caution pour me faire sortir des geôles, c'est le seul que ça n'a pas fait rire.

— Si tu nous le refaisais ce soir, je t'assure qu'aucun d'entre nous ne te mettrait derrière les barreaux, j'y veillerai personnellement.

— Et pourquoi pas vous, maître Maleius ? Je suis sûre que votre voix, en plus de tout le reste, est tout aussi plaisante.

— Maleius, prévint Madel, si jamais tu enlèves ton pantalon sous mon nez, je te garantis que tu iras dormir avec les dromadaires.

— Personne n'ira dormir avec les dromadaires, dit Draegan, et personne n'entendra Maleius chanter. Les grains de sable qui volent dans mes oreilles sont suffisamment irritants.

— Qu'est-ce que tu dis, je n'ai jamais entendu quelqu'un se plaindre de ma voix de ténor.

— Tout le château s'en plaint, surtout lorsque tu prends ton bain.

— Puisque c'est comme ça, je chanterai encore plus fort.

— Je te ferai chanter la tête sous l'eau, renchérit Madel, on va voir combien de temps tu vas tenir la note.

— Ils sont jaloux depuis que Malion Jarod m'a fait monter sur scène pour chanter avec lui, expliqua-t-il à Namyra.

— Non, il avait choisi la rouquine à côté de toi, corrigea Draegan. Tu te souviens ? C'est celle qui s'est cassé le bras quand tu l'as fait trébucher au moment de le rejoindre.

— C'était un accident… prémédité, certes, mais un accident quand même.

— En attendant, j'éviterais de traîner dans le quartier des Sages, si j'étais toi. J'ai entendu dire qu'elle guettait ton passage avec un gourdin à la main.

— Qu'elle tienne le mien, plutôt, ça lui sera plus utile.

Les soldats autour de lui éclatèrent de rire. Cela faisait longtemps que Draegan n'avait pas entendu une telle symphonie joyeuse, à tel point que cette nuit-là, malgré le froid, le désert et les angoisses, il eut un sommeil paisible. Mais ce répit ne dura que le temps d'une lune.

Le lendemain, pendant que les Aigles remballaient le campement avant que le soleil n'atteigne son zénith, les démons de Draegan le rattrapèrent. Il ne cessait de penser à ce qui l'attendait, à ce qu'il allait découvrir et affronter pour retrouver Kerana et la ramener saine et sauve. Il escalada son imposante monture à l'allure d'un rhinocéros mélangé avec un tigre à dent de sable que Namyra lui avait trouvé avant de traverser le désert. Les grukhs, bien qu'intimidants au premier abord, étaient très dociles et résistants aux longs voyages en condition climatique extrême.

Tous avaient le visage enroulé dans une fine écharpe pour se protéger des bourrasques brûlantes. Menés par la capitaine Namyra, ils reprirent aussitôt la route en direction du sud.

— Tu lui fais confiance ? murmura Madel qui ne lâchait pas des yeux la guerrière depuis leur départ d'Erivlyn.

— Avons-nous vraiment le choix ? répondit Draegan.

— Qui nous dit qu'elle ne bosse pas aussi pour ces illuminés ? L'armée Kergorienne est sous le joug Imortis, c'est elle qui nous l'a dit.

— Pourquoi nous le dirait-elle si c'est pour nous tendre un piège ?

— Tu sembles avoir oublié…

— Non, je n'ai pas oublié, coupa-t-il subitement, ne souhaitant pas évoquer le sujet de Mardaas. Piège ou pas, nous nous rapprochons d'Azarun, et donc de Kera. C'est tout ce qui compte, pour l'instant.

— Son truc des mines, là, je le sens pas. Maleius a raison, ça sent le traquenard. Je tiens à te prévenir qu'au moindre signe alarmant je n'hésiterai pas à lui briser le cou.

Au prélude du coucher de soleil, les gorges majestueuses du canyon se dévoilèrent sous leurs yeux. Les Ervilains n'avaient jamais vu un tel spectacle depuis la construction d'Odonor, leur expression émerveillée en témoignait. Depuis le sommet, ils pouvaient admirer un fleuve doré longer les falaises abruptes où des habitations avaient été creusées, reliées entre elles par des ponts en arc qui donnait l'illusion d'une immense toile rocheuse. Namyra leur fit emprunter un chemin escarpé qui les conduisit au cœur des galeries naturelles. L'ombre massive des tours sculptées par le temps les dominait, certaines d'entre elles ressemblaient à des golems figés en pleine action.

— Des gens vivent ici ? interrogea Draegan dont la voix se répercuta sur les parois.

— Plus depuis un siècle, informa Namyra qui resta évasive sur la question.

— Qu'est-ce qui s'est passé ? demanda Madel.

— Une guerre a éclaté. Ils n'ont pas survécu.

Plus loin, ils dépassèrent un drapeau déchiré, empalé sur un rocher pointu, aux couleurs effacées par le temps. Madel plissa les yeux pour y distinguer l'emblème kergorien. Il ne lui fallut pas longtemps pour comprendre qui avait gagné cette guerre, ce qui n'arrangeait en rien sa méfiance.

La nuit venait d'avaler le monde. Namyra arrêta sa monture et détacha la lanterne de la selle pour s'en équiper.

— Nous y sommes, déclara-t-elle. C'est ici.

Elle montra du doigt un antre au pied d'une falaise encore plus noire que les abysses. Les soldats se regardèrent, soucieux. Il était évident que peu avaient envie de s'y aventurer.

— Surtout, ne vous éloignez pas, c'est compris ? lança Namyra en dégainant son glaive. Je passe devant. Quoi qu'il arrive, ne vous séparez jamais de votre torche, elle sera la seule à vous garder en vie.

Le spectacle des cracheurs de flammes avait attiré la foule. Sur la place, tout le monde essayait d'apercevoir les saltimbanques qui dansaient avec le feu et faisaient voler les braises autour d'eux, les rendant aussi nombreuses que les étoiles dans le ciel. L'un d'entre eux avait réussi à faire sortir de sa bouche un dragon déployant majestueusement ses ailes, un autre avait fait apparaître un visage terrifiant qui fonça sur le public avant de disparaître en fumée. Les enfants étaient conquis.

Un peu plus loin, un char sur lequel trônait une statue en feu faisait le tour de la ville, accompagné de tambours de guerre aux sonorités graves. La sculpture enflammée tendait son bras droit devant elle, la main ouverte, défiant l'ennemi. Par-dessus les percussions, des chants s'élevaient à la gloire du Seigneur de Feu. Son nom était scandé à répétition dans les rues, et toutes les bannières du culte avaient été remplacées exceptionnellement par celle du masque blanc.

La six cent quatre-vingt-dix-septième année de l'Immortel venait de débuter. Les Imortis avaient déployé les grands moyens pour la célébrer. Partout dans la ville, de grands bûchers étaient allumés à la gloire de Mardaas et de ses victoires d'antan. La frénésie des fidèles dans les rues poussait les habitants à ne pas sortir de chez eux. Les premiers meurtres commis sur des habitués d'une taverne avaient donné le ton. Ce soir-là, tout était permis. Azarun était consumée par un feu que personne ne cherchait à éteindre.

Et tandis que les fidèles attisaient ce feu pour le rendre incontrôlable, le principal concerné, lui, restait à l'écart de ses propres flammes. Mardaas ne comptait pas prendre part à la fête, et pour cause, l'annonce que Lezar lui avait faite sur l'échec de l'évasion de Kerana et de l'irruption inopinée de Céron l'avait considérablement déstabilisé. Le jeune Sbire l'avait bien vu dans son regard. La peur. Voilà un sentiment qu'il n'avait jamais vu dans les yeux de son maître. Il n'osait pas lui révéler la véritable histoire, il n'osait pas lui avouer que tout cela était de sa faute. S'il n'avait pas retenu Kerana pour son propre intérêt, elle serait sans doute déjà loin. Les derniers mots de son père se mirent à persécuter sa conscience pour le sermonner.

*Ne prends aucune initiative.*

Cette phrase qu'il n'avait cessé de se répéter jusque-là, il avait décidé de la faire taire quelques heures. Et maintenant, il le regrettait amèrement. Il n'avait pas seulement enfreint une règle qui lui aurait valu un séjour au cachot. En abandonnant Kerana entre les mains de Céron, il avait directement mis en danger la vie de son maître, et il savait qu'il risquait de le payer très cher.

Debout près de la porte, il observait nerveusement Mardaas qui faisait les cent pas dans son appartement privé. Depuis le balcon, on pouvait croire que la ville était en proie à un incendie ravageur. Le tumulte de la fête était perceptible jusqu'au palais, les voix et les tambours étaient si forts qu'ils atteignaient la voûte céleste. Mais dans la pièce, l'ambiance était toute autre.

— Maître ? Puis-je faire… quelque chose ?

Mardaas ignora son existence jusqu'à ce que quelqu'un frappe à la porte. Lezar ouvrit avec appréhension, puis se reprit quand il reconnut l'accoutrement des Doyens.

— Le Maître n'est pas en état de recevoir, expliqua Lezar.

— Je viens de la part du Maître Céron. Il réclame la présence du Seigneur de Feu dans sa suite.

Lezar sentit une sueur froide couler le long du dos. Il resta muet, perdu, sans savoir comment réagir.

— Bien, répondit-il faiblement. Je vais en informer le Maître.

Il referma doucement la porte et essaya de reprendre une

respiration normale avant d'aborder l'Immortel. Il essuya ses mains moites sur sa robe et s'annonça.

— Maître...

Mardaas se retourna vers lui, ce qui lui fit perdre encore plus ses moyens.

— Le Maître Céron vous demande.

L'Immortel eut un soupir inquiet et s'assit un instant sur son fauteuil.

— Qu'est-ce qu'il me veut ?

— Je ne sais pas, Maître. Il vous attend dans sa suite. Souhaitez-vous que je vous accompagne ?

— Non, il vaut mieux que tu restes ici.

Selon lui, si Céron requérait sa présence, c'était certainement pour le confronter à lui-même. Il pressentait sa fin. Aussi, il jeta un œil à l'épée de Larkan Dorr posée sur son bureau et hésita à l'emporter avec lui dans l'espoir de croiser Kazul'dro, mais il y renonça.

— Lezar, j'aimerais te dire quelque chose, mais je crains ne pas en avoir le temps. Alors, si jamais je ne revenais pas, voici mon dernier ordre. Je veux que tu partes, loin d'ici. Tu as compris ? Ne retourne pas à Morganzur, change de continent, et oublie tout le reste.

— Maître ?

— Fais ce que je te dis.

Dans les entrailles lugubres d'Azarun, à plusieurs mètres de profondeur, Draegan et son unité progressaient dans un couloir parsemé d'ossements qui semblaient avoir été rongés. Menés par

Namyra qui cachait son anxiété à mesure qu'ils traversaient les salles, les Aigles de Fer n'en menaient pas large. Les torches leur offraient une faible visibilité, et leur ouïe était constamment sollicitée par les éboulements de sable et de cailloux dont les échos rendaient la localisation impossible. Namyra repéra les billes lumineuses qui l'avaient inquiétée lors de sa première visite. Lorsque celles-ci se mirent à se déplacer rapidement, elle garda son sang-froid et ne montra aucun signe de panique.

— Nous y sommes presque, chuchota-t-elle en allumant le flambeau d'une bannière. Il nous reste à traverser le pont.

— Ce pont-là ? pointa du doigt Maleius.

Il manquait des planches, et la plupart n'étaient même pas fixées aux cordes qui étaient aussi poussiéreuses que décrépies. Le courant d'air provenant du gouffre faisait balloter le pont d'une manière peu rassurante.

— C'est le seul qui tienne encore debout, répondit Namyra.

— Et vous n'avez jamais pensé à le restaurer ? suggéra Draegan.

— Ça n'a jamais été une priorité pour les seigneurs, encore moins pour le roi Angal. On va devoir passer chacun notre tour si on veut éviter que le pont ne… enfin, par mesure de sécurité.

— C'est ça, lança Maleius avec sarcasme.

— Je passe devant, déclara la guerrière kergorienne avant de poser le pied sur la première planche grinçante.

Tous retinrent leur respiration. Par chance, le pont se révéla plus robuste que prévu, et les Aigles de Fer finirent par atteindre l'autre côté sans embûches.

— Il ne nous reste plus qu'à emprunter cette échelle. La sortie se trouve juste au-dessus de nos têtes. Elle mène sous les jambes de la statue de Melandris. Mais je suis prête à parier qu'après notre opération, ils se sont empressés de reboucher le trou.

Et elle avait raison. Une plaque de granit avait été posée à l'horizontale, empêchant quiconque d'entrer ou sortir de la mine.

— Vous devriez vous écarter, lança-t-elle depuis le haut de l'échelle.

Dans une des poches de sa ceinture cloutée, elle sortit un petit sac au tissu satiné qu'elle secoua avant d'ouvrir pour obtenir une pâte granuleuse qui devint jaune vif au contact de l'air. Elle étala la substance autour de la plaque et, après quelques secondes, la pierre s'effrita et le bloc tomba aux pieds des soldats qui manquèrent de se faire aplatir. Namyra redescendit ensuite pour les rejoindre.

— Comment vous avez fait ? demanda Draegan, stupéfait.

— Fait quoi ?

— Pour ouvrir le… Vous n'avez utilisé aucun outil.

— Quand on a un père qui passe sa vie à chercher de nouveaux moyens pour faire avancer et évoluer le monde, on a accès à quelques prototypes. Cette pâte à dissoudre fonctionne à merveille, il sera ravi de l'apprendre.

— Vous êtes surprenante, complimenta Maleius avec son sourire charmeur.

— C'est quoi, la suite ? interrompit Madel qui ne souhaitait pas s'éterniser dans cet endroit.

— On se sépare, dit Draegan. Le temps nous manque, alors nous allons devoir faire vite.

— Je me posterai au sommet de la Tour du Soleil, déclara Namyra. De là-haut, je pourrais vous guider et vous éviter les mauvaises rencontres.

— Comment ?

Namyra montra une collection de Pierres de Vaq qu'elle conservait soigneusement sur elle.

— Prenez-les, dit-elle en montrant celles qui avaient un cristal violet. De cette manière, nous pourrons rester en contact. Vous vous en êtes déjà servi ?

Ils secouèrent tous la tête.

— Ce n'est pas compliqué. Celles-ci sont des pierres de voix, elles vont généralement par paire. Vous en prenez une, je garde l'autre.

— D'où est-ce qu'elles viennent ? interrogea Madel de manière suspecte.

— Elles appartiennent au royaume. Seul mon père y a accès… en théorie. Maintenant, si vous n'avez plus de questions inutiles à poser, je suggère d'y aller.

Madel la dévisagea du coin de l'œil.

— Vous avez raison, fit Draegan. Ne vous faites pas remarquer, avancez dans l'ombre, ne parlez à personne et surtout… trouvez-la.

— On ne repartira pas sans elle, assura Maleius en saisissant l'épaule de Draegan. Quitte à ce qu'on y passe toute la nuit.

— C'est au moins ce qu'il nous faudra, rétorqua Namyra.

La main d'Artesellys se leva pour prendre la parole.

— Quelles sont les consignes en cas de problème ?

— Battez en retraite, répondit le maître d'armes. Repliez-vous dans les mines et dispersez-vous dans le canyon. Ne foncez pas dans le tas comme des bourrins, c'est compris ?

— Bien reçu, confirma-t-elle avec une petite voix.

— Je pars le premier, déclara Draegan. Attendez un peu après mon départ, il ne faudrait pas attirer trop l'attention sur notre seul point de repli.

Tous acquiescèrent.

— Ah, j'oubliais. Prenez ça, dit Namyra en tendant un sachet de velours. Si vous avez des ennuis et que vous avez besoin de renfort, ouvrez-le et jetez-le à terre.

Draegan la remercia puis commença sans perdre de temps à escalader l'échelle, suivi de près par Madel et une dizaine d'Aigles.

Quand sa tête se mit à dépasser du sol, le jeune roi mit en pratique les astuces d'éclaireur que son demi-frère lui avait enseignées. Avant même d'extirper le reste de son corps hors du trou, il tendit l'oreille et ouvrit grand les yeux. Les feuillages autour de la statue dissimulaient leur intrusion, ils pouvaient donc monter et descendre dans le tunnel sans être vus.

La première chose que Draegan repéra fut le bruit ambiant qui n'était pas celui d'une ville paralysée par la peur et la soumission, mais bien celui d'une fête. La musique festive qui était jouée le dérouta au point de se demander s'ils n'avaient pas atterri dans la mauvaise ville.

— Qu'est-ce qui se passe ? s'enquit Madel qui venait de s'accroupir près de son époux.

— Je ne sais pas, répondit-il en essayant de voir à travers les feuillages. On dirait qu'ils célèbrent quelque chose.

— Ça devrait faciliter nos déplacements.

— Ou les ralentir. Il faut trouver des vieilles frusques à enfiler par-dessus nos armures pour se fondre dans le paysage.

Madel le sentait nerveux, elle le connaissait mieux que quiconque pour s'en apercevoir.

— Eh, fit-elle en caressant les cheveux du jeune homme, ça va aller. On fait ce qu'on à faire et on rentre.

— Il y a tellement de choses que je voudrais lui dire. J'espère seulement qu'elle va bien, qu'elle…

— Draegan, tu lui diras tout ça dans mon navire lorsque nous aurons mis les voiles pour Odonor, d'accord ? Je vous ramènerai toi et elle, par la peau du cul s'il le faut. Je te le promets.

Elle termina par un baiser qui lui redonna l'espoir qu'il lui manquait. Il savait qu'il pouvait toujours compter sur elle. Son soutien était ce qui lui permettait de tenir bon et de ne pas sombrer dans la folie qui le guettait. Il ne lui avait jamais dit ces choses-là, mais sans elle à ses côtés, il n'y aurait plus eu de Draegan depuis longtemps. Le jeune homme s'accorda un moment d'évasion dans l'océan de ses yeux et ne put retenir un sourire reconnaissant.

— Allons-y.

Ils dérobèrent des robes traditionnelles qui étaient étendues sous une fenêtre et se fondirent dans la masse festive. Ils avaient l'air de deux touristes venus en vacances pour explorer la ville, mais sous leur fine étoffe, leur arme était prête à être dégainée à tout instant.

Ils remontèrent la rue qui débouchait sur une dizaine d'autres qui partait dans toutes les directions. Pendant qu'ils prenaient soin de se faufiler dans les attroupements de badauds, Madel évitait de regarder dans les yeux les Imortis qui défilaient au milieu de la rue. Quant à Draegan, son attention était principalement portée sur toutes les jeunes femmes qui croisaient son chemin. Ici, la majorité avait le cheveu crépu ou frisé, avec une peau bronzée – ce qui réduisait le champ de recherche. Toutefois, Azarun était une grande ville. Un vrai gruyère, comme l'appelait Maleius qui l'avait déjà visitée lors d'un voyage d'été. Ils n'avaient aucune idée de l'endroit où pouvait se trouver Kerana, tout comme ils n'étaient pas sûrs de la trouver tout court. Mais Draegan était déterminé à ne pas repartir sans elle.

Il fut absorbé quelques secondes par la vue du char religieux où trônait la statue triomphante de Mardaas. Un sentiment d'effroi raviva les souvenirs qu'il s'efforçait d'oublier. Il prit alors conscience que cette fête était en l'honneur du Seigneur de Feu, et cette information ne tarda pas à faire germer plusieurs idées.

— Mardaas, souffla-t-il en tournant le dos au cortège de fidèles. Il est là, quelque part.

— Raison de plus pour ne pas se faire choper.

— C'est pour lui qu'elle est venue. Je te parie ce que tu veux qu'il sait où elle se trouve. C'est peut-être même lui qui la détient.

— Attends, attends, doucement. Qu'est-ce que t'es en train d'me faire, là ? On suit le plan.

— Je lui avais dit de pas le retrouver ! s'énerva-t-il au point de faire tourner quelques têtes vers lui. Kera était persuadée qu'il savait où son enfant avait été emmenée.

— Et donc ? Tu veux qu'on aille se pointer directement devant lui, c'est ça ? Et il se passera quoi, après ? Tu crois qu'il va nous accueillir avec une boisson chaude, des gâteaux secs et qu'il va gentiment nous conduire à Kera ? Ne te laisse pas avoir une seconde fois.

— Tu me crois stupide ?

— Non, je n'ai pas dit ça.

— Si on trouve Mardaas, on trouve Kera.

— Tu n'en as aucune certitude.

— Tu veux quoi, fouiller chaque maison, chaque égout, chaque puits ? Nous avons déjà perdu trop de temps avec cette histoire de lettre, je ne veux plus prendre de risques.

— C'est pourtant ce que tu envisages de faire.

— Tu es avec moi ? Oui ou non ?

— Tu connais déjà ma réponse, mais sache que je ne me priverai pas d'un « je te l'avais dit » si jamais les choses venaient à mal tourner.

— Je survivrai à ça.

— Et on fait quoi, maintenant ?

— C'est simple, au lieu de chercher une jeune fille brune on cherche un géant masqué habillé tout en noir.

Madel fit un tour d'horizon et s'arrêta sur deux Imortis en train d'admirer le spectacle près d'une fontaine.

— Peut-être qu'ils pourraient nous aider, suggéra-t-elle discrètement.

Caché derrière les badauds, Draegan les toisait de loin. Il réfléchissait à un moyen de les approcher sans révéler leur couverture. Seulement, la densité de la foule les empêchait d'entreprendre la moindre action suspecte. Le temps leur manquait, ils ne pouvaient se permettre d'en gaspiller davantage. Alors, Draegan murmura une idée à Madel, et ce qu'elle entendit ne la rassura pas. Elle secoua la tête pour montrer son désaccord, mais Draegan venait de disparaître dans le fleuve humain. Après avoir juré entre ses dents, Madel expira un bon coup et se fraya un passage jusqu'aux deux Imortis assis sur le rebord de la fontaine.

*Ça ne marchera jamais,* se disait-elle tandis qu'elle s'approchait des religieux.

La jeune femme changea alors de visage et entra dans une panique qui ne tarda pas à se faire remarquer. Elle courut vers les deux adeptes en oubliant de respirer et leur afficha une expression apeurée.

— Un de vos frères vient d'être poignardé à deux rues de là, venez vite, il a besoin de soins immédiats !

Les Imortis se levèrent spontanément et suivirent Madel. Tous les trois s'enfoncèrent dans une ruelle adjacente où les lumières se faisaient rares.

— C'est par là ! indiqua Madel en prenant un virage sur sa droite qui débouchait sur un cul-de-sac.

Seule la lune éclairait cette impasse faite de sable et de pierre. Lorsque les fidèles découvrirent le lieu désert, ils sentirent aussitôt le coup fourré.

— Il était là, j'vous le jure ! insista Madel.

Mais les Imortis ne disaient pas un mot. Plus inquiétant, ils examinaient la scène avec un certain doute. L'un d'entre eux fit un pas en avant vers la jeune femme, prêt à la châtier pour s'être moquée d'eux.

C'est là que Draegan surgit de l'ombre pour se jeter sur celui resté en retrait. Ils roulèrent tous les deux dans le sable jusqu'à ce que l'un d'entre eux fût maîtrisé.

Quant au second, à peine avait-il eu le temps de tourner la tête vers son confrère que Madel venait de le plaquer violemment au sol.

Draegan réussit à avoir le dessus sur le religieux et le tint en joue avec son épée. La pointe était prête à transpercer la peau de sa gorge, mettant en sueur le garçon en robe sacrée.

— Où est Mardaas ? interrogea Draegan dont la voix était aussi acérée que sa lame.

Face au silence de sa victime, sa patience se perdit et il porta un premier coup de pommeau qui brisa le nez du pauvre.

— Draegan ! interpella Madel qui avait le visage penché au-dessus du second Imortis, visiblement troublée parce qu'elle observait. Regarde leurs lèvres.

À cause de l'obscurité, ils n'avaient en effet pas remarqué que leurs lèvres étaient reliées entre elles par un simple fil de cuir qui passait par cinq orifices de chair encadrant leur bouche.

— Ils ne nous diront rien, conclut Madel qui relâcha son emprise face aux yeux horrifiés du fidèle.

Mais Draegan n'était pas de cet avis et décida de laisser parler la colère noire qu'il s'évertuait à emprisonner depuis des mois.

— Oh que si, ils vont parler.

Il dégaina un petit couteau de sa ceinture et s'agenouilla sur la poitrine du religieux pour l'empêcher de bouger.

— Draegan, qu'est-ce que tu fais ?

Le jeune fidèle gigotait, terrorisé, il gémissait pour supplier son agresseur, mais ce dernier y était insensible.

— Non, ne fais pas ça ! s'écria Madel.

Draegan enfonça violemment le couteau dans la bouche du garçon. Un filet de sang gicla sur sa joue, tandis qu'il remuait la lame avec acharnement pour couper les liens qui le réduisaient au silence. Le garçon essayait de se débattre pour arrêter le carnage de son bourreau qui maniait le couteau comme un boucher furieux, mais en vain. Draegan avait perdu le bon cœur qui lui restait en une fraction de seconde et venait de basculer dans une folie qu'il n'avait plus la force de contenir.

À la fin, les lèvres du garçon trempaient dans un bain de sang. Elles avaient été charcutées froidement et sans retenue.

— Je vais te le redemander une dernière fois. *Où est Mardaas* ?

Dans une prononciation approximative due à la douleur intense qui le ravageait, l'Imortis finit par bredouiller quelques mots.

— L-le... P-palais...

— Le palais ? Le palais Tan-Voluor ?

Le fidèle opina fébrilement. Draegan se redressa pour se tourner vers une Madel tétanisée par la scène à laquelle elle avait assistée. Pendant un instant, elle n'avait plus reconnu l'homme avec qui elle s'était unie. C'était la première fois qu'elle avait ressenti un sentiment d'effroi à son encontre.

— On ne peut pas les laisser repartir, déclara-t-il.

Elle fouillait son esprit pour trouver ses mots.

— Attachons-les ici, et partons.

— Et s'ils les trouvent ? Ils les questionneront, et ils nous dénonceront. Je ne mettrai pas en péril la mission pour deux misérables vies.

— Est-ce que tu t'entends parler ?

— Nous sommes trop près du but pour prendre un tel risque, argumenta-t-il en récupérant son épée. Il faut les tuer. Maintenant.

— Je ne tue que si ma vie est menacée, Draegan. Je ne suis pas une meurtrière.

— Nous sommes en guerre, Madel ! Et parfois, il faut savoir prendre ce genre de décision.

— Justement, le Draegan que je connais se serait arrangé pour en trouver une autre. Qu'est-ce qui t'arrive ?

— Je nous évite le pire, je nous sauve la vie.

— Regarde-les, ils ont l'âge de Kera. Ce sont des mômes, Draegan. Tu crois vraiment qu'ils sont responsables de tout ça ?

— D'une certaine façon, ils le sont.

— C'est vraiment ce que tu penses ?

Il répondit par un hochement de tête glaçant.

— Très bien, comme tu veux. Vas-y, tue-les. Mais je ne souhaite pas y participer, avertit-elle amèrement avant de quitter l'impasse, le laissant à présent seul avec les deux religieux.

# CHAPITRE 24
## Service Mortel

La musique des rues n'était qu'un lointain murmure depuis la tour où Namyra et Maleius faisaient les sentinelles. Assise sur le toit, la capitaine kergorienne balayait la ville avec sa longue vue entre les mains. Maleius, lui, tuait le temps en admirant l'étendue lumineuse d'Azarun qui brillait autant qu'un spectacle céleste. Si la situation n'était pas aussi critique, il aurait pu trouver la vue agréable.

— Vous arrivez vraiment à voir quelque chose avec ce truc ? questionna-t-il en observant la guerrière penchée vers le vide.

Namyra lui répondit sans détacher son œil de l'artefact.

— C'est un équipement que mon père a mis au point pour la flotte kergorienne. En plus de sa portée avantageuse, les cristaux à l'intérieur permettent de distinguer des formes dans la nuit à des intensités plus ou moins lumineuses. Ah, je les ai retrouvés.

Elle saisit la Pierre de Vaq.

— Tout va bien ? s'enquit-elle.

La voix de Madel résonna dans sa tête, seule Namyra pouvait l'entendre.

— On a eu un contretemps, expliqua-t-elle doucement. On est en marche pour le palais Tan-Voluor. Quelle est la route la plus sûre ?

— Le palais ? Mauvaise idée. Il n'y a qu'une seule route qui y mène et elle est infestée de Prétoriens.

— On a des raisons de penser que Kera se trouve peut-être là-bas.

— Je peux essayer de vous en approcher le plus possible, mais c'est tout ce que je peux faire. Si vous voulez entrer dans le palais, il faudra vous débrouiller.

Il y eut un silence.

— Ça nous va, finit par répondre Madel.

— Restez où vous êtes pour l'instant, j'aperçois une patrouille qui redescend la rue. Quand la voie sera libre, prenez la prochaine avenue sur votre droite et longez-là jusqu'à la place.

— Et ensuite ?

— Essayez déjà d'y arriver en vie, ensuite on avisera.

Namyra reposa la pierre à côté d'elle et surveilla les alentours avec la longue vue. Pendant ce temps-là, Maleius utilisa sa pierre pour avoir des nouvelles de son unité dispersée sur le terrain.

— Soldat Artesellys, qu'en est-il de votre position ?

Après quelques secondes d'incertitude, le maître d'armes entendit la voix de la jeune femme dans son esprit.

— Désolée général, il fallait que je m'éloigne pour vous répondre. Je suis pas loin d'une espèce de grand monument, on dirait un temple religieux ou quelque chose comme ça. Je suis passée devant des enclos à esclaves, il y avait des femmes, mais aucune ne correspondait à la description de la cible.

Maleius hésita un moment.

— Gardez l'œil ouvert, termina-t-il avant de ranger sa pierre.

— Si elle est ici, on la trouvera, rassura Namyra.

— Aussi étrange que cela puisse paraître, ce n'est pas pour elle que je m'inquiète le plus.

Dans la jungle urbaine, Draegan et Madel s'attelaient à gagner le point indiqué par Namyra. L'avenue en question était en proie à des animations tout aussi bruyantes qu'envahissantes. Les cracheurs de flammes se multipliaient dans les quartiers, ce qui, depuis la tour d'observation, donnait l'illusion que des lignes de feu se traçaient et se croisaient entre elles.

Draegan ne pouvait s'empêcher de presser le pas jusqu'à distancer Madel et la perdre dans la foule. Son regard sanguin et sa mâchoire serrée étaient sans équivoque. Il fit l'erreur de frôler d'un peu trop près un rassemblement imortis qui sortait tout juste d'un bâtiment. Certains avaient trouvé sa démarche suspecte, mais pas seulement. Les cliquetis métalliques provenant de sous sa robe traditionnelle les avaient également interloqués.

Rattrapé par Madel après avoir dépassé une dizaine d'échoppes, Draegan se fit empoigner le bras par celle-ci pour l'obliger à ralentir. Elle comprenait la détresse et la souffrance de son époux. Si elle avait été à sa place, s'il était question de son petit frère, elle aurait sans doute eu besoin de Draegan pour l'empêcher de franchir les limites. Elle en avait de plus en plus conscience, son rôle n'était pas de l'aider à retrouver Kerana saine et sauve, mais plutôt de s'assurer à ce qu'il ne se perde pas lui-même.

Tandis qu'ils s'apprêtaient à atteindre une large place avec en son centre une fontaine à trois étages, leur route fut barrée par des silhouettes drapées dans des capes de même couleur que le ciel. Draegan les reconnaissait, il s'agissait des Imortis qu'il avait croisés quelques maisons en arrière.

L'un d'entre eux, au visage rond marqué par une balafre à la joue, prit la parole.

— Qui es-tu ? interrogea-t-il en regardant droit dans les yeux l'Erivlain.

Draegan avala sa salive de travers et réfléchit.

— Pourquoi ? Ai-je fait quelque chose de mal ? tenta-t-il de se défendre.

Le fidèle à la tête ronde se retourna et sembla s'adresser à un de ses confrères que Draegan ne pouvait voir.

— Tu es sûr que c'est lui ?

— Oui, fit une voix dure.

L'Imortis revint vers l'Erivlain et reposa sa question.

— Donne-nous ton nom, homme du nord.

— Je m'appelle Dan. Dan de Mabrorr. Et elle, c'est Tysélys, mon épouse. Nous venons pour…

— Il ment, affirma la voix.

Le balafré fut écarté par son confrère. Draegan crut que le manque de sommeil lui jouait un tour, que l'absence de lumière lui faisait croire à une hallucination, mais il n'en était rien. Sigolf se planta devant lui, les lèvres écorchées par son précédent rite, le teint blafard et les cernes creusés. Cela ne pouvait être réel. Sur le coup, Draegan pensa que l'officier avait réussi à s'infiltrer parmi les religieux pour approcher Kerana. Mais si c'était bel et bien le cas, alors pourquoi le dénoncer et compromettre la mission ? Pour lui, cela n'avait aucun sens.

— Sigolf ? souffla-t-il en espérant se tromper.

— Il s'appelle Draegan Guelyn, annonça l'ancien officier à ses frères. Et la femme se nomme Madel Guelyn. Ils viennent d'Odonor, ce sont des Aigles de Fer.

— Sigolf, qu'est-ce que tu fais ? grommela Draegan en bougeant à peine les lèvres.

— Il doit y en avoir d'autres, continua-t-il. Vérifiez sous leur robe, ils sont sûrement armés.

Aussitôt, des bras se mirent à palper leur corps jusqu'aux chevilles. Ils y trouvèrent rapidement leur épée ainsi que plusieurs dagues rangées dans le baudrier de Madel.

— Je sais pourquoi vous êtes là, dit Sigolf. Vous êtes là pour elle.

Draegan ne sut quelle réaction adopter en cet instant. Il ne savait plus s'il avait un ami ou ennemi en face de lui.

— Où est-elle ? osa-t-il demander.

— Cela n'a plus d'importance. Où qu'elle soit, elle sert à présent notre cause.

— « Notre » cause ? De quoi est-ce que tu parles ?

— Nous pourrions en débattre ici même dans cette rue, ou alors dans un endroit plus approprié. Cela ne tient qu'à toi. Prends ma main, Draegan, laisse-moi t'aider. Laisse-moi te débarrasser de ce fardeau qui pèse sur tes épaules. Tu n'as qu'un geste à faire. Ils l'ont fait pour moi, ils m'ont sauvé.

— Sauvé de quoi ?

— N'as-tu jamais eu envie de tout reprendre à zéro ? De recommencer ta vie en ayant le plein contrôle ? En décidant ce qui est bon ou mauvais pour toi ? Ils m'ont libéré de ces chaines que j'avais, de cette cause que je servais et qui ne me concernait pas.

— La cause du royaume ? Elle faisait plus que te concerner, tu en étais le gardien.

— À quel prix ? Quelle en sera ma récompense une fois ma mission accomplie ? Une maison de campagne avec des vaches et des chèvres pour survivre jusqu'à la fin de mon voyage terrestre ? Et après ? Tout ça pour être enterré dans une cour qui balaiera mon existence en quelques années ? Je mérite plus que ça. Nous le méritons tous. Et toi aussi, Draegan, tu mérites mieux que ça. Toi plus que quiconque. Ici, nous nous aidons tous. Personne ne lynche qui que ce soit parce qu'il n'est pas à la hauteur. Nous ne sommes ni riches ni pauvres, nous n'avons aucun rang social, nous sommes tous de la même famille. Et cette famille, tu peux en faire partie. Viens avec moi. Toi aussi, Madel. Vous deux, vous n'êtes pas venus ici par hasard. C'est le grand Imortar qui vous a conduit en ce lieu afin de vous donner le pouvoir de tout changer.

Les paroles de Sigolf avaient refroidi Madel, ce qui n'avait pas l'air d'être le cas pour Draegan. Ce dernier fixa la main tendue de son vieil ami et hésita à la saisir. Oui, une part de lui le voulait. Une part de lui souhaitait effacer tout son passé et recommencer une vie qu'il aurait choisie. Être roi d'Erivlyn n'avait jamais fait partie de ses projets. Il n'avait jamais demandé le nom de Guelyn, pas plus que vivre dans la peur et la haine du peuple. Cette main tendue était présentée comme une seconde chance. Une chance de ne pas finir au bout d'une corde, une chance de ne pas en arriver à se trancher la gorge un soir où plus rien n'aurait de sens.

Madel vit le bras de son homme prêt à rejoindre celui de Sigolf.

— Suis-moi, mon frère, encouragea Sigolf. Ainsi tu connaîtras la paix dans ton cœur. Et lorsque cela sera fait, nous irons à la rencontre de ta sœur afin qu'elle trouve, elle aussi, cette paix.

Draegan releva les yeux vers l'ancien officier, des yeux terrassés par l'insomnie et la colère. Sigolf lui sourit, et ce sourire lui fut rendu.

— Je te remercie d'avoir été honnête avec moi, et de m'avoir annoncé la mort de mon ami. Je lui promets que son souvenir perdurera à travers les âges et que son nom continuera d'être associé au grand Aigle de Fer qu'il était, ainsi qu'au sacrifice qu'il a fait pour essayer de sauver une innocente.

À ces mots, Sigolf perdit son sourire, tandis que celui de Draegan persistait, en mémoire des souvenirs heureux qu'il avait partagés avec l'officier.

— Si telle est ta décision, sache que je le regrette.

— Pas autant que moi, Sigolf. Pas autant que moi.

— Allez chercher les Prétoriens, dit le jeune homme à ses confrères.

— Oh, ne vous donnez pas cette peine, lança Draegan. Justement, nous partions.

Immédiatement après, Draegan écrasa son poing sur le visage de Sigolf et fit volte-face en entraînant Madel avec lui dans sa fuite.

Les passants se firent bousculer et renverser par la chasse qui venait d'être lancée. Les deux Erivlains cavalaient comme des destriers au milieu de l'avenue, poursuivis par une cohorte de fidèles qui leur hurlaient de s'arrêter. Gênés par leur robe azarienne qui les ralentissait, Draegan et Madel décidèrent de les ôter en pleine course afin de s'en débarrasser. Leur uniforme d'Aigle de Fer révélés aux yeux de tous, ils n'étaient plus du tout en sécurité.

Le sol vibrant sous leurs pieds annonçait l'arrivée des gardes Prétoriens qui, eux, ne chercheraient pas à discuter avec leurs hallebardes de trois mètres de haut. La situation devenant critique, Draegan s'empara du sachet de velours que Namyra lui avait donné plus tôt et le jeta avec violence devant lui. Un éclair rouge explosa et s'éleva jusqu'au firmament pour retomber à pleine puissance, aveuglant une bonne partie des gens dans le périmètre.

Dès lors, Namyra n'avait plus besoin de sa longue vue pour les repérer. Le signal de danger venait d'être envoyé.

— Il faut y aller, ils ont besoin d'aide ! cria-t-elle en se jetant dans le vide pour glisser sur l'échelle et atteindre la terre ferme en quelques secondes.

Maleius n'eut pas le temps de répliquer et emboita aussitôt le pas de la guerrière. Quant aux Aigles de Fer éparpillés dans la ville, ils furent très vite alertés d'une course poursuite entre Erivlains et Imortis aux abords des marchés nocturnes. Sans attendre, ils s'y précipitèrent.

L'épée en main, Draegan dut frapper à la gorge un fidèle qui avaient réussi à agripper Madel. Le sang coula abondamment et l'homme fit un bruit de canard avant de s'écrouler. Très vite, le chaos s'embrasa dans les rues. Les Aigles de Fer finirent par rejoindre Draegan et Madel à un carrefour et, à leur tour, ils se débarrassèrent de leurs frusques locales pour dévoiler leur uniforme militaire. Une mêlée débuta entre les Morganiens et les Erivlains. Les Aigles chargèrent les Imortis et les firent tomber sous leur lame. Un tableau violent se peignit dans le quartier. Les Imortis devenaient de plus en plus nombreux, il en sortait à chaque coin de rue. Et même si la majorité d'entre eux ne savaient se battre, ils savaient lever un poignard et l'abattre dans la chair d'un autre.

Le carnage se poursuivait à mesure que les Aigles reculaient sous les vagues ennemies. Et comme si cela ne suffisait pas, après plusieurs minutes de fer contre foi, l'armée kergorienne intervint pour prêter main-forte aux serviteurs du culte. L'étau se resserrait pour les hommes et femmes du nord qui se battaient et faisaient tout pour rester en vie.

Mais alors que le cercle ennemi se refermait sur eux, une nouvelle bataille éclata à quelques pas. Les Azariens, témoins de la scène, prirent avantage de la situation et déclenchèrent une énième émeute pour venir en aide aux Aigles, et se débarrasser une bonne fois pour toutes des Morganiens. Armés de couteaux de boucher et de haches de bûcherons, ils entrèrent dans la mêlée et transpercèrent quiconque portait le symbole imortis.

Les cadavres s'empilaient, des deux côtés.

Pendant ce temps, loin de la guerre qui faisait rage, un cortège religieux sillonnait la route jusqu'au palais. Leurs torches étaient visibles depuis les fenêtres, et leur chant puissant annonçait leur arrivée imminente dans la cour. Céron les observait depuis son balcon, accoudé à la rambarde en pierre comme le spectateur d'une pièce de théâtre, s'empiffrant de friandises. La cour avait été aménagée en lieu de cérémonie pour y accueillir l'ultime hommage. Une structure métallique qui avait tout l'air d'une cage pour prisonniers avait été érigée sur un amas de bois. Autour de celle-ci, des prêtres dispersèrent des cendres nées de la fureur de leur dieu.

Pour eux, elles étaient sacrées.

Un grand nombre d'Imortis s'étaient rassemblés dans la cour pour attendre une apparition du Seigneur de Feu. Céron se délectait de cet instant en sirotant un alcool fort qu'il avait dilué dans le sang d'une pauvre victime. *Pour relever le goût*, selon ses dires. Au moment de finir sa coupe, l'Immortel sentit une chaleur envahir la pièce. Sans se retourner, il pouvait deviner la présence qui s'était invitée sans prononcer le moindre mot. Alors, Céron ferma les yeux et se laissa porter par les voix fortes des fidèles en contre-bas qui se confondaient avec un cri de guerre percutant.

*Mardaas, Mardaas, Mardaas,* chantonnait-il en même temps que les religieux, avant de faire enfin face au géant masqué.

— Écoute-les… C'est pour toi, ils t'acclament, dit Céron en simulant un respect dans sa voix.

Il se versa un nouveau breuvage alcoolisé et remplit une deuxième coupe pour Mardaas.

— Le grand et puissant *Seigneur de Feu,* l'Immortel aux milliers de livres et de récits, Seigneur Noir de la Daegoria et Bras Droit de l'Unique. Bla-bla-bla.

Mardaas ne prit pas la coupe que Céron lui tendait. Ce dernier haussa les épaules et la jeta par-dessus le balcon.

— À ta légende, lança-t-il en buvant cul sec. Puisse-t-elle ne jamais être effacée par les squelettes de ton passé.

— Tu m'as demandé. Je suis là. Qu'est-ce que tu veux ?

Malgré le sang volcanique qui circulait dans son corps, Mardaas n'avait jamais paru aussi froid. Cette sensation d'étranglement et de vertige ne lui prenait qu'en présence de Baahl. Pourtant, Céron n'était qu'un sous-fifre, il n'avait aucune autorité sur lui, mais Mardaas s'en méfiait, aujourd'hui plus que jamais.

— J'ai cru comprendre que c'était ton anniversaire, répondit Céron en jetant un œil vers la cour. Alors, j'ai décidé de te faire un petit cadeau.

Il lui fit signe de se rapprocher du balcon et lui montra la cérémonie Imortis en son honneur.

À la vue de l'Immortel, les fidèles entrèrent dans une effervescence religieuse qui décontenança le concerné. Mardaas repéra très vite la cage en fer posée sur l'imposant bûcher entourée de prêtres et de leurs instruments liturgiques, ainsi que des silhouettes prisonnières à l'intérieur. Des silhouettes qui se faisaient asperger d'huile, des silhouettes qui se ressemblaient toutes – ou du moins, qui ressemblaient à une personne.

— Qu'est-ce que tu en penses ? Je les ai choisies moi-même. Je me suis dit que pour un hommage, il valait mieux que les sacrifiées aient un trait commun. Et comme je sais maintenant que tu as un faible pour les brunes, alors je suis allé faire un tour du côté des esclaves.

Les prisonnières étaient si nombreuses qu'il était impossible de toutes les voir, la cage débordait, aucune d'entre elles ne pouvait bouger. Mardaas essaya d'identifier Kerana, mais il était bien trop loin. Céron sentait qu'il commençait à s'agiter. Mardaas n'arrivait plus à tenir sa posture dominante, il ne savait pas s'il devait se rendre dans la cour ou rester ici. Céron tendit le bras vers les prêtres et ces derniers jetèrent les torches sur le bûcher qui prit rapidement feu.

— Bon anniversaire, Ô Seigneur de Feu.

Saisi par le choc, la main de Mardaas serra tellement fort la rambarde qu'elle explosa sous sa force. Les yeux écarquillés, il assista impuissant aux cris des condamnées qui s'éteignaient les uns après les autres, remplacés par le cantique imortis chanté à la gloire de leur dieu.

Céron jouissait de la réaction impulsive de Mardaas. Ce dernier, en revanche, resta figé en direction des flammes et d'un corps calciné qu'il pensait être Kerana.

— Détends-toi, conseilla Céron en finissant de boire la bouteille de vin. *Elle* n'était pas des leurs.

Cette phrase eut l'effet d'une frappe de foudre dans l'esprit du géant qui se demandait comment il avait pu lire dans ses pensées.

— Elle doit être très spéciale, cette mortelle, pour que tu la protèges de cette façon. Comme si elle était… oui, c'est ça, *un membre de ta famille.*

La tête de Mardaas pivota lentement vers Céron, avec un tressaillement certain. Ce dernier eut un frisson lorsqu'il vit les iris de l'Immortel virer progressivement au jaune, prédisant une rage prête au chaos. Mardaas ne posa alors qu'une question, la seule qui comptait pour lui, désormais.

— Où est-elle ?

— À ton avis ?

Mardaas lui fit ravaler sa réponse en l'empoignant brutalement pour le faire voler à travers la pièce. La violence était telle que Céron passa à travers un mur pour atterrir dans l'appartement voisin. À peine eut-il le temps de se relever que Mardaas l'avait déjà rejoint pour l'attraper par la gorge et l'encastrer dans le mur suivant.

— Je n'ai pas le temps de jouer avec toi, menaça Mardaas dont les gants de fer se mettaient à surchauffer.

Mais Céron ne semblait pas réagir à la douleur infligée par le métal en fusion qui compressait son cou. Au contraire, il en était presque exalté.

— Vas-y, tue-moi ! Je sais que t'en meurs d'envie. Fais-le !

Mardaas savait que s'il obéissait à cette pulsion, il n'aurait plus aucune chance de retrouver Kerana. Cette perspective décupla sa furie qui ne tarda pas à se faire remarquer dans l'enceinte du palais.

— *OÙ EST-ELLE ?* hurla-t-il dans ses oreilles avant de lui écraser la tête une première fois contre le sol en pierre.

— Tu ne peux plus rien pour elle, répondit-il en s'esclaffant bruyamment.

Le visage en sang, Céron eut la sensation qu'un rocher venait de lui tomber sur la tête lorsque celle-ci heurta une seconde fois le sol.

— Tu ne peux pas la sauver ! Aucun de nous ne le peut !

Enragé, Mardaas invoqua des flammes rougeoyantes qui dévorèrent lentement le bras de Céron.

— Si tu ne parles pas, alors sois prêt à rejoindre ta putain de mère, dit-il en enflammant son deuxième bras.

L'adrénaline de l'Immortel fou le préservait d'une douleur atroce.

— Si tu me tues, Baahl te le fera payer !

— Baahl n'a que faire de ton existence. Ton pouvoir ne t'épargnera pas. Et quand bien même, vous quitterez ce monde tous les deux, s'il le faut.

— Toi, t'attaquer à Baahl ? Ha ! Tu peux me la refaire, celle-là ? Tu le crains autant que les autres. Avoue-le !

— N'essaye pas de gagner du temps, grogna-t-il en le soulevant à nouveau pour l'aplatir sur une table en marbre. Dis-moi où est Kera !

— Kera ? C'est comme ça que tu l'appelles ? Merde alors, je croyais que c'était quelque chose comme Lysa, non, attends, Lyna, ou serait-ce Lyra ?

Alors que Mardaas s'apprêtait à lui faire recracher toutes ses dents, il le lâcha soudainement et recula d'un pas comme s'il avait reçu un coup encore plus violent que les siens. Céron s'aida de ses bras pour se redresser et agrandit son sourire à la vue de son bourreau devenu rigide.

— Son sort est déjà scellé. Comme l'était celui de ta sœur.

— Comment es-tu…

— Au courant ? Enfin, Mardaas, tu sais bien que c'est mon boulot de tout savoir. Elle en avait dans la caboche, cette petite. Très intelligente, très douée, mais aussi très imprudente. J'ignorais qu'une simple mortelle pouvait avoir autant de ressources.

Céron vit le regard de Mardaas qui venait de se refroidir.

— Elle n'est pas morte, poursuivit-il, pas encore. Je lui ai laissé son âme. Je me suis dit que j'aurais une autre occasion de repartir avec pour ma collection. Je ne voulais manquer cette scène pour rien au monde.

— Qu'est-ce que tu as fait d'elle ? Réponds-moi, et ne cherche pas à m'embrouiller. Soit tu craches le morceau, soit tu craches tes dents. Décide-toi, vite.

— Je lui ai… rendu un service. Oui, un service. Celui que tu as refusé de lui rendre.

Il ne lui en fallait pas plus pour comprendre où Kerana avait été envoyée.

— Espèce de…

Son injure fut interrompue par l'irruption inopinée du chef Prétorien Kazul'dro. Le golem de fer entra dans la pièce en désordre, et par sa seule présence le silence se fit.

— Les Aigles de Fer sont entrés dans la cité et ont engagé le combat avec nos mortels.

— Combien sont-ils ? demanda Mardaas.

— Une centaine, seulement. Mais les Azariens ont pris les armes et se sont rangés à leurs côtés. Un rétablissement de l'ordre est nécessaire.

Mardaas se tourna vers Céron pour le dévisager une dernière fois et revint sur Kazul'dro.

— Conduis-moi à la bataille.

La fête était finie. La musique continuait d'inonder la ville, mais les instruments avaient été remplacés par le son des lames qui s'entrechoquaient, de la chair embrochée, et des cris de guerre tonitruants.

À force de trop jouer avec le feu, Azarun s'était brûlée. Les habitants de la cité étaient une fois de plus déterminés à chasser les Morganiens hors de leur foyer, et l'assaut surprise des Aigles de Fer était l'étincelle dont ils avaient besoin pour enflammer la ruche. Les hommes, les femmes, mais aussi les vieillards et les jeunes adultes, tous prenaient part au conflit et s'alliaient aux Aigles pour repousser les attaques des fanatiques ainsi que de l'armée.

Draegan restait près de Madel, ils essayaient par tous les moyens de se frayer un chemin jusqu'au palais, mais la horde ennemie s'intensifiait et il devenait difficile de se déplacer sans croiser le métal. Heureusement, grâce à l'assistance du soldat Artesellys et de son œil de lynx, ses flèches débouchaient les ruelles et permettaient aux deux Erivlains de progresser plus facilement.

De leur côté, Namyra et Maleius finirent par s'engouffrer dans la bataille, et leurs premières victimes furent des Imortis qui semblaient possédés par un Mal impétueux. Quand vint le tour des soldats kergoriens, le bras de Namyra refusa de s'abattre sur les siens. L'idée de tuer des jeunes recrues avec qui elle avait sans doute échangé un repas lui était inconcevable. C'est Maleius qui dû se salir les mains et les mettre hors d'état de nuire. Le maître d'armes exécutait des figures d'attaques qui étaient imparables pour les trois fantassins kergoriens. En deux temps trois mouvements, les assaillants étaient à terre, et nourrissaient celle-ci de leur sang.

Ils poursuivirent leur route au cœur de la cité dans l'idée de rejoindre Draegan et Madel. Namyra connaissait bien les quartiers, elle avait vécu ici toute sa vie. Ils gagnèrent rapidement une grande place circulaire où les étals et les commerces étaient saccagés par les hommes et le feu.

— Ils ont dû se rendre au palais, dit Namyra.
— Alors, ne traînons pas.

Mais au moment de prendre la direction du palais, Namyra s'arrêta un instant sur les enclos à esclaves qui les entouraient.

— On les libérera plus tard ! réagit Maleius qui voyait déjà dès Imortis foncer sur eux.

Derrière les barricades de son enclos, Hazran assistait impuissant au carnage qui faisait rage. Il envoyait tout son poids contre la grille pour la faire céder, sans y parvenir. Certains habitants avaient tenté de briser le cadenas à l'aide d'outils lourds, mais les Imortis et l'armée ne leur laissaient jamais le temps de finir le travail. Hazran hurlait à travers les barreaux pour qu'on vienne le délivrer lui et tous les autres. Il savait que c'était maintenant ou jamais, qu'il n'aurait pas d'autres occasions comme celle-ci pour fuir. C'est là que Namyra entendit son cri. Au départ, elle ne l'avait pas reconnu à cause de sa longue barbe et de ses cheveux ébouriffés. Elle ne l'avait plus revu depuis leur première infiltration dans la cité. Elle le croyait mort. Les yeux écarquillés, la vision de son vieil ami amaigri et détenu par des liens de fer l'avait chamboulée.

— Attends ! s'exclama-t-elle envers Maleius.

Il la regarda fendre la mêlée pour atteindre un des enclos.

— Hazran ? s'écria Namyra en s'écrasant contre les barreaux.

À la vue de son amie, l'ancien général se précipita vers elle. Il ne put cacher son enthousiasme de la voir ici.

— Namyra ! C'est bien toi ? Par les Namtars, je croyais ne plus jamais revoir un visage amical ici. Vite, il faut que tu me sortes de là, brise les chaînes ! Maintenant ! Avant qu'il ne soit trop tard.

Namyra hocha la tête et demanda du renfort auprès de Maleius pour la couvrir. Ce dernier rappliqua et salua le général naturellement comme s'ils étaient autour d'une table.

— C'est qui, lui ?

— Un Aigle de Fer, répondit Namyra en train d'appliquer sa pâte à dissoudre.

— Maleius Guelyn, à votre service, se présenta le maître d'armes en envoyant un crochet du droit à un fidèle déchainé.

— Guelyn ? Vous êtes là pour la petite ?

— La petite ? répéta Maleius.

— Une Guelyn, comme vous.

— Vous avez vu Kerana ?

— Ouais. On partageait le même enclos, avant que...

— Que quoi ?

— Avant qu'elle ne perde la raison et qu'elle décide de se fritter avec la torche humaine.

— Mardaas... cracha Maleius en regardant ailleurs. Vous savez où elle se trouve ?

— La dernière fois que je l'ai vue, on était devant le palais. J'ignore à quand ça remonte, le temps est une notion que nous avons perdue, ici.

— C'est bon ! lança Namyra.

Le cadenas vira au rouge incandescent et s'effrita avant de céder complètement. Les chaînes retirées, Hazran enfonça la grille avec un puissant coup de pied.

— Je suis heureux de te revoir, Namyra. On discutera de tout ça plus tard, dit-il en la prenant dans ses bras. J'espère que vous la trouverez vite.

— Où est-ce que tu vas ? questionna-t-elle en voyant l'homme s'éloigner.

— Sauver mon fils ! cria-t-il.

Namyra se tourna vers Maleius.

— Je vais avec lui. Le palais est dans cette direction, foncez, trouvez-la, et fuyez.

Maleius acquiesça.

— Faites attention.

— On essaiera.

Les deux soldats firent demi-tour chacun de leur côté.

Hazran ramassa un glaive d'Aigle de Fer qui traînait sur le champ de bataille et se mit à courir aussi vite qu'un guépard en direction du temple. Dans sa course, il esquiva une lance qui manqua de le percuter au torse. Plus loin, un religieux hurla ses mots de foi avant de bondir sur lui pour le faire rouler dans le sable. Hazran lui enfonça l'épée dans l'estomac avant de lui porter un coup fatal à la carotide. Namyra l'aida à se relever et tous deux pénétrèrent dans le temple.

— Tu sais où ils enferment les enfants ? s'enquit la guerrière.

— Dans la plus haute tour, dit-il en se ruant vers une ouverture sur le flanc.

Les murs étouffaient les bruits de la bataille qui se déroulaient à l'extérieur. Ils s'empressèrent de gravir les escaliers en colimaçons pour atteindre le dernier étage. Par chance, aucun ennemi ne se trouva sur leur chemin. Hazran explosa la poignée d'une vieille porte en bois à l'aide du pommeau de son arme et tomba nez à nez avec un Doyen qui lui en entailla le bras avec sa dague. Namyra lui assena un coup de tête qui le fit basculer en arrière et le cloua sur place avec son sabre, sous les yeux apeurés d'une vingtaine d'enfants recroquevillés au fond de la pièce.

— Brenn ? Brenn, tu es là ? fit Hazran qui essayait de distinguer les visages dans la pénombre.

Il finit par le reconnaître au milieu de deux jeunes garçons. L'enfant fit mine de ne pas le voir, il avait l'air hagard et désorienté.

— Namyra, prends-le avec toi. Sortez d'ici, emmène-le loin de cette ville de tarés. Je saurai vous retrouver.

— Et toi ?

— La petite Guelyn m'a sauvé la vie, et je compte bien lui rendre la pareille.

# CHAPITRE 25
## Une Dernière Histoire

Le palais était à portée de vue pour Draegan et Madel. Il fallait encore traverser la route en pente pour gagner les premiers jardins du roi avant d'arriver dans la cour aux centaines de colonnes.

Terrés derrière des murets privés de lumière, ils attendaient le bon moment pour avancer. Des torches en mouvement s'agitaient au sommet du chemin, et elles se dirigeaient vers eux. Draegan se retint de respirer et s'allongea complètement pour ne pas être vu. À travers un trou dans le muret, il arrivait à apercevoir les silhouettes en approche. Elles semblaient gigantesques, armées et terrifiantes. Draegan n'avait jamais vu de Prétoriens de sa vie, il ne connaissait que les détails que sa sœur lui avait fournis après l'attaque de Kazul'dro dans le château Guelyn. Et ces détails étaient suffisamment éloquents pour lui permettre de les identifier.

— Tu vois ces machins ? chuchota-t-il. Surtout, ne t'approche pas d'eux.

— Et lui ?

Madel désignait un autre géant qui descendait la pente. Un géant à la large cape noire qui le rendait encore plus imposant qu'il ne l'était. Dans son dos, on pouvait distinguer une épée qui devait faire la taille d'un homme. Mardaas suivait une cohorte de Prétoriens menée par Kazul'dro, accompagné de Céron, tous déterminés à mettre fin à la bataille.

— On dirait que la chance nous sourit, dit Draegan.

— Ça devrait nous faciliter la tâche pour nous promener dans le palais.

— Oui, mais pour combien de temps ?

Ils patientèrent jusqu'à ce que l'Immortel et ses Prétoriens disparaissent dans les rues.

— C'est le moment, on y va.

Mais avant de faire un pas en avant, ils furent rejoints par Maleius qui émergea d'une ruelle.

— J'ai pensé que vous auriez besoin d'un cerveau en plus pour ressortir vivant de ce palace.

— Pour ça, il aurait fallu que tu viennes avec quelqu'un d'autre, tacla Madel.

— Eh bien, disons qu'avec toi ça fera un cerveau complet.

— C'est bon, vous avez fini ? gronda Draegan.

Ainsi, sous la pleine lune kergorienne, les trois Guelyns s'infiltrèrent dans le palais Tan-Voluor. Et sans perdre de temps, ils prirent en otage la première personne qui leur tomba sous la main, au croisement d'un couloir. Le pauvre Lezar n'avait eu aucun moyen de se défendre, trois lames étaient braquées sur lui, prêtes à l'empaler au moindre faux pas. Le jeune Sbire resta maître de lui-même et ne montra aucun signe de panique. Dans son intérêt, il valait mieux qu'il se prête à la coopération.

Draegan lui ordonna de le conduire à l'appartement de Mardaas. Ne souhaitant pas se confronter à plus fort que lui, Lezar obéit. Enfermé dans son silence, il les mena jusqu'à l'étage des chambres destinées aux membres de la cour royale, puis désigna celle de Angal

Tan-Voluor, au fond du couloir. Prisonnier des bras de Maleius, il pria pour que son maître revienne au plus vite.

Draegan et Madel entrèrent dans l'appartement. Aussitôt, le réflexe du jeune homme fut d'appeler sa sœur. Mais son appel resta sans réponse. Ils retournèrent la chambre et fouillèrent le lieu à la recherche d'indices. Et très vite, Draegan en trouva un, posé sur un grand bureau recouvert de livres et de parchemins signés par l'Immortel.

— C'est son épée. L'épée de Kera. Je la reconnais.
— Tu en es sûr ? voulut s'assurer Madel.
— C'est celle qu'elle avait ramenée du marché. Je lui avais fait une scène pour ça.

Maleius entra à son tour, tenant le Sbire par son col.

— Je crois que notre ami, ici présent, a des choses à nous dire. Répète-leur ce que tu m'as dit, exigea-t-il en le bousculant.

Lezar leur révéla alors ce qu'il savait sur les derniers instants qu'il avait passé avec la jeune femme avant que celle-ci ne soit portée disparue.

— Céron ? nota Draegan. C'est qui, ça ?
— Un Immortel, répondit le Sbire, très dangereux.
— Ils le sont tous.
— Lui, plus que les autres, croyez-moi.
— Et où est-il ?
— Il est sorti avec le Maître pour mettre fin aux émeutes.

Draegan se rendit sur le balcon pour observer le brasier de la ville. Cette vision lui rappela la bataille à Morham et son échec cuisant face aux Immortels.

— C'est notre dernière chance de savoir où se trouve Kera, dit-il avant de revenir vers eux.

Ils relâchèrent le jeune Sbire. Draegan récupéra l'épée de Kerana et la rangea dans son fourreau. Après cela, ils quittèrent immédiatement le palais pour se replonger dans les combats.

Mais tandis qu'ils traversaient la cour pour rejoindre la route, un groupe d'Imortis les prit en embuscade. L'un d'entre eux se rua sur Draegan pour le renverser. C'est là qu'il croisa le regard sanguinaire de Sigolf qui essayait d'enrouler ses mains autour de son cou. L'ancien officier ne répondait plus de rien. Pour Draegan, il n'était plus lui-même. Le visage de Sigolf luisait, tout comme le sang des innocents sur ses vêtements. Bloqué par son agresseur, Draegan tenta de le repousser en frappant sa tête contre la sienne. Sigolf roula sur le côté, le nez ensanglanté. Mais tel un berserker, il se releva en furie, les yeux exorbités, et fonça vers sa cible. Un bruit de métal tinta dans les airs, suivi du son de la mort. Les deux amis se rencontrèrent, telle une dernière étreinte. Sigolf se crispa, son expression haineuse disparut pour laisser place à la peur.

— Je suis désolé... souffla Draegan par-dessus l'épaule de son ami, avant de retirer l'épée qui avait traversé son abdomen.

Meurtri par son geste, il avala un sanglot face à Sigolf qui crachait un filet de sang. Celui-ci perdit l'équilibre et s'accrocha aux épaules de son ami. La folie dans ses yeux s'estompa, et alors l'ancien officier retrouva une bribe de lucidité dans le regard qui fit comprendre à Draegan qu'il ne lui en voulait pas. Il se laissa tomber sur le ventre et attendit dans la douleur que la Mort vienne le délivrer.

Madel et Maleius se recueillirent quelques instants autour de son corps. Du coin de l'œil, ils assistèrent à un Draegan dévasté qui essayait de cacher ses émotions. L'homme essuya son épée et, sans dire un mot, continua sa trajectoire jusqu'à la ville. Depuis leur position, on pouvait voir des explosions de flammes jaillirent au-dessus des toits.

Avec l'appui des Prétoriens, Mardaas répandait le chaos. À son approche, c'était la fuite. Tout le monde, y compris les Imortis et l'armée kergorienne, prenait leurs jambes à leur cou et cherchait à éviter le passage impétueux du Seigneur de Feu. Ceux qui avaient le malheur de lui tenir tête se voyaient imploser de l'intérieur. Mardaas avançait entre les cadavres et les débris de charrettes, encerclé par une aura de feu qui le faisait passer pour un démon du royaume d'Asgor. Il ne faisait aucune distinction sur le champ de bataille. Ses flammes étaient destinées à nettoyer le lieu, emportant avec elles quiconque s'y trouvait.

À quelques mètres de lui, Céron pourchassait dans les rues ses prochaines acquisitions. Ses instincts nettement surdéveloppés faisaient de lui un prédateur aussi redoutable qu'un Muban. Pour lui, il s'agissait d'un jeu.

Quant à Kazul'dro et ses Prétoriens, ils balayaient les avenues avec leurs hallebardes démesurées qui expédiait les cibles dans les airs, quand elles n'étaient pas démembrées. Ces créatures démoniaques ne reculaient devant rien ni personne lorsqu'un ordre leur était donné. Insensibles aux armes des mortels, ils étaient un atout considérable pendant les batailles, et la balance penchait durement vers leur camp.

Les Azariens, ainsi que les Aigles de Fer, s'évertuaient à rester groupés pour concentrer leurs forces, mais la plupart commençaient déjà à se dire qu'il n'y avait plus aucun espoir d'en ressortir vivant.

Draegan, Madel et Maleius parcouraient la ville en quête de récupérer leurs Aigles, ou du moins ce qu'il en restait. Beaucoup avaient péri à cause de leur manque d'expérience et de pratique, quant aux autres, la plupart avaient été sévèrement blessés, voire mutilés.

Mais parmi les novices, un soldat arrivait à se démarquer d'entre tous. Maleius le repéra, seul, en train de se défendre habilement contre plusieurs religieux. Il brandissait le glaive des Aigles de Fer avec une dextérité époustouflante, comme s'il était né avec l'arme dans la main. La lame tournoyait et fendait ses ennemis. Ses coups étaient accompagnés d'attaque au corps à corps, ses poings et ses pieds sonnaient les assaillants avant de leur donner la mort.

Maleius l'observa avec respect, tandis que Draegan et Madel arrivaient en renfort. Là, le maître d'armes découvrit que le guerrier n'était pas des leurs. Il ressemblait plus aux hommes locaux qu'à ceux du nord.

— Eh, j'te reconnais, toi, dit Maleius en s'approchant. T'es l'esclave qu'on a libéré !

Hazran planta le glaive dans les boyaux d'un Imortis qui respirait encore.

— En temps normal, je t'aurais coupé la langue pour avoir osé m'appeler de la sorte, Erivlain. Mais compte tenu de la situation, je ne peux t'en tenir rigueur.

— Qui êtes-vous ? interrogea Draegan.

— Nous ferons les présentations plus tard, mon garçon, bien que je ne pense pas qu'elles soient nécessaires.

— Draegan, appela Madel, la voix inquiète.

Il se retourna et déglutit sec. Trois golems en armure marchaient dans leur direction, prêts à les embrocher.

— Oh, merde, jura Hazran entre ses lèvres. Pas encore eux…

Ils n'avaient pas vu le quatrième Prétorien dans leur dos qui venait d'émerger de la pénombre.

— Derrière ! cria Madel, qui l'avait repéré à temps.

Ils se dispersèrent afin d'éviter la hallebarde. Encerclés par les colosses de fer, ils n'avaient plus de moyens de fuir. Draegan, inconscient du danger, défia l'un d'entre eux en donnant un premier coup d'épée dans l'espoir de détruire l'arme du Prétorien. Mais l'impact rebondit sur le métal et une vibration intense lui remonta le long du bras. Le Prétorien arracha l'épée de Draegan et broya la lame en renfermant le poing sur elle. Les autres furent propulsés contre des murs et des sculptures. Madel sentit son poignet se tordre, alors que Maleius avait entendu clairement les os de sa cage thoracique se briser.

Quant à Draegan, il ne pouvait plus se relever. Le pied du Prétorien écrasait sa poitrine. La lame de la hallebarde longea son visage, telle une caresse acérée. Alors, dans une dernière tentative de survie, le jeune homme s'empara avec douleur de l'épée de sa sœur sur laquelle il était allongé et l'enfonça dans la cuisse du Prétorien. Un éclat de lumière pénétra le corps du mastodonte et celui-ci recula de plusieurs mètres, manquant de vaciller sur un tas de cagettes.

Draegan saisit l'opportunité de se remettre sur ses jambes et profita de l'étourdissement du Prétorien pour le frapper à nouveau. Cette fois, il visa la faille au niveau du cou et fit traverser l'épée pour la faire ressortir de l'autre côté. La créature émit un cri inhumain et s'écroula face contre terre. Dans la seconde, il transperça le deuxième Prétorien qui s'apprêtait à décapiter Madel. Le même éclat de lumière surgit de l'intérieur du monstre avant que ce dernier ne tombe inerte.

Draegan ne comprenait pas comment il s'y était pris. Les Prétoriens ne pouvaient mourir de la main d'un mortel, encore moins d'une façon aussi ordinaire. Les deux golems restants, témoins de cette scène surréaliste, abandonnèrent leurs proies pour se focaliser sur lui. Cette perspective fit remonter l'estomac de Draegan, dont les gouttes de sueur s'intensifièrent.

C'est alors qu'une voix les arrêta. Une voix sombre, sévère, que Draegan ne tarda pas à identifier. Les deux créatures se retournèrent vers le Seigneur de Feu, statique devant un décor de braises et de ruines.

— Celui-ci est à moi, affirma Mardaas.

Les Prétoriens obéirent et se dirigèrent vers les survivants. Le sang de Maleius, Madel et Hazran ne fit qu'un tour.

— Ça, c'est mauvais pour nous, dit Maleius en secouant la tête.

— Qu'est-ce qu'on fait ? s'enquit la jeune femme.

— On s'arrache, répondit Hazran.

— Je ne partirai pas sans Draegan.

— Moi non plus, dit Maleius.

— Morts, vous ne lui serez pas d'une grande aide.

Les Prétoriens se mirent à courir vers eux, et aussitôt les trois survivants détalèrent comme des lapins dans les ruelles.

Draegan s'épongea le front pour empêcher la sueur de l'aveugler. Il voulait être en pleine capacité de regarder droit dans les yeux le responsable du cauchemar de sa vie, et de celui de sa sœur.

Mardaas tenait fermement Sevelnor dans sa main, qui bourdonnait et émettait une fumée noire. Il soutenait le regard de l'Aigle de Fer.

— Je constate que tu es toujours en vie après notre dernière rencontre, fit-il. Félicitations, je n'avais pas donné cher de ta peau, pour être honnête.

— Crois-moi, tu n'es pas le seul à l'avoir pensé, rétorqua Draegan, se mettant en garde.

Mardaas jeta un œil aux corps des Prétoriens, puis à l'épée que tenait le jeune homme.

— À Azarun, les voleurs qui se font attraper ont les mains plongées dans un tonneau d'acide pendant une nuit entière. Je suis prêt à passer outre cette tradition, si tu me rends l'épée que tu viens de me dérober.

— Tu me prends pour un idiot ? Où est Kera ? Je sais qu'elle est venue ici, je sais qu'elle était à ta recherche, et je sais aussi que vous vous êtes parlé.

— Tu as l'air de savoir beaucoup de choses. Je suppose donc que tu sais ce qui va arriver si jamais tu en viens à jouer au héros. Je vais nous faire gagner du temps, donne-moi ton arme.

— Si tu veux cette épée, tu vas devoir me l'arracher.

Mardaas avança d'un pas et Draegan le rejoignit en levant sa lame pour l'abattre sur lui. Le géant ramena Sevelnor et bloqua l'offensive. Au contact des deux épées, un tonnerre gronda et projeta les deux hommes en arrière. Draegan recracha le sable qui s'était infiltré dans sa bouche durant sa roulade et se redressa. Il sentit un four se rapprocher de lui et se retourna pour frapper. Mardaas intercepta une seconde fois son attaque avec Sevelnor. L'une contre l'autre, les lames entrèrent en fusion. Mardaas les dévia vers un pilier qui explosa lors de l'impact. Le duel semblait peu équitable. La force de l'Immortel était supérieure à celle de l'Erivlain, et ce dernier en prit rapidement conscience lorsqu'en parant un coup de taille, il fut expulsé contre le rebord d'un muret qui lui ouvrit l'arcade.

Le visage en sang, il décolla soudainement du sol pour se faire expédier à l'autre bout de la place. Mardaas l'empoigna et lui asséna un lourd crochet du droit qui lui fit recracher des dents. Pendant de longues secondes, le géant martelait le garçon de coups pour le rendre inapte à répliquer, jusqu'à le saisir par la gorge et le plaquer contre le mur d'une maison. Draegan peinait à respirer, il ressentait la même sensation de brûlure sulfureuse qu'au village Iaj'ag.

Puis, durant son agonie, il vit le masque de Mardaas se rapprocher de son visage, et il l'entendit murmurer une phrase qu'il ne comprit pas sur l'instant.

— Kera n'est pas ici, répéta plus fort l'Immortel en continuant d'étrangler superficiellement le jeune homme. Elle a été envoyée sur l'île de Morganzur.

— M-menteur ! cracha Draegan, grimaçant de douleur.

— Écoute-moi ! brusqua-t-il. Si on ne fait rien, alors elle mourra dans les catacombes avec les autres couveuses. Elle ne survivra pas une deuxième fois. Si tu veux sauver ta sœur, tu vas devoir me faire confiance.

— C'est bien ce que je disais, tu me prends pour un idiot.

— Ordonne à tes Aigles de se rendre, vous ne pouvez pas gagner. Laissez-vous capturer, et je me chargerai du reste.

— Après ce que tu as fait, tu me crois suffisamment stupide pour tomber dans ton piège ?

— Je me fiche de ton sort, je me fiche du sort de tes Aigles. Si vous ne m'étiez pas utile, j'aurais laissé les Prétoriens vous achever. Le fait est que je ne te laisse pas le choix. Si tu refuses de m'écouter, j'expliquerai à ta sœur, avant qu'elle ne succombe de ses blessures, que tu as préféré mourir plutôt que de venir à son secours.

— T'es qu'une ordure.

Il aperçut par-dessus l'épaule du géant le retour de Madel et de tous les Aigles de Fer encore capables de se battre.

Mardaas perçut dans son dos la corde d'un arc en train d'être tendue. Artesellys visait le haut du crâne dans l'intention de détruire le cerveau. L'Immortel lâcha Draegan et recula.

— Tu seras libre de vouloir me tuer après, cela m'est égal. Je ne cherche pas ta sympathie, encore moins ton amitié. Alors, au lieu de penser à ma mort, pense plutôt à la vie de ta sœur, car son temps est compté.

Draegan s'accrocha au regard de Madel qui hésitait à venir jusqu'à lui. Il ne voulait pas les entraîner avec lui dans sa chute, il estimait l'avoir déjà trop fait. Toutefois, le visage de Kerana était incrusté en lui, et il savait que ses cauchemars continueraient de le harceler tant qu'il ne l'aurait pas retrouvée.

— Jetez vos armes, finit-il par dire.

Le lendemain, Azarun reprenait lentement ses esprits. Un voile grisâtre recouvrait le paysage, mêlé aux fumées qui s'échappaient des maisons et des commerces pour s'élever jusqu'à un ciel qui avait perdu sa couleur. Il y avait presque autant de corps que de sable pour recouvrir le sol. Les habitants les plus malins s'étaient évadés de la cité pendant les heurts, quant aux plus déterminés d'entre eux, ils avaient fait ce qu'ils avaient pu.

Un silence de mort s'étendait jusqu'aux remparts, plongeant la ville dans un profond coma duquel elle ne se réveillerait pas de sitôt.

Draegan et les siens furent dépossédés de leurs armes et armures, et rejoignirent temporairement un enclos à esclaves, le temps qu'une décision de justice soit rendue à leur encontre. Le prêtre Saramon clamait leur exécution, tandis que certains encourageaient la torture. Mais ils n'étaient pas leurs prisonniers, ils appartenaient au Seigneur de Feu.

Mardaas observait le tableau de désastre qui s'était peint par-delà sa terrasse. Un tableau peint avec un pinceau trempé dans du sang. Le panorama sous ses yeux était bien trop similaire à ceux qu'il avait connus. Il était ici, à la même position, des siècles avant, et contemplait la même scène. Ce sentiment perpétuel de déjà-vu le vidait de tout ressenti. Ses pensées se tournèrent vers les prochains jours qui l'attendaient, sans savoir comment le dernier allait se terminer. Il devait se prononcer sur le sort des Erivlains tenus responsables du massacre de la veille, mais l'Immortel repoussait sa sentence. Ces mortels pouvaient lui être utiles pour le seul acte bon qu'il n'avait jamais fait jusque-là.

Sauver Kerana n'était pas la seule motivation du géant. Certes, il était attaché à la jeune femme, pas seulement pour le passé qu'elle lui faisait revivre ni pour les cicatrices qu'elle apaisait. Elle avait porté sur lui un regard et un jugement uniques. Pour une des rares fois de sa vie, Mardaas ne se sentait plus Immortel en sa compagnie. Il avait l'impression d'être un petit garçon qui découvrait le monde, comme celui qu'il avait été avant de vêtir sa cape noire. Et pour cette raison, il comptait tout mettre en œuvre pour l'épargner. Ainsi, il espérait se libérer de cette culpabilité qui le dévorait depuis six cents ans, celle de ne pas avoir pu sauver celle qui lui avait fait découvrir le monde tel qu'il était réellement.

Lezar l'observait depuis un moment, debout près de la porte, en serviteur dévoué. Comme il constatait que son maître n'avait pas touché au déjeuner posé sur la petite table à côté du lit, il s'avança pour récupérer le plateau encore chaud. Le bruit des couverts qui glissaient sur la plaque en argent alerta Mardaas.

— Non, fit-il sans se retourner. Reste ici.

Il s'excusa et reposa le déjeuner avant de s'effacer dans les ombres de la pièce. Mardaas garda le silence quelques secondes, puis reprit la parole.

— Te souviens-tu lorsque je t'avais demandé si tu me faisais pleinement confiance ?

— Bien sûr, maître.

— Et te souviens-tu de ta réponse ?

— Je vous ai répondu que ma vie était liée à la vôtre, et que par conséquent je ne répondais qu'à vous.

— C'est la réponse d'un serviteur. Je veux ta réponse.

— Eh bien, je… Oui. Je vous fais confiance, Maître.

— Alors, il est temps pour toi d'exécuter ta dernière mission.

— Ma dernière mission, Maître ? Que dois-je comprendre ?

Mardaas soupira.

— Pendant des siècles, ma vie se résumait à recevoir des lettres sur lesquelles étaient inscrits les noms des provinces à conquérir. Je ne cherchais pas à comprendre ni à discuter. C'était comme ça. J'ai vu beaucoup de ce monde, plus que nécessaire dans une vie. J'ai conquis autant de terres que tous les rois réunis de ces trois derniers siècles. Des terres comme celle-ci, mais aussi des terres reculées qui n'apparaissaient sur aucune carte. Elles n'étaient d'aucune utilité, mais il nous les fallait. Il nous les fallait toutes. Parmi elles, j'ai le souvenir de quelques coins paisibles qui n'avaient jamais connu la guerre avant nous. Je me souviens de leurs cascades et de leurs rivières que j'ai asséchées, de leurs forêts que j'ai brûlées, et de leurs villages que j'ai condamnés sans me demander une seule fois si ça en valait la peine.

Il se retourna enfin vers Lezar, qui cherchait à comprendre les paroles de son maître.

— Ces coins dont je te parle n'existent peut-être plus à l'heure où nous parlons. Mais il y en a d'autres.

— Maître ? s'interrogea le garçon.

— Je veux que tu trouves une de ces terres, le plus loin possible d'ici, de toutes ces conneries. Je veux que tu y trouves une maison, un métier, une femme, et que tu y finisses tes jours.

Dérouté par les propos de son maître, Lezar afficha un air perdu.

— Je te rends ta liberté. Ne retourne pas à Morganzur, n'essaie pas de retrouver tes parents, tu ne peux plus rien pour eux. Sauve-toi, et vis le peu de temps qu'il te reste.

— Maître, j'avoue ne pas comprendre. Avez-vous des ennuis ?

— Désormais, ma vie, comme la tienne, est menacée. Je t'ai exposé à un trop grand danger, je ne souhaite pas te faire courir davantage de risques pour moi. Tu n'es pas un Sbire, Lezar, tu n'as rien de tel. C'est pour ça que je t'ai choisi, cette nuit-là au temple.

— Je ne peux me résoudre à abandonner ma famille, je ne me vois pas quitter les miens pour me retrouver… je ne sais où. Qu'en penserait Imortar, selon vous ? Approuverait-il ? Je n'en ai pas la conviction. Le Mortisem ne pardonne pas l'hérésie.

— Imortar… répéta Mardaas avec dédain. Assieds-toi, mon garçon.

Il montra deux larges fauteuils autour d'une table ronde. Lezar prit place sur le premier, Mardaas sur le second.

— Tu as ton bouquin, sur toi ?

— Le Mortisem ? Toujours, maître.

— Donne-le-moi.

Il obéit. Mardaas le saisit dans sa main et, sous les yeux éberlués du jeune homme, il enflamma le livre jusqu'aux cendres.

— Qu'avez-vous fait !

— J'espère que les histoires absurdes qui y sont renfermées t'ont passionné, parce que j'en ai une dernière pour toi.

Lezar manqua de s'étouffer du blasphème effronté de l'Immortel.

Un tel acte n'aurait jamais été pardonné par les siens.

— Il y a de ça très longtemps, bien avant ma propre naissance, bien avant celle des Immortels, vivait un peuple isolé du reste du monde, loin de toutes autres races, loin de toutes formes de conflits. Ils ne souciaient pas des affaires des vivants ni même des morts. Personne, hormis leurs semblables, n'avait le droit d'approcher ces créatures dotées d'une magie qui dépassait celle des Jaakerys. Leur puissance était telle qu'ils puisaient leur énergie dans les forces de la terre, jusqu'à en réguler son cycle. Comme un mécanisme à rouages, chacun d'eux était une roue qui faisait fonctionner le monde. La pluie, l'orage, le vent, les arbres qui poussaient, la neige qui tombait, tout émanait de ce même peuple, appelé Spryr, mais que vous, humains, appelez Mystique, aujourd'hui.

— J'ai entendu parler de ces créatures.

— Et que sais-tu à leur sujet ?

— Elles ont disparu.

— Sais-tu pourquoi ?

Il secoua la tête.

— Il y avait une famille de mortels, des humains, comme toi, qui vivait dans les hauteurs de Tamondor. Une simple famille, assez pauvre, composée de cinq frères et sœurs qui essayaient de survivre durement chaque hiver. Le plus âgé, Asagil Imor, prostituait ses deux sœurs pour ramener de quoi nourrir toute la famille. Le deuxième frère, Vakendar Imor, travaillait dans les mines pour le compte d'un riche seigneur qui avait une collection de bijoux aussi grande que toutes les bijouteries du pays. Parfois, il lui arrivait d'en voler pour les revendre. Quant au troisième frère, Baléron Imor, il utilisait son charme pour monter des arnaques dans les auberges, dans le but de manipuler les touristes avant de les dépouiller. Ils vivaient dans la maison de leur père en bordure d'un petit village dont le nom m'échappe. Tous rêvaient d'une vie meilleure, d'une vie où la faim et le froid ne seraient plus une menace. Tous aspiraient à ne plus ramper sous les tables des tavernes pour ramasser les restes de morceaux de pain qui trainaient sur le plancher. Tous, en particulier un. Le plus jeune frère, Baléron.

— Ont-ils réussi ?

— Baléron pensait que lui et sa famille ne pourraient jamais se sortir de cette pauvreté. Pas avec leurs propres moyens. Il ne faisait pas confiance aux villageois, à peine en sa propre famille. Alors, il s'en est naïvement remis à la magie, en commençant par des rituels et des invocations de démons qui n'ont jamais fonctionné. Après plusieurs tentatives peu concluantes, Baléron décida de s'y prendre autrement.

— Comment ?

— Lors d'un voyage à Morham, il a fait la rencontre d'un sorcier Jaakery. Je ne sais pas ce qu'ils se sont dit, je ne sais pas ce qu'il s'est passé entre eux. Mais ce qui est sûr, c'est que Baléron l'a ramené jusqu'à son village, dans la maison familiale, et l'a manipulé pour le faire user de ses sciences occultes. Certains disaient que le Jaakery agissait de son plein gré, d'autres affirmaient qu'il était menacé par Baléron. En tout cas, leurs recherches ont fini par se porter sur les Spryrs. J'ignore comment ils ont fait, mais ils ont réussi à en capturer un. Bien que le sorcier ait tenté de l'en dissuader, Baléron a insisté pour être le cobaye principal de ces expérimentations contre nature. Ils ont cherché à extraire le fluide vital du Spryr pour l'injecter dans le sang de Baléron. Naturellement, les premiers essais furent chaotiques. L'homme a frôlé la mort à de nombreuses reprises. Son corps a été lourdement marqué par ces expériences, jusqu'à perdre la belle gueule qui lui servait de gagne-pain.

— Que s'est-il passé, ensuite ?

— Après des années de tests éprouvants, le sorcier finit par réussir à remplacer l'essence de l'homme par celle de l'entité, lui procurant ainsi des pouvoirs qu'il n'était pas censé avoir. Des pouvoirs proches de ceux des dieux. Aussitôt, la première action de Baléron fut de tuer une bande d'ivrognes avec laquelle il s'était querellé dans une auberge.

— Comment sont-ils morts ?

— Leur cœur a explosé de l'intérieur. Ils sont morts sur le coup, d'après l'histoire. C'est à ce moment-là que Baléron prit conscience de sa puissance. Il retourna voir le sorcier et lui ordonna de continuer les expériences sur son sang en capturant d'autres Spryrs. Il en voulait encore plus.

— Sa famille était au courant ?

— Ses frères et sœurs le pensaient fou, jusqu'à ce que Baléron leur prouve le contraire. Aussi, chacun leur tour, ils subirent les expériences du Jaakery, qui travaillait désormais avec la peur d'être tué. Après cela, ils se considérèrent comme des dieux à part entière. Tout le village leur appartenait, les récoltes, les terres, les trésors, tout leur revenait. Quiconque se mettait en travers de leur chemin était foudroyé, littéralement. Très vite, la famille Imor répandait la terreur dans la région. Un peu partout, on parlait de figures divines descendues parmi les mortels pour les châtier. C'est là que Baléron et sa famille eurent une idée. Celle de créer un culte à leur image pour prendre leur revanche sur le monde. Ils abandonnèrent leurs noms de mortel pour en finir avec cette ancienne vie qui ne signifiait plus rien pour eux. Ainsi, Baléron n'existait plus. D'une certaine façon, il avait été tué par Baahl, celui que toi et tes frères appelez l'Unique.

Lezar sentit son crâne se compresser. Une chaleur autre que celle de l'Immortel s'empara de son être et lui brûla la poitrine. Il n'arrivait plus à réfléchir, ni même à parler. Mardaas lui tendit une carafe d'eau qu'il ne sut attraper sans la faire trembler.

— Maître… qu'essayez-vous de me dire ?

— Nous ne sommes pas des dieux, Lezar. Nous ne sommes que le fruit d'une expérience qui n'aurait jamais dû avoir lieu.

— Mais… qu'en est-il du culte des Namtars ? Il est bien dit que Melandris a engendré les Immortels !

— Le culte des Namtars vient des Hemyriens, les premiers hommes, qui étaient très spirituels. Selon leurs textes, les Immortels n'étaient rien d'autre que des esprits fourbes envoyés par Melandris pour tuer ses trois frères. Le culte imortis est basé sur celui des Namtars pour coller à l'Histoire, mais il n'en est rien. Les dieux n'ont jamais existé, Lezar. Ce ne sont que des symboles, des idées, destinés à façonner votre âme pour que celle-ci suive le droit chemin. Ce n'est ni bon ni mauvais. Parfois, la croyance peut sauver une vie, comme elle peut en anéantir des millions.

— Je ne peux pas croire ce que j'entends, non, je ne peux pas. Ça voudrait dire que…

— Que tu as passé ta vie à prier pour quelque chose qui n'arrivera jamais, oui.

— La Vallée d'Imortar, l'existence supérieure, le royaume de lumière, tout cela est écrit dans le Mortisem !

Mardaas soupira.

— C'est bien le propre des Hommes, ça. C'est aussi votre plus grande faiblesse : croire que votre existence est si unique qu'elle mérite de se poursuivre après la mort. Vous vous pensez éternels, alors que vous n'êtes que de la chair et des os. Depuis que vous êtes arrivés, vous n'avez cessé de chercher un sens à la Vie, sans vous poser les bonnes questions. La vérité, c'est que vous êtes incapables d'accepter votre insignifiance au sein d'un monde qui vous a fait grandir. Vous êtes incapables de songer, ne serait-ce qu'un instant, que tout ce que vous avez fait jusqu'ici n'avait de sens que celui que vous vouliez lui donner. Pour vous, qui vous croyez si spéciaux, il devait forcément y avoir un destin caché quelque part. Un destin pour lequel vous feriez n'importe quoi afin de le connaître. Et ça, Baahl et les autres l'ont bien compris.

Lezar tourna de l'œil, son cœur se mit à battre la chamade et, spontanément, il se leva pour vomir son repas derrière le fauteuil. Le garçon, fébrile, venait de recevoir un choc plus intense qu'un coup de dague dans le dos. Il fut pris d'un malaise soudain qui le fit vaciller et tomba évanoui sur le sol.

Quand le jeune Sbire revint à lui, il était allongé sur le lit de son maître. Son visage était trempé de sueur.

— Maître ? dit-il, le voyant au pied du lit. Que s'est-il passé ?

— Tu as perdu connaissance.

— Je sors d'un terrible cauchemar, si vous saviez.

— Laisse-moi deviner, je te dévoilais la vérité sur tes croyances fondées sur un mensonge depuis le début.

— Oh non, je suis encore dans le cauchemar. Transpercez-moi avec votre épée ! Je veux me réveiller ! s'écria-t-il en s'approchant de Sevelnor, dont l'œil meurtrier se braqua sur lui.

— Calme-toi, mon garçon. Tu es bien réveillé.

— Ça ne peut pas être réel. Ça ne peut pas se passer comme ça. Vous êtes un dieu, vous avez été envoyé par Imortar pour nous offrir cette Vallée de lumière. L'Unique l'a dit ! Les textes l'ont dit, ils ne peuvent pas mentir !

Lezar s'agenouilla devant Mardaas et fondit en larmes. Le géant le releva d'une main et le fit s'asseoir.

— Alors, vous aussi, vous étiez un mortel, avant ? Comme moi ?

— Non. Je suis né de père Immortel, comme tous ceux comme moi après l'ascension de Baahl au sein du culte.

— Je ne sais plus quoi penser. Pourquoi me dites-vous tout cela ? Pourquoi maintenant ? Pourquoi devrais-je l'accepter ? D'où tenez-vous cette histoire ? Peut-être qu'elle est fausse, peut-être qu'on a essayé de nuire à l'Unique ! Si ça se trouve, on vous a menti, à vous aussi !

— Cette histoire me vient d'une vieille Immortelle qui était une proche de Vaq, celui anciennement appelé Vakendar. Il lui aurait tout raconté quelques jours avant sa mort.

— C'est impossible. Tous ces écrits dans le Mortisem, toutes ces légendes, pourquoi seraient-elles fausses ? Quel intérêt auraient les Cinq à inventer plus de mille ans d'Histoire ?

— Pour que des personnes comme toi puissent les servir

aveuglément pour l'éternité. Pour que des personnes comme toi se salissent les mains durant les batailles, les assassinats et les complots. Pour que des personnes comme toi leur offrent le monde sur un plateau d'argent. Leur but n'était pas de régner par la terreur, aucun souverain ne peut espérer vivre longtemps en se mettant à dos tout un peuple.

— Mon père a dévoué toute sa vie au culte, tout comme son père avant lui. Vous êtes en train de me dire que tout ça n'était qu'une politique déguisée, vous êtes en train de me dire qu'ils ont vénéré, chaque jour de leur existence, un dieu qui a été inventé de toute pièce. Comment le prendriez-vous à leur place ? Quelle aurait été votre réaction ?

— Tu es en colère, et cela est concevable.

— Non ! s'exclama-t-il. Ça n'est pas concevable ! Vous avez… vous ne pouvez pas savoir ce que je ressens ! Vous ne pouvez ne serait-ce que l'imaginer ! J'étais prêt à donner ma vie pour ma communauté, pour vous ! Et maintenant, vous m'apprenez que tout ce que je fais, tout ce que je dis, tout ce que je pense depuis ma naissance n'était que de la poussière dorée ! Vous n'avez aucune d'idée de ce que ça fait, alors ne me parlez pas de colère !

Ses sentiments s'entremêlèrent jusqu'à former un sac de nœuds qui bloquait toute réflexion sensée. Ses nausées reprirent soudainement, comme ses tremblements. Le pauvre garçon avait l'air de se réveiller d'un coma profond qui l'avait totalement désorienté.

— Je ne vois plus ce qui me retient de me jeter par-dessus le balcon, s'effondra Lezar en se tenant la tête entre les mains comme si elle allait exploser.

— Tu as raison, je ne sais pas ce que tu ressens, et je ne le saurai jamais. Mais je te devais la vérité.

— Pour quelle raison ? Je ne suis rien à vos yeux, sinon un esclave de plus que vous avez manipulé.

Mardaas ne répondit pas tout de suite.

— Je te laisse avec toi-même. Prends le temps de réfléchir. Je reviendrai te voir ce soir, en espérant ne pas retrouver ton corps en contrebas du balcon.

Lezar s'enferma dans le silence et essuya ses larmes avec le revers de sa manche. Pendant toute la journée, le jeune garçon rumina près de la fenêtre, chauffé par un rayon soleil qui parcourait son dos. Il repensa à l'histoire improbable que lui avait contée Mardaas sur cette famille de mortels, il essayait de recoller les pièces du puzzle pour trouver du sens à tout ça, en vain. Mardaas n'avait aucune raison de lui mentir, encore moins de cette manière. Si cette affreuse vérité était sortie de la bouche d'un de ses frères, Lezar n'en aurait pas cru un mot. Mais venant de l'Immortel en personne, cela sonnait comme une trahison de l'âme, bien plus forte que toute autre forme de trahison. Mardaas ne s'était jamais montré cruel envers lui, et pourtant cette révélation avait été la pire des tortures.

Tandis qu'il fixait la broche imortis dans sa main, il fut envahi par un sentiment d'aversion et d'exécration. Une pulsion de haine le força à jeter l'accessoire dans l'âtre en feu. Il eut un frisson de regret qui le tirailla.

Le soir venu, Mardaas revint dans l'appartement. Il trouva Lezar étendu sur le sol, gémissant comme un enfant, au milieu d'un désordre évident. Visiblement, quelqu'un s'en était pris à la tapisserie et aux meubles, car des fragments de bois trainaient sur les tapis et provenaient sans nul doute de la chaise cassée et renversée contre un mur. L'armoire à alcool avait été dévalisée, et Mardaas démasqua l'auteur lorsqu'il remarqua les bouteilles vides sur le lit ainsi que le gobelet que serrait encore Lezar dans sa main.

Mardaas secoua la tête. Ce spectacle désolant l'obligea à agir comme un père en aidant le garçon, ivre mort, à reprendre conscience. Il le fit s'asseoir sur le grand fauteuil et lui servit un verre d'eau. Lezar avait l'impression que mille tambours résonnaient dans sa tête. Sa robe dégageait une odeur similaire à celle des tavernes. Ses mouvements étaient hasardeux, ses paroles incohérentes.

— M-maître ? bredouilla le Sbire qui retrouvait lentement ses esprits. Vous êtes v-venu pour me jeter p-par-dessus le balcon ?

— Je ne compte pas rester longtemps, Lezar. Un vaisseau pour Morganzur m'attend à la plage d'Ark-nok. Je suis venu te dire que tu pouvais partir dès ce soir. Je t'envoie officiellement en mission pour la Tamondor. Bien sûr, je ne m'attends pas à ce que tu reviennes.

— Dois-je comprendre q-que je ne viens pas avec vous ? Vous m'abandonnez ? Vous m'aimez p-plus, c'est ça ? Moi non plus, je ne vous aime plus, M-maître des feux.

— Il ne s'agit pas de ça. Tu n'es plus sous mes ordres, à présent.

— Vous mentez encore, tout ce q-que vous dites est un mensonge, même vos mensonges sont des m-mensonges, Seigneur des Mensonges. Ce sont des mensonges qui sortent de vos mains et qui font du mal aux autres.

Mardaas ne releva pas, il n'était pas en force de nier. À la place, il remercia Lezar pour ses bons et loyaux services et tourna les talons.

— Maître, puis-je vous p-parler avec sincérité ? dit Lezar, retenant le géant dans la pièce.

— Comme je viens de le dire, tu n'as plus à répondre de mon autorité. Tu es libre de penser et de parler comme bon te semble, même dans cet état.

— Je pense ne pas me tromper en affirmant q-que vous avez été le seul à être sincère envers moi. Vous n'aviez aucune raison de me mentir, alors qu'en y resongeant, les autres en avaient des milliers. Je me rends compte q-que vous avez tout fait pour me p-protéger jusqu'ici, et vous avez sans doute pris un risque en me dévoilant cette... atroce vérité. Je tenais à vous remercier pour ça. Vous n'êtes peut-être pas un dieu, mais vous restez mon maître, et pour cela, je continuerai de vous servir.

Les bras croisés, Mardaas acquiesça en dissimulant un léger sourire derrière son masque.

— Est-ce ta sagesse qui parle ou bien est-ce l'alcool ?

Lezar tenta de se lever, mais les secousses imaginaires l'empêchaient de garder un équilibre.

— J'ai voulu sauter, tout à l'heure, après votre départ, avoua-t-il en regardant l'accès au balcon. Mais j'avais trop le vertige. Alors, j'ai pensé à me trancher la gorge avec la lame que vous m'avez offerte, mais rien que l'idée de voir mon propre sang m'a terrifié. J'étais prêt à rejoindre Imortar pour vous prouver que les autres avaient raison. Mais votre voix ne quittait pas mon esprit. Je voulais à tout prix m'arrêter de penser, confessa-t-il en ramassant son gobelet.

— Je savais que tu aurais la clarté d'esprit d'accepter la réalité.

— Maître, je veux vous accompagner à Morganzur.

— Ce n'est plus un lieu sûr pour toi, dorénavant. D'ailleurs, ça ne l'est plus pour moi. C'est sans doute mon dernier voyage sur l'île, et je ne tiens pas à ce que tu sois mêlé à ce qui risque d'arriver.

— J'insiste, Maître. Ce serait une manière pour moi de faire mon deuil, de dire au revoir à mes parents, à ma famille, j'y tiens.

Après une longue hésitation, Mardaas finit par opiner.

— Dans ce cas, il se peut que j'aie besoin de toi.

— Je suis à votre service, Maître.

Mardaas alla récupérer Sevelnor posée verticalement contre le mur et la tendit au garçon.

— Prends-là.

— Mais Maître, s'inquiéta-t-il, vous seul pouvez la brandir !

— En effet, elle tue quiconque s'en approche sans mon consentement. Prends-là, fais-moi confiance.

Lezar déglutit sévèrement, puis frôla le manche en pierre noire avec sa main. L'arme démoniaque agita son œil nimbé de ténèbres, ce qui déstabilisa le jeune homme. Encouragé par le géant, il saisit fermement l'épée sans pouvoir vraiment la soulever.

— Maintenant, elle te reconnait.
— Je ne comprends pas, avoua Lezar, perplexe.
— Je veux que tu fasses quelque chose pour moi.

# CHAPITRE 26
## Le Cinquième Jour

Grinwok se réveilla dans une chambre qui sentait le bois mouillé. Le matelas sur lequel il reposait était infesté de puces et de vers qui grouillaient sous son corps et sous celui de sa partenaire. Il se tourna vers elle, et se surprit à sourire. Sheena ronronnait sur un coussin tâché de suif. Son pelage de coucher de soleil l'hypnotisait. Ne voulant pas la faire émerger de ses rêves, il l'enjamba, attrapa son gilet en peau de chèvre et sortit de la bicoque qui menaçait de s'écrouler au moindre coup de vent.

Il n'aurait jamais cru le penser, mais Ner-de-Roc lui avait manqué. Dehors, il croisa le chef Iaj'ag, R'haviq, assis en tailleur sur un monticule de pierres qui devaient provenir de la maison derrière lui. Il était en train de repriser son pantalon tout en s'abreuvant à une grosse bouteille de cognac trouvée dans un coffre. Il fit un signe de tête à la créature verte et se replongea dans son activité.

Plus loin, devant une ancienne boulangerie en ruine, les Koa'ts s'attelaient à reconstruire le bâtiment afin d'en faire un foyer douillet pour l'un d'entre d'eux.

Les Kedjins, ainsi que les Muqilis, rôdaient aux alentours du village pour le protéger. Grinwok savoura son succès. Il avait réussi à rassembler des tribus qui, d'ordinaire, n'auraient jamais pu cohabiter. Ner-de-Roc offrait l'espace et les ressources nécessaires pour accueillir un millier d'occupants, et Grinwok avait bien l'intention de redonner vie à ce village en accueillant d'autres tribus affamées. C'était devenu son projet, le seul qui méritait toute son attention. Savait-il gérer un village ? Absolument pas. Il n'en avait pas la prétention. En fait, il comptait sur la bonne volonté de chaque chef de clan pour que tout se passe pour le mieux.

Les portes de la maison close ouvertes, Grinwok s'y aventura pour retrouver Tashi à l'étage, en train de guetter derrière sa fenêtre les mouvements de ses nouveaux voisins.

— Si tu restes planté là comme une pierre tombale, dit Grinwok, tu vas finir par ressembler à ces vieux croulants qui passent leur journée assis sur une chaise, à regarder le monde avancer sans eux.

— Qu'est-ce que tu veux ? rétorqua sèchement le Muban.

— Wow ! Même pas un « Bonjour Grinwok » « T'a passé une bonne nuit, Grinwok ? » « Oh, t'es vachement séduisant aujourd'hui, Grinwok. » Tu t'es levé de la mauvaise patte, ce matin ?

— Je n'ai pas dormi.

— Moi non plus.

— Je sais, on a tous entendu.

— T'as faim ? Tu veux manger un morceau ?

— Non.

Grinwok soupira.

— Qu'est-ce que t'as, le gros ?

— Tu veux vraiment le savoir ?

— Tu peux tout m'dire, à moi. Qu'est-ce qu'il y a, t'es ballonné ? Constipé ? Attends, j'ai un remède infaillible pour ça, il faut…

— Parfois, je me dis que tu n'es pas si idiot que tu en as l'air, et puis tu te mets à parler comme ça.

— C'était pour détendre l'atmosphère glaciale et oppressante que tu dégages.

— Je me demande si nous n'avons pas fait une erreur en leur ouvrant les portes de Ner-de-Roc.

— Tu sais quoi, je suis convaincu du contraire.

— Tu ne comprends pas. Ces tribus sont habituées à se faire la guerre pour une simple carcasse de viande. Tôt ou tard, il y aura des débordements. Tu ne connais pas les Koa'ts comme je les connais, ce sont de vrais guerriers, ils ne se soucient que des leurs.

— Les Mubans sont pas si différents, vous devriez bien vous entendre, alors.

— Ce n'est pas pareil.

— Ah ouais, et en quoi ? Ils m'ont fait confiance jusqu'ici, et toi aussi, j'te rappelle.

— Tu es mal placé pour parler de confiance.

— Peut-être, mais en attendant nous sommes tous là.

— Pas grâce à toi.

— Un peu, quand même. À ce propos, comment vous avez fait pour sortir ?

— Quand on m'a annoncé que j'allais t'affronter dans l'arène, je savais qu'il était temps de mettre fin à tout ça. Pendant que tu te la coulais douce dans ta suite de héros, les tribus et moi-même avons monté un plan pour nous échapper durant le spectacle. Nous nous sommes mis d'accord sur le fait qu'il fallait provoquer une panique incontrôlable si nous voulions que ça fonctionne, et le beliagon a très bien joué son rôle.

— Donc, t'avais aucune intention de me tuer, finalement, je le savais.

— Au contraire, j'avais prévu de t'arracher la tête avant de mettre le plan à exécution.

Grinwok avala sa salive de travers.

— Qu'est-ce qui t'a fait changer d'avis ?

— Ton petit discours de faible dans l'arène, je suppose.

— Ça m'a pris une soirée pour trouver tout ça.

— Ne t'en réjouis pas. Pour reprendre les mots de Sheena, si jamais tu t'avises de me trahir à nouveau, tes os me serviront de cure-dent pour enlever tes restes.

— Ça va, j'ai compris la leçon ! J'me laisserai plus attendrir par l'or.

— Heureux de te l'entendre dire. Qu'as-tu l'intention de faire, maintenant ?

— 'Sais pas, dit-il en haussant les épaules.

— Tu as suffisamment de moyens pour revenir en Tamondor.

— C'est vrai.

— Tu pourrais rentrer chez toi.

Grinwok réfléchit un moment.

— Chez moi, souffla-t-il en apercevant Sheena à l'extérieur. Tu sais quoi, je crois que c'est ici, chez moi, tout compte fait.

Tashi le regarda avec amusement.

— Quoi ?

— Elle te plait, l'Ishig.

— C'est pas l'plus important.

— Et c'est quoi, le plus important ?

— *Je* lui plais.

— Ne la laisse jamais filer, alors.

L'Ugul éclata de rire.

— Qu'est-ce que tu attends, va la rejoindre, encouragea le Muban.

Grinwok tendit le bras vers lui, le poing fermé, et resta figé.

— Qu'est-ce que tu fais ? demanda Tashi.

— Envoie ta patte.

— Pour quoi faire ?

— C'est un truc d'amitié, j'sais pas, j'ai vu les humains le faire plein de fois. Cogne ta patte contre mon poing.

— Quel est le but ?

— J'viens d'te le dire !

— C'est idiot, mais si tu insistes. (Il s'exécuta.) Maintenant, fiche le camp, ton odeur commence à remplir la pièce.

Grinwok rit et accorda le vœu de solitude de son ami.

Dehors, la caresse de l'herbe humide sous ses pieds le chatouillait. Il se laissa porter un instant par le bruit ambiant autour de lui, les outils qui frappaient la pierre, les croassements et les caquètements des différentes tribus qui essayaient de se comprendre l'une et l'autre, et puis la jungle et ses merveilles – ou ses horreurs, selon lui, qui glapissaient et chantaient dans les feuillages perdus.

Il observa Sheena en train d'aider un Iaj'ag à déblayer une allée ensevelie d'ossements noircis et poussiéreux. La question de creuser une fosse commune avait été soulevée par R'haviq, puis encouragée par Sheena. Les restes humains des précédents habitants de Ner-de-Roc furent alors soigneusement rassemblés et enterrés ensemble, dont le corps de la petite Rosalia, en présence de Tashi, qui avait déposé une de ses poupées sur le monticule de terre en sa mémoire.

Après cela, le village n'avait plus l'air d'un vieux cimetière oublié. Des murs rebâtis, quelques coups de peinture, et la place principale venait de revêtir son habit d'antan. En bordure de la bourgade, des Ishigs construisaient des enclos à bêtes pour l'élevage, tandis que d'autres parcouraient les environs pour connaître les choses qui poussaient et qui pouvaient être cultivées.

Tashi, qui avait connu Ner-de-Roc avant son ravage, aidait volontiers les Koa'ts lorsque ces derniers avaient besoin d'une force supérieure à la leur pour déplacer des charges immensément lourdes. Participer à la renaissance de son village le ramenait à une époque si lointaine qu'il avait l'impression de rêver. Lui qui n'avait jamais autorisé quiconque à venir fouiner sur ces ruines qu'il jugeait appartenir aux morts, était finalement convaincu en contemplant l'ancienne maison de son maître, Merenys, nettoyée avec soin par un Iaj'ag. Au final, peut-être que c'était une bonne chose, songeait-il. La seule communauté que le Muban avait côtoyée était les humains, avant de côtoyer la solitude. Il ignorait s'il se sentait capable de vivre au milieu de ces différentes tribus, et à vrai dire, il ne se posait pas la question. Il était plus que temps pour lui de cesser de vivre dans un souvenir.

Et si Ner-de-Roc était déjà ancré dans l'esprit du Muban, pour Grinwok, il s'agissait d'un nouveau départ. Un départ qu'il était loin d'avoir soupçonné, mais un départ qui lui convenait bien plus que celui auquel il avait pensé. Manger dans la même marmite que d'autres tribus, voilà un scénario qui l'aurait conduit à l'écartèlement en d'autres circonstances.

Isolé à l'écart du village avec une amie intime, sa bouteille de Skorva, l'Ugul buvait avec sa conscience. Il avait trouvé un rocher plat sur lequel il s'était assis en tailleur. Le soleil couchant offrait une teinte dorée sur toute la jungle. Ceci dit, la vue devant lui n'était pas fameuse. Du vert, beaucoup de vert. Une barricade d'arbres et de plantes obstruait son champ de vision, mais peu importe. Cela faisait trois jours qu'ils avaient fait repartir le cœur du village en abritant ses maisons. Quatre, si on comptait le jour de marche qu'il avait fallu pour rentrer de Pyrag. Grinwok s'inquiétait du cinquième. Sa dernière conversation avec la Mystique l'avait retourné. Qu'allait-il se passer au cinquième jour ? Pourquoi serait-il différent d'aujourd'hui ? Il ne cessait de se tourmenter à ce propos, au point d'espérer voir l'entité surgir à chaque instant. En attente de cette illusion, il s'adonnait à sa passion pour la boisson, et trinquait à sa retraite de champion des arènes.

Frustré de ne pas réussir à apaiser sa soif avec une seule bouteille, il sourit à pleine dent lorsqu'un bras roux lui en tendit une deuxième, pleine.

— Comment t'as su où j'étais ? questionna Grinwok.

— J'ai suivi ton odeur, répondit Sheena en haussant les épaules, puis en se hissant sur le rocher.

— Vous êtes pires que les chiens, vous, les Ishigs.

— Ça doit être pour ça qu'ils ne nous aiment pas.

Grinwok souffla du nez et but une nouvelle gorgée avant de partager son breuvage avec la créature féline, avec qui il se sentait si bien.

— Est-ce que tu te rends compte de ce que tu as fait ? lança Sheena, dans ses pensées.

— Quoi, j'ai encore fait une connerie ?

— Une connerie ? fit-elle avec un doux accent. Qu'est-ce que c'est ?

— Justement, c'est ce que je te demande.

— Non, qu'est-ce que le mot *connerie* veut dire ?

— Ah ! Oui, tu n'as pas appris ce mot-là. C'est… comment expliquer. Quand tu fais quelque chose de stupide, quelque chose que tu aurais pu éviter de faire pour t'attirer des ennuis, j'dirais même quelque chose d'inutile et de sans intérêt. Ouais, c'est ça.

— Je vois. Non, ce n'est pas ce que je voulais dire. Je parlais du village, de nous tous, ici. Je parlais de ce que tu as fait pour nous depuis le premier jour où nous nous sommes retrouvés dans l'arène. Sans toi, nous nous serions tous entretués ce jour-là, et si ça n'avait pas été le cas, les daemodrahs s'en seraient chargés.

— J'vais t'avouer un truc, je l'ai surtout fait pour sauver mon cul, au début. J'avais pas prévu que ça finisse comme ça.

Il voulut aussi ajouter que s'il s'était retrouvé là, c'était avant tout parce qu'il avait écouté les paroles de la Mystique, mais il préféra ne pas l'évoquer.

— Peu importe, toi et ton ami, vous nous avez offert la chance de changer les choses. Tu sais, jusqu'à présent, je pensais que nous devions tous rester à notre place, que c'était comme ça. Mais il est évident que sans les Koa'ts, sans les Iaj'ags, les Kedjins ou les Ghols, nous n'aurions jamais pu nous échapper de Pyrag vivants. Nous avons agi comme une seule et même tribu.

— Ouais, c'était l'idée de départ.

— D'ailleurs, où est la tienne ?
— De quoi ?
— Ta tribu. Tu dois bien avoir une famille.

Il manifesta un sentiment de mépris qui se traduisit par une grimace.

— J'ai pas d'famille. J'en ai jamais eu, et j'en ai jamais eu besoin.
— Elle doit pourtant être quelque part.
— Eh bah, qu'elle y reste ! Ces sacs à fions m'ont laissé dans la forêt en pleine nuit, alors que je mâchais encore le nichon d'ma mère. Ils se sont débarrassés de moi comme d'une babiole sans valeur, à la merci des Chasseurs Noirs. Alors, dans leur intérêt, il vaut mieux qu'elle reste loin de moi, *ma* famille. J'ai rien avoir avec eux, et je ne veux rien savoir. Je ne sais même pas parler ma langue natale. Si, je sais dire : *Azem ka'*
— Ça veut dire quoi ?
— J'en sais rien, j'ai entendu un Ugul le crier dans une taverne de jeux. J'imagine que ça doit être un truc comme « Apporte la bière, connard ! »
— Grinwok, je veux que tu retrouves ta famille. Tu dois faire la paix avec elle. Elle serait fière de voir ce que tu es devenu.
— Plutôt m'couper le dard.
— Tôt ou tard, tu auras besoin d'elle. Crois-moi.
— Ça fait un siècle, et jusqu'ici je m'en suis pas trop mal tiré.
— C'est bien toi qui nous as montré qu'en étant tous ensemble, on pouvait accomplir l'impossible. Regarde par toi-même ! Aujourd'hui, j'ai vu mon père manger à côté d'un Koa't, et personne n'a été tué. Nous serons bientôt plus nombreux, de nouveaux clans sans foyer voudront certainement s'installer à Ner-de-Roc. Nous devons montrer l'exemple.
— J'suis d'accord avec tout ça.
— Tu le feras ?
— J'vais y réfléchir, mais j'te promets rien.

— Tu ne le regrettas pas.

— Je regrette déjà le fait d'y penser.

Sheena rit, et cette mélodie fit disparaître la mauvaise humeur de l'Ugul.

— Je me plais déjà ici, dit-elle. L'endroit est ravissant.

Grinwok fixa avec dégoût une espèce d'araignée à vingt pattes de la taille d'un tonneau de bière qui grimpait le long d'un arbre.

— Ouais, c'est magnifique, dit-il sans y croire.

— Je sais que ce sera difficile de convaincre ceux qui demeurent toujours dans nos villages respectifs, mais j'espère qu'ils comprendront notre choix de rester ici. Et j'espère secrètement qu'ils nous rejoindront.

— Il y a de la place pour tout le monde, et s'il le faut, on agrandira Ner-de-Roc. J'ai cru comprendre que les têtes de serpent voulaient rouvrir leur route commerciale d'ici à leur village. C'est un début.

— Un bon début.

Leur regard se répondirent et ne se détachèrent plus. Grinwok montrait alors des signes de nervosité qui rougissaient ses joues. Il admirait le tourbillon de couleurs dans les yeux en amande de l'Ishig, tandis que, timidement, il approcha sa main de la sienne. Sheena se laissa faire, ce qui, pour Grinwok, était déjà une victoire. Il se retint de toutes blagues inconvenantes afin de ne pas briser cet instant unique.

— La nuit va tomber. On devrait rentrer au village, sinon mon père risque de venir me chercher, et le connaissant, il va se perdre.

*Rien à foutre de la nuit*, pensa l'Ugul. Tout ce qu'il voulait, c'était rester sur ce rocher avec elle, toute la vie. Une pensée niaise qui le fit rire.

Mais alors que Sheena se remettait sur ses deux pattes, Grinwok vit son expression se noircir.

— Qu'est-ce qu'il y a ?

— De la fumée dans le ciel.

— Et alors ? rétorqua-t-il en se levant à son tour. Ils sont en train de préparer la bouffe, et tant mieux, j'ai la dalle.

— Non, huma-t-elle. Ce n'est pas de la viande.

Ses poils se hérissèrent.

— Il se passe quelque chose, affirma-t-elle avant de couper à travers la végétation.

— Attends ! cria Grinwok. Laisse-moi le temps d'remettre mes bottes ! Attends-moi !

Plus ils approchaient du village, plus ils percevaient un brouhaha qui détonait de celui de la jungle. Des hennissements de chevaux mélangés à des hurlements. Sheena accélérait le pas en glissant sous les branches comme si elle connaissait le trajet à la perfection, pendant que Grinwok essayait de la rattraper en évitant de trébucher sur les pierres qui sortaient du sol.

— Dépêche-toi ! s'exclama-t-elle en prenant de l'avance.

Ils furent progressivement aveuglés par un écran de fumée noire qui commençait à se propager rapidement hors de Ner-de-Roc. Sheena et Grinwok se mirent à plat ventre et rampèrent sous un buisson pour observer ce qu'il se passait, et ce qu'ils virent les pétrifia.

Une cavalerie de soldats armés de fer et de flammes. La bannière de la comtesse flottait sur un des étendards, et dans les airs on voyait passer comme des boules de feu qui s'abattaient sur les toits de chaume en pleine reconstruction. Les hommes jetaient leur torche dans les fenêtres, près des portes, et dans les récoltes qui n'avaient pas encore eu le temps d'être exploitées. Les fantassins de la comtesse menaient le front et eurent pour ordre d'éliminer toute forme de vie dans le village. Sheena et Grinwok assistèrent à un combat déséquilibré entre humains et tribus. L'avantage était donné aux hommes qui, sur leur destrier, empalaient avec leur lance la moindre cible en mouvement. Parmi eux, Grinwok reconnut le vassal de la comtesse, Patritus, le visage exprimant la haine et le dégoût pour ces créatures qu'il exécutait sans retenue.

— Le fils de pute. Alors lui, j'vais m'le faire, grommela Grinwok, les dents serrées.

— Il faut les arrêter ! s'écria Sheena en sortant du buisson pour rejoindre la mêlée.

— Sheena ! cria l'Ugul pour l'arrêter.

Grinwok lui emboîta le pas et se mit en tête de retrouver Tashi. Il évita de justesse un carreau d'arbalète qui se planta devant ses pieds, puis un deuxième qui siffla près de sa joue. Les chevaux manquèrent de le piétiner à de nombreuses reprises durant son errance au milieu du massacre.

Désarmé et sans protection, il se rua sur le cadavre d'un soldat pour lui subtiliser son épée courte. Le bouclier de cavalerie, à cause de sa taille et son poids, lui était inutilisable sur le terrain. Alors, il l'abandonna et se rendit immédiatement près de la maison close du Muban, dont les flammes s'échappaient des ouvertures. Il hurla son nom autour de lui, mais sans réponse. Dans son dos, un cavalier archer tendait son arc dans sa direction, quand soudainement, un Kedjin sauta sur Grinwok pour prendre la flèche qui lui était destinée. Aplati sous le corps mourant de son sauveur, Grinwok tenta de s'en extirper pour le mettre à l'abri. Mais le Kedjin, touché à l'arrière du crâne, mourut rapidement. Le chef Iaj'ag vint à sa rencontre pour l'aider à déplacer le corps. Grinwok lui demanda s'il avait vu Tashi, mais R'haviq secoua la tête.

— Hommes tout détruire, fit-il, comme Fils du Soleil dans notre village. Partir, il faut !

— Non ! contredit la créature verte. Nous ne partirons pas ! Nous ne partirons plus jamais. On va leur mettre la branlée du siècle à ces peignes-cul ! Continuez de vous battre, moi, j'vais chercher le gros. Nous aussi, on a une cavalerie lourde.

R'haviq opina, frappa l'épaule de l'Ugul pour l'encourager, et retourna au combat.

Pendant ce temps, Tashi observait, tétanisé, le carnage qui se déroulait sous ses yeux. Caché derrière la maison de son ancien maître, ce sentiment de déjà-vu le paralysait. Il avait l'impression d'être en plein dans ses cauchemars, ceux où il revivait sans cesse le massacre de Ner-de-Roc et le meurtre de Rosalia qu'il n'avait pas pu empêcher. Depuis sa position, il fut témoin de la mort d'un Koa't qui reçut une lance en plein visage. La peur avait cloué ses pattes au sol. Pour la première fois de sa vie, le Muban n'était pas en capacité de riposter à une attaque. Il ferma naïvement les yeux dans l'espoir que, lorsqu'il les rouvrirait, il se réveillerait. Mais le son de la bataille grouillait encore dans ses oreilles, et cela le pétrifiait davantage. Tout ce qu'il réussit à faire, ce fut un pas vers l'arrière. Prêt à prendre la fuite, c'est là qu'il entendit son nom être aboyé. Il aperçut Grinwok qui déambulait au milieu des braises et des cadavres de chevaux, mais sa faiblesse l'empêcha de se montrer, même lorsque trois hommes se rassemblèrent pour s'en prendre à son ami.

— Bon, les gars, on s'calme ! se défendit Grinwok, conscient de sa mauvaise posture. On peut discuter !

Mais les trois soldats n'étaient pas là pour ça. Ils encerclèrent la créature pour jouer avec elle, comme ils avaient l'air de le sous-entendre. Ils saisirent Grinwok pour l'immobiliser et commencèrent à le lacérer de coups de couteau au visage et au torse. Sous leurs rires macabres, l'Ugul sentait les griffures profondes entailler sa peau, des griffures acérées et douloureuses qui contractaient ses muscles.

— On dirait qu'il aime ça ! lança celui avec une barbe longue.

— C'est bon, décapite-le ! insista le second.

Souffrant de ses blessures, Grinwok vit la lame se loger sous son cou.

— Couper une tête, c'est comme couper une bûche, affirma le troisième. Il faut la bonne technique, sinon on va y passer la nuit. Laisse-moi faire.

C'est à ce moment-là qu'un rugissement de lion explosa dans leurs oreilles. Une bête massive jaillit d'un mur de fumée et emporta sur son passage les trois hommes, dont les os se brisèrent lors de l'impact. Le survivant, celui qui s'était porté volontaire pour décapiter l'Ugul, eut alors un face à face glaçant avec le Muban, qui venait de coller son museau humide contre sa face.

— Arracher une tête humaine, c'est comme arracher le fruit d'un arbre. Si on a pas la bonne technique, on a pas le temps de savourer le goût.

Grinwok entendit un déchiquètement sanglant qui mit fin aux hurlements du soldat.

— J'te cherchais partout, bredouilla-t-il, mal en point.
— Je suis désolé, dit-il sincèrement en l'aidant à se relever.

Le sang de Grinwok tâcha la fourrure du Muban. Constatant la mutilation dont il avait été victime, Tashi exigea de lui qu'il se mette en sécurité, mais Grinwok s'y opposa.

— On a besoin de tout l'monde, justifia-t-il.
— Tu n'es pas en état de combattre.
— Seul, non. Mais à deux, on peut y arriver.
— Tu es sûr ?
— J'vais bien, t'en fais pas pour moi.

Il escalada fébrilement le Muban pour se hisser sur son dos.

— C'est l'moment de botter des culs. Allez, mon gros, régale-toi.

Tashi poussa un grognement à faire trembler une armée et rentra en collision avec tous les cavaliers sur sa trajectoire, les propulsant dans les décombres, à la merci des tribus. Devant une telle présence menaçante, les chevaux paniquèrent et ne répondirent plus aux hommes, n'hésitant pas à les éjecter de leur selle pour repartir à contresens, comme ce fut le cas pour Patritus. Mais cela n'arrêta pas le vassal, qui poursuivit son assaut à pied. Le visage boueux, il continuait de brandir son sabre, tout en vomissant son mépris pour la vie sauvage.

Heureusement, les renforts ne tardèrent pas à arriver pour Ner-de-Roc. Les Muqilis, dont le village n'était qu'à quelques kilomètres, se joignirent à ceux déjà présents et amenuisaient considérablement les guerriers de Pyrag.

Les chances de survivre à cette nuit leur souriaient. C'était en tout cas ce que pensait Sheena, munie de son arc et de ses flèches empoisonnées, dont les cibles pleuvaient sur le sol. L'Ishig réalisait des acrobaties sur le terrain qui déstabilisaient ses adversaires, esquivant les attaques avec une grâce et une souplesse inimitables, ripostant avec une adresse mortelle. Pourtant, tandis qu'elle attendait qu'un cavalier passe dans sa ligne de mire, elle ne vit pas arriver la menace sur son flanc malgré le cri assourdissant de son père pour l'alerter. Son arc lui échappa des mains, et tous les sons autour d'elle devinrent sourds. Elle vit la pointe d'un sabre ressortir par sa poitrine, accompagné du visage haineux de Patritus. Celui-ci retira son épée en même temps que la vie de sa proie. Le vassal cracha aux pieds de l'Ishig et repartit s'engouffrer dans le village.

Dans ses derniers souffles, Sheena entendit la voix tonitruante et déchirée de Grinwok qui accourait inconsciemment au milieu de la mêlée pour la rejoindre. Paniqué, il la réceptionna avant qu'elle ne s'écroule. Il appuya sur la plaie profonde pour empêcher le sang de couler, mais la blessure était trop importante.

— C'est rien, tu vas t'en sortir ! C'est qu'une égratignure, on va arranger ça. Regarde-moi, reste avec moi ! supplia-t-il en encadrant son visage avec ses mains sanguinolentes, avant d'entrelacer ses doigts aux siens. T'as pas l'droit de partir comme ça, j'te l'interdis, tu entends ? On a encore besoin de toi, *j'ai* besoin de toi.

Mais Sheena n'avait plus la force de lui répondre avec des mots. Ses yeux grands ouverts le fixaient intensément, avant que ceux-ci ne s'éteignirent à jamais.

Témoin de la scène, Tashi vint épauler son ami. Le père de Sheena s'agenouilla aussi près de la dépouille de sa fille, visiblement incapable de s'exprimer autrement que par des mugissements. Il croisa le regard meurtri de l'Ugul. Et malgré la barrière de la langue, ils se comprirent. Le chef Ishig ramassa le corps de son enfant pour l'emmener en lieu sûr. L'Ugul, lui, s'empara fébrilement de l'arc de Sheena et des quelques flèches restantes. Tashi lui demanda ce qu'il comptait en faire, ce à quoi il répondit :

— Mettre un terme à tout ça.

Et c'était bien son intention.

Constatant qu'ils perdaient l'avantage, les cavaliers battirent en retraite sous les ordres de Patritus.

— Ils ont eu leur compte pour ce soir ! commenta-t-il. On reviendra bientôt avec les engins de guerre pour tout raser. Repliez-vous !

Pendant que ses hommes rebroussaient chemin et disparaissaient dans la nuit noire de la jungle, le vassal cherchait désespérément un destrier sur lequel repartir. N'en trouvant pas, il somma un des cavaliers de le prendre avec lui. Leurs bras se saisirent et, dans l'instant qui suivit, Patritus sentit un projectile lui transpercer le bas du dos, déclenchant une telle douleur qu'il lâcha prise. Voyant les tribus s'agglutiner, le cavalier décida de fuir, abandonnant son supérieur derrière lui. Patritus l'injuria sévèrement et le suivit en boitant. Là, un deuxième projectile l'atteignit à la cuisse et le força à plier genou dans la terre humide. Le venin des flèches le paralysa lentement. L'homme fut aussitôt ceinturé par tous les survivants. Une poignée d'entre eux seulement avait pu résister à l'attaque. Patritus les dévisagea, puis adopta un comportement plus adéquat. Les traits sévères de son visage s'évanouirent pour laisser place à la peur. Allongé sur sa cape délabrée, il essayait de glisser sur celle-ci pour se trainer, c'est alors que Grinwok sortit d'entre les survivants, arc en main, et visa une nouvelle fois le noble. La flèche se logea dans son épaule, le faisant ainsi devenir prisonnier de son propre corps.

Patritus ne reconnut pas l'Ugul. Il ne ressemblait plus à celui qu'il avait capturé des mois auparavant ni même à celui dans l'arène. Sa peau lacérée, ses cheveux poussiéreux détachés, ses bras ensanglantés,

Grinwok apparaissait comme un monstre tout droit issu d'une légende. Son regard n'avait plus rien de naïf, celui-ci était perçant, terrifiant.

— Je sais à quoi vous penser, lança Patritus. Et je ne vous le conseille pas ! Le meurtre de la comtesse ne restera pas impuni. Si vous me tuez, vous serez traqués sans relâche ! Ils vous pourchasseront, où que vous alliez, jusqu'à ce que vous payiez pour vos crimes ! Je suis votre seule chance de vous en sortir.

— Ferme-la, dit Tashi.

— Je suis un homme d'état, laissez-moi retourner là-bas, et je leur dirai que la comtesse a été vengée. Laissez-moi repartir, et j'épongerai votre dette. Sans moi, vous ne pouvez être les gagnants de cette affaire. Soyez intelligents, réfléchissez ! Ugul ! Toi plus que les autres, tu sais que j'ai raison. Dis-leur ! Dis-leur qu'il serait stupide de me tuer.

Grinwok était aussi rigide qu'une barre de fer. Le regard dédaigneux, il tournait autour de l'homme avec un calme terrifiant. Personne ne pouvait savoir ce qui se tramait dans ses pensées. Il semblait détaché du conflit actuel, et tous attendaient une réaction de sa part.

— Ugul ! C'est à toi que je parle. Vous vous apprêtez à commettre une immense erreur. Tu n'as qu'un mot à dire et tu sauves la vie de tes petits camarades. Autrement, dites adieu à votre petite bourgade. Les Aigles de Fer finiront par vous arrêter, et ils vous exécuteront tous, jusqu'au dernier. Est-ce cela que tu veux ? Fais appel à ton bon sens, par pitié.

Ce dernier mot irrita la créature.

— Pitié ? répéta Grinwok avec une voix sombre, s'approchant plus près de l'homme. Sais-tu seulement ce que cela signifie ? En as-tu éprouvé pendant que tu les enfermais dans des cages ? En as-tu éprouvé pendant que tu les regardais mourir de faim ? As-tu éprouvé de la pitié, ce soir ?

Il agrippa les cheveux roux du vassal pour maintenir sa tête.

— Je t'avais promis que lorsque je te recroiserais, j'te dérouillerais le cul. Pas d'bol pour toi, je tiens toujours mes promesses. Et maintenant, tourne-toi. Mets-toi à plat ventre !

— Quoi ? Non, attends, Ugul !

— TOURNE-TOI ! hurla-t-il en usant de son pied pour le faire basculer sur le ventre.

Il s'écarta et alla se positionner au-dessus de ses jambes, puis dégagea la cape pourpre sur le côté. Couteau en main, il se mit à déchirer le pantalon de l'homme afin de lui ôter.

— Grinwok, intervint Tashi en faisant un pas en avant, ça suffit.

— Reste où tu es ! N'avance pas ! répondit-il avec agressivité envers le Muban. Que *personne* ne bouge.

Un silence macabre planait dans le village, tandis qu'une tempête faisait rage dans l'esprit de Grinwok. À cet instant, Tashi non plus, ne le reconnaissait plus.

Possédé par une folie sans nom, Grinwok enfonça brutalement la lame du couteau dans l'anus de Patritus. Ce dernier poussa un cri fracassant qui interrompit l'activité de la jungle. Grinwok retira la lame d'un geste sec et recommença plus frénétiquement, encore et encore. Les dents du couteau charcutaient la chair et inondaient la terre de sang. Ce spectacle insoutenable fit détourner la tête de certains, comme R'haviq, mais surtout Tashi.

Après s'être acharné comme un fou furieux, Grinwok lâcha le couteau et passa à la seconde étape de son plan tordu. Il s'assura que l'homme était toujours conscient, puis ramassa une lance de cavalier non loin. Enfin, il répéta sa manœuvre sordide. Sauf que cette fois, Grinwok enfonça la lance si profondément qu'elle ressortit par la gorge du condamné, le tuant sur le coup.

À bout de souffle, il observa celles et ceux autour de lui qui exprimait très clairement leur effroi face à la barbarie dont il avait fait preuve. Sans rien dire, Grinwok quitta le lieu pour aller se cloitrer dans une maison dont les murs tenaient toujours debout. Il y resta jusqu'au matin.

Le cinquième jour s'ouvrit sur un charnier. Les tribus enterrèrent leurs morts et brûlèrent les hommes.

Grinwok n'avait pas réussi à dormir. Les images de la veille repassaient en boucle dans son cerveau, des images d'une violence inouïe. Entre temps, il s'était nettoyé avec un linge trouvé dans un vieux panier en osier qu'il avait trempé dans une cuve remplie d'eau de pluie. Un miroir brisé lui renvoya le reflet de ce qu'il était en train de devenir. Il découvrit aussi les plaies qui longeaient en biais sa figure, des balafres qu'il porterait toute sa vie, mais qui étaient loin d'être les plus douloureuses.

Seul, il se lava les cheveux pour faire partir tout le sang qui s'y était imprégné. Il immergea sa tête dans la cuve et hésita à la ressortir. L'eau prit la teinte des marécages du sud avant qu'il ne décide de s'octroyer une journée de plus. C'est ainsi qu'en revenant à lui, une forme humaine se dessina dans le contre-jour de la fenêtre. Il se frotta les yeux, pensant que les gouttes qui y tombaient l'induisaient en erreur, mais la présence demeurait. Lorsqu'elle devint identifiable, Grinwok serra le poing.

La Mystique était là, devant lui, arborant toute une panoplie de bracelets à plumes et de colliers aux symboles étranges. Elle ne dit mot, pas même un sourire ni un haussement de sourcil. Son regard, hautain et froid, contrastait avec les accueils chaleureux d'autrefois.

Grinwok jeta un rapide coup d'œil à son poignard rangé dans son fourreau. Le mutisme de la Mystique éveillait en lui une colère si intense qu'il s'imaginait la noyer dans la cuve.

— Vous le saviez, commença-t-il, la voix éreintée. Vous saviez qu'ils allaient venir !

— Oui.

La créature sentit une pointe dans son cœur.

— Je croyais que vous étiez d'mon côté. J'aurais pu faire quelque chose ! J'aurais pu les protéger, si seulement vous aviez été honnête avec moi !

— Je n'ai pas le droit de modifier une réalité qui n'aurait pu connaître un autre destin que celui-ci.

— C'est quoi encore, ce charabia ? J'ai l'impression que vous appliquez des règles uniquement quand ça vous arrange. À quoi ça a servi de me faire faire tout ce bordel ? Tout ça pour en arriver là ? C'était ça, votre *Unificateur* ? C'était ça, le destin glorieux qui m'attendait ? Ma parole, ne vous lancez jamais dans l'écriture d'épopées, parce qu'elle était bien à chier, celle-là ! J'aurais mieux fait d'me faire bouffer par les Mubans, le jour où vous avez débarqué dans ma vie !

— Je compatis à ta douleur. Sache que j'ai pleuré les morts de cette nuit, comme je pleure depuis des siècles les morts qui découlent de cette infamie que sont les Hommes.

— Garder vos larmes, on en a bien assez de notre côté. Vous aviez raison de dire que je ne serai plus le même, ouais, parce que j'ai plus envie de vous écouter ! Et maintenant, décarrez d'ici. J'veux plus vous voir ! Vous entendez ? Barrez-vous ! Reprenez votre forme qui ressemble à rien et allez plutôt casser les couilles à vos autres semblables !

— Je ne peux retourner auprès des miens, pour la simple et bonne raison que je suis le dernier Spryr encore en vie sur ce plan.

— Qu'est-ce que vous voulez que ça me foute ?

— Beaucoup étaient prédestinés à devenir l'Unificateur. Parmi eux, de forts guerriers. Certains avaient les qualités pour diriger des armées, d'autres pour les affronter. Mais nul autre que toi, dans toute cette liste, ne pouvait mieux comprendre les enjeux de ce combat.

Grinwok se tut.

— Il y a longtemps, une famille humaine a décidé de déjouer les lois qui constituaient ce monde en s'appropriant des facultés qui ne leur appartenaient pas. Et pour cela, mon peuple a été condamné.

— Qu'est-ce que vous essayez d'me dire ?

— Ne comprends-tu pas ? Ces derniers mille ans, les Hommes n'ont cessé d'étendre leur emprise sur ce qui ne les concernait pas, la plus grande conséquence de tout cela étant la naissance des Immortels, qui a conduit à l'extinction de milliers de races. Nos vies ont été profondément marquées par leur expansion… y compris la tienne, Grinwok. Oui, c'est à cause d'eux que tu es là, aujourd'hui, devant moi. C'est à cause d'eux que tu n'as pu mener à bien ta propre existence jusqu'ici. C'est à cause d'eux que tu n'as jamais pu connaître l'amour qui t'attendait ni la famille que tu aurais pu fonder avec l'Ishig.

— Arrêtez ça, exigea-t-il en se faisant saisir par une migraine.

— N'as-tu jamais voulu connaître la véritable raison de ton abandon par tes parents ? N'as-tu jamais voulu savoir ce qu'il s'était réellement passé ?

— J'vous ai dit d'la fermer.

— Ils se sont sacrifiés pour te protéger.

— Bouclez-là !

— Tu as passé ta vie à essayer de te rapprocher des Hommes pour te faire une place dans ce monde sans te demander si cela en valait la peine. Alors, Grinwok, tout cela en valait-il la peine ? Ont-ils été bons avec toi ? T'ont-ils nourri, logé, ou aimé comme tu le souhaitais secrètement ?

— Je vois clair dans votre jeu. Et je pense que vous avez fumé un peu trop d'Herbe Noire. C'est d'la folie. Vous avez pas conscience de ce que vous demandez d'faire ! Et vous croyez que les autres vont suivre ? Non, j'suis pas comme ça. J'veux pas l'devenir !

— Et pourtant, tu n'as guère le choix. Car si tu ne le fais pas, alors tout sera perdu. Les Hommes auront définitivement gagné, Ner-de-

Roc sera rayé de la carte, tes amis seront tués, et Sheena sera morte en vain. Est-ce la réalité que tu veux ? Toi et moi, nous ne sommes pas si différents. Tu as le pouvoir de changer les choses, désormais. Utilise-le à bon escient. Fais-le pour toutes celles et ceux qui sont morts, fais-le pour celles et ceux à venir.

À ce moment-là, Tashi entra dans la pièce. Grinwok se retourna subitement vers lui, puis revint vers la Mystique, mais elle avait disparu.

— Tu parlais à qui ? questionna le Muban.

— J'me parlais à moi-même. Ça m'aide à réfléchir, expliqua-t-il en s'habillant, puis en se rendant à l'extérieur.

— Comment tu te sens ?

— Qu'est-ce que tu veux ? répondit l'Ugul avec amertume.

— Je suis venu te dire que les Iaj'ags viennent de capturer trois hommes qui rôdaient autour du village.

— Des soldats de la comtesse ?

— Des soldats, oui. Mais ils ne ressemblent pas à ceux de hier soir.

Grinwok fit un tour d'horizon en s'attardant péniblement sur le nombre de défunts qui étaient rassemblés pour les funérailles. Il essaya de s'habituer à cette vision qu'il pensait devenir récurrente, avant de secouer la tête et jurer entre ses dents.

— Rassemble tout le monde. J'ai quelque chose à dire, à vous tous.

— Tu es sûr que tout va bien ?

— On verra.

Tashi acquiesça et fit demi-tour.

— Tashi.

— Oui ?

— Dis à R'haviq d'amener aussi les prisonniers.

Ensuite, la créature verte se dirigea vers un tas de décombres sur lequel il monta pour gagner de la hauteur. Les poutres en bois renversées lui servaient d'estrade. Ses cheveux mouillés lui gelaient la nuque, et des frissons traversaient son corps ravagé. Il attendit que les tribus se réunissent, tout en débattant avec lui-même pour savoir s'il prenait la bonne décision. C'est en voyant arriver la poignée de survivants qu'il sut alors quoi faire.

Tashi était parmi eux, le museau levé vers lui, attendant comme tous de comprendre la raison de cette réunion.

— Que ceux qui peuvent traduire, traduisent ! commença Grinwok. Il est temps de passer au plan C.

— Attends, interrompit Tashi, c'était quoi le plan B ?

— Justement, j'ai oublié.

Une nouvelle hésitation s'empara soudainement de lui, puis il se reprit.

— Je sais ce que vous vous dites. Vous vous dites que tout ça est peut-être peine perdue. Que quoi qu'on fasse, ils reviendront, et ils trouveront un moyen pour nous détruire. Et vous voulez que j'vous dise ? Vous avez raison. Le larbin avait raison ! Ils vont revenir, et ils reviendront encore plus nombreux, encore plus forts. Ils nous feront payer le meurtre de la comtesse. Ils nous feront payer le meurtre de tous ceux que nous avons été obligés de tuer hier soir pour survivre. Ce qu'il s'est passé la nuit dernière était un message qui nous était adressé. Un message que nous avons entendu, et auquel nous allons répondre.

— Où est-ce que tu veux en venir ? interrogea Tashi, inquiet du ton que prenait son ami.

— Puisqu'ils ne nous laissent pas l'opportunité de nous exprimer, alors nous allons leur parler dans le seul langage qu'ils connaissent. Nous allons lancer un appel à toutes les tribus, à tous les clans éparpillés sur le territoire. Koa'ts, Iaj'ags, Ishigs, tous les autres, retournez dans vos foyers et faites passer le mot. Lorsque nous serons assez nombreux, nous irons à leur rencontre, et nous appliquerons leurs méthodes. Nous prendrons les routes, nous prendrons les villes,

les ports, les fermes, les capitales, nous reprendrons ce qui vous a été arraché. Si vous voulez mon avis, il est plus que temps de passer un bon coup de balai dans ce pays. La fête est finie pour les Hommes. Nous allons les chasser du continent, et s'ils refusent… nous les exterminerons, jusqu'au dernier.

— Tu ne penses pas ce que tu dis, désapprouva Tashi, abasourdi par ce qu'il entendait. Tu parles sous le coup de la colère, ce n'est pas le vrai toi.

— Au contraire, je n'ai jamais été plus lucide.

Il marqua une pause pour reprendre son souffle, sous les regards interrogateurs de son public qui, pour la plupart, n'avait pas compris un traitre mot de ce qui avait été dit. Puis il reprit en forçant sa voix, la portant jusqu'à l'autre bout du village.

— J'ai vécu parmi eux ! Je sais comment ils sont, comment ils pensent ! Et je sais aussi une chose, c'est que jamais, JAMAIS, ils ne cesseront de se croire supérieurs à nous. Jamais ils n'arrêteront de voler vos ressources, vos terres, vos vies, pour se les repartager entre eux ! Et je vous parie qu'en ce moment même, dans une autre ville, une autre comtesse fait s'entretuer d'autres tribus pour son propre plaisir. Rassemblons nos forces et éradiquons une bonne fois pour toutes nos bourreaux ! Et ça commence aujourd'hui. R'haviq ! Amène les prisonniers.

Le chef Iaj'ag monta sur l'estrade avec trois hommes. L'un était grand, fin, tandis que le second était plus rondouillard et petit. Le troisième avait l'air d'une armoire, costaud, mais aux traits enfantins. Dan, Aigle et Burt, les trois recrues des Aigles de Fer, censés tenir la position à l'avant-poste qui se situait dans la même zone que Ner-de-Roc, étaient désormais entre les mains des tribus locales.

— Regardez ce qu'on a trouvé en train de fouiner aux alentours, montra Grinwok qui s'inclina pour étudier l'insigne sur leur uniforme.

— Pitié, monsieur le troll, implora Dan, à genoux. Nous étions simplement en randonnée pour trouver de la nourriture. Nous nous sommes égarés, et nous avons vu de la fumée s'élever de votre village ! Nous voulions nous assurer que tout le monde allait bien !

— TA GUEULE ! brailla Grinwok. Voyez ? Le larbin l'avait prédit ! Ils ont envoyé des Aigles de Fer pour nous espionner. Ils n'ont même pas la décence de nous laisser pleurer nos morts.

La créature attrapa violemment le plus petit et le plus gros par le col de leur pourpoint et les traîna jusqu'au centre de l'estrade.

— Observez bien leur visage, gravez-le dans votre tête, car dorénavant il incarnera le seul et unique visage de l'Ennemi.

Avec une force fougueuse, il jeta les deux hommes au milieu des tribus.

— Tuez-les ! s'écria-t-il en les désignant du doigt.

Aigle et Burt distinguèrent des têtes difformes penchées au-dessus d'eux.

— Ce sont les mêmes qui ont tué Kunvak. Ce sont les mêmes qui ont applaudi nos morts dans l'arène. Ce sont les mêmes qui vous ont privé de votre liberté. Ce sont les mêmes qui sont venus hier soir, qui ont massacré vos proches ! Ce sont aussi les mêmes qui ont tué Sheena !

À l'entente du nom de sa fille, Omuuka gronda comme le tonnerre et abattit ses bras sur la recrue Burt, dont le mutisme jusqu'à présent se brisa par les glapissements d'un enfant. Un déchaînement de violence s'ensuivit de la part des autres tribus qui se poussèrent les uns les autres pour lyncher les deux hommes.

Grinwok se tourna enfin vers la troisième recrue, retenue sur l'estrade par R'haviq. Dan fut terrifié par la folie qu'il décela dans les yeux de l'Ugul.

— Je vous en prie, monsieur le troll, épargnez-moi ! Par pitié, ayez bon cœur ! Je ne reviendrai plus jamais, je ne dirais rien à personne, c'est promis !

— Oh que si, tu vas parler. Tu vas même transmettre un message à ton roi, de ma part.

Il l'agrippa par le cou et s'approcha de son oreille.

— Dis-lui que l'Unificateur est en marche, et que lorsque le moment sera venu, il viendra frapper à sa porte.

# CHAPITRE 27
## Morganzur

Le vaisseau bravait une mer capricieuse qui giflait la coque à coups de vagues véhémentes. L'orage avait troublé le repos des eaux, et tout l'équipage s'attelait tant bien que mal à maintenir le cap du navire vers sa destination.

À l'intérieur de la cabine principale, Mardaas n'avait que faire du cyclone qui se rapprochait de leur position, car il allait en affronter un plus important lorsqu'il foulerait la terre. Il se demandait si Lezar parviendrait à mener à bien la tâche qu'il lui avait confiée. S'il venait à échouer, il ne lui en voudrait pas. À vrai dire, il envisageait même cette éventualité plus qu'une autre.

Dans la cale du bateau, Draegan et les siens s'inquiétaient des évènements à venir. Encore une fois, le jeune homme avait été contraint d'accorder sa confiance au Seigneur de Feu. Une confiance qu'il lui était difficile d'accepter, mais s'il n'avait pas cédé à la capitulation, ils seraient sans doute tous morts à Azarun. Cependant, leur sort allait-il être plus tragique que celui qu'ils avaient évité de justesse ? Draegan ne cessait de se poser cette question. Confinés dans des cages à bêtes, les Aigles de Fer le fixaient tous. Certains le regardaient avec espoir, d'autres l'accusaient déjà. Il connaissait ces regards, il avait vu les mêmes après leur défaite à Morham, et ils ne l'avaient jamais quitté. Même Madel, assise dans un angle de la cage, le visage tuméfié, ne pouvait contenir ses craintes quant à la décision de son époux. Draegan s'agenouilla en face d'elle et étudia les ecchymoses tatouées sur ses joues et sous ses yeux, avec un air désolé.

— Je n'aurais pas dû vous entraîner avec moi, regretta Draegan, caressant les cheveux emmêlés de sa femme.

— Tu n'avais pas le choix, tout seul tu n'aurais jamais pu survivre deux jours à l'extérieur du château, essaya-t-elle de plaisanter, malgré les circonstances.

— Tu as sûrement raison, répondit-il en lui souriant.

La grosse main de Maleius se posa sur l'épaule de Draegan.

— On va s'en sortir, rassura l'homme.

— À voir ta tête, tu n'as pas l'air convaincu, dit Madel.

— Peu importe ce que je crois, répondit-il à voix basse. Nos Aigles comptent sur nous. Regardez-les, ils sont terrorisés, ils savent que ce qui les attend ne sera pas une partie de plaisir. Nous le savons tous.

— Tu crois que j'ai encore pris la mauvaise décision ? demanda Draegan avec appréhension.

— Tout ce que je sais, c'est qu'on a gagné quelques jours supplémentaires. Essayons d'en tirer avantage.

— Il aurait pu nous tuer, dit Draegan, pensif. Tout aurait pu être terminé, cette nuit-là. Il n'avait qu'un ordre à donner, qu'un geste à faire. Et pourtant, nous sommes encore là.

— Parce que nous ne sommes pas les boulangers du quartier. Peut-être que tu l'as oublié, mais tu es le roi d'Erivlyn. Tu vaux plus vivant que mort. Pour Mardaas, tu es un prisonnier de guerre, voire une monnaie d'échange inestimable pour nos voisins.

— Tu n'as pas vu son regard, il avait l'air… apeuré, comme un enfant. Sa voix ne sonnait pas comme celle de d'habitude. Quelque chose semblait le terrifier.

— Même les monstres peuvent éprouver de la peur, intervint Hazran. Ils n'en restent pas moins des pourritures.

Draegan se tourna vers lui.

— Je n'ai pas eu l'occasion de vous remercier pour votre aide.

L'ancien général kergorien le reluqua de bas en haut.

— Par les Namtars, t'es devenu plus beau que ce que j'aurais cru. Tu devrais te laisser pousser la barbe, ça te donnerait un air plus dur.

Draegan plissa les yeux et finit par reconnaître l'homme à la chevelure frisée.

— Général Hazran ?

— Je ne réponds plus à ce titre, désormais.

— Sans vous offenser, vous êtes devenu plus rabougri que ce que j'aurais cru. Vous devriez vous tailler la barbe, ça vous donnerait un air moins fou.

— Je vois que tu as travaillé ta répartie depuis notre dernière journée passée ensemble. Tel frère telle sœur.

— J'avais quatorze ans.

— Inutile de me rappeler que je suis vieux.

— Et bientôt mort, ajouta Maleius, si on ne trouve pas vite un moyen de rentrer chez nous.

Près d'un escalier, une large trappe laissa entrer un rayon de lumière orangée. Le bois des marches grinça à mesure qu'une silhouette imposante les descendait. Tout le monde se tut. Quelques-uns, comme la recrue Artesellys, se recroquevillèrent au fond de la cage à la vue de l'Immortel au masque. Draegan et les autres le défièrent du regard, bien qu'ils fussent incapables de voir le sien, enfoui dans une pénombre saisissante.

— Je suis venu m'assurer que vous respiriez toujours.

— Où allons-nous ? interrogea Draegan.

— L'île de Morganzur.

Cette réponse entraîna des messes basses et de la paralysie chez certains. Draegan déglutit intérieurement, s'efforçant de ne pas montrer ses inquiétudes.

— Et qu'est-ce qu'il se passera, après ?

— Lorsque nous arriverons à quai, il est fort probable que je sois arrêté par la garde prétorienne. Je serai ensuite conduit au château de Baahl, en attente de mon jugement. Quant à vous, vous serez certainement le prochain repas des Vylkers.

— Qu'est-ce que c'est ? osa s'enquérir Artesellys.

— Ce sont les gardiennes du domaine de Baahl. Elles survolent le château jour et nuit, et se repaissent des mortels.

— Tu as dit que je devais te faire confiance, reprit Draegan en assombrissant sa voix. Nous sommes là.

— Je ne peux rien vous dire pour l'instant, car moi-même je ne suis pas sûr que cela réussisse. Notre sort ne dépend à présent que d'une seule personne. Pour l'heure, nous ne pouvons rien faire de plus que d'accepter ce qui arrive.

— Et Kera, dans tout ça ?

— J'ignore où elle se trouve exactement, mais je suis prêt à parier que je le découvrirai très vite. Si tout se passe comme je l'espère, vous devriez pouvoir la sauver avant que...

— Que quoi ? brusqua Maleius.

— Qu'il ne soit trop tard.

— Pourquoi est-ce que tu fais tout ça ? se tortura Draegan. Pourquoi risquer ta vie pour sauver ma sœur ? Après ce que tu lui as fait...

Il mit du temps à répondre.

— Je ne le fais pas seulement pour elle. Je vous conseille d'économiser vos forces. Vous allez en avoir besoin, plus que jamais.

Mardaas adressa un dernier regard furtif à Draegan avant de tourner les talons et repartir par la trappe, laissant derrière lui un sérieux doute planer sur ses intentions.

— Et c'est tout ? commenta Madel. Ne rien faire et attendre ? C'est ça son plan ? Draegan, ne nous laissons pas berner une seconde fois par cet enfoiré.

— J'suis d'accord avec la rouquine, concéda Hazran. Je n'lui fais pas confiance.

— Moi non plus, fit Maleius. On ferait mieux de se démerder, comme on a toujours fait jusque-là.

— Non, s'opposa Draegan.

Tous les trois se mirent à le dévisager.

— Draegan, réveille-toi, regarde dans quel merdier on est ! s'insurgea Maleius.

— Nous n'avons aucune idée de l'endroit où nous sommes. Vous l'avez entendu comme moi, il se peut que nous tombions sur bien pire que ces espèces de créatures volantes. Je sais que vous allez trouver ça... inconcevable, mais...

— Tu veux qu'on l'écoute ? devina Madel, effarée. Tu veux qu'on suive son plan ?

— Il n'a plus aucune raison de mentir.

— C'est ce qu'il veut que tu croies ! Qu'est-ce qui t'arrive ? Il y a encore quelques jours, tu me disais que jamais plus tu ne te ferais duper.

— Je pense à Kera ! cria-t-il, faisant sursauter ses recrues dans les cages voisines. Voilà ce qu'il y a. Et je suis prêt à *tout* pour la ramener saine et sauve. Et si ça implique d'accorder une fois de plus ma confiance à ce monstre, alors je le ferai. Qu'est-ce que tu crois ? Que je ne me méfie pas de lui ? J'ai toutes les raisons de penser qu'il n'hésitera pas à nous tuer dès que l'envie lui prendra. J'ai aussi peur que vous, mais jusqu'à preuve du contraire... Je ferai ce qu'il nous dit.

Sa réponse jeta un froid dans toute la cale. Plus personne n'osa contredire le jeune homme, pas même sa femme, qui se rassit dans l'angle de la cage.

Après un spectacle céleste des plus bruyants, les nuages finirent par se dissiper. Et par-delà la brume, les contours de l'île de Morganzur se dessinèrent faiblement. Sur le pont, Mardaas scrutait les silhouettes de montagnes en dents de scie qui cachaient le château de Baahl.

Kazul'dro était derrière lui, et il le savait. Il savait à quoi pensait le chef Prétorien, il pouvait presque l'entendre jubiler. Si l'épée de Larkan Dorr avait été entre ses mains, pour sûr qu'il se serait retourné et lui aurait planté la lame dans l'ouverture en ligne droite de son casque rouillé. Hélas, le moment n'était pas propice, il le regretta. De même qu'il regrettait ne pas avoir brisé un à un les os de Céron avant de les réduire en poussière. L'Immortel au crâne chauve était aussi du voyage, il ne voulait rater la déchéance de son confrère pour rien au monde.

Lorsque le port émergea du brouillard, l'équipage Imortis s'activa à amarrer le navire. Une armada de Prétoriens les attendait, non pas pour les accueillir, mais bien pour écrouer le Seigneur de Feu, comme il l'avait prédit.

Sous son masque blanchâtre strié de fissures, le géant garda son impassibilité. La tête haute, il mit un pied devant l'autre et franchit le pont dressé entre le quai et le vaisseau. Il sentait que ses mouvements étaient épiés, étudiés, surveillés. Droits comme des piquets, un groupe de prêtres approcha l'Immortel. On l'interrogea sur l'absence de son Sbire, qui faisait également l'objet d'une arrestation, et il mentit sur sa réponse, préférant attester que Lezar avait pris la fuite en Tamondor.

Kazul'dro siffla un ordre à ses Prétoriens, et aussitôt Mardaas se vit enfermer dans une forteresse de colosses qui ne lui laissait que peu d'espace pour agir.

Les Imortis venus assister à l'évènement s'écartèrent pour laisser passer le cortège, évitant à tout prix de croiser le regard de celui dont ils avaient tant entendu les sombres histoires. Le Seigneur de Feu remonta la rue en direction du château, non en vainqueur, comme ce fut si souvent le cas. La nouvelle avait très vite fait le tour de l'île, et la majorité ne souhaitait pas y croire. Pour eux, Mardaas n'aurait jamais élaboré de plan pour faire évader une esclave. Ils espéraient tous que cela était une erreur, un malentendu, car rien de tout cela n'avait de sens à leurs yeux.

Concernant les Aigles de Fer, ils furent conduits à l'extérieur de la ville, dans une carrière abandonnée où une tour de pierre avait été bâtie en son centre pour isoler les criminels des habitants de l'île. La Tour des Sanglots, comme les Morganiens avaient l'habitude de l'appeler, car chaque fois qu'un promeneur passait devant, il entendait continuellement les lamentations et les plaintes des prisonniers.

La tour n'avait pas la prétention d'atteindre les nuages, et quand bien même, celle-ci était dépourvue de fenêtres afin d'interdire la visite quotidienne de la lumière. Elle avait l'allure d'un phare hanté avec ses pierres manquantes et sa façade couverte de lierre. Construite sur cinq étages, c'est au premier que la poignée d'Erivlains fut entassée et enchaînée au même mur circulaire, formant un anneau humain qui pouvait donner l'illusion d'une assemblée secrète. Le confort était pour le moins rudimentaire, il n'y avait rien pour s'allonger ni pour s'asseoir. Une forte odeur d'urine et d'excréments stagnait à tous les étages, rendant la respiration difficile pour certains Aigles qui n'avaient jamais mis les pieds dans une prison.

Absorbés par le noir total, ils n'avaient d'autre choix que d'attendre.

— Plus jamais je me plaindrai de nos geôles, affirma Maleius en tirant sur ses chaînes.

— C'est vrai ce qu'on dit, rétorqua Hazran à l'opposé, c'est toujours pire ailleurs.

— Au moins, nous sommes tous ensemble, positiva la recrue Artesellys.

— Pour combien de temps ? répondit Draegan. D'une minute à l'autre, ils vont revenir pour nous filer en pâture à ces bestioles.

Il entendit une personne déglutir à sa droite, puis une respiration haletante sur sa gauche.

— Écoutez-moi tous, je sais que ce n'est pas ce que vous espériez en entrant chez les Aigles de Fer, mais je tenais à vous remercier de… d'être là. Vous n'imaginez pas ce que cela représente. Je ne connais pas vos noms, pour la plupart, mais quand nous regagnerons l'Erivlyn, je vous promets qu'ils seront gravés éternellement dans l'Histoire du pays, et qu'ils ne seront jamais oubliés.

— Vous n'êtes peut-être pas des combattants nés, renchérit Maleius, mais vous avez été plus courageux que les meilleurs guerriers que j'ai formés au cours de ma vie.

— On aimerait tous retrouver nos plaines caressées par la brise du matin et nos lacs aux eaux tièdes et cristallines, dit un soldat aux cheveux rasés sur le côté, inspiré par les souvenirs de son foyer.

— Nos arbres chanteurs dont les branches dansent au gré du vent, ajouta Artesellys.

— Les prairies qui sentent la vanille en été, dit un soldat tout fin.

— Les boissons sucrées de la taverne de Davness qui font l'effet d'une orgie dans la bouche, se délecta Madel.

— Un putain de concert de Malion Jarod au Théâtre du Lion, se remémora Maleius.

— Vasaris du 12 Astar, 182 7$^e$, j'y étais, témoigna un jeune aux joues creuses. Meilleur concert auquel j'ai assisté.

— J'ai entendu dire qu'il était à une de vos fêtes, récemment, roi Draegan, rappela maladroitement Artesellys.

Sans le savoir, elle faisait allusion au macabre mariage qui s'était soldé par le massacre des convives de la part des hommes de Serqa.

— Et je pense qu'il n'est pas près de revenir, répondit Maleius. Tous ses musiciens ont eu la gorge tranchée, mais c'était un sacré spectacle.

— Quand on sera de retour, lança Draegan, je réquisitionnerai la plus grosse taverne d'Odonor, et je vous garantis qu'on fêtera ça dignement jusqu'au lever du soleil.

Aucun d'eux ne se distinguait dans l'obscurité, mais ils arrivaient à entendre les sourires s'élargir et les rires s'échapper. C'était ce qu'il y avait de mieux à faire pour supporter l'attente insoutenable dans laquelle ils baignaient. Quand soudain, les voix se turent.

— Attendez, murmura Draegan, quelqu'un vient.

Effectivement, une lanterne accrochée à une ceinture montra deux Morganiens en tunique religieuse qui débouchèrent dans la pièce, portant des plateaux garnis de nourriture et un grand sac rempli de pains.

— Votre dernier repas, expliqua un des fidèles. Et mangez tout, hein, ça donnera plus de goût pour les Vylkers.

Il trouva sa plaisanterie si amusante qu'il s'esclaffa bruyamment. L'homme voulut se tourner vers son acolyte qui ne riait pas, mais la seule chose qu'il vit à ce moment-là fut un plateau métallique qui s'abattit violemment sur son visage, le faisant basculer en arrière. Le bruit retentit dans tout l'étage. L'adepte porta un second coup pour s'assurer que son compagnon ne se réveillerait pas de sitôt, puis s'empara du trousseau de clés, avant d'abaisser son capuchon.

— Toi ? s'interrogea Draegan, qui distinguait à peine son profil.

Lezar ne répondit pas et se pressa de les libérer un par un.

— C'est Mardaas qui t'envoie ? questionna Maleius en se massant les poignets.

— Nous n'avons pas le temps de discuter, répondit Lezar en ouvrant le gros sac de pain. Tenez, enfilez ça, ce sont des robes de gardes, il n'y a que comme ça que nous pourrons passer les portes du château. Nous devons impérativement y entrer avant la tombée de la nuit. Dépêchez-vous !

— Oh, doucement, gamin, respire un bon coup et dis-nous ce qu'il se passe.

— Arrêtez de me parler et faites ce que je dis !

Il avait l'air pétrifié. Tout le monde pouvait voir ses mains trembler. Maleius haussa un sourcil et finit par endosser la robe Imortis de velours pourpre, composée de motifs symétriques qui lui étaient inconnus. La tenue était accompagnée d'un masque en relief doré dont les traits se rapprochaient du visage humain.

— Et nos armes ? demanda Madel.

— Vous n'en n'avez pas besoin pour l'instant.

— Comment t'es-tu procuré les robes ? douta Hazran.

— Elles proviennent du temple administré par mon père.

Il avait répondu sur un ton morose. Revenir sur l'île en occultant ses origines était une épreuve difficile pour lui. Il avait aperçu son père, de loin, présidant une messe dans un jardin sacré, et lui avait fait ses adieux du bout des lèvres, avant de tourner définitivement le dos à sa maison.

— Pourquoi devons-nous nous rendre au château ? interrogea Draegan, dont la voix était étouffée par le masque.

— C'est là-bas que se trouve la fille. Ne perdons pas de temps, suivez-moi, et surtout ne prononcez pas un mot.

Ils sortirent de la tour et, sous les indications de Lezar, ils avancèrent les uns derrière les autres le long d'une route zigzagante.

Lezar nageait dans sa sueur. Depuis qu'il avait débarqué la veille, il craignait d'être démasqué et arrêté par ses frères et sœurs de foi. La tâche que lui avait confiée Mardaas relevait d'une mission suicide, chaque seconde comptait, la moindre erreur pouvait être fatale. Il n'avait cessé de faire des allers-retours entre la ville et le château de Baahl pour mettre à exécution les ordres de son maître. Le sommeil lui manquait, et il n'avait rien mangé depuis son départ du Kergorath.

— Tu es sûr de ce que tu fais ? chuchota Draegan, qui marchait derrière le jeune homme.

— J'ai dit pas un mot.

— Mais il n'y a personne autour de nous.

— J'vois rien avec ce masque, grommela Maleius. Pourquoi est-ce qu'on vous oblige à porter ces trucs ?

— Dans le domaine de l'Unique, seuls ceux qui possèdent un sang divin ont le droit d'avoir un visage. Si un garde est surpris sans son masque, alors la peau de son visage sera retirée et brûlée. Maintenant, taisez-vous.

Ils longeaient un ravin étroit enseveli sous une brume épaisse. Artesellys leva le nez vers le ciel et crut voir une ombre gigantesque et silencieuse voler au-dessus d'eux. Le brouillard noyait le décor, obstruait l'horizon, dissimulait les menaces. Les arbres à proximité donnaient l'illusion de créatures filiformes aux longs doigts crochus, noircissant un peu plus le paysage dans lequel ils progressaient.

*Manquerait plus qu'on nous dise qu'une sorcière hideuse habite dans le coin pour compléter le tableau,* se dit Draegan en entendant un cri qui n'avait rien d'humain dans la forêt avoisinante.

Une heure plus tard, ils avaient gravi le point culminant de l'île. La nature semblait être endormie depuis des siècles, elle apparaissait sous un teint pâle et triste, parsemée d'une végétation sèche.

Sous leurs pieds, les feuilles mortes craquaient, les brindilles se rompaient, et les chants sinistres des Vylkers recouvraient le domaine au sommet de la falaise. De là, on pouvait entendre la colère de la mer en contre-bas qui s'acharnait sur les rochers.

Draegan contempla l'architecture qui détonait de l'environnement glauque. Un somptueux château qui lui rappelait les églises du culte des Namtars. Une pierre lisse et blanche texturait les enceintes aux créneaux qui formaient une rangée de dents interminable. Les tours carrées étaient couronnées d'un mâchicoulis élégant, certaines d'entre elles étaient reliées par des ponts qui se croisaient et parcouraient l'ensemble du domaine. Les statues d'Immortels alignées qui bordaient la route jusqu'au pont-levis glacèrent la majorité des Aigles. Toutefois, Draegan en était presque envieux. Un château pareil avait dû couter une somme faramineuse, aussi il s'imagina quelques secondes vivre ici, avant de relativiser.

Lezar vit une patrouille de Prétoriens en approche, et cette image le fit tressaillir de l'intérieur.

— Chantez avec moi, murmura-t-il.

— Quoi ? avait cru mal entendre Draegan.

— Ils ne nous arrêteront pas si nous sommes en plein cantique.

— Non mais attends, on les connaît pas, vos cantiques ! gronda Maleius.

— Alors, contentez-vous de suivre l'air.

Le Sbire poussa une note aiguë et commença son éloge religieux, tandis que derrière, les Aigles marmonnaient la mélodie en essayant de rester justes. Les jambes de Madel menaçaient de se dérober à tout moment, la cadence de marche des Prétoriens créait un tintamarre de ferraille qui, mélangée aux voix, sonnait comme un chant de guerre.

Une fois les golems dépassés, ils atteignirent finalement la herse, qui donnait sur un cloître.

— Par ici, siffla Lezar en passant sous un porche.

— Tu es déjà venu ici, auparavant ? s'enquit Draegan.

— Une fois par an, l'Unique organise la cérémonie d'Imortar. Pendant cinq jours, tous les fidèles sont invités à se recueillir dans la Salle des Dieux, face à un autel sacré.

Il les emmena dans une pièce meublée de vieilles commodes et de portraits, et referma la porte derrière lui. Il se dirigea ensuite vers un coffre isolé dans un renfoncement de mur.

— J'ai pris soin de cacher des armes à l'intérieur, révéla-t-il en s'emparant d'une athamé au manche d'argent.

— Où sont les épées ? Les haches ? Les marteaux ? s'inquiéta Hazran. On va pas se battre contre des Immortels avec des espèces de couteaux religieux, j'espère.

— Vous n'aurez que ça.

— C'est une blague, critiqua-t-il en étudiant celle qu'on venait de lui tendre.

— Maintenant, écoutez-moi très attentivement. Nous avons fait le plus facile.

— Tout est relatif, contredit Hazran.

— S'il vous plait, restez concentré. Le maître a donné des consignes très précises. Vous n'aurez qu'une seule chance de réussir, alors…

Il parlait vite et mâchait ses mots.

— Respire, conseilla Maleius, on dirait que tu vas nous claquer dans les pattes.

— Désolé, c'est que… Je n'ai jamais fait ça, avant. Le maître compte sur moi, et pour être honnête, cela compte aussi à mes yeux, à présent.

— Nous ferons de notre mieux, rassura Draegan. Dis-nous ce qu'on doit savoir.

Il prit une grande inspiration.

— Le maître sera jugé dans la Salle Des Dieux, au coucher du soleil. Il sera présenté face à l'Unique, qui décidera de la sentence finale. Le chef Prétorien sera également là, et il faudra compter sur la présence d'Immortels. En tant que gardes du domaine, votre rôle sera de vous assurer que rien ne vienne perturber la séance. Une partie d'entre vous assistera donc au jugement. Écoutez bien. Ceux qui seront dans la salle, repérez les Immortels et ne vous éloignez pas d'eux. Quand le signal sera donné, vous saurez quoi faire.

— C'est quoi, le signal ?

— Qui est le meilleur tireur d'entre vous ? questionna Lezar.

Spontanément, tous les doigts se pointèrent sur Artesellys qui, gênée, leva timidement la main.

— Moi, je suppose.

Lezar s'accroupit à nouveau devant le coffre et en ressortit une arbalète neuve qui pesait très lourd.

— Tiens, prends ça.

— Attends, intervint Maleius, pourquoi elle a le droit d'utiliser une vraie arme, et pas nous ?

— Parce que ce sont les consignes du maître, et qu'on ne discute pas les consignes du maître. (Il revint sur la jeune femme.) Toi, tu viendras avec moi. Il y a un balcon à l'étage qui donne directement sur la Salle des Dieux. Tu auras une vue plongeante sur le trône de l'Unique.

— Je suis son supérieur militaire. Il est hors de question de laisser la recrue Art' sans protection. Je viendrai avec vous, imposa Maleius.

Lezar n'y voyait aucune objection, au contraire.

— Attendez, attendez ! coupa Draegan. Pourquoi est-ce qu'on ne part pas tout simplement à la recherche de Kera ? Tu nous as dit qu'elle était ici, non ? Excuse-moi, mais je me fiche du procès de ton maître, et je me fiche de ce qui lui arrivera. Dis-nous plutôt où ils gardent ma sœur.

— Je regrette, ça, je l'ignore. Tout ce que je sais, c'est qu'elle sera, elle aussi, dans la Salle des Dieux.

Cette révélation n'annonçait rien de bon pour Draegan.

— Lorsque vous aurez récupéré la fille, vous devrez vous dépêcher de nous rejoindre à l'étage. Là, je vous conduirai à une sortie.

— Vous avez tous compris ? demanda Draegan.

Les recrues hochèrent la tête, même si tous ne se sentaient pas capables d'accomplir une telle tâche, y compris Draegan.

Ils attendirent une heure supplémentaire dans un silence des plus sourds, et lorsque le soleil annonçait son retrait à travers la fenêtre, Lezar leur indiqua le couloir à emprunter pour arriver devant les portes de la Salle des Dieux. Il tremblait toujours, son visage creux incarnait la peur elle-même. Cette angoisse se répercutait sur les recrues, qui comprenaient comme lui que quelque chose de terrible pouvait se passer à tout instant.

Draegan, Madel, Hazran et les recrues avancèrent lentement dans le corridor lumineux aux multiples chandelles. La tête baissée, comme s'ils étaient en pleine prière. Ils gagnèrent les doubles portes massives au fond, et pénétrèrent dans une salle qu'ils n'avaient vue que dans les églises d'antan. Leurs narines se firent attaquer par un encens de myrrhe qui embaumait le lieu, et dont la fumée s'élevait jusqu'à un haut plafond aux parois à peine visibles. Ils marchaient sur un tapis d'un bleu de nuit qui étouffait leurs pas et qui se prolongeait droit devant jusqu'à des fines marches marbrées qui menaient à un trône sculpté dans une pierre lunaire magnifique. Au-dessus du trône, un vaste vitrail prenait toute la largeur du mur. On pouvait facilement identifier sur les verres colorés le symbole imortis qui dominait toute la salle.

Ils observaient toutes les entrées qui les entouraient, mais il n'y avait personne à part eux. Quelques secondes s'écoulèrent et Draegan repéra le balcon discret perché dans les hauteurs, où il aperçut la tête blonde de Artesellys dépasser du rebord.

— Où sont-ils ? chuchota Madel, faisant un tour sur elle-même.

— Ça sent le coup fourré, pressentit Hazran, on devrait filer d'ici avant…

Il ne put achever sa phrase, car des voix se répercutèrent autour d'eux.

— Restez en retrait, ordonna Draegan qui se colla contre un pilier, les mains jointes.

La double porte derrière eux s'ouvrit à nouveau dans un fracas sonore, révélant la présence d'Immortels en pleine conversation.

— J'ai toujours su qu'il n'était pas des nôtres, affirma un Immortel en tunique argentée au groupe qui le suivait.

— T'as jamais rien su du tout, Fragh. T'étais même un des premiers à lui lécher les bottes dès qu'il faisait une apparition, discrédita Baslohn, celui aux cheveux poivre et sel, attachés en demi-queue.

— Question de point de vue, je ne faisais que respecter la hiérarchie.

— La hiérarchie, répéta Baslohn en secouant la tête. En tout cas, on sera aux premières loges.

Quatre Immortels se tenaient à bonne distance du trône, patientant debout, les bras croisés ou tendus dans le dos. Ils n'entrèrent pas dans la lumière du vitrail, mais étaient suffisamment près pour ne rien rater.

— Où est Céron ? s'enquit Nabbar, celui à la crète. Il n'était pas censé être là ?

— Il a intérêt, répliqua Baslohn, c'est à cause de lui qu'on est obligé d'être ici.

— De quoi tu te plains ? T'as toujours pris plaisir à assister au procès des copains.

— La différence, c'est qu'on est pas là pour soutenir Mardaas, on est là pour le voir tomber.

— On peut dire qu'il a eu du flair, ce cinglé de Céron. Si j'étais à sa place et que j'avais balancé Mardaas, je prierais pour que Baahl le condamne à mort. Dans le cas contraire, j'aurais plutôt intérêt à ne plus jamais me retrouver dans la même pièce que lui, pour peu qu'il me rôtisse la gueule.

— D'un autre côté, qui a envie de se retrouver dans la même pièce que Céron ?

Ils approuvèrent.

— Demande à ta mère, fit Céron en arrivant sournoisement d'un couloir dissimulé.

— Tiens, le délateur, dénonça Skyva, une femme à la voix si aiguë qu'elle faisait vibrer le verre. Nous te pensions sous tes draps, en train de te cacher du grand méchant monstre.

— Contrairement à vous, bande de péteux, je n'ai jamais craint Mardaas, pas une seconde.

— Et tu t'imagines que Baahl va te récompenser pour avoir dénoncé son bras droit, comme… te refiler sa place ?

— Peut-être bien.

— Tu en as l'air convaincu.

— Mes pouvoirs lui sont plus utiles que les vôtres.

— Et allez, c'est reparti, s'exaspéra Skyva.

— Quoi, c'est vrai ! C'est grâce à moi qu'on a pu localiser les derniers membres de l'Ordre des Puissants. Vous, vous avez fait quoi ?

— On va pas encore en débattre, perdit patience Baslohn, on a dit que le sujet était clos.

Des lanternes brillaient sur le flanc droit de la salle, venant d'un passage étroit qui semblait mener dans les profondeurs du château. Là, escorté par deux Prétoriens, le Seigneur de Feu se présenta sous les regards accablants des siens, qu'il préféra ignorer. Il remarqua brièvement les gardes, sans réellement se poser de questions. Les Prétoriens placèrent le géant face au trône, puis repartirent en sens inverse. Les Immortels ne cherchèrent pas à entamer la discussion avec lui ni même à comprendre ses actes.

Puis un bruit de loquet retentit. Il provenait d'une vieille porte à proximité du trône. Les Immortels savaient que personne n'était autorisé à emprunter ce passage, car il n'appartenait qu'à un seul d'entre eux. En premier lieu, ils virent Kazul'dro s'abaisser pour franchir l'embrasure, suivi de Baahl, emmitouflé dans une longue et épaisse robe de soie qui trainait au sol. Tout de suite, l'atmosphère se refroidit et les visages se raidirent. Derrière leur masque de garde, les Erivlains arrivaient à ressentir l'aura saisissante qui se dégageait du vieil Immortel à la peau momifiée et aux longs cheveux blancs.

À pas feutrés, Baahl prit place sur le trône, ignorant volontairement son bras droit qui se tenait immobile au bas des marches. Il resta de longues secondes à le toiser, démontrant ostensiblement sa contrariété de le voir à cette place, plutôt qu'à sa droite, comme cela l'avait toujours été.

— Tu savais que tôt ou tard tout se finirait ici, commença par dire Baahl. Je t'ai toujours considéré comme un fils, et comme bon nombre de pères, j'aurais dû me douter qu'un jour tu me ferais défaut. Quand je t'ai recueilli, je me suis assuré que tu ne suivrais pas ses traces, mais je me rends compte que tu lui ressembles de siècle en siècle. Tu es faible, tout comme ton père, et comme lui, tu connaîtras le même destin tragique.

C'était la première fois que Baahl parlait autant du géniteur de Mardaas avec une rancœur affligeante. Pourtant, il n'avait jamais prononcé son nom devant lui ni même dévoilé quoi que ce soit d'autre. Mardaas ignorait tout de lui, et cela lui avait toujours été égal, jusqu'à ce soir-là.

Baahl pivota vers Kazul'dro.

— Amène-la.

Le colosse en armure obéît et revint quelques minutes plus tard avec une jeune femme mal en point qu'il trainait par les cheveux. Elle apparaissait très amaigrie. Couverte d'ecchymoses et de plaies, il était évident qu'elle avait été battue à de nombreuses reprises. Sous le choc, Draegan eut le réflexe de se précipiter vers elle, mais Madel l'empoigna et l'empêcha de bouger. C'était une torture monumentale de voir sa sœur dans un tel état.

Kazul'dro jeta Kerana à côté de Mardaas comme un sac sans valeur. Elle s'étala sur le sol, beaucoup trop affaiblie pour avoir conscience de ce qu'il se passait à ce moment-là. Un gémissement écorché s'échappa de ses lèvres, et elle relava lentement la tête vers le vieil Immortel.

Cette vision creva le cœur de Mardaas, qui avait une forte impression de déjà-vu. La neutralité de son masque servait à cacher ses réelles émotions. Il n'avait jamais voulu ça. Après six cents ans, ce cauchemar continuait de le poursuivre, de le tourmenter, et il était sur le point de le vivre une deuxième fois.

Baahl se leva du siège et s'approcha de Kerana.

— Tout ça pour une simple mortelle, déplora-t-il.

Sa main pâle et osseuse survola le visage abîmé de la jeune femme, l'attirant comme un aimant vers sa paume. Baahl étudia les traits expressifs et se munit d'un sourire en coin qui n'avait rien de bienveillant.

— On pourrait presque croire que tu l'as fait revenir d'entre les morts, dit Baahl en scrutant les yeux effrayés de Kerana. Je connais ce regard, je l'ai déjà vu s'éteindre. Pourtant, ce n'est pas elle, souffla-t-il en secouant la tête. Kerana Guelyn, la fille d'Oben Guelyn. Voilà donc ce que tu faisais pendant la mission que je t'avais confiée en Erivlyn. Tu as une fois de plus succombé à tes plus primitifs instincts. Je devrais tordre ton corps de mille façons pour cette trahison qui me peine. Après tous les sacrifices que nous avons faits pour toi, je trouve que c'est une manière bien impolie de nous remercier, ne penses-tu pas ?

Mardaas resta silencieux.

— Mais ma bonté me perdra, reprit Baahl en secouant la tête. Car à titre exceptionnel, je suis prêt à t'accorder une *dernière* chance. Celle que tes frères et sœurs n'ont pas eue pour m'avoir trompé.

Céron grimaça à l'entente de cette annonce.

— Je suis à votre service, Maître, déclara Mardaas sur un ton solennel.

— Il est temps pour toi de te débarrasser de ce fardeau qui pèse sur tes épaules depuis trop longtemps. Ce souvenir qui te hante doit être détruit à jamais, autrement il te détruira toi, il ne cessera de te jouer des tours, comme celui-là. Tu ne peux pas te lier avec eux, ils ne sont pas comme toi. Tu ne peux rien pour eux, et ils ne peuvent rien pour toi. Tu le sais depuis toujours.

— Oui, Maître.

— Et tu sais maintenant ce que tu dois faire pour t'en délivrer.

— Oui, Maître.

— Tue-la.

Il y eut un long silence. Ces deux mots avaient eu l'effet d'un coup de hache dans son dos.

— Si tu ne le fais pas, je m'en chargerai, et tu iras très vite la rejoindre. Garde ! appela-t-il vers la droite. Donne-lui ton poignard.

Hazran sentit le regard perçant de Baahl se poser sur lui. Avec un sang-froid remarquable, il s'exécuta et tendit la seule arme en sa possession au géant, avant de reculer dans l'ombre.

Depuis le balcon, Lezar, Maleius et Artesellys retenaient leur souffle.

— Je dois l'en empêcher, c'est ça ? comprit Artesellys, l'arbalète en mains.

— Ce sont ses ordres, répondit Lezar, devenu blême.

Mardaas serra le manche du poignard et contourna Kerana pour se positionner derrière elle. L'Erivlaine expédia un sanglot déchirant qui s'acheva sur ces dernières paroles…

— Fais vite, s'il te plait.

Mardaas se montra hésitant.

— Tue-la ! insista Baahl, accentuant les rides de sa peau. Et retourne à ton poste.

Consumé par le regret, Mardaas ferma ses yeux pour fuir la réalité et se mit à soulever lentement ses bras, la lame pointant vers le cou de la jeune femme. À quelques mètres, Draegan bouillonnait et était prêt à compromettre le plan pour sauver sa sœur.

Le carreau en place, Artesellys prit Mardaas en ligne de mire, elle savait qu'elle n'aurait qu'un seul essai. Son œil de faucon visa dans un premier temps les ouvertures du masque. Elle attendit que le poignard soit au plus haut avant de décocher. Lezar était sur le point de s'évanouir, et Maleius n'en était pas loin. Alors que Mardaas s'apprêta à frapper, elle appuya sur la gâchette.

Le carreau perça les airs et entra en collision avec la lame du poignard qui, dans un tintement assourdissant, vola en éclat et échappa des mains de Mardaas. Instantanément, toutes les têtes pivotèrent vers la source du projectile. Baahl plissa les yeux et aperçut dans les ombres des silhouettes prendre la fuite.

— Les mortels, cracha-t-il. Ils sont entrés dans le château ! (Il se tourna avec rage vers Kazul'dro.) Ramène-les-moi *vivants* !

Kazul'dro saisit sa hallebarde et s'engouffra dans un couloir. Dans la foulée, Draegan retira son masque d'or et se rua sur l'Immortel dénommé Baslohn pour le poignarder dans la nuque. La violence était telle qu'il alla jusqu'à scinder l'os du cou en deux. Les Aigles de Fer entrèrent alors en action et massacrèrent les Immortels avant qu'ils n'aient eu le temps de réagir. Le sang fusa et se mêla aux cris des condamnés. Hazran fit une roulade pour récupérer son athamé et l'envoya de toutes ses forces dans la clavicule de Céron, dont l'impact le fit s'écrouler. Très vite, les gardes du château débarquèrent pour se confronter aux Erivlains.

— Qu'est-ce que tu attends ! invectiva Baahl en constatant la passivité de Mardaas. Ne reste pas planté là ! Fais quelque chose ! Arrête-les !

Mardaas était bloqué dans un autre espace-temps où tout semblait se dérouler au ralenti. En plein combat avec sa conscience et son devoir, il en vint à douter de ses actes et s'imagina un instant rétablir l'ordre comme il avait toujours su le faire.

Mais au dernier moment, alors qu'il voyait la main de Baahl s'abattre sur la jeune femme, il enterra ses anciens réflexes de Seigneur Noir et saisit Kerana par le col pour la projeter en arrière. Ses bras entrèrent en combustion et, au moment de revenir sur Baahl pour assouvir son ultime vengeance, ses flammes destructrices se heurtèrent à une force protectrice qui provoqua une explosion dans toute la salle. Mardaas fut expulsé dans les hauteurs, tandis que Baahl ne cilla pas. La déflagration se répercuta jusqu'au plafond qui s'effondra. Une pluie battante de poussière et de blocs de pierre martela le sol en marbre qui se fissura. Des montagnes de débris s'élevèrent, ensevelissant de jeunes Aigles de Fer.

Mardaas se releva difficilement. Il n'avait jamais ressenti un choc pareil dans son corps, comme si la foudre s'était acharnée sur lui. Encore sonné, il se força à reprendre ses esprits et fonça vers Kerana, prisonnière d'une poutre. Il l'a libera d'une main, et tendit l'autre dans sa direction.

— Viens avec moi, je sais où est ta fille.

Elle répondit à son geste et se dressa sur ses jambes fébriles. Tandis qu'il l'emmenait avec lui hors de la salle, Kerana hurla le nom de son frère pour qu'il les suive. Les Aigles de Fer s'occupèrent de mettre hors d'état de nuire les derniers gardes et emboitèrent le pas à Draegan.

— Ainsi, tu as fait ton choix, réagit calmement Baahl en les voyant prendre la fuite.

Les Imortis présents dans les galeries du château détalèrent à la vue du géant de feu qui arrivait sur eux. Tel un dragon déferlant, Mardaas les chassait de son passage avec des rafales de flammes qui noircissaient les murs. Ils gravirent un large escalier qui les amena à l'étage suivant. Les Prétoriens étaient à leurs trousses, ils devaient impérativement rejoindre Lezar et les autres.

Après avoir parcouru la moitié de l'étage, ils finirent par se croiser au détour d'un couloir. Lezar était plus blanc que d'habitude, on pouvait presque entendre son cœur battre la chamade.

— Bien joué, mon garçon, dit Mardaas en se penchant au-dessus de lui. Je savais que tu serais à la hauteur.

Ces paroles eurent le mérite de le calmer partiellement. Les Erivlains ne leur prêtèrent aucune attention, celle-ci était focalisée sur

Kerana et Draegan qui s'enlaçaient fermement. Le jeune homme la serra contre lui et ne voulait plus jamais s'en détacher.

— Comment tu te sens ? s'enquit Draegan.

— Je tiens le coup, affirma faiblement Kerana dans son oreille.

— Et maintenant ? s'inquiéta Hazran.

— Par-là, signifia Mardaas en indiquant le chemin devant lui.

Mais alors qu'ils firent un pas, celui-ci fut stoppé net. Kazul'dro et ses Prétoriens les attendaient au bout du corridor, prêts à charger.

— Et maintenant ? demanda à nouveau Hazran, peu serein.

Mardaas fit volte-face vers son Sbire.

— Faites un détour par les chambres, conduis-les à la Tour Nord coûte que coûte, tu as compris ?

— Et vous, Maître ?

— Je vais vous faire gagner du temps. Partez, maintenant !

Mardaas fit face aux trois Prétoriens, mais c'était Kazul'dro, au centre, qu'il défia du regard. L'éclat des lunes traversait les fenêtres derrière eux pour les mettre en surbrillance. Mardaas avança doucement. Ses gants de fer virèrent au rouge incandescent, quand soudain, une aura de feu l'engloutit, lui donnant l'aspect d'un spectre de flammes.

— Vous ignorez la mort, dit-il en continuant d'avancer. Mais il y a une chose que vous ne pouvez pas défier.

Malgré son assurance, Mardaas n'était pas du tout sûr de ses actes.

— La gravité, conclut-il en expédiant deux boules de feu sur les Prétoriens qui encadraient Kazul'dro.

Les golems reçurent une telle puissance qu'ils furent projetés en arrière et passèrent à travers le verre des fenêtres qui donnaient sur un néant obscur. Kazul'dro n'en fut pas pour le moins impressionné, il espérait même que cela se produise. À présent, ils étaient l'un contre l'autre. Deux géants dotés d'une force similaire et redoutable.

— Je vais enfin avoir l'occasion de te faire payer ta trahison, déclara Kazul'dro de sa voix ténébreuse.

— Nous partageons le même point, lui accorda Mardaas, dont les flammes s'estompèrent.

— Tes pouvoirs ne te sauveront pas.

— Je ne comptais pas vraiment là-dessus, répliqua l'Immortel en passant sa main sous sa cape noire pour en ressortir une épée dont la lame était fine, légèrement courbée et ornée de gravures précises en spirales.

La créature reconnut l'arme qui avait été sa seule ennemie jadis sur les champs de bataille, mais cela n'avait pas l'air de l'inquiéter.

— Larkan Dorr, devina le Prétorien sans montrer la moindre appréhension. Il te faudra plus que ça.

Mardaas vit la hallebarde du Prétorien atteindre le plafond et il esquiva le premier coup. Les deux géants se rentrèrent dedans, provoquant un séisme qui décrocha les tableaux dans le couloir. Une première cloison s'effondra lorsque Kazul'dro y plaqua Mardaas, les faisant atterrir dans un salon des plus luxueux. Mardaas eut le temps de rouler sur le côté avant que la hallebarde ne fonde sur le sol, puis percuta le titan de plein fouet pour le faire chuter. L'épée en main, il attaqua de front. Kazul'dro para la lame avec sa hampe, puis la dévia férocement sur le flanc, faisant s'envoler l'épée à l'autre bout de la pièce. Un coup de pied propulsa l'Immortel sur un vaisselier qui se brisa en mille morceaux. Kazul'dro en profita pour lancer sa hallebarde qui s'encastra dans la pierre, à un cheveu près de Mardaas. Désarmés, un combat à mains nues s'engagea entre les deux rivaux, entraînant la destruction du mobilier et de l'architecture. L'affrontement secoua tout l'étage. Kazul'dro pilonnait le corps de son adversaire avec ses poings et n'hésitait pas à lui faire traverser les pièces par les murs. Contrairement à la force surhumaine de Kazul'dro, celle de Mardaas n'avait aucun effet sur le Prétorien. Celui-ci finit par maîtriser l'Immortel en l'agrippant brutalement par le cou, l'asphyxiant.

— Vois le service que je te rends, dit Kazul'dro en serrant davantage. Laisse-toi mourir, et rejoins ta sale pute de mortelle.

Les yeux de Mardaas passèrent du noir au jaune vif, et un souffle ardent balaya le Prétorien. Un coup de poing remontant l'envoya dans le décor. La frénésie de Mardaas se décupla et s'abattit sur Kazul'dro. Pris en otage dans une prison de flammes, le Prétorien se retrouva aveuglé par la fumée opaque. Là, le dragon referma ses griffes sur sa proie. Une avalanche de coups de plus en plus intenses submergea le golem. Mardaas avait conscience que cela n'affectait en rien la créature, mais il avait beaucoup trop longtemps imaginé ce scénario.

Kazul'dro avait l'air de s'être fait rouler dessus par un millier de chars. Quant à son heaume, on pouvait penser qu'une enclume lui était tombée dessus à plusieurs reprises, la fente horizontale était nettement déformée. Alors qu'il essayait de progresser dans un environnement chaotique où le feu et la fumée ne lui laissaient aucune sortie, une ombre dans les flammes se créa et surgit de derrière. Kazul'dro sentit un picotement en travers de la gorge, avant de voir une lame fine, légèrement courbée et ornée de gravures, jaillir de sous son casque.

— Elle s'appelait *Lyra*, rappela Mardaas en enfonçant l'épée jusqu'au manche.

Le Prétorien émit un râle venant des profondeurs. Mardaas retira l'épée d'un mouvement sec et s'écarta. Kazul'dro tituba quelques mètres avant de tomber inerte face contre sol.

Mardaas s'octroya une minute pour reprendre son énergie, tout en ne lâchant pas des yeux le corps de celui qu'il avait juré de tuer. Malheureusement, cela était loin d'être suffisant pour lui. Il restait encore une personne qui respirait le même air que lui, et il savait que sa mort serait bien plus difficile à obtenir.

Dans la Salle des Dieux, on aurait dit qu'une tornade était passée. Les dépouilles des Immortels baignaient dans leur sang, certains avaient été réduits en bouillie par l'effondrement du haut plafond. Un seul d'entre eux avait survécu.

Céron rampa sous des gravats qui essayaient de l'étouffer. Il retira le poignard qui s'était logé dans sa clavicule d'un seul geste, le faisant grimacer de douleur, puis jurer. Il prit appui sur un pilier qui l'aida à se stabiliser, et découvrit le désastre. Un autre juron lui échappa. Pendant qu'il se dépoussiérait, du grabuge à l'étage attira son attention. Le poignard en main, le regard aiguisé, il se dirigea vers les escaliers.

Pour les Erivlains, la situation s'envenimait. Les Prétoriens n'étaient pas décidés à les lâcher aussi facilement. Sous la pression, Lezar s'était trompé plusieurs fois de porte, les retardant significativement.

Après un jeu de cache-cache éprouvant, ils n'étaient plus qu'à un couloir de leur objectif. Depuis les fenêtres en forme de cercueil, ils pouvaient apercevoir le pont qui menait à la Tour Nord. Le groupe accéléra le pas, ils entendaient les armures de Prétorien qui se rapprochaient. Au moment d'atteindre le porche menant vers l'extérieur, un colosse noir sortit d'une pièce et leur barra le passage. Artesellys manqua de le pourfendre avec un carreau bien placé, avant d'en être empêchée par Maleius. Lezar ne cacha pas son soulagement de revoir son maître, malgré le sang qui maculait son masque. Par-dessus leur tête, Mardaas vit les Prétoriens en pleine charge.

— Le pont, allez ! s'exclama-t-il en les bousculant sous le porche.

À la merci du crépuscule, ils franchirent un pont de pierre aussi étroit qu'une ruelle dans une basse-ville. Sous leurs pieds, le château était illuminé d'un millier de lueurs comparables à des constellations. Soudain, des cris perçants résonnèrent dans la nuit, et une nuée de monstres ailés jaillirent des toits. Mardaas jura entre les dents, il avait oublié les Vylkers, ces espèces de gargouilles croisées avec des hommes qui volaient comme des chauves-souris affamées. L'une d'entre elles fonça sur le groupe, emportant avec elle une recrue dont le corps sans tête fut lâché dans le vide.

— Art' ! interpella Maleius, montrant du doigt la silhouette d'un Vylker dessinée par la lune.

Le monstre les prit pour cible, déferlant comme le vent. En deux temps trois mouvements, Artesellys visa et tira. Le carreau transperça le crâne de la bête qui heurta le pont en passant au travers des murets, donnant l'effet d'un tremblement de terre. Derrière eux, les Prétoriens accouraient, suivis de Céron qui essayait de se frayer un chemin parmi eux. Pour les ralentir, Mardaas ordonna au groupe de partir devant. Tel un marteau surpuissant, l'Immortel frappa le sol avec son pied. Une large fissure se forma et se prolongea jusqu'au porche, passant sous les jambes lourdes des Prétoriens. Un second coup eut raison d'eux. La pierre se fragilisa et s'effondra sous leur poids, les entraînant dans une chute de plusieurs dizaines de mètres. Céron se rattrapa au rebord et parvint à se hisser sous le porche. À présent, un trou béant les séparait. Même en prenant de l'élan, Céron n'était pas sûr d'atteindre l'autre côté du pont. Emparé de sa folie, il attrapa l'athamé par la lame.

— Ton règne s'achève ici, Seigneur de Feu, dit-il dans un grognement.

Son bras partit en arrière et projeta le poignard avec une vélocité incroyable, le faisant fendre les airs dans un tourbillon mortel. Céron était sûr de toucher le géant, il était en plein dans sa ligne de mire. Mais ce n'était pas lui que l'arme avait choisi pour terminer sa course.

Mardaas entendit un bruit familier, celui d'une lame qui venait de perforer violemment la chair d'un autre. C'est là qu'il la vit, immobilisée par le choc. Kerana perdit l'équilibre et manqua de basculer par-dessus le pont. Mardaas se rua pour la rattraper juste à temps. Draegan n'avait rien vu, il se retourna et aperçut l'Immortel en train de remonter la jeune femme.

— Qu'est-ce qui s'est passé ! hurla Draegan en courant vers eux.

— Kera a été touché, expliqua Mardaas, tout aussi affolé que lui. Il faut l'emmener à l'intérieur !

Draegan découvrit avec effroi le poignard entièrement enfoncé dans l'omoplate de sa sœur, qui respirait toujours. Instinctivement, il la porta dans ses bras et se dirigea vers le reste du groupe qui essayait d'enfoncer la porte de la tour. Mardaas pivota vers Céron, qui n'avait pas bougé de sous le porche. Celui-ci avait un sourire triomphant étalé sur son visage d'aliéné.

— Draegan, souffla Kerana avec difficulté, tenant fermement le col de son frère.

— Ne parle pas, répondit-il avec une boule dans la gorge. Elle va te sauver, tu vas voir. Elle va te guérir, je te le promets.

Les Erivlains finirent par faire sauter les gonds de la porte et pénétrèrent dans la tour. Ils débouchèrent sur ce qui leur semblait être une nurserie. Une dizaine de berceaux étaient alignés en rang.

— Reculez ! intima Hazran en s'adressant aux Imortis présents, la dague pointée vers eux.

— RECULEZ ! répéta Maleius avec sa voix tonitruante. Contre le mur ! Le premier qui bouge passe par la fenêtre.

Le groupe investit rapidement le lieu. Mis à part des établis et des coffres débordant de linge, il n'y avait rien de plus. Quand Draegan entra avec Kerana, les visages se décomposèrent. Madel et Artesellys lui vinrent rapidement en aide.

— L'enfant, sanglota Draegan, où est-elle ? Vite !

— C'est laquelle ? s'enquit Hazran, étudiant les nourrissons Immortels qui se mirent à brailler.

— Je crois que je l'aie, informa Maleius en train de tous les réveiller. Celle-là, elle a un œil voilé. C'est elle, je la reconnais.

— Il faut retirer le poignard, dit Hazran en s'agenouillant face à Kerana.

Draegan n'avait pas la force de le faire. Madel s'en chargea pour lui. Ils comptèrent jusqu'à trois, et la jeune femme extirpa l'arme ensanglantée. Draegan évita de regarder le sang qui se mit à couler abondamment.

— Le bras de la petite, vas-y, mets-le sur sa plaie, vite !

Maleius saisit le poignet de l'enfant et aplatit sa petite main sur la blessure qui avait l'air profonde.

— Allez, ma chérie, tu l'as déjà fait, encouragea Draegan.

Tout le monde s'agglutina autour, tous priaient intérieurement. Mardaas regardait la scène de loin, comme témoin d'un cauchemar.

— Pourquoi rien ne se passe, constata Draegan, la voix tremblante. Kera ? Kera, réveille-toi ! Essaye encore, appuie plus fort !

Les pleurs du bébé s'accentuèrent. Maleius força la petite fille à garder sa main en place sur la plaie de sa mère, mais après une longue minute sans résultat, Draegan craqua.

— Pourquoi rien ne se passe ! s'époumona-t-il. Elle… elle l'a déjà fait, je l'ai vue faire, JE L'AI VUE FAIRE !

Madel prit le pouls de Kerana, regarda Draegan, puis secoua la tête dans un silence terrifiant. Mardaas, lui, détourna la sienne. En effet, l'enfant Immortelle avait bien la faculté de guérir des pires blessures, Draegan avait raison. Mais la lame avait touché le cœur, celui que la jeune Kerana avait tant donné pour les autres au cours de sa vie. Malgré les efforts, l'enfant ne pouvait ramener ceux qui étaient tombés.

Une tempête émotionnelle s'abattit alors sur le jeune Erivlain, qui portait le corps encore chaud de sa sœur.

— Pas elle, s'étouffa-t-il dans un sanglot atroce. Non, ne me l'enlevez pas !

Lezar et Hazran s'écartèrent, aussi affectés l'un que l'autre par la perte de la jeune femme qu'ils avaient appris à respecter. Les pleurs des nourrissons furent aussitôt couverts par la détresse d'un Draegan meurtri, assommé par le remords et la culpabilité. Sa tête plongea dans le cou de sa sœur, où ses larmes s'y échouèrent, où son âme y mourut.

Cette scène insoutenable raviva en Mardaas cet infâme souvenir. L'Immortel était incapable de regarder une dernière fois le visage endormi de Kerana, cela éveillait en lui une douleur qu'il n'avait jamais su apaiser. Il s'isola près de la fenêtre pour contenir sa peine.

Draegan leva ses yeux humides vers le géant. On pouvait y lire dans ses iris un tourment sévère.

— C'est ta faute, accusa-t-il sombrement.

Mardaas se retourna faiblement vers lui. Il ne pouvait croire ce qu'il venait d'entendre.

— Non... contesta-t-il sur un ton fébrile.

— C'est toi qui l'as tuée, insista Draegan en déposant sa sœur dans les bras de Madel.

— Ce n'est pas vrai, se défendit Mardaas dans un état de désarroi absolu.

— ELLE EST MORTE À CAUSE DE TOI !

— NON ! cria le dragon, qui venait de s'immoler par ses propres flammes.

— Tu t'es servi de sa naïveté pour arriver à tes fins. Tu l'as utilisée, alors qu'elle te voyait comme son ami. Quand je pense que c'est grâce à elle que tu respires encore. Jamais tout ça ne serait arrivé si elle n'avait pas fait ta rencontre ! Depuis le premier jour, tu l'avais déjà condamnée ! Tu as condamné ma sœur de la même façon que tu avais condamné la tienne !

La colère remplaça les mots, Mardaas saisit brusquement Draegan pour le plaquer contre le mur, engendrant la panique dans la pièce.

— Mardaas ! Lâchez-le ! s'interposa Madel.

— Maître ! s'exclama Lezar, apeuré.

Mardaas était prêt à le défenestrer pour ses paroles aussi acérées que les dents de fer de Sevelnor.

— Elle n'était *pas* Lyra ! gémit Draegan, manquant d'air. Tu entends ?

Cette phrase résonna dans son esprit comme le son sinistre d'une cloche.

— C'était *ma* sœur. Et tu me l'as enlevée.

— Arrêtez ! s'écria Lezar. Ce n'est pas le moment pour ça.

Mardaas relâcha son emprise et tourna immédiatement le dos au jeune Erivlain.

— Le gamin a raison, accorda Hazran. On doit pas rester ici, il faut partir, *maintenant*. (Il s'adressa à Mardaas.) Est-ce qu'il y a une sortie quelque part ?

L'Immortel se tourna alors vers Lezar.

— Tout est prêt, Maître, lui annonça le garçon.

— Au pied de la tour se trouve un passage qui mène au flanc de la falaise, informa Mardaas. J'ai demandé à Lezar d'y préparer des barques pour prendre la mer. C'est par-là que nous pourrons quitter l'île.

— Je refuse de la laisser ici, déclara Draegan, le regard rivé sur Kerana.

— Personne n'a dit ça, répondit Madel. Et personne ne veut ça. Je t'aiderai à la porter.

— Je prends la petite avec moi, dit Artesellys.

— Que fait-on des autres ? s'enquit Hazran, près des berceaux.

— Rien à foutre, répliqua sévèrement Draegan.

Ils suivirent alors le Sbire dans un escalier en colimaçon. Les Prétoriens ne tarderaient pas à les rejoindre si leur présence continuait d'habiter cette maudite tour, il fallait en ressortir le plus vite possible. Lezar les fit passer par une trappe incrustée dans le sol qui donna sur des galeries souterraines où il était facile de se perdre. Par chance, le

Sbire avait une excellente mémoire. Il avait retenu le chemin à parcourir dans un coin de sa tête. Mardaas les éclairait à l'aide de ses mains sulfureuses. Progressivement, ils descendirent dans les entrailles de la falaise, jusqu'à atteindre une crique, où le bruissement des vagues les accueillit enfin. L'air marin et le reflet déformé des lunes sur la mer leur redonnèrent espoir. Ils repérèrent aussitôt trois barques qui reposaient sur un étroit rivage de galets. Elles étaient attachées chacune à un rocher, prêtes à être mises à l'eau. À l'intérieur, il y avait des couvertures et quelques vivres pour tenir une journée, pas plus. Dans la troisième, Sevelnor dormait sereinement, ressemblant à n'importe quelle autre relique du passé.

Madel coucha Kerana dans une des barques et la recouvrit d'une couverture de laine, avant de s'y installer pour veiller sur elle.

— Quand je raconterai ça à mon père, dit Artesellys, dévisageant Mardaas qui passait devant elle, il ne voudra jamais me croire.

— Alors, ne lui dites rien, rétorqua calmement Maleius.

— Si on m'avait dit qu'en tant que recrue je serai amenée à combattre des bestioles géantes dans un château rempli de fêlés, jamais je n'aurai signé.

— De quoi parlez-vous ? dit Maleius, faisant mine d'être interloqué. Je ne vois aucune recrue ici, *officier* Artesellys.

La jeune femme esquissa un sourire reconnaissant.

— C'est quand vous voulez, lança Hazran qui s'incrusta parmi eux.

— On vous dépose quelque part, Général ? fit Maleius.

Hazran réfléchit à une réponse.

— Vous savez quoi, ça fait longtemps que je n'ai pas revu Odonor. Le grand air fera du bien à mon fils, nous en aurons besoin pour oublier toute cette histoire.

Le maître d'armes acquiesça. La seule chose qui comptait à présent, c'était de quitter cet endroit. Ils embarquèrent tous dans les barques, à l'exception de Draegan.

L'homme fit face une dernière fois à Mardaas, son regard plein de rancœur et d'animosité parlait pour lui. Le géant ne trouvait pas de mots à lui dire. Être désolé n'arrangerait rien, et Draegan n'avait pas envie d'entendre un tel discours.

— Je veux que tu saches, commença Draegan, que ce n'est pas parce que nous en sommes ressortis vivants grâce à toi, que cela change quoi que ce soit. Rien n'effacera tes actes, rien ne pardonnera tout le mal que tu as causé. Où que tu ailles, quoi que tu fasses, désormais cela m'est égal. Je ne veux plus *jamais* te revoir.

Mardaas préféra ne pas lui répondre, il estimait que ce n'était pas nécessaire. À la place, il lui tendit l'épée de Kerana, considérant qu'elle lui revenait.

Tandis qu'il observait les Erivlains prendre la mer et s'éloigner petit à petit, Mardaas adressa un adieu muet qui n'était pas pour eux, mais pour une amie qui allait lui manquer.

— Maître, s'inquiéta Lezar, où allons-nous ?

Après un moment de réflexion, cela lui vint comme une évidence.

— Quelque part où nous cesserons d'exister.

# CHAPITRE 28
## L'Aigle Qui Avait Perdu Ses Ailes

Le retour à Odonor se passa dans la plus grande morosité. Il n'était pas question de célébrer une quelconque victoire, pour la simple et unique bonne raison qu'il n'en était rien. À peine avaient-ils accosté que Draegan avait filé droit jusqu'au château de sa famille. Il avait été silencieux durant tout le voyage, et ce malgré les tentatives de réconfort de son épouse et de son demi-frère.

Les obsèques de la jeune Guelyn avaient été très vite annoncées, et ce fut le médecin de la Maison, Adryr Saryn, qui eut la lourde tâche de préparer la défunte pour son inhumation officielle. Selon Draegan, personne d'autre n'aurait pu le faire. Il fut difficile pour le vieillard de laver le corps sans vie de celle qu'il avait vue grandir, mais c'était le dernier service qu'il souhaitait rendre à une ancienne élève pas toujours attentive. Il avait toujours vu en Kerana une grande guérisseuse douée pour l'alchimie et la posologie. Pour lui, il était incontestable que la jeune femme aurait pu suivre une brillante carrière dans ce domaine. Jamais il n'aurait pensé la retrouver sur une table d'embaumement.

Le cœur lourd, il épongeait et recousait la plaie qui avait causé sa disparition. Selon Adryr, s'il y avait un moment où la petite Kerana avait besoin de lui plus que tout, c'était celui-là.

Après avoir lavé ses cheveux, il avait tenu à lui glisser à l'intérieur une fleur de vanille, en souvenir de cette odeur qui la caractérisait si bien. Pour la tenue, il avait suivi les consignes de la famille. Une robe digne d'une reine avait été apportée par nul autre que Draegan en personne. Une robe qui appartenait à leur mère, et que Kerana avait toujours trouvée splendide.

Après neuf heures de travail éprouvant, le médecin remit le corps à la famille. Une marche funèbre était prévue en début de matinée où la jeune Guelyn, dans un cercueil de verre, effectuerait son dernier voyage avant de gagner la crypte familiale pour une cérémonie privée. De fait, les Odoniens seraient en mesure de rendre leur hommage lors du passage du cortège.

Mais si la ville était plongée dans le deuil, l'esprit de Draegan, lui, s'y était noyé. Dans son bureau, il ruminait près du feu dans l'âtre qui était aussi animé que celui qui le consumait à l'intérieur. Entièrement vêtu de noir, l'homme n'était plus que l'ombre de lui-même. Il entendait la voix de Maleius converser avec la recrue Dan dans le couloir. Le garçon était rentré la veille, encore tétanisé de sa rencontre avec l'Ugul. Quand Maleius revint dans la pièce, il semblait abasourdi par ce que venait de lui révéler la recrue.

— Un problème ? fit Madel, près de son époux.

— Je ne saurais pas dire. Apparemment, ils auraient été agressés par des animaux guerriers. Il a dit qu'un lutin vert l'avait chargé de transmettre un message à Draegan.

— Qu'est-ce que c'est ?

— Je n'ai pas tout compris. Selon ses dires, un certain Humidificateur viendra bientôt pour toquer à la porte.

Personne ne savait quoi faire de cette information.

— Est-ce que je dois noter ça quelque part ? reprit-il.

— À ton avis ? rétorqua-t-elle avec ironie.

— Nous avons fait tout ça pour rien, manifesta Draegan, happé par la danse des flammes.

— Tu sais bien que c'est faux, raisonna Madel. Nous avons réussi à ramener l'enfant, c'était ce que voulait Kera.

— Puisqu'on en parle, qu'allons-nous en faire ? questionna Maleius.

— Une chose est sûre, dit Draegan, nous ne pouvons pas la garder ici. C'est le premier endroit où les Morganiens penseront à aller la chercher. Kera aurait tout fait pour la protéger et la mettre à l'abri, elle ne l'aurait pas élevée au château.

— Alors, où ?

— Je connais peut-être quelqu'un, suggéra Madel. J'ai un ami en Artagos qui pourrait s'en occuper. Il dirige un orphelinat dans la région de Bazendim.

— En Artagos ? releva Maleius. Tu veux la faire changer de continent ?

— C'est un petit coin perdu en pleine forêt, personne ne soupçonnera sa présence là-bas. Elle sera entre de bonnes mains, et entourée d'enfants.

— Des enfants qui ne seront pas comme elle.

— Ils n'ont aucune connaissance des Immortels. Elle ne sera pas vue comme un monstre. Et puis, Berrick sait y faire avec les enfants difficiles, j'ai confiance en lui.

— Pourquoi ?

— Parce que c'est lui qui m'a élevée quand j'étais à l'orphelinat avec Tulin, et crois moi, je lui en ai fait voir de toutes les couleurs.

— Je suis pour, soutint Draegan en se détachant du feu. Mais pour sa sécurité, elle devra changer de nom.

— Tôt ou tard, elle se mettra à poser des questions, avertit Maleius. Et si elle est comme sa mère, vous pouvez être sûrs qu'elle fera en sorte d'obtenir des réponses.

— Et nous lui en donnerons, répliqua Draegan. Mais pour

l'heure, nous devons effacer toute trace de son lien avec notre famille.

— Avec ta permission, proposa Madel, dès demain je ferai affréter un bateau pour l'Artagos. J'irai la déposer à Berrick moi-même.

Draegan opina.

— Entendu.

Madel enlaça son époux avec tendresse et décida de laisser les deux hommes seuls. Il y eut un long silence avant que Maleius ne se décide à reprendre la parole.

— À quoi tu penses ? osa-t-il demander, voyant l'homme songeur sur son siège.

Un soupir amer émana de Draegan.

— Je repensais à ses hommes et femmes qui n'étaient pas des soldats, et dont nous avons laissé les corps pourrir au Kergorath et sur Morganzur. Ces recrues n'auraient jamais dû se trouver là-bas. Elles n'étaient pas faites pour affronter un tel fléau.

— Nous ne l'étions pas non plus.

— Après les funérailles de Kera, je veux qu'un hommage leur soit consacré. Le plus grand hommage jamais accordé pour des Aigles de Fer morts au combat.

— Je m'en chargerai, approuva le maître d'armes.

— Tout ça ne serait jamais arrivé si notre armée n'avait pas foutu le camp, maugréa-t-il en jetant avec violence un bibelot dans l'âtre. Tout ça, c'est de leur faute, à eux, et à ces vieux débris de Seigneurs d'Or ! Si nous avions pu arriver au Kergorath à temps, avec de vrais Aigles entraînés, nous aurions pu sauver Kera !

— Tu n'en sais rien.

— Si, je le sais ! s'écria-t-il avec une colère sans équivoque. Ils nous ont abandonnés, et nous avons payé le prix fort pour cette trahison. Il est hors de question qu'ils s'en sortent de cette façon.

Maleius n'aimait pas la tournure que prenait la conversation. Il se doutait que, sous le coup de la douleur, Draegan était plus fragile que jamais, qu'il risquait de perdre pied.

— Je veux que tu envoies un ordre d'arrestation pour tous les Aigles de Fer ayant déserté leur poste dans les derniers mois. Je veux qu'ils soient jugés, et qu'ils soient condamnés à la plus haute sanction.

Sa voix était distincte et ferme, pourvue d'une autorité froide qui ne lui ressemblait pas.

— Tu ne te rends pas compte de ce que tu me demandes. Moi aussi, je suis du côté de la loi. Moi aussi, j'estime que leur crime ne devrait pas rester impuni. Mais ils ne méritent pas ce sort. Est-ce que tu t'entends parler ? Je sais que tu traverses une épreuve terrible, moi aussi je pleure la mort de Kera. Mais tu n'es pas en état de prendre des décisions de justice. Mettre à mort plusieurs milliers d'hommes et de femmes ? Ces gens ont fui parce qu'ils avaient peur, Draegan ! Mets-toi à leur place.

— À leur place ? Et eux, ont-ils fait cet effort lorsqu'ils ont trainé mon nom dans la boue avant de plier bagage ? Est-ce qu'ils ont pris le temps de se mettre à la mienne, ne serait-ce qu'une seconde ? Ils ne méritent aucune clémence.

— Je refuse, objecta Maleius. Je regrette, Draegan, mais je ne souhaite pas prendre part à cette folie. Je pense que tu devrais te reposer et prendre le temps d'y réfléchir.

Il s'éloigna de lui, comme si sa démence était devenue contagieuse.

— Si tu n'exécutes pas l'ordre de ton roi, alors je trouverai quelqu'un pour le faire à ta place.

Jamais Draegan ne s'était adressé à lui sur ce ton, jamais il ne l'avait regardé avec autant de noirceur dans ses yeux. Cette phrase l'avait glacé.

Peu après, un sujet au visage juvénile s'annonça dans le bureau, les avertissant que le cortège funèbre les attendait pour commencer. Draegan expira pour se préparer mentalement à cette épreuve.

La marche débuta aux portes de la cité. Le cercueil de verre était en tête, précédé par le roi et ses proches. Adryr avait fait un travail remarquable en donnant l'illusion que la jeune Guelyn dormait dans des draps satinés d'un bleu ciel. Même dans la mort, tout le monde s'accordait à dire qu'elle restait magnifique.

Porté par des Aigles de Fer en uniforme, le cercueil naviguа dans les avenues principales, faisant un détour par l'orphelinat, sous le recueillement et le chagrin des enfants qui avaient longtemps côtoyée Kerana Guelyn.

Enfin, lorsque le cortège arriva jusqu'au parvis du château, Draegan nota que tous les Erivlains s'étaient rassemblés devant pour faire leurs adieux à celle qu'ils avaient l'habitude de croiser lors des marchés. Et parmi toutes ces têtes plus différentes les unes que les autres, son regard s'arrêta sur un homme dans la foule dont les traits du visage ne lui semblaient pas inconnus. L'individu portait un capuchon, mais celui-ci ne le rendait pas invisible pour autant. Il s'effaça dans la masse quand il vit le roi le fixer avec insistance depuis le haut des marches.

— Qu'est-ce qu'il y a ? s'enquit Maleius.

Alors que le cercueil de verre pénétrait dans sa dernière demeure, Draegan, lui, essayait de localiser à nouveau l'individu, mais il l'avait perdu de vue.

— Rien, répondit-il, peu sûr de lui. Je croyais avoir vu… un fantôme.

Puis il suivit le cortège à l'intérieur du château, sans se retourner.

Kerana fut inhumée dans la crypte familiale, à côté du tombeau de son père. L'air y était lourd et suffocant pour le jeune Draegan, et cela s'intensifia lorsqu'il découvrit la stèle de sa sœur et ces quelques mots gravés qui achevèrent le peu de vitalité qu'il lui restait.

*Ci-gît Kerana Guelyn
Fille de Oben & Shaely Guelyn*

*Née le 164 7ᵉ Melionaris du 23 Ocazmar
Décédée le 184 7ᵉ Damandis du 8 Dequar*

La cérémonie était sobre. Peu de proches étaient présents. Quelques reniflements se faisaient remarquer, mais dans l'ensemble l'ambiance était dans la retenue. Le recueillement autour du tombeau se déroula dans un silence de marbre. Chacun, intérieurement, rendait un dernier hommage à la jeune femme.

Madel garda en mémoire une Kerana qui avait toujours une raison de sourire, et ce peu importait la situation. Même si elles avaient rarement eu l'occasion de partager des moments intimes, elle reconnaissait son intelligence et sa débrouillardise – bien plus développées que celle de Draegan. Elle n'oubliera jamais l'éclat qui rayonnait sur son visage du matin au soir.

Maleius salua sa demi-sœur avec un grand regret, celui de ne pas avoir passé plus de temps avec elle. En effet, lorsqu'Oben Guelyn avait recueilli Maleius à l'âge de seize ans, la petite Kerana n'était pas encore née, et comme Shaely Guelyn avait toujours émis des réserves à son encontre du fait de son appartenance à un clan de Mubans, la reine l'avait toujours tenu à l'écart de ses enfants. Toutefois, Maleius connaissait le tempérament de Kerana. Il arrivait que celle-ci vienne frapper à sa porte pour ne serait-ce qu'avoir une conversation sensée et profonde sur le monde qui les entourait, chose qu'elle ne pouvait obtenir ailleurs. Cependant, Maleius regretta que leur relation n'ait pas évolué davantage.

Hazran remercia la jeune Guelyn pour l'avoir aidé à tenir bon durant les heures sombres qu'ils avaient passées ensemble. Il la remercia également pour son courage et son dévouement à se rendre disponible pour les autres dans les moments les plus critiques, une qualité qu'il respectait. Le général arborait désormais l'écusson des Aigles de Fer. Quand Maleius lui avait proposé d'intégrer les forces militaires d'Erivlyn, le Kergorien n'avait pas hésité une seule seconde. Pour lui, il n'aurait pas pu lui rendre meilleur hommage.

Quant à Draegan, dont les larmes lui lacéraient le visage comme des lames de rasoir, il repassa en revue toutes les blagues idiotes et puériles que sa sœur lui avait rabâchées pendant tant d'années, des blagues dont souvent le sens lui échappait, mais qui aujourd'hui lui manquaient plus que tout. Il aurait aimé lui rappeler combien il l'aimait, il aurait voulu qu'elle le sache avant la fin. La culpabilité qui le dévorait lentement depuis des mois venait de l'engloutir pour de bon. Alors qu'il fixait avec bouleversement le tombeau avaler le cercueil de verre, son âme se déchira en deux, laissant la partie la plus lumineuse rejoindre le repos éternel de sa sœur. Draegan se sentit mourir, au point que lorsque Madel saisit sa main pour la serrer, celle-ci était raide et froide. Une fois le tombeau scellé, il fut le premier à quitter la crypte – sous les regards endeuillés de ses proches qui étaient incapables de ressentir ce que l'homme éprouvait réellement.

Les jours qui suivirent, Draegan les passa dans son bureau à s'isoler du reste du monde. Il avait demandé aux gardes de ne laisser entrer personne, pas même son épouse. Confronté au buste en pierre de son père, le jeune roi murmura une tirade d'excuses, s'accusant de tous les maux du pays. Sa peine se transforma en rage lorsqu'il attrapa le buste pour le fracasser par terre, brisant le crâne de la sculpture. Avec un coupe papier, il s'attaqua ensuite aux tableaux représentant ses ancêtres, dévoilant une haine inavouée jusqu'alors envers sa propre lignée. La peinture de Sytus Guelyn fut réduite en lambeaux et jetée au feu. Draegan ne pouvait plus affronter leur regard fier pour tout ce qu'ils avaient accompli. Il alla se réfugier sur le balcon. Un rayon de soleil percuta son seul œil valide, le faisant pleurer. Pendant de longues minutes, Draegan resta sans bouger près de la rambarde, observant avec mépris les battements de cœur de la ville, s'imaginant en finir définitivement.

Seulement, alors que l'Erivlain était prêt à enjamber la barrière de pierre pour se libérer de ses échecs, une pensée encore plus sordide le traversa. Il resongea à ses cauchemars, à celui de la forêt aux milles pendus qui lui tombaient dessus pour l'empêcher d'atteindre Kera, et soudain, un sentiment féroce d'injustice l'envahit.

Six mois venaient de s'écouler. L'ordre d'arrestation pour tous les déserteurs de l'armée des Aigles de Fer avait été lancé. Cette mission avait été confiée au général Hazran qui, avec une célérité exemplaire, avait mis la main sur une majorité d'entre eux. Mais cela n'était pas suffisant pour Draegan. Les Seigneurs d'Or devaient, eux aussi, payer pour leur trahison envers sa Maison. Pour cela, le roi s'était rapproché de plusieurs milices privées qu'il avait envoyées à leur domicile avec un message de sa part.

Ainsi, lorsque le seigneur Demetarr déroula le morceau de parchemin qui lui était destiné, sur lequel aucune inscription n'était visible, il n'eut pas le temps de sentir sa gorge s'ouvrir en deux par le messager. Le seigneur Feignus, Alrik, ainsi que la Dame du Cygne connurent le même sort funeste, à l'exception du seigneur Nasred, dont la nourriture avait été empoisonnée.

Débarrassé de ses ennemis, Draegan s'attela à apporter des modifications dans les lois du pays, comme la peine de mort, qui pendaient dorénavant au nez de toutes celles et ceux qui oserait bafouer son autorité. Il prit également au sérieux une menace venant du sud, celle d'un chef de guerre répondant au nom de l'Unificateur, dont l'armée s'était abattue sur la principauté de Pyrag, massacrant un à un ses habitants avant d'occuper la ville.

Mais avant de se pencher sur cette sombre affaire, le jeune roi avait tenu à prendre l'air. Par une belle journée d'été, Draegan et quelques-uns de ses sujets se rendirent à cheval à la lisière d'une forêt située non loin de la ville de Mabrorr. Lorsque les cavaliers entrèrent dans la zone, les paysans comprirent que cette visite n'avait rien d'une promenade. Le projet était connu de tous. Draegan avait volontairement choisi cette forêt souvent fréquentée pour adresser un avertissement aux dissidents. Le vent chaud soulevait leurs mèches de cheveux et sifflait dans les feuillages des arbres, faisant également vaciller les milliers de corps suspendus à leurs branches. Certains, encore en vie, agonisaient avant que la corde ne les étouffe. Sous leurs pieds, leur ancien uniforme d'Aigle de Fer trainait sur les cailloux et les brindilles, afin de rappeler leur crime pour l'éternité.

Draegan balaya d'un regard dédaigneux l'entrée du cimetière qu'il venait de créer et contempla par la même occasion le fruit de sa revanche sur la vie. Une revanche qu'il comptait poursuivre encore de nombreuses années.

Le continent daegorien tombait peu à peu dans une hécatombe que personne n'avait su entrevoir. Le culte imortis continuait de répandre ses dogmes et d'asservir de nouveaux disciples au Kergorath, jusqu'à empiéter sur les frontières de la Tamondor. Et pendant ce temps, la fureur de l'Unificateur faisait rage dans les régions du sud de l'Erivlyn, dont le souverain de ces terres sombrait dans une démence chaotique. Un orage s'apprêtait à frapper, un orage qui n'épargnerait personne.

Pourtant, quelque part au sein de ce vaste monde gangréné par la terreur et les conflits, une âme insouciante dormait paisiblement dans une chambre miteuse d'un orphelinat. Égarée dans ses rêves, elle était encore loin de se douter qu'un jour…

Elle se retrouverait au cœur de cette tempête.

| | |
|---|---|
| Le Maître et le Serviteur | 7 |
| Un Village Pour Deux | 25 |
| Une Histoire de Famille | 43 |
| Le Sbire | 59 |
| Un Souvenir Conservé | 87 |
| In'Glor Imortis | 105 |
| Destin | 125 |
| Bon Professeur | 147 |
| Regards Insoupçonnés | 175 |
| Le Chant De La Terre | 195 |
| Quand tu seras grande et forte | 235 |
| Un Écho du Passé | 259 |
| La Révélation de Grinwok | 283 |
| L'Imposteur de la Foi | 305 |
| Les Seigneurs d'Or | 333 |
| Ne Fais Pas La Même Erreur | 353 |
| Un Nouveau Frère | 379 |
| Le Beliagon | 401 |
| Protection Perdue | 423 |
| Un Enfant Turbulent | 441 |

Le spectacle est terminé .................................................................. 465

Une Conversation Inachevée................................................... 499

Des Invités qui ne sont pas sur la liste ................................. 525

Service Mortel.............................................................................. 543

Une Dernière Histoire................................................................ 561

Le Cinquième Jour ...................................................................... 585

Morganzur ................................................................................... 611

L'Aigle Qui Avait Perdu Ses Ailes ................................................. 645

## REMERCIEMENTS

Comme toujours, je tiens à remercier ma mère, car elle est la première à avoir vraiment cru en ce projet farfelu. La bêta lecture revient aux merveilleuses Camille R. et Mélodie, qui ont été d'une motivation sans faille. Bien sûr, merci à Marie pour sa participation à la correction. Je remercie également ma bien aimée Camille F. pour m'avoir soutenu durant mes longues – et parfois pénibles – séances d'écriture.

Merci à la communauté de MARDAAS qui s'est forgée avec le temps sur les réseaux sociaux, et qui a été plus que patiente pour ce nouvel opus. Merci infiniment à vous, je vous aime.

Retrouvez toute l'actualité de la saga

Sur l'instagram de l'auteur

@michaelbielli

Mais aussi sur la chaine YouTube

Michael Bielli

Ainsi que sur le site officiel

www.mardaas.com

CPSIA information can be obtained
at www.ICGtesting.com
Printed in the USA
LVHW102350260822
726941LV00026B/828/J